Antonio Garrido

Das PERGAMENT des HIMMELS

Roman

Aus dem Spanischen von Anja Lutter

D1941551

rütten & loening
AUFBAU VERLAGSGRUPPE

Die Originalausgabe mit dem Titel
La escriba
erschien 2008 bei Ediciones B, Barcelona.

ISBN 978-3-352-00763-7

Rütten & Loening ist eine Marke der Aufbau Verlagsgruppe GmbH

1. Auflage 2008
© Aufbau Verlagsgruppe GmbH, Berlin 2008
La escriba © Antonio Garrido, 2008
Einbandgestaltung morgen, Kai Dieterich
Druck und Binden GGP Media GmbH, Pößneck
Printed in Germany

www.ruetten-und-loening.de

Zu Würzburg, Franken.
Im Jahr unseres Herrn Jesus Christus 799.

Und der Teufel kam und blieb.

»Ich weiß nicht, wozu ich noch schreibe: Gestern ist Theresa gestorben, und vielleicht werde ich ihr bald nachfolgen. Heute haben wir nichts gegessen. Was ich im Skriptorium bekomme, reicht kaum für uns. Alles ist wüst und öd. Die Stadt stirbt.«

Gorgias legte die Wachstafel auf den Boden und streckte sich auf der blanken Pritsche aus. Er betete für die Seele seiner Tochter. Bevor er in den Schlaf sank, dachte er an die schrecklichen Tage, die der Hungersnot vorangegangen waren.

I

1

An Allerheiligen wollte es in Würzburg nicht hell werden. Die Tagelöhner auf den Feldern deuteten besorgt zum Himmel, der sich dunkel blähte wie der Leib einer trächtigen Kuh. Die Hunde, die das Unheil witterten, heulten, und kurz darauf ging ein solcher Sturzregen auf die Erde nieder, dass selbst die bedächtigsten Bauern zitternd das Ende der Welt nahe wähnten.

Theresa lag fröstelnd in einem unruhigen Halbschlaf, geängstigt von dem grimmigen Trommeln bedrohlich lauten Hagels, der das Hüttendach aus Weidengeflecht in Stücke zu schlagen drohte, und versuchte den Moment des Aufstehens hinauszuzögern. Ihr war bewusst, dass sie sich beeilen musste, wollte sie nicht am wichtigsten Tag ihres Lebens zu spät in der Werkstatt sein. Warum nur lief ihr bei dem Gedanken an die Prüfung, die sie so sehr herbeigesehnt hatte, ein Schauer über den Rücken? Ein Schauer, der nichts mit dem Unwetter zu tun hatte.

Erst eine Woche zuvor hatte der Pergamentermeister Korne ihren Wunsch, die Gesellenprüfung abzulegen, aufs Schärfste zurückgewiesen. Er tobte und donnerte, so etwas habe es bei den *pergamentarii* noch niemals gegeben, eine Frau, die Geselle werden wolle, und als sie ihn daran erinnerte, dass die festgesetzten zwei Jahre, nach deren Ablauf jeder Lehrling die Aufnahme in das Handwerk fordern konnte, verstrichen waren, regte er sich umso mehr auf.

»Jeder Lehrling, der einen schweren Pergamentballen heben kann«, hatte er verächtlich geschnaubt.

Gestern nun war Korne am Ende des Tages in der Werkstatt erschienen und hatte sie mürrisch davon in Kenntnis gesetzt, dass er ihrer Bitte entsprechen wolle und die Prüfung unverzüglich stattfinden werde.

Dieser plötzliche Sinneswandel machte Theresa misstrauisch, und trotz ihrer Freude über die Nachricht hörte sie nicht auf, darüber zu grübeln, was Korne wohl zu diesem Umschwung bewogen haben mochte. Der Prüfung selbst fühlte sie sich durchaus gewachsen: Sie konnte ein Pergament aus Lammhaut von einem Ziegenvelin unterscheiden, sie straffte und spannte die feuchten Häute besser als der Meister selbst, und sie verstand es, Spuren von Pfeilen und Bissen in einer Weise zu tilgen, dass die Tierhäute danach so weiß und rein leuchteten wie das Hinterteil eines Neugeborenen. Und das war es schließlich, worauf es ankam.

Als Theresa endlich den schäbigen Fellüberwurf zurückschlug, spürte sie, wie bitterkalt es über Nacht geworden war. Sie richtete sich auf und tastete im Dunkeln nach der verschlissenen Decke, die wie ein Vorhang ihre Pritsche von der ihrer Eltern trennte. Sie nahm sie ab, wickelte sich darin ein und schlang sich ein Stück Seil um die Taille. Dann schlich sie sich leise hinaus. Nachdem sie im Hof, zitternd vor Kälte und nur von einem schmalen Dachüberhang vor dem Hagel geschützt, ihre Notdurft verrichtet hatte, wusch sie sich mit einer Handvoll Wasser und lief über einen Teppich aus eichelgroßen, eisigen Körnern zurück ins Haus. Drinnen zündete sie ein rußiges Öllämpchen an und kauerte sich auf die große, eisenbeschlagene Truhe. Das Licht erhellte nur schwach den niedrigen rechteckigen Raum, in dessen Mitte in einer im Boden ausgehobenen Mulde sich kleine bläuliche Flammen mühten, ein wenig Wärme zu verströmen. Es war der einzige Raum des Hauses, in ihm musste die ganze Familie Platz finden.

Die Kälte und die Nässe schmerzten Theresa, und als das Feuer endgültig zu verglimmen drohte, warf sie vorsichtig ein wenig Torf hinein und stocherte mit einem Stock in der Glut. Mit klammen Fingern griff sie nach einem Topf und machte sich daran, die angebrannten Grützereste vom Vorabend herauszuschaben, als sie in ihrem Rücken eine Stimme hörte.

»Darf man fragen, was zum Teufel du hier treibst? Schnell wieder ins Bett mit dir.«

Theresa wandte sich um und blickte ihren Vater entschuldigend an. Sie hatte ihn nicht wecken wollen.

»Es ist wegen der Prüfung. Ich kann nicht schlafen«, erklärte sie mit gedämpfter Stimme.

Gorgias reckte sich, brummte etwas vor sich hin und trat an die Herdstelle. Der Schein der Flammen, die, von Theresas Unruhe angesteckt, aufgeregt durcheinander tanzten, erhellte sein knochiges Gesicht unter dem zerzausten grauen Haarschopf. Er setzte sich neben Theresa und legte ihr den Arm um die Schultern.

»Es ist nicht die Prüfung, meine liebe Tochter. Es ist diese elende Kälte, die uns noch alle ins Grab bringen wird«, flüsterte er, während er ihr die Hände rieb. »Und lass doch diese trockene Grütze, die würden ja die Ratten nicht mehr anrühren. Rutgarda wird schon etwas zum Frühstück für uns finden. Aber du solltest diese Decke nachts wirklich lieber zum Zudecken benutzen, statt sie da mitten ins Zimmer zu hängen. Du brauchst vor uns doch nicht so schamhaft zu sein.«

»Aber das tue ich nicht aus Scham, Vater«, widersprach Theresa. »Ich hänge die Decke auf, damit ich Euch nicht störe, wenn ich noch lese.«

»Es ist mir gleich, warum du das machst. Eines Morgens wirst du starr wie ein Eiszapfen hier liegen, und dann spielt der Grund auch keine Rolle mehr.«

Theresa lächelte und schabte weiter Grützereste aus dem Topf. Sie hielt sie ihrem Vater hin, der sie gierig hinunterschlang, während er ihr zuhörte.

»Aber es ist wirklich nicht die Kälte, Vater. Gestern, als Korne einwilligte, mir die Prüfung abzunehmen, da hat er mich so seltsam angesehen. Ich weiß nicht … Sein Blick hatte etwas Furchteinflößendes.«

Gorgias strich seiner Tochter zärtlich über das Haar, das im flackernden Licht des Feuers schimmerte wie schwarzblaue Tinte, und beteuerte, dass alles gut gehen würde.

»Du kennst dich doch mit Pergamenten besser aus als der alte Korne selbst. Der ärgert sich nur, dass seine Söhne nach zehn Jahren in seinem Handwerk immer noch nicht die Haut eines Esels von einer Handschrift des heiligen Augustinus unterscheiden können. Nachher wird er dir ein paar Bogen zum Binden geben, du wirst es vortrefflich hinbekommen und die erste Pergamentergesellin im Frankenreich werden. Ob es Korne nun gefällt oder nicht.«

»Ich weiß nicht, Vater … Er wird nicht zulassen wollen, dass eine frischgebackene …«

»Und was tut es schon, wenn er nicht will? Korne mag Pergamentermeister sein, aber die Werkstatt gehört immer noch Wilfred, und vergiss nicht, dass auch er dabei sein wird.«

»Wollen wir es hoffen!«, sagte Theresa und stand auf.

Langsam sickerte ein wenig graues Morgenlicht durch den groben Holzladen vor dem einzigen Fensterloch. Auch Gorgias erhob sich, streckte und dehnte sich noch einmal wie eine Katze.

»Also gut. Warte, ich trockne nur schnell meine Griffel, dann begleite ich dich bis zur Werkstatt. Bei diesem Unwetter lasse ich dich nicht allein durch die Stadt spazieren.«

Während Gorgias sein Schreibzeug zusammenpackte, schob Theresa den schweren Riegel vor der Eingangstür zurück, öffnete sie einen Spaltbreit und blickte durch einen wild wogenden grauen Vorhang aus Regen und Eis auf die zerbrechlich wirkenden Dächer der Unterstadt. Im Schutze der Stadtmauern drängten sich die armseligen kleinen Holzhütten aneinander wie zu magere, nasse Schafe, die sich gegenseitig das Stück Boden streitig machten, mit dem sie sich begnügen mussten, während in der Oberstadt die befestigten Bauten stolz wie das Vieh des Fürsten die Straßen und Plätze schmückten.

»Beim heiligen Erzengel Gabriel!«, rief Gorgias aus, als habe er das Unwetter völlig vergessen. »Endlich kommt dein neues Kleid einmal zu Ehren!«

Theresa musste trotz ihrer Verzagtheit lächeln. Vor einigen Monaten hatte der Vater ihr ein wunderschönes Kleid geschenkt, tiefblau wie der Himmel in einer Sommernacht, das zu ihrem rabenschwarzen Haar passte, über das sich manch aschblonde Fränkin den Mund schon zerrissen hatte. Das Kleid hatte sie zu ihrem achtzehnten Geburtstag bekommen, aber sorgsam für eine besondere Gelegenheit aufbewahrt.

Bevor sie, beide in grobgewebte Umhänge gehüllt, aus dem Haus gingen, trat sie an den Strohsack, auf dem ihre Stiefmutter schlief, und gab ihr einen Kuss auf die Wange.

»Wünscht mir Glück«, flüsterte sie ihr ins Ohr.

Rutgarda brummte etwas und nickte. Doch als die Tür hinter den beiden zugefallen war, betete sie, dass Theresa die Prüfung nicht bestehen möge.

Vater und Tochter stiegen, so zügig es ging, den morastigen Weg zur Schmiede an der Ecke hinauf, wobei sich Gorgias trotz des peitschenden Regens in der Mitte der Straße hielt, denn in den dunklen Winkeln konnte sich alles mögliche Schurkenpack verbergen. In der Rechten trug er eine unnütz gewordene Fackel, den linken Arm hatte er Theresa um die Schultern gelegt und sie so noch zusätzlich mit in seinen Umhang gehüllt.

Sie waren schon bis zur Bogenstraße gekommen, als Theresa einfiel, dass sie ihre Wachstafeln vergessen hatte.

»Lauft weiter, Vater. Ich bin gleich zurück.«

Erschrocken wollte Gorgias sie aufhalten, doch schon war seine Tochter in der Menge der Bauern verschwunden, die ihr wie nasses Vieh entgegendrängten. Viele der kleinen Gassen hatten sich bereits in Sturzbäche verwandelt, Holzscheite, kaputte Körbe, tote Hühner und ein Bündel von Lumpen rauschten an Theresa vorbei. In der Gerberpassage kletterte sie über einen Wagen, der quer zwischen zwei überfluteten Häusern eingekeilt war, und rannte die Alte Straße hinab. Als sie atemlos an der Rückseite ihres Häuschens ankam, überraschte sie einen Gassenjungen, der eben den Fensterladen aufbrechen wollte. Diese dreckige kleine Ratte! Wütend versetzte sie ihm einen tüchtigen Stoß, doch der Bursche dachte nicht daran, das Weite zu suchen, sondern lief geradewegs zum Nachbarhaus hinüber und stieg dort ein. Theresa schickte ihm einen Fluch hinterher, machte sich hastig an der Tür zu schaffen und betrat ihr Zuhause, das tapfer dem Unwetter standhielt. Ihre Stiefmutter war nirgends zu sehen. Zielstrebig steuerte sie auf die Truhe zu, kurz ruhte ihr Blick auf der smaragdgrün eingebundenen Bibel, die ihrem Vater so am Herzen lag; dann suchte sie ihre Schreibutensilien und die Wachstafeln heraus. Sie bekreuzigte sich, verstaute alles unter ihrem Umhang und eilte, so schnell die übelriechenden, gurgelnden Wasserbäche es erlaubten, zu der Stelle zurück, wo ihr Vater immer noch besorgt und vor Kälte zitternd stand und auf sie wartete.

Gemeinsam stiegen sie weiter bergan in Richtung Domplatz. Zahlreiche Gassen waren bereits überschwemmt, ganze Hausdächer segelten durch die Luft wie im Herbst das trockene Laub. Und plötzlich ergossen sich die schmutzigen Wassermassen in gewaltigem Schwall in die Unterstadt und verschlangen im Nu fast das ganze Labyrinth aus armseligen Hütten und Häusern. Die Verwüstung war ungeheuerlich.

Und doch gab dies alles Theresa nicht einmal eine annähernde Vorstellung davon, welche Schrecken die nächsten Tage bringen sollten. Trotz der Gebete, die alle ohne Unterlass gen Himmel schickten, verwandelte der unaufhörlich peitschende Regen die Felder innerhalb kürzester Zeit in schlammige Tümpel. Es setzte starker Schneefall ein, der Main gefror und schloss die kleinen Fischerboote in sich ein. Die Wege, die Würzburg mit Frankfurt verbanden, wurden unpassierbar, die Stadt war von der Versorgung mit Lebensmitteln und anderen Waren vollständig abgeschnitten. Der nicht mehr weichende Frost machte die Reste der eingeholten Ernte zunichte, und das letzte Vieh krepierte elendiglich. Als nach und nach die Vorräte zur Neige gingen und der Hunger um sich griff wie eine Epidemie, sah sich mancher Bauer gezwungen, sein Land zu verschleudern. Wer sonst nichts hatte, musste seine eigene Familie verkaufen.

Von den Unvernünftigen, die den Schutz der Stadtmauern verließen und in die Wälder flohen, hörte man nie wieder etwas.

Mit einem Mal war jeder Gang durch Würzburgs Gassen zu einem Alptraum geworden – überall lauerte die Gefahr, unter den Trümmern einstürzender Gebäude begraben zu werden. Die Menschen schlossen sich in ihren Häusern ein und warteten auf ein Wunder; nur ein paar vorwitzige Kinder trafen sich heimlich weiter bei den Müllhaufen vor den Toren der Stadt, um die eine oder andere Ratte zu fangen, aus der sich später ein trauriger Braten zubereiten ließ. Voller Stolz schwangen die kleinen Helden ihre Beute, wenn sie nach Hause zu ihren hungrigen Familien zurückkehrten.

Binnen kürzester Zeit säumten Leichen die Straßen der Innenstadt. Die ersten Toten hatte man noch auf dem kleinen Friedhof bei der Holzkirche der heiligen Adela bestattet, doch bald fanden sich keine freiwilligen Totengräber mehr, und die Kadaver lagen überall verstreut in den Gassen. Trotz der Kälte schwollen manche Leichname an wie Kröten, meist aber wurden sie vorher von den Ratten zernagt. Während die Mütter sich verzweifelt mühten, etwas Essbares aufzutreiben, um mehr als nur ein wenig heißes Wasser auf den Tisch zu bringen, wurden viele Kinder vor Schwäche krank. Nach kaum zwei Wochen war die ganze Stadt vom Gestank nach Tod und Verwesung durchdrungen, und die Domglocken untermalten das gespenstische Bild mit düsterem Klang.

Schon in den Wochen vor Allerheiligen hatte die Natur verrückt gespielt, und große Teile der Wintervorräte waren in der allgegenwärtigen Nässe verdorben. Lediglich in der alten Zitadelle, die sich Wilfred der Krüppel als gräfliche Residenz eingerichtet hatte, verfügte man noch über ausreichend Obst und Gemüse aus den Gärten hinter den Festungsmauern. Zudem wurden im Innenhof Vieh und Geflügel gehalten, so dass karge Gemüsekost durch Käse und Eier ergänzt werden konnte. Und was den Weizen betraf, so versprach die von Wilfred verhängte Rationierung eine hinlängliche Versorgung für die wenigen Begünstigten, ohne dass die Vorräte allzu schnell zur Neige gehen würden.

Graf Wilfred ließ es nicht unberührt, mit ansehen zu müssen, wie die übrigen Würzburger hungerten und darbten, während seine Leute mit dem Nötigsten versorgt waren; doch er fügte sich ergeben den Plänen des Allmächtigen, denn er wusste, dass solches Unglück die Vergeltung für schwere Sünde war. Das hatte er am eigenen Leibe erfahren müssen, als er vor etlichen Jahren in den Bergen von einem Steinschlag überrascht worden war. Der Fels hatte ihn unter sich begraben, und als es seinen Dienern endlich gelang, ihn zu befreien, waren seine Beine schon vom Brand befallen und mussten ihm abgenommen werden. Er erkannte damals, dass dieses Unglück ihm vom Herrn gesandt worden war, und ließ sich in der Kirche, die sein Vater in der Festung hatte errichten lassen, zum Priester weihen. Erst als er das Erbe der Grafschaft antrat, ließ er die kirchliche Arbeit ruhen und widmete sich fortan der Regierung seines Landes.

Um die Hungersnot einzudämmen, befahl Wilfred, Weizen an all diejenigen zu verteilen, die sich besonders verdient gemacht hatten. Außerdem schob er die Einziehung des Zehnten auf und befreite die Pachtbauern von der Fronarbeit, die sie als Gegenleistung für die Nutzung seines Bodens zu verrichten hatten. Doch vermochten all diese Maßnahmen nur wenigen Menschen über die argen Zeiten hinwegzuhelfen.

Zu Theresas Glück fiel von dem Wohlstand der Festung auch für die Bediensteten in den Werkstätten der Diözese etwas ab. Als Vergütung für ihre harte Arbeit bei den Pergamentherstellern erhielt sie einen Scheffel Weizen in der Woche, eine Ration, mit der sich die größte Not der Familie in diesen schlimmen Wochen überbrücken ließ. Es gab nur wenige Frauen, die in den Werkstätten beschäftigt waren, die meisten Mägde der Grafschaft waren entweder zur Erbauung der Männer vorgesehen oder leisteten ihren Dienst in der Küche.

Als Lehrling bei den Pergamentarii hatte es Theresa wahrlich nicht leicht. Ständig musste sie sich schamlose Blicke, Bemerkungen über die Größe ihrer Brüste oder gar zudringliche Berührungen gefallen lassen. Andererseits, so empfand sie es, wurde sie für all diese Ärgernisse hundertfach entschädigt, in den kostbaren Augenblicken zur letzten Stunde nämlich, da sie endlich mit den Pergamenten allein in der Werkstatt zurückblieb. Dann legte sie die frisch aus dem Skriptorium eingetroffenen Bogen übereinander, doch anstatt die Lagen gleich zusammenzunähen, vertiefte sie sich mit glühenden Wangen in die Lektüre. Die Psalmbücher und Schriften der Kirchenväter und selbst die heidnischen Codices, die sie fieberhaft verschlang, entlohnten sie für die harte Arbeit am Tage und schürten in ihr den Gedanken, ihr könnte dereinst womöglich anderes im Leben vergönnt sein als Brot zu backen und Kessel zu schrubben.

Theresas Vater Gorgias, Schreiber im gräflichen Skriptorium, hatte sich sehr für die Aufnahme seiner Tochter eingesetzt, nachdem der unglückliche Ferdinand, der vor ihr dort Lehrling gewesen war, sich in einem unachtsamen Moment an einer Hand sämtliche Sehnen durchtrennt und damit seine Zukunft zerstört hatte. Der Pergamentermeister Korne hatte Gorgias' Mühen von Anfang an zu hintertreiben versucht und wurde nicht müde, gegen den unbeständigen Charakter des Weibes zu wettern. Er führte die natürliche Neigung der Frau zu Streit und Klatsch sowie ihre monatlichen Blutungen an und erklärte, sie sei darüber hinaus nicht in der Lage, mit den schweren Ballen zu hantieren. Kurzum – Weiblichkeit war seiner Ansicht nach unvereinbar mit einer Arbeit, die Wissen und Geschicklichkeit gleichermaßen erforderte. Allerdings beherrschte Theresa das Lesen ebenso wie das Schreiben – Fertigkeiten von unzweifelhaftem Wert an einem Ort, wo Muskeln im Überfluss vorhanden waren, an Talent jedoch arger Mangel bestand. Und so wurde sie denn, wenn auch erst dank der Vermittlung des Grafen, zu guter Letzt als Lehrling aufgenommen.

Als Rutgarda diese Nachricht zu Ohren gekommen war, hatte sie sich fürchterlich aufgeregt. Ja, wenn das Mädchen geistig zurückgeblieben wäre oder krank, dann hätte sie diesen Entschluss womöglich verstanden. Doch Theresa war eine sehr ansehnliche junge Frau, vielleicht etwas zu schlank für den Geschmack der fränkischen

Burschen, aber mit starken Hüften und üppiger Brust, ganz zu schweigen von ihrem Gebiss, das lückenlos und strahlend weiß war wie bei kaum einer sonst. Jedes andere Mädchen an ihrer Stelle würde sich einen guten Ehemann suchen, der sie schwängerte und für sie sorgte. Aber nein: Theresa musste ihre Jugend verschwenden, indem sie sich in einer alten Pfaffenwerkstatt vergrub, wo sie sich irgendeinem unnützen Schreibkram hingab und das Gerede zu ertragen hatte, dem die Frauen dort ausgesetzt waren. Und das Ärgerlichste an der ganzen Sache: Rutgarda war davon überzeugt, dass keinen anderen als Gorgias die Schuld an dieser Misere traf. Das Mädchen war den aberwitzigen Vorstellungen ihres Vaters erlegen, der immer nur in der Vergangenheit lebte, seiner geliebten Heimat Byzanz nachtrauerte und vom Nutzen des Wissens und der Größe der alten Dichter faselte, als würde er von diesen Weisen auch nur einen Teller Bohnen geschenkt bekommen. Die Jahre würden vergehen, und eines Tages würde die Kleine plötzlich feststellen, dass ihr Fleisch welk und ihr Mund zahnlos war, und dann würde sie es bitter bereuen, dass sie sich keinen Mann gesucht hatte, der sie ernährte und beschützte.

Doch als mit jenem Winter das schreckliche Unheil über Würzburg kam, musste Rutgarda anerkennen, dass der Weizen, den Theresa zusätzlich zu der mageren Ration ihres Vaters heimbrachte, sie immerhin mit halbwegs vollem Magen zu Bett gehen ließ.

Als Theresa und Gorgias sich bis zur Höhe des Aussichtspunktes durchgekämpft hatten, kam ihnen eine Gruppe von Wachsoldaten entgegen, die in Richtung Stadtmauer hinabmarschierten. Kurz darauf hatten Vater und Tochter das Schlimmste überstanden, sie bogen in die Ritterstraße ein und liefen weiter zum Domplatz. Der Regen ließ für einen Moment nach, als wollte er die Häuser der Reichen hier oben schonen. Sie gingen um die Kirche herum, und schon tauchte hinter dem Baptisterium das Werkstattgebäude auf, ein niedriger, breiter Holzbau, in dessen Fensterhöhlen bereits ein flackerndes Licht zu sehen war. Der Regen verwandelte sich langsam in nassen Schnee.

Nur noch wenige Schritte trennten sie vom Eingang, als sich plötzlich ein Schatten aus der Dunkelheit löste und auf sie zustürzte. Gorgias reagierte überraschend schnell, doch es gelang ihm nur noch, Theresa von sich wegzustoßen. Schon blitzte ein Messer auf, die Fackel, die als Waffe hätte dienen können, fiel herunter und rollte unaufhaltsam die Straße hinab. Theresa sprang zurück und schrie auf, als ihr Vater und der Angreifer, ineinander verkeilt, zu Boden gingen. Verzweifelt rannte sie los, um in der Werkstatt Hilfe zu holen, erreichte die Tür und hämmerte auf sie ein. Sie spürte, wie ihr die Haut an den Fingerknöcheln aufplatzte, doch sie schrie und hämmerte weiter gegen die Tür. Hinter sich hörte sie das Keuchen der beiden Männer, die um ihr Leben rangen. Mit all ihrer Kraft schlug sie auf die verfluchte Tür ein, doch niemand antwortete. Hätte sie gekonnt, sie hätte sie eingeschlagen und denjenigen, der das Licht angezündet hatte, aus dem Haus gezerrt. Außer sich vor Zorn und Angst, wandte sie sich um und lief zurück, nun aus vollem Halse um Hilfe schreiend. Da hörte sie die erstickte Stimme ihres Vaters, der ihr japsend zurief, sie solle sich in Sicherheit bringen.

Doch Theresa blieb stehen, sie wusste nicht, was sie tun sollte. Plötzlich kamen die beiden verbissen miteinander ringenden Körper ins Rollen und stürzten über die Böschung. Theresa fielen die Soldaten ein, denen sie kurz zuvor begegnet waren, und in der Hoffnung, sie einzuholen, rannte sie wieder die Straße hinunter. Bevor sie den Aussichtspunkt erreichte, hielt sie jedoch abermals inne. Würde sie den Trupp schnell genug finden und die Männer überzeugen können, mit ihr zu kommen? Entschlossen packte sie sich einen schweren Stein, der am Wegesrand lag, und machte kehrt. Schon von weitem sah sie zwei Gestalten, die sich über einen seltsam verkrümmt daliegenden Mann beugten. Als sie näher kam, erkannte sie Korne und einen seiner Söhne, die sich mühten, den reglosen Körper ihres Vaters anzuheben.

»Um Gottes willen, Theresa!«, rief Korne. »Lauf schnell und sag meiner Frau, sie soll einen Kessel Wasser aufsetzen. Dein Vater ist schwer verletzt.«

Theresa ließ den Steinbrocken fallen, rannte strauchelnd die Anhöhe hinauf zur Wohnung des Pergamentarius und schrie aus Leibeskräften nach Kornes Frau. Früher war hier ein Lager für die Werkstatt untergebracht gewesen, doch im vergangenen Jahr hatte Korne es zum Wohnraum ausgebaut. Seine beleibte Frau erschien verschlafen mit einem Kienspan in der Hand am Fenster.

»Bei allen Heiligen! Was ist denn das für ein Geschrei?«, rief sie hinunter und bekreuzigte sich.

»Mein Vater! Schnell, bei der Liebe Gottes!«, flehte Theresa verzweifelt und drückte die Tür auf.

Die Frau verschwand im Haus und polterte stolpernd die Treppe herunter, wobei sie sich den eilig übergeworfenen Umhang zuhielt, der ihre Blöße nur notdürftig bedeckte. Sie war gerade unten am Treppenabsatz angekommen, als Korne von der Werkstatt her nach ihr rief.

»Das Wasser, Frau, hast du es noch nicht fertig?«, wetterte er. »Und Licht. Wir brauchen mehr Licht.«

Theresa lief ihnen in die Werkstatt nach und wühlte fieberhaft in dem Durcheinander von Werkzeugen, die auf den Arbeitstischen verteilt lagen. Sie fand ein paar Öllampen, doch sie waren leer. Schließlich entdeckte sie unter allen möglichen Resten zwei Kerzen. Eine rollte unter den schweren Arbeitstisch und verschwand im Halbdunkel. Theresa griff nach der anderen und beeilte sich, sie anzuzünden. Inzwischen hatten Korne und sein Sohn die Tierhäute von einem der anderen Tische geschafft, um Gorgias darauf zu betten. Der Pergamentarius wies Theresa an, die Wunden zu säubern, aus denen permanent dunkles Blut sickerte, während er selbst ein paar Messer zusammensuchte, doch das Mädchen schien ihn nicht zu hören. Mit der Kerze in der Hand stand sie bei ihrem Vater und starrte entsetzt auf die klaffende Verletzung an seinem Handgelenk. Niemals zuvor hatte sie eine solche Wunde gesehen! Das Blut sprudelte regelrecht hervor, durchtränkte Kleidung, Tierhäute und Codices, und Theresa war wie gelähmt. Gorgias durfte nicht sterben! Einer von Kornes riesigen Kötern kam herangetappt und begann das Blut aufzulecken, das auf den Boden tropfte, doch in dem Augenblick kehrte sein Herr zurück und vertrieb den Hund mit einem Fußtritt.

»Leuchte mal hier«, befahl er.

Theresa hielt die Flamme an die bezeichnete Stelle. Der Pergamentermeister riss eine Haut von einem der Rahmen herunter und breitete sie auf dem Boden aus. Mit Hilfe eines Messers und einer hölzernen Latte schnitt er die Haut in Streifen und knotete die Enden zusammen.

»Zieh ihm die Sachen aus«, herrschte er Theresa an. »Und du, Frau, bring mir endlich das Wasser!«

»Herr im Himmel! Was ist denn bloß geschehen?«, rief seine Frau erschrocken aus. »Seid Ihr verletzt?«

»Hör auf herumzuschwatzen und bring endlich den verdammten Topf«, fluchte Korne und schlug mit der Faust auf den Tisch.

Theresa hatte begonnen, ihren Vater zu entkleiden, doch Berthara, Kornes Frau, schob sie beiseite und zog ihm die Kleider vom Leib, bis er ganz nackt war. Dann wusch sie ihn sorgfältig mit einem Rest von der Tierhaut und dem frisch erhitzten Wasser. Korne prüfte eingehend die Verletzungen und stellte mehrere Schnitte am Rücken und einige weitere an der Schulter fest. Am meisten Sorge bereitete ihm jedoch die tiefe Wunde am rechten Arm.

»Drück mal hier drauf«, sagte Korne, während er Gorgias' Arm hochhielt.

Theresa gehorchte, ohne auf das Blut zu achten, das auf ihr Kleid troff.

»Los, Junge«, sagte der Pergamentmacher zu seinem Sohn. »Lauf zur Festung und hol den Chirurgen. Sag ihm, es ist dringend.«

Obwohl es draußen mittlerweile heftig zu schneien begonnen hatte, rannte der Junge los, und Korne wandte sich Theresa zu.

»Und jetzt pass auf: Wenn ich es dir sage, beugst du seinen Ellbogen und drückst ihm dann den Arm gegen die Brust. Hast du das verstanden?«

Theresa nickte, ohne den Blick von ihrem Vater abzuwenden. Tränen strömten ihr über die Wangen.

Der Pergamentarius band den Ledergurt oberhalb der Wunde um den Arm und wickelte ihn mehrmals darum, bevor er ihn fest zuzog. Kurz schien es, als würde Gorgias das Bewusstsein wiedererlangen, doch es war nur ein Krampf. Wenigstens war es Korne gelungen, die Blutung zu stillen. Er machte Theresa ein Zeichen, und sie beugte Gorgias' Ellbogen, wie der Meister sie geheißen hatte.

»Gut. Das Wichtigste haben wir geschafft. Die anderen Wunden scheinen weniger tief zu sein, man wird allerdings abwarten müssen, was der Chirurg sagt. Dein Vater hat wohl auch ein paar heftige Schläge abbekommen, aber wie es aussieht, sind die Knochen alle an ihrem Platz. Wir wollen ihn zudecken, damit er nicht auskühlt.«

In dem Augenblick begann Gorgias stark zu husten und zu würgen. Sein Gesicht verzerrte sich vor Schmerz. Unter halbgeöffneten Lidern sah er Theresa einen Moment an, ehe er sie erkannte.

»Dem Himmel sei Dank«, stieß er stockend hervor. »Geht es dir gut, meine Tochter?«

»Ja, Vater«, schluchzte sie. »Ich wollte die Soldaten zu Hilfe holen und bin losgelaufen, sie zu suchen, aber ich habe sie nicht mehr eingeholt und dann, als ich zurückkam …«

Theresa brachte den Satz nicht zu Ende, ihre Stimme erstickte in Tränen. Gorgias nahm mühsam mit der Linken ihre Hand, zog sie zu sich und schaute sie begütigend an. Er wollte etwas sagen, doch er musste wieder husten und verlor erneut das Bewusstsein.

»Komm, er muss sich jetzt ausruhen«, sagte Bertharda und fasste Theresa behutsam am Arm. »Und hör auf zu weinen, das hilft auch niemandem weiter.«

Theresa nickte. Kurz dachte sie daran, Rutgarda Bescheid zu geben, doch sie verwarf den Gedanken. Sie wollte die Werkstatt aufräumen, solange sie auf den Chirurgen warteten. Und wenn sie dann wüsste, wie schwer die Verletzungen tatsächlich waren, würde sie der Stiefmutter sagen, was geschehen war. Unterdessen nahm Korne eine Schale mit Öl zur Hand und beeilte sich, die Lampen aufzufüllen.

Im Schein der entzündeten Lämpchen glich der große, vollgestopfte Raum einer von vielen Fackeln erleuchteten Höhle. Theresa machte sich wie betäubt daran, das Durcheinander aus Nadeln, Messern, Hämmern, Pergamenten und Leimtiegeln aufzuräumen, die zwischen den Tischen und Rahmen herumlagen. Sie sortierte die Werkzeuge wie gewohnt nach ihrer Funktion und legte, nachdem sie sie sorgfältig gereinigt hatte, jedes an seinen Platz. Dann wandte sie sich ihrer Werkbank zu, um zu prüfen, ob die Platte sauber und noch genügend Talk und Politur vorhanden waren. Schließlich trat sie wieder zu ihrem Vater.

Sie wusste nicht, wie viel Zeit vergangen war, bis Zenon, der Chirurg, eintraf, ein schmutziges und zerzaustes kleines Männlein, das einen starken Geruch nach Schweiß und billigem Wein verströmte. Er trug einen großen Sack über der Schulter und wirkte so verschlafen, als habe man ihn direkt aus dem Bett geholt. Ohne Gruß betrat der Mann die Werkstatt, schaute sich rasch um und wandte sich gleich dem Tisch zu, auf dem Gorgias lag und stoßweise atmete. Er öffnete seinen Sack und packte eine kleine metallene Säge, mehrere Messer sowie ein kleines Lederbeutelchen aus, dem er einige Nadeln und eine Rolle Faden entnahm. Der Wundarzt legte die Instrumente auf Gorgias' Bauch und bat um etwas mehr Licht. Dann spuckte er sich mehrmals in die Hände, rieb an dem angetrockneten Blut an seinen Fingernägeln herum und packte mit festem Griff die Säge. Theresa erbleichte, als der schmächtige Mann das Werkzeug dem Ellbogen ihres Vaters näherte, doch zum Glück sägte er nur Kornes improvisierte Aderklemme auf. Das Blut begann wieder zu fließen, was Zenon ungerührt geschehen ließ.

»Gute Arbeit, obwohl ein wenig zu fest zugezogen«, sagte er. »Habt Ihr noch mehr Lederstreifen?«

Korne reichte ihm ein langes Stück, der Chirurg griff danach, ohne den Blick von Gorgias zu wenden. Geschickt band er den Arm ab und machte sich mit einer Unbekümmertheit daran zu schaffen, als ginge es darum, eine Gans zu füllen.

»Jeden Tag dasselbe«, brummte er, den Kopf über die Wunde gebeugt. »Gestern haben sie der alten Bertha den Bauch aufgeschlitzt, in der Unteren Straße. Und vor zwei Tagen hat man Sidericus, den

Böttcher, gefunden, den Schädel hatten sie ihm an der Hoftür eingeschlagen. Und wofür? Weiß der Himmel, was sie bei dem armen Teufel gesucht haben, er konnte ja kaum seine eigenen Kinder ernähren.«

Zenon schien etwas von seinem Handwerk zu verstehen. Er flickte Haut und Muskeln mit dem Geschick einer Näherin zusammen, wobei er zwischendurch immer wieder auf das Messer spuckte, um es sauber zu halten. Als er mit dem Arm fertig war, kamen die übrigen Wunden an die Reihe, die er mit einer dunklen Salbe aus einem Holztiegel bestrich. Zum Schluss verband er den Arm mit ein paar Leintuchfetzen, welche er ungeachtet der Flecke, die darauf prangten, für frisch gewaschen erklärte.

»So«, sagte er und wischte sich die Hände am Brustlatz ab. »Das wär's. Ein wenig Schonung und Pflege, und in ein paar Tagen ...«

Theresa, die sich im Hintergrund gehalten hatte, während der Chirurg sich an ihrem Vater zu schaffen machte, unterbrach ihn.

»Wird er wieder gesund werden?«

»Kann schon sein ... Kann aber auch nicht sein.«

Er lachte schallend. Dann langte er in seinen Sack und brachte einen Flakon mit einer dunklen Flüssigkeit zum Vorschein. Theresa nahm an, es handele sich um eine Art Tonikum, doch der Arzt entkorkte das Gefäß und genehmigte sich einen tiefen Schluck.

»Beim heiligen Pankratius! Dieser Trank erweckt Tote wieder zum Leben. Willst du auch?«, sagte der kleine Mann und hielt Theresa die Flasche unter die Nase.

Sie schüttelte den Kopf. Da hielt der Chirurg sein Elixier mit einem Achselzucken Korne hin, der dankend zugriff und einen großzügigen Schluck nahm.

»Messerstiche sind wie Kinder: Zustande kommen sie alle auf die gleiche Weise, aber um zu sehen, was am Ende dabei herauskommt, heißt es Geduld aufbringen«, meinte der Arzt munter. »Ob er wieder gesund wird oder stirbt, liegt nicht in meiner Hand. Der Arm ist gut genäht, aber die Wunde ist tief, und vielleicht haben die Sehnen etwas abbekommen. Wenn er sich völlig schont und in einer Woche keine Pusteln und Abszesse auftreten, kommt er vielleicht durch.

Hier, nimm das«, sagte er und zog einen kleinen Leinenbeutel aus seinem Rock. »Trag ihm viermal täglich von diesem Pulver auf, und die Wunde sollte möglichst nicht gewaschen werden.«

Theresa nickte.

»Was mein Honorar angeht ...«, sagte das murkelige Männlein und gab Theresa einen Klaps auf den Hintern, »sei unbesorgt, das wird Graf Wilfred schon erledigen.« Wieder lachte er schallend, während er seine Siebensachen zusammenpackte.

Theresa errötete vor Zorn. Sie hasste es, wenn Männer sich derartige Freiheiten herausnahmen, und hätte Zenon nicht soeben ihren Vater behandelt, Gott weiß, ob sie ihm nicht mit der eigenen Weinflasche geradewegs eins über seinen dummen Schädel gegeben hätte. Doch bevor sie sich empören konnte, hatte der Chirurg bereits die Hand an der Tür und verließ trotz der grimmigen Kälte fröhlich pfeifend das Haus.

Unterdessen war Bertharda in die Wohnung hinaufgestiegen und mit ein paar Schmalzkuchen zurückgekehrt.

»Ich habe auch einen für deinen Vater mitgebracht«, meinte sie lächelnd.

»Ich danke Euch. Gestern haben wir kaum ein Schälchen Grütze gehabt«, seufzte Theresa. »Wisst Ihr, mit dem Essen langt es einfach vorne und hinten nicht mehr. Meine Mutter sagt, wir müssen uns glücklich schätzen, dabei steht sie kaum noch aus dem Bett auf, so schwach ist sie.«

»So geht es uns doch allen, Mädchen«, erwiderte die Frau. »Lägen Wilfred die Bücher nicht so am Herzen, hätten wir heute überhaupt nichts zu beißen als unsere Fingernägel.«

Theresa nahm ein Küchlein und biss so vorsichtig hinein, als fürchtete sie, ihm weh zu tun. Dann nahm sie einen größeren Bissen und ließ sich genussvoll die Süße von Milch und Zimt auf der Zunge zergehen. Gierig machte sie sich über den nächsten Happen her und fuhr sich mit der Zunge über die Mundwinkel, um nicht den kleinsten Krümel zu verschenken. Dann verstaute sie das restliche Stück in einer Tasche ihres Kleides, um es später ihrer Mutter zu bringen.

Sie schämte sich ein wenig, dass sie diese köstliche Wonne genoss, während ihr Vater ohnmächtig auf dem Tisch lag, doch der Hunger war stärker als alle Gewissensbisse. Wie tröstlich konnte der Geschmack von warmem Fett sein! Da hörte sie ein Husten und wandte sich rasch um.

Ihr Vater war aufgewacht. Theresa stürzte zu ihm hin, sie wollte ihn daran hindern aufzustehen, doch Gorgias ließ sich nicht abhalten. In größter Unruhe blickte er um sich, als suchte er etwas. Korne hatte ihn beobachtet und kam herbeigeeilt.

»Meine Tasche! Wo ist meine Tasche?«

»Beruhigt Euch, Gorgias. Eure Tasche ist hier«, sagte Korne und deutete auf den Beutel, der achtlos neben der Tür lag.

Gorgias wälzte sich umständlich vom Tisch und humpelte mühsam zur Tür. Als er sich zu seiner Tasche hinunterbückte, fuhr ihm ein jäher Schmerz durch die Glieder; er hielt inne, knurrte, dann öffnete er den Beutel und sah hinein. Mit dem gesunden Arm wühlte er fieberhaft zwischen seinen Schreibgeräten herum und fluchte; immer wieder schaute er sich suchend um. Außer sich vor Ärger schüttete er die Tasche aus. Tintenverschmierte Federkiele und Griffel ergossen sich über den Fußboden.

»Wer hat es genommen? Wo ist es?«, schrie er.

»Wo ist was?«, fragte Korne.

Gorgias warf ihm einen zornigen Blick zu, doch dann biss er sich auf die Zunge und wandte den Kopf ab. Wieder und wieder kramte er in seinem Beutel, stülpte ihn von innen nach außen, bis er einsehen musste, dass wirklich nichts mehr darin war. Langsam richtete er sich auf, schleppte sich zu einem Hocker und ließ sich darauffallen. Er schloss die Augen und brabbelte etwas vor sich hin. Es sah so aus, als betete er leise für seine Seele.

2

Am späten Vormittag holten die Stimmen der jungen Burschen, die befangen an ihren Tischen arbeiteten und ab und zu dem Verletzten auf seinem Notlager verstohlene Blicke zuwarfen, Gorgias in die Welt der Lebenden zurück. Die ganze Zeit hatte er stumm dagelegen, mit leerem Blick vor sich hin gestarrt und kaum registriert, wenn Korne zu ihm sprach oder Theresa seine Wange streichelte. Doch nun nahm sein Gesicht nach und nach wieder klarere Züge an, einen Moment noch schaute er ein wenig verwirrt drein und hob dann den Kopf, um Korne zu sich zu rufen. Der Pergamentarius zeigte sich erfreut, dass es dem Kranken besser zu gehen schien, doch als Gorgias sich nach dem Mann erkundigte, der ihn überfallen hatte, verfinsterte sich Kornes Miene, und er erklärte barsch, sich an keine Einzelheiten zu erinnern.

»Als wir Euch zu Hilfe kamen, hatte der Kerl jedenfalls schon das Weite gesucht.«

Gorgias verzog das Gesicht und fluchte leise vor sich hin. Dann stand er mühsam auf und begann wie ein gefangenes Tier in der Werkstatt auf und ab zu laufen. Er versuchte sich das Gesicht seines Angreifers ins Gedächtnis zu rufen, doch sosehr er sich anstrengte, es wollte ihm nicht gelingen. Es war zu dunkel gewesen, und der Überfall war so unerwartet gekommen, dass er den Schurken nicht erkannt hatte. Schließlich entschied Gorgias, es sei das Beste, sich ins Skriptorium zurückzuziehen und dort in Ruhe nachzudenken.

Nachdem Gorgias in den Schnee hinausgehumpelt war, legten die Arbeiter ihre Befangenheit ab, und bald kehrte wieder die gewohnte Betriebsamkeit ein. Die Lehrjungen streuten Erde auf die Blutflecke am Boden und säuberten den Tisch, während die Gesellen über die Unordnung schimpften. Theresa sprach ein kurzes Gebet für die Genesung ihres Vaters und widmete sich dann gewissenhaft ihren Aufgaben. Als erstes räumte sie den Unrat vom Vortag weg und sortierte die unbrauchbaren Lederreste aus, um sie in die Abfalltonne zu geben, wo sie dann so lange vor sich hin rotteten, bis die Tonne voll war. Zu ihrem Pech quoll das Fass bereits über, sie musste also den stinkenden Inhalt in die Tonkrüge umfüllen, in denen das Leder eingeweicht wurde; nach dem Weichen wurde es dann zerstampft und gekocht, um so den Leim herzustellen, den die Gesellen später als Klebstoff verwendeten. Es kostete sie jedes Mal eine gehörige Überwindung, diese unangenehme Arbeit zu erledigen, doch tapfer biss sie die Zähne zusammen. Als sie fertig war, legte sie sich zum Schutz gegen die unaufhörlich fallenden Flocken einen Sack über und trat hinaus in den baufälligen Innenhof, wo unter freiem Himmel die Becken lagen, in denen die abgezogenen Tierhäute geschnitten, enthaart und geschabt wurden.

Sie schaute sich um.

Die tiefen quadratischen Bassins, sieben an der Zahl, waren um den Brunnen in der Mitte so angeordnet, dass die abgezogenen Felle leicht von einem ins andere geschafft werden konnten, wo sie entsprechend behandelt wurden. Theresa betrachtete die milchigen Häute, die auf der Wasseroberfläche trieben wie abgezehrte Kadaver. Sie verabscheute den beißenden Gestank, den dieser Ort verströmte.

Einmal, als sie unter einer starken Erkältung litt, hatte sie Korne gebeten, er möge ihr ein paar Tage freigeben, da die Feuchtigkeit und die Ätzmittel in den Bassins Gift für ihre Lungen waren, doch sie hatte nur eine kräftige Ohrfeige und verächtliches Gelächter geerntet. Niemals mehr hatte sie danach protestiert. Sie hatte ihr Kleid gerafft, so tief eingeatmet, wie es eben ging, und war mit angehaltenem Atem in die Becken gestiegen, um die klebrigen, ineinander verschlungenen Klumpen umzurühren.

Sie stand da und schaute angewidert auf die Bassins, als jemand von hinten an sie herantrat.

»Ekelst du dich immer noch? Oder meinst du vielleicht, für die Nase einer Pergamentergesellin sei das nichts?«

Theresa wandte sich um und sah Korne hämisch grinsen. Nur zwei faulige Zähne waren ihm geblieben, hässlich blitzten sie vor dem Dunkel seines Rachens auf. Er stank nach Weihrauch wie üblich, denn er verwendete ihn überreichlich, um seinen eigenen ranzigen Geruch zu überdecken. Im Grunde hätte sie Korne gerne erklärt, was sie beschäftigte, doch sie nahm sich zusammen und senkte den Kopf. Sie würde nicht mehr auf seine Provokationen hereinfallen. Und wenn er nach einem Vorwand suchte, um sie zu entlassen, würde er sich anstrengen müssen.

»Nun, wie auch immer«, fuhr der Pergamentmacher überraschend sanft fort, »ich wollte dir sagen, dass ich sehr gut verstehe, wie du dich fühlen musst: dein Vater verletzt … du beunruhigt und völlig durcheinander … natürlich, das verstehe ich vollkommen. Sicherlich nicht der rechte Augenblick, um dich einer so bedeutenden Prüfung zu unterziehen. Darum also und weil ich deinen Vater sehr schätze, bin ich bereit, die Prüfung um eine angemessene Frist aufzuschieben.«

Theresa atmete erleichtert auf. Es stimmte, das Bild ihres blutüberströmt daliegenden Vaters ging ihr nicht aus dem Kopf, die Hände zitterten ihr, und wenngleich sie sich trotz allem für die Prüfung gewappnet fühlte – es würde ihr helfen, wenn sie erst einmal wieder richtig zu sich kommen konnte.

»Ich bringe nur ungern die Planung durcheinander, aber ich danke Euch sehr für Euer Angebot. Ein paar Tage Aufschub wären sicher günstig …«

»Ein paar Tage? Nein, nein«, feixte Krone. Plötzlich hatte seine Stimme nichts Sanftes mehr. »Der Aufschub der Prüfung würde bedeuten, dass du bis zum nächsten Jahr warten musst. So ist es vorgesehen, und das weißt du nur zu gut. Aber in deinem Zustand … Schau dich doch an: du zitterst, bist ganz verstört … Zweifellos wird es das Beste sein, das Ganze zu verschieben.«

Lauernd blickte er sie an.

Theresa musste widerstrebend einsehen, dass Korne recht hatte. Wenn ein Kandidat auf die Prüfung verzichtete, konnte er nicht vor Jahresfrist erneut antreten. Für einen kurzen Moment hatte sie geglaubt, der Meister würde angesichts der Umstände eine Ausnahme machen. Wie töricht sie war!

»Also?«, drängte der Pergamentarius.

Theresa war unschlüssig. Ihre Hände waren schweißnass, und das Herz schlug ihr bis zum Hals. Kornes Vorschlag schien nicht vollkommen abwegig, aber niemand konnte vorhersehen, was in zwölf Monaten sein würde. Wenn sie allerdings die Prüfung jetzt wagte und nicht bestand, würde sie keine zweite Chance bekommen. Zumindest nicht, solange Korne bei den Pergamentmachern das Sagen hatte, denn er würde ihr Scheitern als Bestätigung dessen nehmen, was er seit Jahr und Tag verkündete: dass Frauen zu nichts anderem taugten als zum Gebären.

Eine Weile standen sie schweigend vor den Bassins, wie schwarze, drohende Vierecke stachen sie aus dem Weiß des Schnees hervor. Ungeduldig begann der Pergamentarius gegen ein kleines Fass zu trommeln. Theresa war drauf und dran, klein beizugeben, sie fror und fühlte sich ganz allein. Wenn nur ihr Vater hier wäre! Er hatte sich nie von Korne schikanieren lassen. Ihre Lippen formten bereits das entscheidende Wort, das Kornes Triumph bestätigen würde – doch im letzten Augenblick besann sie sich eines anderen. Nein, sie würde Korne zeigen, dass sie tüchtiger war als alle seine Pergamentersöhne zusammen! Wenn sie wirklich Gesellin werden wollte, musste sie sich den Problemen stellen, und wenn sie die Prüfung aus irgendeinem Grund nicht bestehen sollte, würde sich vielleicht ein paar Jahre später doch die Gelegenheit zur Wiederholung ergeben. Schließlich war Korne nicht mehr der Jüngste und wäre dann womöglich gar nicht mehr am Leben … Sie blickte Korne direkt in die Augen und teilte ihm mit entschlossener Stimme mit, dass sie die Prüfung noch an diesem Vormittag ablegen wollte.

Der Pergamentermeister verzog keine Miene. Nur seine Augen blinzelten böse. »Gut. Wenn es so ist, kann das Spektakel ja beginnen.«

Theresa wandte sich zum Gehen. Sie war eben im Begriff, die Werkstatt zu betreten, da ließ der schneidende Ton des Meisters sie zusammenzucken.

»Darf man erfahren, wo du jetzt hin willst?«, schnaubte er, und seine Nasenlöcher blähten sich wie Pferdenüstern.

Theresa sah ihn erstaunt an. »Ich wollte noch die Messer schleifen, bevor der Graf kommt, und …«

Korne tat erstaunt. »Der Graf? Was hat denn der damit zu tun?«

Theresa war sprachlos. Ihr Vater hatte ihr doch noch am Morgen versichert, dass Wilfred ihrer Prüfung beiwohnen würde!

»Ach ja«, erinnerte sich Korne ganz plötzlich, »Gorgias hatte so etwas erwähnt. Aber als ich gestern beim Grafen war, machte er einen so beschäftigten Eindruck, dass ich ihn nicht mit einer derart läppischen Formalität belästigen wollte. Und da du ja offenbar bestens mit allen möglichen unerwarteten Ereignissen zurechtkommst, wird es wohl auch kein Hindernis sein, wenn der Graf nicht zugegen ist. Oder doch?«

Langsam dämmerte es Theresa, dass es weder Nächstenliebe war, die Korne bewogen hatte, ihrem Vater zu helfen, noch etwa Rücksicht auf sie, als er anbot, die Prüfung zu verschieben. Er hatte Gorgias geholfen, weil er wusste, dass das Schicksal der Pergamenterwerkstatt und folglich auch sein eigenes von der Arbeit des Skriptoriums abhing. Wie hatte sie bloß – und sei es nur für einen Augenblick – an den guten Willen des Meisters glauben können … Nun war sie diesem Schuft ausgeliefert, und dass sie ihr Handwerk verstand würde ihr nicht viel nützen. Sie senkte den Kopf, doch sie wollte Korne das Feld nicht kampflos überlassen. Wie nur konnte sie sich wehren? Plötzlich hellte sich ihre Miene auf.

»Sonderbar.« In arglosem Ton wandte sie sich an den Pergamentarius. »Mein Vater versicherte mir nicht nur, dass Wilfred zugegen sein werde; er sagte mir auch, der Graf interessiere sich sehr für meine Fortschritte und wolle mein erstes Pergament gerne behalten. Ein Pergament, das ich, wie Ihr wisst, mit meinem Zeichen zu versehen habe«, schloss sie feierlich. Und betete, dass Korne die Lüge schlucken würde. Vielleicht hatte sie ja doch noch eine Chance.

Der Pergamentmacher schien nicht recht zu wissen, was er von dieser Geschichte halten sollte. Falls dies tatsächlich Wilfreds Wunsch war, durfte er es nicht riskieren, dagegen zu verstoßen. Das spöttische Grinsen verschwand aus seinem Gesicht, doch nur für den Bruchteil einer Sekunde. Denn im Grunde war es völlig unerheblich, was der Graf meinte oder sagte – das Mädchen würde die Prüfung nicht bestehen. Zumindest nicht, solange er, Korne, Meister der Pergamentarii war.

Er bedachte Theresa mit einem eisigen Blick und wandte sich wortlos ab. In der Werkstatt rief er die Lehrlinge und Gesellen zusammen. Sofort ließen sie von ihrer Arbeit ab und strömten in den frostkalten Innenhof, wo das Examen stattfinden sollte. Die Lehrjungen schubsten und drängelten, um sich wie bei einer Theateraufführung die besten Plätze zu sichern; die Gesellen stellten sich am Rand auf, wo man vor dem unablässig fallenden Schnee geschützt war. Einer der jungen Kerle kam mit einem Korb verschrumpelter Äpfel an und verteilte sie unter den neugierigen Zuschauern. Korne trat vor und klatschte ein paar Mal in die Hände.

»Wie Ihr wisst, ersucht unsere junge Theresa um die Aufnahme in unser Handwerk.« Gelächter erhob sich. »Dieses Mädchen hier«, er deutete mit der einen Hand auf Theresa, während er sich mit der anderen in den Schritt griff, »will geschickter sein als ihr, geschickter als meine Söhne und sogar als der Meister selbst. Eine Frau! Die sich vor Angst in ihre Röcke scheißt, wenn sie einen Hund bellen hört! Und trotzdem besitzt sie die Frechheit, eine Arbeit tun zu wollen, die die Natur den Männern zugedacht hat.«

Einer der Lehrjungen schleuderte einen Apfelgriebs in Theresas Richtung, der sie mitten ins Gesicht traf. Ein anderer tat wie ein Mädchen, das sich ängstlich wegduckt und davonläuft, und erntete stürmischen Beifall, bis Korne die Posse beendete und seine Ansprache fortsetzte.

»Frauen, die Männerarbeit verrichten … Kann mir vielleicht jemand erklären, wie eine Frau hier arbeiten und gleichzeitig, wie es sich gehört, für ihren Mann sorgen kann? Wer soll denn für ihn kochen und waschen? Wer kümmert sich um die Kinder? Oder soll sie die womöglich mit hierher schleppen, damit wir alle etwas davon haben?« Wieder erhob sich wieherndes Gelächter. »Und wenn der Sommer kommt und es schwül und heiß wird, und wenn ihr Kittel dann von Schweiß durchtränkt ist und sich ihre Brüste darunter abzeichnen … Wird sie uns wohl zumuten, dass wir unsere Blicke abwenden und unser Verlangen unterdrücken? Oder wird sie uns zum Lohn für unsere Qualen ihre Äpfelchen anbieten?«

Die Handwerker grölten, zwinkerten sich vielsagend zu und stießen sich gegenseitig in die Seiten, während sie Korne applaudierten.

Theresa pochte das Blut in den Adern. Bis jetzt hatte sie geschwiegen, aber nicht einen Augenblick länger würde sie den Spott und die Demütigungen dieser widerlichen Kerle erdulden.

»Was geht es Euch an, wie ich für meinen Mann sorgen werde?«, erhob sie laut ihre Stimme. Ein Raunen ging durch die Menge. »Und meine Brüste … Da sie Euch offenbar so sehr beschäftigen, werde ich Eure Frau bitten, sich des Mangels anzunehmen, den Ihr anscheinend leidet. Und nun würde ich gern mit der Prüfung beginnen, wenn Ihr nichts dagegen habt.«

Korne verschlug es die Sprache, mit solch dreister Entgegnung hatte er nicht gerechnet, und erst recht nicht damit, dass Theresas Worte von den Männern mit anerkennenden Pfiffen quittiert würden. Wutschnaubend griff sich der Pergamentarius den Korb mit den übriggebliebenen Äpfeln, suchte einen besonders fauligen heraus und baute sich höhnisch grinsend vor Theresa auf. Ohne seinen niederträchtigen Blick von ihr abzuwenden, stieß er seine beiden verbliebenen Hauer in den Apfel und streckte ihr dann schmatzend die speicheltriefende Frucht hin.

»Na, auch Appetit?«

Angewidert betrachtete Theresa den Wurm, der sich in dem fauligen Fruchtfleisch wand. Ungerührt biss Korne noch einmal zu, schluckte den halben Griebs samt Wurm hinunter und schleuderte den Rest in das hinterste Becken. Dann band er sich die Haare zu einem albernen Zöpfchen zusammen, trat an das Becken und spuckte verächtlich hinein.

»Hier hast du deine Prüfung«, sagte er und nahm das Holzgitter herunter, das zum Schutz über das Bassin gelegt war. »Mach mir die Haut fertig und zeig, ob du den Titel verdienst, nach dem es dich so sehr verlangt.«

Theresa presste die Lippen zusammen. Häute entfleischen und für die Bearbeitung herrichten gehörte eindeutig nicht zu den Aufgaben eines Gesellen, aber wenn es das war, was Korne wollte, würde sie das Beste daraus machen. Sie schaute auf die schmierige Schicht aus Blut und Fett, die auf der Oberfläche schwamm. Mit Hilfe eines Holzspatens schob sie die glibberigen Fetzen auseinander, die sich durch die Kalklauge gelöst hatten, und fischte nach der Haut, die sie bearbeiten sollte. Sie zog den Spaten mehrmals durch das ganze Becken, doch sie konnte sie nicht finden. Mit fragendem Blick wandte sie sich zu Korne um.

»Doch, doch, die Haut ist da drin,« blaffte er sie an. »Streng dich gefälligst ein bisschen an!«

Theresa starrte auf das Becken, sie wusste, zur Mitte hin wurde es richtig tief. Hier kamen die Felle gleich nach dem Abziehen hinein. Gefasst zog sie sich schließlich die Stiefel aus, raffte ihren Rock und stieg mit angehaltenem Atem in die eisige Kalklauge. In dem Bassin schwammen Hautstücke und Brocken von geronnenem Blut, vermischt mit dem in den Einweichbecken üblichen Dreck. Unter den spottenden Rufen der Männer ging sie vorsichtig tastend tiefer hinein, bis ihr die stinkende Brühe an den Bauch reichte.

Die eisige Temperatur ließ sie erschauern, unwillkürlich stöhnte sie auf. Einen Moment stand sie regungslos da. Dann holte sie Luft und glitt ins Tiefe. Als sie wieder auftauchte, war ihr Kopf von einem schmierigen Schleier überzogen. Theresa spuckte aus und wischte sich den Schleim vom Gesicht. Dann langte sie wieder in die undurchsichtige Flüssigkeit und schob die Haut- und Fettreste um sich herum zur Seite. Sie spürte, wie der Kalk auf der Haut brannte und sie von der entsetzlichen Kälte ganz starr wurde. Die stinkende Brühe schwappte ihr bis übers Kinn, doch Aufgeben kam nicht in Frage. Sie nahm sich zusammen und versuchte sich zu konzentrieren. Inzwischen hatte ein Schneesturm eingesetzt, der ihr wie mit Nadeln ins Gesicht schlug, während sie mit zitternden Armen unter der Oberfläche hin und her ruderte wie ein Blinder, der verzweifelt nach Halt sucht. An den bloßen Füßen spürte sie eine glitschige Schicht aus Schlamm und fauligen Häuten. Doch plötzlich stieß sie gegen etwas Festes. Sie erstarrte, das Herz schlug ihr bis zum Hals, sie wagte sich kaum zu rühren. Sie betastete den Gegenstand mit dem Fuß – was konnte das sein? Unmöglich zu sagen, sie hatte kaum noch Gefühl in den Zehen. Sollte sie der Schmach vielleicht doch ein Ende bereiten und auf den Gesellentitel verzichten? Sie musste an ihren Vater denken und an all die Menschen, die ihr Vertrauen in sie gesetzt hatten. Sie holte noch einmal tief Luft und tauchte unter. Die Kälte pochte ihr schmerzhaft in den Schläfen, als ihre Hände ein schleimiges Etwas fassten. Sie musste würgen, tastete sich jedoch tapfer weiter an dem widerlichen Klumpen entlang, bis sie eine Reihe kleiner Kiesel unter ihren Fingern zu spüren glaubte. Und plötzlich begriff Theresa, was sie da gerade befühlte: Zähne, das Gebiss eines toten Tieres! Vor Abscheu hätte sie beinahe die Augen aufgerissen, doch im letzten Moment besann sie sich: Die Kalklauge hätte sie auf der Stelle für immer blind gemacht. Wie vom Teufel gejagt schoss sie hoch an die Wasseroberfläche, das Gesicht von Ekel verzerrt. Und wie sie hustete und spuckte, tauchten neben ihr die fauligen Reste eines riesigen Rindskopfes auf.

Gleich kamen mehrere Kerle an das Becken herangelaufen, einer streckte Theresa die Hand hin, als wollte er ihr heraushelfen, dann aber ließ er sie los. Theresa plumpste zurück in die dreckige Brühe, den Tränen nahe. Da kam die Frau des Pergamentarius, die offenbar die ganze Szene mit angesehen hatte, in den Hof geeilt und drängte die Männer beiseite. Voller Verachtung blickte sie in die Runde und zog die schlotternde Theresa aus dem Becken. Rasch legte sie ihr eine Decke um und wollte sie gerade ins Haus bringen, als hinter ihnen Kornes scharfe Stimme ertönte:

»Sie soll sich gefälligst trockene Kleider anziehen und endlich an ihrem Arbeitsplatz erscheinen.«

Als Theresa in die Werkstatt zurückkehrte, lag ausgebreitet auf ihrer Werkbank die triefende, schlaffe Rindshaut; irgendjemand hatte den Kopf entfernt. Mühevoll wrang sie das glitschige Ding aus und schlug es wieder auseinander, um es zu begutachten. Die Haut konnte erst diese Woche abgezogen worden sein, denn der Kalk hatte kaum das Fell gelöst, und auf der Innenseite hafteten noch Fleisch- und Fettreste. Zahlreiche Bissspuren deuteten darauf hin, dass die Kuh von Wölfen gerissen worden war. Daneben verunstalteten Dutzende Narben, die von Geschwüren und älteren Wunden herrühren mussten, die Haut und machten sie praktisch unbrauchbar für die Herstellung von Pergament. Diesen Fetzen kann man ja nicht mal mehr den Ratten zum Fraß vorwerfen, dachte Theresa.

»Wolltest du nicht eine große Pergamentmacherin werden?«, höhnte Korne. »Dann setz dich an die Arbeit, damit Wilfred sich bald von deinem Geschick überzeugen kann.«

Er verlangte Unmögliches von ihr, und keine Gerechtigkeit bot ihm Einhalt. Doch Theresa unterdrückte ihre Empörung und erhob keinen Widerspruch. Schon eine gute Haut zu säubern, erforderte eigentlich mehrere Tage Arbeit, und damit der Kalk und die Spülungen ihre Wirkung entfalteten, musste das Stück zwischen den einzelnen Arbeitsschritten eine ordentliche Weile liegenbleiben. Sie hatte indes keine Wahl, niemals würde sie Korne den Triumph gönnen, dass sie sich geschlagen gab. Entschlossen krempelte sie die

Ärmel des Kittels hoch, den Kornes Frau ihr geliehen hatte, griff nach einer Borstenbürste und schrubbte damit energisch die Fleischreste ab, die den Würmern entgangen waren. Als sie mit der Fleischseite fertig war, drehte sie den Lappen um und machte sich an die Haarseite. Mit aller Kraft schabte sie das übriggebliebene Fell von der Haut, spülte sie immer wieder durch, wrang sie gründlich aus und faltete sie auf der Werkbank auseinander, um sich den Stellen noch einmal zu widmen, an denen die Haare nicht vollständig entfernt waren. Schließlich suchte sie die Kiste mit dem Ginster, um die Säure aufzutragen. Sie war verschwunden. Korne verfolgte jeden ihrer Handgriffe mit hämischem Grinsen, hin und wieder wandte er sich betont ungeduldig ab, als hätte er Wichtigeres zu tun, doch schon bald kehrte er zurück, um zu sehen, wie sie vorankam. Theresa bemühte sich eisern, ihn nicht zu beachten. Sie wusste, dass das Verschwinden des Ginsters kein Zufall war, und verschwendete keine Zeit damit, danach zu suchen. Stattdessen nahm sie eine Kelle Asche, mischte sie mit etwas von dem Mist, den die Maulesel vor dem Eingang hinterlassen hatten, und strich diese Paste auf die Poren der Rinderhaut. Dann kratzte sie mit einem halbrunden, stumpfen Messer sorgsam die letzten Fellreste ab, bis sie mit dem Ergebnis zufrieden war.

Der erste Schritt war geschafft. Nun hieß es, die Haut auf einen Rahmen zu spannen, so dass eine Art riesiges Tamburin entstand. Dabei musste sie sehr behutsam vorgehen, denn an den stark beschädigten Stellen konnte die Haut leicht einreißen. Theresa legte einige Kiesel auf den Rand und wickelte sie geschickt ein, indem sie den Lappen darüber schlug. So entstanden kleine Beutel, die sie mit einer Schnur zuband. Vorsichtig legte sie den Fetzen dann über den Rahmen und zog ihn mit Hilfe der Schnüre an den Beutelchen behutsam straff. Die Anspannung stand ihr ins Gesicht geschrieben. Es durften bloß keine Risse entstehen! Endlich atmete Theresa erleichtert auf, die schwierigste Etappe hatte sie hinter sich gebracht. Nun musste sie die Haut nur noch vor dem Feuer trocknen lassen und abwarten, bis sie so fest war, dass man sie mit dem schärferen

Messer glatt schaben konnte. Sie trug den bespannten Rahmen zum Feuer, das in der Mitte des Arbeitsraums knisterte. Dort war es nicht nur am wärmsten, sondern auch am hellsten; daher gruppierten sich um die Feuerstelle auch die Tische, auf denen die wertvollsten Codices ihrer Instandsetzung harrten.

Theresas Blick verlor sich in den Flammen, sie stellte sich zum ersten Mal die Frage, woher diese Rindshaut wohl stammen mochte. Die meisten Kühe waren während des schlimmen Unwetters elendiglich verendet; soweit sie wusste, besaß nur Wilfred noch welche, also musste Korne die Kuh über einen der Verwalter des Grafen beschafft haben. Und ihrem Zustand nach zu urteilen wohl allein in der Absicht, ihr eine unmöglich zu bewältigende Aufgabe zu stellen.

Der Pergamentermeister trat zu Theresa an das Feuer. Er fuhr mit dem Finger über die Trommel, auf der Wasser perlte, und sah Theresa verächtlich an.

»Ich sehe, du bemühst dich. Vielleicht kommt zuletzt ja sogar etwas dabei heraus«, sagte er, auf den Rahmen deutend.

»Ich tue mein Bestes, Herr«, erwiderte Theresa und hielt seinem Blick stand.

»Dieser Dreck hier ist also das Beste, was du zustande bringst?«, zischte Korne, zog sein Messer aus der Scheide und näherte es der aufgespannten Haut. »Hast du diese Stellen hier gesehen? Da wird es reißen.«

»Nein, das wird es nicht. Ich habe die Stellen genau geprüft und die Haut so gespannt, das nichts passieren kann«, erwiderte sie prompt.

Da begann der Meister, ganz langsam und genüsslich mit der Messerspitze über das fast fertige Pergament zu fahren, als kitzelte er mit dem Dolch die Kehle eines Opfers. Die Schneide ratschte über die Haut und warf einen feinen Grat auf. Theresa beobachtete entgeistert, wie Korne mit tückisch glitzernden Augen und halb geöffneten Lippen, die seine beiden hässlichen Zähne entblößten, sein teuflisches Werk verfolgte.

»Tut das bitte nicht!«, flehte Theresa.

Korne sah sie triumphierend an, dann stieß er statt einer Antwort mit dem Messer zu. Die Haut zersprang in tausend kleine Fetzchen, die über ihre Köpfe wirbelten und sich langsam ins Feuer senkten.

»Oh!«, machte der Pergamentarius bedauernd. »Da hast du wohl die Spannung doch nicht richtig berechnet. Tja, ich fürchte, du bist einfach nicht so weit, manchen sind Talent und Glück nun einmal nicht in die Wiege gelegt. Du wirst es nie zum Gesellen bringen, hörst du, niemals!«

Theresas Züge verkrampften sich, sie ballte die Fäuste. Sie hatte Kälte und Erniedrigung ertragen, und sie hatte unter widrigsten Umständen aus diesem vollkommen unbrauchbaren Kadaverrest ein annehmbares Pergament hergestellt; und nun wollte Korne sie, allein, weil sie eine Frau war, für alle Ewigkeit zur Hilfsarbeit verdammen!

Nur mühsam beherrscht stand sie da, als Korne sie unvermittelt am Arm packte und zu sich heranzog.

»Du kannst dir ja immer noch dein Geld damit verdienen, irgendwelchen Säufern den Wanst zu kneten«, spuckte er ihr gehässig ins Ohr.

Da packte Theresa blinde Wut. Mit einem Ruck entwand sie sich dem Griff dieses widerlichen Mannes, stieß ihn von sich und wollte aus der Werkstatt laufen. Korne stellte sich ihr breitbeinig in den Weg.

»Du glaubst doch wohl nicht, dass ich mich von einer Hure wie dir so behandeln lasse!«, geiferte er und schlug ihr mit der flachen Hand ins Gesicht.

Theresa glitt aus und fiel gegen den Rahmen, auf dem eben noch ihr Pergament aufgespannt gewesen war, ehe es mitsamt all ihren Träumen unter Kornes Messer in tausend Fetzen zerplatzt war. Das Gestell geriet ins Wanken und krachte schließlich auf die brennenden Holzscheite. Eine Glutwolke stob durch die Werkstatt, die für einen Augenblick rot erleuchtet war wie eine Schmiede. Die

Funken sprühten bis auf die nahe beim Feuer stehenden Bänke, die glimmende Asche setzte die noch nicht gebundenen Codices in Brand, den Leim und die Chemikalien, und im Nu hatten aufzüngelnde Flammen auf die Regale übergegriffen.

Als Korne die Lage erfasst hatte, war es bereits zu spät, denn einer der Lehrlinge hatte unbedacht beide Türen aufgerissen, so dass der Luftzug das Feuer immer stärker auflodern ließ. Vom Wind genährt, begannen die Flammen nach der Decke aus Holz und Weidengeflecht zu greifen und hatten bald die trockenen Laubreste an den Zweigen in Brand gesetzt. Hektisch versuchte Korne, ein paar Pergamentballen in Sicherheit zu bringen, als ein großer, brennender Ast genau auf die Stelle niederging, wo Theresa fassungslos verharrte. Er traf sie am Hinterkopf, und wie vom Blitz getroffen fiel sie zu Boden. Ohne im mindesten auf sie zu achten, befahl Korne den Lehrlingen, zusammenzuraffen, was sie tragen konnten, und die Sachen nach draußen zu schaffen. Die Jungen gehorchten, packten, wild durcheinander stolpernd, an Geräten, was sie finden konnten, und flohen aus der Werkstatt, als sei ihnen der Teufel auf den Fersen. Der Letzte zerrte die regungslose Theresa im Vorbeilaufen ein Stück von den gierig nach ihr züngelnden Flammen weg. Als er jedoch sah, dass sie wieder zu sich kam, überließ er sie ihrem Schicksal.

Mit Mühe und Not rappelte sie sich auf die Beine. Dies musste das Vorzimmer zur Hölle sein. Verzweifelt blickte sie um sich: Die wild lodernden Flammen hatten sie beinahe ganz eingeschlossen. Ein Knacken über ihr ließ sie zusammenfahren, sie schaute zur Decke auf. Im ersten Augenblick meinte sie, die gesamte Decke würde nun einstürzen, doch als sie genauer hinsah, bemerkte sie, dass die Flammen sich in dem Weidengeflecht nur mühsam ausbreiteten, offenbar hielt der Schnee das Dach zu feucht. Sie versuchte einen klaren Gedanken zu fassen: Der einzig mögliche Fluchtweg führte über den Innenhof, denn der Ausgang zum Platz hin war schon vom Feuer versperrt. Plötzlich erstarrte sie: Zu ihrer Linken stapelten sich unter einem Sims mehrere besonders wertvolle Codices. Sie zögerte nicht lange, wickelte sich rasch aus dem trockenen Kittel, den Bertharda ihr gegeben hatte, und schlüpfte in ihre vom Bad in dem Kalkbecken durchnässten Unterkleider, die achtlos auf einem Haufen lagen. Sie lud sich so viele Schriften auf, wie sie tragen konnte, und rannte los. Im Innenhof blickte sie sich ratlos nach einem Ausweg aus dem auch hier bereits wütenden Flammenmeer um. Über den wild ineinanderwachsenden Wein in der östlichen Hofecke konnte sie möglicherweise auf das Dach hinaufklettern und dann über die angrenzenden Dächer dem Inferno entkommen. Sie hatte gerade den Fuß auf die erste Ranke gesetzt, als ein verzweifelter Schrei sie innehalten ließ. Die Stimme musste aus der Werkstatt kommen!

Theresa ließ das Bündel Schriften fallen und rannte zurück in die lodernde Hölle. Der beißende Rauch nahm ihr jede Sicht. Sie konnte kaum atmen, die heiße Luft brannte in ihren Lungen. Schützend hob sie die Arme vors Gesicht, duckte sich und kämpfte sich durch die Flammen. Plötzlich erblickte sie Kornes Frau, zusammengekauert in einer Ecke und verzweifelt um Hilfe schreiend. Offenbar hatte das Feuer sie oben in der Wohnung überrascht, und ihr war die Flucht nicht mehr geglückt. Die Frau quiekte wie ein Schwein auf der Schlachtbank, ihre Kleider hatten am Saum bereits Feuer gefangen. Entsetzt wollte ihre Helferin zu ihr hin stürzen, doch da knackte es erneut über ihren Köpfen, und diesmal klang es besorgniserregend laut. Erschrocken blickte Theresa nach oben. Die Decke schien kurz davor zu bersten. In panischer Angst griff Theresa nach einem langen Holzspaten, der auf dem Boden lag, und stieß mit aller Kraft gegen die brennenden Weidengerten, die bereits nachgaben. Es knackte und knirschte immer bedrohlicher, doch unbeirrt stieß sie den Spaten weiter gegen das Flechtwerk. Obwohl der Rauch sie schon ganz benommen machte, holte sie tief Luft und stieß noch einmal zu, so fest sie konnte. Ein Schwall von Schnee ergoss sich in die Werkstatt, begrub die Reste des Weidengeflechts unter sich und erstickte die Flammen, die eben noch zwischen Theresa und der Frau des Pergamentermeisters gelodert hatten.

»Eure Hand! Um Gottes willen, gebt mir Eure Hand!«, rief Theresa.

Die Frau schlug die Augen auf und hörte endlich auf zu quieken. Schwerfällig raffte sie sich auf, küsste ihrer tapferen Retterin die Hand und lief, so schnell ihre stämmigen Beine sie trugen, mit Theresa hinaus in den Hof.

3

Als Gorgias im Skriptorium eintraf, bemerkte er, dass der Verband, den Zenon ihm angelegt hatte, ganz von Blut durchtränkt war. Mit der gesunden Hand wickelte er die Binden ab und betrachtete den verletzten Arm im Schein einer Lampe. Nur mühsam gelang es ihm, die Finger zu bewegen. Da die Wunde wieder stark blutete, wollte er die Naht straffen, die den Schnitt zusammenhielt, doch der Schmerz war unerträglich. Das offene Fleisch zuckte und pochte, als säße ihm das Herz direkt im Arm. Besorgt bat er einen Diener, noch einmal nach dem Chirurgen zu schicken. Dann sank er in seinen Stuhl zurück und versuchte trotz der Schmerzen seine Gedanken zu ordnen.

Obgleich Korne darauf gedrungen hatte, dass sein Sohn ihn bis zum Skriptorium begleitete, hatte er den Jungen unter dem Vorwand, er fühle sich schon besser, nach einer kurzen Wegstrecke wieder zurückgeschickt. In Wahrheit fühlte er sich schwächer denn je in seinem Leben, doch er wollte sich ungestört an der Stelle umschauen, wo sich der Überfall ereignet hatte. Indes hatte er dort nichts gefunden, was ihn auf die Spur des Rätsels gebracht hätte.

Für Gorgias gab es keinen Zweifel: Der Mann, der ihn angegriffen hatte, musste den unschätzbaren Wert des Pergaments kennen.

Das Knarren der Tür riss Gorgias aus seinen Grübeleien. Der Diener, den er geschickt hatte, bat eintreten zu dürfen. Hinter ihm folgte der sichtlich verärgerte Wundarzt.

»Verschone mich Gott mit den Gelehrten! Bilden sich wer weiß was ein auf ihr Wissen, aber beim kleinsten Wehwehchen fangen sie an zu jammern wie die Klageweiber bei der Totenwache«, schimpfte Zenon, während er mit einer Lampe ankam, um sich die Wunde zu besehen.

»Ich kann kaum die Finger bewegen. Und es hört nicht auf zu bluten«, entgegnete Gorgias und hielt ihm den Arm hin.

Der Chirurg begutachtete den Arm wie ein Metzger, der im nächsten Moment einem Huhn den Hals umdrehen will.

»Ihr solltet dankbar sein, wenn ich ihn Euch nicht abnehmen muss. Bei allen Teufeln! Was habt Ihr bloß damit gemacht? Die ganze Bibel abgeschrieben?«

Gorgias schwieg. Bestimmt hatte er die Genesung nicht gerade vorangetrieben, als er sich auf seine Spurensuche begeben hatte. Missmutig kramte der Chirurg in seinem speckigen Lederbeutel.

»Verflucht! Ich habe keinen Vogelknöterich mehr. Habt Ihr das Pulver hier, das ich Euch verschrieben habe?«, fragte der Arzt und griff nach Gorgias' Beuteltasche.

Gorgias riss ihm die Tasche aus der Hand.

»Das habe ich in der Werkstatt vergessen. Ich werde später jemanden danach schicken.«

Zenon zuckte verwundert die Achseln.

»Wie Ihr meint. Aber ich muss Euch warnen: Die übrigen Verletzungen machen mir keine großen Sorgen, dieser Arm allerdings ... Wenn Ihr ihn nicht pflegt, ist er in einer Woche nicht mal mehr als Schweinefutter zu gebrauchen. Und lasst Euch noch etwas sagen: Wenn Ihr den Arm verliert, wird es Euch das Leben kosten. Ich werde jetzt die Naht verstärken, um die Blutung zu stoppen. Das wird ziemlich weh tun.«

Gorgias verzog das Gesicht – nicht allein des Schmerzes wegen; er ahnte, dass der Mann recht hatte. Dennoch fragte er: »Aber wie kann denn eine oberflächliche Schnittwunde ...?«

»Es mag Euch gefallen oder nicht, so sind die Dinge nun einmal. Die Menschen sterben nicht nur an Pest und Skrofel. Im Gegenteil, die Friedhöfe sind voll von Leuten, die an harmlosen Kratzern krepiert sind: Ein leichtes Fieber, ein paar merkwürdige Krämpfe … und schon kann es vorbei sein. Vielleicht arbeite ich nicht nach den Methoden von Galenos, aber ich habe so viele Tote gesehen, dass ich sie erkenne, lange bevor sie das Zeitliche segnen.«

Nach der Behandlung packte der kleine Mann seine Utensilien zusammen und stopfte sie achtlos in seinen Beutel. Gorgias bat den Diener, er möge draußen vor dem Skriptorium warten.

»Einen Augenblick noch, bitte«, Gorgias hielt den Arzt zurück, als auch der sich zum Gehen anschickte. »Ihr müsst mir einen Gefallen tun.«

»Sofern es in meiner Macht liegt …«, meinte Zenon gleichgültig.

Gorgias vergewisserte sich, dass der Diener außer Hörweite war.

»Es ist so, ich würde gerne vermeiden, dass der Graf davon erfährt … Ich meine, wie schwer die Verletzung ist. Ich arbeite gerade an einem Codex, der Wilfred besonders am Herzen liegt, und gewiss würde es ihm missfallen, wenn er annehmen müsste, dass die Arbeit sich verzögert.«

»Nun, ich sehe nicht, wie Ihr das vermeiden wollt. Mit diesem Arm werdet Ihr wenigstens drei Wochen keine Feder halten können. Sofern sich die Sache nicht ohnehin verschlimmert. Und da es der Graf ist, der meine Honorare bezahlt, werdet Ihr mit mir übereinstimmen, dass ich ihn nicht belügen sollte.«

»Ich bitte Euch nicht um eine Lüge. Sagt ihm nur nicht, wie schwer die Verletzung ist. Ich werde schon einen Weg finden, diesen Codex fertigzustellen. Und was Euer Honorar angeht …«

Gorgias fuhr mit der linken Hand in die Tasche seines Kittels und förderte ein paar Münzen zutage.

»Das ist mehr, als Euch der Graf zahlen wird.«

Der Arzt nahm die Geldstücke entgegen und hielt sie ins Licht der Lampe, seine Augen glänzten gierig. Er küsste die Münzen und steckte sie ein. Dann wandte er sich ohne ein weiteres Wort zur Tür. Auf der Schwelle drehte er sich noch einmal zu Gorgias um.

»Schont Euch und lasst die Wunde ausheilen. Verlieren tut man die Gesundheit im Galopp, aber zurück kommt sie humpelnd zu Fuß. Wenn Ihr beobachtet, dass sich Abszesse oder Geschwüre bilden, lasst es mich sofort wissen.«

»Ihr könnt gewiss sein, dass ich Euren Rat befolgen werde. Und nun seid so gut und schickt den Diener noch einmal zu mir herein.«

Der Arzt nickte und zwinkerte ihm zum Abschied zu.

Als der Diener in die Schreibstube trat, musterte Gorgias ihn skeptisch. Der mürrische Bursche schien ihm etwas schwer von Begriff.

»Ich möchte, dass du zur Werkstatt des Pergamentmachers gehst und meine Tochter um das Mittel bittest, das der Arzt mir verschrieben hat. Sie wird wissen, was zu tun ist. Aber vorher sag dem Grafen, dass ich ihn bitte, mich im Skriptorium zu besuchen.«

»Aber, Herr, der Graf ruht noch«, stammelte der schlaksige junge Kerl.

»Dann weck ihn auf!«, rief Gorgias. »Sag ihm, ich muss ihn dringend sprechen.«

Der Diener zog sich verwirrt zurück. Er schloss die Tür, und seine Schritte entfernten sich eilig.

Gorgias schaute sich in der Schreibstube um. Alles hier ist feucht und klamm, dachte er mit einigem Verdruss. Die Flammen der kleinen Öllampen erhellten kaum die Bänke, auf denen sie standen, was dem Raum einen gespenstischen Eindruck verlieh. Lediglich durch ein schmales, mit einem starken Gitter gesichertes Fenster fiel schwaches Dämmerlicht auf das große hölzerne Schreibpult, auf dem Handschriften und Tintengefäße, Federn, Griffel und Punzen, Schaber und Trockenpulver in wirrem Durcheinander lagen. Das zweite Pult in der Stube war im Unterschied dazu bemerkenswert leer. Aus der Tiefe des Raumes herrschte ein zu beiden Seiten von Leuchtern flankierter großer Schrank über das Skriptorium, in dem die besonders wertvollen Codices untergebracht waren: Mit Hilfe schwerer an den Buchrücken befestigter Ringe hatte man sie an die Wand gekettet. In den Fächern daneben befanden sich die Psalmbücher für den allgemeinen Gebrauch und die aramäischen Bibeln. Dutzende von ungebundenen Konvoluten lagen gestapelt über Briefen und Schreiben, Bestandslisten und Rechnungsbüchern in den übrigen Fächern.

Nachdenklich durchmaß Gorgias mit schleppenden Schritten die Schreibstube, als sich plötzlich die Tür knarrend öffnete und ihn der Schein einer Fackel blendete: Es war der Diener, der sich nun linkisch anschickte, den Kienspan in eine schmiedeeiserne Halterung zu stecken, und sich sogleich wieder empfahl.

»Sagt mir, guter Gorgias«, ertönte im nächsten Augenblick eine brüchige Stimme von der Tür her. »Was ist diese dringende Angelegenheit, die Euch so zu schaffen macht?«

Ein heiseres Knurren kam einer prompten Antwort von Gorgias zuvor. Zähnefletschend bewegte sich ein schwarzer Hund auf den Schreiber zu und zog einen anderen hinter sich her. Beide Tiere waren an ein schwerfälliges, äußerst seltsames Gefährt angeschirrt, das quietschend und ächzend auf groben Holzrädern langsam in den Raum rollte. Auf ein Kommando hin legten sich die Hunde nieder, und die merkwürdige kleine Kutsche kam zum Stehen. Da erst erblickte Gorgias Wilfred, dessen Kopf sich in unmenschlicher Verkrümmung zur rechten Schulter hin neigte. Der Graf nahm dem ersten Hund den Zaum ab und streckte ihm die Hand hin, die die riesige Bestie sogleich zu lecken begann.

»Jeden Tag wird es mir schwerer, diese Teufel zu bändigen«, klagte Wilfred lächelnd. »Aber Gott weiß, ohne sie wäre ich ganz von allem Leben abgeschnitten.«

Trotz all der Jahre, die er nun schon in seinem Dienst stand, ließ die eindrucksvolle Erscheinung des Grafen Gorgias immer noch erschauern. Wilfred lebte festgeschnallt auf dieser einzigartigen Rollkonstruktion, auf der er schlief, aß und seine Notdurft verrichtete, und dies alles, so hatte man Gorgias erzählt, seit dem Tag, als man ihm als jungem Mann die Beine hatte abnehmen müssen.

Gorgias verneigte sich zum Gruß.

»Lasst die Artigkeiten und erzählt. Was ist geschehen?«

Der Schreiber blickte verlegen zur Seite. Da hatte er solche Eile gehabt, mit dem Grafen zu sprechen, und nun wusste er nicht, wie er beginnen sollte. In diesem Moment erhob sich der zweite, noch in das Geschirr gespannte Hund, und das Gefährt ruckte jäh an. Wieder knarrte und quietschte es, und nach den geeigneten Worten suchend kniete Gorgias nieder, um sich die Räder anzusehen.

»Es ist einer der Bolzen, der muss sich wohl gelockert haben. Das Rad steht beängstigend schief ... Ihr solltet Euer Fahrgestühl unbedingt vom Tischler richten lassen.«

»Ihr habt mich sicher nicht aus dem Schlaf gerissen, um meinen Karren zu untersuchen.«

Als Gorgias entschuldigend die Hände hob, bemerkte Wilfred den stattlichen Verband.

»Heiliger Himmel! Was ist Euch zugestoßen?«

»Oh, nichts, was Euch beunruhigen sollte. Ein kleiner Unfall, nichts von Bedeutung«, log er. »Auf dem Weg zur Werkstatt hat mir ein armer Teufel ein paar Kratzer beigebracht. Man hat nach dem Wundarzt geschickt und darauf bestanden, mir den Arm zu verbinden, aber Ihr kennt doch diese Quacksalber: Wenn sie nichts abschneiden oder wenigstens grandios verbinden können, denken sie, man will sie nicht bezahlen.«

»Da habt Ihr recht. Aber sagt, könnt Ihr Eure Hand richtig bewegen?«

»Ein wenig Beschwerden macht sie schon. Aber mit ein paar Übungen wird es bald wieder gehen.«

»Dann ist der Grund Eurer dringenden Bitte ...«

»Gestattet, dass ich mich setze. Es ist wegen des Codex. Ich komme nicht so schnell voran, wie ich es mir wünschen würde.«

»Nun gut. *Aliquando bonus dormitat Homerus* – manchmal schläft selbst Homer ... Entscheidend ist nicht, dass man schnell vorankommt, sondern dass man zur rechten Zeit fertig ist. Aber sagt, was ist der Grund für diese Verzögerung? Ihr hattet nichts dergleichen erwähnt.« Bei aller Freundlichkeit klang Wilfreds Ton leicht argwöhnisch.

»Ich wollte Euch nicht beunruhigen. Ich glaubte, ich würde mit den vorhandenen Federn zurechtkommen, doch ich habe die Federn so sehr angespitzt, dass ich kaum noch die Tinte zum Fließen bekomme.«

»Ich verstehe nicht. Ihr habt doch Dutzende von Federn zu Eurer Verfügung!«

»Das schon, aber keine Gänsefedern. Und wie Ihr wisst, gibt es in Würzburg keine Gänse mehr.«

»Arbeitet also mit denen, die Ihr habt. Ich kann nicht erkennen, weshalb …«

»Das Problem liegt im Fluss der Tinte. Sie läuft zu schnell aus der Feder, und wenn sie mir verläuft, kann das den ganzen Bogen verderben. Bedenkt, dass ich Velin von ungeborenen Kälbern verwende. Die Oberfläche ist so zart, dass der kleinste Fehler irreparable Schäden anrichtet.«

»Und warum verwendet Ihr dann nicht ein anderes Pergament?«

»Das ist leider nicht möglich. Nicht, wenn Ihr an Euren Plänen festhalten wollt.«

Wilfred rutschte unruhig auf seinem Sitz hin und her.

»Was schlagt Ihr vor?«

»Ich habe daran gedacht, die Tinte zu verdicken. Mit dem richtigen Bindemittel könnte man erreichen, dass sie langsamer fließt und dennoch nicht stockt. Ich denke, in zwei Wochen könnte ich so weit sein.«

»Tut, was zu tun ist, aber wenn Euch daran gelegen ist, dass Euer Kopf nicht rollt, seht zu, dass Ihr den Codex zur vereinbarten Zeit fertig habt!«

»Ich habe schon mit den Vorbereitungen begonnen. Seid unbesorgt.«

»Ich verlasse mich auf Euch. Übrigens, da ich schon einmal hier bin, würde ich gerne einen Blick auf das Pergament werfen. Wenn Ihr so freundlich wärt, es mir zu zeigen …«

Gorgias biss sich auf die Lippe. Er konnte Wilfred unmöglich erklären, was am Morgen geschehen war.

»Ich fürchte, das geht nicht.«

»Was redet Ihr da? Was soll das heißen, es geht nicht?«

»Ich habe das Pergament nicht hier im Skriptorium. Ich habe es zu Korne in die Werkstatt gebracht«, improvisierte er.

»Und was zum Teufel hat es da verloren, wenn ich fragen darf? Wo die Gefahr besteht, dass jemand es entdeck!«, fuhr der Graf wütend auf.

»Verzeiht, Hochwürden. Ich weiß, ich hätte Euch zu Rate ziehen sollen, aber gestern Abend, zur letzten Stunde, stellte ich fest, dass eine der Seiten sich abzuschälen begann. Die Ursache ist mir nicht bekannt, aber in einem solchen Fall ist es dringend geboten, sofort zu handeln. Ich benötigte eine bestimmte Säure, die Korne üblicherweise verwendet, und da ich weiß, wie misstrauisch er ist, hielt ich es für günstiger, das Pergament dorthin zu bringen, statt ihn um die Säure zu bitten und so seinen Verdacht zu erregen. Außer Theresa ist in der Werkstatt niemand des Lesens mächtig, und ich habe die Schrift ohnehin in dem steinernen Magazin neben dem eigentlichen Werkraum weggesperrt, wo die allerwichtigsten Texte vor Dieben und Feuer sicher aufbewahrt werden.«

»Was sitzt Ihr dann hier, statt Euch in der Werkstatt um diese Säure zu kümmern? Tut, was Ihr zu tun habt, und schafft das Pergament ins Skriptorium zurück. Und nennt mich nicht Hochwürden, das Priestergewand habe ich vor Jahren abgelegt.«

»Wie Ihr befehlt. Sobald ich mein Pult aufgeräumt und meine Messer zusammengepackt habe, mache ich mich auf. Allerdings hätte ich noch ein weiteres Anliegen.«

»Lasst hören.«

»Die Tage, die ich benötige, um die neue Tinte herzustellen …«

»Ja?«

»Wenn Eure Exzellenz es gestatten, wäre es mir lieb, wenn ich nicht ins Skriptorium zu kommen brauchte. Bei mir zu Hause verfüge ich über alle erforderlichen Utensilien, und dort hätte ich mehr

Ruhe, um die Proben anzufertigen. Zudem werde ich bestimmte Zutaten aus dem Wald beschaffen und zuweilen außerhalb der Stadt übernachten müssen.«

»Draußen im Wald? In diesem Fall werde ich beim Präfectus einen Soldaten zu Eurem Geleitschutz anfordern. Wenn man Euch heute Morgen mitten in der Stadt bedrängt hat, was kann Euch da erst außerhalb der Stadtmauern zustoßen!«

»Ich denke nicht, dass das notwendig sein wird. Ich kenne den Wald gut, und Theresa kann mich begleiten.«

»Ha!«, lachte Wilfred. »Ihr seht Theresa immer noch mit den Augen des stolzen Vaters. Hört, dieses Mädchen zieht die Männer an, als wären sie in der Brunst. Sobald die Wegelagerer Eure Tochter gerochen haben, werdet Ihr nicht einmal mehr Zeit haben, Euch zu bekreuzigen. Kümmert Ihr Euch um den Codex, dann kümmere ich mich um Euch. Am Nachmittag wird der Soldat bei Euch sein.«

Gorgias beschloss, nicht weiter dagegenzureden. Er hatte zwar vorgehabt, die nächsten beiden Tage nach dem Mann zu suchen, der ihn überfallen hatte, und mit einem Soldaten, der ihm an den Fersen klebte, würde ihm das sicher nicht gelingen. Doch er hielt es für günstiger, es dabei bewenden zu lassen, um Wilfreds Argwohn nicht zu befördern. Er begann seine Sachen zusammenzuräumen und wechselte das Thema.

»Was denkt Ihr, wann wird der König eintreffen?«

»Karl?« Wilfred seufzte. »In einem Monat. Vielleicht in zweien. Das letzte Schreiben kündigte an, ein Versorgungstross werde unverzüglich aufbrechen.«

»Aber die Wege sind unpassierbar.«

»Ich weiß. Aber früher oder später müssen sie eintreffen. Die Reserven halten nicht mehr lange vor.«

Gorgias nickte. Die Rationen wurden immer karger, und bald würde gar nichts mehr zu verteilen sein.

»Also gut. Wenn Ihr nichts weiter habt …«, schloss Wilfred, während er bereits dem Leithund das Zaumzeug anlegte. Dann ergriff er die Zügel, das Geschirr straffte sich, und nach einem

Peitschenknall setzten die großen Tiere das Gefährt schwerfällig in Bewegung, um zu wenden. Der Karren war schon beinahe durch die Tür, als der Diener in die Schreibstube gestürmt kam. Er schrie, als wäre er dem Satan leibhaftig begegnet:

»Die Pergamenterwerkstatt! Bei Gott dem Allmächtigen! Sie steht in Flammen!«

4

Fassungslos stand Gorgias vor den Trümmern der Werkstatt und betete zu Gott, Theresa möge nicht darunter begraben liegen. Die Flammen hatten das ganze Gebäude in einen einzigen Scheiterhaufen verwandelt. Schaulustige waren herbeigeströmt, wenige Mutige versuchten das eine oder andere Handwerksgerät zu bergen oder die glimmende Asche zu ersticken. Nachdem Gorgias eine Weile verstört das niederschmetternde Bild betrachtet hatte, das sich ihm bot, entdeckte er, über ein paar verkohlte Balken gebeugt, Korne. Die angesengten Kleider hingen ihm in Fetzen am Leib. Gorgias eilte auf ihn zu.

»Gott sei Dank, dass ich Euch treffe. Habt Ihr Theresa gesehen?«

Der Pergamentarius fuhr herum, als hätte man ihm vom Teufel gesprochen. Er machte einen Satz auf Gorgias zu und sprang ihm an die Gurgel.

»Eure verfluchte Tochter! Ich hoffe, sie ist bis auf die Knochen verbrannt!«

Entsetzt starrte Gorgias Korne an, bevor er ihn mit dem linken Arm angewidert von sich stieß.

Panisch umrundete er auf der Suche nach Theresa einmal das gesamte Gelände, als eine zittrige Hand ihn von hinten an der Schulter fasste. Sie gehörte Bertharda, der Frau des Pergamentarius.

»Was für ein Unglück! Was für ein schreckliches Unglück!«, schluchzte die stämmige Frau mit Tränen in den Augen.

»Bertharda, bei der Liebe Gottes! Habt Ihr meine Tochter gesehen?«, fragte Gorgias verzweifelt.

»Sie hat mich gerettet. Hört Ihr? Sie hat mir das Leben gerettet!«

»Ja, ja, ich höre, aber wo ist sie jetzt? Ist sie verletzt?«

»Ich habe noch gerufen, sie soll nicht hineingehen. Soll die Bücher Bücher sein lassen, aber sie wollte nicht auf mich hören …«

»Bei allem, was Euch lieb ist, Bertharda, sagt mir: Wo ist meine Tochter?«, flehte Gorgias und packte die Frau bei den Schultern, ohne auf seinen verletzten Arm zu achten.

Bertharda sah Gorgias starr an. Ihre geröteten Augen blickten wie ins Leere.

»Wir sind vor den Flammen aus der Werkstatt geflohen«, stammelte sie. »Im Hof hat sie mir geholfen, die Mauer hinaufzuklettern, bis sie mich in Sicherheit wusste, und dann sagte sie, sie müsse noch einmal hinein, die Codices holen. Ich schrie, sie dürfe nicht gehen; sie solle zu mir heraufkommen, aber Ihr wisst selbst, was für ein Sturkopf Eure Tochter ist. Ich sah noch, wie sie zurückhastete, in die Werkstatt hinein, in diese schrecklichen Flammen, und dann stürzte plötzlich die Decke ein … Versteht Ihr? Sie hat mir das Leben gerettet, und dann ist alles zusammengestürzt …«

Leichenblass wandte Gorgias sich ab und blickte auf das verkohlte Trümmerfeld. Das an manchen Stellen bereits verglimmende Feuer knackte und knisterte, und gespenstisch grau stieg der Rauch zum Himmel auf wie eine düstere Verkündigung.

Wäre er bei Sinnen gewesen, hätte er abgewartet, bis das Feuer ganz erloschen war, doch in übermächtiger Sorge um seine geliebte Tochter rannte Gorgias kopflos zu der Werkstattruine hinüber. Ohne sich darum zu kümmern, dass die Flammen ihm um die Füße züngelten, kämpfte er sich durch das Chaos von Balken, Bohlen und Brettern. Seine Augen brannten, und die heiße Luft versengte ihm bei jedem Atemzug die Lunge. In den Wolken aus Asche und Glut sah er kaum die Hand vor Augen, doch er blieb nicht stehen, drang immer weiter vor. Ein ums andere Mal rief er Theresas Namen. Plötzlich hörte er hinter sich ein Wimmern und fuhr herum. Dort, wo die völlig verrußten Tonkrüge standen, entdeckte er den kleinen Johan Kurzfuß, Sohn von Hans dem Gerber. Der Bursche, kaum zehn Jahre jung, flehte so verzweifelt um Hilfe, dass es einem das Herz zerriss. Rasch beugte sich Gorgias zu dem Jungen hinunter und musste feststellen, dass dessen Beine unter einem verkohlten, zum Teil noch glimmenden Balken eingeklemmt waren.

Ein kurzer Blick genügte, um zu erfassen, dass der Kleine, wenn er ihm nicht sofort zu Hilfe kam, dem sicheren Tod ausgeliefert war. Er hatte schwere Verbrennungen am ganzen Leib. In wütender Verzweiflung zerrte Gorgias mit seinem gesunden Arm an dem Balken, der den Jungen halb unter sich begraben hatte, doch er rührte sich keinen Millimeter. Gorgias riss ein Stück Verband von seiner Wunde, um dem Jungen das Gesicht abzuwischen.

»Johan. Kleiner, hörst Du? Du musst mir helfen, damit ich dich hier rausholen kann. Ich habe einen verletzten Arm und kann diesen Balken nicht alleine bewegen. Ich sage dir jetzt, was wir tun werden. Kannst du zählen?«

Der Junge sah ihn mit schmerzverzerrter Miene an.

»Ja, Herr. Bis zehn«, schluchzte er.

»Sehr gut. Nun pass auf: Du atmest jetzt durch dieses Stück Verband hier, und immer, wenn Du bis fünf gezählt hast, rufst du deinen Namen so laut du kannst. Hast du das verstanden?«

»Ja, Herr.«

»Gut. Ich werde Hilfe holen, und wenn ich zurückkomme, bringe ich dir ein Stück Kuchen und einen leckeren Apfel mit. Magst du Äpfel?«

»Nein, bitte! Lasst mich nicht allein! Bitte, bitte nicht!«, weinte der verzweifelte Kleine.

»Ich lasse dich nicht allein, Johan. Ich komme sofort zurück und bringe Hilfe mit.«

»Geht nicht, Herr! Ich flehe Euch an!« Mit letzter Kraft klammerte sich Johan an Gorgias' Hand.

Gorgias schaute den kleinen Kerl an und fluchte. Er wusste, selbst wenn es ihm gelingen sollte, Hilfe zu holen, der Junge würde so lange nicht mehr durchhalten. Man konnte kaum atmen in dieser Hölle aus Rauch und Asche. Johan würde entweder an seinen

Verletzungen sterben, hier, ganz allein, oder ersticken, so oder so war der Tod ihm gewiss. Und dennoch, Hilfe zu holen war das Einzige, was er für ihn tun konnte.

Bekümmert beugte sich Gorgias noch einmal zu dem Kleinen hinunter. Dann, ohne nachzudenken, packte er den Balken mit beiden Händen. Er ging in die Knie, seine Arme waren so sehr gespannt, dass ihm die Knochen im Kreuz knirschten, doch er zog und zerrte wie um sein Leben. Er spürte, wie die Naht an seinem Arm aufplatzte, doch er zerrte weiter und weiter.

»Komm schon, du verdammter Balken. Beweg dich!«, schrie er.

Und plötzlich gab der Balken ein paar Fingerbreit nach. Gorgias nahm einen tiefen Zug von der schwarzen Qualmluft, biss die Zähne zusammen und zog noch einmal mit aller Kraft – der Balken bewegte sich ein weiteres Stück. Es war jetzt eine Handbreit Luft über dem Jungen.

»Johan! Halte durch, wir schaffen es!«

Der Junge rollte sich stöhnend zur Seite, da ließen Gorgias' Kräfte auch schon nach, und der Balken krachte zu Boden. Keuchend rappelte sich der Schreiber auf, lud sich den halbtoten Jungen auf die Schulter und stolperte hinaus ins Freie.

Auf dem Vorplatz erblickte Gorgias Zenon; er war gerade dabei, einen Mann zu versorgen, dessen Beine mit Brandblasen übersät waren. Mit einem Messer stach der Arzt die Blasen auf, um sie dann zu zerdrücken. Dabei ging ihm ein verstörter Bursche zur Hand, der mit zweifelhafter Geschicklichkeit schwarze Salbe auftrug. Gorgias, den kleinen Johan auf dem Rücken, schleppte sich zu den beiden Helfern hin. Er legte den Jungen so vorsichtig er konnte auf den Boden und bat Zenon, er möge sich seiner annehmen. Der Wundarzt warf einen kurzen Blick auf den Jungen, wandte sich zu Gorgias und schüttelte den Kopf.

»Nichts zu machen«, erklärte er bestimmt.

Gorgias packte ihn am Arm und zog ihn ein Stück von dem Jungen weg.

»Ihr könntet wenigstens achtgeben, dass er Eure Worte nicht

hört«, knurrte er. »Ich bitte Euch, behandelt ihn, er leidet solche Schmerzen ... Der Rest liegt ohnehin in Gottes Hand.«

»Ihr solltet Euch lieber um Euch selbst kümmern«, gab Zenon mürrisch zurück und deutete auf Gorgias' bluttriefenden Arm. »Lasst mich mal sehen.«

»Zuerst der Junge.«

Zenon schnitt eine Grimasse und bückte sich zu Johan hinunter. Dann rief er seinen Gehilfen und riss ihm die Salbe aus den Händen.

»Schweineschmalz mit Holzkohle ... Das ist das Beste bei Verbrennungen«, verkündete er, während er Johans Wunden bestrich. »Dem Grafen wird es nicht gefallen, dass ich meine Zeit an einen hoffnungslosen Fall verschwende.«

Gorgias schwieg. Er war in Gedanken wieder bei Theresa.

»Gibt es noch mehr Verletzte?«, erkundigte er sich.

»Ich glaube, man hat ein paar nach Sankt Damian gebracht«, erwiderte der Arzt ohne aufzusehen.

Gorgias kniete sich neben Johan und strich ihm mit der Hand über den Kopf. Der Junge antwortete mit einem matten Lächeln.

»Hör nicht auf diesen Schlachter«, sagte er zu ihm. »Du wirst sehen, du wirst wieder gesund.« Er erhob sich seufzend. Und obwohl ihm dabei beinahe schwarz vor Augen geworden war, machte er sich auf den Weg zu der Kirche, voll verzweifelter Hoffnung, dort seine Tochter zu finden.

Die Kirche von Sankt Damian war ein gedrungener, massiver Bau. Sie war aus Quadersteinen errichtet, und Karl der Große höchstpersönlich hatte seiner besonderen Zufriedenheit darüber Ausdruck verliehen, dass ein dem Herrn geweihtes Bauwerk auf einem ebenso starken Fundament ruhte, wie es der Glaube sein sollte, auf den die Kirche sich stützte. Vor dem großen Holzportal bekreuzigte sich Gorgias und sprach ein Stoßgebet für Theresa.

Bereits im Portikus schlug ihm ein unerträglicher Gestank nach verbranntem Menschenfleisch entgegen. Er griff sich eine der beim Eingang hängenden Fackeln und leuchtete auf dem Weg zum

Querschiff in jede einzelne der in den Seitenschiffen befindlichen Kapellen hinein. Als er schließlich den Altarraum erreichte, entdeckte er gleich hinter dem Hauptaltar die Strohsäcke, auf die man die Verletzten gebettet hatte. Es waren etliche, und ihr Zustand übertraf seine schlimmsten Befürchtungen. Sein erster Blick fiel auf Eric, einen aufgeweckten Kerl, der häufig bei der Pergamenterwerkstatt herumlungerte und darauf hoffte, dass man ihm eine Aufgabe übertrug. Gorgias' Herz krampfte sich zusammen, als er die starken Verbrennungen an den Beinen des Jungen sah und ihn leise vor sich hin wimmern hörte. Den Mann, der an Erics Seite lag, konnte er nicht erkennen, denn sein Gesicht war nur mehr eine einzige schwarze Kruste. Von der Mittelapsis drangen murmelnde Stimmen herüber, offenbar legte Nicodemus, einer von Kornes Gesellen, gerade die letzte Beichte ab; im Querschiff erblickte Gorgias einen stämmigen Mann mit vollständig verbundenem Kopf, von dem nur noch die Ohren zu sehen waren, und hinter ihm die liegende Gestalt eines nackten Jungen. Es war Celias, Kornes jüngster Sohn. Er hatte die Augen halb geöffnet und den Hals unnatürlich verdreht – er musste einen schrecklichen Todeskampf ausgestanden haben.

Doch nirgends entdeckte Gorgias Theresa, und niemand konnte ihm etwas über sie sagen. Unglücklich kniete er nieder und betete für die Seele seiner Tochter. Als er aufbrechen wollte, um seine Suche fortzusetzen, verließen ihn plötzlich die Kräfte. Ein kalter Schauer lief ihm den Rücken hinunter, ihm wurde schwarz vor Augen. Er wollte sich an einer Säule abstützen, doch bevor er Halt fand, taumelte er bewusstlos zu Boden.

Der Klang der Glocken brachte Gorgias wieder zur Besinnung. Ganz allmählich lichtete sich der Schleier vor seinen Augen, und die verschwommenen Gestalten nahmen klarere Konturen an. Neben ihm kniete Rutgarda, sie lächelte zart, doch nichts konnte darüber hinwegtäuschen, dass sie Tränen der Verzweiflung vergossen hatte. Hinter ihr hantierte Zenon mit Binden und Tinkturen. Gorgias wollte gerade zu sprechen ansetzen, als ihm ein stechender Schmerz durch den

Körper jagte und den Atem nahm. Er glaubte schon, dass sie ihm den Arm abgeschnitten hatten, doch als er ihn anhob, sah er, dass er wieder sorgfältig verbunden war. Rutgarda schob ihm einen Strohsack unter, damit er sich aufrichten konnte. Er blickte um sich und stellte fest, dass man ihn in eine der kleinen Kapellen der Kirche geschafft hatte.

»Was ist mit Theresa? Habt ihr sie gefunden?«, fragte er bang.

Rutgarda sah Gorgias traurig an. Tränen stiegen ihr in die Augen, und sie versuchte, das Gesicht zwischen den Schultern zu verbergen.

»Was ist geschehen?«, stöhnte er. »Um Gottes willen! Wo ist meine Tochter? Wo ist Theresa?«

Statt einer Antwort deutete Rutgarda auf einen wenige Schritte entfernt liegenden leblosen Körper, der von einem Leintuch bedeckt war.

»Zenon hat sie in der Werkstatt gefunden, sie lag dort zusammengekrümmt in einer Ecke«, schluchzte Rutgarda.

»Nein! Nein! Bei allen Heiligen! Das kann nicht sein!«

Schwankend stand Gorgias auf und stolperte zu dem Leichnam hin. Auf dem schmutzigen Leinen prangte ein großes Kreuz, an seinem unteren Ende ragte ein verbranntes Bein hervor. Gorgias schlug das Tuch zurück, und seine Pupillen weiteten sich vor Entsetzen. Die Flammen hatten den Leib in einen ganz und gar unkenntlichen Klumpen von verbranntem Fleisch verwandelt. Niemals war das seine Tochter! Doch dann erkannte er die Fetzen des blauen Kleides, das Theresa so sehr geliebt hatte, und alles brach über ihm zusammen.

In jener Nacht fegte ein eisiger Nordwind durch die Gassen der Stadt Würzburg und drang bis in die letzten Winkel. Die Männer beeilten sich, die Ritzen der Häuser abzudichten und die Herdfeuer anzufachen, die Frauen drückten auf den Strohsäcken ihre Kinder an sich, und alle miteinander beteten sie zu Gott, dass die Glut nicht vor dem Morgen erlöschen möge.

Wer beim wärmenden Feuer sein Lager hatte, ertrug die Kälte ergeben, Theresa aber fand keinen Schlaf. Vom Weinen waren ihre

Lider dick geschwollen, und ihre fiebrigen Augen konnten den Schweinestall, in dem sie Unterschlupf gefunden hatte, kaum deutlich erkennen. Ihre Haut war schwarz vom Ruß, und der beißende Geruch ihrer Kleider ließ sie die Hölle, der sie entkommen war, keine Sekunde vergessen. Unter Tränen bat sie Gott um Vergebung für ihre Sünden.

Wieder und wieder drängten sich ihr die Bilder auf: das hämische Gelächter der Lehrjungen in der Werkstatt; die faulige Rindshaut in dem Becken mit der Kalklauge; die Prüfung, um die sie so sehr gekämpft hatte; der Streit mit Korne; und schließlich die entsetzliche Feuersbrunst. Eine Gänsehaut jagte ihr den Rücken hinunter, und sie dankte dem Himmel, dass sie mit dem Leben davongekommen war.

»O Herr, aber warum bloß musste es die arme Clotilda treffen?«

Theresa dachte daran, wie sie, nachdem sie Kornes Frau auf die Mauer geholfen hatte, noch einmal in die Werkstatt zurückgelaufen war. Der ganze Raum war ein einziges Flammenmeer. Sie schaute sich nach den unersetzlichsten der Skripten um. Da plötzlich entdeckte sie die kleine Clotilda, die sie schon ein paar Mal überrascht hatte, wie sie im Lager der Werkstatt herumschlich oder zwischen den Abfallresten stöberte. Das Mädchen kauerte in einer Ecke und versuchte, wild mit den Händen fuchtelnd, die glühenden Holzbrocken abzuwehren, die von der Decke auf sie niederregneten. Zu ihren Füßen lagen mehrere kostbare Äpfel, die sie in dem ganzen Durcheinander heimlich eingesteckt haben musste.

Theresa wollte sie aus ihrer Ecke herauszerren, aber Clotilda verzog schmerzvoll das Gesicht und wehrte sie heulend ab. Das Feuer hatte die Kleine schon so stark versengt, dass jede Berührung der blasigen Haut eine schreckliche Qual für sie bedeutete. Suchend schaute sich Theresa um. Ihr Blick fiel auf das blaue Kleid, das sie nach dem demütigenden Bad in der Kalklauge zum Trocknen unter einem der Tische ausgebreitet hatte. Sie angelte es unter dem Pult hervor, stellte fest, dass es immer noch klamm war, und hielt es dem Mädchen hin. Clotilda schälte sich wimmernd aus den Fetzen, die ihr am Leib klebten, und hüllte sich in Theresas Kleid. Der feuchte

Stoff verschaffte ihr ein wenig Erleichterung. In dem Augenblick hörten sie über ihren Köpfen ein lautes Knacken, dann krachten die ersten Balken herunter. In Panik versuchte Theresa, Clotilda fortzuzerren, doch die riss sich los und lief völlig kopflos in die falsche Richtung. Dann stürzte alles funkensprühend über ihr zusammen, die Kleine wurde unter den glühenden Trümmern begraben.

Schluchzend vor Verzweiflung rannte Theresa aus der Werkstatt, die Böschung hinunter, als säße ihr der Teufel im Nacken. Sie lief immer weiter den Pfad an der Stadtmauer entlang, durch ein unbewachtes Tor hinaus, verließ den Pfad und schlug sich durchs Gestrüpp, bis an den Rand eines kleinen Kastanienwäldchens, das in besseren Zeiten als Schweineweide genutzt worden war. Dort flüchtete sie sich in die Hütte der Schweinehirten. Sie warf die grob gezimmerte Tür hinter sich zu, glitt erschöpft an der Wand aus Dornbusch und Lehm zu Boden und deckte sich mit einem alten, nach Schweinedung stinkenden Sack zu.

Die Schriften verbrannt. Die Werkstatt zerstört. Die kleine Clotilda tot. Niemals mehr würde sie Gorgias in die Augen sehen können. Sie hatte ihn entehrt, auf die schlimmste Weise, die eine Tochter ihrem Vater antun konnte. Sie schluchzte. Ihn enttäuscht zu haben schmerzte sie unendlich. Sie weinte, ohne Trost zu finden, bis sich ihr die Tränen in die Wangen brannten. Ein ums andere Mal bat sie Gott stammelnd um Vergebung, flehte, all das Schreckliche möge nicht wirklich geschehen sein. Es war alles ihre Schuld. Ihr eitles Streben nach etwas, das ihr nicht zustand. Sollten etwa doch die recht haben, die behaupteten, der Platz einer Frau sei daheim bei ihrem Mann? Ihre Aufgabe sei es, Kinder zu gebären und die Familie durchzubringen, und nicht etwa, sich mit Leidenschaft dem geschriebenen Wort hinzugeben? Hatte Gott sie so grausam für ihre Gier gestraft? Irgendwann schlief sie ein, zitternd vor Kälte und verloren in abgrundtiefer Verzweiflung.

Von der ersten Stunde des Nachmittags an hatten sich die Leute am folgenden Tag vor den Toren der Kirche versammelt. Kinder liefen trotz der klirrenden Kälte lachend und plappernd zwischen den Erwachsenen umher und duckten sich unter ihren Stößen; einige besonders respektlose Bengel machten sich einen Spaß daraus, die Weiber zu ärgern, indem sie ihre Klagelaute nachahmten. Eine Gruppe älterer Frauen, in dunkle Felle gehüllt, scharte sich neugierig um Brunhilde, eine Witwe, die im Ruf stand, ein Freudenhaus zu unterhalten, und stets über alle Ereignisse in der Stadt auf dem Laufenden war. Brunhilde wusste zu berichten, dass es die Tochter des Schreibers gewesen sei, die den Brand verschuldet habe, und es seien dabei nicht nur Menschen ums Leben gekommen, sondern zu allem Unglück sei auch noch ein Teil der Vorräte verbrannt, die Korne in seinen Lagerräumen versteckt gehalten habe.

Aufgeregt geiferte es auf dem Kirchenvorplatz, immer wieder bildeten sich neue Grüppchen, man stritt über die Anzahl der Verletzten, überbot sich gegenseitig darin, die Schwere der Verbrennungen zu schildern, oder stellte Spekulationen über die Ursachen des Brandes an. Hin und wieder sah man eine Frau mit einem Lächeln auf den Lippen zur nächsten Gruppe eilen, begierig darauf, den neuesten Klatsch zum Besten zu geben. Und wenngleich es sehr lebhaft zuging, wurde die Ankunft des Grafen Wilfred samt seinem Hundegespann doch mit Erleichterung aufgenommen, denn eisiger Regen prasselte immer stärker auf das Völkchen vor der Kirche nieder, und es gab keinerlei Gelegenheit, sich unterzustellen.

Das Portal wurde geöffnet, und die Leute drängten hinein, um sich die besten Plätze zu sichern. Wie gewöhnlich setzten sich die Männer auf die Bänke vorne beim Altar und überließen Frauen und Kindern die hinteren Plätze. Die erste Reihe, die den Eltern der bei dem Unglück Umgekommenen vorbehalten war, hatten der Pergamentarius und seine Frau eingenommen. Zu ihren Füßen lagen, auf Strohsäcke gebettet, die beiden Söhne, die den Brand verletzt überlebt hatten; der Leichnam des Jüngsten, Celias, ruhte, in ein Leichentuch gehüllt, neben dem von Theresa. Man hatte die Toten auf einem Tisch aufgebahrt, der für diesen Anlass vor dem Hauptaltar aufgebaut worden war. Gorgias und Rutgarda waren Wilfreds Aufforderung nicht nachgekommen, vorne Platz zu nehmen, sondern hatten sich in eine der hinteren Reihen zurückgezogen, um jede Auseinandersetzung mit Korne zu vermeiden.

Der Graf wartete, bis die letzten Gemeindemitglieder ihre Plätze eingenommen hatten. Als das Gemurmel verebbt war, ließ er seine Peitsche knallen, und die Hunde zogen ihn nach vorne bis zum Querschiff. Dort halfen ihm zwei tonsurierte Messdiener hinter den Altar, und nachdem sie den Hunden lederne Kapuzen über die Köpfe gezogen hatten, befreiten sie den Grafen von dem Riemenzeug, mit dem er an seine Fahrvorrichtung geschnallt war. Dann nahm der Subdiakon Wilfred den Regenumhang ab, tauschte ihn gegen eine Albe aus und schlang ihm ein Zingulum um die Hüfte. Darüber zog er ihm ein besticktes Messgewand, an dessen unterem Saum eine Reihe von kleinen Silberglöckchen baumelte, und krönte ihn schließlich mit einem prachtvollen damaszierten Kopfschmuck. Nachdem er ihn so herausgeputzt hatte, wusch er dem Grafen in einem Aquamanile die Hände und stellte einen kleinen Kelch neben die heiligen Öle. Zwei Kerzenleuchter beschienen schwach die Bahrtücher der Verstorbenen.

Ein dicklicher Priester von schwerfälligem Gang trat mit einem Psalmbuch in der Hand an den Altar. Mit gemessener Geste schlug er es auf, befeuchtete sich den Zeigefinger und begann den Gottesdienst. Er las die vierzehn von der Regel des heiligen Benedikt vorgeschriebenen Verse, stimmte dann vier Psalmen mit Wechselgesang an und sang weitere acht allein; dann folgten eine Litanei und das Requiem. Anschließend ergriff Wilfred das Wort, mit einer bloßen Handbewegung brachte er das anhebende Stimmengewirr zum Verstummen. Der Graf ließ den Blick über die Anwesenden schweifen, als suchte er nach dem Schuldigen der Tragödie.

»Danket Gott dem Herrn, dass er in seiner unendlichen Gnade sich heute unser erbarmt hat«, hob er an. »Gewöhnt an ein Leben in Wohlgefallen, daran gewöhnt, euch den Wonnen des Verlangens hinzugeben, vergesst ihr nur allzu leicht, warum ihr auf dieser Welt seid. Eure fromme Miene, eure Gebete und Almosen, euer getrübter

Verstand machen euch glauben, alles, was ihr besitzt, sei Frucht eures Handelns. In eurer Verblendung begehrt ihr Weiber, die nicht die euren sind, ihr neidet den Begünstigten ihr Glück, und ihr würdet euch gar die Ohren ausreißen lassen, wenn ihr dadurch den Reichtum erlangen könntet, den ihr so sehr ersehnt. Bedenket, das Leben ist ein Festmahl, zu dem ihr als Gast geladen seid, ein Bankett, bei dem die köstlichsten Speisen und Liköre gereicht werden. Doch nur ein selbstsüchtiger Verstand, eine schwache, von Unkenntnis strotzende Seele vermag zu vergessen, dass es niemand als der Heilige Vater ist, dem allein unser Leben gehört. Und ebenso wie ein Vater seine Kinder straft, wenn sie ungehorsam sind, ebenso wie der Gesetzeshüter dem Lügner die Zunge abschneidet oder dem Wilderer das Glied, so bestraft Gott mit aller Härte diejenigen, die seine Vorschriften missachten.«

Ein Raunen ging durch die Menge.

»Der Hunger klopft an unsere Pforten«, fuhr Wilfred in seinem Priestergewand fort. »Er drängt sich in unsere Heime und verschlingt unsere Kinder. Der Regen ertränkt die Ernte, Krankheiten raffen das Vieh dahin. Und ihr beklagt euch? Gott schickt euch seine Zeichen, und ihr hadert mit seinen Absichten? Betet! Betet, bis eure Seelen den Auswurf der Habgier und den Schleim des Zorns ausspeien. Betet und lobet den Herrn. Er hat Celias und Theresa zu sich genommen und sie von der sündigen Welt befreit, die ihr errichtet habt. Nun, da ihre Seelen die Verführung des Fleisches hinter sich lassen, weint ihr wie die Weiber und rauft euch die Haare. Hört auf meine Worte, denn Celias und Theresa werden nicht die Letzten sein, die der Allmächtige zu sich ruft. Gott weist euch den Weg. Statt euch eurem Kummer hinzugeben, sollt ihr euch fürchten, denn das Festmahl, das ihr ersehnt, werdet ihr in dieser Welt nicht finden. Betet! Fleht um Vergebung, und vielleicht dürft ihr dann am Festmahl des Heiligen Vaters teilhaben, denn die sich vom Herrn lossagen, werden sich bis in alle Ewigkeit im Abgrund der Verdammnis verzehren.«

Wilfred hielt inne. Im Laufe der Jahre hatte er verstanden, dass man unabhängig vom Anlass am besten immer von der ewigen Verdammnis sprach. Korne allerdings runzelte die Stirn und trat vor.

»Wenn es mir gestattet ist«, sagte er und hob die Stimme. »Seit meiner Bekehrung lebe ich das Leben eines guten Christen: Ich bete nach dem Aufstehen, ich faste jeden Freitag und halte mich an die zehn Gebote.« Er sah sich beifallheischend um. »Nun hat der Herr meinen Celias zu sich gerufen, einen gesunden und kräftigen Jungen. Ich füge mich den Absichten des Herrn, und ich bete zu ihm für die Seele meines Sohnes. Ich bete auch für die meine, für die meiner Familie und für die fast aller Anwesenden hier.« Er schluckte und wandte sich zu Gorgias um. »Doch die Schuldige an diesem Unglück verdient nicht ein einziges Gebet, das ihr die gerechte Strafe erleichtert. Dieses Mädchen hätte niemals meine Werkstatt betreten dürfen. Wenn Gott sich des Todes bedient, um uns zu lehren, dann sollten wir uns seine Lehren vielleicht selbst zu eigen machen. Und wenn es Gott ist, der über die Toten urteilt, sollten wir es sein, die über die Lebenden urteilen.«

Die Versammelten tuschelten aufgeregt untereinander, immer lauter wurden die Zwischenrufe.

»*Nihil est tam volucre quam maledictum; nihil facilius emiltitur, nihil citius excipitur, nihil latius dissipatur!*«, brüllte Wilfred gegen den Tumult an. »Arme ungebildete Teufel, die ihr seid: Es ist nichts, was auf schnelleren Füßen daherkommt als die Verleumdung; nichts, was uns leichter entschlüpft, nichts, was bereitwilliger aufgenommen und in alle Welt verbreitet würde. Die Gerüchte, die Theresa beschuldigen, sind mir zu Ohren gekommen. Alle redet ihr nach, was man sich erzählt, doch keiner von euch weiß, was wirklich geschehen ist. Hütet euch vor der Falschheit und der Schande, denn es ist kein Geheimnis, das nicht früher oder später enthüllt würde.«

»Lügen, sagt Ihr?«, rief Korne aufgebracht und fuchtelte wild mit den Armen herum. »Ich selbst bin dem Zorn dieser Kainstochter ausgesetzt gewesen. Ihr Hass hat das Feuer entfesselt und mein Leben zerstört. Das erkläre ich hier, im Hause Gottes. Mein Sohn Celias hätte es bezeugt, wäre er nicht durch die Schuld dieses

Mädchens umgekommen. Alle, die dabei waren, können es bestätigen, und ich schwöre vor dem Allmächtigen, dass sie es tun werden, wenn Gorgias und seine Familie sich der Gerechtigkeit stellen.«

Ohne Wilfreds Zustimmung abzuwarten, lud er sich sodann den Leichnam seines Sohnes auf die Schulter und verließ die Kirche im Gefolge seiner Familie. Bestürzt wartete Gorgias ab, bis alle Gemeindemitglieder hinausgeströmt waren, dann schickte er Rutgarda nach Hause. Er musste mit Wilfred über Theresas Beerdigung sprechen, einen besseren Moment würde er vermutlich nicht finden. Die Worte des Grafen hatten ihn außerordentlich überrascht. Rutgarda hatte ihm von den Gerüchten erzählt, die Theresa die Schuld an dem Brand zuschrieben, doch hatte Wilfred nicht durchblicken lassen, dass es anders gewesen war? Als Gorgias zu ihm trat und sah, wie Wilfred seinen Hunden den Rücken tätschelte, wunderte er sich aufs Neue, wie ein Mensch ohne Beine diese Bestien so mühelos zu handhaben verstand.

»Das mit Eurer Tochter tut mir sehr leid«, sagte Wilfred und wiegte bedauernd den Kopf. »Sie war wirklich ein gutes Mädchen.«

»Sie war alles, was ich hatte. Mein Leben.« Gorgias schluckte und kämpfte gegen die Tränen an.

»Viele denken, es gäbe nur einen einzigen Tod, aber jedes Mal, wenn ein Kind stirbt, werden auch die Eltern ein Stückweit mit vom Tod eingeholt. Und so ergibt sich die schmerzliche Ironie, dass das Leben, je leerer es ist, sich als umso schwerer erweist. Aber Eure Frau muss noch nicht zu alt sein, vielleicht könntet Ihr …«

Gorgias schüttelte den Kopf. Sie hatten es versucht, doch Gott verwehrte ihnen den Segen eines Kindes.

»Mein einziger Wunsch ist, dass Theresa ein christliches Begräbnis erhält, denn sie ist immer eine gute Christin gewesen. Ich weiß, es ist nicht leicht, worum ich Euch bitte, aber ich flehe Euch an, mir diesen Wunsch zu erfüllen.«

»Wenn es in meiner Macht steht …«

»In der letzten Zeit habe ich schreckliche Dinge gesehen: Tote, die nackt im Straßengraben liegen, Leichen, die einfach in die Gosse geworfen oder von verzweifelten Hungernden aus ihren Gräbern gezerrt wurden. Es wäre mir unerträglich, wenn meiner Tochter dergleichen widerführe.«

»Das verstehe ich gut. Aber ich sehe nicht, wie ich …«

»Der Friedhof im Kreuzgang. Ich weiß, dass nur Geistliche und herausragende Persönlichkeiten dort begraben liegen, aber ich bitte Euch dennoch um diesen besonderen Gefallen. Bedenkt, wie viel ich für Euch getan habe …«

»Und ich für Euch, mein lieber Gorgias, und ich für Euch. Aber ich kann Eurer Bitte unmöglich nachkommen. Im Kreuzgang ist kein Platz mehr, und die Gräber der Kapellen gehören der Kirche.«

»Ich weiß. Ich dachte, vielleicht beim Brunnen. Dort ist der Boden unberührt.«

»Der Boden? Dort ist praktisch nur roher Fels!«

»Das macht mir nichts aus. Ich selbst werde das Grab ausheben.«

»Mit diesem Arm?«, rief Wilfred ungläubig.

»Ich werde jemanden finden, der mir hilft.«

»Ich glaube nicht, dass das eine gute Idee ist. Die Leute würden nicht verstehen, dass ein Mädchen, das man des Mordes beschuldigt, in einem Kreuzgang inmitten von Heiligen begraben wird.«

»Eben habt Ihr selbst sie gegen das Gerede verteidigt.«

»Das stimmt«, antwortete Wilfred und wiegte den Kopf. Kurz schien er zu überlegen, ob er Gorgias ins Vertrauen ziehen sollte. »Nicodemus, einer der verletzten Arbeiter, hatte um die Beichte ersucht. Er spürte wohl, dass es mit ihm zu Ende gehen würde, und neben seinen Sünden erwähnte er auch die Geschehnisse in der Werkstatt. Offenbar haben die Dinge sich nicht ganz so zugetragen, wie Korne es darstellt.«

»Was wollt Ihr damit sagen? Dann war Theresa nicht schuld an dem Brand?«

»So einfach ist es auch wieder nicht. Sagen wir, es ist nicht eindeutig, dass sie es war. Allerdings, selbst wenn Kornes Beschuldigung falsch sein sollte – es wäre kaum möglich, dies zu beweisen. Was Nicodemus mir erzählt hat, fällt unter das Beichtgeheimnis, und es ist anzunehmen, dass Kornes übrige Leute die Version des Meisters bestätigen werden. Ich glaube nicht, dass Nicodemus überlebt, doch selbst wenn, würde er seine Worte wahrscheinlich wieder zurücknehmen. Bedenkt, dass er für Korne arbeitet.«

»Und Korne für Euch.«

»Mein lieber Gorgias, Ihr unterschätzt Kornes Macht. Es ist nicht seine Arbeit, die den Leuten Respekt abnötigt. Man fürchtet seine Familie. Es haben schon einige Menschen hier unter seinem Zorn zu leiden gehabt. Seine Söhne sind so schnell dabei, das Schwert zu ziehen, wie ein junger Bursche seine Hose runterlässt.«

»Aber Ihr wisst doch, dass meine Tochter es nicht gewesen sein kann! Ihr kanntet Theresa. Sie war so ein gutes Mädchen, und sie hatte das Herz auf dem rechten Fleck«, sagte Gorgias unter Tränen.

»Und starrköpfig war sie wie ein Maulesel. Ihr müsst verstehen, Gorgias: Ich schätze Euch sehr, aber ich kann Euch Eure Bitte nicht erfüllen, um des Friedens in schweren Zeiten willen. So leid es mir tut.«

Gorgias überlegte verzweifelt. Wilfreds Haltung war nicht überraschend, aber er würde nicht zulassen, dass der Leichnam seiner Tochter auf irgendeinen Müllhaufen geworfen und entehrt wurde.

»Ich sehe, Euer Exzellenz, Ihr lasst mir keine Wahl. Wenn ich meine Tochter nicht in Würzburg bestatten kann, werde ich ihren Leichnam bis nach Frankfurt schaffen müssen.«

»Nach Frankfurt, sagt Ihr? Ihr beliebt zu scherzen! Die Wege sind noch immer unpassierbar. Und selbst wenn Ihr einen Ochsenkarren hättet, die marodierenden Sachsen, die versprengt die Wege unsicher machen, würden Euch in Stücke reißen.«

»Ich sage Euch, ich werde meine Tochter nach Frankfurt bringen, und wenn es mich das Leben kostet.«

Gorgias sah Wilfred fest an. Er wusste, dass seine Dienste für den Grafen unverzichtbar waren, und er betete, dass Wilfred nicht zulassen würde, dass ihm etwas zustieß. Der Graf zögerte mit seiner Antwort.

»Ihr vergesst, dass Ihr Euch um ein Manuskript zu kümmern habt.«

»Und Ihr vergesst, dass es um das Begräbnis meiner einzigen geliebten Tochter geht.«

»Ihr solltet das Schicksal nicht herausfordern. Bisher habe ich Euch unter meinen Schutz genommen wie meinen eigenen Sohn, aber das bedeutet nicht, dass Ihr Euch wie ein frecher Junge aufführen könnt«, sagte Wilfred mit drohendem Unterton, während er seinen Hunden den Kopf tätschelte. »Denkt daran, dass ich es war, der Euch aufgenommen hat, als Ihr nach Würzburg kamt und um ein Stück Brot betteltet. Ich war es, der Eure Registrierung als freier Mann ermöglicht hat, obwohl Ihr weder über Dokumente noch Waffen verfügtet, und ich war es, der Euch die Arbeit angeboten hat, an der Ihr Euch bis zum heutigen Tag erfreuen durftet.«

»Dafür werde ich Euch ewig dankbar sein. Aber inzwischen sind sechs Jahre ins Land gezogen, und ich denke, durch meine Arbeit habe ich Eure Hilfe großzügig vergolten.«

Wilfred sah Gorgias scharf an. Dann jedoch zuckte er bedauernd die Schultern.

»Es tut mir leid, aber ich kann Euch nicht helfen. Inzwischen wird Korne beim Landvogt gewesen sein, um Euch anzuzeigen. Ihr werdet einsehen, dass es sehr unbedacht von mir wäre, mich des Leichnams einer Person anzunehmen, die womöglich des Mordes für schuldig befunden wird. Und noch etwas. Kümmert Euch besser darum, Eure eigene Haut zu retten. Zweifelt nicht daran, dass Korne gegen Euch vorgehen wird.«

»Ich verstehe nicht. Zu der Zeit, als das Feuer ausbrach, war ich mit Euch im Skriptorium …«

»Ich sehe, Ihr seid nicht mit den überaus komplizierten karolingischen Gesetzen vertraut. Das solltet Ihr nachholen, wenn Ihr nicht wollt, dass es Euch an den Kragen geht.«

Wilfred ließ die Peitsche knallen, sofort setzten sich die Hunde in Bewegung. Sie schienen von allein zu wissen, wo es hingehen würde, trotteten durch einen Seitengang hinüber in die Residenz und brachten Wilfreds Gefährt vor ein paar kostbar eingerichteten Gemächern zum Stehen. Auf einen Wink des Grafen hin folgte Gorgias ihm.

»Hier pflegen wir die vornehmen Herrschaften unterzubringen«, erklärte Wilfred. »Fürsten, Adlige, Bischöfe, Könige. Und in diesem kleinen Saal bewahren wir die Kapitularien auf, die unser König Karl seit seiner Krönung veröffentlicht hat. Daneben seht Ihr die Codices der Lex Salica und der Lex Ripuaria, die Dekretalien und Maifeldprotokolle. Kurz, die Gesetze, welche die Franken, die Sachsen, die Burgunder und die Langobarden regieren. Nun, lasst mich einmal sehen …«

Wilfred bewegte sich mit seinem Rollstuhl zu einem eigens für ihn besonders niedrig gebauten Regal und ging die von Holzdeckeln geschützten Bände durch. Mit Mühe wuchtete er einen abgegriffenen Band herunter, befeuchtete sich mit der Zungenspitze den Zeigefinger und blätterte das Buch durch.

»Ah ja. Hier ist es: *Capitulare de Villis, anno domini 795. Karolus rex francorum*. Gestattet, dass ich Euch vorlese: ›Verursacht ein freier Mann Schaden an Besitz oder Leben eines anderen desselben Standes, und erweist er sich aus nicht näher bezeichnetem Grund außerstande, für seine Tat einzustehen, geht die Strafe, die von Rechts wegen ihm gebührt, auf die Familie desselben über.‹«

Wilfred schlug das Buch zu und stellte es ins Regal zurück.

»Ihr denkt also, ich muss um mein Leben fürchten?«, fragte Gorgias ungläubig.

»Ich weiß es nicht, wahrscheinlich nicht. Ich kenne den Pergamentarius schon lange. Er ist ein selbstsüchtiger Mensch, gefährlich vielleicht, aber vor allem schlau. Tot seid Ihr ihm nicht von Nutzen. Er wird auf Eure Güter aus sein. Anders verhält es sich mit seiner Familie. Sie stammen aus Sachsen, und ihre Sitten und Gebräuche entsprechen nicht den fränkischen.«

»Wenn es Reichtum ist, worauf er aus ist …«, sagte Gorgias mit bitterem Lächeln.

»Genau darin liegt Euer Hauptproblem. Nach dem Prozess könntet Ihr Euch auf dem Sklavenmarkt wiederfinden.«

»Das bereitet mir im Augenblick die geringsten Sorgen. Wenn ich erst meine Tochter begraben habe, werde ich eine Lösung finden.«

»Bei Gott, Gorgias! Besinnt Euch. Wenigstens um Rutgardas willen. Eure Frau trifft nicht die geringste Schuld. Ihr solltet für Eure Verteidigung sorgen. An Flucht braucht Ihr übrigens keinen Gedanken zu verschwenden. Kornes Männer würden Euch jagen wie einen Hund.«

Gorgias senkte den Blick. Wenn Wilfred die Beisetzung nicht genehmigte, würde er den Leichnam notgedrungen nach Frankfurt überführen müssen; doch wenn, wie der Graf zu verstehen gegeben hatte, Kornes Familie dies wirklich verhindern wollte, war es ein aussichtsloses Unterfangen. Er musste Wilfreds Zustimmung zu dem Begräbnis erzwingen.

»Theresa muss noch diese Nacht im Kreuzgang beerdigt werden. Und Ihr werdet es sein, der sich um den Prozess kümmert. Letzten Endes seid Eure Exzellenz viel stärker auf meine Freiheit angewiesen als ich selbst«, sagte er kühner, als ihm zumute war.

Der Graf straffte die Zügel, und die Hunde ließen ein drohendes Knurren hören.

»Seht, Gorgias. Seit Ihr für mich als Schreiber arbeitet, habe ich Euch mit manchem versorgt, für das einige Menschen einen Mord begangen hätten. Aber jetzt seid Ihr dabei, den Bogen zu überspannen. Und zwar so sehr, dass ich unsere weitreichenden Vereinbarungen womöglich überdenken sollte. In gewisser Weise sind Eure Fähigkeiten für mich unverzichtbar, aber nehmt einmal an, ein Unfall, eine Krankheit oder gar dieser Prozess hinderten Euch daran, Eure Verpflichtungen zu erfüllen. Meint Ihr wirklich, das könnte mich davon abhalten, meine Pläne zu verwirklichen?«

Gorgias wusste, dass er sich auf höchst gefährliches Terrain begeben hatte, doch Wilfred unter Druck zu setzen war seine einzige Chance.

»Ich zweifle nicht daran, dass Ihr jemanden finden würdet. Natürlich wärt Ihr dazu imstande. Allerdings müsstet Ihr einen Schreiber auftreiben, dessen Muttersprache das Griechische ist; der mit den Sitten und Gebräuchen am Hof zu Byzanz vertraut ist; der die Kunst der Diplomatie mit ebensolcher Meisterschaft beherrscht wie die der Kalligraphie; der die Haut eines ungeborenen Kalbes von einem Pergament aus Lammhaut zu unterscheiden vermag und der – das vor allem – den Mund zu halten weiß. Sagt mir, Euer Exzellenz, wie viele solcher Männer kennt Ihr? Zwei? Vielleicht drei? Und wie viele davon wären bereit, sich auf einen so ungewissen Auftrag einzulassen?«

Wilfred knurrte so böse, dass sich beide Hunde unwillkürlich duckten. Sein schief geneigter Kopf, hochrot vor Zorn, sah grotesker aus denn je.

»Diesen Mann würde ich schon finden, seid unbesorgt«, zischte er.

»Und wer kopiert Euch diesen verbrannten Pergamentfetzen?«, fragte Gorgias herausfordernd.

»Wovon sprecht Ihr?«

»Ihr habt mich ganz richtig verstanden, Euer Exzellenz. Ich spreche von der einzigen Kopie, die nun den Flammen zum Opfer gefallen ist. Und wenn Ihr nicht auch noch jemanden auftreibt, der aus der Asche lesen kann, werdet Ihr meinem Wunsch nachkommen müssen.«

»Aber was bezweckt Ihr denn? Dass wir alle in der Hölle landen?«

»Keineswegs. Und glücklicherweise erinnere ich mich Wort für Wort an den Inhalt des Dokuments.«

»Und wie zum Teufel meint Ihr, dass ich Euch helfen könnte? Ich vertrete in Würzburg das Gesetz. Ich bin Karl dem Großen verpflichtet!«

»Ihr seid ein mächtiger Mann, Wilfred. Sollte der Graf und Hüter des größten Geheimnisses der Christenheit etwa vor einem einfachen Begräbnis zurückschrecken?«

5

Theresa erwachte fröstelnd vom Klappern ihrer Zähne, mit pochenden Schläfen, die Glieder waren taub. Als sie aufstehen wollte, versagten ihr die Beine. Ihre Brust war starr vor Kälte, und ihre Kehle fühlte sich an, als hätte sie einen Dornenzweig verschluckt. Mühsam rappelte sie sich auf, öffnete die Tür und stellte fest, dass es draußen bereits taghell war. Alles ringsum wirkte so leer und verlassen, als habe es hier nie Menschen gegeben, nie ihre Bosheit und all das Elend, das ihnen bestimmt war.

Ein Starenschwarm stob lärmend auf. Für einen kurzen Augenblick erschien Theresa der Kastanienwald unter dem strahlend klaren Himmel wie eine idyllische Oase; sie atmete die frostige Luft tief ein, wie um sich zu reinigen, und ließ sich von dem sanften Flirren der Wintersonne gefangen nehmen.

Ihr knurrender Magen erinnerte sie daran, dass sie seit dem Vortag nichts gegessen hatte. Sie kämpfte gegen die Tränen an, die ihre Augen füllen wollten, und schluckte tapfer die Verzweiflung hinunter, die ihr schon wieder wie ein Knoten in der Kehle saß. Ihr kamen die Lieder aus ihrer Kindheit in den Sinn, mit denen die Amme sie früher immer getröstet hatte. Unwillkürlich summte sie ein paar Takte vor sich hin. Deutlich sah sie die Stadtvilla in Konstantinopel vor sich, den Garten und die Bibliothek, in die sie ihren Vater so oft begleitet hatte. Die Vorstellung der Wärme und des weichen Lichts des Mittelmeeres spendeten ihr ein wenig Trost. Seufzend schnürte sie den kleinen Lederbeutel auf, den sie um die Hüfte gebunden trug, und leerte ihn auf den Boden aus. Da war eine Wachstafel und der bronzene Griffel, den sie als Punze benutzte. Dann entdeckte sie zu ihrer Freude einen in ein Leintuch gewickelten Apfel, den sie ganz vergessen hatte. Gierig biss sie hinein und sortierte kauend ihre restlichen Habseligkeiten: ein kleines Pinkeisen, ein aus Knochen geschnitztes Kruzifix, einen Flakon mit einer duftenden Ölessenz zum Parfümieren von Pergament und eine Rolle Hanf, den sie zum Zusammennähen der Bogen verwendete. Sie verstaute die Sachen sorgfältig wieder in ihrem Beutel.

Ihr Entschluss war gefasst: Sie würde Würzburg verlassen und fliehen, weit weg, Richtung Süden, immer weiter, bis sie Konstantinopel erreichte. Ihr Vater hatte immer gesagt, eines Tages würde sie ihre Großeltern Theolopoulos kennenlernen. Sie erinnerte sich kaum an sie, doch wenn sie es bis nach Konstantinopel schaffte, würde sie sie dort bestimmt finden. Sie würde Grammatik und Poesie studieren, wie Gorgias es gern gesehen hätte, sie würde arbeiten und sich ihr eigenes Leben aufbauen. Vielleicht würde sie es irgendwann sogar wagen, nach Würzburg zurückzukehren, um ihren Vater wiederzusehen und ihn um Vergebung für ihre Sünden zu bitten.

Sie warf einen letzten Blick auf die Stadtmauer, deren Zinnen durch die kahlen Äste der Kastanienbäume schimmerten. Dann betete sie zu Gott, er möge ihr Kraft geben, und betrat mit festem Schritt den Pfad, der sich durch das Dickicht schlängelte.

Es ging bereits auf Mittag zu, da ließ sie erschöpft ihren Beutel sinken. Über zehn Meilen war sie dem Weg sicher schon gefolgt, doch mit den ersten Gebirgsausläufern war der Pfad plötzlich wie vom Schnee verschluckt. Wohin sie auch blickte, nichts als weiß schimmernder Schnee, der alles unter sich verbarg, was es ihr ermöglicht hätte, sich zu orientieren. Ein Baum sah aus wie der andere, ein Fels glich dem nächsten.

Missmutig ließ sie sich auf einem Baumstumpf nieder und betrachtete voller Sorge den Himmel. Von der kalten, klaren Sonne des Morgens war nichts mehr zu sehen, nur selten schaute sie fahl durch die immer dichteren, bleigrauen Wolken, die über das Firmament jagten. Bestimmt würde es bald ein Gewitter geben. Sie hatte diesen Gedanken kaum zu Ende gedacht, da zuckte ein Blitz auf. Der Wind fegte bedrohlich durch die Baumkronen, und der Himmel verfärbte sich im Handumdrehen gänzlich schwarz. Schon fielen die ersten Tropfen, vermischt mit Graupel und Schnee. Theresa war völlig durchnässt, als sie endlich unter einem Felsvorsprung Schutz fand.

Je länger sie dort kauerte und in das Unwetter starrte, desto stärker beschlich sie das Gefühl, dass ihre Vorstellungen naiv waren. Niemals würde sie es bis ins ferne Konstantinopel schaffen! Sie hatte nichts zu essen und besaß weder Geld noch irgendjemanden, den sie um Hilfe hätte bitten können. Sie wusste weder mit Hacke noch Pflug umzugehen wie ein Mann, hatte niemals Trauben gelesen wie eine Bäuerin, ja sie war nicht einmal eine herausragende Köchin und gerade imstande, einen bescheidenen Eintopf zuzubereiten. Das Einzige, wovon sie wirklich etwas verstand, waren unnütze Pergamente, und damit würde sie niemals ihren Lebensunterhalt bestreiten können, falls sie überhaupt die nächsten Tage überlebte. Wie dumm war sie gewesen, dass sie nicht auf Rutgarda gehört hatte! Anständig kochen und backen hätte sie lernen sollen oder sonst eine Fertigkeit, die einer Frau geziemte. Spinnen, Nähen, Waschen …

Doch mit dem Ärger über die eigene Dummheit kam der Trotz. Sie konnte anpacken, und sie lernte schnell. Sie würde sich als Feldarbeiterin verdingen oder sich um eine Lehrstelle bei einem Gerber bemühen. Mit irgendetwas würde sie sich schon durchschlagen.

Der Schneeregen hatte sich in dicke Hagelkörner verwandelt, die Theresa unbarmherzig ins Gesicht peitschten. Sie musste sich einen sichereren Unterstand suchen. Bestimmt hatte man in Würzburg inzwischen begonnen, sie zu suchen, und so dicht am Wegesrand würde man sie bald finden. Ihr fiel der alte Kalkofen in dem kleinen Steinbruch ein. Wenn sie sich nicht verlaufen hatte, konnte sie ihn in einer halben Stunde erreichen. Sie kannte den Weg, Korne hatte sie schon mehrmals dorthin geschickt, um Kalk zu holen, den sie in der Werkstatt zum Gerben des Leders benötigten. Der Ofen gehörte der Witwe Larsson, einer temperamentvollen Matrone, die den Steinbruch gemeinsam mit einem ihrer Söhne betrieb. Den Winter über, wenn nicht gebaut wurde, schlossen sie alles zu und kamen nach Würzburg. Ein idealer Zufluchtsort, wenigstens fürs Erste.

Theresa hatte sich nicht getäuscht. Wie ein riesiges klaffendes Maul, dessen ausgefallene Zähne über den Hang verstreut lagen, war der Steinbruch in den Berg geschlagen worden. Unten stand der Kalkofen, ein spindelförmiger, abgeflachter Turm, etwas größer als ein Brotofen. Eine runde Öffnung im oberen Teil diente als Kamin, vier weitere Öffnungen an den Seiten sorgten für die erforderliche Luftzufuhr. Das Wohnhaus der Larssons stand etwas entfernt am Ufer des Flusses, wo es den Dämpfen, die bei der Kalkverbrennung entstanden, nicht so ausgesetzt war. Gleich hinter dem Haus befanden sich die Lagerschuppen.

Theresa spitzte die Ohren und ließ ihren Blick wandern. Nichts und niemand regte sich, also schlich sie sich vorsichtig bis zu dem fensterlosen Haus vor. Doch was war das? Die Tür stand einen Spaltbreit offen, es musste ihr einer zuvorgekommen sein. Konnte man ihr so schnell jemanden nachgeschickt haben? Nein, dann hätte sie seine Spuren gesehen. Es musste jemand sein, der auf dem Weg nach Würzburg wie sie vom Unwetter überrascht worden war. Mit pochendem Herzen klopfte sie an. Keine Antwort. Sie wusste, es war tollkühn, doch die schiere Verzweiflung trieb sie zu wilder Entschlossenheit. Sie stieß mit dem Fuß gegen die Tür, die knarrend nachgab. Stille. Dunkelheit. Der ätzende Geruch des Kalks brannte ihr in der Kehle. Es hagelte, und der Wind rüttelte an den Brettern. Und doch war Theresa erleichtert: Sie hatte ein Dach über dem Kopf.

Das einzige Tageslicht fiel durch die Öffnung in der Decke aus Weidengeflecht in den Raum, sie diente dem Rauchabzug. Als ihre Augen sich an die Dunkelheit gewöhnt hatten, schrak Theresa zusammen. In dem Raum herrschte ein entsetzliches Durcheinander, umgestürzte Schemel, Holzscheite und Werkzangen lagen über den

Boden verstreut. Hier mussten hungrige Tiere gewütet haben … Hoffnungsvoll stöberte Theresa in dem Chaos, um schließlich enttäuscht festzustellen, dass die Larssons weder etwas zu essen noch warme Kleidung zurückgelassen hatten. Vor allem war nichts da, womit sie ein Feuer hätte entfachen können – kein Zunder, kein Feuerstein, nur Holz im Überfluss. Um sich die Zeit zu vertreiben und warm zu werden, machte sie sich daran, Ordnung zu schaffen. In einer Ecke stapelte sie das Holz auf, aus dem die Witwe Larsson Schuhe anfertigte.

Wie viele andere Familien hatten sich die Larssons mit der Holzschuhmacherei eine zweite Erwerbsquelle eröffnet, um die langen Stunden zwischen den einzelnen Brennschüben sinnvoll zu nutzen. Theresa besah sich das eindrucksvolle Werkzeug, das auf einer der Schnitzbänke thronte: eine Art riesiges Messer mit einer Öse am oberen Ende, welche es mit einer weiteren Klinge verband, die wiederum fest mit der Werkbank vernietet war. So ließ sich das Schneideisen mit einer Scherenbewegung über die Holzkante führen. Ein Gerät wie eine Zugbrücke, dachte Theresa fasziniert.

Sie hatte einige Male Gelegenheit gehabt, der Witwe Larsson dabei zuzusehen, wie diese das Holzschuhgeschirr mit großem Geschick bediente. Dabei hob sie das Messer an seinem hölzernen Griff an und befestigte es in der Halterung. Dann keilte sie den Holzklotz unter dem Schneideisen ein und bewegte mit geübter Hand das Messer auf und ab, bis die äußere Form des Holzschuhs grob vorgeschnitzt war.

Theresa war neugierig, sie wollte unbedingt ausprobieren, wie das Gerät funktionierte. Sie suchte sich einen Holzklotz in geeigneter Größe und befestigte ihn unter dem Schneideisen. Dann hob sie den Griff an, um ihn in der Halterung zu befestigen. Doch er glitt ihr aus der Hand, und mit voller Wucht sauste das Messer auf die Werkbank. Theresa war froh, dass sie den Griff mit beiden Händen gefasst hatte, sonst hätte sie sich eine abgeschlagen. Vorsichtig hob sie das Messer wieder auf. Ihre Neugier auf die Holzschuhmacherei war für den Moment gestillt.

Seufzend stellte sie einen Hocker an die Wand und nahm Platz. Sie schlug die Arme um den Leib und merkte gar nicht, wie sie erschöpft wegdämmerte. Im Halbschlaf malte sie sich aus, wie sie durch das Tor einer großen prächtigen Stadt ritt. Zuerst würde sie auf den Markt gehen und das Pinkeisen und den Griffel gegen ein Pfund Brot und ein paar Eier eintauschen und, wenn sie geschickt handelte, vielleicht sogar eine Scheibe Räucherfleisch dazubekommen. Ihr lief das Wasser im Mund zusammen. Sie musste an etwas anderes denken ... In dieser großen, prächtigen Stadt gab es bestimmt ein richtiges Handwerkerviertel, wo sie eine Anstellung als Gerberin finden konnte.

Plötzlich schrak sie hoch. Ihr war, als hätte sie Stimmen gehört. Sie horchte – kein Zweifel: Da waren Stimmen, männliche Stimmen, die immer näher kamen. Sie sprachen nicht fränkisch.

Ängstlich spähte Theresa durch den Türspalt und erkannte verschwommen zwei Gestalten, die sich auf das Haus zu bewegten. Herr im Himmel! Die Männer sahen grob aus, sie schienen bewaffnet, und in nur wenigen Sekunden würden sie ihren Unterschlupf erreicht haben. Sie musste sich verstecken. Der Holzstapel neben der Schnitzbank, dachte sie und stürzte los. Rasch duckte sie sich hinter die aufgetürmten Scheite, und im nächsten Augenblick standen die Männer auch schon auf der Schwelle. Theresa presste den Kopf auf die Knie und betete, dass man sie nicht entdecken möge. Die Männer schauten sich jedoch gar nicht weiter um, sondern gingen zielstrebig auf die Herdstelle in der Mitte des Raumes zu, um das Feuer anzuzünden.

Von ihrem Versteck aus konnte Theresa nicht genau erkennen, was vor sich ging, weil die beiden immer wieder aus ihrem begrenzten Gesichtsfeld verschwanden. Worauf warteten sie? Warum suchten sie nicht nach ihr? Sie reckte den Kopf vor und beobachtete, wie die beiden ihre Waffen ablegten und ein paar Eichhörnchen aufspießten, die sie offenbar über dem Feuer braten wollten. Sie grölten und polterten, als wären sie betrunken, stießen sich gegenseitig an und fuhrwerkten leichtsinnig mit den Spießen herum. Der eine von beiden, ein fellbehängter Riese, drohte fortwährend zu Boden zu stürzen. Der andere, eine hagere, knochige Bohnenstange, konnte offenbar keinen Moment stillhalten, unentwegt kratzte er sich sein von hässlichen Beulen übersätes Gesicht und schnüffelte herum wie ein Tier, das Beute wittert. Wenn eine Ratte auf zwei Beinen gehen könnte, sähe sie wahrscheinlich so aus wie dieser Kerl, dachte Theresa.

Da machte der Riese eine Bemerkung zu dem Rattigen, der schien verärgert und wollte das Messer ziehen. Doch dann hielt er inne, und beide brachen in schallendes Gelächter aus. Was sprachen sie nur für einen seltsamen Dialekt? Theresas Herz begann wie wild zu pochen. Sie wusste, dass nur ein Wunder sie noch retten konnte. Diese Männer waren keine Soldaten, und sie kamen auch nicht aus Frankfurt. Es waren Sachsen, wie es sie versprengt noch überall in den Wäldern gab. Heiden, die bereit waren, den erstbesten armen Teufel abzuschlachten, der ihnen über den Weg lief. Aber so nahe bei Würzburg? Es war mit ihnen wahrscheinlich wie mit den Wölfen, die in so bitteren Zeiten ihre Scheu vergaßen und sich bis fast an die Stadt herantrauten.

Während Theresa den fremden Lauten lauschte, hatte sie sich ungeschickt auf einen Holzklotz gestützt, der plötzlich krachend zu Boden polterte. Sie hielt den Atem an, der Riese glotzte mit dümmlicher Miene auf den Klotz, wandte sich dann aber gleichgültig wieder dem Feuer und seinem Braten zu. Der mit den Beulen jedoch starrte unverwandt in Theresas Richtung. Schließlich griff er sich einen brennenden Zweig, zog das Messer und bewegte sich langsam auf den Holzstapel zu. Theresa schloss die Augen und kauerte sich zusammen, so sehr sie konnte. Es half nichts, sie spürte, wie eine raue Hand sie am Schopf packte und sie mit einem Ruck an den Haaren nach oben zerrte. Sie schrie und strampelte, versuchte sich mit aller Kraft loszureißen, bis ein schwerer Fausthieb sie außer Gefecht setzte. Ihr wurde schwarz vor Augen. Als sie wieder zu sich kam, schmeckte sie Blut. Sie hatte keine Ahnung, wie lange sie bewusstlos gewesen war, aber vermutlich nur einen kurzen Moment.

Sie blinzelte und wandte sich sogleich voller Abscheu ab. Sollten diese Fratzen wirklich das Letzte sein, was ihre Augen im Leben zu sehen bekämen?

Der mit den Beulen im Gesicht leuchtete Theresa mit der improvisierten Fackel an und bestaunte sie, als wäre sie eine Füchsin in einer Kaninchenfalle. Mit einem lüsternen Grinsen betatschte er ihre festen, üppigen Brüste und grapschte ihr gierig zwischen die Beine. Sichtlich zufrieden mit seiner Beute, steckte er das Messer ein, packte Theresa am Arm und zog sie hinter sich her zum Feuer. Blankes Entsetzen lähmte sie, als der Kerl sich die Hose aufknöpfte. Die beiden Männer grölten vor Vergnügen. Schließlich packte der Riese Theresa und hielt sie keuchend fest, derweil der andere ihr die Kleider vom Leib riss.

Der mit dem verbeulten Rattengesicht fasste sich wild vor Verlangen zwischen die Beine, als er Theresa nackt im Schein des Feuers zittern sah, und machte einen Schritt auf sie zu. Theresa ließ sich im Griff des Riesen zusammensacken, als habe sie aufgegeben, und trat dann blitzschnell zu. Überrascht schrie der Hagere auf, und der Riese ließ sie verblüfft los. Theresa verfluchte die Männer tausend Mal und sprang geschwind hinter die Holzscheite. In der verzweifelten Hoffnung, sich damit verteidigen zu können, wühlte sie in ihrem Beutel nach dem Griffel, doch sie konnte ihn nicht finden.

Wütend wollte sich der hässliche Rattige auf sie stürzen, da fanden ihre tastenden Finger in der Tasche endlich, was sie suchten. Sie riss den Griffel heraus und reckte ihn mit flatternder Hand dem Angreifer entgegen. Der Mann hielt inne. Der Riese sah dem Geschehen vom Feuer her ratlos zu, wie ein großer Hund schien er auf den Befehl seines Herrn zu warten, doch das Rattengesicht lachte nur spöttisch. Ohne den Blick von Theresa abzuwenden, setzte er seine Fellflasche an die Lippen und stürzte den Wein hinunter, bis er ihm aus den Mundwinkeln rann. Rülpsend versetzte er dem Mädchen dann eine solche Ohrfeige, dass der Griffel in hohem Bogen durch die Luft flog.

Gleich darauf fand sich Theresa auf der harten Schnitzbank wieder, sie lag auf dem Rücken, den geifernden, nach saurem Wein stinkenden Mund des Sachsen über ihr. Sein Atem ließ sie würgen. Lüstern spuckte sich der Sachse in die Hand und fingerte dann gierig nach seinem Glied, während er ihr die Arme über dem Kopf festhielt. Theresa presste mit aller Kraft die Beine zusammen, wohl wissend, dass es ihr nichts helfen würde. Nie hatte sie sich bisher einem Mann hingegeben, obwohl es an Angeboten nicht mangelte. Doch sie war sich sicher gewesen, dass der Eine nicht dabei war, der dieses erste Mal zu etwas ganz Besonderem machen würde. Nein, sie wollte keinem Kerl nur als Gefäß für seine Lust dienen, sie wollte gemeinsam mit ihm etwas Einmaliges erleben, etwas, das nur sie teilten und von dem sie ahnte, dass es das gab. Nein, dieses betrunkene Schwein sollte sie nicht bekommen! Vorsichtig tastete sie nach irgendetwas, das ihr als Waffe dienen konnte. Da entdeckte sie mit einem Mal, dass sich die rechte Hand ihres Schänders genau unter dem Schneideisen befand, was dieser, betrunken und geil wie er war, nicht bemerkt hatte. Wenn sie sich nur einen Augenblick aus dem Griff dieses Widerlings befreien könnte … Auf eine vorgetäuschte Ohnmacht würde ihr Peiniger nicht hereinfallen. Aber auf vorgetäuschte Lüsternheit? Mit aller Überwindung, derer sie fähig war, schaute sie dem Sachsen tief in die Augen. Dann beugte sie sich vor und küsste sie ihn, innerlich schaudernd, auf den Mund. Sie sah noch das Erstaunen in seinen Augen, als sie schon die Halterung des Messers löste. Die Klinge sauste mit solcher Macht auf seine Hand nieder, dass es ihm sämtliche Finger abschlug und das Blut in alle Richtungen spritzte.

Winselnd wälzte sich der Verletzte am Boden, und Theresa stürzte zur Tür, doch der Riese sprang ihr verblüffend behände in den Weg, packte sie brutal und holte mit seinem Messer aus. Theresa schrie auf, sie war sicher, nun würde sie sterben. Doch plötzlich stieß der Sachse einen seltsamen Grunzlaut aus. Er wurde leichenblass und geriet ins Wanken. Röchelnd sank er vor Theresa auf die Knie. Dann schlug er der Länge nach auf den Boden. Ein riesiger

Dolch steckte in seinem Rücken. Hinter dem Toten erkannte Theresa die hochgewachsene Gestalt von Haldor Larsson, dem älteren der beiden Larsson-Söhne, der seit Jahren schon in Aachen im Dienst Karls des Großen stand – wie die stolze Mutter jeden wissen ließ. Er streckte ihr seine Hand entgegen und schob sie sanft nach draußen.

Haldor selbst kehrte ins Haus zurück, es ertönte ein markerschütternder Schrei, und kurz darauf trat er mit blutigen Händen wieder zu ihr hinaus.

»Es ist vorbei«, sagte er tonlos.

Theresa sah ihn aus tränenerfüllten Augen an. Er mied ihren Blick und schaute bemüht an ihr vorbei. Da erst wurde ihr bewusst, dass sie noch immer halbnackt war. Sie errötete und versuchte sich mit Händen und Armen zu bedecken.

»Wir sollten besser wieder rein gehen. Hier draußen werden wir noch erfrieren«, sagte Haldor. Als Theresa energisch den Kopf schüttelte, fügte er hinzu: »Du brauchst keine Angst zu haben. Die tun dir nichts mehr.«

Sie schüttelte erneut den Kopf. Nie wieder wollte sie einen Fuß in dieses Haus setzen, und wenn sie draußen erfrieren müsste.

»Heiliger Himmel!«, rief Haldor ungehalten. »Dann lass uns in den Schuppen gehen. Da gibt es zwar kein Feuer, aber wenigstens sind wir vor dem Wetter geschützt.«

Ohne ihre Antwort abzuwarten, hob er Theresa hoch und trug sie zum Schuppen. Sie zappelte und fluchte, bis er sie behutsam auf dem Stroh absetzte.

»Warte hier auf mich. Ich muss die Leichen wegschaffen«, sagte er.

»Bitte, geh nicht weg.«

»Da drinnen kann ich sie nicht liegen lassen. Das Blut wird die Wölfe anlocken.«

»Was hast du mit ihnen vor?«

»Ich muss sie wohl oder übel begraben.«

»Mörder begraben? In den Fluss werfen solltest du sie«, rief Theresa empört.

Haldor lachte. Als er jedoch Theresas zornigem Blick begegnete, nahm er sich zusammen.

»Entschuldige, aber der Fluss ist vollständig zugefroren … Und selbst wenn es nicht so wäre, sie ins Wasser zu werfen ist keine Lösung. Bestimmt gehörten diese Männer zu einer Gruppe, und früher oder später würde der Fluss die Leichen bei ihren Kameraden anschwemmen.«

»Du meinst, es gibt noch mehr Sachsen in dieser Gegend?«, fragte Theresa besorgt.

»Vielleicht nicht gerade hier, aber die Berge sind voll von ihnen. Zu viele wollten sich Karl nicht unterwerfen und machen jetzt das Reich unsicher. Ich habe drei Tage verloren, weil ich die Pässe umgehen musste.«

»Jedenfalls hat die Vorsehung dich mir geschickt«, bemerkte sie leise, während Haldor sich die blutigen Hände mit Schnee abrieb.

»Schon möglich«, meinte er nachdenklich. »Aber sag mal … was hast du eigentlich in unserem Haus gemacht?«

Theresa räusperte sich verlegen. »Ich war zufällig in der Nähe des Steinbruchs, als das Gewitter losbrach«, sagte sie und fand, dass das immerhin die halbe Wahrheit war. »Da fiel mir euer Haus ein, und ich bin hierhergekommen, um mich unterzustellen. Und dann tauchten plötzlich diese Männer auf.«

Haldor runzelte die Stirn.

»Wie auch immer. Ich werde jetzt ein Weilchen zu graben haben. Und du solltest dich um den Bluterguss in deinem Gesicht kümmern…«, erwiderte er.

Theresa blickte ihm nach. Er hatte etwas Zurückhaltendes, beinahe Steifes an sich. Doch sein Blick war offen und ehrlich. Ein Mensch, in dessen Nähe man sich unwillkürlich geborgen fühlte. Sie wusste nicht, warum Haldor nach seiner Lehrzeit den Steinmetzberuf an den Nagel gehängt hatte. Wilfred hatte ihn in seinen Dienst genommen, und dann war er plötzlich nach Aachen gegangen. Seither prahlte seine Mutter in Würzburg mit seiner

Ernennung zum *fortior* Karls des Großen, einem Amt, von dem Theresa keine genaue Vorstellung hatte. Wie alt Haldor wohl war?, überlegte Theresa. Vielleicht fünfundzwanzig? Auf jeden Fall war er in einem Alter, in dem ein Mann bereits ein paar Söhne gezeugt haben sollte. Doch sie hatte die Witwe Larsson nie von irgendwelchen Enkeln sprechen hören.

Nach einer Weile kehrte Haldor, einen Spaten in der Hand, in den Schuppen zurück. Erschöpft warf er ihn neben Theresa auf den Boden.

»Die sind wir los«, sagte er.

»Du bist ganz durchnässt.«

»Stimmt. Es schneit schon wieder …«

»Hast du Hunger?«, fragte er dann.

Sie nickte hoffnungsvoll, eine ganze Kuh hätte sie verschlingen können! Merkwürdig, dass ihr nach all dem, was dieser Tag gebracht hatte, nicht der Hunger vergangen war.

»Leider musste ich mein Pferd in einer Schlucht zurücklassen«, seufzte Theresas Retter. »Das Tier und meine Vorräte sind zum Teufel, aber dort drinnen habe ich ein paar Eichhörnchen liegen sehen, die es fürs Erste auch tun würden. Also entscheide dich: Entweder du kommst mit ins Haus, wir wärmen uns auf und bekommen etwas in den Magen, oder wir bleiben in diesem Schuppen sitzen, bis wir festfrieren.«

Theresa presste die Lippen zusammen.

»Na, komm schon«, sagte Haldor sanft. Er legte ihr den Arm um die Schultern und führte sie behutsam zum Haus hinüber.

Die Wärme des Feuers tat wohl und spendete Trost. Haldor war so umsichtig gewesen, einen Armvoll Holz nachzulegen, und Flammen tauchten den Raum in sanftes Licht. Der Duft nach heißen Kastanien stieg ihnen in die Nase, und der Geruch des am Spieß brutzelnden Fleisches ließ ihnen das Wasser im Munde zusammenlaufen. Haldor hatte aufgeräumt und eine Decke am Feuer ausgebreitet.

»Diese Kerle wussten sich ein ordentliches Mahl zu beschaffen«, sagte er. »Warte mal …« Er stand auf und brachte ein paar Kleidungsstücke. »Die habe ich ihnen abgenommen, vielleicht ist etwas dabei, das du gebrauchen kannst.«

Theresa verschluckte sich beinahe an ihrem letzten Bissen und wollte etwas Unwirsches entgegnen. Doch sie biss sich auf die Zunge. Er hatte recht. Nur in den Kittel aus der Werkstatt gehüllt, würde sie sich über kurz oder lang den Tod holen! Eingehend untersuchte sie alle Kleidungsstücke und entschied sich schließlich für ein Wams aus dunklem Tuch, das ungepflegt aussah, aber immerhin so groß war, dass es ihre Beine bedeckte. Wahrscheinlich hatte es dem Riesen gehört. Allein der Gedanke ließ sie erschauern. Haldor schüttelte verständnislos den Kopf, als sie ein anderes aus Pelz wegen der Blutflecke darauf verschmähte, und war froh, dass sie wenigstens das Messer behalten wollte, mit dem der Riese versucht hatte, sie zu erstechen.

Nach dem Essen saßen sie eine Weile schweigend da und schauten einträchtig in das knisternde Feuer. Ein behaglicher Augenblick, wäre da nicht die furchtbare Blutlache mitten im Raum gewesen. Schließlich erhob sich Haldor und schaute durch einen Spalt nach draußen. Bald würde die Abenddämmerung hereinbrechen.

»Bei diesem Wetter werden die Sachsen nicht aus ihren Löchern gekrochen kommen.«

Sie nickte zustimmend.

»Sag mal, bist du nicht die Tochter des Schreibers? Dein Name war doch …«

»Theresa.«

»Richtig. Theresa … Du hast dich verändert, seit ich dich zum letzten Mal gesehen habe. Du bist … erwachsen geworden.« Er räusperte sich verlegen. »Arbeitest du immer noch beim Pergamentarius Korne?«

»Ja. Aber Lehrling bin ich nicht mehr«, log sie. »Ich habe die Gesellenprüfung abgelegt.«

»Eine Frau als Gesell? So etwas geht?«

Theresa schwieg zufrieden. Sie war den Umgang mit Kerlen

gewohnt, die sich nicht vorstellen konnten, dass eine Frau anderes als Heim und Herd im Sinn hatte. Fast wohlig kuschelte sie sich unter das Wams und blickte Haldor von der Seite her verstohlen an. Er gefiel ihr, seine Größe, seine Kraft, seine Entschlossenheit imponierten ihr.

»Und was machst du jetzt?«, erkundigte sie sich. »Deine Mutter erzählt immer, du hättest ein Amt am Hof. Trägst du deswegen diese seidene Binde am Unterarm?«

»Na ja«, meinte er lächelnd. »Wenn Mütter über ihre Sprösslinge reden ... Am besten glaubt man die Hälfte von dem, was sie sagen, schaut sie voller Bewunderung an und vergisst die andere Hälfte ganz schnell wieder.«

Diese Bemerkung versetzte Theresa einen Stich. Sie musste an ihren lieben Vater denken, der ebenfalls immer nur in den höchsten Tönen von ihr sprach.

»Und diese Binde«, fuhr Haldor stolz fort, »ja, sie ist das Zeichen meiner Vasallenschaft zu Karl, ein Zeichen der Ehre also, von dem ich mich niemals trennen darf. Vor drei Jahren bot mir Karl der Große, nachdem ich bei einem seiner Feldzüge erfolgreich gekämpft hatte, den Treueeid an. Eine Kommendation.«

»Eine Kommendation? Was bedeutet das?«

»Kurz gesagt, dass man Vasall des Königs wird. Eine Art Vertrauenssoldat. Jemand, auf den er jederzeit zurückgreifen kann.«

»Ein Soldat? So wie die vom Präfectus in Würzburg?«

»Nicht ganz«, meinte er lachend. »Das sind ein paar arme Teufel, die für einen Hungerlohn zu spuren haben. Ich hingegen besitze mein eigenes Land.«

»Als Soldat?«, wunderte sie sich.

»Also, das ist so: Wenn du dich dem König unterstellst, verpflichtest du dich, ihm treu zu dienen, aber zugleich handelt es sich um eine Vereinbarung, die auf Gegenseitigkeit beruht und die der König meist großzügig entlohnt. Zwanzig Morgen Ackerboden habe ich von Karl erhalten, dazu fünfzehn Morgen Rebland und noch weitere vierzig wildes Brachland, das ich bald urbar machen will. Im Grunde unterscheidet sich mein Leben nicht allzu sehr von dem eines müßigen Großgrundbesitzers.«

»Aber dafür musst du in den Krieg ziehen.«

»Das stimmt, allerdings erfolgt die Einberufung meist erst mit Beginn des Sommers, wenn die Felder gemäht sind. Dann stelle ich meine Ausrüstung zusammen und suche mir meine Leute, die mit mir in den Kampf ziehen.«

»Du hast auch Leibeigene?«, fragte sie überrascht.

»Nein, keine Leibeigenen. Meine Bauern sind freie Männer. Neunundzwanzig an der Zahl, wenn man Frauen und Kinder mit einrechnet. Ich allein kann diesen Boden ja nicht bearbeiten, und glücklicherweise wimmelt es in Aachen nur so von Enterbten aus allen Winkeln des Reiches: Aquitanier, Neustrier, Austrasier und Langobarden ... Man muss nur geschickt auswählen, an wen man das Land verpachtet.«

»Du bist also ein reicher Mann?«

»Nein, das bei Gott nicht, schön wär's«, meinte er schmunzelnd. »Die Bauern sind einfache Leute. Als Gegenleistung dafür, dass ich ihnen das Land zur Verfügung stelle, liefern sie mir einen Teil der Ernte ab und verrichten bestimmte Arbeiten für mich: die Wege räumen, den einen oder anderen Zaun flicken und solche Dinge. Gelegentlich helfen sie mir beim Pflügen der Felder, die ich für meinen eigenen Gebrauch behalte, aber wie gesagt, das ist nicht allzu viel. Meine Besitzungen reichen bei weitem nicht an die eines Getreuen am Hof heran.«

»Haldor?«, fragte Theresa zögernd. »Ist Aachen eine schöne Stadt? Ich meine ... eine Stadt, in der man gut leben kann?«

»Aber ja. Vor allem, wenn man über die nötigen Denare verfügt, die Stadt ist nämlich eine Art riesiger Markt. Ich sage dir, dort drängt sich in einer einzigen Straße mehr Volk als in ganz Würzburg. Da muss man achtgeben, dass man nicht verlorengeht. An jeder Ecke kannst du etwas kaufen, sei es Schmorbraten, Ackergerät oder Gürtelschnallen. Es gibt auch Stände mit Stoffen und Seide, und dazwischen findest du weitere, wo Honig oder ein noch blutiges Schwert feilgeboten wird.«

Er geriet ins Schwärmen, als er Theresa das unüberschaubare Gewirr von Straßen und Gassen, Schenken, Spelunken und Bordellen ausmalte. Die vielen kleinen Plätze und Gassen, die schließlich in eine Allee mündeten, auf der ein ganzes Regiment zu Pferde vorbeiziehen könnte ... Und dann die prächtige Pfalz!

Theresa lauschte diesen Ausführungen mit leuchtenden Augen. Sie sah Bilder ihres fernen Konstantinopel vor sich.

»Und gibt es auch einen Zirkus, Spiele und ein Forum?«

»Was meinst du?«

»Wie in Konstantinopel ... Bauten aus Marmor, gepflasterte Alleen, Gärten und Brunnen, Theater, Bibliotheken ...«

Haldor zog skeptisch eine Augenbraue hoch. »Du hast ja eine Phantasie ...«, gab er milde lächelnd zurück.

»Da täuschst du dich«, erwiderte sie verärgert. Es war ihr gleich, ob es in Aachen Gärten und Brunnen gab, aber dass Haldor sie wie ein verträumtes kleines Mädchen behandelte, kränkte sie. »Du kennst Konstantinopel eben nicht«, erklärte sie, und es klang ein wenig schnippisch. »Zum Beispiel die Hagia Sophia, eine Kathedrale wie du sie dir prächtiger nicht erträumen könntest. Sie ist so groß, dass ein ganzer Berg in ihr Platz finden würde. Oder das Hippodrom, das ist eine zwei Stadien lange Arena, in der jeden Monat Spiele und Wettkämpfe ausgetragen werden. Große Rennen mit Pferden und Streitwagen. Und wenn ich an die Spaziergänge entlang der großen Theodosianischen Mauer zurückdenke, die jedem Angriff standhält. Und an die prunkvollen kaiserlichen Paraden, die nicht enden wollenden Bataillone von Soldaten, angeführt von märchenhaft herausgeputzten Elefanten ... Ja, du müsstest Konstantinopel kennen. Dann wüsstest du, wie das Paradies aussieht.«

Haldor starrte sie mit offenem Mund an. »Wer würde nicht gern das Paradies kennenlernen«, meinte er schließlich spöttisch. »Allerdings hoffe ich doch, dass mir vorher noch ein paar Jahre auf Erden vergönnt sind. Lass uns schlafen.«

Theresa schwieg beleidigt. Aber dann obsiegte doch ihre Neugier.

»Was ist eigentlich der Grund deiner Reise?«, erkundigte sie sich in die Stille hinein.

»Schlaf jetzt. Ich will morgen sehr früh nach Würzburg aufbrechen, und ich habe keine Lust, dich dorthin zu tragen, weil du zu müde bist.«

»Aber ich will nicht zurück nach Würzburg!«

»Ach nein? Was hast du dann vor? Willst du etwa hierbleiben und auf die nächsten Sachsen warten?«

»Nein, natürlich nicht.« Sie musste schlucken.

»Erzähl also keinen Unsinn und leg dich endlich schlafen.«

»Du hast mir noch keine Antwort gegeben«, beharrte sie.

Haldor, der sich bereits neben dem Feuer niedergelegt hatte, richtete sich unwillig wieder auf.

»Du gibst wohl keine Ruhe, wie? Also gut, sobald die Flüsse wieder befahrbar sind, werden mehrere Schiffe mit Lebensmitteln von Frankfurt nach Würzburg auslaufen, und an Bord dieser Schiffe werden sich zwei wichtige Personen befinden: ein gewisser Alkuin, ein angelsächsischer Priester, und der päpstliche Kanzler Flavius Diaconus. Der König wünscht, dass sie ihrem Rang gemäß empfangen werden, deshalb hat er mich als Abgesandten vorausgeschickt.«

»Der Priester muss ja eine bedeutende Persönlichkeit sein …«

Theresa stellte sich zwei herausstaffierte Diener Gottes in dunklem Habit vor, wie sie auf einem Schiff standen und majestätisch den Fluss entlangglitten.

»Für Karl den Großen schon. Ein ungewöhnlicher Mensch, dieser Alkuin. Seit er vor einigen Jahren an den Hof kam, ist er immer weiter aufgestiegen. Er ist besessen von allem, was mit gelehrten Schriften, Bildung und Wissenschaft zu tun hat, und Karl erfüllt ihm jeden noch so abwegigen Wunsch.«

Die Rede von den Schriften ließ Theresa aufmerken, und fast bedauerte sie, bei der Ankunft der beiden Geistlichen nicht in Würzburg zu sein.

»Ist Karl denn so sehr an dem interessiert, was die Gelehrten geschrieben haben?«

»Ich wüsste wirklich nicht, was dich das zu interessieren hat«, erwiderte er scharf. »Leg dich hin und schlaf jetzt.«

Theresa streckte sich auf dem Boden aus und sagte kein Wort mehr, doch Schlaf fand sie auch keinen. Hatte sie sich in Haldor getäuscht? Sicher, er hatte sie gerettet, aber im Grunde unterschied er sich keinen Deut von allen anderen Männern, und wahrscheinlich war ihre Rettung ohnehin allein der Vorsehung zu verdanken. Außerdem kam es ihr merkwürdig vor, dass ein Mann von seiner Stellung ohne jede Begleitung über die Berge zog. Unwillkürlich schloss sich ihre Hand um das Messer unter ihrem Kleid. Mit dem tröstlichen Gedanken an ihr geliebtes Konstantinopel schlummerte sie schließlich ein.

Als sie früh am Morgen erwachte, lag Haldor noch in tiefem Schlaf. Leise stand sie auf, öffnete die Tür einen Spalt und spähte hinaus. Kühle, klare Morgenluft strömte ihr entgegen.

Sie trat an Haldors Lager, doch ihr schöner Retter machte keinerlei Anstalten aufzuwachen. Ohne recht zu wissen, was sie tat, legte sie sich neben ihn. Die sanfte Ruhe und die Wärme seines Körpers taten ihr wohl, und sie begann zu träumen. Sie sah sich in einer fernen Stadt, an einem warmen, hellen Ort, wo sich niemand an ihrer Liebe zu den Büchern störte, einem Ort, an dem sie sich, weit weg von all den Ängsten und Kümmernissen, die so unerwartet in ihr Leben getreten waren, mit einem jungen Mann, der offen und ehrlich in die Welt blickte, austauschen konnte. Sofort kam Gorgias ihr in den Sinn, und sie tadelte sich für ihre Selbstsucht und ihre Feigheit. Was war sie nur für eine Tochter, die sich in eine ferne, glückliche Welt träumte, während der Vater die Schande ihrer Sünden zu tragen hatte! Abrupt schlug sie die Augen auf. Eines Tages würde sie nach Würzburg zurückkehren, um die Ehre ihres Vaters wiederherzustellen, das schwor sie sich.

Mit zitternden Fingern strich sie Haldor übers Haar und murmelte ein schuldbewusstes Lebewohl. Dann stand sie behutsam auf. In der Ecke lagen die Sachen, die Haldor den Toten abgenommen hatte: allerlei Jagdgerät neben einem Haufen unordentlich übereinandergeworfener Kleidungsstücke. Theresa überlegte. Es konnte nicht schaden, einen zweiten Blick darauf zu werfen.

Zwischen den Falten eines Umhangs fand sie eine kleine Holzschachtel mit einem geschliffenen Pinkeisen, ein paar Splittern Feuerstein und etwas Zunder darin. Außerdem entdeckte sie einige Bernsteinperlen und eine Portion getrocknete Fischeier. Ohne Zögern verstaute sie alles in ihrem Beutel. Einen halb verrotteten Lederriemen sortierte sie aus, ein kleiner Schlauch für Wasser hingegen erschien ihr sehr praktisch, und das Paar riesiger Stiefel zog sie sich über ihre eigenen Schuhe. Zuletzt wandte sie sich den Waffen zu.

Sie hatte zugesehen, wie Haldor sie gereinigt und geordnet hatte. Dabei erklärte er ihr, dass die Sachsen besonders geschickt mit dem Scramasax umzugehen wussten, einem kurzen breiten Dolch, den sie auch als Hiebschwert einsetzten; hingegen waren sie mit der Franziska, der kleinen, eher leichten Wurfaxt, die von den fränkischen Heeren verwendet wurde, nicht besonders gut vertraut.

Die schweren Eibenbogen zog sie nicht weiter in Betracht, doch den todbringenden Scramasax betrachtete sie sich näher. Sie nahm ihn in die Hand, und ein Schauer lief ihr über den Rücken. Die Waffen waren ihr unheimlich, aber wenn sie über die Berge wollte, musste sie eine bei sich tragen. Ihr fiel das Messer des Riesen ein, das sie ja schon hatte. Keine richtige Waffe, um sich zu verteidigen, aber immerhin besser als nichts. Da erblickte sie einen Dolch, den Haldor ein wenig beiseite gelegt hatte.

Im Unterschied zu den groben Dolchen der Sachsen war dieser auf beiden Seiten der scharfen Klinge mit einem feinen Muster verziert, und in den silbernen Knauf war ein Smaragd eingelassen. Der Dolch war leicht und kühl, er lag gut in der Hand, und seine Schneide leuchtete im Schein des Feuers. Er sah ungeheuer kostbar aus, aber zugleich war er eine gefährliche Waffe – eine, mit der sie würde umgehen können.

Theresa sah zu Haldor hinüber und fühlte brennende Scham. Er hatte ihr das Leben gerettet, und sie dankte es ihm, indem sie ihn bestahl. Denn alles, was hier lag, war seine Beute. Sie zögerte kurz, doch dann legte sie das Messer ab und schnallte sich den Dolch an den Gürtel. Es ging um ihr Leben – und eines Tages würde sich die Gelegenheit bieten, auch dieses Unrecht wiedergutmachen. Während sie sich ihren Beutel um die Hüfte band, flüsterte sie eine unhörbare Entschuldigung; dann hüllte sie sich in das neue Wams und trat in die klirrende Morgenkälte hinaus.

Als Haldor erwachte, war Theresa bereits über alle Berge. Neuer Schnee hatte alle Spuren verwischt, und so suchte er sie vergebens im Steinbruch und im angrenzenden Wald, folgte sogar noch ein ganzes Stück dem Flusslauf, bis er schließlich aufgab. Er grämte sich, denn das Mädchen würde ein übles Schicksal erwarten. Noch mehr aber verfluchte er den Verlust seines kostbaren Dolches.

Rutgardas ältere Schwester Lotaria und ihr Mann Reinald hatten sich auf schnellstem Wege in Sankt Damian eingefunden, um bei den Begräbnisvorbereitungen für Theresa zur Hand zu gehen. Gorgias und Reinald machten sich mit vereinten Kräften daran, Theresas Leichnam auf eine Tragbahre nach Hause zu schaffen.

Da die Nacht lang und kalt werden würde, schlug Rutgarda vor, sich zunächst an einer heißen Rübensuppe zu wärmen, bevor man zu Werke schritt. Gorgias stimmte geistesabwesend zu und schürte das Herdfeuer, ohne darauf zu achten, was er tat. Unterdessen räumte Lotaria eine Zimmerecke frei, in der sie Theresa das Totenhemd anlegen wollte. Trotz ihrer Beleibtheit bewegte sie sich flink wie ein Wiesel und hatte die Ecke flugs hergerichtet.

Schweigend löffelten die beiden Männer ihre Suppe. Nachdenklich haftete Gorgias' Blick auf der großen Holztruhe. Nach kurzem Zögern klappte er sie auf und begann sie auszuräumen.

»Was suchst du denn?«

»Ich glaube, daraus könnte man einen Sarg machen. Draußen habe ich ein paar Bretter, die wir außerdem verwenden können.«

»Aber das ist unsere einzige Truhe. Wohin mit unserer Aussteuer? Wir können sie doch nicht einfach auf den Boden werfen«, wandte Rutgarda ein.

»Erst einmal legen wir die Sachen auf Theresas Bett, und später kaufe ich dir eine viel schönere Truhe«, sagte Gorgias. »Wenn ihr sie angekleidet habt, wickelt die Aussteuer in eine Decke. Und dann packt alles Wertvolle zusammen, das wir besitzen: die wenigen Vorräte, den Kessel, Kleidung, Werkzeug … Ich kümmere mich um die Bücher.«

»Um Gottes willen! Aber wozu denn nur?«

»Frag nicht, tut, was ich euch sage.«

Mechanisch griff Gorgias nach einer Fackel und bat Reinald, ihm behilflich zu sein. Der zündete eine weitere an, und zusammen schleppten sie strauchelnd die Truhe nach draußen. Rutgarda blickte ihrem Mann besorgt hinterher, er wollte sich einfach nicht schonen! Seufzend begann sie, die wenigen wertvollen Habseligkeiten zu ordnen, während Lotaria Theresas verbrannten Leib entblößte. Es war nicht das erste Mal, dass sie einem Leichnam das Sterbehemd antat, doch bisher hatte sich noch keinem dabei die Haut in Fetzen abgelöst. Vorsichtig entfernte sie die Reste des blauen Kleides und wusch den verkohlten Leib mit warmem Wasser, unter das sich manche Träne mischte. Dann besprühte sie ihn mit duftendem Kardamomöl, hüllte ihn von den Füßen bis zu den Schultern in ein weißes Leintuch und riss ein altes Kleid in Streifen, mit denen sie das Totenkleid verzierte.

»Ich habe sie immer geliebt wie eine eigene Tochter«, sagte Rutgarda mit erstickter Stimme.

Lotaria schwieg. Es war hart genug für Rutgarda, dass sie keine eigenen Kinder bekommen konnte, und nun hatte sie auch noch ihre Stieftochter verloren.

»Alle haben wir sie geliebt«, sagte die große Schwester traurig. »Sie war ein gutes Mädchen. Obwohl sie anders war. Aber nun … Ich werde mal nach den Männern sehen.«

Lotaria trocknete sich die Hände und ging Gorgias und Reinald holen. Schweigend packte sie an der Seite ihres Schwagers mit an, und zu dritt trugen sie die zu einem Sarg umgebaute Truhe wieder ins Haus.

»Schön ist er nicht, aber es wird gehen«, erklärte Gorgias schnaufend, während sie die Truhe in die Ecke zerrten, wo Theresa aufgebahrt lag. Er blickte voll tiefem Schmerz auf das, was von seiner Tochter übriggeblieben war, und sagte dann zu Rutgarda: »Ich habe mit Wilfred gesprochen. Er hat mich gewarnt, er meint, Korne wird uns anzeigen.«

»Uns? Aber was will dieser gemeine Schurke denn noch? Dass man uns des Landes verweist? Dass wir zugeben, Theresa hätte niemals seine Werkstatt betreten dürfen? Herr im Himmel! Sind wir denn nicht genug gestraft?«

»In seinen Augen anscheinend nicht. Ich fürchte, er wird sich für seine Verluste an uns rächen wollen.«

»Aber was verspricht er sich davon? Wir haben ja kaum genug zu essen!«

»Das habe ich Wilfred auch gesagt. Aber nach den fränkischen Gesetzen kann man uns alles nehmen, was wir besitzen.«

»Ach ja? Und was besitzen wir denn? Alles, was wir haben, liegt doch da auf der Bettstatt.«

»Sie können euch das Haus wegnehmen«, wandte Lotaria ein.

»Das Haus ist gepachtet«, erwiderte Gorgias. »Das ist ja das Schlimme.«

»Wie meinst du das?«, fragte Rutgarda ängstlich.

Gorgias sah seine Frau fest an.

»Sie könnten uns auf dem Sklavenmarkt verkaufen.«

Rutgardas Augen weiteten sich vor Entsetzen. Mit offenem Mund starrte sie ihren Mann an. Dann barg sie das Gesicht in den Händen und brach in Tränen aus. Lotaria sah Gorgias vorwurfvoll an und schüttelte den Kopf.

»Ich habe gesagt, dass sie es könnten, nicht dass es auch dazu kommen wird«, versuchte er zu beschwichtigen. »Erst einmal müssen sie Theresas Schuld beweisen. Und außerdem hat Wilfred gesagt, dass er uns helfen wird.«

»Er will uns helfen?«, schluchzte Rutgarda zweifelnd. »Was schert ihn unser Schicksal?«

»Ich versichere dir, er wird uns helfen. Aber zunächst bring alle unsere Habseligkeiten zu Reinald, damit hier niemand auf die Idee kommt, Vergeltung zu üben. Den einen oder anderen angeschlagenen Tonkrug lassen wir hier, und ein paar verschlissene Decken. Und vergiss nicht die Strohsäcke. Am besten holst du das Stroh heraus und nimmst die Säcke, um die Sachen zu transportieren. So erregen wir keinen Verdacht. Dann schließt euch ein, Lotaria und du. Reinald und ich kümmern uns um das Begräbnis. Bei Tagesanbruch werden wir zurück sein.«

Gorgias saß auf der Truhe und wartete, dass es dunkel würde. Er hatte mit dem braven Reinald vereinbart, dass sie sich nach Sonnenuntergang beim Kreuzgang treffen wollten. Bis die ersten Sterne am Himmel erstrahlten, blieb ihm also nur, die Totenwache zu halten. Er dachte an Konstantinopel, die Perle des Bosporus, seine Heimat. Wie fern war das alles, und wie sehr schmerzte gerade jetzt die Erinnerung an jenes Leben in Wohlergehen und Überfluss, jene Zeiten der Freude und des Glücks. Wer in Würzburg hätte je vermutet, dass Gorgias, der bescheidene Schreiber aus Wilfreds Skriptorium, im fernen Konstantinopel, der Stadt aller Städte, früher einmal den stolzen Titel eines Patriziers geführt hatte?

Er dachte an Theresas Geburt und daran, wie er dieses kleine zapplige Bündel, das so voller Leben steckte, in seinen Armen gehalten hatte. Wochenlang waren Wein und Honig geflossen. Er hatte die frohe Botschaft auf allen Foren des Reiches verkündet, bei seinem Haus einen Altar errichten lassen und seinen Dienern befohlen, dieses glücklichen Tages mit üppigsten Opfergaben zu gedenken. Nicht einmal die Ernennung zum Optimaten der Provinz Bithynien hatte ihm größere Freude beschert. Seine Frau Otiana bedauerte im ersten Augenblick, dass sie ihm nicht einen Jungen geschenkt hatte, doch er wusste ja, ihnen blieb alle Zeit der Welt. In den Adern dieses süßen kleinen Geschöpfes floss sein Blut, das Blut der Theolopoulos, die zu den angesehensten Familien des Byzantinischen Reiches gehörten, die geachtet und gefürchtet waren, auch jenseits der Theodosianischen Mauer, von der Donau bis Dalmatien, von Karthago bis zum Exarchat von Ravenna. Sie hatten noch so viel Zeit, um glücklich zu sein und weitere Kinder zu bekommen, die ihr Haus mit Leben erfüllen würden. Sie waren jung, und die Zukunft lachte ihnen entgegen.

Doch mit der zweiten Schwangerschaft brach das Verderben über sie herein. Die Ärzte machten das feuchte Klima und die zu weiche Leibesfrucht für Otianas qualvollen Tod drei Monate vor der erwarteten Geburt verantwortlich. Diese verfluchten Quacksalber! Hätten sie doch wenigstens sie vor all dem grausamen Leiden bewahrt.

Über ein Jahr hatte er sich ganz und gar der Verzweiflung ergeben. In jedem Winkel sah er seine schöne Frau, sog er ihren süßen Duft ein, hörte er ihr perlendes Lachen. Als er sich allmählich aus den Fängen der aufzehrenden Schwermut befreite, zog er ins alte Konstantinopel, erwarb eine Stadtvilla mit Garten und ließ sich mit seiner Dienerschaft und einer Amme dort nieder.

Theresa wuchs auf, umgeben von Büchern und Schriften, seiner einzigen Leidenschaft – dem Heilmittel, das die Ärzte ihm nicht hatten verschreiben können. Sein Patriziertitel und seine Freundschaft mit dem Leibdiener des Basileus öffneten ihm die Tore zur Bibliothek der Hagia Sophia und gewährten ihm damit Zutritt zum größten Wissensschatz der Christenheit. Jeden Morgen begleitete Theresa ihn in die Kathedrale, und während die Kleine mit den Fasanen spielte, las er Vergil, schrieb Passagen aus Plinius heraus oder rezitierte Lukian. Mit drei Jahren begann die kleine Theresa sich dafür zu interessieren, was ihr Vater da tagein, tagaus so Wichtiges zu tun hatte. Sie kletterte auf seinen Schoß und bettelte so lange, bis er ihr einen der Codices in die Hand gab. Anfangs überließ er ihr ein paar beschädigte Bogen zum Spielen, doch bald stellte er fest, dass Theresa, wenn er schrieb, eifrig seine Gesten nachahmte.

Was zunächst ein harmloser Zeitvertreib schien, gab bald Anlass zur Sorge. Das Mädchen spielte kaum mit anderen Kindern, und wenn sie es einmal tat, kritzelte sie ihnen mit den Federn, die sie aus dem Hühnerstall stibitzte, die Kleider voll. Als er davon erzählte, überredete ihn Reodrakis, der die Bibliothek leitete, sie in die Geheimnisse der Schrift einzuweihen, und bot sich selbst als Lehrer der Kleinen an. So lernte Theresa mit vier Jahren lesen, und wenig später ritzte sie bereits ihre ersten Buchstaben in Wachstafeln. Was indessen noch weitaus bemerkenswerter war: Sie begnügte sich nicht mit dem Schreiben, nein, sehr bald schon entdeckte sie, dass die Schriften, aus denen sie kopierte, sie in unzählige andere, aufregende Welten führten. Fortan las sie alles, was der weise Reodrakis und auch der Vater ihr gaben.

Bekümmert dachte Gorgias daran zurück, wie Theresa mit zehn Jahren jäh aus ihrer Leidenschaft für das Lesen gerissen worden war. Nach dem Mord an Kaiser Leo IV. durch seine Frau Irene hatten sich endlose Machtkämpfe entzündet, die mit der Festnahme und Hinrichtung vieler Menschen endeten, die sich der neuen Regentin zu widersetzen wagten. Doch nicht nur ihre Kritiker wurden beiseite geschafft. Auch wer zu Lebzeiten des Basileus politische oder geschäftliche Beziehungen mit ihm unterhalten hatte, zog sich den Zorn der Kaiserin zu.

Eines Nachts war dessen Leibdiener vermummt und mit einem Pferdegespann bei Gorgias vorgefahren. Hätte er sie nicht gewarnt, wären sie am folgenden Tag hingerichtet worden. Doch so glückte ihnen die Flucht bis Saloniki, später weiter bis nach Rom und von dort aus in die kalten germanischen Lande.

Warum nur musste sich Gorgias in dieser ohnehin schweren Stunde auch noch diese quälenden Erinnerungen ins Gedächtnis rufen, die seinen Schmerz nur weiter nährten?

»Verfluchtes, grausames Schicksal. Du hörst nicht auf, mir die Seele aus dem Leib zu reißen, und lässt mich immer leerer zurück! Elender Pfad der Buße. Nimm mich mit dir, gnadenlose Fortuna, dass ich dir meinen Hass schenke. Komm und umarme mich!«

Er schloss die Augen und weinte still.

Trotz des überaus steinigen, zum Teil gefrorenen Bodens hatten Gorgias und Reinald das Grab kurz nach Mitternacht fertig ausgehoben. Obwohl Reinald ganz selbstverständlich das Harken übernommen hatte, war Gorgias' Wunde vom Beiseiteschaffen der Brocken erneut aufgebrochen, und sein Verband war feucht vom stetig sickernden Blut. Doch sie hatten es geschafft. Zu dieser Stunde lagen die Kirchenleute in ihren Gemächern längst in tiefem Schlaf, und widerwillig hielt Wilfred, ohne sein Habit anzulegen, dieses merkwürdige, traurige Begräbnis im Verborgenen ab. Fahrig hieß er Gorgias das Grab schließen – ohne Kreuz oder anderes Zeichen, das ihr Tun hätte verraten können.

»Und wegen des Manuskripts …«, setzte der Graf an.

Gorgias blickte ihn aus rot geweinten Augen an. Da senkte Wilfred den Kopf, gab seinen Hunden mit einem Schnalzen das Aufbruchssignal und ließ Gorgias mit seinem Kummer allein.

6

Am nächsten Sonntag erwachte Gorgias schweißgebadet und mit nagenden Schmerzen in seinem verletzten Arm. Ihn fröstelte, und bei dem Gedanken daran, dass er vor wenigen Tagen seine eigene Tochter begraben hatte, krampfte sich sein Herz zusammen. Er sah seine kleine Theresa in ihrem neuen Kleid vor sich, wie sie nervös lachte angesichts der Prüfung bei Korne, die sie zur Pergamentergesellin machen sollte. Er war so stolz auf sie gewesen ... Doch dann hatten sich die Ereignisse plötzlich auf unheilvolle Weise überschlagen. Bilder des Überfalls drängten sich Gorgias auf, des schrecklichen Brandes, der Toten und Verletzten ... Von seiner geliebten Tochter waren kaum mehr als die Fetzen des Kleides geblieben, das sie so sehr gemocht hatte. Bekümmert lag Gorgias neben Rutgarda und kämpfte gegen die Tränen an.

Wie lange sie wohl im Haus seines Schwagers bleiben konnten? Ohne Stroh, auf das sie sich hätten betten können, schliefen sie zusammengedrängt auf den harten Brettern, die Reinald allabendlich auf dem blanken Erdboden auslegte. Gorgias war Reinald und Lotaria von ganzem Herzen dankbar. Trotz der Umstände, die sie ihnen machten, hatten die beiden sie herzlich aufgenommen und bemühten sich nach Kräften, dass es weder ihm noch Rutgarda an irgendetwas mangelte. Gorgias freute sich, dass sein Schwager es so gut getroffen hatte. Ihm als Tischler konnten die Unbilden des Wetters weniger anhaben, ein schadhaftes Dach oder die Räder eines Karrens waren immer zu flicken, und so vermochte er selbst in diesen schweren Zeiten den Hunger aus seinem Hause zu verbannen.

Gorgias war versucht, mit seinem Schicksal zu hadern. Reinald war ein einfacher Mann, der keine andere Sorge kannte, als das Brot für den nächsten Tag auf den Tisch zu bringen und des Nachts die Wärme seiner Frau neben sich zu spüren. Er selbst hingegen hatte sein Leben zwischen unnützen Pergamenten vertan, statt jeden Augenblick an der Seite seiner Tochter zu genießen. Reinald pflegte zu sagen, das Glück eines Mannes hinge nicht von der Größe seines Hauses ab, sondern davon, wer ihn in diesem Haus erwarte, und wenn man sich seine Familie anschaute, wurde einem klar, wie recht er damit hatte.

Seit sie bei Reinald und seiner Frau wohnten, kümmerte sich Rutgarda um die Kinder ihrer Schwester, putzte und nähte und kochte sogar viel lieber als sonst, da sie endlich einmal ausreichend Zutaten zur Verfügung hatte. So konnte Lotaria eine kurzfristige Beschäftigung als Magd auf dem Gut von Arno, einem der wohlhabenden Grundbesitzer der Gegend, annehmen. Gorgias seinerseits bemühte sich, Reinald in der Tischlerei zur Hand zu gehen, soweit die Arbeit im Skriptorium und sein verletzter Arm es ihm erlaubten. Aber er wusste, bei aller Gastfreundschaft seines Schwagers musste er bald etwas anderes für sich und seine Frau finden, denn ihretwegen konnten Reinald und seine Familie in ernsthafte Schwierigkeiten geraten.

Seufzend stand Gorgias auf und wühlte in der Truhe, die sein Schwager ihnen überlassen hatte, nach seinem Arbeitskittel. Dabei machte ihm sein Arm schmerzhaft zu schaffen, und er fluchte halblaut.

»So sollte man den Tag aber nicht beginnen«, sagte Rutgarda vorwurfsvoll. »Zieh dich warm genug an.«

Gorgias sah seine Frau zärtlich an. Sie war eine gute Frau. Er beugte sich zu ihr hinab, drückte sie an sich und gab ihr einen liebevollen Kuss auf den Mund. Dann nahm er seinen Beutel mit dem Schreibzeug und machte sich auf den Weg zum Dom.

Als er wenig später die verschlafenen Gassen hinaufstieg, beschlich ihn unwillkürlich ein Gefühl der Beklommenheit. Wieder und wieder durchbohrte ihn der mitleidlose Blick seines Angreifers. Eiskalte blaue Augen in einem ansonsten verhüllten Gesicht.

Er wünschte, dieser Überfall wäre allein dem Wahn eines Hungrigen auf der verzweifelten Suche nach einem Kanten Brot geschuldet. Dann bestünde wenigstens die Chance, eines Tages das Dokument irgendwo auf der Straße zu finden, wenn auch vom Regen aufgeweicht oder von den Ratten angenagt. Doch es war töricht, sich ernsthaft an diese Möglichkeit zu klammern. Dieser Blick … Selbstverständlich kannte der Dieb den unschätzbaren Wert seiner Beute. Wer aber wusste von der Existenz des Schriftstücks?

Verschiedene Geistliche und Diener hätten sich Zutritt zum Skriptorium verschaffen können, aber es war unwahrscheinlich, dass sie die Bedeutung des Dokuments zu ermessen vermochten, es sei denn, sie hätten Wilfred davon sprechen hören – der Graf war der Einzige, der außer ihm selbst von dem geheimen Auftrag wusste. Gorgias beschleunigte seinen Schritt. Noch würde er niemanden im Skriptorium antreffen und könnte eine Weile ungestört seinen Strategien zur Wiederbeschaffung des Pergaments nachgehen.

Sorgfältig schloss er die Tür hinter sich, als er die Schreibstube erreicht hatte, lehnte die Läden an und entzündete die Wachskerzen auf den Pulten. Bald war der Raum von warmem Kerzenschein erhellt. Gorgias packte seine Schreibgeräte aus und tilgte mit dem stumpfen Ende seines Griffels die Notizen auf seiner Wachstafel. Dann setzte er sich an ein Pult, rieb sich die kalten Finger und begann eine Liste der Verdächtigen zu erstellen, die für den Diebstahl des Dokuments in Frage kamen.

Die Wunde am Arm schmerzte, doch er achtete kaum darauf. Im Augenblick zählte allein, dass er dieses verflixte Pergament wiederbekam. Als die Liste fertig war, ging er die Namen noch einmal durch.

An erster Stelle stand Genserico, Wilfreds Sekretär und Gehilfe, ein Greis, den man, wäre der durchdringende Uringeruch nicht gewesen, mit einer der Skulpturen im Kreuzgang des Doms hätte verwechseln können. Genserico hatte das Amt des Generalvikars inne, was bedeutete, dass er gemeinsam mit Wilfred die Verwaltung und die Geschäfte der Grafschaft betreute.

Als nächstes kam Bernardino in Betracht, ein spanischer Mönch von lächerlich kleinem Wuchs, der Wilfreds Hausdienerschaft unter seiner gestrengen Aufsicht hatte. Seine Stellung verschaffte ihm Zutritt zu allen Räumlichkeiten, so dass er durchaus von der Existenz des Pergaments Kenntnis haben konnte.

Dann folgte Casiano, der Kantormeister, ein junger Mann aus der Toskana, der mit seiner honigsüßen Stimme jeder Dirne Konkurrenz machte. Als Chorleiter ging Casiano in der Bibliothek ein und aus, da dort die Psalmbücher, die Antiphonare und die Partituren aufbewahrt wurden. Zudem war er einer der wenigen in Wilfreds Dunstkreis, die des Lesens kundig waren, was ihn besonders verdächtig machte.

Der Letzte auf der Liste war Theodor, ein Riese von gutmütigem Aussehen, jedoch mit den blauesten Augen, die man sich vorstellen konnte. Theodor war als eine Art Bursche für alles angestellt. Da er so stark war, gehörte es auch zu seinen Aufgaben, Wilfred dabei behilflich zu sein, sich innerhalb der Festung fortzubewegen.

Wieder von der Liste gestrichen hatte Gorgias Jeremias, seinen persönlichen Gehilfen, und Emilius, den früheren Schreiber, sowie den Kammerdiener Bonifatius und Kyrill, den Novizenmeister. Die drei Letztgenannten konnten zwar lesen, doch Bonifatius hatte seine Sehkraft beinahe vollständig eingebüßt, und sowohl Kyrill als auch Emilius genossen sein vollstes Vertrauen.

Gorgias rieb sich den verletzten Unterarm und ging die Liste noch einmal durch: Genserico, der alte Gehilfe, Casiano, der Kantormeister, der Riese Theodor … Jeder von ihnen hätte den Überfall ersinnen können, und auch Korne kam durchaus in Betracht.

Wer sonst konnte lesen oder hatte Zutritt zum Skriptorium?

Ein Klopfen an der Tür riss Gorgias aus seinen Grübeleien. Schnell versteckte er die Wachstafel und eilte zur Tür. Er wollte den Riegel aufschieben, doch er klemmte. Das Klopfen wurde beharrlicher, und eine energische Stimme verlangte dringend Einlass.

Gorgias rüttelte und rüttelte an dem Riegel, bis die Tür schließlich ächzend aufschwang. Draußen stand Genserico. Sein trüber Blick schweifte suchend durch den Raum.

»Meine Güte, was gibt es denn so Wichtiges?«, fragte Gorgias ärgerlich.

»Ich bedaure, Euch zu stören, Wilfred schickt mich … Ich habe mich gewundert, die Tür verschlossen zu finden, und dachte, Ihr wärt vielleicht in Schwierigkeiten.«

»Bei allen Heiligen! Ist es denn so schwer zu begreifen – das Einzige, was mir hier Schwierigkeiten bereitet, ist, dass man mich ständig von der Arbeit abhält. Was meint Ihr, was sich hier im Skriptorium alles anhäuft! Was hat Wilfred auf dem Herzen?«

»Der Graf wünscht Euch zu sehen. Jetzt gleich. In seinen Gemächern«, erklärte der alte Sekretär.

In seinen Gemächern … Ein Schauer jagte Gorgias über den Rücken. Soweit ihm bekannt war, hatte mit Ausnahme von Genserico niemand Zutritt zu Wilfreds Privaträumen. Wie die Diener erzählten, kannte außer dem Alten nicht einmal jemand den Weg dorthin. Gorgias runzelte die Stirn. Er ahnte, dass diese Vorladung nichts Gutes bedeutete.

Umständlich reinigte er seine Geräte und packte die Dokumente zusammen, von denen er annahm, dass er sie für die Unterredung mit Wilfred brauchen würde. Ungeduldig wandte sich der Gehilfe zur Tür und ging dann mit schleppendem Schritt voran, Gorgias folgte ihm in gebührendem Abstand.

Ihr Weg führte sie am Refektorium entlang, dann an den fast leeren Kornspeichern vorbei; sie durchquerten das Atrium des Kreuzgangs und traten in den Kapitelsaal, der sich hinter dem Narthex zwischen Gegenchor und Novizenkapelle befand. Von dort aus gab es einen Durchgang zum hinteren Teil der Kapelle, der gewöhnlich von einer schweren Tür verschlossen war. Hier blieb Genserico stehen.

Er zog eine Kapuze aus seinem Ärmel.

»Ich muss Euch bitten, Euch zu verhüllen«, wies er Gorgias an.

Folgsam stülpte sich der Schreiber das Stück Stoff über den Kopf.

»Nun nehmt dieses Seil hier und achtet auf meine Anweisungen«, erklärte Genserico weiter.

Gorgias streckte die Hand aus und tastete nach dem Seil, das Genserico ihm hinhielt. Er spürte, wie der Alte ihm den Strick um den unverletzten Arm knotete und den Sitz der Kapuze überprüfte. Dann hörte er eine Türangel quietschen. Das Seil straffte sich, und er stolperte, mit dem verletzten Arm an der Wand entlangtastend, dem greisen Diener hinterher. Hin und wieder erteilte Genserico einen knappen Befehl. Nach einer Weile stellte Gorgias fest, dass in dem Gang eine schmierige Feuchtigkeit von den Wänden sickerte. In welchem Teil der Festung er sich wohl befand? Sie hatten schon ein gutes Stück Weg zurückgelegt. Nicht weniger als vier Türen hatte er gezählt, und einmal waren sie eine enge Treppe hinaufgestiegen; zwischendurch hatte ein unangenehmer Geruch nach Exkrementen die Nähe einer Latrine angezeigt. Dann schien es ihm, als würde er eine längliche Rampe hinunterlaufen, bevor es über unebenen und glitschigen Untergrund wieder nach oben ging. Kurz darauf erschlaffte das Seil, offenbar waren sie am Ziel.

»Bevor wir über diese Schwelle treten, müsst Ihr schwören, dass Ihr über alles, was Ihr nun zu Gesicht bekommen werdet, ewiges Stillschweigen bewahrt«, erklärte Genserico.

Gorgias führte das Kreuz, das er um den Hals trug, an seine verhüllten Lippen.

»Ich schwöre es bei Jesus Christus.«

Ein Riegel wurde aufgeschoben, und die heisere Stimme des Grafen ertönte.

»Bitte, kommt herein, Gorgias.«

Von Genserico geführt, trat Gorgias in einen dunklen Raum. Die Tür hinter ihm schloss sich. Stille.

Nach einer Weile brach Wilfred krächzend das Schweigen. »Ich nehme an, mein guter Gorgias, Ihr fragt Euch, warum ich Euch rufen ließ.«

»So ist es, Euer Exzellenz«, keuchte der Schreiber. Er konnte kaum atmen unter der Kapuze.

»Bevor ich Eure Neugier befriedige, muss ich Euch an den Schwur erinnern, den Ihr vor Genserico geleistet habt. Niemals, bei Strafe der ewigen Verdammnis, werdet Ihr mit irgendeinem Menschen über das sprechen, was Ihr hier hört und seht.«

»Ihr habt mein heiliges Ehrenwort.«

»Nun gut ... Wisst Ihr, es scheint mitunter paradox: Je größer der Eifer, mit dem wir Gott dienen, desto härter sind die Prüfungen, die er uns schickt. Gestern Abend etwa, ich hatte mich gerade zurückgezogen, fühlte ich mich plötzlich unwohl. Das kommt öfter vor, doch gestern wurde der Schmerz so unerträglich, dass ich unseren Arzt rufen lassen musste. Zenon ist der Meinung, dass der Schmerz von meinen Beinstümpfen auf den restlichen Körper ausstrahlt. Anscheinend gibt es dagegen kein Mittel, oder es ist ihm nicht bekannt, so dass ich mich also nur schonen kann und abwarten, bis die Schmerzen nachlassen. Aber beim allmächtigen Herrn! Nehmt doch die Kapuze ab, Ihr seht ja aus wie ein Verbrecher!«

Gorgias kam der Aufforderung nach und schaute sich um.

Der Raum, in dem er sich befand, war offenbar früher einmal eine Waffenkammer gewesen, worauf die in mehreren Reihen angeordneten, niedrigen Trennmauern schließen ließen. Er betrachtete die rohen Steinwände, die nur von einem Alabasterfenster durchbrochen waren, durch das ein matter Lichtstrahl fiel. Ein kümmerliches Kruzifix wachte über das riesige in die Außenwand eingelassene Bett, auf dem Wilfred zwischen dicken Kissen lehnte; er atmete schwer, als drückte ihn eine enorme Last, sein Gesicht wirkte wie eine aufgedunsene Maske. Zu seiner Linken stand ein kleiner Tisch mit den Resten des Frühstücks, daneben eine Truhe, auf der einige seidene Messgewänder und ein Habit aus grober Wolle lagen. Auf der anderen Seite befand sich ein sauberes kleines Waschbecken, ein Tisch mit verschiedenen Schreibgeräten und eine in den Stein gehauene Nische. Bis auf einen gebrechlichen Stuhl am Fußende des Bettes schmückte kein weiteres Möbelstück den Raum.

Gorgias war erstaunt, keinerlei Schriften zu entdecken, nicht einmal eine Abschrift der Bibel. Doch dann fiel ihm der Durchbruch zu einem weiteren, kleinen Raum auf; er nahm an, dass es sich um Wilfreds private Schreibstube handelte.

Ein plötzliches lautes Knurren ließ ihn zusammenzucken.

»Keine Angst«, sagte der Graf lächelnd. »Die armen Hunde sind etwas gereizt, aber nicht gefährlich. Tretet näher und nehmt Platz.«

Bevor er der Aufforderung nachkam, vergewisserte sich Gorgias, dass die Hunde an Wilfreds Rollstuhl angeleint waren. Genserico hatte inzwischen stillschweigend den Raum verlassen.

»Worüber wolltet Ihr mit mir sprechen?«, fragte Gorgias angespannt.

»Es sind zu viele Tage vergangen, seit wir das letzte Mal gesprochen haben, und ich habe noch nichts von Euren Fortschritten gehört. Habt Ihr das Pergament mitgebracht?«

Gorgias holte tief Luft. Er hatte zwar eine Ausrede erdacht, die er für überzeugend hielt, doch er konnte das Zittern in seiner Stimme nicht verbergen.

»Euer Hochwohlgeboren, ich weiß nicht recht, wie ich anfangen soll …« Er hüstelte. »Ich muss Euch nämlich gestehen, dass diese Angelegenheit mir Sorge bereitet. Erinnert Ihr Euch, was ich Euch über die Tinte sagte?«

»Es ging darum, dass sie nicht wie gewünscht fließt.«

»So ist es. Wie ich Euch sagte, die Federn, über die ich verfüge, halten die Tinte nicht richtig. Sie sprudelt nur so heraus, ja mitunter ergießen sich wahre Sturzbäche auf das Pergament. Um dieses Problem zu beheben, habe ich versucht, eine neue Mixtur zu entwickeln.«

»Ja, ich erinnere mich. Und weiter?«

»Ich habe mehrere Tage gründlich darüber nachgedacht, und gestern Abend glaubte ich die Lösung endlich gefunden zu haben. Ich habe der Tinte geröstete Walnussschalen beigemengt und das Ganze zur Verdickung mit einem Tropfen Öl vermischt. Ich habe es außerdem mit Asche, Talk und einer Prise Alaun versucht.«

»Gorgias, ich darf Euch bitten, zum Kern der Sache zu kommen«, mahnte der Graf.

»Ich merkte gleich, dass die Feder mit der neuen Tinte ausgezeichnet über das Probepergament glitt. Ganz seidig und glänzend waren die Buchstaben, glatt wie die Haut eines jungen Mädchens und dabei pechschwarz. Auf dem Originalpergament aber, als ich mir die Unzialen noch einmal vornahm, ist mir dann das Missgeschick passiert.«

»Missgeschick? Was meint Ihr?«

»Diesen Buchstaben fehlte noch der letzte Schliff, den ein so außergewöhnliches Dokument verlangt. Um saubere, klar konturierte Ränder zu erzielen, musste ich sie ausbessern, ein Vorgang, der unbedingt vor dem Auftragen der letzten Talkschicht durchzuführen ist.«

»Bei allen Heiligen, hört auf, mir Vorträge zu halten, und sagt mir endlich, was geschehen ist!«

Gorgias verzog gequält das Gesicht. »Ich bin untröstlich. Mein Ungeschick ist nicht zu entschuldigen. Es ist nämlich so: Ich war übermüdet und hatte vergessen, dass ich den Talk einige Tage zuvor bereits aufgetragen hatte. Das Pulver macht die Oberfläche undurchlässig, und als ich nun die Majuskeln ausbessern wollte …«

»Ja?«

»Ich habe alles verdorben. Die ganze verfluchte Arbeit ist zum Teufel!«

»Heiliger Himmel! Aber sagtet Ihr nicht, Ihr hättet das Problem gelöst?«, fragte Wilfred und versuchte sich aufzurichten.

»Ich war so zufrieden mit mir, dass ich nicht mehr an den Talk gedacht habe«, log er. »Das Trockenmittel hat die Poren verstopft und verhindert, dass das Material die Tinte aufsaugt, so dass sie verlaufen ist und das ganze Pergament ruiniert hat.«

»Das ist doch nicht möglich!«, rief der Graf ungläubig. »Und ein Palimpsest? Konntet Ihr nicht ein Palimpsest herstellen?«

»Ich könnte es versuchen, aber das Abschaben des Pergaments würde Spuren hinterlassen, was bei einem Manuskript dieser Bedeutung ganz und gar unannehmbar wäre.«

»Zeigt mir das Dokument. Worauf wartet Ihr? Nun zeigt es mir doch endlich!«, rief Wilfred aufgebracht.

Gorgias holte ein zerknittertes Pergament hervor und hielt es Wilfred hin; bevor der Graf jedoch danach greifen konnte, trat sein Schreiber ein paar Schritte zurück und zerriss es in tausend kleine Stücke. Wilfred fuhr entsetzt auf.

»Seid Ihr völlig von Sinnen?«

»Ihr habt mich offenbar nicht verstanden«, erwiderte Gorgias. »Es ist ruiniert! Versteht Ihr? Ruiniert!«

Wilfred stieß einen kehligen Laut aus, sein Gesicht verzerrte sich vor Zorn.

»Wie könnt Ihr es wagen, verfluchter Verschwender!«

»Euer Exzellenz, dieses Pergament war nicht mehr zu retten. Ich habe bereits mit einem neuen begonnen.«

»Ein neues Pergament, sagt Ihr? Und was werdet Ihr wohl damit anstellen? Es den Hunden hinwerfen? Oder es in heißem Wasser kochen und dann mit einem Messer zerschlitzen?«

»Euer Exzellenz, ich bitte Euch. Habt Vertrauen. Ich werde Tag und Nacht arbeiten, wenn es sein muss. Ich schwöre Euch, es wird nicht lange dauern, und Ihr werdet Euer Dokument in den Händen halten.«

»Und wer sagt Euch, dass ich diese Zeit noch habe?«, tobte Wilfred. »Der päpstliche Gesandte kann jeden Augenblick eintreffen, es hängt nur vom Wetter ab, und wenn ich dann diese Schrift nicht vorweisen kann … bei Gott! Ihr kennt diesen Prälaten nicht! Ich will gar nicht daran denken, was das für uns bedeuten könnte!«

Gorgias wurde unbehaglich zumute, nervös trat er von einem Fuß auf den anderen. Er holte tief Luft und wagte sich noch einmal vor.

»Für den Fall, dass dieser Gesandte hier eintrifft, bevor das Dokument fertig ist … Ich meine … Könntet Ihr ihm nicht sagen, das Original sei in Kornes Werkstatt verbrannt? Das würde uns den nötigen Aufschub verschaffen.«

»Was sagt Ihr da?«, fragte Wilfred ungläubig. »Den päpstlichen Gesandten belügen? Habt Ihr vielleicht noch mehr solcher genialen Einfälle?«

»Ich dachte nur …«

»Bei der Liebe Gottes, Gorgias, hört auf zu denken und beginnt endlich zu handeln!«

Gorgias senkte beschämt den Kopf.

»Lassen wir es gut sein. Meint Ihr, Ihr könntet das Dokument in drei Wochen fertig haben?«, erkundigte sich Wilfred nach einer langen Minute unangenehmen Schweigens.

»Ich gebe Euch mein Wort.«

»Dann wird es das Beste sein, dieses Gespräch jetzt zu beenden, damit Ihr keine wertvolle Zeit verschwendet. Zieht Euch die Kapuze über.«

Gorgias nickte. Er kniete nieder, küsste Wilfreds runzlige Hände und stülpte sich unbeholfen die Kapuze über den Kopf. Genserico ließ nicht lange auf sich warten. Wieder stolperte er dem greisen Führer blind hinterher, doch der Rückweg kam Gorgias kürzer vor. Anfangs glaubte er, Genserico habe einen forscheren Schritt angeschlagen, doch bald wurde ihm klar, dass der Gehilfe einen anderen Weg genommen hatte. Sie waren weder an der Stelle mit dem Latrinengestank noch an der Treppe vorbeigekommen, die er vom Hinweg in Erinnerung hatte. Als Genserico ihm befahl, die Kapuze abzunehmen, stellte Gorgias erstaunt fest, dass er sich an einem ihm völlig unbekannten Ort befand.

Neugierig sah er sich um. Über dem schlichten Altar in der Mitte des Raums knisterte eine Fackel, die den kreisförmigen kleinen Saal mit den rohen Steinwänden und der modrigen Holzdecke in flackerndes gelbliches Licht tauchte. Zwischen den Deckenbalken waren, leicht geschwärzt vom Rauch unzähliger Kerzen, undeutlich verschiedene liturgische Darstellungen zu erkennen. Anscheinend handelte es sich um eine alte Krypta, wenngleich ihr Zustand eher an die Verliese der Hagia Sophia erinnerte.

»Wo sind wir hier?«

»In der alten Krypta, der ersten Kirche, die innerhalb der Festung erbaut wurde.«

»Gewiss ein interessanter Ort, aber Ihr werdet verstehen, dass ich anderes zu tun habe«, erwiderte Gorgias ungeduldig.

»Alles zu seiner Zeit, Gorgias ... Alles zu seiner Zeit.«

Genserico bemühte sich um ein Lächeln, das ihm etwas schief geriet. Er zog eine Kerze aus der Tasche, zündete sie an und stellte sie auf den steinernen Altar. Dann ging er zu einer Tür am anderen Ende des Saals und schob den schweren Riegel auf.

»Bitte tretet näher.« Gorgias blickte den Alten misstrauisch an. »Oder folgt mir, wenn es Euch lieber ist.«

Nach kurzem Zögern trat Gorgias hinter ihm durch die Tür in eine kleine Zelle.

»Gestattet, dass ich mich setze«, fuhr Genserico fort. »Die Feuchtigkeit hier macht meinen alten Knochen zu schaffen. Bitte, nehmt doch auch Platz.«

Unwillig kam Gorgias der Aufforderung nach. Von dem Uringeruch, den der Alte verströmte, wurde ihm übel.

»Wahrscheinlich fragt Ihr Euch, weshalb ich Euch hierhergeführt habe.«

»Da habt Ihr allerdings recht«, erwiderte Gorgias.

Genserico lächelte abermals sein schiefes Lächeln. Er ließ sich mit seiner Antwort Zeit.

»Es geht um den Brand. Eine hässliche Geschichte, Gorgias. Zu viele Tote ... und was noch schlimmer ist: zu große Verluste. Wilfred hat Euch ja sicher von Kornes Absichten erzählt.«

»Ihr meint, dass er vorhat, mich für den Schaden haftbar zu machen?«

»Glaubt mir, bei einem Vorsatz wird er es nicht belassen. Der Pergamentarius mag ein unbesonnener Mann sein, primitiv und ohne jede Einsicht. Aber ich versichere Euch, er ist hartnäckig und stur wie ein Bock. Er wird zu jedem Mittel greifen, damit Ihr mit Eurem Blut bezahlt. Eine Entschädigung braucht Ihr gar nicht in Betracht zu ziehen. Seine Rachsucht ist so unergründlich wie grenzenlos.«

»So hatte der Graf mir die Sache nicht dargestellt«, antwortete Gorgias beunruhigt.

»Was hat er Euch denn erzählt? Dass eine Entschädigung Kornes

Zorn besänftigen wird? Dass er sich damit zufriedengeben wird, Euch als Sklaven zu verkaufen? Nein, mein Freund. Nein. Korne ist aus anderem Holz geschnitzt. Vielleicht bin ich nicht so gebildet wie Wilfred, aber wer ein Schurke ist, das rieche ich. Habt Ihr von den Mainratten gehört?«

Gorgias schüttelte den Kopf.

»Die Mainratten treiben an den Flussufern ihr Unwesen. Die älteste einer Familie wählt die Beute aus, lauert ihr auf, und wenn sie den Augenblick für gekommen hält, fällt der ganze Clan über das Opfer her und verschlingt es. Korne ist so eine Mainratte. Die schlimmste Ratte, die Ihr Euch vorstellen könnt.«

Gorgias musste schlucken. Wilfred hatte von den karolingischen Gesetzen gesprochen, von horrenden Zahlungen, die zu leisten wären, davon, dass Korne ihn vor Gericht bringen konnte. Aber kein Wort hatte er darüber verloren, was Genserico hier offenbar andeuten wollte.

»Korne wird einsehen, dass auch ich meine Strafe bekommen habe .... Außerdem verpflichtet ihn das Gesetz ...«

»Korne soll etwas einsehen?« Genserico lachte krächzend. »Bei der Liebe Gottes, Gorgias, hört auf zu träumen! Seit wann schützt das Gesetz den Hilflosen? Mag unsere Rechtsprechung auf der Lex Ripuaria beruhen, und mögen die Reformen Karls des Großen von christlicher Nächstenliebe durchdrungen sein – ich versichere Euch, nichts davon wird Euch vor Kornes Zorn retten.«

Was redete dieser verrückte Alte da? Er hatte wahrhaft Dringenderes zu tun, als sich mysteriöse Rattengeschichten und düstere Prophezeiungen anzuhören. Er erhob sich zum Zeichen, dass er das Gespräch für beendet erachtete.

»Ich bedaure, aber ich kann Eure Befürchtungen nicht teilen. Und nun würde ich gern ins Skriptorium zurückkehren, wenn Ihr nichts dagegen habt.«

Genserico schüttelte bedenklich den Kopf.

»Gorgias, Gorgias ... Ihr wollt nicht verstehen. Schenkt mir noch einen kleinen Augenblick Eure Aufmerksamkeit, ich bin sicher, Ihr werdet es mir danken«, sagte er gönnerhaft. »Wusstet Ihr, dass Korne Sachse ist?«

»Sicher«, erwiderte Gorgias. »Aber ich dachte, er und seine Söhne seien getauft.«

»Nun, er ist bekehrt, aber eben doch Sachse. Als Karl der Große gegen die Sachsen zog, stellte er sie vor die Wahl zwischen Kreuz und Schafott. Seither habe ich viele von diesen Bekehrten gesehen, und selbst wenn sie in meine Messe strömen und die Fastenzeit einhalten, ich versichere Euch, in ihren Adern fließt immer noch das Gift der Sünde. Warum sonst würden so viele von ihnen als Wegelagerer und Meuchelmörder unsere Wälder unsicher machen?«

Gorgias schlug nervös mit den Fingerknöcheln gegen den Stuhl. Was wollte Genserico ihm sagen?

»Wusstet Ihr, dass sie immer noch heidnische Opfer darbringen?«, fuhr der Alte fort. »Sie lauern kleinen Kälbern auf und schlagen ihnen den Kopf ab, sie treiben Unzucht mit Tieren und verkehren in schlimmster Blutschande mit ihren Schwestern. Korne ist einer von ihnen, Wilfred weiß das. Was der Graf jedoch nicht weiß, ist, dass sie nach wie vor ihren barbarischen Sitten und Gebräuchen frönen. Traditionen wie die *Faide* beispielsweise, nach welcher der Tod eines Sohnes allein durch den Mord an dem Schuldigen gesühnt werden kann, leben fort. Die Rache der Sachsen. Da staunt Ihr, Gorgias, nicht wahr?«

»Der Brand war ein Unfall«, erwiderte Gorgias gereizt.

»Beruhigt Euch, Gorgias. Entscheidend ist nicht, was Ihr sagt; nicht einmal, was wirklich geschehen ist an jenem Morgen. Was allein zählt, ist, dass Korne Eure Tochter beschuldigt. Sie ist tot, und Ihr werdet ihr bald nachfolgen.«

Gorgias durchbohrte Genserico mit seinem Blick.

»Dafür habt Ihr mich an diesen Ort gebracht? Um mir meinen Tod zu prophezeien?«

»Um Euch zu helfen, Gorgias. Ich habe Euch hierhergebracht, um Euch zu helfen.«

Der Alte erhob sich und bedeutete Gorgias, sitzen zu bleiben. Dann trat er aus der Zelle in die Krypta.

»Wartet hier. Ich will etwas holen.«

Von der Zelle aus sah Gorgias Genserico geschäftig in der Krypta hin und her gehen. Dann kehrte er mit einer brennenden Kerze in der Hand zurück, die er nahe der Tür auf einem Sims abstellte.

»Hier, nehmt das«, sagte der Sekretär.

»Eine Wachstafel?«

Genserico gab keine Antwort, machte stattdessen einige Schritte rückwärts und schlug mit Wucht die Tür von außen zu.

»Aber was ist denn in Euch gefahren! Macht sofort die Tür auf!«, schrie Gorgias und hämmerte wütend dagegen, bis ihm die Knöchel schmerzten. Als er aufgab, hörte er Genserico mit unerwartet sanfter Stimme murmeln:

»Glaubt mir, es ist nur zu Eurem Besten. Hier seid Ihr in Sicherheit.«

»Ihr könnt mich doch hier nicht einsperren! Der Graf wird Euch das Fell über die Ohren ziehen, wenn er davon erfährt.«

»Ihr armer Narr«, kicherte der Alte. »Begreift Ihr denn nicht, dass Wilfred selbst Euren Arrest beschlossen hat?«

»Was redet Ihr da! Niemals würde er …«, stammelte Gorgias verwirrt.

»Seid still und hört mir zu. Auf dem Tisch findet Ihr einen Griffel. Schreibt auf, was Ihr benötigt: Bücher, Tinte, Dokumente … Ich werde später wieder herkommen und Eure Liste abholen. Bis dahin könnt Ihr tun, was Euch beliebt. An Zeit wird es Euch nicht mangeln.«

Fassungslos blieb Gorgias in seiner Zelle zurück. Was wurde hier gespielt? In wütender Verzweiflung schleuderte er die Wachstafel auf die Pritsche.

Gern hätte er Genserico geglaubt, dass es Wilfred war, der veranlasst hatte, ihn einzusperren, um ihn vor dem Pergamentarius zu schützen. Oder um seine Arbeit an dem Dokument zu überwachen. Aber warum sollte er ihn dafür an einem derart abgelegenen Ort unterbringen? Der Graf hätte ihn im Skriptorium einschließen können, oder in seinen Gemächern, wo er ihn beaufsichtigen konnte. Plötzlich kam Gorgias Rutgarda in den Sinn – welche Lügen tischten die Herren ihr wohl auf, damit sie sich ruhig verhielt? Er versank in finsterer Verzweiflung.

Es mussten mehrere Stunden vergangen sein, als Gorgias hörte, wie an dem Türriegel hantiert wurde. Er hoffte inständig, es sei der Graf, doch der Gestank nach Urin beraubte ihn jeglicher Illusion. Schon vernahm er die rasselnde Stimme des Sekretärs, die ihm befahl, von der Tür wegzutreten. Gorgias fragte nach seiner Frau, erhielt jedoch keine Antwort. Genserico wiederholte seine Aufforderung, und Gorgias trat einen Schritt zurück. Im unteren Teil der Tür wurde eine Lade aufgeschoben, darin hatte der Alte ein Stück Brot und einen Krug mit Wasser gestellt, und er forderte den Schreiber lautstark auf, im Gegenzug seine Liste mit dem nötigen Material durchzureichen.

»Erst wenn Ihr mir Antwort gebt«, erklärte Gorgias mit Bestimmtheit.

Er wartete ab. Nach einer Weile wurde die Lade mit dem Brot und dem Wasser wieder zurückgedreht. Eine Tür schlug zu. Danach herrschte Totenstille.

7

Der frische Schnee ließ die Landschaft ringsum einer jungfräulichen Leinwand gleichen, auf der alle zuvor gezeichneten Linien wie ausgelöscht schienen.

Seit sie am Morgen in den Wald aufgebrochen war, versuchte Theresa, sich an das zu halten, was sie Haldor Larssons Schilderung entnommen hatte. Er hatte die Sachsen als unbedachte, leichtfertige Menschen beschrieben, die sich meist durch ihr lautes Singen und riesige Lagerfeuer verrieten. Es musste also möglich sein, ihnen aus dem Weg zu gehen, wenn sie sich die Schläue eines gehetzten Tieres zu eigen machte – sich möglichst lautlos fortbewegen, kein Feuer entfachen, auf aufgescheuchte Vögel und Spuren im Schnee achtgeben.

Aachen – der Name der Hauptstadt war Theresa zum Zauberwort geworden. Sie hatte sich in den Kopf gesetzt, dass sie an diesem Ort, von dem Haldor in so schillernden Farben erzählt hatte, ihre Zukunft erwartete. Die Westroute war den Worten ihres Retters zufolge wegen der an beiden Flussufern marodierenden Sachsen eine tödliche Falle. Also blieb ihr nur mehr der Weg über Fulda. Ihr Blick fiel auf einen drohend aufragenden Höhenzug, eine Mauer aus Bergen.

Das Rhöngebirge bildete die natürliche Grenze der Grafschaft Würzburg im Norden. Dahinter lag Fulda, von dort war Haldor gekommen.

Theresa war noch niemals in Fulda gewesen, doch sie hoffte, dass sie die Klosterstadt in zwei Tagesmärschen erreichen konnte, was bedeutete, dass sie unterwegs übernachten musste. Sie bekreuzigte sich, nahm einen tiefen Atemzug und marschierte, den Blick auf die Berggipfel gerichtet, zügig voran. Unterwegs trank sie das restliche Wasser aus und sammelte am Wegesrand hier und da ein paar Nüsse. Mehrere Meilen legte sie ohne Zwischenfälle zurück. Doch nach etwa drei Stunden begann ihr der Fuß weh zu tun. Aus dem anfänglichen Kribbeln wurde ein stechender Schmerz, so dass sie einen Moment anhalten musste. Bis zu den Knöcheln im Schnee, blickte sie auf die Berge vor sich und seufzte. Bald würde die Dämmerung hereinbrechen. Wenn sie den Rhönpass bis dahin erreichen wollte, musste sie die Zähne zusammenbeißen und ihren Schritt beschleunigen.

Sie wollte eben weitergehen, als ein lautes Wiehern sie innehalten ließ. In banger Erwartung wandte sie sich um, doch zu ihrem Erstaunen war nichts und niemand zu sehen. Sie ging zögernd weiter. Da war es wieder, das seltsame Wiehern, diesmal gefolgt von heiserem Gebell. Theresa sah sich um und entdeckte ein paar Felsen, hinter die sie sich ducken konnte. Als sie zurückblickte, bemerkte sie voller Entsetzen die deutliche Spur, die sie im Schnee hinterlassen hatte. Wer hier entlangkam, würde sie sofort finden. Sie kauerte sich zusammen und zog den Kopf ein. Das Bellen wurde immer lauter und aufgeregter, da musste eine ganze Meute unterwegs sein. Vorsichtig streckte sie den Kopf hinter dem Felsen hervor. Der Radau schien von der Böschung seitlich des Weges zu kommen, doch es war nichts zu sehen.

Theresa verließ ihr Versteck und kroch auf allen vieren bis an den Abhang heran. Sie legte sich auf den Boden und robbte so weit vor, dass sie hinunterschauen konnte. Bei dem Bild, das sich ihr bot, zog sich Theresa der Magen zusammen: Ein Rudel Wölfe balgte sich um die blutig heraushängenden Eingeweide eines Pferdes. Das arme Tier schnaubte und schlug mit letzter Kraft nach den Angreifern aus.

Theresa unterdrückte den Schrei, der in ihrer Kehle aufstieg, und befahl sich, Ruhe zu bewahren. Was tun? Sie überlegte einen Augenblick, packte dann kurzentschlossen einen trockenen Ast und schleuderte ihn mit aller Kraft in eine verschneite Baumkrone über der Meute. Die ganze Schneelast stürzte herab. Einer der Wölfe jaulte erschreckt auf und ergriff die Flucht. Die übrigen stoben nach kurzem Zögern hinterdrein.

Theresa wartete einen Moment ab, um sich zu vergewissern, dass die Wölfe nicht sogleich zurückkehrten, und kletterte dann in die Schlucht hinab.

Der Abstieg erwies sich als schwieriger denn erwartet, und als sie endlich unten ankam, lag das Pferd in den letzten Zügen. Es war am ganzen Körper von Wunden übersät, von denen einige nicht nach Bissverletzungen aussahen. Um dem Tier Erleichterung zu verschaffen, wollte sie den Sattelgurt lösen, doch es gelang ihr nicht. Das Pferd wieherte kläglich auf, zu schwach, um sich noch zu wehren, und ließ den Kopf schließlich leblos in den Schnee sinken.

Voller Mitleid blickte Theresa auf das Tier, die Tränen standen ihr in den Augen. Doch sie wusste, dass sie keine weitere Zeit verlieren durfte. Also schluckte sie ihren Kummer hinunter, schnallte die Satteltaschen los und machte sich daran, sie zu durchsuchen. In der einen fand sie eine Decke, ein großes Stück Käse und einen Beutel, der mit dem Namen »Haldor« beschriftet war. Sie stutzte. Dann war das also Haldors Pferd! Er hatte ja erzählt, dass er es nach einem Sturz in eine Schlucht hatte zurücklassen müssen. Daher stammten wohl auch die zahlreichen Verletzungen des Tieres. Heißhungrig biss sie in den Käse und widmete sich weiter den Satteltaschen. Da waren ein gegerbtes Wildschweinfell, ein Topf mit Marmelade, ein Fläschchen mit Öl, zwei Fangeisen und ein Flakon mit einer übelriechenden Essenz. Gierig stürzte sie sich auf die Marmelade und vergaß einen Augenblick alles um sich her. In der anderen Tasche entdeckte sie verschiedene weitere Felle, außerdem eine versiegelte Amphore, mehrere Pfauenfedern und ein Kästchen mit Schmuck. Sie nahm an, dass es sich um Geschenke handelte, die Haldor seiner Familie hatte mitbringen wollen.

Theresa überlegte: Das eine oder andere konnte ihr von Nutzen sein, aber das Gepäck würde sie auch beschweren. Zudem konnte man sie, wenn man die Sachen bei ihr fand, des Diebstahls beschuldigen. Sie entschied, nur das Essbare und das Öl mitzunehmen, verschloss die Satteltaschen wieder und machte sich an den Aufstieg.

Als sie den Pass erreichte, war es gerade noch hell genug, um zu erkennen, dass er stark vereist und vollkommen unzugänglich war. Sie würde also wohl oder übel in den Bergen übernachten müssen und erst am nächsten Tag den Weg nach Fulda suchen können, von dem sie nur wusste – Haldor hatte es erzählt –, dass eine außergewöhnliche Felsformation ihn eröffnete.

Sie hatte zuerst gedacht, sie würde die Kälte ertragen können, doch als ihr in ihrem improvisierten Lager langsam die Füße einfroren, bereute sie, nicht eines der Felle mitgenommen zu haben. Verzweifelt beschloss sie, Sachsen hin oder her, ein Feuer zu entzünden. Sie schichtete ein paar Äste und Zweige auf und gab eine Handvoll Zunder darauf. Dann schlug sie mit dem Pinkeisen gegen den Feuerstein. Der Zunder flammte auf, doch er brannte ab, ohne dass das Holz Feuer fing.

Wahrscheinlich sind die Zweige zu feucht, dachte Theresa, und versuchte es noch einmal, indem sie das trockenere Holz obenauf legte. Ohne Erfolg – der Zunder verbrannte, und das Feuer ging nicht an. Vielleicht musste sie den restlichen Zunder auf einmal verwenden? Das war riskant, aber die einzige Hoffnung für den Moment. Sie kramte das Fläschchen mit dem Öl aus der Tasche und goss den Inhalt über die Zweige. Dann zertrat sie das kleine Holzkästchen mit dem Fuß, gab den Zunder über die Splitter und betete, dass sie Feuer fangen würden. Zitternd vor Kälte und Aufregung schlug sie den Feuerstein, und wie durch ein Wunder sprühten Funken. Beim vierten Versuch brannte der Zunder an. Rasch blies sie in die zarten Flammen, um die Splitter zum Brennen zu bringen. Kurz schien es, als würden sie verglimmen, doch dann loderten die Flammen immer stärker, bis sie auf die ölgetränkten Zweige übergriffen.

Auf ihrem Lager neben dem wärmenden Feuer stellte sie sich vor, wie ihr Vater über sie wachte. Die Sachsen wurden immer unwirklicher, sie träumte von ihrer Familie, von ihrer Arbeit in der Pergamentwerkstatt und von Haldor Larsson, der ihr edel und stark erschien. Später kam es ihr vor, als habe er sie im Traum geküsst.

Kurz vor Morgengrauen erwachte Theresa, völlig durchnässt von eisigem Schneeregen. Sie raffte ihre Sachen zusammen und suchte Schutz unter der nächsten Eiche. Als der Regen nachließ, spürte sie, wie die Luft noch kälter wurde.

Nach und nach verzogen sich die Wolken, und eine schüchterne Sonne sandte ihre schwachen Strahlen auf die Bergkämme. Theresa nahm dies als ein gutes Omen, auch wenn es keinen Deut wärmer wurde. Sie sandte ein Stoßgebet für ihren Vater und ihre Stiefmutter zum Himmel, auch Haldors Pferd bedachte sie und dankte Gott außerdem, dass sie einen weiteren Tag überstanden hatte. Dann hüllte sie sich in ihren Umhang, aß das letzte Stück Käse und brach, durchnässt wie sie war, auf.

Nach etwa drei Meilen strammen Marsches beschlichen sie Zweifel. War sie wirklich auf der richtigen Route unterwegs? Der ohnehin sehr schmale Pfad, auf dem sie ging, verschwand zuweilen vollständig unter endlosem Weiß. Sie redete sich Mut zu und schritt beherzt voran.

Gegen Mittag gelangte sie an einen Sturzbach, der ihr den Weg abschnitt. In der Hoffnung, eine seichte Stelle zu finden, an der sie das Wasser durchwaten könnte, kletterte sie das Ufer entlang. Das Gefälle wurde allmählich schwächer, und schließlich staute sich der Bach in einem kleinen See, dessen Ränder scharfe Kanten aus blinkendem Eis aufwiesen. Sie musste innehalten, völlig überwältigt von der Schönheit dieses Naturerlebnisses: vor den kristallen glänzenden Berggipfeln die Bäume dicht gedrängt, das Grün der Tannen vom Schnee getupft, das Gurgeln des Baches, der würzige Duft des Harzes, die klirrende Kälte, die scharf in ihre Lungen drang.

Nach einer Weile des Staunens spürte sie mit einem Mal, wie ihr vor Hunger der Magen knurrte.

Obgleich sie wusste, sie würde nichts finden, schob sie in einem Anflug sinnloser Hoffnung die Hand in ihren Beutel und tastete nach etwas Essbarem – kein Krümel. Mutlos starrte sie auf das Blau des Sees, und plötzlich kam ihr eine Idee. Sie sah sich um. Zielstrebig steuerte sie auf eine sonnige Stelle zu, wo der Boden nicht gefroren war, und hob mehrere Steine an, bis sie einen fand, unter dem es von Würmern nur so wimmelte. Geschickt bastelte sie sich aus einer Haarspange einen Angelhaken und spießte ein paar Würmer auf. Dann zog sie einen Wollfaden aus ihrem Kleid, befestigte den Haken daran, und warf ihn aus, so weit sie konnte. Bei dem Gedanken an eine gebratene Forelle zum Mittagessen lief ihr das Wasser im Mund zusammen.

Das Anglerglück ließ Theresa nicht im Stich. Als sie sich genussvoll das letzte Stück köstlichen Fischs in den Mund schob, entdeckte sie etwas, das ihre Aufmerksamkeit erregte: eine Art dicker Schnur schwebte über dem Wasser. Neugierig ging sie zum Ufer hinunter. Nur wenige Schritte entfernt, halb verdeckt vom Gestrüpp, erblickte sie ein flaches, offenbar herrenloses Boot. Davon hatte Haldor zwar nicht gesprochen, aber bestimmt war das einer dieser Kähne, die bei Bedarf zum Übersetzen von Waren verwendet wurden. Sie bog das Dorngestrüpp zur Seite und sprang mit einem Satz in den Kahn, der unter ihrem Gewicht ächzte. Beim Bug fand sie eine lange Stange; diese war gegen ein dickes Tau gelehnt, welches wie eine Brücke vom einen zum andern Ufer gespannt war. Das also war der vermeintliche Faden gewesen, den sie gesehen hatte! Theresa nahm an, dass die Vorrichtung als Sicherung diente, damit beim Überqueren des Wassers die Strömung das Boot nicht wegriss. Nachdem sie sich vergewissert hatte, dass der Rumpf nicht leckte, beschloss sie, den Kahn flottzumachen und ans andere Ufer überzusetzen.

Die Füße im eisigen Schlamm, lehnte sie sich mit dem Rücken gegen das gestrandete Heck und stemmte sich mit dem Gewicht ihres ganzen Körpers dagegen. Der Kahn rührte sich nicht vom Fleck. Sie versuchte es wieder und wieder, bis ihr Arme und Beine zitterten. Erschöpft ließ sie sich zu Boden fallen. Nur mühsam vermochte sie die Tränen der Enttäuschung und der Verzweiflung zurückzuhalten.

Vielleicht sollte sie aufgeben. Zurückgehen und bei Wilfred um Gnade flehen, oder bei Gott – bei wem es eben nötig wäre. Wenigstens wäre sie dann bei ihrer Familie, und möglicherweise gelang es ihr mit Gorgias' Hilfe, doch noch zu beweisen, dass nicht sie allein den Brand verschuldet hatte. Aber dann kam ihr das Mädchen in den Sinn, das bei dem Feuer ums Leben gekommen war, und sie sah ein, dass die Hoffnung auf einen Ausweg vergeblich war, dass ihr Leben, wenn es denn noch eines geben sollte für sie, am anderen Ufer des Sees liegen würde.

Sie griff nach einem mittelgroßen Kiesel, den sie mit aller Kraft über das Wasser schleuderte. Nach etwa einem Viertel der Strecke plumpste der Stein ins Wasser, Theresa schätzte, dass die Entfernung zur gegenüberliegenden Seite also etwa hundert Schritt betragen musste. Bei der Kälte würde sie es niemals schaffen, dort hinüberzuschwimmen. Sie konnte nur hoffen, dass es weiter flussabwärts eine Brücke gab.

Sie wollte sich schon aufmachen, da fiel ihr Blick noch einmal auf das Seil, und ihr kam eine neue Idee. Vielleicht konnte sie sich ja an ihm entlang bis hinüber ans andere Ufer hangeln. Die Bäume, an denen das Tau befestigt war, sahen stabil genug aus, um ihr Gewicht zu halten. In der Mitte hing es zwar ein wenig durch, aber doch nicht so weit, dass es die Wasseroberfläche berührt hätte.

Kurzentschlossen stieg sie in den Fluss. Von dem eiskalten Wasser blieb ihr fast das Herz stehen, doch sie schob sich tapfer weiter. Als sie merkte, dass sie bald nicht mehr würde stehen können, sprang sie hoch und zog sich an dem Tau aus dem Wasser. Sie schwang die Beine in die Höhe und hangelte sich kopfüber, das Tau mit Händen und Füßen fest umklammert, wie eine Raupe voran.

Das erste Stück legte sie problemlos zurück. Doch je weiter sie sich der Mitte näherte, desto stärker hing das Seil durch. Als sie schließlich mit dem Rücken das Wasser streifte, ließ sie sich hinuntergleiten und kämpfte sich schwimmend durch das eisige Nass, die eine Hand immer an der Leine. Auf dem letzten Stück, wo das Tau wieder höher hing, zog sie sich erneut mühsam hinauf. Dabei ging ihr Beutel auf, und das Pinkeisen fiel ins Wasser. Sie versuchte noch, nach dem Kästchen zu angeln, doch es war schon zu weit abgetrieben. Laut fluchend hangelte sie sich mit letzter Kraft ans Ufer.

Erschöpft legte sie sich auf einen sonnenbestrahlten Stein, doch in den nassen Kleidern war ihr trotzdem bald so kalt, dass sie sie ausziehen und mit klappernden Zähnen auswringen musste. Rasch zog sie sich dann wieder an und marschierte weiter, um sich die Kälte aus dem Leib zu treiben. Nicht aufgeben, du schaffst es schon, flüsterte sie sich beschwörend zu und versuchte an etwas Schönes zu denken. Sofort kam ihr der edle und starke Haldor in den Sinn. Und der warme Kuss, den … Doch jäh wurde sie aus ihren Träumereien gerissen. Vor sich, nur einen Schritt entfernt, erblickte sie den Leichnam eines übel zugerichteten Mannes, auf dem ein Haufen Krebse herumkrabbelte. Eine klaffende Wunde zog sich von seinem linken Ohr bis zur Kehle. Sein Gesicht war ganz zerfressen, die Knöchel waren verdreht und der Bauch gebläht wie ein alter Weinschlauch. Ein Scramasax funkelte an seinem Gürtel.

Sie trat ein wenig zurück, betrachtete, halb fasziniert, halb angeekelt, die wimmelnden Krebse und fragte sich unwillkürlich, wie die wohl schmecken würden, wenn man sie über dem Feuer grillte. Mein Gott, war das schon Fieberwahn? Dann fiel ihr das verlorene Pinkeisen wieder ein. Ob der Tote wohl eines bei sich trug? Kurz überlegte sie auch, den Scramasax an sich zu nehmen, doch sie beherrschte sich, denn sie wusste, dass die Seele eines Toten noch drei Tage neben seinem Körper wachte. Außerdem war die Waffe ohnehin viel zu schwer für sie.

Sie nahm einen Stock und schob die Krebse auseinander, um an die Taschen des Toten heranzukommen.

Während sie angewidert in den Kleidern der Leiche stocherte, packte sie mit einem Mal jemand von hinten und riss sie unsanft in die Höhe. Theresa schrie auf, strampelte wild mit den Füßen in der Luft, und als sie nicht aufhörte, wie am Spieß zu schreien, hielt ihr eine schmutzige, stinkende Hand den Mund zu. Mit voller Wucht rammte sie dem Angreifer ihre Nägel in den Arm. Der verpasste ihr eine heftige Ohrfeige und schlenkerte sie in der Luft herum wie eine Puppe.

»Teufelsbrut, du! Wenn du weiter so schreist, reiße ich dir die Zunge raus!«

Theresa stockte der Atem. Die Stimme versagte ihr beim Anblick des Kerls, der da vor ihr stand und sie drohend ansah. Er schien direkt der Hölle entflohen. Sein Gesicht war wie zerfressen und von Fäulnis befallen. Unter dem schütteren Haar schien eine blut- und dreckverkrustete Kopfhaut durch. Der Blick seiner grauen Augen durchbohrte sie, und der Hund, den der Alte bei sich hatte, fletschte die Zähne.

»Ganz ruhig, Mädchen. Satan beißt nur, wenn man ihn reizt. Bist du allein?«

»Ja«, stammelte sie und bereute es sogleich.

»Was suchst du hier bei dem Toten?«

»Nichts.« Sie biss sich auf die Zunge. Was für eine törichte Antwort.

»Soso. Nichts also ... Los, zieh dir die Schuhe aus und stell sie da an die Seite«, befahl er. »Wie ist dein Name?«

»Theresa«, antwortete sie und tat, wie ihr geheißen.

»Gib her«, herrschte er sie an und deutete auf den Beutel, den sie über der Schulter trug. Mürrisch wühlte er darin herum. »Was ist das für ein Dolch?«

»Lasst das. Das ist mein Dolch!« Theresa wollte dem Mann die Waffe aus der Hand reißen.

»Jetzt hör mir mal gut zu, Theresa«, sagte der Alte. »Hier wimmelt es von Sachsen. Es ist mir gleich, was du hier tust und woher du kommst. Aber ich warne dich: Wenn du versuchst zu schreien oder irgendwelchen Unsinn zu machen, hat Satan dir die Kehle durchgebissen, bevor du weißt, wie dir geschieht. Verstanden?«

Theresa nickte. Ohne Schuhe war es sowieso sinnlos, fliehen zu wollen. Sie wagte es nicht noch einmal, dem Alten in sein furchterregendes Gesicht zu schauen. Unter dem zerschlissenen Umhang, den er sich mit einer Kordel um die Hüfte gebunden hatte, ragten ein Paar lange, knochige Beine hervor. Theresa starrte auf seine Wunden, und plötzlich dämmerte ihr, dass sie einen Leprakranken vor sich hatte.

Sie zögerte nicht einen Augenblick. Sie drehte sich um und rannte los, doch nach kurzer Strecke rutschte sie aus und schlug der Länge nach hin. Schon spürte sie den Atem des Hundes in ihrem Nacken und seine Pfoten auf ihrem Rücken. Sie erstarrte und wartete auf den tödlichen Biss, doch das Tier rührte sich nicht, bis auch der Alte zur Stelle war. Er bot ihr seine verkrustete Hand. Theresa wich zurück.

»Hast du etwa Angst vor meinen Geschwüren?« Er lachte verächtlich. »Ja, das geht den Sachsen auch so. Komm, steh auf und starr mich nicht so an. Das sind keine echten Leprageschwüre.«

Theresa traute dem Kerl nicht. Doch wie er sich Hände und Gesicht rieb, verschwanden die krustigen Flecken.

»Da siehst du, ich lüge nicht. Jetzt komm.« Er hielt ihr ihren Beutel hin. »Mit dem, was du da drin hast, wirst du es nicht sehr weit schaffen.«

»Ihr habt also nicht die Lepra?«, stammelte Theresa, immer noch skeptisch.

»Nein, natürlich nicht«, sagte er. »Aber diese Tarnung hat mir schon mehr als einmal meine Haut gerettet. Sieh mal.«

Er nahm eine Handvoll feuchten Sand und verrieb ihn zwischen den Handflächen. Dann zog er eine Ampulle mit einer dunklen Tinktur aus der Tasche, goss ein wenig davon über den Sand und vermengte alles zu einer schlammigen Masse. Er gab eine weitere Flüssigkeit darauf und schmierte sich den Brei auf die Arme.

»Normalerweise mische ich Kleister darunter, dann haftet es besser, wenn es trocknet. Die Sachsen fürchten einen Leprakranken mehr als ein ganzes Heer.« Er deutete auf den Leichnam. »Alle bis auf diesen hier … Dieser Lump wollte mir meine Felle rauben. Jetzt kann er sie dem Teufel rauben. Was ist mit dir? Seit wann bist du als Leichenfledderin unterwegs?«

Sie gingen zurück zu der Stelle, wo der Tote lag. Der Alte bückte sich zu dem Leichnam hinunter. Unsanft riss er ihm die Anhänger mit merkwürdig graubraunen Steinen vom Hals und schnappte sich den Scramasax, den er zu seinem eigenen Dolch steckte. Schließlich wälzte er den Kadaver auf die Seite und überließ ihn wieder den krabbelnden Flusskrebsen.

»Der hier braucht die Sachen schließlich nicht mehr …« Es klang fast wie eine Entschuldigung. »Willst du mir jetzt vielleicht erzählen, was dich hierher treibt?«

»Habt Ihr den Mann getötet?«

»Ich nicht. Das hier war's«, sagte er und klopfte auf sein Messer. »Ich vermute, dass er mich schon eine ganze Weile im Visier hatte. Kein allzu heller Kopf … Statt zuerst mich aus dem Weg zu räumen, ist er gleich auf die Felle los. Als ich ihn erledigt hatte, bin ich erst mal einen großen Bogen gelaufen, um die anderen abzulenken. Hat mich einen halben Tag gekostet.«

»Die Felle?«

»Die sind da hinten, in meinem Wagen.«

Theresa folgte mit dem Blick seinem Finger. Ihr Herz machte vor Freude einen Sprung. Wo ein Wagen war, musste auch ein Weg sein.

»Ein Rad ist mir gebrochen, ich hoffe, ich kann es wieder in Ordnung bringen. Du solltest allerdings zusehen, dass du hier verschwindest. Bestimmt war dieser Mann nicht allein unterwegs.« Er reichte Theresa ihre Schuhe. Dann wandte er sich um und stapfte davon.

»Wartet!« Sie zog sich die Schuhe an und lief ihm nach. »Fahrt Ihr nach Fulda?«

»Ich wüsste nicht, was ich in dieser Pfaffenstadt verloren hätte.«

»Aber Ihr kennt den Weg?«

»Natürlich. So gut wie die Sachsen.«

Der Mann bückte sich zu dem gebrochenen Rad hinunter und machte sich daran zu schaffen. Nach einer Weile hielt er inne und sah zu Theresa auf.

»Du hast mir noch keine Antwort gegeben. Was hattest du bei der Leiche zu suchen? Verflucht, sieh dir an, was du mit meinem

Arm gemacht hast«, schimpfte er. »Du dachtest wohl, der Teufel kommt dich holen?«

»Ich war auf dem Weg nach Fulda.« Sie wusste nicht, was für eine Geschichte sie ihm erzählen sollte. »Da sah ich den toten Mann und dachte, er hätte vielleicht ein Pinkeisen. Ich habe meins verloren, als ich den See überquerte.«

»Du hast den See überquert? Gib mir mal den Hammer da. Dann kommst du also von Erfurt?«

»So ist es«, log sie und reichte ihm das Werkzeug.

»Dann kennst du sicher die Peterssens. Sie betreiben einen Ofen in der Nähe des Doms.«

»Ja ... Ja, sicher«, log sie wieder.

»Wie geht es ihnen denn? Ich habe sie seit dem Sommer nicht gesehen.«

»Gut ... nehme ich an. Meine Eltern wohnen außerhalb der Stadt.«

»Ha!«, rief er und runzelte die Stirn. Er schlug mit voller Kraft auf den Keil, und das Rad sprang von der Achse.

Theresa zuckte zusammen. Sie dachte erst, er hätte ihr nicht geglaubt.

»Jetzt kommt das Schwierigste«, erklärte der Mann. »Siehst du diese Speiche hier? Die ist gebrochen. Und die da auch. Dieses verdammte Holz! Ich werde die eine austauschen und sehen, dass ich die andere flicken kann. Nimm dir den Stab da mit dem Glöckchen, und wenn ich zuschlage, klingelst du damit. Wenn die Sachsen uns schon hören, sollen sie auch ruhig das Gebimmel der Leprakranken mitkriegen.«

Inzwischen hatte er das Pferd ausgespannt und den Wagen mit ein paar Steinen abgestützt. Aus seinem hinteren Teil holte er einen hölzernen Stab hervor. Wie er erklärte, hatte er immer eine Ersatzspeiche bei sich, denn das Eichenholz war sehr schwer zu schnitzen. Er hielt sie vergleichend an die beiden gebrochenen und besserte das Ende mit einer Dechsel nach.

»Wird das lange dauern?«

»Ich hoffe nicht. Wenn ich es ordentlich machen wollte, säße ich bis zu Dämmerung hier. Ich müsste das Felgeneisen und alle vier Schließringe abnehmen und die Speichen austauschen. Schwer ist es an sich nicht, denn die Ringe sind aus Eschenholz, aber danach muss man die Zapfen wieder einpassen und dann die Speichenenden ... Eine Höllenarbeit! Für den Moment werde ich die Enden aber einfach absägen und zurechtstutzen. So, jetzt lass mal das Glöckchen klingeln.«

Theresa schwenkte den Stock hin und her. Der Hammerschlag hallte dumpf durch den Wald. Theresa wedelte eifrig mit dem Glöckchenstab, doch gegen die dröhnenden Schläge kam sie nicht an.

Nach getaner Arbeit verriet der Mann, dass er Althar hieß und Pelztierjäger war. Zusammen mit seiner Frau und mit Satan lebte er in einer kleinen Hütte im Wald. Den Winter über jagte er, und im Sommer verkaufte er die Felle in den Städten der Umgebung. Als Althar sich aufs Neue wunderte, was Theresa allein in dieser gefährlichen Gegend zu suchen hatte, behauptete sie kurzerhand, sie sei von zu Hause weggelaufen, da man sie gegen ihren Willen habe verheiraten wollen. Sie bat ihn, er möge ihr behilflich sein, nach Fulda zu kommen, doch davon wollte er nichts wissen. Als er seinen Wagen fertig beladen hatte, verabschiedete er sich von Theresa.

»Ihr wollt fort?«

»Sicher. Ich fahre jetzt nach Hause.«

»Und ich?«

»Was soll das heißen – und ich?«

»Was soll ich jetzt tun?«

Althar zuckte die Schultern.

»Das, was du schon die ganze Zeit hättest tun sollen: nach Erfurt zurückgehen und diesen Mann heiraten. So schlimm wird er schon nicht sein.«

»Da sind mir sogar die Sachsen lieber«, rief Theresa mit solcher Überzeugung, dass sie selbst über ihre Lüge staunte.

»Tu, was du willst.« Althar schirrte das Pferd an und räumte die Steine unter dem Wagen weg. »Es kann sein, dass die Sachsen hier in der Gegend noch nach ihm suchen«, sagte er und deutete in Richtung des Toten. »Ich werde noch zum Fluss gehen und das Pferd tränken. Und dann nichts wie weg hier.«

Resigniert wandte Theresa sich um und ging in den dichten, kalten Wald hinein, der ihr vorkam wie ein Friedhof. Doch nach wenigen Schritten blieb sie stehen. Sie wusste, wenn sie sich alleine durchschlug, hatte sie keine Chance. Althar schien ein guter Mann zu sein, sonst hätte er ihr längst etwas angetan. Außerdem war er verheiratet und kannte die Peterssens. Sie musste ihn dazu bringen, sie mitzunehmen. Wenigstens ein Stück.

Sie lief zurück und flunkerte ihm von ihren Näh- und Kochkünsten vor, doch Althar zeigte sich nur wenig beeindruckt.

»Ich kann auch Felle gerben«, rief Theresa verzweifelt.

Althar horchte auf und musterte sie mit prüfendem Blick. Ja, Hilfe konnte er schon gut gebrauchen. Der Umgang mit den Fellen erforderte einiges Geschick, und seine Frau war nach dem letzten schweren Fieber kaum mehr in der Lage, mitzuhelfen. Er sah Theresa noch einmal durchdringend an und schüttelte dann den Kopf. Dieses Mädchen würde ihm nur das Leben schwer machen. Wie hätte er außerdem seiner Frau erklären sollen, dass er ein so junges hübsches Ding mit nach Hause brachte?

Er zog den letzten Stein unter dem Wagen hervor und schwang sich hinauf.

»Sieh mal, Kleine. Du bist ein nettes Mädchen, aber du musst mich verstehen: Du wärst uns eine Last. Noch ein Maul zu stopfen. Es tut mir leid. Geh nach Erfurt zurück und bitte diesen Mann um Verzeihung.«

»Ich gehe nicht zurück«, entgegnete Theresa trotzig.

»Wie du meinst«, sagte er und trieb sein Pferd an.

Theresa wusste nicht mehr, was sie noch zu ihren Gunsten vorbringen konnte. Althar schien entschlossen, sie im Wald allein ihrem Schicksal zu überlassen. Da fielen ihr plötzlich die Fangeisen ein, die sie bei Haldors Pferd gefunden hatte.

»Ich kann Euch bezahlen.«

Althar sah sie von der Seite her an.

»Ich glaube nicht, dass du das kannst. Bei mir rührt sich da unten nichts mehr.«

Theresa schluckte und tat, als habe sie die Bemerkung überhört.

»Schaut Euch einmal Eure Fangeisen an … Die sind ganz alt und verrostet«, beharrte sie, während sie neben dem Wagen herlief.

»Das bin ich auch.«

»Aber ich kann Euch ein paar neue verschaffen. Ich weiß, wo welche zu finden sind.«

Althar hielt sein Pferd abrupt an. Ein paar neue Fallen konnte er durchaus gebrauchen; vor allem aber siegte sein Mitleid mit dem Mädchen über die Vernunft. Theresa erzählte ihm von den Wölfen, die Haldors Pferd attackiert hatten, von den Schätzen, die sie in den Satteltaschen gefunden hatte, und beschrieb ihm die Stelle, an der das Pferd verendet war.

»Bist du dir sicher, dass es in dieser Schlucht war?«

Theresa nickte, und Althar überlegte.

»Verdammt, nun steig schon auf. Aber zieh dir etwas über, sonst stirbst du mir weg, bevor du mir die Stelle zeigen kannst.«

Theresa kletterte auf den Wagen, machte es sich zwischen den Fellen bequem, die sich im Innern türmten, und sogleich schaukelten sie im Takt der Pferde los. Theresa erkannte Biber- und Hirschfelle, und den einen oder anderen ramponierten Wolf. Einige waren gegerbt, die meisten aber schienen frisch abgezogen, sie stanken fürchterlich und waren voller krabbelnder Insekten, die sich auf dem angetrockneten Blut tummelten. Theresa rückte so weit wie möglich ab und bedeckte sich mit einem der trockenen Felle. Hinter ihr entdeckte sie einen mit Deckel verschlossenen Topf, dem ein köstlicher Käseduft entströmte.

Theresa hielt sich den Bauch, um ihren knurrenden Magen zu besänftigen. Sie lehnte sich zurück, schloss die Augen und ließ ihre Gedanken schweifen. Sie dachte an die Wintermorgen in Würzburg, an denen Gorgias sie mit einem Kuss geweckt hatte, damit sie ihm half, den Ofen anzuzünden, den er hinter dem Schafspferch errichtet hatte. Sie dachte an den Schnee auf den Feldern und wie dankbar sie für die warme Glut des Feuers gewesen war, wenn sie bei ihrem Vater saß und ihm aus einem Manuskript vorlas. Sie fragte sich, ob Althar wohl jemals ein Buch zu sehen bekommen hatte.

Als sie die Augen wieder aufschlug, fiel ihr Blick auf Satan, der mit einigem Abstand hinter dem Wagen her lief. Ab und zu kam er nach vorne geprescht, um die Fleischstücke zu erhaschen, die Althar ihm hinwarf. Theresa merkte, wie ihr flau vor Hunger wurde. Schüchtern erkundigte sie sich bei Althar, ob sie wohl bald etwas essen könnten.

»Glaubst du, das Essen kriege ich geschenkt? Alles zu seiner Zeit, Mädchen. Jetzt nimm dir erst mal diese Felle da vor, und fang an, sie zu bürsten. Die Bürste ist hinten bei dem Bogen.«

Gehorsam wandte sich Theresa einem der dicksten Bündel zu, band die Sehne auf, mit der die Felle zusammengeschnürt waren, und legte sich eines davon auf den Schoß. Als sie es aufschüttelte, kam ihr ein Schwarm von Insekten entgegen. Tapfer schluckte sie allen Ekel hinunter und bürstete das Fell sauber, ohne einmal abzusetzen. Sogleich nahm sie sich das nächste vor. Als sie auch damit fertig war, befahl Althar ihr, noch ein drittes vorzunehmen.

»Und danach mach die Fangeisen sauber. Ich will, dass sie so richtig schön glänzen.«

Theresa zog die Fallen hervor, spuckte ein paar Mal kräftig auf den Dreck, und während sie mit Inbrunst die Eisen abrieb, dachte sie, dass Althar wohl ein ganz besonderes Geschick für die Jagd besitzen musste. Anders war diese enorme Menge an Fellen kaum zu erklären. Sie gab Althar Bescheid, dass sie alles erledigt habe, und der, überrascht, wie schnell sie fertig geworden war, hielt den Wagen an, um sich das Ergebnis zu besehen.

»Gut gemacht, Mädchen«, sagte er lächelnd. »Dann wollen wir mal zusehen, dass wir etwas in den Magen bekommen.«

Er kramte hinten im Wagen und brachte einen kleinen Stoffbeutel zum Vorschein. Sogleich kam Satan angesprungen und schnupperte neugierig daran. Althar stieß ihn mit einem Fußtritt beiseite und wandte sich zu Theresa.

»Du kletterst jetzt auf diesen Hügel da und hältst Ausschau. Wenn du etwas siehst, ein Feuer, Pferde oder irgendwelche Leute, dann bellst du.«

»Ich soll bellen?«, fragte Theresa ungläubig.

»Ja, bellen. Du kannst doch bellen, oder?«

Theresa gab ein paar kläffende Laute von sich, die ihr kläglich erschienen, doch Althar war zufrieden.

»Los, beeil dich. Und nimm das Glöckchen mit.«

Theresa machte sich an den Aufstieg. Unterdessen schnitt Althar ein paar Scheiben Käse ab, brach das harte Brot in Stücke und schnitt Zwiebeln auf. Er nahm die größere Portion für sich und rief Theresa.

»Alles ruhig«, teilte sie mit.

»Gut. Wenn wir das Tempo beibehalten, müssten wir bald da sein. Da, nimm etwas Wein, wenn du magst. Und noch ein Fell, du bist ja ganz durchgefroren.«

Althar kletterte wieder auf den Bock und schwang die Zügel. Theresa machte sich, ohne die Speise zu segnen, über Brot und Käse her und nahm dazu einen Schluck Wein, der ihr vorzüglich mundete.

Sie durchquerten einen morastigen Waldstreifen, Althars Züge spannten sich. Jedes Geräusch ließ ihn hochfahren, immer wieder hielt er den Wagen an, stand auf und spähte in alle Richtungen. Kurz meinte er, Satan hätte eine Gefahr gewittert. Der Hund lief jetzt dicht neben ihnen her und verfolgte, mit aufgestellten Ohren und gerecktem Schwanz, wachsam jede Bewegung seines Herrn.

Sie hatten wohl einige hundert Schritt zurückgelegt, da begann Satan zu knurren. Althar bremste abrupt, sprang vom Wagen und pirschte ein Stück allein voraus. Er bedeutete Theresa, sich still zu verhalten, und legte die Hand an seinen Scramasax. Kurz darauf war er im Gestrüpp verschwunden.

Theresa wurde immer unruhiger. Ein beklemmendes Vorgefühl sagte ihr, dass gleich etwas Schreckliches geschehen würde. Nach einer Weile kehrte Althar mit verstörter Miene zurück.

»Komm mit. Schnell.«

Theresa sprang vom Wagen und lief Althar hinterher, der sich bereits wieder ins Dickicht geschlagen hatte. Geduckt wie eine Katze, die ihre Beute umkreist, schlich er voran. Theresa schlugen die von Althar zerteilten Zweige entgegen, nur mit Mühe konnte sie auf dem aufgeweichten, schlammigen Pfad folgen. An einigen Stellen war das Unterholz so dicht, dass Theresa nichts sah als Althars Hinterteil, eine Handbreit vor ihrem Gesicht. Plötzlich drehte er sich zu ihr um, legte den Finger an die Lippen und bog die Zweige auseinander. Was sich ihr darbot, war ein Bild von Tod und Verwüstung.

Vor ihnen lagen, in einer gespenstischen Umarmung verschlungen und von Schlamm bedeckt, die blutüberströmten Körper zweier Männer. Wenige Schritte weiter, halb in einem Graben, der Leichnam eines dritten.

»Ein Sachse ist das nicht«, sagte Althar und tippte den unten liegenden mit dem Fuß an.

Theresa schwieg. Mit bangem Herzen ging sie auf die ineinander verknäulten Körper zu. Scheu hob sie den oberen an und sie spürte, wie ihr schwarz vor Augen wurde. Althar fing sie auf. Wer da blutbesudelt lag, war kein anderer als der junge Haldor, der ihr vor wenigen Tagen das Leben gerettet hatte.

Fröhlich vor sich hin summend, erschien Genserico am nächsten Vormittag wieder vor Gorgias' Zelle. Nachdem er sich vergewissert hatte, dass dieser nicht schlief, teilte er ihm mit, Rutgarda sei wohlauf. Er habe sie am Morgen im Haus ihrer Schwester aufgesucht.

»Ich habe ihr gesagt, Ihr müsstet einige Tage im Skriptorium bleiben, um zu arbeiten, dafür hatte sie sofort vollstes Verständnis. Außerdem habe ich ihr zwei Laibe Brot und etwas Wein mitgebracht und ihr versprochen, dass, solange Ihr bei uns seid, sie jeden Tag damit beglückt würde. Übrigens bat sie mich, Euch das hier zu geben.«

Die Lade schwang auf. Neben dem Brot und dem Wasser vom Vortag fand er das kleine bestickte Tuch, das Rutgarda immer um den Hals trug.

Behutsam nahm er es heraus und drückte es an seine Brust, bevor er es sich selbst um den Hals band. Dann griff er nach dem Brot und biss gierig hinein. Von der anderen Seite her drängte Genserico, Gorgias solle die Liste herausgeben. Kauend notierte Gorgias, was er benötigte; Trockenpulver führte er absichtlich nicht auf. Er legte die Tafel in die Lade, hörte, wie Genserico ungeduldig danach griff und sich die Schritte des Alten bald darauf entfernten.

Nach einer Stunde kehrte der Sekretär zurück, beladen mit Pergamentbögen, Tintenfässern und verschiedenem Schreibgerät und erklärte, er werde ihn einmal am Tag aufsuchen, um seine Fortschritte zu überwachen und ihm Essen zu bringen.

Mit diesen Worten verabschiedete er sich eilig, verließ die Krypta und ließ Gorgias mit seinen Utensilien allein.

Der Schreiber machte sich sogleich an die Arbeit. Als Erstes sah er nach, ob das Dokument, das er übersetzen würde, sich noch dort befand, wo er es versteckt hatte. Mit größter Vorsicht entnahm er einem der Codices ein zusammengefaltetes Pergament und drehte sich vorsichtshalber mit dem Rücken zur Tür – man konnte nie wissen. Feierlich breitete er die Schrift auf dem Pult aus und las:

*»IN NOMINE SANCTAE ET INDIVIDUAE TRINITATIS,
PATRIS SCILICET ET FILII ET SPIRITUS SANCTI,
IMPERATOR CAESAR FLAVIUS CONSTANTINUS«*

Hunderte Male hatte er diese Worte schon gelesen und wohl ebenso oft geschrieben.

Bevor er mit der Übersetzung begann, bekreuzigte er sich und prüfte das Pergament. Dreiundzwanzig lateinische Seiten … Er strich mit den Fingern über das kaiserliche Siegel am unteren Rand, das ein griechisches Kreuz über einem römischen Antlitz darstellte, umrahmt von dem Namen Gaius Flavius Valerius Aurelius Constantinus: Konstantin der Große, der erste christliche Kaiser und Gründer Konstantinopels.

Der Legende nach hatte sich Konstantin vor vier Jahrhunderten, während der Schlacht an der Milvischen Brücke, zum Christentum bekehrt. Kurz vor dem Angriff sah der römische Kaiser ein Kreuz am Himmel schweben und hatte daraufhin das Christensymbol auf den Standarten anbringen lassen. Die Schlacht endete mit seinem Sieg, und aus Dankbarkeit schwor er dem Heidentum ab.

Ehrfürchtig betrachtete Gorgias die Urkunde der Konstantinischen Schenkung.

Der erste Teil, die *Confessio*, berichtete, wie der an Lepra erkrankte Konstantin die heidnischen Priester des Kapitols aufsuchte; diese rieten ihm, in dem noch warmen Blut frisch geopferter Kinder zu baden. In der Nacht jedoch hatte Konstantin eine Vision, die ihm bedeutete, er solle sich an Papst Silvester wenden und sich vom Heidentum abkehren. Konstantin tat, wie ihm geheißen, ließ sich taufen und wurde gesund.

Der zweite Teil mit dem Titel *Donatio* schilderte, welche Pfründen und Privilegien Kaiser Konstantin der Kirche zum Dank für seine Genesung verlieh. So sprach er dem Papst den Vorrang vor den Patriarchen von Antiochia, Alexandria, Konstantinopel und Jerusalem zu. Darüber hinaus überließ er ihm den Lateranpalast, die Stadt Rom, die Herrschaft über ganz Italien und den gesamten Westen des Reiches. Schließlich errichtete er eine neue Hauptstadt in Byzanz, wo er und seine Nachfolger sich fortan damit begnügten, über den östlichen Teil des Reiches zu herrschen.

Die Bedeutung dieser Schenkung für die Stellung der Römischen Kirche konnte man gar nicht hoch genug einschätzen.

Entschlossen tauchte Gorgias den Federkiel in die Tinte und setzte ihn nicht ab, bis die Nacht hereinbrach.

Es dauerte eine Weile, bis Althar bemerkte, dass Haldor Larsson noch atmete, wenn auch sehr schwach. Sofort rief er Theresa herbei, und zusammen schleppten sie ihn zum Wagen. Mit besorgter Miene untersuchte Althar die Wunden des jungen Mannes. Theresa sah den Pelztierjäger fragend an, doch er gab keine Antwort.

»Er hat dir das Leben gerettet, sagst du?«

Sie nickte bekümmert.

»Es tut mir leid für ihn, aber wir können ihn unmöglich mitnehmen.«

»Wenn wir ihn hier liegen lassen, wird er sterben.«

»Sterben wird er sowieso. Außerdem … Schau dir mal dieses Rad an«, sagte Althar missmutig und deutete auf die geflickte Speiche. »Ihr beide, ich und die ganze Ladung … Damit kommen wir nicht eine Meile weit.«

»Dann lassen wir die Felle hier«, schlug Theresa vor.

»Die Felle?«, rief er entgeistert. »Das ist wohl nicht dein Ernst. Davon muss ich das ganze nächste Jahr leben.«

Theresa überlegte fieberhaft, wie sie den brummigen Althar umstimmen könnte.

»Der Mann, den Ihr hier einfach liegen lassen wollt, heißt Haldor Larsson und ist Getreuer des Königs«, erklärte sie schließlich. »Wenn er überlebt, habt Ihr und Eure Frau vielleicht für den Rest Eures Lebens ausgesorgt.«

Althar musterte den verletzten Retter Theresas. Seine edlen Kleider waren ihm gleich aufgefallen; allerdings hatte er angenommen, dass sie aus einem Raub stammten. Dieses taillierte Gewand und die perfekt sitzenden Schuhe … Ein Dieb hätte kaum solches Glück gehabt, das musste er zugeben. Dann fiel ihm auch der Ring ins Auge, den er vorher übersehen hatte, da er ganz von Schlamm bedeckt war. Er zeigte das Kreuz Karls des Großen – ein Zeichen, das der König seinen Vertrauensmännern verlieh.

Er fluchte. Womöglich verhielt es sich mit diesem jungen Mann tatsächlich, wie Theresa sagte, doch auch das änderte nichts an seinem überaus kritischen Zustand. Und wenn er am Ende gar nicht durchkommen würde? Wieder fluchte er und ergriff die Zügel des Pferdes, das unter dem Schnee nach Gras suchte.

»Schaffen wir ihn auf den Wagen«, sagte er mürrisch. »Und hoffen wir, dass er nicht stirbt, bevor ich meine Belohnung kriege.«

Theresa eilte zu Fuß neben dem Wagen her. Althar lenkte das Pferd, und die Peitsche saß ihm ähnlich locker wie die Zunge, wenn es darum ging, seinem Ärger Luft zu machen. Er hatte Theresa untersagt, sich am Wagen festzuhalten, das sei zu schwer. Sobald der Weg anstieg, musste sie sogar kräftig mit schieben.

Sie kamen zügig voran, und als sie die Schlucht erreichten, gestand Theresa Althar, dass die Fangeisen, von denen sie gesprochen hatte, in Wirklichkeit Haldor Larsson gehörten.

Während Althar in die Schlucht hinabstieg, kümmerte sie sich um Haldor. Althar hatte gemeint, er habe sich mehrere Rippen gebrochen und womöglich die Lunge verletzt. Darum hatte er ihn auf ein paar Fellpacken gebettet und gesagt, er solle möglichst nur auf dem Rücken liegen.

Haldors Atem ging schwach. Theresa tupfte ihm das Gesicht mit einem feuchten Tuch ab und fragte sich, was ihn wohl dazu bewogen hatte, seine Route zu ändern. Vielleicht war er ihr gefolgt, um sich den Dolch zurückzuholen, den sie ihm gestohlen hatte. Sie tastete unter ihrem Rock nach der Waffe. Hingebungsvoll wusch sie Haldors Wunden und träumte davon, an der Seite dieses schönen Mannes über Felder und Wiesen zu reiten. Rasch drückte sie ihm einen schüchternen Kuss auf die Stirn.

»Da war sogar noch mehr, als du versprochen hattest.« Lächelnd und schwer beladen stand Althar plötzlich wie aus dem Nichts vor ihr. »Lag alles neben den abgemagerten Gebeinen des armen Viechs. Mal sehen, wie wir diese Schätze weggeschafft kriegen.«

»Ihr wollt doch Haldor nicht hierlassen …«

»Ganz ruhig, Mädchen. Wenn die Sachen, wie du behauptest, wirklich diesem Mann gehören, werde ich alles tun, damit er uns seine Rettung großzügig vergelten kann.«

Nach einem kleinen Imbiss setzten sie ihre Reise fort, und Althar wurde mit einem Male richtig gesprächig. Er erzählte, dass er früher einmal in Fulda gelebt und wie nahezu alle Menschen dieser Stadt im Dienst der Abtei gestanden hatte. Er und seine Frau Leonora hatten ein Grundstück gepachtet und sich darauf ein hübsches, bescheidenes Häuschen gebaut. Vormittags arbeiteten sie auf dem eigenen kleinen Feld und nachmittags auf denen der Abtei. Irgendwann hatten sie genug zusammengespart, um sich ein kleines Stück Land dazuzukaufen; gerade einmal vierzig Morgen wildes Brachland, aber was sie dort anbauen konnten, reichte für den eigenen Bedarf. Kinder hatten sie keine – die Strafe des Herrn dafür, dass er so schwachen Glauben bewies, erklärte er. Als guter Bauer hatte er mehrere Berufe erlernt, ohne einen einzigen davon wirklich zu beherrschen. Er wusste mit Axt und Dechsel umzugehen, zimmerte seine eigenen Möbel und flickte mit Hilfe seiner Frau im Herbst das Dach. So zogen die Jahre mit aller Beschaulichkeit ins Land, bis eines Nachts bei ihnen eingebrochen wurde. Der Dieb versuchte seinen einzigen Ochsen zu stehlen, da rammte er ihm kurzerhand ein Beil in den Kopf. Wie sich herausstellte, war der Einbrecher ein Sohn des Abts gewesen, ein junger Mann, der nicht recht bei Verstand und zudem vom Wein berauscht war. Nach dem Begräbnis wurde Althar festgenommen und vor Gericht gestellt. Zwölf Männer schworen, der Junge sei nur über den Zaun geklettert, da er durstig und auf der Suche nach Wasser gewesen sei, und Althar konnte nicht beweisen, dass sie die Unwahrheit sagten. Man nahm ihm alles, was er hatte, und verbannte ihn aus der Stadt.

»Nach dem Urteil verfiel Leonora in Schwermut«, fuhr er fort. »Zum Glück kümmerten sich ihre Schwägerinnen um sie, als ich dann schon in den Bergen war. Es gab auch ein paar Nachbarn, die mich gut kannten und mir geholfen haben. Rudolph hat mir damals eine alte Dechsel besorgt und Vicus mir ein paar Fangeisen geliehen. Ich fand Zuflucht im Süden, dort in der Rhön …« Er deutete auf einen nahen Berg. »In einer verlassenen Bärenhöhle, die ich so hergerichtet habe, dass man darin wohnen konnte. Den Winter verbrachte ich damit, zu jagen und mir neue Jagdgeräte zu bauen. Als ich schließlich nach Fulda zurückkehrte, um Leonora zu holen, erfuhr ich, dass einige Schurken uns den Boden versalzen hatten, und natürlich weigerte sich der Abt, Leonora Saatkorn zu verkaufen oder gar neues Land zu verpachten, und er drohte allen, die uns helfen würden, mit drastischen Strafen. Da beschlossen Leonora und ich, in die Bärenhöhle im Wald zu ziehen und für immer dort zu leben, ganz für uns allein.«

»Und seitdem seid Ihr nicht mehr in Fulda gewesen?«, erkundigte sich Theresa.

»Doch, sicher. Wie sollte ich wohl sonst meine Felle verkaufen? Der Abt starb bald nach den Ereignissen. Elendiglich verreckt ist er. Sein Nachfolger hat die alten Drohungen nicht erneuert, doch es war einfach nichts mehr so wie früher. Ich fahre oft nach Fulda, Honig gegen Salz einzutauschen, oder wenn ich Fett brauche, das es hier nicht gibt. Früher hat Leonora mich begleitet, aber jetzt hat sie schlimme Füße, und das Laufen kostet sie große Mühe.«

Als die Nacht hereinbrach, gelangten sie endlich in die Gegend, in der Althars Bärenhöhle lag. Theresa wunderte sich, dass die Räder des Wagens nicht zu Bruch gingen, so steinig war der Weg. Althar hatte ihr gesagt, sie solle Haldor gut festhalten, doch obwohl sie sich alle Mühe gab, ließ der Verletzte bei dem Gerüttel und Geschüttel zum ersten Mal ein leises Klagen hören.

Am Fuße einer hoch aufragenden Granitwand brachte Althar den Wagen zum Stehen und saß ab.

»Meine Liebste«, rief er. »Du kannst rauskommen, wir haben Besuch.«

Ein rundliches weibliches Gesicht tauchte hinter einem Busch auf.

»Was hat mein Prinz mir mitgebracht?«, fragte die füllige Frau und lief mit schwerem Gang Althars ausgebreiteten Armen entgegen. »Ein Schmuckstück oder vielleicht ein orientalisches Parfüm? Wer sind die beiden da?«, fragte sie verblüfft, als sie Haldor und Theresa erblickte.

»Die da?«, fragte Althar lächelnd. »Den Burschen habe ich aus

Versehen mit einem Hirsch verwechselt, und das Mädchen hat sich in mein volles Haar verliebt.«

»Aha, nun denn …«, meinte die Frau kichernd. »Wenn es so ist, kommt erst einmal herein, hier draußen frieren wir ja bald fest.«

Sie ließen die Sachen draußen im Wagen, trugen Haldor in die Höhle und betteten ihn auf ein Lager aus Fellen.

Neugierig schaute Theresa sich um. Ein knisterndes Feuer verströmte eine behagliche Wärme; über der Herdstelle befand sich eine Öffnung in der Decke, durch die der Rauch abziehen konnte. Viele Möbel gab es nicht in der Höhle, doch bei aller Kargheit kam sie Theresa vor wie ein Palast.

»Du schläfst hier«, sagte Althars Frau zu Theresa und deutete auf einen Strohsack, der dicht beim Feuer lag. »Und um den jungen Mann hier musst du dir keine allzu großen Sorgen machen: Hätte Gott gewollt, hätte er ihn längst zu sich gerufen.«

Theresa nickte stumm. Bevor sie erschöpft in Schlaf sank, ließ ihr der Gedanke keine Ruhe: War Haldor ihr gefolgt, um sich seinen Dolch zurückzuholen?

In jener Nacht schlief Theresa unruhig; immer wieder schreckte sie auf. In ihrem Wahn glaubte sie Haldor vor sich zu sehen, wie er mit der Spitze seines kostbaren Dolches an ihrem Hals spielte. Verzweifelt rief sie sich die schützende Gestalt ihres Vaters ins Gedächtnis, und es gelang ihr, sich ein wenig zu beruhigen, doch bald schon sah sie Haldor erneut in dem finsteren Höhleneingang auftauchen. Als sie die Augen aufriss, war nichts zu sehen als die Schatten, die von den bläulich tanzenden Flammen des fast niedergebrannten Feuers auf die Höhlenwände geworfen wurden.

Hellwach lag Theresa auf ihrem Strohsack und grübelte. Es konnte doch kein Zufall sein, dass ihr in dieser kurzen Zeit so viele schreckliche Dinge widerfuhren. War es ein Zeichen, das Gott ihr sandte? Doch worin konnte ihre Sünde bestanden haben?

Sie hatte Korne angelogen, als sie ihm weismachte, der Graf würde sich ihr Gesellenstück anschauen wollen; sie hatte Haldor angeschwindelt, sie arbeite als Gesellin bei den Pergamentmachern, anstatt zuzugeben, dass sie nur ein einfaches Lehrmädchen war; und ebenso hatte sie Althar belogen, indem sie ihm erzählt hatte, sie sei vor einer drohenden Zwangsheirat geflohen.

Sie fragte sich, ob der Pergamentarius womöglich recht hatte. Ob es sich am Ende eben doch bewahrheitete, dass das Weib ein verlogenes Geschöpf war. Wenn sie tatsächlich von Geburt an verdorben war, dann war es vom Allmächtigen wohl so bestimmt. Wie oft hatte sie denen widersprochen, die behaupteten, die Frauen seien der Inbegriff des Lasters: schwach, triebhaft, wankelmütig und der Sünde zugeneigt ... Und doch begann sie in diesem Augenblick an ihren eigenen Überzeugungen zu zweifeln.

Was würde sie tun, wenn Haldor erwachte? Ihm sagen, sie hätte versehentlich den falschen Dolch gegriffen? Sie hätte im Dunkeln den Scramasax nicht gefunden, den er ihr angeboten hatte?

Jede Lüge zog eine weitere nach sich, und auf diese letzte würde eine noch größere folgen.

Sie biss sich auf die Lippen, niemals mehr sollte eine Lüge darüber kommen. Nein, sie war nicht verdorben, weil sie eine Frau war. Sie würde es beweisen, sich und allen anderen. Das schwor sie bei ihrem Vater, und dieses Mal würde sie ihn nicht enttäuschen.

8

Die ersten Sonnenstrahlen drangen in die Höhle. Theresa befand, dass es Zeit war, aufzustehen. Sie wunderte sich, dass Althar und Leonora noch schliefen; offenbar folgte das Leben an diesem Ort einem eigenen Rhythmus. Sie legte sich das Tuch um, das ihr in der Nacht als Decke gedient hatte, und schlich sich zu Haldors Lager. Sein Atem ging ruhig und gleichmäßig. Sie trat zur Feuerstelle und stocherte mit einer Art eiserner Riesengabel in der Glut.

Von dem Geklapper erwachte Althar, räkelte sich faul und drängte sich mit noch halb geschlossenen Augen zärtlich an Leonora.

»Mhm … Du bist schon auf?«, brummte er zu Theresa hin. Er rieb sich den Bart und schaute sie von seiner Pritsche aus an. »Wenn du dich waschen willst, ein Stück pfadaufwärts ist ein kleiner Bach.«

Theresa warf sich einen warmen Umhang über, machte einen Bogen um das Pferd, das ebenso wie die übrigen Tiere die Nacht mit ihnen in der Höhle verbracht hatte, und trat ins Freie. Es war noch einmal kälter geworden, fest wickelte sie sich ein und stapfte los. Satan kläffte und folgte ihr schwanzwedelnd zum dem kleinen Wasserlauf.

Als sie ihre Hände in das eiskalte Nass tauchte, um sich zu waschen, bemerkte sie, dass sie aus dem Schoß blutete. Das hatte ihr gerade noch gefehlt. Die wilden Tiere würden sie sofort wittern, und Althar würde Gift und Galle spucken. Rasch wusch sie sich und scheuchte Satan, der schon die ganze Zeit an ihr herumschnüffelte, ärgerlich fort.

»Wie geht es ihm?«, fragte Theresa, als sie wenig später wieder bei der Höhle ankam und Leonora an Haldors Lager antraf.

»Sein Atem geht regelmäßig, er wirkt so weit ganz ruhig. Ich habe gerade Wasser aufgesetzt, um ihn zu waschen. Komm, du kannst mir helfen.«

Theresa nahm den Topf vom Feuer und holte die aus Asche und gekochtem Fett hergestellte Seife herbei. Als ihr klar wurde, dass Leonora Haldor die Kleider ausziehen wollte, errötete sie unwillkürlich.

»Jetzt steh nicht rum, zieh lieber mal an den Hosenbeinen«, befahl Leonora.

Theresa zerrte an der Hose, bis darunter eine eng anliegende Wollunterhose zum Vorschein kam. Als Leonora ihm auch diese auszog, wandte sie den Blick ab.

»Schnell, gib die Seife, er kühlt uns ja ganz aus.«

Mit fahrigen Bewegungen reichte sie Leonora die Seife, und in ihrer zupackenden Art begann Althars Frau gleich an Haldor herumzuschrubben, als hätte sie ein nacktes Hühnchen vor sich. Während Leonora den Lappen neu einseifte, nutzte Theresa die Gelegenheit, Haldor unverhohlen zu mustern.

»Er hat eine gebrochene Rippe. Siehst du?«, sagte Leonora und deutete auf einen rötlichen Wulst auf seiner Brust. Sie legte ihr rechtes Ohr an seinen Brustkorb und horchte. »Aber immerhin pfeift es nicht, das ist ein gutes Zeichen.«

»Wird er wieder gesund werden?«

»Hol doch bitte noch etwas Wasser«, gab Leonora statt einer Antwort zurück und machte sich daran, die Binde an Haldors Unterarm zu lösen.

»Nein!«, rief Theresa entsetzt, »tut das nicht! Ich meine, die seidene Binde abmachen… Es ist ein Zeichen der Ehre, von dem er sich niemals trennen darf…«

Leonora blickte sie verständnislos an. Dann zuckte sie die Achseln. »Na schön, wie du meinst, lassen wir ihm seine Ehre.«

»Leonora … Ihr habt mir noch nicht geantwortet. Meint Ihr, er wird er wieder gesund?«

»Ich denke schon. Letztes Jahr hat Althar einen schweren Ast abbekommen, da hatte er auch mehrere Rippen gebrochen. Es war scheußlich, aber nach zwei Wochen ist er hier schon wieder herumgeflitzt wie eine Eidechse.«

»Mach dir keine Sorgen um ihn«, sagte Althar. In seinem eigenen Heim wirkte er viel weniger grob und gefühllos als draußen in der rauen Natur. »Bei Leonora ist er in guten Händen. Hier hast du ein Stück Brot und Käse, und jetzt komm mit mir, die Arbeit ruft.«

Die Selbstverständlichkeit, mit der er sein Essen teilte, erfüllte Theresa mit Dankbarkeit. Hungrig nahm sie einen großen Bissen und folgte dem Mann, der ihr jetzt zusammen mit Leonora die Familie ersetzen musste.

Auf dem Weg zu einer weiteren Höhle, die Althar als Lager nutzte, erzählte er, dass er sich in der kalten Jahreszeit in erster Linie der Tischlerarbeit widmete, alte Werkzeuge in Ordnung brachte oder neue anfertigte.

»Und dann stopfe ich auch noch Tiere aus«, fügte er stolz hinzu.

Sie stiegen den steilen Hang hinauf und standen vor einem tiefen Felsspalt, der im Berg klaffte, als hätte ein Axthieb ihn zerteilt. Der Eingang zur Höhle war eng, Theresa musste sich auf alle viere niederlassen, um Althar hinterherzukriechen, der mit einer Fackel in der Hand trittsicher vorauskletterte.

Bald weitete sich der Tunnel, und sie gelangten in einen großzügigen Raum, der sich unverstellt dem Blick öffnete wie ein Kirchenschiff. Bizarre Formen aus Tropfstein wirkten wie der Zierrat eines größenwahnsinnigen Künstlers.

»Sieh mal, ist das nicht schön?«, rief er aus. »Früher haben wir hier drinnen gewohnt, aber als Leonora krank wurde, sind wir in die Bärenhöhle umgezogen. Einen Raum von dieser Größe bekommt man einfach nicht richtig warm. Für die Felle wiederum ist die Kälte gut, darum habe ich sie jetzt hier gelagert, neben anderen Kostbarkeiten.«

Althar leuchtete mit der Fackel weiter in das Dunkel. Mit aufgerissenen Rachen und ausgestreckten Krallen funkelten sie ganz hinten in der Höhle eine Horde Füchse, ein paar Frettchen, Hirsche,

Eulen und Biber aus leuchtenden Augen an. Mit einem spitzen Schrei schreckte Theresa zurück. Althar brach in schallendes Gelächter aus und erzählte, dass mit präparierten Tieren eine Menge Gewinn zu machen sei. Viele Adlige prahlten gerne mit den wilden Bestien, die sie in angeblich blutiger Jagd eigenhändig erlegt hätten.

»Nur ein Bär fehlt mir noch«, meinte er und blickte Theresa immer noch amüsiert an. »Dabei wirst du mir helfen.«

Theresa musste schlucken, aber sie nickte, als sei die Bärenjagd für sie das Alltäglichste von der Welt. Insgeheim flehte sie Gott an, er möge alle Bären dieser Gegend vom Erdboden verschwinden lassen.

Den Vormittag verbrachten sie damit, Ordnung in der Höhle zu schaffen. Althar reinigte die Felle, während Theresa sich der Werkzeuge annahm. Er bürstete die ausgestopften Tiere, bis das Fell prächtig glänzte, und rechnete Theresa vor, in Fulda würden das Frettchen und der Fuchs zwei Denare einbringen, wovon er fünf Scheffel Weizen kaufen konnte. Für die Eule würde er weniger bekommen, da Vögel leichter auszustopfen waren, aber immerhin konnte er ein paar Messer und den einen oder anderen Topf von dem Geld erstehen. Ein Bär aber wäre etwas vollkommen anderes. Wenn es ihm gelänge, einen zu erlegen und auszustopfen, würde er ihn bis nach Aachen schaffen und ihn an Karl den Großen persönlich verkaufen.

»Und wie wollt Ihr den Bären fangen?«

»Ich weiß noch nicht, aber wenn ich einen ausfindig gemacht habe, wird uns schon etwas einfallen.«

Bis zum Mittag arbeiteten sie schweigend weiter. Als sie hungrig zur Wohnhöhle zurückkehrten, überraschte Leonora sie mit Fleischklößen und gezuckerten Feigen.

Haldor sei kurz aufgewacht, berichtete sie, und habe sich eine heiße Brühe einflößen lassen.

»Hat er etwas gesagt?«, erkundigte sich Theresa.

»Nein, nur gestöhnt hat er. Vielleicht kommt er heute Abend richtig zu sich.«

Nach dem Essen half Theresa den aus zwei Böcken und einem

darübergelegten Brett aufgebauten Tisch wegzuräumen. Zum Kehren kam sie nicht mehr, denn Satan hatte den Boden bereits gründlich abgeleckt. Als sie die Essensreste weggeräumt hatte und den Kessel auswaschen wollte, hielt Leonora sie mit einem nachdenklichen Blick auf ihre zarten Hände zurück.

»Ich weiß ja nicht, womit du dich bisher beschäftigt hast, aber mit Hausarbeit offenbar nicht«, meinte sie, und es war klar, dass es Zeit wurde, Leonora eine Erklärung zu geben.

Da platzte es aus Theresa heraus: Mit glühenden Wangen erzählte sie von ihrer Leidenschaft für das Lesen, wie sie von klein auf in Schulen und Skriptorien ein und aus gegangen war und später als Gehilfin in einer Pergamenterwerkstatt gearbeitet hatte. Sie erntete einen skeptischen Blick von Leonora.

»Da bist du deiner Mutter ja eine große Hilfe.«

Natürlich hatte sie Rutgarda immer geholfen, doch dies war nicht der Moment, ihr Zuhause ins Gespräch zu bringen.

»Aber ich würde wirklich sehr gerne lernen, so köstlich zu kochen wie Ihr«, erwiderte Theresa geschickt.

Sofort hellte sich Leonoras Miene auf.

»Ja«, sagte sie, »da lässt sich etwas machen. Wusstest du, dass es in den Augen der Männer ein größeres Übel darstellt, wenn ein Mädchen nicht kochen kann, als wenn es zu kleine Brüste hat? Nun ja, daran wird bei dir allerdings keiner etwas auszusetzen zu haben.«

Theresa schaute an sich hinunter und errötete. Ja, sie war mit üppigen Brüsten gesegnet; dennoch nahm sie sich vor, Haldor mit einem leckeren Gericht zu überraschen, sobald er wieder gesund wäre.

Den Nachmittag über waren die beiden Frauen eifrig bei der Sache. Leonora weihte Theresa in die Geheimnisse der Küche ein und erklärte ihr, wie die verschiedenen Gerichte im Einklang mit den Jahreszeiten standen. Im Winter etwa wurden die schwächsten Tiere geschlachtet, bevor sie der Kälte zum Opfer fielen, weswegen man nicht nur wissen musste, wie man das Fleisch kochte, sondern auch, wie man es räucherte, salzte und pökelte. Das meiste Fleisch stamme jedoch aus der Jagdbeute, und die sei vor allem im Frühjahr reichlich vorhanden. Dann sprach sie über verschiedene Pilze, mit denen man sich unbedingt auskennen sollte, pries den Blumenkohl, den Rotkohl, den Kohl überhaupt und die Kardone. Leonora war in Fahrt gekommen – was das Kochen anging, machte ihr niemand etwas vor. Theresa rauschten der Kopf und die Sinne, als Althar bei Einbruch der Dunkelheit heimkam. Er strahlte über das ganze dreckverklebte Gesicht: Er hatte die Fährte des Bären aufgenommen.

»Er ist immer noch da, der alte Gauner. Erledigt sein Geschäft in derselben Höhle wie vergangenen Winter,« verkündete er triumphierend. »Morgen früh werden wir beide losziehen, Theresa, und ihm den Garaus machen.«

Theresa erwachte davon, dass Satan ihr das Gesicht leckte. Es war noch stockfinster, aber Leonora stand bereits am Herd, und Althar lief fröhlich trällernd in der Höhle auf und ab.

»Pass auf, mein Bär, alter Gesell, bald zieh'n wir dir ab das zottige Fell«, sang Althar bestens gelaunt vor sich hin.

Sie frühstückten und packten sich in dicke Felle ein. Althar stattete sich mit Bogen und Köcher aus, hängte sich ein Netz über die Schulter und griff sich drei schwere Fangeisen. Theresa reichte er eine kleine, handliche Armbrust.

Als sie die Höhle verließen, dämmerte es schon. Es schien ein klarer, frostiger Tag zu werden, was Althar als gutes Omen nahm. Das Pferd ließen sie stehen, es könnte, wie er erklärte, den Bären aufscheuchen. Sie würden außerdem nur sein Fell mitnehmen, denn das Fleisch war nicht genießbar.

»Mmh«, machte Theresa. Sie hätte sich gewünscht, sie wären schon so weit, dass sie überlegen könnten, was von der erlegten Beute von Nutzen sein würde.

Althar sah sie prüfend von der Seite an. »Du musst nichts machen. Nur Wache halten.«

»Und diese seltsame Armbrust?«

»Die habe ich einem Soldaten in Aachen beim Spiel abgewonnen. Ich hatte so ein Gerät vorher noch nie gesehen, aber es tut gute Dienste. Komm, ich zeige dir, wie man damit umgeht.«

Er rammte das Ende in den Boden und stemmte den Fuß gegen den Bogen. Dann griff er mit beiden Händen die Sehne und spannte sie so weit, dass sie in die Kerbe schnappte.

»Das Ding ist kein Spielzeug, also sei vorsichtig. Das hier ist die Spannnuss und darunter der Abzug. Du musst den Pfeil in die Rille hier legen. Siehst du? Jetzt hältst du es mit beiden Händen fest und zielst.«

Theresa hob die Waffe an, doch sie konnte sie nicht halten, im Anschlag wurde sie schnell zu schwer.

»Du musst sie auf dem Boden abstützen«, erklärte Althar. »Und denk daran – im entscheidenden Moment hast du nur einen Schuss! Du wirst die Waffe nicht neu laden können, du musst also gut zielen, am besten auf den Bauch. Hast du das verstanden?«

Theresa nickte. Sie legte sich auf den Boden und zielte.

»Versuch nicht so zu zittern.« Das war bei der Kälte allerdings leichter gesagt als getan.

Althar deutete auf einen verrotteten Baumstumpf, der etwa doppelt so breit war wie er selbst und vielleicht zwanzig Schritte entfernt. Auf sein Zeichen zog Theresa entschlossen den Hebel zurück. Der Pfeil zischte durch die Luft und landete irgendwo im Gestrüpp.

»Probieren wir es noch einmal«, brummte Althar missmutig.

Sie versuchte es zwei weitere Male – ohne Erfolg. Das Durchziehen des Abzugshebels erforderte so viel Kraft, dass sie jedes Mal die Waffe verriss. Nach dem vierten Versuch erklärte Althar die Übung für beendet.

»Wir können hier nicht den ganzen Vormittag vertrödeln, lass uns weitergehen.«

Unterwegs berichtete Althar, dass die Bären gewöhnlich von Ende November bis zum Beginn der Schneeschmelze Winterschlaf hielten.

»Die Leute glauben immer, sie schlafen dann wie die Murmeltiere, aber in Wirklichkeit haben sie einen leichten Schlaf, man muss sehr vorsichtig sein, wenn man sich anschleicht.«

»Und wenn sie zu mehreren da sind?«

»Das ist kaum anzunehmen. Bären sind Einzelgänger und ziehen sich zum Winterschlaf alleine in eine Höhle zurück. Darüber brauchen wir uns also keine großen Sorgen zu machen.«

Kurz darauf erreichten sie die Stelle, an der Althar den Unterschlupf des Bären ausgemacht hatte. Er deutete auf eine in einer Felswand liegende Höhle. Vor dem Höhleneingang befand sich ein nicht allzu breiter Felsvorsprung, darunter fiel eine Schlucht steil nach unten ab. Ein schwieriges Jagdgelände.

»Wir spannen das Netz vor den Eingang. Dann zünde ich ein paar Zweige an, und Satan wird bellen. Von dem Rauch und dem Gebell wird der Bär aufwachen und versuchen, sich in Sicherheit zu bringen, und dann geht er uns direkt ins Netz. Wenn er erst darin zappelt, werde ich ihm mit dem Bogen zusetzen. Du wartest am besten dort oben, über dem Höhleneingang, wo er dich nicht wittern kann. Für den Notfall.«

»Für den Notfall?«

»Wenn du siehst, dass ich in Bedrängnis gerate, musst du auf die Bestie schießen. Und bei allen Heiligen – es wäre gut, wenn du diesmal richtig zieltest.«

Althar machte sich daran, ein paar Zweige zusammenzusammeln, und Theresa kletterte den Fels hinauf. Auf halber Strecke rutschte sie mit dem Fuß ab, ein paar Steine gerieten ins Rollen. Althar zischte einen Fluch und bedeutete ihr, sie solle keinen Lärm machen. Als Theresa ihren Posten über der Bärenhöhle erreichte, hatte Althar bereits einen ordentlichen Berg Gestrüpp vor dem Höhleneingang aufgetürmt. Geschickt befestigte er das Netz vor der Öffnung, entzündete in ein paar Metern Entfernung ein Feuer und trat mit einem brennenden Zweig in der Hand wieder auf die Höhle zu.

Theresa beobachtete von oben, wie Althar sich hinter einem Felsen postierte. Kurz darauf stieg der Rauch der schneefeuchten Zweige zu ihr herauf, und sie wusste, dass der Augenblick gekommen war. Sie holte tief Luft und legte sich flach auf den Boden. Im selben Moment fing Satan wild an zu kläffen und zwischen den Steinen zu scharren; wie rasend drehte er sich mehrmals um die eigene Achse, so dass Theresa schon meinte, er sei verrückt geworden. Kurz darauf ließ sie ein angsteinflößendes Gebrüll aus dem Innern der Höhle zusammenfahren.

Theresa versuchte die Armbrust so in Stellung zu bringen, dass sie auf den Höhlenausgang zielte, doch ihre Hände zitterten mittlerweile wie Espenlaub – was nicht nur an der Kälte lag. Für einen kurzen Moment herrschte Stille, dann sah sie einen riesigen Fellkoloss auftauchen. Der Bär schnaubte gereizt, stürmte los und verfing sich im Netz. Wütend brüllte er auf, als er begriff, wie ihm geschah, er hieb mit seinen Pranken um sich und riss mit den Zähnen am Netz. Satan heulte und kläffte wie verrückt und sprang immer wieder auf die grollende Bestie zu. Plötzlich fing das Netz Feuer, und sofort griffen die Flammen auch auf das Fell des Bären über. Er brüllte vor Schmerz, stellte sich auf die Hinterbeine und versuchte sich verzweifelt aus dem Netz zu befreien. Einen Augenblick fürchtete Theresa, er würde den Felsen hinaufgeklettert kommen, doch der Bär glitt ab und rutschte wieder in die Höhle zurück. Er richtete sich drohend auf und gab unter ohrenbetäubendem Getöse den Blick in seinen gewaltigen Rachen frei. Theresa schloss entsetzt die Augen. Als sie sie wieder aufriss, setzte Althar gerade zum Schuss an. Der Pfeil sauste durch die Luft und bohrte sich eine Handbreit neben dem Schulterblatt ins Fell. Der Bär heulte und warf sich hin und her. Althar sah, dass er sich beeilen musste, sonst würde das Feuer den Pelz ruinieren. Der zweite Pfeil traf den Riesen mitten in den Bauch. Das Tier bäumte sich ein letztes Mal auf und sank dann mit einem seltsam menschlichen Klagelaut zu Boden.

Theresa wartete mehrere Sekunden ab und erhob sich, immer noch zitternd, von der Erde. Sie schaute auf den leblosen Bären. Mit seinem glänzenden Fell und den scharfen Pranken bot er ein eindrucksvolles Bild. Sie wollte schon den Fels hinabklettern, doch Althar hielt sie zurück.

»Du wartest, bis ich dich rufe«, befahl er bestimmt. »Diese Kerle sind gefährlich, selbst wenn man ihnen schon das Fell abgezogen hat.«

Mit einem Beil in der einen und einem langen Stock in der anderen Hand näherte er sich dem Bären. Etwa drei Schritte vor ihm blieb er stehen. Er stieß ihn mit dem Stock an, doch der Bär rührte sich nicht. Da hob er das Beil mit beiden Händen über den Kopf und ließ dessen stumpfe Seite mit aller Kraft auf den Hals des Raubtiers niedersausen.

Eine Weile stand er still da und blickte abwartend auf den reglosen Riesen.

Schließlich rief er Theresa, nun sei das Monstrum ganz gewiss tot; sie möge ihm helfen, das Fell abzuziehen.

Bevor sie hinunterkletterte, nahm Theresa den Pfeil aus der Armbrust und wickelte ihn in ein Tuch, wie Althar sie geheißen hatte. Gerade hatte sie den Abstieg begonnen, da ließ ein neuerliches Gebrüll ihr das Blut in den Adern gefrieren.

Wie konnte das sein? Sie hatte das Tier doch mit eigenen Augen sterben sehen! Der Berg erzitterte erneut von ohrenbetäubendem Gebrüll. So schnell sie konnte, kletterte sie wieder hinauf zu der Stelle, an der sie vorher in Deckung gelegen hatte. Von dort aus beobachtete sie voller Entsetzen, wie ein zweiter Bär aus der Höhle gestampft kam und sich Schritt für Schritt auf Althar zubewegte. Der stolperte zurück und schwenkte drohend das mit beiden Händen umklammerte Beil, doch der Bär ließ sich nicht abschrecken und kam immer näher. Althar war bereits bis an den Rand des Abgrunds zurückgewichen, er konnte keinen Schritt mehr weiter zurück. Das schien auch der Bär erfasst zu haben, er blieb stehen, um zum tödlichen Angriff anzusetzen.

Nun hat mein letztes Stündlein geschlagen, sagte Althars Blick, doch ich werde es ihm so schwer machen wie möglich.

Der Bär richtete sich zu seiner ganzen Größe auf, stellte sich auf die Hinterbeine und brüllte, als habe er den Teufel in sich. Gerade als die Bestie mit beiden Pranken zum letzten Schlag ausholen wollte, schoss Satan hinter ihr vor und warf sich zwischen den Angreifer und seinen Herrn. Der Hund kläffte wie rasend, und der Bär hielt inne. Doch plötzlich versetzte er Satan einen Hieb mit der Vorderpranke, der so schnell war, dass er ihn mit voller Wucht am Hals erwischte. Theresa wusste, sie musste handeln. In großer Angst wickelte sie den Pfeil aus und spannte ihn ein. Dann legte sie sich auf den Boden und zielte instinktiv auf den Kopf des Bären. Da fielen ihr Althars Worte wieder ein, und sie schwenkte um auf den gewaltigen braunen Bauch.

Ich habe nur einen einzigen Schuss, ging es ihr durch den Kopf. Sie machte die Augen zu und schoss. Der Pfeil zischte los und verschwand aus ihrem Blickfeld. Der Bär schrie auf, doch dann sah sie zu ihrem Entsetzen den Pfeil in einer der Hintertatzen stecken. Schon glaubte sie alles verloren, als etwas Merkwürdiges geschah. Der Bär wollte einen Schritt nach vorne machen, knickte aber mit dem verletzten Bein plötzlich ein, geriet ins Wanken und stürzte auf die Seite. Er versuchte sich aufzurichten, strauchelte jedoch wieder und rutschte auf dem abschüssigen Schneehang bis an den Rand des Abgrunds. Als ahnte er, was geschehen würde, strampelte er verzweifelt in der Luft. Da brachen die Steine unter ihm weg, er versuchte sich irgendwo festzuklammern, doch schließlich stürzte er mitsamt den Steinen in die Schlucht hinab.

Theresa brauchte einen Augenblick, um zu begreifen, was geschehen war. Ein wenig tat ihr das Tier leid, diese panische Angst in seinem letzter Blick … Sie schüttelte den Gedanken ab, kletterte eilig hinab, um zu Althar zu rennen, der noch ganz benommen war.

»Zwei Bären. Da waren zwei verfluchte Bären.«

»Ich habe gezielt, wie Ihr mir gesagt habt, aber ich konnte nicht …«

»Schon gut, Mädchen. Du warst prima … Zwei verdammte Bären …«, wiederholte er.

Er kratzte sich am Kopf und sah dann mit traurigem Blick zu Satan hin. Langsam zog er seinen Umhang aus und hüllte seinen Gefährten liebevoll darin ein.

»Mein Guter. Du hast mir treue Dienste geleistet, ich werde dich vermissen.« Er wandte sich zu Theresa um, als schämte er sich seiner Schwäche, und sagte barsch: »An die Arbeit!«

Den ganzen Nachmittag über waren sie damit beschäftigt, den Bären zu häuten. Als sie das riesige Fell zusammenpackten, kam Althar die Idee, dass sie auch den zweiten Bären noch ausschlachten könnten.

»Du wartest hier«, sagte er, ließ alles stehen und liegen und machte sich an den Abstieg in die Schlucht. Nach einer Weile kehrte er mit einem dicken, bluttriefenden Bündel auf dem Rücken zurück.

»Das Fell war von der Räude befallen«, erklärte er Theresa. »Aber er hatte schöne Augen …«

Theresa starrte Althar ungläubig an. Ihr Blick wanderte zu dem Bündel auf seinem Rücken – es fröstelte sie bei dem Gedanken, den ganzen Heimweg über in die Augen eines geköpften Bären schauen zu müssen.

Abends bei der Höhle empfing Leonora die beiden Heimkehrer mit einer Überraschung: Haldor hatte sein Lager verlassen und sich, mühsam zwar, mit einer Suppenschale auf einem Fell aufgesetzt. Er gab sich wortkarg, als die beiden sich nach seinem Befinden erkundigten. Immerhin bedankte er sich bei Althar, dass er ihm das Leben gerettet habe.

»Bedankt Euch bei Theresa. Sie war es, die darauf bestanden hat, dass ich Euch auf den Wagen lade.«

Haldors Miene versteinerte. »Nach allem was geschehen ist, war das wohl das Mindeste, was ich erwarten durfte.«

»Jedenfalls kann man sich auf dieses Mädchen verlassen.« Freundschaftlich stieß Althar Theresa in die Seite.

Haldor schlürfte seine Suppe aus, wünschte mürrisch eine gute Nacht und zog sich mit sichtlichen Schmerzen auf seine Pritsche zurück. Kopfschüttelnd breitete Althar das Bärenfell auf dem Boden aus und setzte den zusätzlich erbeuteten Kopf auf einen Eimer.

Theresa ahnte, dass er kummervoll seines treuen Satans gedachte, als er dem gebrochenen Blick des toten Riesen begegnete.

Am nächsten Morgen näherte sich Theresa schüchtern der Pritsche, auf der Haldor mit finsterem Blick vor sich hin starrte.

»Geht es dir besser?«, fragte sie leise. Es waren die ersten Worte, die sie seit ihrer Flucht aus dem Steinbruch an ihn richtete. Haldor zögerte mit der Antwort.

»Als du dich neulich aus unserer Hütte davongestohlen hast, war es dir egal, wie es mir ging …«, sagte er schließlich.

Theresa fingerte verlegen an ihrem Kittel und wusste nichts zu erwidern. Dann ging sie zu ihrem Beutel und nahm den Dolch heraus, den sie in einen Lappen eingewickelt hatte.

»Es tut mir leid, ich …«, stammelte sie schuldbewusst.

Haldors Miene blieb eisig. Er nahm den Dolch und steckte ihn unter seine Decke. Dann schloss er die Augen, drehte sich auf die andere Seite und stöhnte leise auf.

Niedergeschlagen machte sich Theresa auf den Weg zu der Höhle, in der Althar sie erwartete. Warum nur fand sie Haldor gegenüber nie die richtigen Worte?

II

9

Die Aussicht auf das Ausstopfen des Bären, das sie die halbe Nacht um den Schlaf gebracht hatte, nahm Theresa nun als willkommene Ablenkung von ihrer unglücklichen Wiederbegegnung mit Haldor. Der Schrecken vor der toten Bestie war tatkräftiger Neugier gewichen, die Zurückweisung durch Haldor ließ sie mit umso tatkräftigerem Trotz zupacken. Althar hatte damit begonnen, ein Gestell für den Bären zu bauen; es bestand aus einem dicken Ast in der Mitte, an dem er auf jeder Seite einen dünneren Stock für die Tatzen angebracht hatte.

Theresa fiel die Aufgabe zu, das Bärenfell von den Fleisch- und Fettresten zu befreien, es sorgfältig zu entlausen und mit Seife zu waschen, was ihr keinerlei Schwierigkeiten bereitete, denn mit dieser Arbeit war sie aus Kornes Werkstatt vertraut. Sie fühlte, wie Althars Blick anerkennend auf ihr ruhte. Anschließend rieb sie das Fell trocken und hängte es zum weiteren Trocknen über einen von Althar eigens zu diesem Zweck gezimmerten Holzrahmen.

»Soll ich den Kopf auch säubern?«, fragte sie voller Tatendrang.

»Nein. Warte damit noch.« Althar stieg von seinem Schemel und warf den Hammer auf den Boden. »Das kommt später.«

Er setzte sich auf einen Stein und klemmte sich den Bärenkopf zwischen die Knie, um ihn genauer zu untersuchen. Dann nahm er ein Messer und zog zwei Schnitte, einen längs und einen quer, in der Form eines umgedrehten T. Darauf zog er mit einem Ruck geschickt das Fell ab und hielt den blanken Schädel in der Hand.

»Wirf den Schädel in den Kübel da«, bat er Theresa.

Theresa zögerte keine Sekunde. Sobald sie das heiße Wasser hinzugab, das sie in dem Kessel über der Feuerstelle bereitet hatte, fing der Kalk an zu brodeln und das Gewebe zu zersetzen, das noch an den Knochen haftete.

Als das Gerüst fertiggebaut war, nahm Althar den inzwischen blitzblanken Totenkopf aus dem Kübel, trocknete ihn sorgsam mit Werg ab und steckte ihn oben auf den stabilen Ast, der gleichsam das Rückgrat des Bären bildete. Mit dem aufgesteckten Schädel und den seitlich abstehenden Armstöcken sah das Gestell aus wie eine scheußliche Vogelscheuche, doch Althar brummte zufrieden.

»Gute Arbeit! Wenn das Fell gegerbt ist, geben wir ihm den letzten Schliff«, verkündete er. »Und nun, meine Liebe, wirst du mir noch ein paar Augen für diesen Prachtkerl finden.«

»Ein Paar Augen?«, fragte Theresa verdutzt.

»Die echten würden ja verfaulen, also muss man sie ersetzen. Wenn ich Bernstein hätte, wäre es das Allerbeste, aber ich habe keinen, also werde ich mich mit den Kieseln begnügen müssen, die du mir aus dem Fluss fischst. Rund und glatt müssen sie sein, und wenn man sie dann mit Harz glasiert, sehen sie täuschend echt aus.«

Schon eine ganze Weile stand Theresa ratlos am Fluss und untersuchte verschiedene Kiesel auf ihre Tauglichkeit als Raubtieraugen.

»Wie wäre es mit diesem hier?«

Theresa fuhr herum. Hinter ihr war Haldor herangehumpelt. Da brach es aus ihr heraus: »Warum schleichst du dich so von hinten an mich heran? Wie lange willst du mir die Geschichte mit dem Dolch noch nachtragen? Und woher weißt du überhaupt, dass ich hier bin und Bärenaugen suche?«

Ärgerlich nahm Theresa dem vollkommen überrumpelten Haldor den Stein aus der Hand. Zu allem Überdruss stellte sie fest, dass sein Kiesel viel glatter und ebenmäßiger war als die, die sie gefunden hatte.

»Der ist zu klein«, behauptete sie patzig und gab ihm den Stein zurück.

Haldor murmelte, dass er sich nach dem langen Liegen die Beine habe vertreten wollen und rein zufällig hier sei und keine Ahnung hatte, dass er sie beim Suchen von Bärenaugen stören könnte. Es klang wie eine Entschuldigung, das erste Mal, dass er nicht den Überlegenen herauskehrte.

»Was für Bärenaugen überhaupt?«

Doch Theresa war offenbar schon wieder völlig vertieft in ihre Aufgabe. Haldor beobachtete, wie sorgfältig, ja beinahe liebevoll sie die Steine untersuchte; wie ihre Finger sanft über die Kiesel strichen, um zu prüfen, ob sie glatt genug waren, wie sie sie anfeuchtete, um die Farbe zu begutachten, wie sie sie prüfend in der Hand wog. Auf einmal wandte sie sich mit leuchtenden Augen zu ihm um. Der Blick traf ihn unvorbereitet, für einen Moment wirkte er wie ein kleiner Junge, der nicht weiß, was er als Nächstes tun soll.

Theresa war anders als die Frauen und Mädchen, denen er bisher begegnet war. Sie sprach von Dingen, die ihm fremd waren: von Büchern, Reisen, fernen Ländern. Und wenngleich es ihn befremdete, zog es ihn doch auch an.

Er sah ihr zu, wie sie sich mit anmutigen Gesten das dunkle, lockige Haar ordnete, sie erschien ihm außergewöhnlich schön. Eine wohlige Müdigkeit überkam ihn, und er schloss die Augen.

Ein Schrei riss Haldor aus seinen Träumereien.

»Hilf mir, ich kann nicht schwimmen!« Theresa war ausgeglitten, und die Strömung drohte sie mitzureißen. Auf dem moosigen Steinen fand sie keinen Halt.

Mit einem Satz war Haldor zur Stelle und zog sie aus dem Wasser; als er sich aufrichtete, spürte er einen heftigen Stich in seiner Brust, doch er biss die Zähne zusammen und half Theresa auch noch, die Kiesel aufzusammeln, bevor sie gemeinsam den Heimweg antraten.

»Haldor …«

»Ja?«

»Ich hab ihn doch nur genommen, weil ich eine Waffe brauchte. Die anderen waren viel zu schwer … Es tut mir wirklich leid.«

»Schon gut. Aber versprich mir, dass du es nie wieder tust.« Es klang so barsch, als sei sein Ärger noch immer nicht ganz verraucht.

»Hier. Die habe ich für die Augen mitgebracht.« Stolz hielt Theresa Althar ihre Auswahl an Kieselsteinen unter die Nase.

»Ja, die sind gut, sehr gut sogar«, meinte er anerkennend und legte sie in den Kasten, in dem er seine Messer, Zangen, Schaber und Punzen aufbewahrte. »Und nun hilf mir, das Fell über das Gestell zu hieven, damit wir den Burschen zusammennähen und mit Heu und alten Lappen ausstopfen können.« Das Fell war überraschend borstig und ziemlich schwer.

Nach verrichteter Arbeit setzten sie ihm den Schädel auf, zogen das Kopffell darüber und begutachteten ihr Werk. Der Bär wirkte wie eine riesige kraftlose Puppe.

»Wild und gefährlich sieht er nicht gerade aus«, meinte Althar enttäuscht.

Bisher hatte er sich noch niemals an ein so großes Tier herangewagt; er wusste nicht, wie er die richtige Haltung hinbekommen sollte. Mehrmals stopften sie die Füllung neu, doch es wollte nicht besser werden. Schließlich verließ Althar fluchend die Höhle, um ein wenig frische Luft zu schnappen.

Unterdessen überlegte Theresa, woran es liegen konnte, dass der Bär eine so jämmerliche Figur abgab. Da er aufrecht stand, ballte sich die ganze Heufüllung unten im Bauch, während das Fell an den Schultern schlaff herunterhing. Die Arme fielen kraftlos herab, und der Kopf mit dem geschlossenen Maul hing vornüber. Als hätte man ihn erhängt, dachte sie. Dabei gab es doch genug kräftige Äste in der Höhle … Entschlossen machte sie sich ans Werk.

Als Althar missmutig zurückkehrte, traute er seinen Augen nicht. Drohend erhob der Bär die Vordertatzen über den Kopf, und weit offen stand der Rachen: ein unheimlicher Riese, der nichts mehr mit dem jämmerlichen Gespenst von vorher gemein hatte. Althar war ehrlich beeindruckt. Mit breitem Grinsen starrte er Theresa an, dann sagte er: »Na, Mädchen, da hast du dir aber ein Festmahl verdient.«

Erschöpft, aber zufrieden packten sie ihr Bündel und brachen nach Hause auf.

»Ich habe schlechte Neuigkeiten«, empfing sie Althars Frau, und verflogen war die Begeisterung der beiden über den gelungenen Bären. »Ich glaube, unserem Kranken geht es sehr schlecht.«

Theresa erstarrte. Haldor war doch gerade auf dem Weg der Besserung gewesen!

Sie traten an seine Pritsche. Zitternd lag er da, sein Atem ging schwer und rasselnd. Leonora berichtete, er habe gespuckt, und zeigte ihnen ein blutiges Tuch.

»Hat er sich übergeben oder gehustet?«, erkundigte sich Althar.

»Schwer zu sagen, es war wohl von allem etwas.«

»Haldor, kannst du mich hören?« Der Kranke nickte schwach. Althar legte ihm die Hand auf die Brust. »Tut es hier weh?« Wieder nickte Haldor.

Althar überlegte. Wenn Blut im Auswurf war, konnte das nur bedeuten, dass eine Rippe die Lunge durchstochen hatte. Da berichtete Theresa stockend, dass Haldor am Fluss gewesen war und sich ins Wasser gestürzt hatte. Althar faltete sorgenvoll die Hände.

»Wenn es sich tatsächlich so verhält, können wir nichts mehr für ihn tun als hoffen und beten und die Nacht abwarten.«

Haldor hustete und stöhnte die ganze Nacht. Leonora und Theresa kümmerten sich abwechselnd um ihn, trockneten ihm den Schweiß oder machten ihm Wickel, doch sie konnten ihm kaum Erleichterung verschaffen. Gegen Morgen war er von verzehrendem Fieber ganz von Sinnen und fing an zu krampfen. Althar sah ein, dass der Kranke einen Arzt brauchte, sonst würde er ihnen innerhalb von wenigen Tagen sterben.

»Pack uns etwas zu essen ein, Frau. Wir müssen ihn nach Fulda bringen«, bat er Leonora.

Am späten Vormittag waren sie reisefertig. Althar hatte den ausgestopften Bären auf den Wagen geladen, dazu Proviant und ein Bündel Felle, die Althar in Fulda verkaufen wollte. Haldor Larsson betteten sie auf einen Strohsack dazwischen – eine seltsame Fuhre. Hastig verabschiedeten sie sich von Leonora.

»Ich hoffe, ich werde Euch wiedersehen!«

Mit feuchten Augen verabschiedete sich Theresa von Leonora.

»Er wird gesund werden«, antwortete Althars füllige Frau und gab ihr einen Kuss. Auch ihr standen die Tränen in den Augen.

Der erste Tag der Reise verlief ohne Zwischenfälle. Obwohl der Weg beschwerlich war, machten sie nur halt, um von der Wildpastete zu essen und sich Erleichterung zu verschaffen. Haldor lag delirierend auf seinem Felllager, das Fieber wollte nicht sinken, obgleich Theresa ihm immer wieder einen konzentrierten Sud aus Kamille verabreichte, den Leonora ihr für die Fahrt zubereitet hatte. In der Nacht, die sie an einem Bach verbrachten, hielten sie abwechselnd Wache. Früh am nächsten Morgen zogen sie weiter, und nachmittags waren in der Ferne endlich die Rauchsäulen der Stadt Fulda zu erkennen.

Theresa war überwältigt von dem imposanten Bau der Abtei, der auf einer breiten Anhöhe in den Himmel ragte. Weiter unten, am Hang, drängten sich in einem kaum zu überschauenden Durcheinander kleine Häuschen und Hütten, Kornspeicher und Scheunen, Mühlen und Ställe.

Je näher sie der Stadt kamen, desto breiter wurde der Weg, bis sie sich schließlich auf einer reich bevölkerten Straße fanden, auf der Bauern und Tiere sich tummelten. Hier gab es anscheinend keine Spur von dem Elend, das in Würzburg herrschte. Vereinzelt ragten die aus Weidengeflecht und Lehm gebauten Dächer von Höfen inmitten der Felder auf. Schließlich gelangten sie an das Ufer der Fulda, das die südliche Stadtgrenze markierte.

Vor der Brücke staute sich eine endlose Reihe von Bauern mit ihren Karren, die auf Einlass in die Stadt warteten. Althar zog sich die Kapuze übers Gesicht und trieb das Pferd an, sie schlossen bis zum Ende der Schlange auf.

Nachdem sie einen Topf Honig als Zoll entrichtet hatten, durften sie die Brücke überqueren. Althar tat es leid um den Honig, denn den Zoll hätten sie sich sparen können, hätten sie den anderen Zugang in die Stadt ein Stück flussabwärts genommen; doch mit dem ganzen Gepäck und dem schwerverletzten Haldor im Wagen wollte er keine Meile mehr als nötig riskieren. Theresa schwieg. Ihre Sinne waren vollständig in Anspruch genommen von dem Trubel um sie her, von dem ganzen bunten Treiben, das sie hinter dem großen Stadttor erwartete. Von dem Lachen und Rufen, dem Getümmel und den ungewohnten Gerüchen nach Speisen und nach Menschen, und nicht zuletzt nach all den Schafen, Hühnern und Mauleseln, die frei in der Gegend herumspazierten. Gebannt verfolgte sie die geschäftigen Stoffhändler, die Wirte hinter den auf Bierfässern errichteten Ausschänken und die Bäuerinnen zwischen ihren Apfelkörben. Ganz offensichtlich war Markttag, und obwohl es recht kalt war, spielte sich der größte Teil des Lebens auf der Straße ab.

Althar lenkte den Wagen auf einen Seitenweg, sie ließen den Markt hinter sich und fuhren eine der vielen kleinen Gässchen hinauf, die auf einen großen, gleichfalls sehr belebten Platz mündeten. Dort reihten sie sich zwischen die anderen Wagen ein und ließen einen Umzug passieren.

Während sie warteten, erklärte Althar, er habe in der Stadt eine Bekannte, bei der sie vielleicht unterkommen könnten.

Er bat Theresa, auf den Wagen aufzupassen, während er einige Erkundigungen einholte. Sie sah ihm nach, wie er sich zu einer Gruppe von Männern gesellte, die lachend und scherzend bei einem Krug Wein zusammenstanden. Er begrüßte sie wie alte Bekannte, schwatzte ein wenig mit ihnen und kehrte mit betrübter Miene zu Theresa zurück. Wie man ihm berichtet hatte, war die Frau, die er suchte, mittlerweile in die Unterstadt gezogen. Ein Peitschenknall kündigte an, dass es wieder vorwärtsging. Langsam setzte sich die Wagenkolonne in Bewegung.

Kurz vor der Abtei bog Althar in eine Gasse ein, die so eng war, dass der Wagen die Häuser streifte. Auf dem Weg, der sie in die Unterstadt führte, wurden die Behausungen immer älter und dunkler, und die Essens- und Weihrauchdüfte wichen einem stechenden Geruch nach säuerlichem Wein. Vor einem halb verfallenen Haus, über dessen Tür ein verwittertes Schild mit einem Fass hing, brachte Althar das Pferd zum Stehen, stieg ab und trat ohne anzuklopfen ein. Kurz darauf kehrte er mit strahlender Miene zurück.

»Los, komm. Hier kriegen wir etwas zu essen.«

Sie luden das Gepäck aus, hievten den Bären vom Wagen und trugen Haldor auf einem Traggestell in die Schenke. Der Schankraum erinnerte an Althars Höhle, so düster und verräuchert war. Nur das heruntergebrannte Feuer in dem riesigen, aus Felssteinen gefügten Kamin gab ein wenig Licht – gerade eben genug, um Theresa zu zeigen, dass außer ihnen nur eine Person anwesend war: eine üppige, bunt herausgeputzte Frau, die sie zu einem Hinterzimmer führte. Kaum hatten sie die Trage mit Haldor abgesetzt, kniff die Frau Althar in die Wange, lachte dröhnend und drückte ihm dann einen Kuss auf, bei dem sie ihre Zunge in seinem Mund schob. Theresa schoss die Schamröte ins Gesicht, aber die beiden achteten nicht auf sie. Sie warf noch einen Blick auf Haldor und machte dann kehrt, um sich im Schankraum um das Gepäck zu kümmern.

10

Die Schwarze Helga, so hieß die freimütige Frau, war eine putzmuntere Dirne, die Theresa sehr offenherzig ihren Werdegang erläuterte: Lange Zeit habe sie als Schankhilfe gearbeitet, erzählte sie, und andauernd hätten wildfremde Betrunkene sie in den Hintern oder den Busen gekniffen. Eines Tages entdeckte sie, dass es recht einträglich sein konnte, den Kerlen noch andere Freiheiten zu gestatten. Zudem waren die meisten netter zu ihr als ihr Saufbold von Ehemann. Als sie letzteren unter die Erde gebracht hatte, nachdem er sich im Suff auf einer finsteren Stiege das Genick gebrochen hatte, verkaufte sie ihr Haus und eröffnete eine eigene Wirtschaft. Da hatte sie dann auch Althar kennengelernt, und wann immer er in Fulda war, kam er zu ihr – »nach Hause«, wie sie sagte. Die Schwarze Helga nannte man sie wegen ihrer pechschwarzen Augen und ihrem kohlrabenschwarzen Haar. Wenn sie redete, brach sie immer wieder in lautes, heiseres Lachen aus und zeigte dabei ihre stattlichen Zahnlücken. Sehr schnell offenbarte sich Theresa, dass Helga eine sehr herzliche Frau war, die auf sich achtete und trotz erster Falten durchaus anziehend geblieben war.

Mit Geschick und Hingabe wechselte Helga Haldors Verband. Skeptisch schaute sie auf seinen Brustkorb, der sich zu den kaum mehr hörbaren Atemzügen viel zu schnell hob und senkte.

»Ich kenne einen Bader, der mir noch eine Gefälligkeit schuldig ist«, meinte sie schließlich. »Der sollte sich den jungen Mann hier mal möglichst bald anschauen, wenn ihr mich fragt. Sein Name ist Lambert. Ab mittags findet man ihn für gewöhnlich in der Schenke am Markt. Na los, geht schon, ich werde mich so lange um den Kranken kümmern.«

Theresa war überwältigt von den Düften, Farben und Formen, die sich ihr auf dem Markt darboten. Die Menschen drängten sich zwischen den Ständen mit Lebensmitteln und Saatgut, Töpferwaren und Werkzeugen, Tuchen und Körben, es herrschte lautes Stimmengewirr und überall wurden die verschiedensten Tauschgeschäfte abgewickelt. Allenthalben breitete sich von kleinen Feuern Wärme und der Duft nach Gesottenem und Gebratenem aus. Markttag war Markttag, und die Leute kamen, nicht nur, um die feilgebotenen Waren zu erstehen, sondern auch und vor allem, um zu schauen und zu schwatzen. Althar hatte sein Gefährt dicht an einer Mauer abgestellt, damit man ihm nicht hinter seinem Rücken den Wagen plünderte.

»Bevor wir in die Schenke gehen, um den Bader zu suchen, lass uns den Bären aufbauen, damit die Leute ihn schon mal bewundern und sich einen guten Preis überlegen können«, sagte Althar. Kaum erhob der Bär seine Riesentatze über die Vorbeigehenden, erregte er lärmende Aufmerksamkeit.

»Ich tausche den Großen gegen meine Frau«, brüllte ein zahnloser Bauer herüber. »Die hat genauso lange Fingernägel wie deine Bestie hier.«

»Bedaure, aber ich bin versorgt, und meine eigene Frau ist mir wild genug«, lachte Althar.

»Das soll ein Bär sein?«, rief einer von weiter hinten. »Man sieht ja nicht mal seine Eier!«

Die Umstehenden grölten.

»Komm mal her und schau ihm in den Rachen, dann können wir deine eigenen Klöten schrumpfen sehen«, gab Althar zurück.

»Wie viel verlangst du für das Mädchen?«, erkundigte sich ein Dritter.

»Das Mädchen hier hat den Bären erlegt, also Vorsicht, wer weiß, was sie mit dir anstellen würde …«

Das Publikum amüsierte sich köstlich. Einer der jungen Burschen warf einen Kohlkopf nach dem Bären, doch der überraschend behände Althar erwischte ihn bei den Haaren und versetzte ihm einen solchen Stoß, dass alle anderen Vorwitzigen erschrocken zurückwichen. Ein Bierverkäufer witterte ein Geschäft und baute sich mit seinem Fass in der Menge auf, ein paar Trunkenbolde kamen in der Hoffnung, es könnte für sie etwas abfallen, hinterdreingestolpert.

»Dieser Bär hier hat zwei Sachsen verschlungen, bevor wir ihn erlegt haben«, verkündete Althar der Menge. »Die Skelette lagen noch in seiner Höhle. Er hat meinen Hund getötet, und mich hat er schwer verletzt«, behauptete er und deutete auf eine alte Narbe an seinem Bein. »Und nun kann er Euch gehören – für nur ein Pfund Silber.«

Als sie den horrenden Preis hörten, wandten sich etliche der Schaulustigen ab und zogen weiter. Wer ein Silberpfund besaß, konnte sich sechs Kühe davon kaufen, drei Stuten oder ein paar Sklaven – warum sollte er sich das zusammengeflickte Fell eines toten Bären andrehen lassen? Eine herausgeputzte Frau in feinem Bibermantel schien sich dennoch für den ausgestopften Riesen zu interessieren. Sie war in Begleitung eines schmächtigen kleinen Mannes von elegantem Aussehen, der einen Diener vorschickte, um sich nach dem Preis zu erkundigen.

»Dein Herr kennt den Preis, aber sag es ihm ruhig noch einmal: ein Pfund für das ganze Tier.« Althar frohlockte im Stillen, er witterte fette Beute.

Der Herr nahm die Auskunft gelassen, schickte den Diener aufs Neue los und ließ ausrichten, er sei bereit, die Hälfte zu zahlen.

»Du kannst ihm sagen, für den Preis verkaufe ich ihm nicht einmal einen Biberschwanz. Wenn er seine Dame beeindrucken will, muss er schon tiefer in die Tasche greifen – oder selbst auf die Jagd gehen und seine eigene Haut riskieren.«

Als der Diener den Herrschaften die Antwort zutrug, drehten jene sich um und verschwanden in der Menge. Nach wenigen

Schritten wandte sich die Dame jedoch noch einmal nach dem Bären um. Althar zwinkerte Theresa zu.

»Ich denke, es ist an der Zeit, Lambert, den Bader aufzutreiben«, meinte er schließlich zu ihr, die dem ganzen Spektakel staunend beigewohnt hatte und sprachlos nickte.

Doch bevor sie aufbrachen, ergaben sich noch ein paar rasche Geschäfte für Althar: Ein Biberfell verkaufte er für einen Goldschilling an einen Seidenhändler, ein weiteres tauschte er bei einem Bäcker gegen drei Scheffel Weizen ein. Dann trug er zwei stämmigen Burschen auf, den Bären zu bewachen, und schärfte ihnen ein, dass, sollte bei seiner Rückkehr etwas fehlen, er ihnen eigenhändig das Fell über die Ohren ziehen werde, um es auszustopfen und an des Bären Statt zu verkaufen.

Am Eingang der Marktschenke zögerte Althar kurz. Sollte er Theresa wirklich in diese Spelunke führen? Doch er wusste, dass sie sich niemals gehorsam irgendwo abstellen lassen würde. Und hatte sie nicht ohnehin vor, sich von nun an ganz allein durchzuschlagen? Dann war der Besuch in der Schenke vielleicht genau der richtige Einstieg.

Beherzt stieß Althar die schwere Holztür auf und zog Theresa hinter sich her. Die grölenden Stimmen und das Gelächter mehrerer betrunkener Männer empfingen sie. Althar steuerte auf einen freien Tisch am Fensterloch zu, von wo aus sie den Wagen im Blick hatten. Althar bestellte zwei Becher Wein, Pökelfleisch und Brot und fragte nach dem Bader Lambert. Der Wirt schnaubte ärgerlich. »Ich wüsste selbst zu gern, wo der sich herumtreibt. Wenn du ihn findest, sag ihm, dass es nicht die feine Art ist, bei Freunden die Zeche zu prellen.«

Theresa rutschte unruhig auf ihrem Schemel hin und her, sie wollte weiter, doch Althar bestand auf der kleinen Stärkung.

»Schau mal, wer da kommt«, sagte er plötzlich halblaut zu ihr. »Ich wusste es doch«

»Ihr gestattet?«, fragte der kleine Mann, dessen Frau sich so sehr für den Bären interessiert hatte, und zog einen Hocker heran.

Ohne ihn eines Blickes zu würdigen, rückte Althar ein Stück zur Seite, und der Mann nahm Platz. Während man ihm Käse und Wein brachte, musterte Theresa den Fremden. An jedem seiner Finger blitzte ein dicker Ring, er trug prächtige Kleidung, doch waren seine Manieren alles andere als die eines feinen Herrn. Er griff nach dem Weinkrug, goss sich ein, rülpste und schenkte dann Althar nach, bis der Becher überlief.

»Ist dir mein Geld nicht gut genug?«, fragte er schließlich und spuckte achtlos aus. Angeekelt drehte Theresa sich weg.

»So gut wie dir mein Bär«, erwiderte Althar, ohne aufzusehen.

Der Mann zog einen kleinen Beutel aus der Tasche und legte ihn auf den Tisch. Althar griff danach und wog ihn schätzend in der Hand. Dann schob er ihn wieder seinem Besitzer hin.

»Ein halbes Pfund verdient ein Tagelöhner bei mir in einem ganzen Jahr«, erklärte der Mann vorwurfsvoll.

»Deshalb arbeite ich auch nicht als Tagelöhner«, gab Althar zurück.

Verärgert packte der Mann seinen Beutel ein, stand auf und verließ die Schenke. Vergnügt verfolgten Althar und Theresa von ihren Fenstern aus, wie die Dame einen Schmollmund zog und dann eine dicke, ziemlich überzeugende Träne verdrückte. Und nur wenige Augenblicke später stand der Mann wieder bei ihnen am Tisch. Wutschnaubend holte er diesmal zwei kleine Beutel aus der Tasche und knallte sie zwischen die leeren Teller.

»Da hast du dein Pfund Silber. Ich wünsche dir und deiner Hure viel Spaß damit«, fauchte er mit Blick auf Theresa.

»Den werden wir haben. Besten Dank, der Herr!«, erwiderte herausfordernd Theresa, ehe Althar etwas sagen konnte. Dieses Mädchen verblüffte ihn immer wieder. Anerkennend prostete er ihr zu und trank dann seinen Becher leer.

Während draußen einige Diener den Bären auf einen prächtigen neuen Wagen umluden, belohnte die Frau ihren Mann mit einem Kuss und einem zauberhaften Lächeln. Einer der von Althar mit der Bewachung betrauten Burschen stellte sich der Gefolgschaft in den

Weg, fing sich aber bloß eine Ohrfeige ein. Als Althar hinzukam, rief er den Jungen zu sich und schenkte ihm ein Geldstück für seinen Mut.

»Hör mal, Junge. Weißt du, wo ich Lambert, den Bader finde?«

Der Bursche biss begeistert auf der Münze herum und steckte sie in die Tasche. Dann bedeutete er ihnen, ihm zu folgen. Althar und Theresa kletterten auf den Wagen, und der Junge führte sie durch enge Gassen zu einer völlig heruntergekommenen, weit abseits gelegenen Schenke. Er stolperte hinein und kam kurz darauf in Begleitung eines beleibten, pockennarbigen Mannes wieder zurück, der leicht schwankte. Althar sprang vom Wagen, erklärte dem Gesuchten, worum es sich handelte, und sie vereinbarten einen Preis. Der Bader holte seine Tasche aus dem Lokal, stieg neben Althar auf den Kutschbock, und alle zusammen machten sie sich auf den Weg zurück zur Schenke der Schwarzen Helga.

Der Bader verströmte einen starken säuerlichen Weingeruch, doch er ging sogleich zielstrebig und geschickt zu Werke. Er rasierte Haldor den Oberkörper und reinigte ihn mit verschiedenen Ölen. Dann untersuchte er die Verhärtung im Brustkorb, prüfte die heiße, geschwollene Stelle und wiegte angesichts ihrer mittlerweile dunkelvioletten Verfärbung bedenklich den Kopf. Mit Hilfe eines kleinen Knochentrichters, den er auf die Wunde setzte, horchte er die Lunge des Kranken ab und roch an seinem Atem, den er für sauer und scharf befand. Einen Aderlass hielt er für überflüssig und verordnete stattdessen heißen Breiumschlag.

»Das Fieber macht mir Sorge«, erklärte er und packte seine Instrumente zusammen. »Drei seiner Rippen sind gebrochen. Zwei scheinen schon zu verheilen, aber die dritte hat ihm die Lunge durchstochen. Glücklicherweise steckt sie nicht mehr drin. Die Wunde verheilt gut, es pfeift kaum beim Atmen. Aber das Fieber ... das ist eine schlimme Sache.«

»Wird er durchkommen?«, fragte Althar besorgt.

»Das Problem ist die Schwellung. Wenn sie nicht zurückgeht,

wird das Fieber noch weiter ansteigen. Man könnte es mit fiebersenkenden Kräutern versuchen, doch leider verfüge ich nicht über solche Arznei.«

»Wenn es wegen des Geldes ist …«

»Nein, nein. Ihr habt mich anständig bezahlt, und ich habe getan, was ich konnte«, sagte Lambert und nahm den letzten Bissen der kleinen Mahlzeit, mit der man ihn bewirtet hatte, wie es üblich war, wenn ein Arzt auf Krankenbesuch kam. »Doch die Kräuter, die helfen, sind oft zugleich giftig. Damit kenne ich mich nicht aus. Allerdings könntet Ihr vielleicht mit dem Apotheker oben im Kloster sprechen. Sie nennen ihn den Kräuterbruder. Er ist stur wie ein Maulesel, aber durch eine nahrhafte Gabe lässt er sich gelegentlich erweichen. Sagt ihm, ich habe Euch geschickt, er weiß, dass er mir trauen kann.«

»Und könntet Ihr nicht selbst mit dem Klosterarzt sprechen?«, fragte Theresa.

»Leider ist der Zeitpunkt äußerst ungünstig. Anfang des Monats ist eine kirchliche Gesandtschaft von König Karl eingetroffen. Angeführt wird sie von einem angelsächsischen Mönch, dem der König irgendwelche Kirchenreformen anvertraut hat, und wie es heißt, ist er mit der Peitsche in der Hand gekommen.« Lambert nahm einen Schluck Wein. »Dem braucht nur jemand zu stecken, dass ich mir hin und wieder mit Geistervertreibungen etwas hinzuverdiene, und schon beschuldigt er mich der Gotteslästerung und hängt mich an der nächsten Eiche auf. Dieser Angelsachse hat das ganze Kloster auf den Kopf gestellt, es ist also Vorsicht geboten.«

Lambert legte noch einen Brustwickel an und deckte Haldor zu. Bevor er sich verabschiedete, schilderte er ihnen, wo sie den Apotheker finden würden, und erklärte Helga und Theresa, wie man die Umschläge erneuerte, ohne den Brustkorb allzu fest zu drücken. Schließlich reichte er Althar die Hand und verließ mit ernster Miene das Haus.

Nachdem der Bader gegangen war, machte sich ein beklommenes Schweigen breit.

Helga begann sich das Gesicht zu pudern und das Zimmer herzurichten, in dem sie bald ihre Kunden empfangen würde. Althar beschloss, die Schmiede aufzusuchen und dort die gebrochenen Speichen reparieren zu lassen.

Theresa blieb an Haldors Bett sitzen, um ihm den überraschend kalten Schweiß von der Stirn zu tupfen. Sanft strich sie mit dem Leintuch über sein Gesicht und betete, das Zittern ihrer Hände möge ihm nicht den Schlaf trüben. Sie schwor sich: Solange sie an seiner Seite wachte, würde Haldor Larsson nicht sterben. Sie würde ihn eigenhändig zum Kloster tragen, wenn es nötig wäre, und dafür sorgen, dass der Apotheker ihn mit seinen Kräutern heilte.

Beinahe hätte Theresa die Schwarze Helga nicht wiedererkannt. Ihr offenes Haar war mit bunten Bändern geschmückt, die Lippen waren blutrot geschminkt, und ihre molligen Wangen leuchteten rot dank einer reichlichen Portion Schminke. Das weit ausgeschnittene Dekolleté ließ die ganze Pracht ihrer üppigen Brüste erkennen, die sie sich mit einem Mieder hochgeschnürt hatte. Sie trug einen weiten Rock mit einem prächtigen Gürtel und um den Hals eine Kette aus bunten Steinen, die bei jedem Schritt über ihrem Busen wippte und klackerte. Helga setzte sich zu Theresa und schenkte sich einen großzügigen Becher Wein ein.

»Wir müssen abwarten«, sagte sie mit Blick auf Haldor.

»Ich glaube nicht, dass dieser Wickel ihm helfen wird. Wir sollten ihn zu dem Apotheker ins Kloster bringen«, meinte Theresa.

»Jetzt muss er sich erst einmal ausruhen. Morgen, sobald es hell wird, werden wir entscheiden, was zu tun ist. Althar hat übrigens erzählt, du hast die Absicht, in Fulda zu bleiben?«

»Das stimmt.«

»Er erwähnte auch, dass du keine Familie hast. Hast du dir schon Gedanken gemacht, wovon du leben willst?«

Theresa errötete, sie fühlte sich ertappt.

»Verstehe … Sag mal, bist du noch Jungfrau?«

»Ja, warum?«, fragte Theresa verwirrt zurück.

»Nun ja, wärst du eine Dirne, wäre alles ganz einfach, aber andererseits – dafür ist es ja noch nicht zu spät.«

»Auf gar keinen Fall!«, rief Theresa.

Die Schwarze Helga lachte herausfordernd. »Keine Sorge, Mädchen, hierher verirrt Gott sich nicht, hier werden wir nicht belauscht.« Sie trank einen Schluck Wein und wischte sich mit der Hand über den Mund, wobei sie die Schminke verschmierte. »Nun, du wirst dir etwas überlegen müssen, Essen und Kleider kosten Geld, und das Bett, in dem der junge Mann dort schläft, muss auch bezahlt werden, wenn es nicht fürs Geschäft benutzt wird.«

»Gleich morgen werde ich mir Arbeit suchen. Ich werde zum Markt gehen und bei den Ständen fragen, und auch auf dem Feld. Ich finde bestimmt etwas«, sagte Theresa mit fester Stimme.

»Was kannst du denn?«

Theresa erzählte, dass sie in Würzburg in einer Pergamentwerkstatt gearbeitet hatte. Kochen könne sie auch ein wenig, sagte sie und dachte an das, was Leonora ihr beigebracht hatte. Dass sie schreiben konnte, behielt sie jedoch für sich. Als Helga genauer nachfragte, erklärte sie, sie habe Tierhäute zu Pergamenten verarbeitet, die einzelnen Lagen zusammengenäht und Codices gebunden.

Erstaunt blickte Helga sie an. Dann meinte sie: »Hier bei uns gibt es keine solchen Werkstätten. Vielleicht in der Abtei, aber mit Bestimmtheit kann ich das nicht sagen. Und sag, hast du viel verdient bei dieser Arbeit?«

»Ein Brot am Tag habe ich erhalten. Die Lehrlinge bekommen keinen Lohn.«

»Ach so, du bist also noch in der Lehre. Und was verdient ein Arbeiter dort?«

»Ein oder zwei Denare am Tag, meistens wurden allerdings auch sie in Lebensmitteln ausgezahlt.«

Helga nickte. Es war überall üblich, die Leute mit Lebensmitteln oder anderen Waren zu entlohnen. Als Theresa dann aber erklärend hinzufügte, sie hätten einen Scheffel Weizen bekommen, was einem Denar entspreche, musste sie laut lachen.

»Man merkt, dass du noch nie auf dem Markt gewesen bist. Jetzt schau mal her.« Sie schob die Krüge auf dem Tisch zur Seite und begann aus den Brotresten kleine Kügelchen zu formen. »Ein Silberpfund sind zwanzig Schillinge.« Sie knetete weitere Kügelchen und legte zwei Reihen zu zehn Kugeln auf eine Seite. »Und ein Schilling entspricht wiederum zwölf Denaren.« Sie fertigte noch mehr Kugeln an, doch dann verzählte sie sich und fegte unwirsch allesamt vom Tisch. »Wie auch immer. Jedenfalls sind die Schillinge aus Gold und die Denare aus Silber, das ist doch klar, oder?«

Theresa kniff die Augen zusammen und schaute angestrengt zur Decke, als suchte sie dort etwas. Dann erwiderte sie unvermittelt:

»Wenn zwölf Denare ein Schilling sind und zwanzig Schillinge ein Pfund …« Sie nahm kurz die Finger zu Hilfe. »Dann entspricht ein Pfund zweihundertvierzig Denaren!«

»Da hast du recht.« Die Schwarze Helga sah sie verblüfft an. »Zweihundertvierzig Denare. Für einen Denar kann man einen Viertelscheffel Weizen kaufen oder einen Drittelscheffel Roggen. Oder auch einen halben Scheffel Gerste oder einen Scheffel Hafer. Das Problem ist nur, um das alles zu mahlen, brauchst du einen richtig schweren Mühlstein, und die sind verteufelt teuer. Wenn du also Arbeit findest, wäre es wohl günstiger, dass man dich dafür in Brot bezahlt anstatt in Getreide. Ein Denar sind so viel wie zwölf Brote à zwei Pfund, aber das wäre doch wohl zu viel für eine Person allein.«

»Was schlägst du dann vor?«

»Im Grunde brauchst du für dich nur ein Brot, also müsstest du auf den Markt gehen und die restlichen neun eintauschen. Ich sage neun, weil du mir, wenn du hier bleibst, weitere zwei für die Unterkunft zahlen müsstest. Ein Pfund Fleisch oder Fisch kostet etwa einen halben Denar, das heißt so viel wie sechs Brote. Dann hättest du immer noch drei übrig, um sie gegen Salz einzutauschen. Salz wird nicht schlecht, du kannst es jederzeit wieder gegen etwas anderes tauschen. Wenn es dir hier bei mir nicht gefällt, kann ich auch in der Nachbarschaft fragen. Vielleicht finden wir ja ein Zimmer für diesen Preis.«

»Aber ich werde auch noch andere Dinge brauchen. Ich weiß nicht … Kleidung oder Schuhe …«

»Lass mal sehen … Fürs Erste kann ich dir etwas leihen. Und dann … Wollstoff kostet einen ganzen Schilling der Meter, aber gebrauchten kannst du schon für drei Denare finden. Wenn du den entlaust und ausbesserst, tut er dir genauso gute Dienste wie ein neuer Mantel. Übrigens habe ich gerade gestern eine alte Wolllivree erstanden. Das sind vier oder fünf Meter Stoff, daraus kannst du dir zwei oder drei Sachen nähen. Und ich würde dir auch noch einen Rest überlassen, aus dem du dir ein wunderbares neues Kleid machen kannst.«

Theresa war schon eine Weile – seit sie von ihren Eltern getrennt war – niemandem mehr begegnet, der sich solche Gedanken um ihre Zukunft gemacht hätte. Sie knabberte an einem Brotkanten und sah Helga verstohlen mit feuchten Augen an.

»Und was Haldor betrifft«, fuhr Helga voller Eifer fort, »er kann bleiben, solange es nötig ist, aber ich brauche das Bett. Ihr müsst euch aus den Strohballen in der Scheune ein Lager bauen.«

Theresa wusste nicht, was sie sagen sollte, und gab Helga vor lauter Dankbarkeit einen Kuss auf die Wange.

»Weißt du, früher einmal war ich auch so ein hübsches Mädchen wie du«, sagte die Dirne gerührt und lächelte wehmütig. »Aber das ist lange, lange her …«

Später, während des Abendessens, schimpfte Althar auf das Schmiedehandwerk im Allgemeinen und im Besonderen auf den Wucherer, der ihm das Rad repariert hatte.

»Dieser verfluchte Halsabschneider hat mir einen ganzen Schilling abgeknöpft«, jammerte er. »Dafür hätte ich mir ja bald einen neuen Wagen kaufen können.«

Anschließend verkündete er, dass er am nächsten Tag in die Berge zurückkehren wolle.

In jener Nacht tat Theresa kaum ein Auge zu, denn Haldor wimmerte im Schlaf vor Schmerzen und musste sich immer wieder übergeben. Erst gegen Morgen konnte sie sich hinlegen, doch kurz vor Tagesanbruch wurde sie von Althar geweckt, der unter großem Lärm sein Pferd anspannte. Rasch stand sie auf und bat ihn, sie und Haldor zur Abtei mitzunehmen, und da das Kloster ohnehin fast auf seinem Weg lag, willigte er ein. Schnell teilte sie noch ein Stück von der Fleischpastete ab, die Helga als kleine Aufmerksamkeit für den Apotheker gebacken hatte, während Althar Haldor zum Wagen trug.

Im Stall fiel Theresa auf, dass Althars Wagen wie neu blitzte, der Schmied hatte nämlich nicht nur das Rad repariert, sondern den ganzen Wagen abgeschliffen und rundum alles erneuert, was kaputt gewesen war. Sie musste schmunzeln – Althar, der alte Brummbär. Sie setzte sich neben Haldor und deckte ihn zu, um ihn vor dem Nieselregen zu schützen. Althar ließ die Peitsche knallen, und gemächlich setzte sich der Gaul in Bewegung.

Während sie durch die noch dunklen Gassen schuckelten, sahen sie die ersten Gestalten aus ihren Häusern schleichen und zur Arbeit aufbrechen. Der Beschreibung des Baders folgend, steuerten sie die Südseite der Abtei an, wo sie den Apotheker bei der Gartenarbeit vorzufinden hofften. Offenbar waren sie zu früh dran, denn durch die Weidenhecke war kein einziger Mönch zu sehen. Althar stieg vom Wagen und half Theresa, Haldor gegen einen Baumstamm zu betten.

»Da wären wir also«, verkündete er.

Theresa lief ein kalter Schauer über den Rücken, und sie hätte nicht zu sagen gewusst, ob der Morgenfrost daran schuld war oder die Aussicht, wieder auf sich allein gestellt zu sein. Voller Dankbarkeit sah sie Althar an, und als er die Arme ausbreitete, fiel sie ihm um den Hals. Mit Tränen in den Augen machte sie sich von ihm los.

»Niemals werde ich Euch vergessen. Und auch Leonora nicht. Sagt ihr das, ja?«

Sogar der sonst so bärbeißige Althar wischte sich die Augen. Dann kramte er in seinen Sachen und hielt Theresa einen prallen Beutel mit Münzen hin.

»Das ist dein Anteil.« Theresa starrte ihn sprachlos an.

Doch ehe sie etwas erwidern konnte, winkte Althar ihr zum Abschied zu, trieb das Pferd an und verschwand im Labyrinth der schlammbedeckten Gassen.

Die Glocken der Prim kündeten davon, dass das Kloster zum Leben erwachte und sein Tagewerk begann. Bald darauf öffnete sich ein Tor, und drei Mönche kamen in den Gemüsegarten. Die beiden Jüngeren machten sich daran, die Kräuter in den Beeten mit Holzwolle und Jute gegen den Frost zu schützen, während ein erheblich älterer, hagerer Bruder herumging, um Büsche und Sträucher auf Frostschäden zu begutachten; ab und zu beugte er sich hinunter und strich sanft über die Zweige. Das muss der Apotheker sein, dachte Theresa. Staude für Staude ging der Bruder ab, bis er schließlich an der Stelle vorüberkam, wo Theresa hinter der Hecke hockte.

»Ist da jemand?«, fragte der Mönch und spähte durch die Hecke.

Theresa fuhr erschrocken zusammen, dann fasste sie sich und fragte mit dünner Stimme: »Seid Ihr der Kräuterbruder?«

»Wer will das wissen?«

»Lambert, der Bader, schickt mich. Bei der Liebe Gottes, Ihr müsst uns helfen.«

Der Mönch bog die Zweige der Hecke auseinander und erblickte Haldor, wie er fast gänzlich ohnmächtig gegen den Baumstamm gelehnt lag und auf den Boden hinunterzurutschen drohte. Sogleich rief er die beiden Novizen herbei, die ihn auf das Klostergelände trugen. Theresa folgte ihnen unaufgefordert. Sie gingen durch mehrere Höfe bis zu einem niedrigen Gebäude, dessen Tür mit einem Vorhängeschloss gesichert war. Der Mönch zog einen Schlüssel aus seinem Ärmel und machte sich an dem Schloss zu schaffen, das nicht gleich aufspringen wollte. Schließlich gab die Tür knirschend nach. Die Novizen schoben Gefäße und Gerätschaften auf einem grobgezimmerten Arbeitstisch beiseite, legten Haldor darauf und verschwanden auf Anweisung des alten Mönchs wieder in den Garten. Theresa war abwartend auf der Schwelle stehengeblieben.

»Nun tritt ein, Mädchen«, sagte der Mönch, während er die Gläser, Ampullen und Kolben zusammenräumte, zwischen denen Haldor gebettet lag. »Lambert, der Bader, hat Euch also geschickt und gesagt, ich würde Euch helfen ...«

»Ich habe Euch auch etwas mitgebracht«, sagte Theresa und reichte ihm Helgas köstliche Pastete.

Der Mönch warf nur einen kurzen Blick darauf und stellte sie zur Seite. Er erkundigte sich nach der Ursache des Fiebers. Als er hörte, es sei die Lunge, biss er sich auf die Lippe.

Er schob einen Destillierkolben und die Holzpresse aus dem Weg. Dann füllte er eine kleine Ampulle mit Wasser, maß mit einer Handwaage die Menge ab und wandte sich einem gewaltigen Arzneischrank mit Dutzenden von Fläschchen und Tontiegeln zu.

»Mal sehen, wo haben wir es denn: Salix alba ... Salix alba ...«, murmelte er und hielt sich ein Gefäß dicht vor die Nase. Offensichtlich fiel es ihm schwer, die Schildchen zu entziffern. »Weißt du, die Gesundheit ist die Vollkommenheit des Körpers, das Gleichgewicht der Natur, das auf dem Warmen und Feuchten beruht – dem Blut. *Sanitas* bedeutet daher im Grunde so viel wie *sanguinis status*.« Er nahm einen Tiegel, besah sich die Aufschrift und stellte ihn wieder zurück. »Alle Krankheiten haben ihren Ursprung in den vier Körpersäften: dem Blut, dem Schleim, der gelben und der schwarzen Galle. Blut und gelbe Galle sind für akute Schmerzen verantwortlich, Schleim und schwarze Galle für die chronischen. Wo habe ich nur die Weidenrinde?«

»Salix alba. Hier«, sagte Theresa und deutete auf einen Tiegel.

Der Apotheker sah sie erstaunt an. Er nahm das Gefäß in die Hand und stellte fest, dass es tatsächlich das war, welches er suchte.

»Du kannst lesen?«, fragte er ungläubig, fuhr jedoch mit seinen Erklärungen fort, ehe Theresa etwas erwidern konnte. »Er hat Schleim in der Lunge, und wir müssen erst einmal herausfinden, welches Mittel für ihn das richtige ist. Wir haben hier so viele Tinkturen und Arzneien, dass es eine Weile dauern wird. Sieh mal dieses hier.« Er nahm etwas Rindenfaser aus dem Tiegel. »Weidenrinde in Milch etwa wird verwendet, um Fieber zu senken, aber ebenso kann in lauwarmem Wasser aufgelöstes Gerstenmehl oder Safran mit Honig diese Wirkung erzielen. Auch die Brechnuss, Ignatzbohnen oder Küchenschelle. Jedes Mittel wirkt auf andere Art, und bei jedem Patienten schlägt es unterschiedlich an. Schwache oder schwer verletzte Lungen heilen manchmal wie von Zauberhand, während andere, die robust und gesund erscheinen, sich ohne ersichtlichen Grund entzünden, sobald der Frühling kommt. Welcher Beschäftigung geht dieser junge Mann übrigens nach?«

»Er besitzt Land in Aachen«, antwortete sie und fügte hinzu, dass Haldor und auch sie selbst in der Schenke der Schwarzen Helga beherbergt seien, bis sie eine Arbeit gefunden hätte.

»Interessant«, bemerkte der Mönch. Er stellte den Weidentiegel wieder zurück, ging zu einem kleinen Ofen hinüber und machte Feuer. »Gott schickt uns die Krankheit, aber er gibt uns auch die Medizin, um sie zu heilen. Und so wie wir die Worte des Herrn studieren, um ins Paradies zu gelangen, so müssen wir auch die des Empedokles, des Galenos, des Hippokrates oder des Plinius studieren, um der Heilung auf die Spur zu kommen, und sei es, dass wir im Staub eines Alaunminerals oder in den Vorhautdrüsen des Bibers danach suchen müssten. Halt dies hier für einen Augenblick«, bat er Theresa.

Sie nahm ihm die Ampulle ab, die der Kräuterbruder mit einer dunklen, brodelnden Flüssigkeit gefüllt hatte. Es war ihr gar nicht lieb, dass der Mann so viel redete, denn sie fürchtete, es könnte plötzlich der Kirchengesandte auftauchen, von dem Lambert gesprochen hatte, und sie aus dem Kloster werfen, bevor der Apotheker Haldor geholfen hatte.

»Und warum nimmt man nicht einfach alle Mittel, wenn es mehrere gibt?«, fragte Theresa.

Der Mönch nahm ihr die Tinktur wieder ab, fügte ein weißes Pulver hinzu und schüttelte die Ampulle, bis der braune Saft eine milchige Färbung annahm.

»In der Medizin, wie in allen anderen Lebensbereichen, gilt der Grundsatz der Mäßigung. Die alten Griechen sind die Väter dieser Kunst gewesen, die mit Apoll begann und von seinem Sohn Äskulap fortgeführt wurde. Später war es Hippokrates, der ihr Wissen wieder aufnahm und durch seine eigenen Kenntnisse weiterentwickelte. Ihm verdanken wir ein Verständnis des Heilens, das sich auf Überlegung, Experiment und Beobachtung stützt.«

Theresa wurde langsam ungeduldig.

»Aber wie werdet Ihr ihn denn nun heilen?«

»Die Frage ist nicht so sehr wie, sondern wann. Und dies wiederum hängt nicht von mir ab, sondern von dem Patienten selbst. Also wird er wohl fürs Erste hierbleiben müssen.«

»Der Bader berichtete uns, Anfang des Monats sei ein ausländischer Gesandter Karls des Großen hier eingetroffen, und wenn er tatsächlich so streng ist, wie es heißt ... nicht, dass Ihr unseretwegen Ärger bekommt.«

»Was sollte er mir denn zum Vorwurf machen?«

»Ich weiß es nicht. Dass Ihr meinen Freund behandelt. Die Abtei kümmert sich ja offenbar nur um ihre eigenen Kranken, und wenn dieser Mann nun erfährt, dass ihr einem Fremden geholfen habt ...«

»Wie ist sein Name?«

»Das weiß ich nicht. Ein ausländischer Mönch, sagte der Bader.«

»Ich meine, wie der Kranke heißt.«

»Oh, verzeiht, natürlich ...«, antwortete sie verlegen. »Haldor Larsson.«

»Also gut, Haldor Larsson: Es ist mir eine Freude, Euch kennenzulernen. Und da wir uns nun vorgestellt haben, ist der Fall wohl geklärt.«

Theresa musste lächeln, doch ganz beruhigt war sie nicht.

»Aber der Bader sagte ...«

»Ich gebe dir mein Wort, dass dieser Gesandte nicht erfahren wird, dass Haldor in meiner Apotheke untergebracht ist«, unterbrach der Kräuterbruder sie.

»Und … Könnt Ihr mir versprechen, dass Haldor wieder gesund wird?«

»*Aegroto dum anima est, spes est.* Solange der Kranke lebt, besteht Hoffnung.«

Theresa nahm an, dass so viel Freundlichkeit nicht ohne Gegenleistung zu haben sein konnte. Sie zog den Beutel mit dem Geld hervor, den Althar ihr gegeben hatte, und hielt ihn ihm hin. Doch der Apotheker schenkte dem Beutel ebenso wenig Beachtung wie zuvor der Fleischpastete.

»Dein Geld kannst du behalten. Du wirst mich auf andere Art bezahlen. Machen wir es so: Du kommst morgen nach der Terz hierher und fragst nach dem Cerellar. Sag ihm, Bruder Alkuin erwartet dich. Vielleicht kann er dir eine Arbeit verschaffen.«

Als Theresa der Schwarzen Helga später erzählte, dass man ihr im Kloster Arbeit in Aussicht gestellt hatte, glaubte die ihren Ohren nicht zu trauen.

»Bestimmt hat der Apotheker etwas Übles im Sinn«, meinte sie misstrauisch.

»Was meinst du?«

»Wart's nur ab, Mädchen. Irgendetwas hat er mit dir vor.«

»Er hat einen sehr anständigen Eindruck auf mich gemacht. Statt die Pastete selber zu essen, hat er sie den Novizen überlassen.«

»Na, wahrscheinlich hatte er sich gerade zuvor den Wanst vollgeschlagen.«

»Der Mann ist spindeldürr …« Theresa musste lachen. Den Wanst vollschlagen, das passte so gar nicht zu diesem hageren, asketischen Mönch. Aber vielleicht hatte er andere Laster? Nervös fragte sie Helga: »Also im Ernst, was, glaubst du, könnte das für eine Arbeit sein, die man mir anbietet?«

»Wenn der Apotheker tatsächlich ein redlicher Mann ist, will er dich vielleicht als Dienstmagd anstellen, diese Mönche mögen vielleicht den ganzen Tag beten, aber sauber ist es bei ihnen deshalb noch lange nicht. Oder du hast Glück, und er braucht eine Köchin, da würdest du endlich mal ein bisschen Speck auf die Rippen kriegen. Aber wenn ich ehrlich sein soll – hier gibt es Dutzende von Mädchen, die bereit sind, Latrinen zu schrubben, daher verstehe ich nicht, was er mit einer wie dir will. Aber wie auch immer, sei vorsichtig. Ich habe dich gewarnt.«

11

Die Wachen, die jetzt gleichgültig auf ihre Lanzen gestützt dastanden, hatten den armen Teufel übel zugerichtet. Sein bartloses Gesicht war übersät mit Krusten getrockneten Blutes, doch der dumpfe Ausdruck darin war noch deutlich zu erkennen. Der Mann kniete, an einen Holzpflock gefesselt, neben zwei mit Schwertern bewaffneten Männern. Wenn ihn eines der gelegentlichen Wurfgeschosse traf, faule Äpfel, schrumpelige Rüben, einmal gar eine tote Katze, schaute er mit irrem Blick um sich und schien nichts von dem zu begreifen, was um ihn herum vorging. Zahlreiche Schaulustige hatten sich um den Verbrecher geschart, beschimpften ihn, spuckten nach ihm und überhäuften ihn mit Flüchen. Ein junger Bursche wollte seinen Hund auf ihn hetzen, doch das Tier wich ängstlich vor dem Gefesselten zurück, jaulte auf und lief mit eingezogenem Schwanz davon. Die Schwarze Helga kaufte von einem fliegenden Händler zwei Krüge Bier und hielt nach einem guten Platz Ausschau, von dem aus sie das Spektakel in Ruhe betrachten könnten; bald aber begannen einige Frauen mit dem Finger auf sie zu zeigen, und sie zog Theresa ein Stück von der Menge fort.

»Der Kerl ist schon von Geburt an schwachsinnig gewesen«, erklärte Helga und lehnte sich gegen eine kleine Steinmauer. »Aber in den dreißig Jahren, die er inzwischen auf der Welt ist, hätte kein Mensch gedacht, dass er jemandem ernsthaft etwas zuleide tun könnte.«

»Was hat er denn verbrochen?«

»Letzte Woche haben sie ein junges Mädchen, dem er schon

länger nachstellte, nackt und geschändet am Flussufer gefunden. Er hatte ihr die Kehle aufgeschlitzt.«

Theresa musste daran denken, wie die Sachsen über sie hergefallen waren, ein eisiger Schauer lief ihr über den Rücken. Rasch trank sie ihr Bier aus und erklärte, ihr sei allmählich kalt, sie wolle lieber wieder nach Hause. Nur mürrisch willigte Helga ein, derlei Kurzweil hatte es in Fulda schließlich schon lange nicht mehr gegeben, doch sie tröstete sich damit, dass sie am Tag der Hinrichtung gebührend feiern würden. Auf dem Heimweg erstanden sie Nachschub an diversen Mittelchen, die Helga für ihre Kundschaft benötigte. Sie wählte ein Fläschchen mit einer Essenz, die intensiven Fichtenduft verbreitete, und einen kleinen Krug, der ein kräftiges Weihraucharoma verströmte. Solcher Luxus musste ein Vermögen kosten! Doch zu Theresas Erstaunen verlangte der Händler keinerlei Bezahlung, sondern zwinkerte Helga nur vielsagend zu und verabredete sich für später mit ihr.

Den Rest des Nachmittags verbrachten sie mit zwei Säufern in der Schenke, bis diese all ihr Geld verprasst hatten und von dannen zogen. Theresa schlug vor, sie sollten zum Kloster gehen und nach Haldor sehen, Helga hielt es jedoch für ratsamer, die Verabredung mit dem Apotheker abzuwarten. Am Abend tauchten fünf hungrige, ziemlich schmutzige Holzfäller in dem Wirtshaus auf. Sie bestellten reichlich Bier, rissen zotige Witze und schlossen Wetten ab, welche der beiden Frauen sie sich als erste vornehmen würden. Nachdem die Schwarze Helga den fünfen Speis und Trank gebracht hatte, vertraute sie das Herdfeuer Theresas Obhut an und verkündete, sie würde rasch ein paar Freundinnen holen gehen, deren Unterstützung sie sicher bald benötigte. Theresa traute sich nicht mehr in den Schankraum; inständig hoffte sie, keiner der Kerle möge in die Küche kommen. Zum Glück kehrte Helga nur wenig später, auf jeder Seite eine grell geschminkte Frau in bunten Kleidern untergehakt, wieder in die Schenke zurück. Die Frauen setzten sich sogleich den Tagelöhnern auf den Schoß und ließen sich kichernd von ihnen begrapschen. Einer der Männer schob der Frau auf seinem

Schoß die Hand unter den Rock, sie kreischte geziert auf. Ein anderer, schon stark bezecht, wollte dem zweiten Mädchen seinen Becher anbieten und schüttete ihr dabei den Wein in den Ausschnitt. Die Frau empörte sich jedoch nicht im Geringsten, sondern begann glucksend und prustend eine Brust zu entblößen. Als Theresa sich unauffällig davonstehlen wollte, stellte sich ihr einer der Männer schwankend in den Weg.

»Nein, du süßes Ding. Du bist hier noch nicht fertig.« Die Schwarze Helga trat beherzt dazwischen und konnte den Betrunkenen schließlich von Theresa ablenken, indem sie ihm eine besonders feurige Nacht versprach. Der jungen Freundin zischte sie zu, sie solle sich durch den Vorratsraum nach oben in das Weinlager schleichen und die Klappe zur Treppe hinter sich schließen.

Theresa sollte bald feststellen, dass das Weinlager eines Bordells nicht unbedingt dazu angetan war, eine geruhsame Nacht zu verbringen. Durch die Spalten zwischen den Dielenbrettern hatte sie freien Blick auf eine Zimmerecke, in der einer der Holzfäller eine Frau vor sich niederknien ließ, damit sie seine schlaffe Männlichkeit zum Leben erwecken möge. Sobald ihr das geglückt war, warf der Bursche sie rücklings auf die Pritsche; er schob ihre Beine auseinander, legte sich auf sie und stieß ein paar Mal kräftig zu. Dann stöhnte er plötzlich laut auf, rollte sich auf die Seite und fing umgehend an zu schnarchen. Bald war auch die Frau eingeschlafen. Kurz darauf kam die Schwarze Helga mit dem Händler vom Nachmittag zur Tür herein. Die beiden lachten, als sie in der Ecke das schlafende Pärchen liegen sahen, der Händler wollte sie wecken, doch Helga hielt ihn zurück und zog ihn zu einer anderen Pritsche, wo sie ungeniert übereinander herfielen; wenigstens legten sie sich eine Decke über, die ihre Körper vor Theresas Blick verbarg. All das stieß sie ab; sie hatte sich das Zusammensein mit einem Mann immer anders vorgestellt, sanfter, liebevoller, nicht brutal und beliebig wie die Paarung von Tieren. Und doch löste all das eine Sehnsucht in ihr aus, die sie lange unruhig und merkwürdig aufgewühlt wach liegen ließ.

Als Theresa endlich eingeschlafen war, träumte sie von Haldor Larsson. Nackt stand er vor ihr, auch sie war ganz nackt, und er strich ihr übers Haar, liebkoste ihren Hals, ihre Brüste; sanft streichelte er jede einzelne Stelle ihres Körpers. Ein heißes, ungekanntes Gefühl überkam sie und schweißgebadet und mit fiebernden Wangen schrak sie aus dem Schlaf auf. Als sie sich schließlich wieder beruhigt hatte, bat sie den Herrn voller Scham um Vergebung für ihre Sündhaftigkeit.

Am nächsten Morgen räumte Theresa die Schankstube auf, in der es aussah, als hätte dort eine Schlacht gewütet. Sie frühstückte allein, denn Helga schlief noch ihren Rausch aus. Endlich kam sie mit geschwollenen Lidern in die Küche geschlichen, ächzend und stöhnend hockte sie sich über ein schmutzige Schüssel, spülte sich den Schoß aus und jammerte über die Kälte. Als sie sah, dass Theresa sich zum Kloster aufmachen wollte, überhäufte sie ihre Freundin mit guten Ratschlägen.

»Vor allen Dingen, sag ihnen nicht, dass du mich kennst«, schärfte sie ihr ein.

Theresa gab ihr zum Abschied einen Kuss und dachte mit Sorge daran, dass sie dem Bruder Apotheker am Vortag bereits erzählt hatte, wo sie untergekommen war. Dann brach sie eilig auf, denn das Glockenläuten kündigte bereits die Terz an. Beim Haupttor empfing sie ein feister Mönch, der Cellerar, wie sich herausstellte. Erstaunt zog er die Brauen hoch, als sie ihr Anliegen vortrug.

»Ich versteh nicht recht: Wen wünschst du nun zu sehen? Den Apotheker oder Bruder Alkuin?«

Theresa sah ihn überrascht an, sie war davon ausgegangen, dass es sich bei dem Apotheker und Bruder Alkuin um ein und dieselbe Person handelte! Als der Cellerar sie zögern sah, machte er ihr kurzerhand das Tor vor der Nase zu. Theresa klopfte erst zaghaft, dann energischer gegen das harte Holz, doch das Tor blieb verschlossen, bis der Cellerar, einen knorrigen Stock in der Hand, nach einer Weile erneut erschien.

»Wenn du weiter unseren Klosterfrieden störst, du dummes Weib, wirst du Bekanntschaft mit meinem Knüppel machen«, drohte er ihr an.

Kurz erwog Theresa, den Bruder einfach zur Seite zu stoßen und an ihm vorbei in den Klostergarten zu stürmen, doch dann kam ihr ein anderer Gedanke. Wenn sie ihm nun die Koteletts anbot, die sie für den Apotheker mitgebracht hatte – vielleicht würde ihn das überzeugen? Beim Anblick des saftigen Fleisches fielen dem Cellerar beinahe die Augen aus dem Kopf.

»Na schön, Mädchen. Wen willst du also sprechen?«, fragte er gönnerhaft und nahm die Leckerbissen an sich; das eine Kotelett schob er sich unter den Ärmel seines Habits, das andere wollte er offenbar gleich an Ort und Stelle hinunterschlingen.

»Den Bruder Alkuin«, entschied Theresa.

Gierig schlug der Mann die Zähne in das Fleisch, dass ihm der rote Saft aus den Mundwinkeln troff. Kauend und schmatzend gab er den Weg frei und nachdem er das Tor wieder verschlossen hatte, bedeutete er Theresa, ihm zu folgen.

Zu ihrem Erstaunen führte der Cellerar sie jedoch nicht in den Klostergarten, sondern durch die Hühnerhöfe, an den Stallungen entlang und an der Küche vorbei, schließlich um die Getreidespeicher herum bis zu einem Gebäude, das sich von den übrigen durch sein herrschaftliches Aussehen deutlich abhob. Der Mönch läutete die bronzene Türglocke und wartete auf Antwort.

»Hier sind die Optimates untergebracht, die Gäste von Rang«, erläuterte er mit vollem Mund; er hatte das riesige Kotelett tatsächlich bereits bis auf den Knochen abgenagt.

Ein junger Mönch, dessen dunkle Kutte einen starken Kontrast zu seinem bleichen Gesicht bildete, öffnete die Tür. Er nickte dem Cellerar zu, als hätte er sie erwartet, und forderte Theresa auf, ihm zu folgen.

Eine breite Treppe führte sie in einen reich mit wollenen Wandteppichen geschmückten und mit kostbaren dunklen Möbeln ausgestatteten Saal. Durch die großen alabasternen Fensterscheiben ergoss sich ein milchiges Licht in den Raum, in dessen Mitte auf einem großen Tisch, kreisförmig angeordnet, zahlreiche Folianten und Codices ausgebreitet lagen. Der Mönch hieß sie warten und ging hinaus. Bald darauf erschien der hochgewachsene Apotheker, bekleidet mit einer prachtvollen weißen Paenula, die in der Taille von einem reich bestickten und mit silbernen Plättchen verzierten Gürtel zusammengehalten wurde. Theresa schämte sich für ihr schäbiges Kleid, dem die Strapazen der letzten Wochen deutlich anzusehen waren.

Alkuin schien ihre Gedanken zu erraten und darauf bedacht, ihr die Scheu zu nehmen: »Du musst meine gestrige Aufmachung entschuldigen. Oder vielleicht auch eher meine heutige.« Er lächelte. »Bitte setz dich doch.«

Der Apotheker nahm selbst in einem hölzernen Sessel Platz, Theresa setzte sich auf einen Hocker an seiner Seite. Er sah sie schweigend an, und sie betrachtete mit einer gewissen Ehrfurcht sein knöchernes Antlitz, über das sich die beinah pergamentene, blassweiße Haut spannte. Doch dann überwog ihre Neugier, und sie fragte: »Warum treffen wir uns an diesem ungewöhnlichen Ort? Und weshalb seid Ihr wie ein Bischof gekleidet?«

»Nun ja, wie ein Bischof nicht gerade.« Wieder lächelte er sie an. »Mein Name ist Alkuin. Alkuin von York, und im Grunde bin ich nur ein einfacher Ordensbruder. Ich habe nicht einmal die Priesterweihe empfangen, und dennoch muss ich zu gewissen Anlässen dieses anmaßende Gewand tragen – das hängt mit der Aufgabe zusammen, die mir übertragen wurde. Und was diesen Ort betrifft, so bin ich mit meinen Getreuen vorübergehend hier untergebracht. Eigentlich wohne ich im Domstift, das sich am anderen Ende der Stadt befindet, doch das ist im Augenblick nicht weiter von Belang.«

»Ich verstehe nicht ganz.«

»Jedenfalls muss ich mich bei dir entschuldigen. Ich hätte dir gestern erklären sollen, dass ich nicht der Apotheker bin.«

»Nicht? Aber wer seid Ihr dann?«

»Ich fürchte, ich bin eben jener Neuankömmling, über den du nicht allzu viel Gutes gehört hast.«

Theresa erbleichte. Musste sie um Haldors Wohlergehen fürchten? Prüfend blickte sie Alkuin ins Gesicht; der erriet ihre Angst und beruhigte sie.

»Keine Bange. Sieh mal, wenn ich ihn hinauswerfen wollte, hätte ich ihn gar nicht erst behandelt. Ich habe dir nur nicht gesagt, wer ich bin, weil ich dich nicht verwirren wollte. Der Apotheker ist vorgestern gestorben, ganz plötzlich ... Zufälligerweise kenne ich mich leidlich mit Kräutern und Arzneien aus, deshalb fühlte ich mich, als du mich gestern im Garten ansprachst, gleich verpflichtet, deinen Freund zu verarzten.«

Argwöhnisch meinte Theresa: »Aber später hättet Ihr mir ...«

»Ich wollte dich nicht beunruhigen. Da du ohnehin misstrauisch warst, hätte dich die Wahrheit nur noch mehr in Sorge versetzt.«

Wieder fühlte sich Theresa merkwürdig durchschaut. Sie verharrte einen Augenblick schweigend. Seltsam, dieser bischöfliche Ordensbruder ... Sie wusste ihn nicht recht einzuschätzen, aber sie war von ihm abhängig.

»Wie geht es ihm?«, fragte sie geradeheraus.

»Schon sehr viel besser, dem Herrn sei Dank. Wir können ihn später besuchen. Doch zuerst wollen wir über das sprechen, was dich hergeführt hat. Über deine Arbeit.« Er nahm einen schweren Band vom Tisch und blätterte ihn behutsam durch. »*Phæladias Xhyncorum* von Joannis Aeropagita. Eine wahre Kostbarkeit. Soviel ich weiß, gibt es lediglich noch eine Kopie in Alexandria und eine weitere in Northumbrien. Du sagtest, du kannst schreiben, nicht wahr?«

Theresa nickte.

Alkuin schlug mehrmals mit der flachen Hand auf den Tisch, und nach kurzer Zeit erschien der junge Mönch mit einigen Schreibutensilien. Alkuin legte sie vor Theresa auf den Tisch.

»Ich möchte dich jetzt bitten, diesen Absatz abzuschreiben.«

Theresa biss sich auf die Lippen. Schreiben konnte sie, gewiss.

Doch sie hatte die Buchstaben bisher fast nur in Wachstafeln geritzt, denn vor Pergament hatte sie viel zu viel Ehrfurcht, um es zu verschwenden. Nur bei unwiderruflich verdorbenen Pergamentresten hatte sie es heimlich ein paar Mal ausprobiert, immer in der Furcht, Korne könne es bemerken. Nein, fürs Schreiben hätte er kein Verständnis aufgebracht; schon gar nicht bei ihr, einem Mädchen! Doch nie hatte sie vergessen, wie leicht die Feder jedes Mal über den Bogen geglitten war, ganz anders als die Griffel durch das Wachs der Tafel. Allerdings hatte sie immer, wenn sie gerade richtig im Schwung war, einen dicken Tintenklecks produziert – jedes neue Pergament wäre damit ruiniert gewesen. Diesmal musste sie ganz besonnen zu Werke gehen.

Sie erinnerte sich an die Worte ihres Vaters, der ihr erklärt hatte, dass das Geheimnis des Schreibens in der Wahl der richtigen Feder lag: Sie durfte nicht zu leicht sein, damit der Strich nicht zu flüchtig geriet, jedoch auch nicht zu schwer, denn dies würde den nötigen Fluss und damit die Anmut des Striches behindern. Unschlüssig betrachtete sie die Federn, dann fiel ihre Wahl auf einen rosafarbenen Gänsekiel; sie wog ihn andächtig in der Hand, glättete Fahne und Strahlen und besah sich den Schnitt des Nabels, durch den die Tinte fließen würde. Die Spitze schien ihr zu stumpf, und so griff sie zu einem kleinen scharfen Messer und schnitt eine neue zurecht. Anschließend begutachtete sie das Pergament.

Sie wählte die glattere Seite und punzierte mit Hilfe eines Lineals einige nahezu unsichtbare Schreibzeilen; dann stellte sie den Text auf einen Ständer und tauchte die Feder in die Tinte, bis sie sich vollgesogen hatte. Sie atmete tief durch und setzte die Feder an.

Anfangs noch etwas zittrig, reihten sich die ersten Buchstaben auf dem Blatt aneinander. Dann floss die Tinte glänzend und seidig, die Feder glitt über das Pergament wie ein Schwan über das Wasser. Theresa begann sich sicher zu fühlen, ein regelrechtes Hochgefühl überkam sie. Doch zu Beginn der achten Unziale wollte es das Unglück, dass die Tinte kleckste und den ganzen Bogen verdarb.

Einen Augenblick dachte Theresa daran, alles hinzuwerfen, doch sie biss entschlossen die Zähne zusammen und schrieb weiter, als sei nichts geschehen. Als sie den Text zu Ende abgeschrieben hatte, schabte sie behutsam die fehlerhafte Stelle ab, pustete die Pergamentkrümel weg und säuberte das Blatt von den Überbleibseln des Trockenpulvers. Sie reichte es Alkuin, der sie keinen Moment aus den Augen gelassen hatte. Er inspizierte das Pergament sorgfältig und sah Theresa schließlich mit strenger Miene an.

»Vollkommen ist es nicht«, stellte er fest, dann machte er eine Pause. Theresa senkte die Augen. »Aber brauchbar.«

Theresa hätte jubeln können. Sie beobachtete, wie Alkuins Blick zum Text zurückkehrte. Seine Augen waren von einem blassen, wie erloschen wirkenden Blau, sein Blick verschleiert, wie es häufig bei sehr alten Menschen der Fall ist. Diese Augen schienen nicht zu seinem Alter zu passen, denn vom Aussehen her schätzte Theresa ihn trotz der seltsamen Haut auf höchstens fünfunddreißig Jahre.

»Ihr benötigt einen Schreiber?«, wagte sie endlich zu fragen.

»Ganz recht. Ich hatte auf die Hilfe von Romualdo gesetzt, einem Benediktinermönch, der mich immer treu begleitet hat. Bedauerlicherweise ist er kurz nach unserer Ankunft in Fulda schwer erkrankt. Ein merkwürdiges Übel, das in der Stadt grassiert … Er ist einen Tag vor dem Apotheker verstorben.«

»Das tut mir leid.« Etwas Tröstlicheres fiel Theresa nicht ein.

»Ja, es ist wirklich sehr traurig«, meinte Alkuin bedauernd. »Romualdo hat mir die Augen und manchmal sogar die Hände ersetzt. In letzter Zeit sind meine Augen immer schlechter geworden. Zwar kann ich am frühen Morgen, direkt nach dem Aufstehen, ein Fädchen Safran oder selbst eine unleserliche Schrift wohl recht gut erkennen, mit vorgerückter Stunde aber wird mein Blick oft trüb, und ich habe Mühe, die Dinge deutlich zu sehen. Zu späterer Stunde las mir daher Romualdo häufig vor oder schrieb meine Kommentare nieder.«

»Aber Ihr könnt doch sicher selbst schreiben?«

Alkuin hob die rechte Hand und hielt sie Theresa vor die Nase. Sie zitterte, als hätte er Schüttelfrost.

»Es begann vor ungefähr vier Jahren. Manchmal zittert mir der ganze Arm so stark, dass ich nicht einmal ein Glas zum Mund führen kann. Ein andermal spüre ich auch gar keine Beeinträchtigung. Doch ich weiß nie, wann es wiederkehrt, wie stark der Anfall diesmal wird – und ob er überhaupt vorübergeht. Deshalb benötige ich jemanden, der meine Notizen für mich niederschreibt. Gewöhnlich halte ich spätestens am Ende des Tages alle meine Beobachtungen sehr genau fest, damit ich später in Ruhe darüber nachdenken kann. Außerdem möchte ich einige Texte aus der bischöflichen Bibliothek kopieren.«

»Gibt es sonst keine Schreiber mehr in der Abtei?«

»Doch, natürlich. Da sind Teobaldo von Pisa, der alte Baldassare und Venancio; aber die drei sind zu betagt, um mich von morgens bis abends zu begleiten. Und dann sind da noch Nicolás und Mauricio. Die können zwar schreiben, aber nicht lesen.«

»Wie kann das denn sein?«

»Das Lesen ist ein anspruchsvoller und sehr komplexer Vorgang, und längst nicht alle Brüder sind dazu imstande. Es gibt sogar Kopisten, die mit größter Meisterschaft die Schriftzeichen nachzumalen vermögen, ohne dass sie dabei irgendetwas von dem jeweiligen Text verstehen. Sie können natürlich nicht nach Diktat schreiben, das ist klar. So gibt es jene, die schreiben – oder besser gesagt abschreiben –, aber nicht lesen können, und jene, die leidlich lesen können, dafür aber nicht schreiben. Hinzu kommt, dass die meisten nur das Lateinische beherrschen. Wenn wir dann noch diejenigen abziehen, die das *l* mit dem *f* verwechseln, oder die, die so langsam schreiben, dass man darüber in Rage gerät, dazu diejenigen, die aus Bosheit Fehler machen, und diejenigen, die sich bei dieser Arbeit langweilen und nach kurzer Zeit über Schmerzen in den Händen klagen, dann sind es nicht gerade viele, die übrigbleiben. Und bedauerlicherweise können auch diese wenigen für jemanden wie mich nicht einfach ihre Arbeit stehen und liegen lassen.«

»Aber Ihr seid doch auch Ordensbruder, müssen sie Euch da nicht helfen?«

»Sagen wir, ich war einer. Denn im Augenblick kann ich, bedingt durch die Aufgabe, die mir übertragen wurde, die Regeln des Ordenslebens nicht ganz so streng einhalten, wie ich es eigentlich tun sollte. Somit stehe ich momentan außerhalb der Gemeinschaft meiner Brüder.«

»Und was ist das für eine Aufgabe?«, fragte Theresa, die sich auf all dies immer noch keinen Reim machen konnte.

»Man könnte sagen, Karl der Große hat mich zu einer Art Lehrmeister berufen. Der König ist ein großer Freund von Kultur und Bildung, und im Frankenreich herrscht auf diesem Gebiet noch erheblicher Mangel. Daher hat er mich beauftragt, dafür zu sorgen, dass Bildung und Gottes Wort sich bis in den letzten Winkel des Reichs verbreiten. Anfangs empfand ich diese Aufgabe nur als eine große Ehre, doch ich muss gestehen, dass sie mir inzwischen auch zu einer mühseligen Verpflichtung geworden ist.«

Theresa hätte gern Konkreteres erfahren. Worin nun bestand Alkuins Vorschlag? Wenn sie Haldor helfen wollte, würde sie die Arbeit jedenfalls annehmen müssen. Und wenn sie wirklich schreiben durfte … Während sie noch überlegte, verkündete Alkuin, dass sie nun dem Kranken einen Besuch abstatten würden, und legte Theresa eine Kutte um, die sie vor aufdringlichen Blicken schützen sollte, wie er ihr erklärte. Sie gingen hinaus, der junge Mönch war nirgends zu sehen.

»Ich bin erstaunt, dass Ihr glaubt, ich könne Euch helfen. Ihr wisst doch gar nichts über mich«, meinte Theresa, als sie zu einem imposanten Kreuzgang kamen.

»Das würde ich so nicht sagen … Ich weiß beispielsweise, dass dein Name Theresa ist und dass du fließend Griechisch schreibst und liest.«

»Viel ist das noch nicht.«

»Nun, ich könnte hinzufügen, dass du aus Byzanz stammst, und zwar aus guter, wenngleich verarmter Familie. Bis vor wenigen

Wochen lebtest du in Würzburg, wo du in einer Pergamentwerkstatt gearbeitet hast; du musstest wegen eines Feuers überstürzt die Flucht ergreifen. Außerdem bist du hartnäckig und entschlossen genug, den Cellerar mit ein paar Koteletts zu bestechen, damit er dir Einlass gewährt.«

Theresa starrte den unheimlichen Mönch sprachlos an. Wie war es möglich, dass Alkuin von all diesen Dingen wusste – sie hatte nicht einmal Haldor von ihrem schweren Geheimnis erzählt!

»Und falls du jetzt denkst, Haldor habe mir das alles erzählt, kann ich dir versichern, dass dies nicht der Fall ist.«

Theresa wurde noch unheimlicher zumute. Wie erstarrt blieb sie stehen.

»Aber wer hat Euch …?«

»Du kannst ruhig weitergehen«, sagte Alkuin lächelnd. »Die Frage ist nicht, wer es mir erzählt hat, sondern wie ich darauf gekommen bin.«

»Wie meint Ihr das?«, fragte sie und setzte ihren Gang fort.

»Nun, ich glaube, jeder, der über eine gewisse Erfahrung und die notwendige Beobachtungsgabe verfügt, hätte sich all diese Dinge zusammenreimen können. Deine byzantinische Herkunft ist beispielsweise leicht an deinem Namen – Theresa – zu erkennen, der ursprünglich aus Griechenland stammt und hierzulande eher unüblich ist. Wenn wir nun noch deinen Akzent, eine seltene Mischung aus dem Romanischen und dem Griechischen, hinzunehmen, bestätigt sich diese These nicht nur, sie passt auch genau zu der Annahme, dass du schon einige Jahre hier in der Gegend lebst. Und wenn selbst das nicht ausreichte, brauchte man sich nur in Erinnerung zu rufen, dass du ohne weiteres die Aufschriften auf den Arzneifläschchen lesen konntest, die aus Sicherheitsgründen auf Griechisch abgefasst sind.«

»Und die gute, aber verarmte Familie?« Wieder blieb sie stehen, und Alkuin sah sie vorwurfsvoll an.

»Das ist doch logisch. Da du lesen und schreiben kannst, stammst du wohl kaum aus einer Sklavenfamilie. Auch sehen deine

Hände nicht aus, als hätten sie jahrelang Feldarbeit verrichtet, im Gegenteil. Nur deine Fingernägel sind ein wenig verätzt, und du hast ein paar feine Schnittwunden zwischen dem Zeigefinger und dem Daumen der linken Hand – beides Hinweise auf die Arbeit des Pergamentmachers. Und nach der Art zu schließen, wie du eben ein eigentlich verdorbenes Pergament gerettet hast, bist du sogar eine außerordentlich gute Pergamentmacherin.« Er hielt einen Moment inne, um eine Gruppe Novizen passieren zu lassen. »All das lässt darauf schließen, dass deine Eltern reich genug waren, um dir die beste Ausbildung zu ermöglichen, und dich nicht zur Arbeit auf die Felder schicken mussten. Doch deine Kleider sind abgetragen und ärmlich, auch trägst du kein gutes Schuhwerk, was bedeutet, dass – aus Gründen, die ich nicht kenne – deiner Familie der einstige Wohlstand auf irgendeine Weise abhanden gekommen ist.«

»Aber woraus schließt Ihr, dass ich in Würzburg gewohnt habe?«

»Dass du noch nicht lange in Fulda sein kannst, war offensichtlich, denn du wusstest nicht, wie der Apotheker aussah und kennst dich auch sonst hier nicht aus. Da blieb nur ein Ort in der näheren Umgebung übrig, denn es ist kaum vorstellbar, dass du nach diesem schlimmen Unwetter von weit her gekommen bist. Die einzigen Städte in näherer Umgebung sind Erfurt und Würzburg. In Erfurt gibt es keine Pergamentwerkstatt, also blieb nur noch Würzburg.«

»Und das Feuer?«

»Ich muss zugeben, mit der Feuersbrunst habe ich mich ziemlich weit vorgewagt. Zumindest mit der Behauptung, dies sei der Grund für deine Flucht gewesen. Aber deine Arme sind übersät mit leichten Verbrennungen. Die Wunden sind noch nicht ganz vernarbt, der Brand kann also nicht länger als vier Wochen zurückliegen.«

Theresa sah Alkuin ungläubig an. Selbst wenn seine Erläuterungen plausibel klangen, es war ihr unbegreiflich, wie jemand all diese Dinge auf einen Blick erfasst haben konnte. Sie durchquerten ein kleines Gärtchen, das an ein breites, niedriges Gebäude grenzte. Da fiel Theresa ein, dass ein Punkt noch nicht erklärt war:

»Und die Koteletts? Wie seid Ihr darauf gekommen? Es war kein Mensch in der Nähe, als ich sie dem Cellerar zugesteckt habe.«

»Das war nun wirklich das Einfachste von allem«, meinte Alkuin lachend, und jetzt sah er gar nicht mehr unheimlich aus. »Als der Vielfraß dich bei unserem Quartier abgeliefert hatte, konnte er es kaum abwarten, sich das zweite Kotelett in den Mund zu schieben. Ich habe es vom Fenster aus beobachtet, wo ich deine Ankunft erwartete.«

»Das muss aber nicht bedeuten, dass er sie von mir hatte«, entgegnete Theresa trotzig. »Und erst recht nicht, dass er mir deshalb Einlass gewährt hat.«

»Auch hierfür gibt es eine einfache Erklärung: Wir Benediktiner dürfen kein Fleisch essen, die Benediktusregel verbietet es. Nur Kranken wird es in Ausnahmefällen gestattet – der Cellerar ist aber beileibe nicht krank. Also musste jemand von außerhalb des Klosters ihm die Koteletts zugesteckt haben. Als der Cellerar beim Gästehaus ankam, kaute er schon – und das war seltsam, denn es war gerade neun Uhr, und im Kloster gibt es an normalen Tagen nur zwei Mahlzeiten, die erste vor den Laudes und die zweite am Nachmittag. So kam ich zu der Annahme, dass er schon vorher ein Kotelett verspeist hatte, und dass es ein Kotelett war, schloss ich, als ich ihn ein Stück Knochen ausspucken sah. Außerdem hattest du mir gestern eine Fleischpastete mitgebracht, also war zu erwarten, dass du heute wieder etwas dabeihaben würdest.« Er bückte sich, um ein umgeknicktes Salatpflänzchen aufzurichten, das trotz eines kleinen Schutzwalles aus Jute erbärmlich zu frieren schien. »Und als wäre all das nicht genug, hast du dir, bevor du zu schreiben anfingst, die Hände sorgsam an einem Lappen abgewischt. Ich glaube nicht, dass ein Mädchen aus gutem Haus derart schmutzig vor den Mann treten würde, den sie für den Apotheker hält.«

Theresa fehlten die Worte. Grenzte das alles nicht doch an Hexerei? Es blieb ihr keine Zeit mehr, etwas zu entgegnen, denn wie ein schwefliger Geruch erkennen ließ, waren sie inzwischen beim klostereigenen Hospital angelangt.

Bevor sie eintraten, bat Alkuin sie, den Besuch bei ihrem Freund so kurz wie möglich zu halten.

Das Hospital bestand aus einem weitläufigen, abgedunkelten Saal mit zwei langen Reihen Betten. Die meisten waren von Mönchen belegt, die so alt und schwach waren, dass sie nicht mehr für sich selbst sorgen konnten. Es gab auch einen kleinen Ruheraum für die Pfleger und ein separates Zimmer, in dem die Kranken von außerhalb des Klosters untergebracht waren. Alkuin erklärte Theresa, hier würden – obgleich ihr offenbar anderes zu Ohren gekommen sei – auch ganz normale Stadtbewohner behandelt. Bald tauchte ein beleibter Ordensbruder auf, der ihnen mitteilte, dass Haldor aufgestanden sei, um ein paar Schritte an der frischen Luft zu gehen; er sei jedoch schnell ermüdet und habe sich bald wieder hinlegen müssen. Außerdem wusste der Bruder zu berichten, dass der Kranke am Morgen Weizenbrot mit ein wenig Wein gefrühstückt habe. Alkuin runzelte die Stirn und wies den Mönch an, Haldor ausschließlich Roggenbrot zu essen zu geben. Erfreulich war immerhin, dass der Kranke kein Blut mehr gespuckt hatte. Während sich Alkuin nach den übrigen Patienten erkundigte, trat Theresa an die Pritsche, auf der Haldor unter einem dicken Fell gebettet lag, flach atmend, das Gesicht schweißbedeckt. Als sie ihm mit der Hand übers Haar strich, schlug er die Augen auf. Theresa lächelte ihn an, doch er schien sie nicht gleich zu erkennen.

»Sie sagen, du wirst bald wieder ganz gesund«, sagte sie in der Hoffnung, ihn aufzumuntern.

»Sie sagen auch, ihr Wein sei gut«, antwortete Haldor mit Grabesstimme, dann lächelte er ebenfalls. »Wieso trägst du eine Novizenkutte?«

»Weil man mir gesagt hat, dass ich sie hier anziehen muss. Kann ich irgendetwas für dich tun? Ich darf nicht lange bleiben.«

»Ich will nur bald raus hier. Weißt du, wie lange sie mich noch hierbehalten wollen? Diese Pfaffen sind mir fast noch mehr zuwider als die Quacksalber.«

»Bis du wieder ganz genesen bist, denke ich. Soweit ich weiß, sollst du mindestens eine Woche bleiben, aber ich werde dich oft besuchen. Stell dir vor, ich arbeite jetzt hier.«

»Hier im Kloster?«

Sie nickte. »Was genau meine Aufgabe sein wird, weiß ich noch nicht, aber ich glaube, ich werde als eine Art Schreiber arbeiten.« Stolz blickte sie ihn an, doch Haldor zeigte keine Reaktion.

Er wirkte sehr erschöpft. Alkuin trat hinzu und erkundigte sich nach seinem Befinden.

»Es freut mich, dich auf dem Weg der Besserung zu sehen. Wenn du weiter solche Fortschritte machst, wirst du in einer Woche schon den Katzen nachjagen, etwas anderes gibt es hier nämlich nicht zu fangen«, scherzte er und bedeutete Theresa, dass es an der Zeit sei, aufzubrechen.

Wie gern hätte Theresa Haldor geküsst – seit ihrem Traum fühlte sie sich ihm noch näher. Doch sie beschränkte sich auf einen zärtlichen Blick zum Abschied. Bevor sie das Hospital verließen, gab Alkuin dem Pfleger Anweisungen, wie der junge Mann bis zum Abend zu versorgen sei. Und während er Theresa zum Ausgang begleitete, hielt er ihr einen Vortrag über das notwendige Zusammenspiel von Theorie und Praxis, deren beider Kenntnis unerlässlich sei, um bei der täglichen Arbeit die besten Ergebnisse zu erzielen.

»Ganz gewiss gilt das für die Kunst der Medizin. Doch ist es auch für die Schriftkunst vonnöten.«

Theresa war beeindruckt, dass ein Ordensbruder sich mit zwei so verschiedenen Künsten auskannte, doch nach der Kostprobe seiner seherischen Fähigkeiten, die er ihr geliefert hatte, wunderte sie auch dies nicht mehr allzu sehr.

Am Klostertor verabschiedete sich Alkuin von ihr und trug ihr auf, sich pünktlich am nächsten Morgen um sieben bei ihm einzufinden.

Als Theresa nach Hause kam, lag die Schwarze Helga weinend auf dem Bett. Der ganze Raum war verwüstet, die Stühle umgeworfen, überall lagen Scherben von Krügen und Bechern auf dem Boden.

Theresa wollte Helga in den Arm nehmen und trösten, doch die wandte sich ab und vergrub den Kopf in der Armbeuge.

»Umbringen hätte ich ihn sollen, diesen Mistkerl, schon als er das erste Mal auf mich losgegangen ist«, schluchzte sie.

Helgas eines Auge war blutunterlaufen und die Lippe aufgeplatzt, sie weinte jedoch eher vor Wut denn vor Schmerz. Theresa versuchte ihr mit einem feuchten Tuch das Gesicht zu säubern, aber Helga wehrte die fürsorgliche Geste ab.

»Lass mich dir doch wenigstens das Blut abwaschen«, bat Theresa.

»Zur Hölle soll er fahren, dieser Dreckskerl!«

»Was ist eigentlich passiert? Wer ist das gewesen?«

Helga brach erneut in Tränen aus.

»Ich bin schwanger«, jammerte sie. »Von einem Saukerl, der mich gerade fast umgebracht hätte!«

Wie sie erzählte, war sie nicht zum ersten Mal geschwängert worden – obwohl sie sorgfältige Vorkehrungen traf. Anfangs hatte sie die Ratschläge der Hebammen befolgt: Sie hatte sich nackt ausgezogen, von Kopf bis Fuß mit Honig eingerieben und sich in einem Berg von Weizenkörnern gewälzt; die Körner, die dabei an ihr haften blieben, mussten ausschließlich von Hand gemahlen werden, und entgegen der üblichen Mahlrichtung. Der Mann, mit dem sie Verkehr haben würde, hatte das Brot zu essen bekommen, das aus diesem Mehl gebacken worden war – es sollte seine Körpersäfte zum Versiegen bringen. Helga aber war fruchtbarer als eine ganze Karnickelfamilie, und so wurde sie trotz solcher Vorsichtsmaßnahmen wieder und wieder schwanger.

Die ersten beiden Kinder hatte sie, nachdem sie entbunden worden war, an der Klosterpforte ausgesetzt – sie wollte sie nicht einfach sterben lassen, wie es viele alleinstehende Mütter in ihrer Not taten. Die übrigen Schwangerschaften konnte sie dank einer erfahrenen Alten, die ihr eine Entenfeder zwischen die Schenkel schob, vorzeitig abbrechen. Letztes Jahr hatte sie dann Widukind, einen freien Köhler, kennengelernt, der sich nicht an ihrem Gewerbe zu stören schien. Immer wieder beteuerte er ihr seine Liebe, und im Bett hatten sie so viel Spaß miteinander wie zwei Jungverliebte. Er hatte ihr sogar versprochen, seine Frau zu verlassen, um sie zu heiraten.

»Als meine Regel zum zweiten Mal ausblieb, dachte ich, das würde ihn anspornen. Das Ergebnis siehst du ja: Als ich es ihm erzählte, wurde er fuchsteufelwild, schlug auf mich ein und nannte mich eine hinterlistige Hure. Dieser verlogene Schuft ... Die Rute soll ihm verfaulen, und wenn er eines Tages Kinder haben will, dann kommen sie hoffentlich mit Hörnern auf die Welt.«

Theresa wich nicht von ihrer Seite, bis Helga sich beruhigt hatte. Stockend gestand ihr die Freundin, dass Widukind sie auch früher schon geschlagen habe, allerdings noch niemals so brutal wie an diesem Tag. Und dass sie allmählich verstand, warum so viele mittellose Mütter ihre Neugeborenen lieber umbrachten, anstatt sie später als Sklaven zu verkaufen.

»Aber dieses Kind würde ich gerne behalten«, sagte sie und strich sich über den Bauch. Theresa nahm sie in den Arm.

Gemeinsam räumten sie die Gaststube auf. Theresa berichtete Helga, Haldor sei auf dem Weg der Genesung, müsse aber noch einige Tage im Kloster bleiben. Außerdem habe sich Alkuin von York sehr besorgt über eine Krankheit geäußert, von der die Stadt in letzter Zeit heimgesucht werde. Ob Helga davon gehört habe?

»Allerdings. Es ist übrigens eine merkwürdige Sache mit dieser Krankheit, sie scheint nämlich ausschließlich die Wohlhabenden zu befallen«, meinte die Schwarze Helga. »Aber wer ist Alkuin von York?«

»Ach, das ist eine lange Geschichte. Und ich bin ziemlich hungrig.«

Also aßen sie zu Mittag, ein Mus aus gekochten Hülsenfrüchten und Roggenmehl, und verplauderten den Rest des Tages im Gespräch über sonderbare Mönche, über Geburten, Kinder und Schwangerschaften. Zu später Stunde vertraute Helga ihr an, dass sie in Wirklichkeit nicht aus freien Stücken angefangen habe, sich an

Männer zu verkaufen. Nein, die nette Anekdote, die sie sonst immer erzählte, stimmte nicht. Kurz nachdem sie Witwe geworden war, war ein Fremder in ihr Haus eingedrungen und hatte sie brutal vergewaltigt. Als die Nachbarn davon erfuhren, wandten sie sich von ihr ab und versagten ihr jede Unterstützung. Keiner wollte sie für sich arbeiten lassen, und so musste sie ihr Brot auf diese erniedrigende Art und Weise verdienen. Theresa sei die einzige anständige Frau, die sie so akzeptierte, wie sie war. Das werde sie ihr nie vergessen.

Sie gingen früh zu Bett, denn Helga klagte über Kopfschmerzen und musste sich schonen.

Die Sonne war noch nicht aufgegangen, als Theresa das Wirtshaus mit frisch ausgegossenen Wachstäfelchen verließ. Es fröstelte sie. An der ersten Ecke wickelte sie sich fest in die Mönchskutte, die Alkuin ihr überlassen hatte, denn der Wind frischte auf. Besorgt, sie könne sich verlaufen und an ihrem ersten Arbeitstag zu spät kommen, lief sie durch die engen Gassen. An der Klosterpforte ließ der Cellerar sie ohne Zögern ein und begleitete sie zur Gästeresidenz, wo Alkuin sie am Eingang erwartete.

»Na, heute hast du wohl keine Koteletts dabei?«, begrüßte er sie augenzwinkernd.

Er führte sie in denselben Saal wie tags zuvor; dank einiger Öllampen, die man um den Tisch herum aufgestellt hatte, wirkte er aber freundlicher auf Theresa. Außerdem war das Mobiliar durch ein frisch geöltes Schreibpult mit einem randvoll gefüllten Tintenfass ergänzt worden. Ein Codex, kleine Messer und diverse angespitzte Federn lagen darauf bereit.

»Dies wird dein Arbeitsplatz sein«, erklärte Alkuin und deutete auf das Pult. »Vorerst wirst du Texte kopieren. Du darfst den Raum ohne meine Genehmigung nicht verlassen, und wenn, dann nur in Begleitung. Sobald ich Bischof Lotario davon unterrichtet habe, dass du für mich arbeitest, werden wir ins Domstift umziehen.« Er ging kurz aus dem Raum und kehrte mit zwei Gläsern Milch zurück. »Heute Mittag werden wir Haldor einen kurzen Besuch abstatten. Du kannst dich jederzeit in der Küche verköstigen, sag mir nur rechtzeitig Bescheid. Solltest du etwas benötigen, während ich nicht da bin, wende dich bitte an einen meiner Gehilfen. Ich muss mich jetzt um einige andere Angelegenheiten kümmern. Schreib du inzwischen die ersten Seiten dieses Codexes hier ab.«

Neugierig blätterte Theresa die dicke Handschrift durch, die erst kürzlich hergestellt worden zu sein schien. Sie hatte einen schweren, goldverzierten Ledereinband und enthielt kunstvoll gestaltete Miniaturen. Laut Alkuin handelte es sich um eine wertvolle Ausgabe der *Hypotyposeis* von Clemens von Alexandrien, die von Theodoro von Pisa aus dem Griechischen ins Romanische übersetzt worden war und die – wie zahlreiche weitere Codices – von Abtei zu Abtei weitergereicht und dort von den Kopisten abgeschrieben wurde. Sie bemerkte, dass die Buchstaben kleiner und leichter lesbar waren als die, die sie kannte, und Alkuin erklärte ihr, dass er sich schon seit einiger Zeit mit dieser neuen Schrift beschäftige, die das Abschreiben leichter und vor allem schneller mache.

Während sie sich den Text genauer ansah, wurde Theresa mit einem Mal bewusst, dass Alkuin ihr keinerlei Lohn für ihre neue Tätigkeit in Aussicht gestellt hatte. Sicher, Haldor wurde hier im Kloster gepflegt, und sie wollte keinesfalls undankbar erscheinen, doch sobald ihr das Geld ausgehen würde, das sie für den Bärenkopf erhalten hatte, müsste sie zumindest so viel verdienen, dass sie Unterkunft und Verpflegung bei der Schwarzen Helga bezahlen konnte. Sie wusste nicht recht, wie sie diese Frage ansprechen sollte und räusperte sich. Alkuin, der noch seine Utensilien zusammensuchte, schien ihre Gedanken wieder einmal erraten zu haben.

»Was deine Bezahlung betrifft«, sagte er, »sollst du zwei Pfund Brot pro Tag erhalten, außerdem so viel Gemüse, wie du brauchst. Die Kutte kannst du behalten, und ich werde mich auch um ein Paar neue Schuhe kümmern, damit du dich nicht erkältest.«

Damit war Theresa vollauf zufrieden, denn ihren Berechnungen zufolge würde sie sowieso nur bis zum Abendessen zu tun haben.

Hier im Kloster wurde dieses nach der Non, also gegen drei Uhr nachmittags eingenommen, was bedeutete, dass ihr immer noch ein paar Stunden blieben, in denen sie der Schwarzen Helga in der Schenke zur Hand gehen konnte.

Sie setzte sich ans Pult und nahm die Feder zur Hand. Alkuin legte sich einen wollenen Umhang um.

»Solltest du während meiner Abwesenheit Haldor besuchen wollen, dann benachrichtige meinen Gehilfen und zeig ihm diesen Ring hier.« Er reichte ihr einen unscheinbaren Bronzering. »Er wird dich begleiten. Ich werde in ein paar Stunden zurück sein und mich über deine Fortschritte informieren. Isst du übrigens gerne Suppe?«

»Ich liebe Suppe.«

»Ich werde in der Küche Bescheid geben, dass man eine Mahlzeit für dich anrichtet.« Er verließ den Raum und ließ Theresa mit dem Text allein.

Er hatte ihr erläutert, dass ihre Arbeitszeit sich nach den Stundengebeten richten würde, die alle drei Stunden abgehalten wurden. Im Kloster begann der Tag im Morgengrauen mit der Prim. Danach wurde gefrühstückt, und jeder Mönch ging seinen Verpflichtungen nach. Gegen neun Uhr wurde die Terz, der Hauptgottesdienst, abgehalten, dann wäre ihr Arbeitsbeginn. Drei Stunden später, um zwölf Uhr mittags, fand die Sext statt. Um drei Uhr nachmittags kam dann die Non, es folgte das Abendessen und um sechs die Vespermesse. Um neun schließlich fand man sich zur Komplet in der Kirche zusammen. Sie aber könne ihren Arbeitstag bereits am Nachmittag beschließen, wenn sie denn eine hinreichende Anzahl Seiten fertiggestellt hätte.

Theresa tauchte die Feder ein, bekreuzigte sich und machte sich mit Hingabe ans Werk. In jeden einzelnen Buchstaben versuchte sie ihre ganze Seele zu legen, sie verwandte all ihre Konzentration darauf, nicht nur Größe und Form zu imitieren, sondern der Schrift auch die richtige Neigung und den entsprechenden Schwung zu verleihen. Und während sich das Blatt mit mustergültigen Zeichen füllte, während die Worte sich zu harmonischen Absätzen voller Bedeutung fügten, dachte sie mit Wehmut an ihren Vater, der sie stets dazu ermuntert hatte, beharrlich ihre Ziele zu verfolgen. Sie vermisste ihn schmerzlich.

Als Gorgias die Augen aufschlug, hoffte er einen aberwitzigen Moment lang, es möge alles nur ein grausamer Traum gewesen sein; doch sobald er sich umsah, musste er feststellen, dass ihn noch immer dieselben Mauern umgaben, die ihn nun schon einen Monat gefangen hielten. Jeden Morgen kam Genserico zu ihm hinunter in die Krypta, um zu überprüfen, wie er mit dem Dokument vorankam, reichte ihm durch das Drehfenster in der Tür eine Schüssel mit seiner Tagesration und nahm im Gegenzug den Topf mit Exkrementen entgegen. Gorgias bemühte sich, so sorgfältig zu schreiben, wie es ihm mit dem schmerzenden Arm möglich war. Die Wunde verheilte einfach nicht. Im Gegenteil, an den immer noch geschwollenen Rändern hatten sich hässliche Verfärbungen ausgebreitet, und jeden zweiten Tag musste Genserico ihm frisches Leinen für einen neuen Verband bringen, da der alte verkrustet und verklebt war von der ungesunden Flüssigkeit, die beständig aus dem tiefen Schnitt sickerte. So fiel es Gorgias außerordentlich schwer, das Pergament in der Qualität zu beschreiben, die ein kaiserlicher Schreiber am byzantinischen Hof mit all seinen Hilfsmitteln mühelos erreicht hätte. Manchmal zweifelte er, ob er den Ansprüchen an dieses Dokument, das den Lauf der Welt verändern sollte, genügt hatte: Würde Genserico stutzen, würde er beim Grafen Alarm schlagen? Und was würde dann geschehen? Bald jedoch erkannte er, dass Wilfreds Gehilfe gar nicht darauf achtete, ob Gorgias alles korrekt wiedergegeben hatte oder welche Sorgfalt er auf die Buchstaben verwandte; den knorrigen Alten schien lediglich die abgelieferte Menge Text zu interessieren. Und endlich begriff er: Genserico war des Griechischen gar nicht mächtig.

Warum aber bestand Wilfred, der dies doch wissen musste, nicht darauf, die Schrift persönlich zu kontrollieren? Wo ihm dieses Pergament – das »Pergament des Himmels«, wie er es, Karl zitierend, gerne nannte – doch so sehr am Herzen lag … Das wollte gar nicht zu dem Grafen passen. Sicher, von den Feinheiten byzantinischer Hierarchien und den korrekten Bezeichnungen der politischen Ämter im alten Konstantinopel verstand er nichts, aber er war des Griechischen leidlich mächtig.

Sobald Gorgias die Tür ins Schloss fallen hörte, nahm er den Deckel von der Schüssel und schlang gierig ein paar Löffel Haferbrei hinunter. Was wohl Rutgarda zu essen haben mochte? Und was hätte er darum gegeben, zu erfahren, wie es ihr ging. Doch sein Kerkermeister antwortete auf keine seiner beschwörenden Fragen und starrte ihn bloß an. Sogar während des Essens fühlte Gorgias sich weiterhin unablässig vom kalten Blick Gensericos durchbohrt, obwohl der längst davongeschlurft war. Die Schmerzen im Arm ließen ihn allmählich irre werden. Doch diese blauen Augen gingen ihm nicht aus dem Kopf. Er stand beklommen auf.

Diese eiskalten blauen Augen … Und wenn es nun Genserico gewesen wäre, der ihn überfallen hatte? Im Grunde war es kaum vorstellbar, dass dieses alte Faktotum irgendjemanden, noch dazu einen Jüngeren, Kräftigeren, tätlich angreifen könnte. Doch er war kräftiger, als er auf den ersten Blick wirkte, wie ein zäher, alter Wolf. Zudem wusste der Angreifer ja, dass er den Schreiber vollkommen unvorbereitet erwischen würde, und es war ohnehin dunkel gewesen. Gorgias dachte daran, dass er ihn – zusammen mit dem kleinwüchsigen Mönch und dem Kantormeister – von Anfang an zu den Verdächtigen gezählt hatte. Auf welchen Wegen auch immer musste Genserico Kenntnis davon bekommen haben, dass Gorgias das brisante Dokument an jenem Morgen bei sich tragen würde. Fiel nicht überhaupt die Aufsicht über alle zu verfassenden Dokumente in der Festung unter seine Aufsicht? Obwohl: Dieses Pergament war alles andere als eine gewöhnliche Urkunde – es war wichtiger als alles, was selbst ein so mächtiger Graf wie Wilfred je in seinen Händen gehabt hatte, ja es war dazu bestimmt, das Schicksal des größten

Teils der bekannten Welt zu verändern. Wie passte ein so unbedeutender, böser Handlanger wie Genserico in dieses monumentale Bild?

Grübelnd lief Gorgias in seiner kleinen Zelle auf und ab. Wilfred hatte ihm stets versichert, dass dieses von Karl in Auftrag gegebene Pergament strengster Geheimhaltung unterlag. Wieso sollte der Graf ausgerechnet Genserico jetzt hinterrücks ins Vertrauen ziehen? Gorgias' Arm pochte, er versuchte den Schmerz zu ignorieren, doch das Denken fiel ihm schwer. Weshalb sollte Wilfred ihn überhaupt einsperren, krank und mutlos wie er war – und vollkommen loyal? Und wenn er das Dokument so dringend benötigte, warum vergewisserte er sich nicht höchstpersönlich, wie sein Schreiber damit vorankam?

Nein. Wie er es auch drehte und wendete, es ergab keinen Sinn. Ganz anders sah es aus, wenn man von der Prämisse ausging, dass Genserico auf eigene Faust handelte. Er hatte ihn damals überfallen und ihm das Pergament mit dem lateinischen Text geraubt, und jetzt hatte er dasselbe mit der griechischen Fassung vor, sobald das Dokument fertig war. Und wozu das alles? Gewiss handelte er in jemandes Auftrag. Doch wer konnte dahinterstecken? Gorgias wurde unbehaglich zumute: Es musste einen Verräter in den eigenen Reihen geben. Je länger er darüber nachdachte, desto wahrscheinlicher schien es ihm, dass Genserico eingeweiht war, dass er von der ungeheuren Macht wusste, die das Pergament seinem Besitzer verlieh. Eine Macht, die der Alte für jemanden, dem dies unendlich viel wert war, um jeden Preis an sich reißen wollte, davon war Gorgias nun überzeugt. Wer wäre nicht bereit zu töten, wenn ihm die Gunst desjenigen in Aussicht stünde, der nach der Herrschaft über das gesamte Abendland strebte? Ein kalter Schauer lief dem Schreiber über den Rücken. Dass es bei diesem gewaltigen, undurchsichtigen Spiel auf ein Menschenleben nicht ankam, war offensichtlich. Was würde aus ihm werden, wenn das Dokument vollendet war? Würde er Rutgarda jemals wiedersehen? Und würde man sie in Frieden leben lassen? Vielleicht sollte er trotz allem versuchen, zurück nach

Byzanz zu gehen. Wenn er unauffällig genug bliebe, mochte es gelingen, ein bescheidenes Dasein abseits des Hofes zu fristen. Ach, wie hätte Theresa sich gefreut, wären sie mit ihr an den Ort ihrer unbeschwerten Jugend zurückgekehrt. So viel hatte sie noch lernen wollen, so vieles lesen und sehen und erfahren – und was war geblieben? Dem gebeugten alten Mann rannen die Tränen in solch unaufhaltsamem Strom über die Wangen, dass er fürchtete, das Pergament zu verderben. Doch zum Glück war keiner der kunstvollen Buchstaben verwischt.

Gorgias prüfte die Passage, die er zuletzt übersetzt hatte. Dann verglich er die übertragene und korrigierte Stelle mit der entsprechenden lateinischen und rechnete aus, dass er, wenn er das Tempo beibehielt, die Arbeit in gut zehn Tagen zu Ende gebracht haben würde. In dieser Zeit musste er es schaffen, aus seinem Gefängnis zu entfliehen. Denn sonst würde das Ende der Arbeit an der Schrift auch sein eigenes Ende bedeuten, dessen war sich Gorgias mittlerweile sicher.

Normalerweise kam Genserico nach der Terz in die Krypta hinunter. Er blieb einen Augenblick im Vorraum, öffnete das Drehfenster und stellte ihm das Essen herein. Manchmal ließ er das Fenster offen und wartete auf den Text – das musste seine Chance sein. Das Drehfenster, eine Art vertikaler Zylinder aus Holz, war durch mehrere dünne Trennwände in kleine Fächer unterteilt. Sicher, selbst wenn es ihm gelänge, diese Trennwände zu entfernen, wäre die Öffnung zu klein, um dadurch zu entkommen. Doch ohne die Unterteilungen könnte er durch die Luke greifen und Genserico in einem unbedachten Augenblick packen und ihn zwingen, die Tür aufzusperren. So wie er die Kräfte des Alten unterschätzt hatte, unterschätzte dieser jetzt seine Kraft und Entschlossenheit: Seit er fast alles mit dem gesunden Arm erledigen musste, war dieser so stark und flink geworden, dass es für den nicht auf einen Angriff gefassten Wärter seiner Qualen reichen sollte.

In den folgenden Stunden nahm die List in Gorgias' Gedanken immer konkretere Formen an, so dass er sich noch in derselben

Nacht mit der Feile an den Trennwänden zu schaffen machte. Es funktionierte! Nacht für Nacht sägte und feilte er nun nach der Arbeit, bis ihn die Schmerzen im Arm, vom Tagwerk ohnehin über die Maßen strapaziert, zur Ruhe zwangen. Als er in der vierten Nacht sämtliche Trennwände durchgefeilt und die Einfassungen mit in Tinte gefärbten Brotkrumen verklebt hatte, ließ er sich erschöpft auf seine Pritsche sinken. Wieder und wieder ging er seinen Fluchtplan für den nächsten Morgen durch und tat bis zur Dämmerung kein Auge zu.

Er hatte gerade erst eine Trennwand herausgelöst – die zweite hatte sich unglücklich verkeilt –, als er, viel früher als erwartet, das Klirren der Schlüssel hörte. Genserico musste die Krypta bereits betreten haben. Verzweifelt schlug Gorgias, so fest er konnte, gegen das Holz, doch es wollte nicht nachgeben. Jetzt musste alles sehr schnell gehen. Gerade rechtzeitig schaffte er es, die erste Unterteilung wieder einzusetzen und mit dem Kitt, den er vorsorglich bereithielt, notdürftig zu befestigen, als Genserico sich von draußen misstrauisch nach dem eigenartigen Poltern erkundigte. Rasch ersann Gorgias einen Schemel, über den er gestolpert sei, und betete, dass dem Alten nichts auffallen möge. Wenn nur die Trennwand hielt! Unwirsch wurde der Riegel zur Seite geschoben, die Lade drehte sich.

Achtlos stellte Gorgias den hereingereichten Teller mit Erbsen zur Seite und griff, einer plötzlichen Eingebung folgend, nicht nach dem Pergament, an dem er arbeitete, sondern nach einem alten Entwurf und legte ihn Genserico in das Fach. Er wollte es wissen, wollte sehen, ob Genserico den Unterschied bemerken würde. Sogleich drehte Wilfreds Gehilfe die Lade zurück und nahm das Pergament heraus.

Gorgias' Schläfen pochten, und sein Atem ging so laut, dass er fürchtete, allein dadurch Gensericos Argwohn zu wecken. Doch der Alte schien nichts zu bemerken. Gorgias meinte förmlich zu hören, wie seine sehnigen Finger über das Pergament strichen. Plötzlich wurde der Riegel vor das Drehfenster geschoben.

»Ich muss mir den Text genauer ansehen«, erklärte Genserico knapp.

Gorgias fluchte über sein Pech. Krachend fiel die Pforte zur Krypta ins Schloss.

Am Abend kehrte Genserico zurück, doch er war offenbar nicht allein. Atemlos wartete Gorgias darauf, welches Unheil nun über ihn hereinbrechen würde. Doch dann hörte er zwei Stimmen erregt miteinander streiten, es folgten zwei dumpfe Schläge. Wenige Augenblicke später wurde das Drehfenster so heftig geöffnet, dass der Kitt die dünnen Bretter nicht mehr hielt. Ein paar kräftige Arme, deutlich jünger als die Gensericos, hoben die angesägten Trennwände kurzerhand heraus, und in dem einfallenden Licht erkannte Gorgias eine tätowierte Schlange. Entsetzt wich er zurück. Doch nichts geschah. Der tätowierte Arm schob ihm das alte Pergament zurück in die Zelle und verschwand sogleich aus seinem Blickfeld. Mit einem schabenden Geräusch wurden die Trennwände achtlos wieder eingesetzt, Schritte entfernten sich, dann herrschte Totenstille. Drei lange Tage tauchte Genserico nicht wieder auf. Hätte Gorgias sich für eine solche Situation nicht einen kleinen Notvorrat angelegt, er wäre wohl in seinem Gefängnis verhungert.

12

Haec studia adolescenciam alunt, senectutem oblectant, secundas res ornant, adversis solatium et perfugium praebent, delectant domi, non impediunt foris, pernoctant nobiscum, peregrinantur, rusticantur.«

»Nein, nein und nochmals nein!«, rief Alkuin verärgert und wandte sich an den jungen Mann, den ihm der Bischof als Gehilfen zugewiesen hatte. »Drei Tage schaue ich mir das nun schon mit an, und du hast offenbar noch immer nichts dazugelernt! Wie oft muss ich dir noch sagen, dass du die Feder schräg auf das Pergament aufsetzen sollst? Du ruinierst den ganzen Text.«

Der Novize senkte das Haupt und murmelte eine Entschuldigung. Es war sein zweiter Fehler an diesem Nachmittag.

»Und dann – sieh dir das an: Es heißt nicht *haec* sondern *hæc*, man schreibt auch nicht *praebent*. *Præbent* muss es heißen, *præbent*! Wer soll denn dieses … dieses ungereimte Zeug verstehen, du Einfaltspinsel? Mühsam rang Alkuin um seine Fassung. »Lass gut sein für heute«, schloss er. »Es ist sowieso schon fast Zeit für das Abendessen, und beide sind wir müde. Am Montag werden wir uns die Arbeit ganz in Ruhe noch einmal vornehmen.«

Der Junge stand auf und ließ den Kopf hängen. Er mochte diese Arbeit nicht, doch der Bischof hatte angeordnet, dass er Alkuin zu Diensten sein solle. Er stäubte ein wenig Kreide auf den hässlichen Klecks, den er soeben auf dem Pergament hinterlassen hatte, doch das machte es nur noch schlimmer. Entmutigt säuberte er sein Schreibzeug und legte es in eine hölzerne Schatulle. Er blies die Kreidereste fort und strich mit einem winzigen Pinsel die Häufchen glatt, die sich rund um den Klecks gebildet hatten. Zum Schluss spitzte er den Federkiel, spülte ihn ab und legte ihn zu dem Originalcodex auf das andere Pult. Dann schlug er sich mit der Hand vor die Stirn und stürzte auf den Gang, Alkuin hinterher, der schon beinahe beim alten Peristylium angelangt war.

»Meister, Meister!«, rief ihm der junge Novize hinterher. »Am Montag findet doch die Hinrichtung statt.«

»Die Hinrichtung? Ach ja, gütiger Gott! Das war mir völlig entfallen«, sagte Alkuin und kratzte sich nachdenklich die Tonsur. »Mir ist zwar nicht bekannt, welchen Verbrechens er angeklagt ist, aber es ist unsere Pflicht, dem armen Mann in dieser schweren Stunde beizustehen. Wird der Bischof anwesend sein?«

»Der Bischof und das gesamte Domkapitel«, antwortete der Novize.

»Gut, mein Junge. Dann sehen wir uns am Dienstag nach dem Frühstück wieder.«

»Kommt Ihr nicht zum Abendessen?«

»Nein. Danach liegt mir das Essen nicht nur schwer im Magen, es macht auch die Sinne stumpf. Und ich muss noch das *De Oratione* fertigstellen«, sagte er und hob die Schriftrolle hoch, die er unter dem Arm trug. »Der Herr sei mit dir.«

»Mit Euch auch, Pater. Gute Nacht.«

»Ach, übrigens«, bemerkte Alkuin noch, »meinst du nicht, es wäre besser, den Codex ins Regal zurückzustellen?«

»Oh! Selbstverständlich!«, stammelte der Novize, drehte sich um und eilte davon. »Gute Nacht, Pater. Ich stelle ihn sofort zurück.«

Alkuin machte sich mit verdrießlicher Miene auf den Weg zum Gästehaus im Stift. Sein junger Gehilfe hatte nun schon etliche Tage mit dem Codex zugebracht und bisher ganze vier Seiten abgeschrieben. Wenn er so weitermachte, würde er nie eine anständige Kopie zustande bringen. Er nahm sich vor, dem Bischof bei nächster

Gelegenheit vorzuschlagen, Theresa anzustellen, denn dieser Novize war ganz und gar nicht der Richtige für die Aufgabe. Im Peristylium angelangt, blieb er einen Augenblick stehen und sah sich um.

Soweit er feststellen konnte, orientierte sich das Domstift zu Fulda an den letzten Reformen Karls des Großen. Um das gemeinschaftliche Leben der Kanoniker zu fördern, hatte der König in seiner *Institutio Canonicorum* festgelegt, wie die klerikalen Gebäude rund um den Dom und den Bischofspalast anzuordnen seien.

Das bunt zusammengewürfelte Ensemble verschiedenster Stilrichtungen um den Dom wirkte befremdlich auf Alkuin, und dass der Bischof zu Fulda ein altes römisches Domus zu seinem Sitz auserkoren hatte, kam ihm noch merkwürdiger vor. Der Bischofspalast war ein zweistöckiges Steingebäude. Das obere Stockwerk hatte elf kleine, beheizbare Zimmer, die auf eine gemeinsame Galerie mit Blick auf das Atrium hinausgingen. Im Erdgeschoss befanden sich hinter zwei Säulengängen weitere Wohnräume mit angenehm warmen Holzböden, ein Stall, die Küchen, eine Bäckerei, die Vorratsräume mit Weinlager, der Getreidespeicher und ein kleines Lazarett. Vielleicht stand ihm ein solches Urteil nicht zu, doch schien ihm dieser Palast die gebotene Bescheidenheit einer Prälatenresidenz bei weitem zu übersteigen. Andererseits, so sagte er sich, sollte er denjenigen, der ihn so gastfreundlich aufgenommen hatte, wohl nicht so harsch kritisieren. Schließlich hatte sich der Bischof von Fulda durch seine Anwesenheit sehr geschmeichelt gezeigt, wozu Alkuins Interesse an den kostbaren Schätzen seiner Bibliothek nicht unwesentlich beigetragen hatte.

Es war stockfinster, als er die Zelle betrat, die man ihm zugewiesen hatte. Er hätte ebenso in der für höhere Gäste vorgesehenen Herberge im Kloster übernachten können, doch ihm war seine kleine Zelle, in der er seine Ruhe hatte, lieber als der große Gemeinschaftsraum. Er dankte dem Herrn, zog die Schuhe aus und kehrte in sich, um die Ereignisse des Tages zu überdenken.

Er hatte einen besonders anstrengenden Tag hinter sich, der dabei doch weit weniger anstrengend gewesen war als einst seine Tage im fernen Northumbrien. Weder in Fulda noch in Aachen musste er zu den Laudes aufstehen, und nach der Prim erwartete ihn stets ein wohlschmeckendes Frühstück mit Honigküchlein, köstlichem Käse und Apfelwein. Sein Tagwerk hatte kaum etwas mit dem in der Domschule von York gemein, wo er früher mit großer Hingabe Rhetorik und Grammatik unterrichtet hatte. Zudem leitete er die Bibliothek, beaufsichtigte das Skriptorium, stellte Codices zusammen, fertigte Übersetzungen an, organisierte die Ausleihe der Bücher, die aus weit entfernten Klöstern Irlands herbeigeschafft wurden, er überwachte die Aufnahme der Novizen und kontrollierte die Fortschritte der Schüler.

Wie weit schienen ihm heute die Tage von York!

Bilder überfluteten seine Gedanken, und er fühlte sich in seine Kindheit nach Britannien versetzt.

Er war als Kind einer christlichen Familie in Whitby, einem kleinen Küstendorf in Northumbrien, zur Welt gekommen, wo die wenigen Einwohner von dem lebten, was das Meer und die spärlichen, am Fuße einer alten Festung gelegenen Gärten hergaben.

Er dachte an die regensatte Erde; diesen allzeit feuchten und kühlen Ort, an dem er jeden Morgen, den Geschmack von Gischt und Meersalz auf den Lippen, vom Rauschen der rastlosen Wellen geweckt worden war.

Seine Eltern hatten bald gemerkt, dass ihr Sohn ein stilles Kind war, das seine Zeit lieber damit verbrachte, Pflanzensamen zu untersuchen oder Käfer zu beobachten, als sich mit den anderen Bengeln zu raufen. Ein merkwürdiger Junge, dachten sie, und dieser Eindruck verstärkte sich noch, als er mit seinen Prophezeiungen begann, etwa den Fang eines bestimmten Fischkutters voraussagte oder das Haus benannte, das dem nächsten Sturm zum Opfer fallen würde.

Seine Erklärungen – er habe sich lediglich die verrotteten Fischernetze angesehen oder bemerkt, dass Stützpfosten und Gebälk durch Fäulnis bedroht waren – sollten ihm nichts nützen. Für die Dorfbewohner war der kleine, schlaksige Kerl vom Teufel besessen, und so hatten seine Eltern entschieden, ihn auf die Domschule nach York zu schicken, damit man sich dort seiner Seele annehmen möge.

Aelbehrt von York, ein krummbeiniger Ordensbruder, der zu jener Zeit die Schule leitete und Schüler des früheren Direktors Graf Egbert von York war, eines Verwandten der Familie, wurde ihm als Lehrer zugewiesen. Aelbehrt hatte ihn wie seinen eigenen Sohn aufgenommen und alles daran gesetzt, sein außergewöhnliches Talent in die rechten Bahnen zu lenken.

Alkuin genoss die klassische Ausbildung des Triviums in den Fächern Grammatik, Rhetorik und Dialektik, später die des Quadriviums, wozu Arithmetik, Geometrie, Astronomie und Musik gehörten, welche in der angelsächsischen Tradition außerdem noch durch Astrologie, Mechanik und Medizin ergänzt wurden. Doch alles, was sich nicht auf geistliche Erkenntnis richtete, war seinem Ziehvater ein Dorn im Auge.

»Sæculare quoque et forasticae philosophorum disciplinae«, gemahnte ihn Aelbehrt immer wieder, um ihn davon zu überzeugen, dass die säkularen Künste nichts als Teufelswerk seien, geschaffen einzig und allein, um brave Christen die Worte des Herrn vergessen zu machen.

»Aber von Gregor dem Großen werden diese Studien in seinem *Kommentar zum Buch der Könige* ausdrücklich anerkannt«, erwiderte der damals gerade sechzehnjährige Alkuin dann.

»Das gibt dir noch nicht das Recht, den ganzen Tag in dem Lügenkompendium zu lesen, das die *Naturalis historia* darstellt.«

»Würde es Euch denn weniger erzürnen, wenn ich die *Etymologiae originum sive etymologicarum libri viginti* studierte? Denn wenn Ihr die beiden Werke vergleicht, werdet Ihr feststellen, dass der heilige Isidor sich in einigen seiner Bücher auf die Enzyklopädie von Plinius stützt. Und nicht allein auf Plinius, sondern auch auf Cassiodor und Boëthius, auf die Übersetzungen von Marc Aurel zu

Asklepiades von Bithynien und Soranus von Ephesus, auf Lactantius und Solinus, und selbst auf Suetons Prata.«

»Aber doch aus christlicher Sicht, und nicht aus heidnischer.«

»Auch die Heiden sind Kinder Gottes.«

»Aber sie stehen im Dienste des Teufels, mein Junge! Und nun keine Widerworte mehr, oder ich werfe alle siebenunddreißig Bände eigenhändig zum Fenster hinaus.«

Tatsächlich aber behinderte ihn Aelbehrt nicht allzu sehr bei seinen Lektürevorlieben, denn seine Christenpflichten vernachlässigte der junge Alkuin niemals. Im Gegenteil, er war ein fleißiger und begabter Schüler, der bei theologischen Streitgesprächen die erfahrensten Ordensbrüder in Verlegenheit brachte und immer wieder unter Beweis stellte, dass seine Ausflüge zu den heidnischen Autoren – wenngleich sie nicht zu billigen waren – ihn auf seinem Weg zur Weisheit nicht in die Irre zu führen vermochten.

Mit den Jahren entwickelte Alkuin beachtliches schriftstellerisches Geschick. Aus den verschiedensten Schriften trug er das Wissen der großen Gelehrten zusammen; so verfasste er etwa das Poem *De sanctus Euboriensis ecclesiae,* in dessen tausendsechshundertsiebenundfünfzig Versen er nicht nur die Geschichte der Stadt York, seiner Bischöfe und der Könige von Northumbrien erzählte, sondern auch Autoren wie Ambrosius, Athanasius, Augustinus zu Wort kommen ließ, wie Cassiodor, Johannes Chrysostomos, Cyprian, Gregor den Großen, Hieronymus, Isidor von Sevilla, Lactantius, Sedulius, Arator, Juvencus, Venantius, Prudentius oder Vergil, deren Werke die von Bruder Eanvaldo geführte Bibliothek schmückten.

Er schrieb ohne Unterlass.

Wegen ihrer Klarheit und ihrer rhetorischen Brillanz wurden die Texte, die er noch als Schüler verfasst hatte, später als Lehrmaterialien verwendet. So hatte er sich mit Aristoteles' *Kategorien* und den *Categoriae decem* des heiligen Augustinus beschäftigt oder den Kanon *Disputatio de vera philosophia* verfasst, der später zur bevorzugten Lektüre Karls des Großen werden sollte. Hinzu kamen die theologischen Werke, liturgische und dogmatische Texte, Bibelkommentare, zahlreiche Gedichte und Heiligenviten.

Als Bruder Aelbehrt Egberts Nachfolge als Erzbischof von York antrat, wurde ein neuer Leiter für die Domschule benötigt. Gegen verschiedene Bewerber setzte sich Alkuin durch, der im Alter von fünfunddreißig Jahren kurz zuvor zum Diakon geweiht worden war.

Später schickte ihn König Efvaldo nach Rom, um für den neuen Grafen das Pallium zu erbitten, das York zum Bischofssitz machen sollte. Auf der Rückreise lernte er in Parma Karl den Großen kennen und kehrte fortan niemals mehr auf seinen Posten in der Domschule zurück.

Doch seine Leidenschaft, sich immer neues Wissen anzueignen und den Dingen auf den Grund zu gehen, hatte ihn nun zu einer Aufgabe geführt, die von ihm Entscheidungen forderte, wie er sie nie in seinem Leben hatte fällen wollen. Manchmal wünschte er sich, er wäre seinem Wohltäter Karl nie begegnet …

In seiner kargen Zelle dachte Alkuin voller Unbehagen an die bevorstehende Hinrichtung. Es war bereits Freitag, und die Exekution war für Montag vor Sonnenuntergang angesetzt.

Im Stift hatte ihm ein aufgeregter Novize berichtet, dass öffentliche Hinrichtungen für gewöhnlich am späten Nachmittag auf dem Domplatz stattfanden, damit möglichst viele Leute Gelegenheit hätten, dem Spektakel beizuwohnen. Der Angeklagte musste sich einer entsetzlichen Tat schuldig gemacht haben, dachte Alkuin.

Gewiss, er sah ein, dass man schwere Verbrechen hart bestrafen musste, doch den Eifer mancher Richter, besonders drakonische Strafen zu verhängen, teilte er keineswegs. Während seiner Amtszeit in der Schule von York hatte er an zahlreichen Prozessen teilgenommen, und wenngleich mancher Angeklagte zum Tode verurteilt worden war, hatte er doch nur selten einer Hinrichtung beigewohnt. Diesmal nun hatte er dem Bischof jedoch versprochen, bei der Exekution an seiner Seite zu sein, eine Aussicht, die ihn ganz und gar nicht erfreute. Vielleicht aber vermochte eine solche ihn auf das vorzubereiten, was er in Karls Auftrag ins Werk zu setzen hatte. Alkuin seufzte, dann beschloss er, sich in den verbleibenden Stunden des Tages der Lektüre Vergils zu widmen, soweit seine schwachen Augen dies zuließen.

Der Samstagmorgen versprach einen frostklaren Wintertag. Nach der Prim hatte Alkuin sich mit dem Bischof in dem kleinen Refektorium gleich beim Gästehaus verabredet. Dort empfingen ihn eine behagliche Wärme und der Duft nach frisch gebackenem Brot.

»Einen guten Tag möge der Herr Euch bescheren«, begrüßte ihn Lotario gutgelaunt. Er wirkte eher wie ein weltlicher denn wie ein geistlicher Würdenträger auf Alkuin – ziemlich wohlbeleibt und für einen jungen Mann von einer so hochmütigen Haltung, dass man seine Verwandtschaft mit dem König nie zu vergessen vermochte. »Bitte, setzt Euch zu mir und bedient Euch, der Kürbiskuchen ist ganz vorzüglich.« Nun, seine Gastfreundschaft zumindest ließ nichts zu wünschen übrig.

»Guten Tag, Euer Hochwürden.« Alkuin dankte und nahm sich ein bescheidenes Stück. »Ich wollte mit Euch über den Gehilfen sprechen, den Ihr mir für die Schreibarbeiten zugeteilt habt, den Neffen des Bibliothekars.«

»Was ist mit ihm? Will er Euch nicht gehorchen?«

»Das ist es nicht, Eminenz, im Gegenteil. Der Junge ist fleißig und gibt sich Mühe. Er ist vielleicht ein wenig zimperlich, aber an Eifer lässt er es nicht fehlen.«

»Und was habt Ihr dann an ihm auszusetzen?«

»Er ist einfach nicht der Richtige für diese Aufgabe. Ich gebe zu, als Euer Hochwürden ihn mir als Gehilfen empfahlen, schien er mir durchaus geeignet. Doch nun hat sich erwiesen, dass dies nicht der Fall ist.«

»Nun gut. Sagt mir, wo das Problem liegt, und wir werden versuchen, eine Lösung zu finden«, meinte Lotario, und bei aller Zuvorkommenheit entging Alkuin der gelangweilte Unterton nicht.

»Da kommt manches zusammen, Hochwürden. Zunächst einmal beherrscht er die Minuskeln nicht. Er verwendet das alte lateinische Alphabet, schreibt alles in diesen plumpen Großbuchstaben, ohne Satzzeichen, und er lässt keinen Zwischenraum zwischen den einzelnen Wörtern. Zudem verschleißt er unerträgliche Mengen an Pergament. Gestern zum Beispiel hat er ein und dieselbe Seite zwei Mal verschmiert. Ach, und dann kann er natürlich kein Griechisch. Willig ist er. Aber ich brauche keinen Lehrling, sondern einen richtigen Schreiber.«

»Ihr solltet dankbar sein, dass Ihr diesen Jungen habt. Er ist gelehrsam und hat eine hübsche Schrift. Außerdem beherrscht Ihr doch selbst das Griechische. Wozu braucht Ihr da noch jemanden?«

»Wie ich Euch bereits erklärt habe, Euer Hochwürden, lassen meine Augen immer mehr nach. Auf die Entfernung sehe ich ausgezeichnet, aber direkt vor meiner Nase kann ich, vor allem zu späterer Stunde, oft kaum einen Vokal von einem Konsonanten unterscheiden.«

Der Bischof kratzte sich den Bart und rülpste geräuschvoll.

»Ehrlich gesagt, sehe ich nicht, wie ich Euch helfen könnte. Im Stift wüsste ich niemanden, der des Griechischen mächtig ist. Vielleicht gibt es im Kloster …«

»Dort habe ich schon nachgefragt«, erwiderte Alkuin kopfschüttelnd.

»Dann werdet Ihr wohl so zurechtkommen müssen.« Für Lotario schien die Angelegenheit damit erledigt.

»Nun, vielleicht gäbe es da eine Möglichkeit«, meinte Alkuin betont beiläufig. »Vor ein paar Tagen habe ich hier ein Mädchen kennengelernt, das dringend Hilfe benötigte. Und wie es der Zufall will, kann sie nicht nur lesen – sie hat auch eine makellose Schrift.«

»Ein Mädchen?« Jetzt hatte er Lotarios volle Aufmerksamkeit. »Ich nehme an, Euch ist bekannt, dass das Weib in allem, was Geistesdinge und Gebet betrifft, ganz und gar untauglich ist. Hat sie Euch nicht vielleicht aus anderen, weltlicheren Gründen angezogen?« Der Bischof zwinkerte ihm anzüglich zu.

Alkuins Miene versteinerte. »Ich kann Euch versichern, dass das ganz bestimmt nicht der Fall ist, Hochwürden. Ich brauche einen Schreiber, und dass sie plötzlich hier aufgetaucht ist, scheint mir ein Geschenk der Vorsehung.«

Lotario wirkte fast enttäuscht. Barsch sagte er: »Tut, was Ihr für richtig haltet. Aber nicht, dass sie hier nachts im Stift herumläuft und den Männern Flausen in den Kopf setzt.«

Mit dieser Antwort war Alkuin vollauf zufrieden. Er trank einen Schluck Wein und nahm sich ein weiteres Stück Kuchen. Dann fiel ihm die bevorstehende Hinrichtung wieder ein, und er erkundigte sich, welches entsetzliche Verbrechen dem Mann zur Last gelegt werde.

»Es scheint Euch nicht wohl bei der Sache zu sein«, murmelte der Bischof mit vollem Mund. »Schon als ich Euch zu dem Schauspiel einlud, ließt Ihr nicht allzu viel Interesse erkennen, und ich muss gestehen, Bruder Alkuin, dass mich das beunruhigt hat.«

»Ich bitte um Entschuldigung, dass ich Eure Begeisterung nicht teile«, erwiderte Alkuin und schnitt sich ein winziges Stück Käse ab. »Aber es hat mir noch nie gefallen, dass man den Tod als Spektakel inszeniert. Womöglich werde ich Eure Haltung besser nachvollziehen können, sobald ich genauer über die Ereignisse im Bilde bin; aber Ihr solltet Euch keine unnötigen Sorgen machen: Ich werde Euch zu der Hinrichtung begleiten und für die Seele des Verurteilten beten.«

Lotario brach sich ein Stück Brot ab, fuhr damit in den Topf mit Gänseschmalz und stopfte es sich genüsslich in den Mund. Dann sagte er schmatzend: »*Actio personalis moritur cum persona*. Hier in Fulda werden die Gesetze von der Geistlichkeit sehr streng geachtet, und ich gehe davon aus, dass dies in Eurem Land ebenso üblich ist. Unsere bescheidene Anwesenheit spendet nicht nur dem Angeklagten Trost in seiner letzten Stunde auf Erden; sie flößt auch der Menge, die bekanntlich ihrer Natur nach nicht dazu neigt, ihr Handeln stets an der Lehre unseres Heilands zu orientieren, den notwendigen Respekt ein.«

»Ich bewundere diese löblichen Absichten«, antwortete Alkuin. »Mir scheint jedoch, dass gewisse Spektakel eher dazu geeignet sind, im Volke niedere Instinkte zu wecken. Habt Ihr denn nicht beobachtet, wie sich die Gesichter der Menschen zu scheußlichen Fratzen verziehen, wenn sie dem Todeskampf eines Verurteilten applaudieren? Habt Ihr nicht die obszönen Lästerungen vernommen, die sie ausstoßen, während der Angeklagte sich unterm Galgen windet, und habt Ihr nicht ihre lüsternen, vom Wein getrübten Blicke gesehen?«

Der Bischof hörte auf zu kauen und sah Alkuin scharf an.

»Jetzt hört mir einmal gut zu! Dieser Bastard hat ein junges Mädchen ermordet, das gerade zu voller Schönheit erblüht war. Mit einem Messer hat er ihr die Kehle aufgeschlitzt und ihren unschuldigen Leib geschändet!«

»Ein wirklich abscheuliches Verbrechen«, sagte Alkuin bedächtig. »Das kann niemand bestreiten. Aber diese Strafe …«

»Mein lieber Bruder. Das Gesetz wird nicht von uns demütigen Dienern Gottes erschaffen. Es sind die Kapitularien Karls des Großen, die uns unser Handeln vorschreiben. Es ist mir allerdings unverständlich, was Ihr gegen die Vollstreckung einer ganz und gar verdienten Strafe anführen wollt.«

»Ich bitte Euch, Ihr missversteht mich. Ich teile Eure Ansicht vollkommen, dass das Verbrechen bestraft werden muss und dass diese Strafe, damit der Gerechtigkeit Genüge getan wird, der unbeschreiblichen Grausamkeit des Vergehens angemessen sein muss. Es ist nur so, dass ich heute früh eine Bemerkung aufgeschnappt habe, die mich sehr bestürzt hat.«

»Nämlich?«

»Es waren ein paar Kaplane, die nach der Prim zusammenstanden und sich unterhielten. Sie sagten, dieser geistesgestörte arme Tropf, der nun hingerichtet werden soll, wäre besser gar nicht erst geboren worden. Könnt Ihr Euch vorstellen, was sie damit gemeint haben könnten?«

»Ihr habt es doch selbst gesagt. Von diesem elenden Kretin haben sie gesprochen. Ich kann an diesen Worten nichts finden, was Euch beunruhigen müsste«, sagte Lotario unwillig und lud sich ein weiteres Stück Kürbiskuchen auf den Teller.

»Auf meine Nachfrage hin haben sie mir dann erzählt, dieser Mann sei von Geburt an schwachsinnig gewesen, habe jedoch bis zu dem Tage des Mordes niemals ernsthafte Schwierigkeiten gemacht. Allenfalls habe er hin und wieder jemandem einen Schrecken eingejagt, was jedoch mehr seinem verwahrlosten Äußeren als seinem Verhalten geschuldet gewesen sei. Jedenfalls habe niemand sich vorstellen können, dass dieser bemitleidenswerte Kerl zu solch einem grausamen und abscheulichen Verbrechen imstande wäre.«

»Nun, das alles entspricht vollkommen den Tatsachen. Offenbar wisst Ihr über den Fall mehr, als es den Anschein hat, lieber Alkuin.« Lotario musterte ihn scharf.

»Nichts als das, was ich Euch eben sagte. Ich weiß zum Beispiel nicht, wie man den Täter überführt hat. Wurde er auf frischer Tat ertappt? Gab es einen Zeugen, der ihn gesehen hat? Oder hat man seine blutige Kleidung gefunden?«

Der Bischof schob seinen Teller brüsk beiseite und erhob sich. »*Habet aliquid ex inicuo omne magnum exemplum, quod cautra cingulos, utilitate publica rependitur*. Diese Missgeburt ist schuldig! Er wurde angeklagt und verurteilt. Und ich hoffe, dass auch Ihr, wie jeder gute Christ, Beifall spenden werdet, wenn wir ihn zur Hölle schicken.«

Alkuin war überrascht angesichts der heftigen Reaktion des Bischofs. Er hatte lediglich laut ausgesprochen, was er dachte. Doch war es nicht klug, zu verstehen zu geben, er wollte Lotarios Meinung in Zweifel ziehen.

»Mein lieber Lotario. Ich bitte Euch um Vergebung. Natürlich könnt Ihr bei der Hinrichtung mit meiner Anwesenheit rechnen, wenn Ihr dies noch für angebracht erachtet.«

Lotario musterte ihn von oben bis unten.

»Das will ich hoffen, Bruder Alkuin. Und ich würde Euch raten, Euch mehr um die Opfer zu sorgen als um die Täter. Weder für sie noch für ihre Fürsprecher gibt es einen Platz im Himmelreich«, sagte er streng und verließ ohne Abschiedsgruß den Tisch.

Nachdem Alkuin bedächtig fertig gefrühstückt hatte, holte er sich aus der Küche für mittags ein paar Äpfel. Er nahm sich ein paar reife, gelbe, die stark dufteten, wie er es besonders liebte. Dann machte er sich auf den Weg zur alten Bibliothek, die im entgegengesetzten Flügel des Palastes gelegen war. Wie man ihm erklärt hatte, war sie auf Geheiß des Bischofs an der Südseite des Gebäudes untergebracht worden, mit Ausrichtung zum Atrium hin, wo sie vor Wind und Feuchtigkeit geschützt war.

Er öffnete die Tür des Skriptoriums und erblickte zu seinem Erstaunen Theresa, wie sie auf der einzigen Bank saß und mit der Feder durch die Luft fuhr, als schriebe sie auf einem imaginären Pergament.

»Guten Tag«, unterbrach er ihre Exerzitien. »Ich hatte gar nicht in Erinnerung, dass du heute ins Stift kommen wolltest.«

Theresa fuhr zusammen und ließ die Feder auf das Pult fallen. Sie blickte Alkuin erschrocken an; dann sprang sie plötzlich von der Bank auf.

»Ich … ich wollte ein wenig üben«, meinte sie verlegen. »Mein Vater hat immer gesagt, wenn man nur genügend übt, kann man im Leben alles erreichen.«

»Nun, das ist sicher richtig, Übung ist sehr wichtig … und dass man an sich glaubt. Um voranzukommen, muss man an das glauben, was man tut. Arbeitest du gerne als Pergamentmacherin?«

Theresa errötete, sofort war das Schuldgefühl wieder da und die Sehnsucht nach ihrer Familie.

»Ich möchte nicht undankbar erscheinen, aber wenn ich ehrlich sein soll, ist das Eigentliche, das mich daran reizt, die Nähe zu dem, was darauf geschrieben steht. Allerdings kenne ich keinen schöneren Geruch als den frischer Tinte auf einem feinen, neuen Pergament.«

»Ich bemerke da ein Schuldgefühl, wo doch eigentlich das Gegenteil am Platze wäre«, erwiderte Alkuin. »Die göttliche Vorsehung sorgt dafür, dass ein jeder den Posten bekleidet, den sie ihm zugedacht hat. Und in deinem Fall ist dies vielleicht nicht unbedingt der einer Pergamentaria.«

Theresa hatte den Blick gesenkt, doch nun hellte ihr Gesicht sich auf. Mit anderen Worten hatte Korne das Gleiche gesagt, aber Alkuin schien ihr Wissensdurst nicht zu stören. Außer ihrem Vater hatte bislang niemand ihre Leidenschaft für die Welt verstanden, die sich ihr eröffnete, sobald sie einen Text las. Nein, vor ihm würde sie sich nicht verstellen müssen, dessen war sie sicher.

»Lesen, ja, das ist meine Leidenschaft! Es ist so aufregend, neue Sprachen kennenzulernen, von fremden Leben zu erfahren; wenn ich lese, kommt es mir immer vor, als bereiste ich ferne Länder.« Sie kniff die Augen zusammen und blickte träumerisch in die Ferne. »Ich kenne wirklich nichts, was dem gleichkommt. Manchmal stelle ich mir sogar vor, ich würde selbst schreiben. Ich meine, nicht nur fremde Texte kopieren, sondern meine eigenen Gedanken niederschreiben.« Sie hielt inne. Hatte sie etwas Dummes gesagt? »Ich weiß nicht ... Meine Stiefmutter sagte immer, ich hätte nur Flausen im Kopf, und statt ein Männerhandwerk zu erlernen, sollte ich lieber heiraten und Kinder bekommen.«

»Man kann nie wissen. Womöglich ist das der Weg, den der Herr dir zugedacht hat. Wie alt bist du? Sechzehn? ... Siebzehn? ... Sieh mich an. Ich bin nun schon über fünfzig Jahre alt, und ich bin ein einfacher Lehrer. Das ist vielleicht nicht allzu viel, aber ich bin glücklich, dass ich die Aufgaben erfüllen kann, die mir von Gott übertragen wurden.«

»Dann hängt es also nicht von mir ab? Ich meine ... Gott hat bereits entschieden, wie meine Zukunft aussehen wird?«

»Wie ich sehe, hast du Augustinus' *Vom Gottesstaat* noch nicht gelesen, denn sonst wäre dir bekannt, was er dort formuliert: dass nämlich in der Konstellation der Sterne und ihren Bewegungen im Universum der Schlüssel zu unserem Schicksal liegt.«

»Und dieses Schicksal wisst Ihr zu bestimmen?«

»Nun, so einfach ist das nicht. Dazu müsste man den genauen Zeitpunkt deiner Geburt kennen und danach den damaligen Stand der Sonne am Himmel bestimmen; mit diesen Angaben könnte man dann dein Horoskop erstellen, aber das würde natürlich einige Tage Arbeit erfordern.«

Theresa runzelte die Stirn und setzte sich wieder. Wie passte dies zur Allmacht Gottes?

»Aber wenn es stimmt, was Ihr sagt, würde das nicht bedeuten, dass die Sterne über mehr Macht verfügten als die göttliche Vorsehung?«

»Nicht ganz. Und vergiss nicht, dass diese Behauptungen nicht von mir stammen, sondern vom heiligen Augustinus, der in seinen Texten die Frage aufwirft, was die Sterne denn anderes sein können als Instrumente Gottes – sein Werk, der Spiegel seiner himmlischen Absichten. Der Schöpfer hat uns Menschen die Seele nicht gegeben, damit wir Sklaven unseres Schicksals seien. Er hat uns mit dem freien Willen ausgestattet, um uns von den Tieren zu unterscheiden. Und dieser Wille ist deine innere Stimme, die dir sagt, dass du das Schreiben nicht aufgeben sollst. Dass du seinen Absichten besser dienen kannst, indem du dich dem Lesen und Schreiben widmest, als wenn du dein Leben damit vertust, Tierhäute zu scheuern und Bögen zusammenzunähen.«

»Das hat mein Vater auch immer gesagt. Zumindest etwas sehr Ähnliches«, meinte Theresa nachdenklich. Dann kam ihr eine Idee. »Könntet Ihr mich nicht unterrichten?«

»Unterrichten? Wie meinst du das?«

»Ihr habt doch gesagt, Ihr seid Lehrer. Ihr könntet mich das lehren, was Ihr auch Euren Schülern beibringt.«

Nach kurzem Zögern erklärte sich Alkuin einverstanden. Sie verabredeten, dass nach Theresas Schreibarbeit zwei Stunden täglich dem Studium des Trivium und des Quadrivium gewidmet werden sollten, denn das Schreiben und Lesen beherrschte sie ja bereits. Nachdem sie den Grundstoff durchgenommen hätten, würden sie sich den heiligen Schriften zuwenden. Gerade sprachen sie über den

Stoff, der dann folgen sollte, als Alkuin unvermittelt aufstand. Es schien, als wäre ihm plötzlich etwas eingefallen.

»Hast du Lust, einen kleinen Spaziergang zu machen?«, schlug er vor, ohne auf ihren fragenden Blick zu reagieren.

»Und meine Schreibarbeit?«

»Nimm ein paar Wachstafeln mit. Zu schreiben gibt es überall.«

13

Bevor sie aufbrachen, bat Alkuin Theresa, sie möge einen Moment auf ihn warten, da er noch etwas mit dem Bischof zu besprechen habe, und eilte davon. Als er das Amtszimmer erreichte, fing ihn Lotarios Privatsekretär ab. Nachdem Alkuin sein Anliegen vorgetragen hatte, erhob sich der Sekretär schwerfällig, ein buckliger Alter, der unter der Last seines Habits zu ächzen schien, und verschwand hinter einem roten Vorhang. Mit schleppendem Schritt kehrte er wenig später zurück.

»Seine Hochwürden werden Euch am Abend empfangen. Derzeit ist der Bischof in einer Unterredung mit einem Gesandten, der soeben aus Aachen eingetroffen ist.«

»Die Angelegenheit ist leider dringend.«

»Wie ich Euch sagte, er ist beschäftigt. Der Zeitpunkt ist ohnehin schlecht gewählt. Wie es aussieht, wird man die Hinrichtung aufschieben müssen, und das hat Seine Hochwürden sehr verdrossen.«

»Aufschieben? Wieso das denn?«

»Karl der Große wird mit einer römischen Gesandtschaft in Fulda erwartet, und da wäre es nicht statthaft, dem König das Spektakel vorzuenthalten.«

»Verstehe.« Alkuin nickte. »Da ist noch etwas: Mir ist gestern meine Schreibfeder kaputtgegangen, ich müsste eine neue anfertigen. Könnt Ihr mir sagen, wo ich hier Gänsefedern bekomme?«

»Gänsefedern? Da weiß ich nicht Bescheid. Für diese Dinge ist ein anderer Bruder zuständig, aber der ist gerade nicht in der Residenz. Aber warum fragt Ihr nicht zumindest in der *Schenke zum*

Kater nach, dort wird man Euch weiterhelfen können. Es gibt mehrere Höfe in der Umgebung, die Enten und Hühner halten.«

Enten und Hühner! Enten und Hühner hatten sie selbst reichlich in den Küchenställen! Hatte denn niemand in diesem Stift eine Ahnung davon, dass Gänsefedern zum Schreiben die einzig brauchbaren waren? Alkuin bedankte sich dennoch höflich und kehrte zu Theresa zurück.

Als sie aus dem Palast traten, setzte ein leichter Nieselregen ein. Alkuin zog sich die Kapuze über, schritt die große Freitreppe hinab und mischte sich unters Volk, das seit den frühen Morgenstunden den Domplatz bevölkerte. Theresa folgte dicht hinter ihm, aus Sorge, ihn in dem lebhaften Treiben in den Gassen und Gässchen zu verlieren. All die Menschen, mit Bündeln und Packen beladen, Bauern, die ihre Ochsen antrieben, dazwischen die Händler, die um einen Platz in der Menge stritten, wo sie ihre Ware feilbieten konnten, und die Kinder, die zwischen den Ständen umherrannten und etwas zu stibitzen versuchten... Alkuin erstand ein paar Nüsse, aus deren Schale sich, wenn man sie röstete und mit Öl vermischte, eine ausgezeichnete Tinte herstellen ließ, wie er Theresa erklärte. Er knackte eine, steckte sie sich in den Mund und bog dann in die Gasse ein, in der sowohl die Schmiede als auch die besagte Schenke lagen.

Deftiger Essensgeruch und munteres Gejohle drangen bis auf die Straße und zeigten an, dass sie an ihrem Ziel angelangt waren: einer Wirtsstube mit zwei winzigen Fensterchen im Erdgeschoss eines großen, aus rötlichem Holz erbauten Hauses, vor dem Eingang flatterte ein bunter Vorhang. Sie wollten gerade eintreten, da wurde der Vorhang aufgezogen, und eine Frau, die kaum ihre Blöße bedeckte und einen starken Weindunst verströmte, stolperte ihnen entgegen. Als sie Alkuin sah, lächelte sie dümmlich und zog sich schnell das Kleid über die Brust. Sie wankte albern vor sich hin, und unverständliches Zeug murmelnd, schaffte sie es langsam die Gasse hinunter. Alkuin bekreuzigte sich, bedeutete Theresa, sie solle sich die Kapuze überziehen, und betrat entschlossen die Schenke.

Theresa errötete, als sie sah, an was für einen Ort sie geraten waren. Männer und Frauen gaben sich höchst ungehemmt dem Trinken, der Völlerei und lüsternen Ausschweifung hin, der süße Klang einer Schalmei bot die passende Untermalung. Ein paar dicke Fässer dienten als Tresen, hinter dem ein Mann mit buschigem Bart und fettigen Händen sich vergnügt die Hände rieb. Das musste der Wirt sein. Alkuin bahnte sich den Weg zu ihm, Theresa folgte in gebührendem Abstand.

»Sagt, Bruder. Womit kann ich Euch bewirten?«, fragte der Wirt.

»Ich komme vom Stift. Der Sekretär des Bischofs schickt mich zu Euch.«

»Ich bedaure, aber das Honigwasser ist uns ausgegangen. Kommt zur letzten Stunde wieder, bis dahin sollte eine neue Lieferung eingetroffen sein.«

Alkuin staunte. Offenbar besuchten die Kirchenleute regelmäßig diese Spelunke, um sich mit Getränken zu versorgen. Als er erklärte, er sei nicht auf der Suche nach Honigwasser, sondern nach Gänsen, brach der Wirt in schallendes Gelächter aus.

»Soso … Versucht es auf den Höfen beim Fluss. Es soll wohl ein Festessen geben bei Euch im Stift, wie?«

In diesem Augenblick erhob sich ein Tumult unter den Gästen. Im Nu hatten die Leute sich um einen Tisch geschart, und die Denare wanderten bereits von einer Hand in die andere.

»Wer zuerst blutet, hat verloren!«, schrie der Wirt begeistert.

Alkuin trat zu Theresa, die die Szene wie gebannt beobachtete. »Wer zuerst blutet …« – von solchen Kämpfen hatte sie schon gehört, dabei gewesen war sie indes noch nie. Die Regeln waren einfach: Zwei Gegner gingen mit dem Messer aufeinander los, und sobald einer blutete, hatte der andere den Kampf gewonnen. Alkuin flüsterte ihr zu, sie möge alles aufschreiben, was sie hier sah.

Inzwischen hatten die Gäste einen Korridor für die Kampfhähne geschaffen. Die beiden umkreisten einander wie Wölfe ihre Beute: der eine, ein Fettwanst mit Unterarmen wie Baumstämmen … und sein Gegenspieler, ein Rothaariger, der den Eindruck machte, als hätte er den gesamten in der Schenke vorrätigen Wein alleine ausgetrunken. Unter lautem Gejohle und Gebrüll der Gäste platzierten sie die ersten Hiebe.

Trotz seiner Beleibtheit schwang der Dicke behände den Scramasax und trieb, die Waffe sicher von einer Hand in die andere werfend, den Rothaarigen immer weiter in die Enge. Theresa kritzelte etwas auf ihre Wachstafel, sie meinte schon, gleich sei der Kampf vorüber, doch keiner der beiden Männer wollte sich zum entscheidenden Angriff durchringen. Schließlich stürzte der Dicke mit Gebrüll auf den Rothaarigen zu und drängte ihn mit dem Rücken an die Wand. Jeden Augenblick würde er ihm die Klinge ins Fleisch rammen ... Ein Raunen ging durch die Stube. Doch der Rothaarige ließ sich nicht aus der Ruhe bringen. Raffiniert tauchte er weg, täuschte immer wieder eine Verteidigungsattacke an; unterdessen wurden die Wetteinsätze unter den Zuschauern weiter erhöht.

Der Dicke begann allmählich zu schwitzen, seine Bewegungen verlangsamten sich. Plötzlich packte er einen schweren Eichentisch und stieß ihn in die Richtung seines Gegners. Der jedoch wich geschickt aus und machte mühelos einen Satz zur Seite. Einige Sekunden standen sie sich Auge in Auge gegenüber, hielten inne, die Adern pochten ihnen an den Schläfen, als würden sie im nächsten Moment platzen. Die Leute kreischten und johlten, da bekam der Rothaarige mit blitzschnellem Griff die Hand des Dicken zu fassen und presste sie mit unvermuteter Kraft zusammen, dass der Knochen knirschte. Die Menge verstummte auf einen Schlag. Der Rothaarige stieß einen triumphierenden Schrei aus, das Messer blitzte in seiner linken Hand auf, er täuschte an und stieß blitzartig zu. Dann trat er lässig ein paar Schritte zurück, und seine Miene verriet mit keiner Regung, was soeben geschehen war.

Der Dicke hielt sich mit Mühe noch einen Moment auf den Beinen und sah den Rothaarigen ungläubig an. Kurz sah es so aus, als wollte er etwas sagen, dann sickerte ihm mit einem Mal ein dickes Rinnsal Blut aus dem Bauch, und er ging zu Boden wie eine Marionette, der man die Strippen gekappt hat. Der Rothaarige spuckte verächtlich auf seinen am Boden liegenden Gegner, während die Gäste dem Verletzten zu Hilfe eilten. Einige Männer fluchten, weil sie ihre Wette verloren hatten, andere rieben sich voller Vorfreude die Hände – gleich würden sie ihren Gewinn mit den Huren verprassen. Der Rothaarige setzte sich gleichgültig abseits vom Getümmel an einen Tisch, zog einen grobzinkigen Kamm aus der Tasche und fuhr sich damit in aller Ruhe durch die Haare. Mit herablassendem Grinsen verfolgte er, wie man den Dicken in den Hinterraum schleifte, griff sich einen Krug Schwarzbier und leerte ihn in einem Zug. Dann bestellte er sich Roggenbrot mit Wurst und gab für das ganze Lokal eine Runde Bier aus.

Alkuin entschuldigte sich für einen Moment bei Theresa und trat mit einem Krug Wein an den Tisch des Siegers.

»Ein beeindruckender Kampf. Darf ich Euch auf einen Schluck einladen?« Unaufgefordert nahm er Platz.

Der Rothaarige musterte ihn von oben bis unten, nahm ihm den Krug aus der Hand und leerte ihn bis auf den letzten Tropfen.

»Eure Predigt könnt Ihr Euch sparen, Bruder. Wenn Ihr auf Almosen aus seid, rate ich Euch, geht in die Stadt, bewaffnet Euch mit einem Messer, und möge Gott Euch beschützen«, knurrte er Alkuin an, wandte sich dann den Münzen auf dem Tisch zu und begann seinen Teil des Wettgewinns zu zählen.

»Einen Augenblick lang war ich überzeugt, der Dicke würde Euch kaltmachen, aber wie Ihr mit dem Messer umzugehen versteht – wirklich beeindruckend«, machte Alkuin einen erneuten Versuch, mit ihm ins Gespräch zu kommen.

»Guter Mann, ich habe gesagt, ich gebe keine Almosen, also verschwindet jetzt, bevor ich mich vergesse.«

Alkuin sah ein, dass er zur Sache kommen musste.

»Es gibt da noch etwas anderes, worüber ich mit Euch sprechen wollte … nämlich über die Mühle …«

»Die Mühle? Was soll mit der Mühle sein?« Sofort blitzte Argwohn in den Augen des Rothaarigen auf.

»Ihr arbeitet dort, nicht wahr?«

»Und wenn schon. Was geht Euch das an?«

»Es geht um Folgendes: Das Stift würde gern eine größere Partie Getreide kaufen. Ein gutes Geschäft. An wen müsste ich mich in dieser Angelegenheit wenden?«

»Ihr wollt vom Stift kommen und wisst nicht, an wen Ihr Euch zu wenden habt? Eins sage ich Euch gleich: Lügner kann ich nicht ausstehen«, entgegnete der Rothaarige unwirsch und legte drohend die Hand an den Dolch.

»Immer mit der Ruhe«, beeilte sich Alkuin zu beschwichtigen. »Ich bin gerade erst in Fulda eingetroffen, ich kenne mich noch nicht recht aus. Der Weizen würde an das Stift gehen, aber die Angelegenheit ist gewissermaßen privat. Ich würde gerne die Scheunen auffüllen, bevor sie von den Missi dominici inspiziert werden. Niemand weiß davon, und ich wünsche, dass dies auch so bleibt.«

Der Rothaarige ließ den Dolch los. Die *missi dominici* waren Bevollmächtigte, die regelmäßig von Karl dem Großen ausgesandt wurden, um das Königsgut zu kontrollieren. Bei festgestellten Unregelmäßigkeiten hatten sie das Recht, auf der Stelle ein Gericht abzuhalten. Das letzte Mal hatte er sie im frühen Herbst ausgeschickt, es konnte also tatsächlich sein, dass sie demnächst wieder zu erwarten waren.

»Und was habe ich damit zu schaffen? Sprecht mit dem Besitzer.«

»Dem die Mühle gehört?«

»Die Mühle, der Bach, diese Schenke hier und die halbe Stadt. Fragt nach Kohl. Ihr findet ihn an seinem Getreidestand auf dem Markt.«

»He, Rothaart, willst du jetzt unter die Mönche gehen?«, blökte der Mann dazwischen, der kurz zuvor das Geld bei ihm abgeliefert hatte.

»Du mach nur weiter deine Scherze, Gus. Eines Tages werde ich dir den Schädel zu Brei schlagen und dir an seiner Stelle einen Kürbis aufsetzen, und glaub mir, deine Frau wird es mir danken«, rief Rothaart zu seinem Kumpan hinüber. »Und was Euch betrifft«, wandte er sich an Alkuin, »entweder Ihr schafft noch mehr Wein her, oder Ihr macht den Platz frei für eins dieser hübschen Weiber, die da hinten warten.«

Alkuin dankte ihm für seine Auskunft, winkte Theresa, und gemeinsam verließen sie die Schenke. Sie schlugen den Weg zum Marktplatz ein.

»Was habt Ihr jetzt vor?«, fragte sie.

»Ich will mit einem Mann sprechen, dem eine Mühle gehört.«

»Die Mühle der Abtei?« Theresa hatte Mühe, mit Alkuin Schritt zu halten.

»Nein. Es gibt drei Mühlen in Fulda. Zwei gehören dem Stift, wobei eine davon auf dem Abteigelände liegt. Der Besitzer der dritten ist ein gewisser Kohl, dem hier auch sonst alles Mögliche gehört.«

»Ich dachte, Ihr wolltet Gänsefedern besorgen.«

»Das war, bevor ich diesen Müller kennengelernt habe.«

»Dann kanntet Ihr ihn gar nicht? Als Ihr ihn angesprochen habt, sagtet Ihr da nicht, dass er in der Mühle arbeite? Und wozu wollt Ihr Getreide kaufen?«

Alkuin sah sie irritiert an.

»Wer sagt denn, dass ich das will? Ich kannte den Müller nicht, aber seine Kleider waren ganz mit Mehl bestäubt, und auch unter den Fingernägeln klebte ihm das weiße Zeug.«

»Und was ist an dieser Mühle so Besonderes?«

»Wenn ich das wüsste, brauchten wir den Mann nicht aufzusuchen«, sagte er, ohne den Schritt zu verlangsamen. »Ich kann dir nur sagen, dass ich noch nie einen Müller gesehen habe, der Roggenbrot isst. Was hast du übrigens auf deiner Tafel notiert?«

Theresa blieb stehen und suchte in ihrer Tasche nach der Tafel. Sie wollte ihre Notizen vorlesen, doch Alkuin war schon weitergegangen; sie rannte ihm hinterher und versuchte im Laufen zu entziffern, was sie aufgeschrieben hatte.

»Der dicke Mann wurde am Bauch verletzt. Der Rothaarige hatte mit dem Angriff gewartet, bis sein Gegner aus dem Gleichgewicht geriet. Der Gewinn des Siegers betrug etwa neunzig Denare. Und, ach ja, das habe ich nicht aufgeschrieben, aber so schwer verletzt war der Dicke offenbar nicht, denn er hat die Schenke aufrecht verlassen«, verkündete sie stolz und sah Alkuin erwartungsvoll an.

»Und damit hast du deine Zeit verschwendet?«, brummte er und strebte weiter. »Sieh mal, Mädchen, du solltest alles aufschreiben, was du siehst, aber doch nicht das, was so offensichtlich ist, dass es der größte Trottel nacherzählen könnte. Du musst lernen, die kleinen Dinge wahrzunehmen, die feinen Nuancen, die zunächst vielleicht ganz unwichtig erscheinen, aber am Ende die interessanteste Information liefern.«

»Ich verstehe nicht.«

»Hast du das Mehl bemerkt? Seine Schuhe? Hast du dir gemerkt, mit welcher Hand er die Waffe gezogen hat?«

»Nein«, gab Theresa kleinlaut zu.

»Bleiben wir einmal bei diesem Rothaarigen: Als wir eintraten, tat er, als sei er vollkommen betrunken, aber in Wirklichkeit war er dabei, sein Opfer auszuwählen.«

»Aha.«

»Er hatte sich einen starken, aber nicht allzu schlauen Gegner ausgeguckt. Dieser wurde von Gus, der sich später als sein Komplize herausstellte, beim Kartenspiel getestet. Jedenfalls hat Rothaart den Streit erst vom Zaun gebrochen, als Gus ihm signalisierte, die Wetteinsätze seien hoch genug.«

»Irgendetwas kam mir gleich komisch vor an diesem Gus …«

»Und was das Geld angeht: neunzig Denare … das ist viel Geld.«

»Genug, um ein Schwein zu kaufen«, sagte Theresa – das jedenfalls hatte die Schwarze Helga behauptet.

»Aber so viel auch wieder nicht, wenn man bedenkt, dass er am Ende eine Runde spendiert hat und auch noch die beiden Huren bezahlen musste, die auf ihn warteten. Seine Schuhe waren aber aus feinstem Leder und offenbar für ihn angefertigt. Außerdem trug er eine Goldkette und an der einen Hand einen eingefassten Ring. Zu viel Reichtum für einen einfachen Müller, der in der Schenke seinen Kopf verwettet.«

»Vielleicht liefert er sich jeden Tag einen solchen Kampf.«

»Wenn er dabei immer gewinnen würde, spräche sich das herum, und keiner würde mehr gegen ihn antreten oder auf ihn wetten wollen. Und im umgekehrten Fall wäre er wahrscheinlich nicht mehr am Leben. Nein. Für seine teuren Schuhe muss es eine andere Erklärung geben. Vielleicht hängt es damit zusammen, dass er statt Weizen- Roggenbrot isst.«

»Das heißt also ...«

»Das heißt, wir wissen, dass er als Müller arbeitet. Dass er Linkshänder ist, ein durchtriebener Bursche, gewandt mit dem Dolch. Und er hat Geld.«

»Ihr habt also darauf geachtet, mit welcher Hand er den Dicken angegriffen hat?«

»Das hätte es gar nicht gebraucht. Seinen Krug hielt er mit links, das Geld hat er mit der linken Hand gezählt, und auch als er mich nachher angehen wollte, legte er die Linke an den Dolch.«

»Und was spielt das alles für eine Rolle?«

»Möglicherweise keine. Aber man kann nie wissen, vielleicht hängt dies alles irgendwie mit der merkwürdigen Krankheit zusammen, von der die Stadt in diesen Tagen heimgesucht wird.«

Während sie weiter Richtung Markt eilten, weihte Alkuin sie in seine Vermutung ein, dass es sich bei dem plötzlichen Tod seines Gehilfen und des Kloster-Apothekers keineswegs um einen Zufall gehandelt hatte. Es seien nämlich noch weitere Menschen unter schrecklichen Qualen verendet, und er habe beschlossen, der Sache nachzugehen.

Der Mann am Getreidestand, ein einäugiger dürrer Kerl, teilte ihnen mit, Kohl habe den Stand schon vor einer ganzen Weile verlassen. Wenn sie sich beeilten, würden sie ihn noch bei der Mühle antreffen, dort sei soeben eine Lieferung Gerste eingetroffen. Er erklärte ihnen den Weg. Sie sollten die Stadt durch das Südtor verlassen, dann anderthalb Meilen dem Fluss in Richtung der Berge folgen.

Alkuin dankte, und sie marschierten los, einmal quer durch die Stadt, durch das Südtor und dann zügigen Schrittes flussaufwärts.

Theresa hätte Alkuin gerne gefragt, ob er denn niemals müde würde, doch sie war so außer Atem, dass sie auf dem ganzen Weg kaum ein Wort herausbrachte. Als sie endlich die Mühle erblickten, konnte sie nur noch keuchen.

Sie hielten einen Augenblick inne und betrachteten das eindrucksvolle Bild: Deutlich hob sich die Mühle von den schroffen Felsen ab, in die der Fluss ein tiefes Bett gefressen hatte. Gebannt horchte Theresa auf das unermüdliche schwere Ächzen des Mühlrads und das beinahe ebenso laute Tosen des Wassers. Als sie näher herankamen, sah sie, dass nicht der Fluss das Rad antrieb, sondern ein Mühlbach, dessen Wassermenge über ein einfaches Wehr reguliert wurde.

Alkuin betrachtete interessiert die dreistöckige Mühlenkonstruktion. Auf der untersten Ebene befanden sich Seilzüge und die Zahnräder, mit denen die Kraft des Schaufelrads auf die riesige senkrechte Mahlwerksspindel übertragen wurde. Dann der Mahlboden: Zwei mächtige Mühlsteine, der feste Bodenstein und darauf der sich drehende Läufer waren auf die Spindel aufgespießt. Auf der dritten Ebene befanden sich der Getreidespeicher und ein trichterförmiger Behälter, in den das Getreide geschüttet wurde, um dann durch den hölzernen Mahlgang zu den Steinen zu gelangen. Hier fiel das Getreide durch die Öffnung des Läuferauges und wurde zwischen den scharfen Rinnen der beiden Mühlsteine vermahlen.

Neben der Mühle befanden sich das kleine, aus Stein erbaute Wohnhaus, ein Stall und ein eingezäunter Speicher, in dem das Getreide gelagert wurde, wie Theresa vermutete.

»Merkwürdig, dass man die Mühle in dieser abgelegenen Gegend errichtet hat, so weit von der Stadt«, meinte Alkuin. »Deshalb wohl auch das Steinhaus: Es soll dem Müller und seiner Familie sicheren Schutz bieten.«

»Und warum sind wir nun eigentlich hier? Nicht, dass ich versehentlich etwas Falsches sage.«

»Ich habe im Augenblick nur einen Verdacht … Ich glaube, dass die Todesfälle der jüngsten Vergangenheit mit dem Weizen zu tun haben.« Alkuin steckte die Hand in die Tasche und brachte ein paar

Körner zum Vorschein. »Ich werde also Interesse an einem Geschäft vortäuschen, damit der Müller mir eine Probe überlässt und ich das Getreide untersuchen kann.«

»Glaubt Ihr, sie vergiften den Weizen?«

»Das vielleicht nicht gerade. Aber du halt für alle Fälle lieber den Mund.«

Plötzlich ertönte lautes Hundegebell von den Ställen her. Zwei mit Pfeil und Bogen bewaffnete Männer tauchten im Türbogen auf.

»Was wollt Ihr hier?«, fragte der besser Gekleidete der beiden, auf sie zielend. Das musste Kohl sein.

»Guten Tag«, sagte Alkuin freundlich. »Ich bin gekommen, um Euch ein Geschäft vorzuschlagen. Dürfen wir eintreten? Es ist wirklich eine Hundekälte hier draußen.«

Die beiden Männer ließen zögernd die Bogen sinken, dann luden sie die Fremden ins Haus ein – denn wie der weniger gut Gekleidete erklärte, wurde die Mühle wegen der Brandgefahr nicht geheizt. Kohl rief nach seiner Frau, die sogleich herbeigeeilt kam. Sie brachte Brot und Käse und eine Karaffe Wein, von dem sie allen vieren einschenkte.

»Da ist kein Tropfen Wasser drin«, prahlte Kohl, nachdem er einen Schluck gekostet hatte. »Nun gut. Erzählt also. Um was für ein Geschäft handelt es sich?«

»Ihr werdet bereits vermutet haben, dass ich von der Abtei komme«, begann Alkuin, auf sein Gewand deutend, hob das Glas und prostete in die Runde. »Jedoch vertrete ich nicht den Abt, sondern unseren König Karl den Großen. In Kürze, in zwei Wochen oder sogar früher, wird Karl Fulda besuchen, und ich würde ihn gern mit allen Ehren empfangen. Unglücklicherweise sind unsere Kornvorräte nicht allzu üppig, und was noch da ist, ist nicht mehr ganz einwandfrei. Da man im Stift außerdem über keine größeren Reserven verfügt, habe ich mir überlegt, Euch eine Partie abzukaufen. Sagen wir … vierhundert Scheffel?«

Kohl verschluckte sich, hustete und schenkte sich nach. Mit vierhundert Scheffeln konnte man ein ganzes Heer verköstigen. Dieses

Geschäft durfte er sich auf keinen Fall durch die Lappen gehen lassen.

»Nun, das wird Euch einiges kosten. Ich nehme an, Ihr kennt die Getreidepreise: drei Denare der Scheffel Roggen, zwei Denare die Gerste und ein Denar der Hafer. Und wenn Ihr Mehl wollt …«

»Korn wäre mir lieber.«

Kohl nickte. Natürlich, die Abtei verfügte über zwei eigene Mühlen, da würden sie sich den Aufpreis fürs Mahlen sparen wollen.

»Und zu wann braucht Ihr das Getreide?«

»So bald als möglich. Der Weizen muss ja auch noch gemahlen werden.«

»Weizen?« Kohl fuhr überrascht auf. »Soweit ich mich erinnere, war von Weizen nicht die Rede. Ich kann Euch Roggen, Gerste und Hafer liefern. Auch Dinkel, wenn Ihr wollt, aber der Weizenanbau obliegt der Abtei. Das solltet Ihr doch wissen.«

Natürlich wusste Alkuin das. Er zögerte mit der Antwort.

»Ich weiß auch, dass in der Abtei mitunter Getreidepartien abgezweigt werden und dann auf dem Markt landen«, erwiderte er schließlich. »Vierhundert Scheffel sind eintausendsechshundert Denare.«

Kohl lief im Zimmer auf und ab, ohne Alkuin aus den Augen zu lassen. Sicher, es war ein Risiko, aber seiner Erfahrung nach erwiesen sich risikoreiche Geschäfte oft als besonders lukrativ.

»Kommt morgen noch einmal wieder, dann besprechen wir alles. Heute Nachmittag werde ich nichts in die Wege leiten können.«

»Könnten wir einstweilen die Mühle besichtigen?«

»Im Moment wird dort gearbeitet. Vielleicht ein andermal.«

»Es würde mich aber wirklich sehr interessieren …«

»Eine Mühle ist eben eine Mühle. Was wollt Ihr da besichtigen? Wie ich bereits sagte, es wird dort gearbeitet.«

»Also gut. Dann sehen wir uns morgen.«

Draußen erkundigte sich Theresa, was er denn nun herausgefunden habe, doch Alkuin brummte nur, er habe sich in der Mühle umschauen wollen, aber nicht weiter darauf beharrt, um keine schlafenden Hunde zu wecken.

»Hast du die Pferde gesehen?«, meinte Alkuin, als sie an den Ställen vorbeigingen. »Sechs Stück stehen da im Stall, die Zugpferde nicht mitgerechnet.«

»Und was bedeutet das?«

»Nun, das bedeutet, dass mindestens sechs Leute in der Mühle beschäftigt sind.«

»Zu viele?«

»Zu viele.«

Er hielt inne, als wäre ihm plötzlich etwas eingefallen, und ging ein Stück zurück. Nachdem er sich vergewissert hatte, dass man sie nicht beobachtete, kletterte er über den Zaun und betrat den Stall. Er inspizierte die Satteltaschen der Pferde und den Wagen, kniete sich auf den Boden, um das Stroh abzusuchen, und rief dann nach Theresa. Sie eilte herbei und zückte ihre Wachstafel, da sie annahm, sie solle etwas notieren, doch Alkuin schüttelte den Kopf.

»Hilf mir mal suchen. Solche Körner, wie ich sie dir vorhin gezeigt habe.«

Sie traten den Boden zwischen dem Stroh ab, bis sie von der Mühle her Geräusche vernahmen. Hastig rappelten sie sich auf, schlichen sich aus dem Stall und ergriffen die Flucht.

Hungrig und durchgefroren trafen sie in der Abtei ein, und die warme Suppe, die man ihnen in der Küche servierte, tat ihnen wohl. Alkuin trieb zur Eile, denn er wollte an die Arbeit zurückkehren, doch Theresa bat noch um einen Besuch bei Haldor. Schließlich willigte Alkuin ein.

Im Hospital empfing sie der gleiche Bruder wie beim letzten Mal; nur schien sein sonst stets heiteres Gesicht von Sorge überschattet.

»Gut, dass Ihr kommt. Habt Ihr die Nachricht erhalten?«

»Nein. Warum? Ist etwas vorgefallen?«, fragte Alkuin.

»Tretet ein, bei Gott. Zwei neue Kranke mit den gleichen Symptomen.«

»Brand an den Beinen?«

»Bei dem einen haben schon die Krämpfe eingesetzt.«

Alkuin und der Pfleger eilten ans Bett der beiden Patienten. Es waren Vater und Sohn, beide arbeiteten im Sägewerk. Beim Vater waren Nase und Ohren schwarz verfärbt. Alkuin versuchte ihn zu befragen, doch er brachte nur wirres Zeug heraus. Alkuin verschrieb den beiden ein Abführmittel.

»Milch mit Kohle sollen sie trinken. So viel sie hinunterbekommen.«

Sie überließen die Kranken dem Pfleger, der sich sogleich um die verschriebenen Mittel kümmerte, und gingen in den anderen Raum hinüber. Haldors Bett jedoch war leer, und keiner der anderen Patienten konnte ihnen sagen, wo sie ihn finden könnten. Sie suchten die Latrinen, den Speiseraum und den kleinen Kreuzgang nach ihm ab, wo die Kranken, die schon wieder zu Kräften gekommen waren, sich ein wenig die Füße vertraten – doch Haldor war wie vom Erdboden verschluckt.

»Aber das kann doch nicht sein!«, klagte Theresa, den Tränen nahe.

»Er wird ganz bestimmt wieder auftauchen«, versuchte Alkuin sie zu beruhigen.

Dann schickte er Theresa nach Hause. Er müsse nun zurück in die Bibliothek, doch sobald er etwas von Haldor höre, würde er sie benachrichtigen lassen. Sie vereinbarten, sich ansonsten am nächsten Morgen am Stiftstor zu treffen. Theresa dankte ihm für seine Fürsorge, doch sobald sie sich abgewandt hatte, konnte sie die Tränen nicht länger zurückhalten.

»Aufstehen!«, befahl Genserico von der anderen Seite der Tür her.

Gorgias gehorchte benommen. So kraftlos hatte er sich noch nie gefühlt. Konnte das nur an dem Mangel an Nahrung liegen? Die Nacht über hatte ihn Schüttelfrost gequält, und schreiben konnte er schon seit zwei Tagen nicht mehr. Seine Finger wollten einfach nicht gehorchen, die Feder fiel immer wieder herunter, und aufheben konnte er sie nur mit der anderen Hand, denn die verletzte spürte so etwas Feines wie eine Feder gar nicht mehr. Mit geschwollenen Lidern blickte Gorgias zu dem schmalen Fensterchen, das nach draußen führte, es war noch finstere Nacht. Taumelnd erhob er sich von seiner Pritsche und lehnte den Kopf an die Tür. Kurz hoffte er, Genserico möge den Vorfall drei Tage zuvor vergessen haben, aber eher würden wohl die Wände über ihm einstürzen. Die Lade drehte sich, kurz fiel der Strahl einer Fackel in die Zelle, dann wurde sie sofort wieder verschlossen. Im Dunkeln tastete Gorgias nach der Schüssel mit dem Essen. Gierig stürzte er sich auf die Grütze, der Hunger ließ sie ihm wie ein Festmahl erscheinen. Er kratzte gerade den letzten Rest aus dem Holzschälchen, als Genserico ihn durch die Tür anherrschte, er solle endlich das Pergament fertigstellen, statt sich den Wanst vollzuschlagen. Gorgias wusste, dass jetzt keine Ausflüchte mehr galten. Er konnte nicht länger verbergen, dass er wertlos geworden war. Ja, wenn Theresa noch lebte … Sie wäre die einzige gewesen, die das Dokument hätte fertigstellen können. Sie würde keinen Tag brauchen, um mit der Feder umgehen zu lernen. Seine Theresa! So viel hatte er ihr von der Geschichte ihres Byzanz erzählt, gierig hatte sie alles in sich aufgesogen, und verständiger als jeder Mann, den er kannte. Mit ihr hätte es eine Rettung gegeben, doch so war es aussichtslos. Was sollte er diesen Schurken noch nutzen? Er fasste sich, dann sagte er mit leiser Stimme:

»Ich … Ich konnte nicht weiterarbeiten. Mein Arm … Ich bin zu krank.«

Genserico fluchte in einer Weise, die man diesem mürrischen Alten nie zugetraut hätte. »Ihr habt noch immer nicht verstanden, was auf dem Spiel steht, mein lieber Gorgias. Meint Ihr denn, Eure Sturheit hätte irgendeine Bedeutung? Dann werden wir uns wohl mal um die liebe Rutgarda kümmern müssen … Das wird ihr zwar ein bisschen weh tun, aber anders seid Ihr offenbar nicht zur Vernunft zu bringen.«

»Ich schwöre Euch, ich sage die Wahrheit. So seht doch selbst nach, wenn Ihr mir nicht glaubt.«

Ohne eine Antwort abzuwarten, nahm der Schreiber mit dem gesunden Arm eine Trennwand heraus. Er hörte, wie Genserico auf der anderen Seite den Riegel der Lade aufschob. Das Licht der Fackel blendete Gorgias, schmerzhaft kniff er die Augen zusammen. Vorsichtig schob er seinen verletzten Arm durch die Öffnung. Plötzlich durchfuhr ihn bis in die Schulter ein schneidender Schmerz, so heftig, dass er beinahe ohnmächtig geworden wäre. Er schrie auf, doch Genserico bog den Arm ungerührt mit aller Kraft immer weiter nach unten.

»Das wird Euch lehren, keine Dummheiten zu machen!«, zischte der teuflische Alte. »Sonst werde ich Euch zerquetschen wie eine Laus.«

Gorgias stöhnte nur noch schwach, als Genserico endlich von ihm abließ. Der Schmerz war so stark gewesen, dass er sich fast fürchtete, nachzuschauen, was Genserico ihm angetan hatte. Mühsam zog er das zurück, was einmal ein starker, geschickter Teil seiner selbst gewesen war. Doch jetzt? Entsetzt starrte er auf den unnatürlich gedrungenen Arm, ein totes Glied. Niemals würde er wieder damit schreiben können!

Als Genserico einige Zeit später zurückkehrte und schroff mitteilte, Zenon, der Wundarzt, stehe bereit, sich seiner anzunehmen, dämmerte Gorgias bereits in schwerem Fieber vor sich hin. Benommen hörte er, wie Wilfreds Gehilfe ihm befahl, sich mit dem Rücken zur Türöffnung zu stellen und beide Arme zu ihm hindurchzustecken. Mit großer Mühe gehorchte Gorgias, fast besinnungslos. Er zuckte nicht einmal, als ihm eine Kette um die Handgelenke gelegt wurde. Dann spürte er, wie sein Peiniger einen Stab zwischen seine Unterarme und die Lade klemmte. Im nächsten Augenblick ging die Tür auf und zwang ihn, rückwärts aus der Zelle zu stolpern.

Genserico ließ ihm kaum Zeit, den Blick zu heben, schon hatte er ihm eine Kapuze aus Sackleinen übergestülpt und um seinen Hals geschnürt. Er würde ihn auf der Stelle töten, sollte er versuchen zu fliehen, drohte er und riss mit einem Ruck an der Schnur, um die Drohung noch zu unterstützen. Erst dann befreite Genserico ihn von der Tür. Gorgias konnte sich kaum auf den Beinen halten, als der Alte losmarschierte und ihn grob an der Kette hinter sich herzerrte.

Sie gelangten ins Freie. War es noch dunkel oder schon wieder? Gorgias hatte jedes Zeitgefühl verloren. Er hätte auch nicht zu sagen vermocht, wie lange sie durch die Kälte liefen, der Weg, auf dem er immer wieder strauchelte, kam ihm endlos vor. Es musste tiefe Nacht sein, die Stille war beängstigend. Endlich blieben sie stehen. Bevor sie einen übelriechenden Raum betraten, wurden sie von jemandem begrüßt, der Stimme nach vermutlich Zenon. Genserico bestand darauf, dass Gorgias die Kapuze aufbehalten müsse, doch der andere erklärte, so könne er den armen Teufel nicht behandeln.

»Da kann er mir glatt unter den Händen wegsterben, ohne dass ich es merke.«

Schließlich willigte Genserico gereizt ein, der Chirurg löste den Strick und nahm ihm die Kapuze ab. Gorgias schaute sich blinzelnd um, sie befanden sich in einer leeren, dreckigen Scheune. Zwei Fackeln erhellten den windschiefen Schuppen, in der Mitte stand ein riesiger Tisch, der eher in ein Refektorium gepasst hätte. Zenon forderte Genserico auf, Gorgias die Ketten abzunehmen.

»Seht Ihr denn nicht, in welchem Zustand dieser Mann ist? Der kommt sowieso keine zwei Schritte weit«, meinte der Arzt verächtlich.

Genserico wiegte zweifelnd den Kopf. Ungnädig machte er den verwundeten Arm los, mit dem gesunden aber kettete er Gorgias an einem Tischbein an.

Zenon hielt eine Fackel an die Wunde. Als das Licht darauf fiel, verzog er angewidert das Gesicht. Er beugte sich hinunter, um sich die Sache genauer zu besehen, und wich entsetzt zurück. Dann drückte er mit einem Holzspatel auf die Wunde, Gorgias zuckte nicht einmal zusammen. Zenon schüttelte entschieden den Kopf.

»Der Arm ist nur noch totes Fleisch«, flüsterte er Genserico zu. »Falls die Fäulnis bereits die Blutbahn erreicht hat, könnt Ihr schon mal ein Grab für ihn ausheben.«

»Tut, was Ihr tun müsst, aber den Arm darf er nicht verlieren«, fuhr Genserico ihn an.

»Da ist nichts mehr zu machen. Ich bezweifle sogar stark, dass ich ihm das Leben retten kann.«

»Wollt Ihr Euch das Gold verdienen oder nicht? Der Rest von ihm kann meinethalben verrecken, aber dieser Arm muss weiterschreiben!« Der böse Alte machte nicht die geringste Anstrengung, seine Stimme zu senken.

Zenon schüttelte verständnislos den Kopf und reichte Genserico die Fackel, damit er ihm leuchte. Dann breitete er seine Instrumente auf dem Tisch aus, wählte ein Messer mit dünngeschliffener Klinge und setzte an.

»Das wird weh tun«, warnte er Gorgias, der teilnahmslos auf dem Tisch niedergesunken war. »Ich muss den Arm aufschneiden.« Doch sein Patient reagierte nicht.

Gerade wollte er mit der Operation beginnen, als Genserico plötzlich stark schwankte und beinahe die Fackel fallen ließ. Der Arzt konnte ihn gerade noch abstützen.

»Ist Euch nicht gut?«, erkundigte sich Zenon, mehr um seinen Lohn besorgt als um die Gesundheit seines Auftraggebers.

»Nur die schlechte Luft. Macht weiter«, schnaubte der Alte ärgerlich.

Zenon warf ihm einen skeptischen Blick zu, dann wandte er sich wieder seinem Patienten zu. Er träufelte ein paar Tropfen von einem stark nach Trester riechenden Alkohol auf die Wunde, nahm dann selbst einen Schluck davon und setzte das Messer erneut an. Tief fuhr die Klinge in das Fleisch. Die Haut platzte auf wie die Gedärme einer verfaulenden Kröte, eine dicke, übelriechende Flüssigkeit quoll hervor. Genserico wich angewidert zurück. Zenon suchte mit unsicherer Hand nach einer Nadel und versuchte einen Faden einzufädeln.

»Verdammt!«, entfuhr es ihm, als die Nadel herunterfiel. Er bückte sich und fing an, auf dem Boden herumkriechend, im Halbdunkel nach der Nadel zu suchen.

»Nehmt eine andere«, herrschte Genserico ihn ungeduldig an.

»Ich habe keine andere hier. Ihr müsstet mir eine von zu Hause holen, wenn Ihr schnell macht, lebt er vielleicht bei Eurer Rückkehr noch.«

»Bin ich ein Botenjunge? Macht das gefälligst selbst!«

»Und wer soll solange die Blutung stillen?« Ungerührt lockerte er kurz den Druck auf Gorgias' Ellenbogen, und tiefschwarzes Blut ergoss sich in einem Schwall auf die ganze Tischplatte. Schnell drückte Zenon die Arterie wieder ab.

Genserico blickte ihn an, als wolle er ihn töten. Drohend sagte er: »Ihr sorgt dafür, dass er noch lebt, wenn ich zurück bin!« Dann kontrollierte er die Ketten, ließ sich von Zenon erklären, wo die Nadeln zu finden seien, und schärfte dem Chirurgen ein, den Schreiber ja nicht aus den Augen zu lassen, obwohl Gorgias vollkommen regungslos dalag. Der Alte war gerade am Tor der Scheune angelangt, als ihm erneut schwindelig zu werden schien.

»Und Ihr seid sicher, dass Euch nichts fehlt?«, fragte Zenon skeptisch.

»Seht zu, dass Ihr den Arm in Ordnung bringt!«, brummte der Alte, kniff die Augen zusammen und schwankte hinaus.

Zenon zog unter Gorgias' Schulter eine improvisierte Aderklemme fest, bis die Blutung aufhörte. Kopfschüttelnd betrachtete er die aufgedunsene bräunlich-violette Wunde. Der Arm war verloren, Genserico mochte sich dagegen sträuben, solange er wollte. Plötzlich kam Gorgias zu sich. Als er die Augen aufschlug und den Arzt erkannte, wollte er sich aufrichten, doch mit der Kette an dem einen und der Klemme am anderen Arm kam er nicht weit. Zenon drückte ihn achtlos auf die Tischplatte zurück.

»In was für eine Lage habt Ihr Euch nur gebracht? Rutgarda hielt Euch bereits für tot«, bemerkte er beiläufig. Da sah er am Boden die heruntergefallene Nadel glitzern und bückte sich danach.

Gorgias wollte etwas erwidern, doch er brachte nur ein Röcheln heraus. Zenon erklärte ihm ohne große Umschweife, dass er den Arm abnehmen müsse, wenn Gorgias nicht den sicheren Tod sterben wolle.

»Und selbst wenn ich amputiere, kann es sein, dass Ihr nicht überlebt«, versetzte der Arzt in seiner üblichen Schroffheit.

Gorgias nickte nur matt. Schon seit Tagen hatte er seine Finger nicht mehr gespürt. Er hatte nicht alle Hoffnung aufgeben wollen, doch vom Ellenbogen abwärts war sein Arm vollkommen leblos. Er schluckte trocken und bemühte sich, einen klaren Gedanken zu fassen. Selbst wenn er überlebte, würde er nie mehr für seine Existenz aufkommen können, doch wenigstens um Rutgardas willen musste er kämpfen. Schweren Herzens betrachtete er den Arm, der so aussah, als gehöre er schon lange nicht mehr zu seinem Körper. Er spürte ein dumpfes Pochen, aber keinen Schmerz. Der Arzt hatte recht.

»Ich habe wohl keine Wahl. Nehmt ihn also ab«, brachte er tonlos hervor.

Als Zenon erwiderte, dass Genserico die Amputation verweigerte, starrte Gorgias ihn ungläubig an.

»Bedauere, aber er ist derjenige, der zahlt.«

Gorgias griff sich tastend an den Hals.

»Hier, nehmt meine Kette«, sagte er heiser. »Sie ist aus Rubinen. So viel habt Ihr noch nie verdient.«

Zenon beugte sich zu Gorgias hinunter und besah sich die Kette. Schnell streckte er die Hand danach aus und riss sie dem wehrlosen Mann mit einem Ruck vom Hals. Dann blickte er zögernd zur Tür.

»Genserico wird mich umbringen«, murmelte er, spuckte auf den Boden und schob Gorgias ein Stück Holz zwischen die Zähne. Er solle darauf beißen, so fest er könne. Dann griff er zur Säge und begann sein grausames Werk wie ein Schlachter, der ein Tier zerlegt. Gorgias wurde es schwarz vor Augen.

Den restlichen Nachmittag verkroch sich Theresa in der Scheune, so konnte die Schwarze Helga ihr keine neugierigen Fragen stellen. Kurz vor Einbruch der Dämmerung jedoch hielt sie nichts mehr auf ihrem Strohlager, und sie beschloss, noch eine kleine Runde durch das Viertel zu drehen. Sie spazierte durch die Gassen und grübelte. Was wohl dieser merkwürdige Druck in ihrer Brust zu bedeuten hatte? Dieser kalte Schauer, der sie schüttelte, wenn sie an Haldor dachte? Jeden Morgen sehnte sie ungeduldig den Augenblick herbei, in dem sie ihm begegnen, mit ihm sprechen, seinen Blick spüren würde. Warum nur, dachte sie wehmütig, verschwindet alles, was ich liebe, aus meinem Leben?

Ziellos irrte sie durch die Straßen und zermarterte sich das Hirn. Wo konnte Haldor nur sein? Was in aller Welt war geschehen? Bei ihrem letzten Besuch hatte er kaum ein paar Schritte durch den Kreuzgang geschafft, und das war erst gestern gewesen. Er konnte unmöglich einfach davongelaufen sein.

In Gedanken versunken war sie in eine Gegend geraten, die sie nicht kannte. Es war dunkel und kalt, und sie hatte sich den Umhang bis zur Nasenspitze hochgezogen. Mit einem Mal fiel ihr auf, dass sie sich in einer menschenleeren, finsteren Gasse befand.

Es stank nach Unrat. Ein Hund bellte, sie schrak zusammen.

Beunruhigt stellte sie fest, dass die meisten Häuser aussahen, als wären ihre Bewohner überstürzt von diesem düsteren Ort geflohen. Sich selber wegen ihrer Unvorsicht tadelnd, entschied sie, umzukehren und sich schleunigst auf den Heimweg zu machen.

Plötzlich bemerkte sie am Ende der Gasse eine dunkle Gestalt, deren Gesicht beinahe vollständig unter einer Kapuze verborgen war. Theresa erstarrte. Mit klopfendem Herzen wartete sie und hoffte, die Gestalt würde verschwinden, doch sie rührte sich nicht. Theresa zwang sich, Ruhe zu bewahren. Wenn sie auf der Hut war, würde ihr nichts geschehen.

Entschlossen ging sie die Gasse entlang. Je näher sie kam, desto heftiger pochte ihr Herz. Die Gestalt stand weiter stumm und reglos da. Theresa beschleunigte den Schritt, senkte den Blick und wollte schnell vorübergehen, da trat ihr der Vermummte in den Weg und hielt sie fest. Sie wollte schreien, doch eine Hand hielt ihr den Mund zu. Theresa brachte nur ein ersticktes Stöhnen heraus. In dem verzweifelten Versuch sich loszumachen, biss sie mit aller Kraft in die Hand, die ihr den Mund zuhielt, und ein Aufschrei ertönte:

»Du Teufelsweib! Was fällt dir ein? Willst du mir die Hand abbeißen?« Der Mann hielt sich die Hand an den Mund und saugte an der Bisswunde.

Theresa wollte ihren Ohren nicht trauen. Diese Stimme kannte sie!

»Haldor? Du?«

Sie sah ihm ins Gesicht – tatsächlich, es war Haldor. Er setzte die Kapuze ab, und ohne auch nur einen Augenblick zu überlegen, stürzte sie sich in seine Arme. Er strich ihr übers Haar, atmete ihren Duft ein. Dann schob er sie sanft von sich weg und sagte, sie sollten zusehen, dass sie aus dieser finsteren Gegend fortkämen.

»Aber wo bist du denn nur gewesen?«, schluchzte Theresa. »Ich dachte schon, ich würde dich niemals wiedersehen!«

Er lächelte flüchtig, dann gestand er ihr, dass er sich versteckt habe und ihr dann von der Abtei aus gefolgt sei. Er müsse auf schnellstem Wege nach Würzburg gelangen. Die Gründe könne er ihr jetzt nicht erklären, doch es gehe um Leben und Tod.

»Aber du kannst dich ja kaum auf den Beinen halten!«

»Darum brauche ich auch ein Pferd.«

»Das ist doch Irrsinn. Die Sachsen werden dich in Stücke reißen! Hast du denn vergessen, was sie schon mit dir gemacht haben?«

»Du musst mir helfen, Theresa.«

»Aber ich weiß nicht …«

»Hör zu«, unterbrach er sie. »Ich muss nach Würzburg, um jeden Preis. Ich habe mein Leben aufs Spiel gesetzt, um deines zu retten, und nun bin ich es, der dich braucht. Du musst mir ein Pferd beschaffen.«

Er sah sie drängend an, Theresa erkannte Verzweiflung in seinem Blick. Es ging ihr direkt ins Herz.

»Hätte ich doch nicht all mein Geld der Schwarzen Helga gegeben, für Unterkunft und Verpflegung. Von den paar Denaren, die mir geblieben sind, kann man niemals ein Pferd erstehen.«

»Verdammt.« Haldor biss die Zähne zusammen.

»Ich könnte Alkuin fragen. Vielleicht kann der uns helfen.«

Haldor fuhr auf, als er den Namen hörte.

»Hast du den Verstand verloren? Was denkst du wohl, warum ich aus der Abtei geflohen bin? Du darfst diesem Mann nicht trauen, Theresa. Er ist nicht das, was er zu sein vorgibt.«

»Warum sagst du so etwas? Er ist sehr gut zu uns gewesen ... und noch dazu ein hervorragender Lehrmeister.«

»Ich kann es dir nicht erklären, aber du musst mir vertrauen. Halte dich von ihm fern.«

Theresa war verwirrt. Sie vertraute Haldor, aber Alkuin? Der gelehrte Mönch schien ihr ein guter Mensch zu sein.

»Dein Dolch!«, kam es ihr in den Sinn. »Wir könnten versuchen, ihn zu verkaufen. Für das Geld würdest du bestimmt ein gutes Pferd bekommen.«

»Wenn ich den Dolch nur noch hätte! Diese verfluchten Mönche müssen ihn mir gestohlen haben«, schimpfte Haldor. »Kennst du denn niemanden, der mir ein Pferd beschaffen könnte?«

Theresa schüttelte den Kopf. Es fiel ihr niemand ein. Außerdem konnte Haldor in seinem Zustand auf keinen Fall reiten, dachte sie, er keuchte ja wie ein alter Mann.

»Dir geht es nicht gut, Haldor!«

»Das spielt jetzt keine Rolle. Verdammt! Ich brauche ein Pferd«, rief er und bekam sogleich einen Hustenanfall. Erschöpft ließ er sich am Straßenrand auf einen Stapel Holz sinken. Theresa dachte fieberhaft nach; es musste einen Ausweg geben, und sie würde ihn finden. Was wäre mit ...

»Mir fällt etwas ein«, sagte sie. »Heute Vormittag war ich bei einer Mühle, da gab es Pferde.«

Haldor stand auf und sah Theresa liebevoll an. Er nahm ihr Gesicht zwischen seine Hände und küsste sie. Theresa schloss die

Augen und überließ sich dem warmen Strom, der sie durchflutete. Scheu öffneten sich ihre Lippen, und seine Zunge tastete nach der ihren. Dann machte sie sich sanft von ihm los, mit geröteten Wangen blickte sie ihm in die Augen. Seine Pupillen glänzten.

»Und was wird aus mir, wenn du fortgehst?«, fragte sie leise.

Da küsste Haldor sie noch einmal so zärtlich, dass sie alles um sich her vergaß.

Auf dem Weg zur Schenke der Schwarzen Helga blieben sie an jeder Straßenecke stehen und tauschten immer begehrlichere Küsse aus. Bei Helga angekommen, schlichen sie sich durch den Hintereingang ins Haus, um nicht gesehen zu werden, und kletterten eilig hinauf ins Stroh, wo Theresa ihr Nachtlager hatte. Haldor zog Theresa auf den Strohsack, nestelte an ihrer Bluse und begann ihre Brüste zu streicheln. Theresa machte sich widerstrebend los und kletterte die Stiege hinunter. Mit ein wenig Brot, Käse und einem Krug Malzbier auf einem Tragebrett und einer Decke kehrte sie zurück und sagte, er solle auf sie warten. Wenn alles gut ginge, würde sie in ein paar Stunden mit einem Pferd zurück sein.

Es war tollkühn, aber sie wollte es versuchen. Sie packte eine Kerze, ein Pinkeisen und etwas Zunder ein, außerdem etwas rohes Fleisch, das nicht mehr ganz frisch war, und ein Küchenmesser. Dann verließ sie das Haus und machte sich auf den Weg zur Stadtmauer. Sie fürchtete, das Südtor könnte schon geschlossen sein, doch sie hatte Glück, es waren dort noch Arbeiten im Gange, und der verschlafene Wächter ließ sie unbehelligt passieren.

Während sie im Schein des Mondes an dem dunklen Fluss entlangging, dachte sie daran, wie Haldors trockene, heiße Lippen sie liebkost hatten. Sie spürte seinen warmen Atem auf ihren Wangen, sein zärtliches Flüstern an ihrem Ohr; der Magen zog sich ihr zusammen, sie beschleunigte den Schritt. Voller Bangen dachte sie an die Wachhunde des Müllers. Sie musste darauf vertrauen, dass das Fleisch sie ablenken würde, während sie sich in den Ställen umsah. Endlich bei der Mühle angekommen, stellte sie fest, dass das Mondlicht ausreichen würde, um sich zurechtzufinden, auf den Zunder konnte sie also verzichten. Sie hielt Ausschau nach den Hunden, konnte sie jedoch nicht entdecken. Für alle Fälle verstreute sie ein paar Fleischbrocken auf dem Weg zum Stall.

Drinnen standen jetzt nur noch vier Pferde, sie schienen zu schlafen. Theresa ging um die Tiere herum und musterte sie ratlos. Wie sollte sie nur entscheiden, welches Pferd das beste wäre? Plötzlich ertönte Hundegebell, ihr Herz schien stehenzubleiben. Sie stürzte in eine Ecke, kauerte sich zusammen und bedeckte sich hastig mit Stroh. Nach einigen Sekunden verstummte das Bellen, doch dann hörte sie wütendes Knurren. Offenbar waren die Hunde noch draußen und stritten sich um das Fleisch. Sie war gefangen.

Wie sie da in ihrer Ecke kauerte und ängstlich lauschte, beschlich sie das Gefühl, dass sie dabei war, einen großen Fehler zu begehen. Was war nur in sie gefahren? Wie hatte sie ernsthaft in Betracht ziehen können, ein Pferd zu stehlen? Sie wollte Haldor helfen, doch taugte sie zur Diebin?

Wenn man sie fasste, würde man sie wegen Diebstahl verurteilen, und darauf stand oft genug die Todesstrafe. Wenn man sie denn überhaupt einem Gericht überantworten würde. Sie musste so schnell wie möglich aus diesem Stall heraus, dachte sie und fasste sich ein Herz. Die Hunde schienen sich entfernt zu haben. Vorsichtig kroch sie unter den Beinen der Pferde hindurch zum Ausgang hin. Gleich war es geschafft. Doch als sie ins Freie treten wollte, wo der Mond immer noch verräterisch hell schien, bemerkte sie zu ihrem Entsetzen drei Männer, die auf den Stall zukamen.

Hatten die Hunde sie doch alarmiert?

Kaum schaffte sie es, in den Schatten zurückzutreten, da ging der erste schon so nah an ihr vorbei, dass sie mit ausgestreckter Hand das Messer hätte stehlen können, das in seinem breiten Ledergürtel stak. Doch er trat nicht in die Scheune; mit den beiden anderen ging er zu einem der großen Ochsenkarren, die auf dem Hof im Schatten des Schuppens standen, und lud sich einen schweren Sack auf den Rücken. Die beiden anderen taten es ihm nach.

Theresa lief eilig zurück und versteckte sich wieder zwischen dem

Stroh. Sonderbar, dass diese Kerle ihre Arbeit mitten in der Nacht erledigten. Ob diese Säcke womöglich mit dem Korn zu tun hatten, dem Alkuin auf der Spur war?

Sie wartete ab, bis die Kerle sich vom Wagen entfernt hatten, und schlich sich im Schutz der Dunkelheit näher. Sie zückte ihr Messer, schnitt einen der Säcke auf und ließ sich die Hände mit Getreidekörnern vollrieseln. Dann schlüpfte sie mit ihrer Beute schnell wieder in den Stall.

Wieder am Wagen, entdeckte einer der Männer das Loch und schimpfte auf den zweiten, der habe den Sack eingerissen. Es entbrannte ein heftiger Streit, bis der Dritte, der offenbar das Sagen hatte, dazwischenging. Einer der Streithähne wurde fortgeschickt und kehrte kurz darauf mit einer brennenden Fackel zurück. Der Anführer nahm sie ihm aus der Hand, und im Licht der Fackel leuchtete sein roter Haarschopf. Die Männer luden die drei restlichen Säcke ab und verschwanden.

Sobald die Luft rein war, rannte Theresa aus dem Stall und den Weg zum Fluss hinunter. Sie meinte den Atem des Rothaarigen in ihrem Nacken zu spüren, dachte daran, wie er den Dicken in der Schenke niedergestochen hatte, und stellte sich vor, dass er ihr jeden Moment den Hals durchschneiden konnte. Selbst als sie die Stadtmauern passiert hatte, fühlte sie sich nicht in Sicherheit.

Das Herz schlug ihr immer noch bis zum Hals, als sie das Haus der Schwarzen Helga erreichte. Sie nahm den Hintereingang, sah, dass Helga vorn in der Schenke zu tun hatte, und kletterte direkt nach oben ins Stroh, wo Haldor auf sie wartete. Er sah ihr freudig entgegen, doch als er erfuhr, dass sie kein Pferd mitgebracht hatte, zog er ein enttäuschtes Gesicht.

»Ich schwöre dir, ich habe es versucht«, sagte sie und fühlte sich fast, als habe sie ihn verraten.

Haldor fluchte, biss sich dann aber auf die Lippen und sagte versöhnlich, sie solle sich keine Sorgen machen. Am nächsten Morgen werde er eine Lösung finden. Dabei sah er ziemlich verzweifelt aus. Es musste doch einen Weg geben, ihm zu helfen … Ja, einen mochte es geben. Sie küsste Haldor auf den Mund, und er erwiderte den Kuss. Dann schob sie ihn sanft weg.

»Warte kurz, ich habe eine Idee.«

Sie kletterte die Stiege hinunter. Haldor blickte ihr nachdenklich hinterher.

Nach einer Weile kehrte sie, fröhlich vor sich hin summend, zurück.

»Du sollst dein Pferd haben«, verkündete sie strahlend.

»Aber wie hast du das geschafft? Sag mir nicht, du willst deinen Körper verkaufen!«

Theresa musste lachen. Nein, sie hatte Helga einfach gebeten, ihr einen Teil des Geldes für die Unterkunft vorübergehend wieder zu überlassen. Noch vor Februar hätte sie den Betrag zurück, das hatte sie ihr versprochen, und sie würde sogar noch ein wenig drauflegen.

»Zuerst war sie nicht begeistert, aber ich habe ja jetzt eine feste Arbeit, und so kann ich ihr den fünften Teil als Zinsen zahlen. Allerdings wollte sie unbedingt wissen, wozu ich das Geld brauche.«

Haldor sah sie erschrocken an, doch Theresa beruhigte ihn. Sie hatte Helga erzählt, sie benötige ein Pferd, um Bruder Alkuin auf seinen Ritten über Land zu begleiten. Daraufhin hatte Helga ihr sogar einen Händler empfohlen, der ihr eines günstig überlassen könnte. Jedenfalls habe sie ihr die Hälfte des Geldes wieder ausgehändigt – fünfzig Denare. Einen ordentlichen Gaul sollte man dafür bekommen und auch noch den nötigen Proviant für den Weg.

Haldor lächelte. Er blies die letzte Kerze aus und zog Theresa zu sich heran. Er nahm sie in den Arm, um sie zu wärmen, und bald durchströmten sie wohlige warme Schauer.

Seine Arme drückten sie an sich, und er begann sie erst zart, dann leidenschaftlicher zu küssen. Sanft liebkoste er ihre Brüste und ließ seine Finger ihren Körper hinabwandern. Sein warmer Atem an ihrem Hals und seine behutsamen, aber sicheren Berührungen versetzten sie in einen erregenden Taumel, sie ließ sich berauschen und fühlte, wie ein heftiges Verlangen sie erfasste. Niemals zuvor hatte sie etwas Ähnliches gespürt, und diese Mischung aus Scham und Erregung, Furcht und Verlangen verwirrte sie. Seine Küsse wurden drängender, er fuhr mit den Lippen ihren Körper hinab, streichelte ihre Scham, ihren Bauch und schob schließlich behutsam ihre Schenkel auseinander. Als sie spürte, wie er in sie eindrang, bäumte sich ihr Körper auf vor Schmerz. Doch das Verlangen ließ sie sich an ihn pressen, als wollte sie ihn niemals wieder loslassen, und sie gab sich dem inneren Feuer, das sie verzehrte, ganz hin.

Während er sie weiter küsste und streichelte, bewegte er sich sanft in ihr; dann wurden seine Stöße heftiger, so stürmisch, dass sie glaubte, der Teufel habe von ihm Besitz ergriffen. Und als sich sein Samen in sie ergossen hatte, wünschte sie sehnlichst, er möge sich noch nicht zurückziehen.

»Ich liebe dich«, flüsterte er und drückte sie an sich.

Sie schloss die Augen und seufzte; wieder und wieder hätte sie diese Worte von ihm hören mögen.

Am Morgen, als Haldor sich in aller Frühe verabschiedete, beteuerte er ihr noch einmal seine Liebe, und sie sank selig wieder in Schlaf.

14

Sonntags brauchte Theresa nicht im Skriptorium zu erscheinen, und so verbrachte sie den Vormittag damit, ihr Lager aufzuräumen und die schmutzigen Schüsseln und Becher zu spülen, die sich in der Küche türmten. Später wollte sie dennoch in der Abtei vorbeischauen und sich erkundigen, ob Haldor inzwischen wieder aufgetaucht sei; so würde sie jeglichen Verdacht zerstreuen. Während sie die Gaststube mit dem Reisigbesen ausfegte, rief sie sich jeden einzelnen Kuss, jede Berührung der letzten Nacht in Erinnerung. Haldors Geruch haftete an ihr, als hätte man sie damit eingerieben, und gierig sog sie ihn ein, als könne sie ihn auf diese Weise festhalten.

»Haldor Larsson«, flüsterte Theresa lächelnd.

Bevor er aufgebrochen war, hatte er ihr versprochen, er käme wieder, um sie zu holen. Und dann würde er sie mitnehmen nach Aachen, auf sein Land.

Sie malte sich aus, wie ihr Leben auf Haldors Gut aussehen würde. Am Tag würde sie sich um das Haus kümmern, und in der Nacht läge sie in seinen Armen. So versunken war sie in den Bildern von ihrem neuen Leben mit Haldor, dass sie Helga gar nicht bemerkte, die inzwischen aus dem Bett aufgestanden war und kopfschüttelnd beobachtete, wie sie den Boden nun zum vierten Mal fegte.

»Gehst du heute gar nicht zu deinen Mönchen?«, fragte Helga mit einem breiten Grinsen.

»Am Sonntag wird nur gebetet … Helga, wie wird eine Frau eigentlich schwanger?« Theresa war einfach herausgeplatzt mit der Frage, die ihr schon eine ganze Weile im Kopf schwirrte.

»Fragst du das im Ernst?«

»Na ja … Ich meine, kann man auch schon beim ersten Mal …?« Unwillkürlich schoss Theresa die Röte ins Gesicht.

Die Schwarze Helga sah Theresa verblüfft an, bis sie begriff und schallend lachen musste.

»Schätzchen, das kommt darauf an, wie gut man es dir besorgt hat«, sagte sie und drückte ihr einen schmatzenden Kuss auf die Wange.

Mit betontem Eifer machte sich Theresa an einem klebrigen Rost zu schaffen.

Helga schaute ihr schmunzelnd zu und schnalzte mit der Zunge. »Bestimmt bist du schwanger, Kleines«, zog sie sie auf. »Du siehst nicht so aus, als hättest du es schlecht gehabt, heute Nacht.« Nach einer kurzen, nachdenklichen Pause fügte sie hinzu: »Hoffentlich erweist sich dein Kerl nicht als genauso ein Schuft wie meiner.«

Der Gedanke an eine Schwangerschaft ließ Theresa keine Ruhe mehr. Während sie die Gassen zum Kloster hinaufstieg, stellte sie sich vor, wie es wäre, solch ein winziges, unschuldiges Geschöpf in sich zu tragen. Sie fuhr sich mit der Hand über den flachen Bauch, und ein Schauer durchfuhr sie. Nein, nein, nein!, schwor sie sich. Auch wenn sie es noch so sehr begehrte, sie würde nicht wieder mit Haldor das Bett teilen, bevor sie nicht verheiratet wären.

An der Klosterpforte gewährte man ihr ohne weiteres Einlass. Mit der Kutte, die Alkuin ihr gegeben hatte, und der tief ins Gesicht gezogenen Kapuze sah sie aus wie jeder andere der Novizen, die auf dem Klostergelände herumliefen.

»Nichts Neues«, brummte der Krankenpfleger, als sie sich besonders besorgt nach Haldor erkundigte. »Er hat sich wohl einfach aus dem Staub gemacht.«

»Aber dann hätte er mir doch Bescheid gegeben!« Theresa tat empört.

»Was weiß ich? Denkst du, wir können uns hier um jeden dahergelaufenen Krüppel kümmern?«

Die Bemerkung ärgerte Theresa. Am Ende war dieser ruppige Bruder genau derjenige, der Haldor den Dolch gestohlen hatte. Der Pfleger bemerkte Theresas argwöhnischen Blick.

»Wenn dir irgendetwas nicht passt, kannst du dich ja bei Alkuin beschweren«, meinte er und deutete in Richtung Skriptorium. Dann ließ er sie stehen und machte sich daran, einen Wickel auszuwringen.

Theresa zögerte. Haldor hatte sie vor Alkuin gewarnt, doch hatte der Mann ihr irgendwann Anlass gegeben, ihm zu misstrauen? Im Gegenteil: Alles, was er versprochen hatte, hatte er eingelöst. Außerdem wollte sie ihm ja auch noch die Getreideprobe zeigen, die sie bei ihrem nächtlichen Ausflug zur Mühle erbeutet hatte. Sie hatte die Körner noch in ihrer Tasche, und so beschloss sie, Alkuin aufzusuchen und ihn bei der Gelegenheit auch auf ihren Lohn anzusprechen, da sie unbedingt darauf achten musste, Helga das Geld zurückzugeben. Überrascht, sie zu sehen, kam er ihr schon in der Tür entgegen und begrüßte sie freundlich.

»Ich bedaure, dir sagen zu müssen, dass dein Freund …«

»Ich weiß, ich komme gerade vom Hospital.«

»Die Geschichte ist mir ein Rätsel, ich kann mir beim besten Willen nicht vorstellen, was ihm zugestoßen sein soll. Wenn ich Zeit hätte … aber leider muss ich mich um ein paar außerordentlich wichtige Dinge kümmern.«

Theresa nickte. Dann kramte sie in ihren Taschen und hielt Alkuin die Handvoll Körner hin. Alkuin machte große Augen.

»Wo hast du die denn her?«, fragte er erstaunt.

Theresa berichtete, was sie in der Nacht bei der Mühle beobachtet hatte, ohne Haldor mit einem Wort zu erwähnen. Sie sei noch einmal dorthin zurückgekehrt, in der Hoffnung, etwas wiederzufinden, das sie aber wohl doch woanders verloren haben musste. Kaum war sie ausgesprochen, kam Theresa diese Lüge erbärmlich und durchschaubar vor; sie betete, dass Alkuin nicht nachbohren möge. Sie hatte Glück, der Pater hob ein Stöckchen vom Boden auf und stocherte neugierig in den Körnern auf ihrer Hand herum, die sie ihm entgegenstreckte.

»Hmh, hmh«, machte er und runzelte die Stirn. »Steck das wieder ein und komm mit.«

In der Apotheke zündete Alkuin mehrere Kerzen an, schloss Tür und Fensterläden und bat Theresa, die Körnchen auf einen kleinen Holzteller zu geben.

»Und nun geh und wasch dir bitte sehr gründlich die Hände«, sagte er dann. »Hast du heute Nacht Magenschmerzen gehabt?«

Sie schüttelte ihren Kopf und wandte sich rasch ab, um sich die Hände zu waschen.

Alkuin stellte unterdessen die Kerzen um das Tellerchen auf und bat Theresa, ihm von einem Brett an der Wand zwei Tonschalen und eine bronzene Pinzette zu reichen. Der Schein der Flammen erhellte sein Gesicht, als er, tief über den Holzteller gebeugt, Korn für Korn in eine der Schalen zu sortieren begann.

Ganz behutsam fasste er die Körner mit der Pinzette, besah sich jedes einzelne genau, drehte es hin und her, schnupperte daran. Er hatte bereits drei Viertel der Körner aussortiert, da sprang er plötzlich von seinem Stuhl auf und hielt die Pinzette in die Höhe. Triumphierend streckte er Theresa das schwarze Korn hin, doch sie blickte ihn nur fragend an. Er setzte sich wieder und legte das Korn in die andere, noch leere Schale.

»Sieh dir das mal an«, forderte er sie auf. »Gib genau acht auf Form und Farbe.«

Theresa starrte auf das kleine Körnchen in der Schale: ein schwärzliches, gekrümmtes Bröckchen, etwa von der Größe eines abgebrochenen Fingernagels.

»Und was ist damit?« Sie fand, es sah aus wie ein ganz normales Samenkorn.

»Wenn das Korn im Winde wogt, schwebt die Kornmutter über die Felder und verstreut ihre Kinder, die Roggenwölfe.«

Theresa schaute ihn ratlos an. Sie verstand kein Wort.

»Die Kornmutter: Die Göttin des Feldes«, fuhr er fort. »Zumindest glauben das die Heiden des Nordens. Ich hatte von Anfang an diesen Verdacht, merkwürdig ist allerdings, dass es den Weizen befällt.«

»Ich verstehe nicht.«

Alkuin nahm die schwarze Krume mit der Pinzette auf. »Das hier ist kein Samenkorn. Das ist Mutterkorn: ein Pilz, der Halluzinationen hervorruft. Was du hier siehst, ist das Sklerotium, die Form, in der es überdauert, nachdem es die Wirtspflanze verlassen hat.« Er nahm ein Federmesser und schnitt die Kapsel auf, so dass das weißliche Innere zum Vorschein kam. »Der Pilz verhält sich wie ein Parasit; er nistet auf den feuchten Getreideähren und zehrt sie nach und nach auf; und dasselbe tut er mit denjenigen, die das Pech haben, mit diesem Pilz verseuchtes Brot zu verzehren. Die Symptome sind immer die gleichen: Schwindel, schreckliche Halluzinationen, Brand an den Gliedmaßen und schließlich ein qualvoller Tod. Immer wieder habe ich den Roggen untersucht und keine Spur von Mutterkorn gefunden; darauf, dass es der Weizen sein könnte, bin ich nicht gekommen. Bis Romualdo, mein armer Getreuer, neulich so plötzlich starb.«

»Und warum seid Ihr nicht eher darauf gekommen?«

»Weil Roggen bevorzugt angebaut und häufiger von Mutterkorn befallen wird«, erwiderte Alkuin gereizt. »Schau her, es ist viel kleiner als das Roggenkorn … Jedenfalls kam mir erst vor kurzem, als mir auffiel, dass die Krankheit vor allen Dingen die Wohlhabenden plagt, in den Sinn, dass ich vielleicht auch den Weizen untersuchen sollte.«

Theresa nahm das Messer und stocherte mit der Spitze in den Hülsenresten herum.

»Wenn dieser kleine Pilz der Grund dafür ist, dass die Leute so plötzlich dahinsterben …«, folgerte sie.

»Und das ist er zweifellos …«

»Dann muss man doch verhindern, dass noch mehr Menschen sterben, indem man die Müller darüber unterrichtet!«

»Leider wird man damit nicht viel erreichen. Demjenigen, der den Weizen verkauft, dürfte längst bekannt sein, dass er verseucht ist; man würde den Verbrecher also lediglich warnen.«

Theresa wollte sich nicht damit abfinden. »Aber zumindest würden die Leute kein Weizenbrot mehr essen.«

Alkuin sah Theresa streng an. »Uns bleibt nur eins: Wir müssen den Schuldigen finden, bevor ihm weitere Menschen zum Opfer fallen. Und dazu musst du mir schwören, dass du über das, was ich dir erzählt habe, absolutes Stillschweigen bewahrst.«

Widerstrebend nahm Theresa das Kruzifix in die Hand, das Alkuin ihr hinhielt, sie drückte es an die Brust und schwor, wohlwissend, dass ihre Seele auf ewig verdammt wäre, sollte sie ihren Schwur brechen.

Nachdem sie die Schalen und den Teller sorgfältig gereinigt hatten, verließen Alkuin und Theresa die Apotheke und machten sich zum Dom auf.

»Woher wisst Ihr so gut über das Mutterkorn Bescheid?«, wollte Theresa wissen.

»Während meiner Zeit an der Schule von York hatten wir mehrfach mit dieser Seuche zu tun. Aber damals betraf es immer nur den Roggen«, erklärte Alkuin. Als er dort Bibliothekar war, seien mehrere Mönche erkrankt. Damals herrschte eine Hungersnot im Land, und als der Weizen zur Neige ging, wurden größere Mengen Roggen aus Edinburgh herangeschafft. Das Roggenbrot war dunkel und bitter, dafür aber kälteresistent. Außerdem wurde der Roggen nicht so schnell hart, weswegen man ihn selbst nach dem Backen noch lagern konnte. Und mit einem Mal begannen die Menschen zu sterben wie die Fliegen. Da er Zugang zu allen möglichen Dokumenten und Codices hatte, war er irgendwann auf die Idee gekommen, die Annalen, Chroniken, Konziliarakten und nicht zuletzt die Verbuchungen der Wege- und Marktzölle zu prüfen. So war ihm die zeitliche Übereinstimmung zwischen dem Einkauf des Roggens und den ersten Anzeichen der Krankheit aufgefallen. Doch in der Zwischenzeit war bereits der vierte Novize eines qualvollen Todes gestorben.

»Das halbe Kloster war mittlerweile vergiftet«, erinnerte er sich, und es lag Trauer in seiner Stimme. »Wir nannten es *ignis sacer*, das heilige Feuer, wegen des Brennens, das die Krankheit in den Gliedmaßen hervorrief. Ich entdeckte schließlich solches Mutterkorn zwischen den Roggenkörnern und konnte die tödliche Wirkung feststellen, indem ich den Roggen ein paar Hunden zu fressen gab. Einige Jahre später hat uns die Seuche erneut heimgesucht, doch inzwischen wussten wir uns zu schützen.«

»Ihr habt ein Gegenmittel gefunden?«

»Leider nein. Sobald das Gift einmal in den Organismus eingedrungen ist, breitet es sich unaufhaltsam im Körper aus. Und dann hängt das Schicksal des Erkrankten nur noch von Gottes Willen ab – und von der Menge an Mutterkorn, die er zu sich genommen hat. Aber wir hatten immerhin gelernt, das Korn vor dem Mahlen einer sorgfältigen Prüfung zu unterziehen.«

Sie marschierten weiter in Richtung Stift, wo Alkuin die Aufzeichnungen einsehen wollte, in denen die Getreidezugänge der stiftseigenen Mühle vermerkt waren. Die Bücher der Abtei hatte er schon überprüft, und später wollte er sich die Geschäfte der Kohlschen Mühle vornehmen.

Doch Theresa grübelte noch über etwas nach, das ihr nicht einleuchten wollte: »Warum suchen wir dort im Stift, wenn ich das Mutterkorn doch in Kohls Mühle gefunden habe?«

»Kohl sagt, auf seinem Boden wird kein Weizen angebaut, und das stimmt, ich habe es anhand der Bücher überprüfen können. Woher aber stammt die Partie, die dort gelandet ist?«

»Und warum ist er so schnell auf Euer Angebot eingegangen, als Ihr sagtet, Ihr wolltet Weizen kaufen?«

»Eine sehr interessante Frage«, erwiderte Alkuin lächelnd. »Warte hier auf mich. Ich will kurz mit dem Bischof sprechen.«

Theresa setzte sich auf die Freitreppe des Doms, ein Stück abseits von den Bettlern. Sie beobachtete eine Gruppe von Männern, die eifrig dabei waren, mitten auf dem Platz eine Grube auszuheben.

»Was tun diese Männer da?«, erkundigte sie sich bei einem der Bettler, der sie gedankenverloren anstarrte.

»Die bereiten die Hinrichtung vor«, meinte der zerlumpte Mann und grinste, so dass man seinen einzigen Zahn sah. Er konnte höchstens so alt sein wie Theresa und doch wirkte er wie ein alter Mann. »Eine milde Gabe vielleicht?«

Theresa holte ein paar Nüsse aus ihrer Tasche, doch als der Bettler die sah, spuckte er nur verächtlich aus und drehte sich um. Sie zuckte die Schultern, steckte die Nüsse wieder ein und ging zu den Männern hinüber. Zwei Tagelöhner mühten sich, die Grube noch weiter zu vergrößern, dabei hätte man bereits ein ganzes Pferd darin begraben können. Erst empfingen die Männer Theresa mit einem zotigen Scherz, doch nach dem genauen Zweck der Grube befragt, wurden sie barsch und abweisend.

Lotario wollte sich offenbar eben auf den Weg zum Refektorium machen, als Alkuin bei ihm eintraf. Nachdem die üblichen Begrüßungsfloskeln ausgetauscht waren, erkundigte sich der Bischof höflich, wie Alkuin mit seiner neuen Schrift vorankomme.

»Leider bin ich noch nicht so weit, wie ich es mir wünschte«, antwortete der gelehrte Mönch bedauernd. »Allerdings ist das im Augenblick meine geringste Sorge.«

»Was wollt Ihr damit sagen?«

»Nun, wie Ihr ja wisst, bin ich auf den ausdrücklichen Wunsch Karls des Großen hierher gekommen«, begann Alkuin, und trotz Lotarios gelangweilter Miene blitzte in den Augen des Bischofs plötzlich eine Spur von Wachsamkeit auf. »Unser Monarch legt ebenso viel Wert auf fromme Hingabe wie auf weltliche Rechtschaffenheit, und so hat er mich beauftragt, in Erfahrung zu bringen, wie es hier um die Einhaltung der heiligen Benediktusregel steht. Zu meinem großen Bedauern muss ich feststellen, dass die Mönche ganz nach Belieben im Kloster ein und aus gehen und die Märkte in der Stadt besuchen; während der Gottesdienste wird geschwatzt, die nächtlichen Andachten werden verschlafen, und

Fleisch wird hier mitunter auch gegessen, wie ich beobachtet habe.«

Lotario seufzte.

»Und selbst wenn wir gegenüber Sünden wie der Nachlässigkeit, die letzten Endes dem menschlichen Wesen eigen ist, eine gewisse Großzügigkeit walten lassen«, fuhr Alkuin fort, »so können wir doch die Verkommenheit und Unreinheit derjenigen, die Aufsicht und Vorbild sein sollen, weder billigen noch dulden.«

Jetzt zeigte sich Lotario erkennbar entrüstet. »Entschuldigt, mein lieber Alkuin, aber worauf wollt Ihr hinaus? Ihr wisst doch genau, dass die Abtei und das Stift nichts miteinander zu tun haben.«

»In Fulda ist der Teufel am Werk«, sagte Alkuin und bekreuzigte sich. »Aber es ist nicht Satan noch Azazel, nicht Asmodis noch Beliar. Luzifer braucht sich gar nicht seiner Prinzen zu bedienen, um seine schändlichen Absichten zu verwirklichen. Und ich spreche nicht von irgendwelchen Ritualen oder Opfern. Ich spreche von verabscheuungswürdigen Verbrechern, die es nicht wert sind, sich Diener Gottes zu nennen, und die ihre Position ausnutzen, um ihre zweifelhaften Ziele zu verwirklichen.«

»Ich verstehe immer noch nicht recht, was Ihr von mir wollt … Beim Umhang des heiligen Martin von Tours, Ihr fangt an, mich zu beunruhigen!«

»Verzeiht, Hochwürden. Ich will mich bemühen, deutlicher zu werden. Vor einigen Monaten erreichte Karl den Großen die Nachricht, in der Abtei seien gewisse Unregelmäßigkeiten aufgetreten. Wir wissen alle, dass eine Abtei wie eine kleine Grafschaft funktioniert: Sie verfügt über bestimmtes Land, das dem Abt eine monatliche Rente einbringt; diese wird im Allgemeinen in Naturalien gezahlt … Die einen bringen Gerste, aus der man Bier herstellen kann, andere Dinkel, wieder andere Weizen, einen Widder, Enten oder Schweine. Manche zahlen in Wolle, Werkzeug oder Ackergerät; die allermeisten aber setzen ihre Arbeitskraft ein.«

»Was Ihr nicht sagt. Nicht anders verhält es sich in unserem Stift.«

»Hier in Fulda wird das Getreide zwar von den Pächtern angebaut, gemahlen wird es jedoch dann in der Abtei. Die Bauern bekommen es als Mehl zurück, und einen Teil davon behält das Kloster ein.«

»Ich bitte Euch, Alkuin, kommt zum Punkt.«

»Seit einiger Zeit treten in der Stadt immer wieder mysteriöse Krankheits- und Todesfälle auf.«

Lauernd sah Lotario ihn an. »Und Ihr glaubt, die Abtei habe damit etwas zu tun?«

»Das versuche ich herauszufinden. Anfangs dachte ich an eine Art Pestepidemie, doch inzwischen denke ich, dass es um etwas anderes geht.«

»Und, wie kann ich Euch in dieser Angelegenheit behilflich sein?« Man merkte Lotario an, wie gerne er dieses Gespräch beendet hätte.

»Es ist so, Hochwürden, dass ich die Geschäftsbücher der letzten drei Jahre überprüfen müsste.«

»Die des Stifts?«

Jetzt galt es diplomatisch zu sein. »Im Grunde würde ich gern in die Aufzeichnungen aller drei Mühlen Einblick nehmen. Die der Abtei habe ich bereits vorliegen. Außerdem erbitte ich Eure Erlaubnis, dass meine Hilfskraft Zutritt zum Skriptorium erhält.«

»Wegen der Stiftsbücher fragt am besten meinen Sekretär Lowik. Was Kohls Mühle betrifft, dürfte es allerdings schwierig werden, er führt nämlich nicht Buch über seine Geschäfte – der hat alles im Kopf.«

Alkuin runzelte die Stirn. Das würde ihnen die Arbeit erschweren.

»Was meine Hilfskraft angeht …« Er erwähnte absichtlich nicht, dass es sich um eine Frau handelte.

»Oh! Ja! Selbstverständlich kann Euer Gehilfe bei uns im Skriptorium arbeiten. Wenn Ihr mich jetzt entschuldigen wollt.« Lotario wandte sich zum Gehen, offenkundig begierig, von diesem unangenehmen Sendboten Karls des Großen fortzukommen.

»Noch eine letzte Sache.« Alkuin hielt inne, als müsse er noch überlegen.

»So sagt. Ich bin in Eile.«

»Diese Krankheit … Entsinnt Ihr Euch, ob es vor ein paar Jahren schon einmal ähnliche Fälle in der Stadt gegeben hat?«

»Nein, nicht dass ich wüsste. Vielleicht ist hin und wieder mal jemand an Brand gestorben, aber wie Ihr wisst, ist das bedauerlicherweise nichts Ungewöhnliches.« Ohne weiteren Gruß verließ der Bischof den Raum.

In Gedanken versunken, folgte Alkuin ihm. Draußen verkündete er Theresa, sie würden im Stift zu Abend essen, denn sie hätten die ganze Nacht über zu arbeiten. Theresa wunderte sich, bat jedoch darum, sich aus dem Haus der Schwarzen Helga etwas Wärmeres zum Anziehen holen zu dürfen. Es wurde vereinbart, dass sie sich nach den Glocken der Non am selben Ort wieder treffen würden.

Das Haus der Schwarzen Helga war verschlossen. Verwundert lief Theresa einmal um das Gebäude herum, doch auch der Hintereingang war verriegelt und weit und breit keine Menschenseele zu sehen. Ratlos stand sie auf der Straße und überlegte, was sie tun sollte, als ein kleiner Junge angelaufen kam und sie am Rockzipfel zog.

»Großmutter sagt, du sollst kommen«, piepste er und deutete auf ein Haus auf der anderen Straßenseite.

Theresa sah in der dunklen Fensterhöhle jemanden winken, nahm den Knirps auf den Arm und lief hinüber. Eine verängstigt wirkende ältere Frau öffnete ihr, zog sie schnell ins Haus und verriegelte hinter ihr die Tür.

»Da drinnen liegt sie«, sagte sie und deutete ins Zimmer.

In dem ärmlichen, aber sauberen Raum sah Theresa im Licht einer Kienfackel die Schwarze Helga auf einem Strohlager auf dem Boden liegen. Sie hatte die Augen geschlossen, ihr Gesicht war blutüberströmt.

»Sie schläft jetzt«, erklärte die Alte. »Ich war drüben, um etwas Salz von ihr zu borgen, da habe ich sie so gefunden … Der Kerl wird sie eines Tages noch umbringen.«

Entsetzt beugte sich Theresa zu ihrer Freundin nieder. Ein böser

Schnitt zog sich von der Schläfe bis zum Kinn über die ganze rechte Wange. Sie strich Helga sanft über das Haar. So konnte es nicht weitergehen, dachte sie. Am liebsten hätte sie den Kerl umgebracht, der einer schwangeren Frau so etwas antat. Wäre sie nur selbst ein großer, starker Kerl! Aber ihr würde schon etwas einfallen, um der Freundin auf ihre Weise zu helfen. Doch zunächst musste sie schleunigst zum Stift zurück. Sie bat die Alte, sich bis zum nächsten Morgen um Helga zu kümmern, und wollte ihr einen Denar geben, doch die Frau winkte ab. Schnell lief Theresa wieder zur Schenke hinüber, kletterte durch ein Fenster und horchte, ob der brutale Dreckskerl womöglich noch im Haus war. Dann raffte sie ihre Sachen zusammen.

Pünktlich zur Non fand sie sich, bepackt wie ein Maulesel, am Tor des Stifts ein. Auf dem Rücken trug sie ein Bündel mit ihren Kleidern, etwas zu essen, die Wachstafeln und das Wams, das ihr Althar geschenkt hatte, bevor er in die Berge zurückgekehrt war. Bei Helga habe sie nicht bleiben können, erklärte sie dem überraschten Alkuin, und nun wisse sie nicht wohin.

»Hier kannst du aber auch nicht bleiben«, sagte er bestimmt. Doch er sah die Entschlossenheit in ihrem Blick, und so schlug er ihr schließlich vor, sie solle in einem der Ställe übernachten, bis sie etwas anderes für sie gefunden hätten.

»Danke dafür, dass Ihr so gut zu mir seid.« Sie räusperte sich. »Da wäre noch etwas. Meine Freundin, die Schwarze Helga, benötigt ebenfalls dringend Hilfe …!«

Was zu viel war, war zu viel. Entrüstet rief Alkuin aus: »Aber, Kind, diese Frau ist eine Dirne! Ich soll ihr helfen? Wie stellst du dir das vor?«

»Wofür ist dann die christliche Nächstenliebe da? Diese Frau ist ein herzensguter Mensch, zudem verletzt und schwanger, und … Ihr könnt sie nicht im Stich lassen!«

Doch Alkuin blieb hart – eine Dirne im Stift kam auf keinen Fall in Frage.

Da fuhr Theresa auf. »Wenn Ihr ihr nicht helfen wollt, so werde ich es eben tun«, rief sie, griff nach ihrem Bündel und wandte sich, mit dem Fuß empört aufstampfend, zum Gehen.

Alkuin war dergleichen Benehmen nicht gewohnt, und ganz gewiss nicht von einer Frau. Doch andererseits: Wenn er sich einen anderen Gehilfen nähme, bekäme er zweifelsohne wieder einen nichtsnutzigen Tollpatsch. Und dieses Mädchen war wissbegierig, geschickt und für ein weibliches Wesen erstaunlich verständig. Wenn er sie jetzt gehen ließe, würde er zudem riskieren, dass sich seine Entdeckung im ganzen Stift herumsprach. Ob es ihm passte oder nicht: In diesem Augenblick war er auf das Mädchen angewiesen. Er hielt Theresa am Arm fest und brummte unwirsch:

»Also schön, ich werde mich bei der Vorsteherin der Bediensteten erkundigen, ob sich etwas für sie tun lässt, aber ich kann dir nichts versprechen. Und jetzt beeil dich. Zieh dir die Kapuze über.«

Theresa konnte ihr zufriedenes Lächeln kaum verbergen. Nachdem sie ihre Habseligkeiten in den Stall gebracht hatte, eilte sie ins Skriptorium; die Schreibstube war kleiner als die in der Abtei und wirkte mit ihren gepolsterten Pulten behaglicher. Alkuin hatte sich bereits in die Bücher vertieft. Vier dicke Bände aus der Bibliothek lagen auf dem großen Tisch ausgebreitet vor ihm. Einen Band übergab er Theresa und wies sie an, alle Einträge durchzusehen, welche die Getreidegeschäfte betrafen.

»Wonach wir suchen, kann ich dir auch noch nicht genau sagen. Ich hoffe, einen Hinweis darauf zu finden, dass die Abtei, das Stift oder Kohl irgendwann einmal eine verseuchte Partie gekauft haben.«

Die Aufzeichnungen betrafen nicht nur Lebensmittellieferungen, wie Theresa feststellte, sondern gaben darüber hinaus Auskunft, über Bodenpacht, Landkäufe und Steuerzahlungen sowie über die Amtsernennungen im Domstift. Tatsächlich fanden sich verschiedene Einträge zum Ankauf von Gerste und Dinkel, doch war nicht eine einzige Weizenlieferung verzeichnet.

»Seltsam«, meinte Alkuin nach langen Stunden vergeblicher Arbeit. »Dann bleibt nur noch Kohl. Das Problem ist bloß, dass es über seine Geschäfte keine Aufzeichnungen gibt …« Er rieb sich die gereizten Augen und klappte erschöpft die Bücher zu.

»Kann ich noch ein bisschen bleiben?«, fragte Theresa.

Alkuin sah sie überrascht an.

»Willst du wirklich noch weitermachen?« Sie nickte. »Dann werde ich mich hier neben dich legen«, sagte er und deutete auf eine Bank.

Das harte Holz knarrte, als er seine Glieder darauf ausstreckte. Alkuin schloss die tränenden Augen und begann ein Gebet zu murmeln, und nach und nach gingen seine Worte in gleichmäßiges, ruhiges Atmen über. Theresa ließ lächelnd den Blick auf ihm ruhen, dann nahm sie sich noch einmal den ersten Band vor und studierte mit größter Konzentration erneut die Einträge. Sie schrieb heraus, wer zu welcher Zeit für die Verwaltung der Lebensmittelvorräte zuständig gewesen war, wann die Mühlen repariert worden waren und welchen Gewinn der Getreideverkauf in welcher Saison eingebracht hatte. Nach einer weiteren Stunde tanzten auch ihr die Zahlen und Buchstaben vor den Augen. Ein Wunder, dass Alkuin mit seinen schlechten Augen so lange durchgehalten hatte.

Sie legte das Buch beiseite und überließ sich den Gedanken an Haldor. Wahrscheinlich schlief er jetzt, oder vielleicht wachte auch er, wie sie, dachte an die letzte Nacht zurück und sehnte sich danach, bei ihr zu sein und mit ihr zusammen die Reise nach Aachen anzutreten. Ob ihm wohl kalt war? Wäre er doch nur hier an ihrer Seite, dann könnte sie ihn in den Arm nehmen und ihn wärmen!

Ein Knarren riss sie aus ihrer Träumerei, unruhig rutschte Alkuin im Schlaf auf der harten Holzbank herum und versuchte, seinen langen Körper bequemer zu betten, wobei er die ganze Zeit leise schnarchte.

Theresa seufzte unwillkürlich und nahm ihre Lektüre wieder auf. Sie kam nur langsam voran, immer wieder prüfte sie ihre Notizen.

Plötzlich stutzte sie. Eine der Seiten kam ihr merkwürdig vor – war sie nicht heller als die anderen? Sie hielt die Lampe über das Buch und fuhr mit dem Finger über das Pergament, dann zum Vergleich über eine andere Seite. Ja, dieses Blatt war reiner und heller, und die Oberfläche war weniger rau.

Wann sich ein Pergament so anfühlte, wusste sie genau. Hastig blätterte sie nach der zweiten Hälfte des Bogens. Sie war völlig intakt und rau und dunkel wie die übrigen Seiten, was bedeutete, dass weder etwas entfernt noch später hinzugefügt worden war.

Es gab nur eine Erklärung, und sie kannte sie, denn sie selbst war eine Meisterin in diesem Verfahren: Ein tintenverschmiertes Pergament konnte man retten, indem man die oberste Schicht mit einem Schaber vorsichtig abtrug. Schabte man nicht nur die betroffene Stelle, sondern den ganzen Bogen ab, sah er danach aus wie neu und konnte wieder verwendet werden. Dieses abgeschabte Pergament – dünner und heller als das Original – nannten die Schreiber einen Palimpsest.

Theresa besah sich die Seite noch einmal ganz genau. Auch die Schrift war eine andere als auf den Seiten zuvor und danach. Zweifellos waren diese Buchstaben einige Zeit später geschrieben worden.

Sie überlegte, ob sie Alkuin wecken sollte, entschied aber, ihn schlafen zu lassen. Zuerst wollte sie etwas ausprobieren. Bei Korne in der Werkstatt hatte sie gelernt, wie man einen Palimpsest herstellte. Ihr Vater aber hatte sie in das Geheimnis eingeweiht, wie man den ursprünglichen Text wieder lesbar machen konnte: Mit Hilfe von feuchter Asche wurde der Abdruck, den die Feder auf dem darunter liegenden Blatt hinterlassen hatte, sichtbar. Das gelang nicht immer, denn die alten Abdrücke waren mitunter von den neuen überlagert. Einen Versuch aber war es allemal wert.

Sie holte eine Handvoll Asche von der Feuerstelle, feuchtete sie mit Wasser aus dem Tonkrug an und bekreuzigte sich. Dann streute sie die Asche auf das untere Blatt, verstrich sie behutsam und pustete das feine Pulver vorsichtig weg. Sie hob den Codex hoch, hielt die Seite gegen das Licht. Ihr Herz pochte aufgeregt, als vor ihren Augen in hellen Buchstaben ein kurzer Text erschien.

Sie notierte auf ihrer Wachstafel:

»An den Kalenden des Februar, im Jahr Unseres Herrn Jesus Christus 796.

Unter den Auspizien des Bernard von Nantes, Abt zu Fulda, und mit Gewähr Karls genannt des Großen, König der Franken und Patricius Romanorum,

wurde der Handel abgeschlossen über sechshundert Scheffel Roggen, zweihundert Scheffel Gerste und fünfzig Scheffel Dinkel, gesandt nach der Grafschaft Magdeburg,

zum Verkauf gebracht gegen die Entrichtung von vierzig Goldschillingen an ebendiese Abtei, besiegelt durch göttliches Gesetz.

Möge der Allmächtige Magdeburg vor der Seuche bewahren.«

Der Rest des Textes betraf die Anlage eines neuen Weges in der Gemeinde und stimmte mit dem überein, was auf dem abgeschabten Pergament zu lesen war.

Theresa hätte lauthals jubeln mögen. Sie hatte gefunden, was sie suchten! Aufgeregt weckte sie Alkuin, um ihm von ihrer Entdeckung zu berichten.

»Um Gottes willen, du weckst ja das ganze Stift auf«, brummte er verschlafen und rieb sich die schmerzende Schulter.

Während Theresa ihm erläuterte, wie sie vorgegangen war, besah sich Alkuin neugierig den Codex.

»Hier geht es also nicht um den Kauf, sondern um den Verkauf von Getreide. Und dann der Preis …«, nachdenklich kratzte er sich die Stirn. »Vierzig Schilling sind für diese Menge viel zu wenig.«

»Aber es ist von einer Seuche die Rede, und wenn es nicht von Bedeutung wäre, hätte man es nicht zu verbergen versucht«, wandte sie ein.

»Ja, so sieht es aus, aber mit Sicherheit können wir es noch nicht sagen. Wenngleich … lass mich mal nachdenken. Magdeburg … Magdeburg … Vor drei Jahren … Bei allen Heiligen! Das ist es!«

Alkuin eilte in die Bibliothek und zog das Konvolut hervor, welches die letzten Kapitularien Karls des Großen enthielt. Rasch überflog er die reich verzierten Seiten, er schien genau zu wissen, wonach er suchte.

»Hier ist es. Ein Hilfsdekret, datiert vom Januar desselben Jahres.« Hastig las er vor: »›Regelt die Sendung und den Preis von Lebensmittellieferungen an die Grafschaft Magdeburg.‹ Gründe werden hier nicht genannt, aber ich kann mich entsinnen, dass zu der Zeit eine Seuche ausbrach, und zwar an der Grenze zu Ostfalen, am Ufer der Elbe.«

»Und das bedeutet?«

»Magdeburg wurde während eines der härtesten Winter seit Menschengedenken von den Sachsen belagert. Sie brannten die gesamten Getreidevorräte nieder, woraufhin eine Hungersnot ausbrach, die währte, bis die Truppen Karls des Großen eintrafen. Um die Not zu lindern, ordnete der König persönlich Getreidelieferungen aus den wohlhabenden Grafschaften an, und zwar zu einem Preis weit unter dem üblichen. Der Ursache der Epidemie, die etwa zum selben Zeitpunkt um sich griff, ist man niemals auf die Spur gekommen.«

Theresa wusste nicht recht, wie all dies sie auf die richtige Spur führen sollte. Doch Alkuin hatte ihren skeptischen Blick bemerkt und sagte: »An irgendeinem Ende müssen wir anfangen, das Knäuel zu entwirren. Und dieses Fadenende könnte der Schwanz des Teufels sein.«

Bei seiner Rückkehr fand Genserico Gorgias bewusstlos in einer riesigen, stinkenden Blutlache liegend. Zenon schien sich aus dem Staub gemacht zu haben. Dort, wo eigentlich der Arm des Schreibers hingehörte, war nur mehr ein geschickt vernähter Stumpf zu erkennen.

Schlurfende Schritte näherten sich, und kurz darauf erschien Zenon, noch damit beschäftigt, sich die Hosen wieder hochzuziehen.

Sogleich hob er zu weitschweifigen Erklärungen an. Er habe keine Wahl gehabt, die Amputation sei unvermeidlich gewesen, doch der Alte achtete gar nicht auf ihn. Er schimpfte und fluchte gotteslästerlich, Zenon solle in der Hölle schmoren, und schließlich wollte er sogar mit den Fäusten auf den Wundarzt losgehen. Doch dann ließ er unvermittelt von ihm ab, fasste sich an den Kopf und taumelte. Sein glasiger Blick schweifte haltlos durch den Raum. Zenon konnte ihn eben noch auffangen, sonst wäre er zu Boden gestürzt. Genserico hustete krächzend und wurde kreidebleich, seine Augen starrten ins Leere. Schnell verabreichte der Arzt ihm einen Schluck Alkohol, worauf der Alte allmählich wieder zu sich zu kam.

»Genserico, Ihr seid nicht im allerbesten Zustand, das versichere ich Euch. Wünscht Ihr, dass ich Euch begleite?«

Genserico nickte schwach.

Nachdem Zenon zuerst Genserico zu seinem Wagen geführt hatte, schulterte er Gorgias und lud ihn wie einen Sack Korn auf dem Karren ab. Zum Schluss stieg er selbst auf, ließ die Peitsche knallen und lenkte das Pferd, Gensericos kaum verständlichen Anweisungen folgend, durch die nächtlichen Gassen. Zenon bemerkte, wie der Alte sich unaufhörlich die Innenfläche der linken Hand kratzte. Sie war gerötet, als hätte er in Brennnesseln gefasst. Als der Arzt ihn darauf ansprach, gab Genserico jedoch keine Antwort und starrte weiter mit glasigem Blick in die Ferne.

Kurz vor der Festungsmauer brachte der Chirurg den Wagen zum Stehen. Genserico stieg vom Kutschbock ab und schleppte sich mühsam vorwärts. Zenon, den ohnmächtigen Gorgias auf dem Rücken, folgte dicht hinter ihm. An der Mauer entlang tastete sich Genserico bis zu einer kleinen Pforte, nestelte einen Schlüssel unter seinem Gewand hervor und machte sich mit zitternden Händen am Schloss zu schaffen. Endlich sprang die Tür auf. Erschöpft lehnte sich der Alte einen Moment an den Türrahmen. Dann trat er mit unsicheren Schritten in den dunklen Raum, der dahinter lag, schwankte und stürzte zu Boden.

Als Gorgias am nächsten Morgen fröstelnd erwachte, fiel sein erster Blick auf den Leichnam an seiner Seite. Etliche Minuten verstrichen, bis er die Kraft fand, sich aufzusetzen. Ihm wurde schwindlig, er musste innehalten und durchatmen. Mit trübem Blick starrte er auf den Stumpf, den Zenon ihm mit einem Fetzen seines eigenen Hemdes verbunden hatte. Er schmerzte fürchterlich, doch wenigstens blutete er nicht. Dann blickte er voller Verachtung zu Genserico hinüber. Der alte Mann lag mit grotesk verzerrtem Gesicht neben ihm am Boden, die Hände im Krampf vor den Leib gepresst, die linke Hand seltsam rot verfärbt. Gorgias verspürte ein unbändiges Verlangen, nach seinem toten Peiniger zu treten, doch er zügelte dieses Gefühl, das ihn selbst entsetzte. Stattdessen ließ er seinen Blick schweifen und stellte fest, dass er sich in der runden Krypta befand, in der man ihn ganze Zeit über gefangen gehalten hatte. Nur sehr schwer kam er auf die Beine, instinktiv wollte er sich mit dem Arm aufstützen, der ihm nun fehlte. Mit unsicheren Schritten wankte er zu der kleinen Zelle und stieß die Tür auf, die sich mit erschreckend lautem Knarren öffnete. Er fasste sich ein Herz und trat ein. Woran er nie geglaubt hätte: Die wertvollen Dokumente waren tatsächlich noch da, wo er sie versteckt hatte! Fiebrig nahm er die lateinische Vorschrift an sich. Wie täuschend echt diese Urkunde aussah, die ihn so viel Zeit gekostet hatte: Selbst er, der Byzanz und seine Geschichte vermutlich besser kannte als jeder andere in Karls riesigem Reich, hatte immer wieder rare Pergamente konsultieren, alte Folianten in Stiftsbibliotheken auffinden müssen und über Wilfred manchmal sogar Inkunabeln aus den großen Sammlungen des Abendlandes beschaffen lassen. Ohne seine sorgfältigen Nachforschungen läge jetzt nicht dieses Pergament vor ihm, von dem jeder glauben musste, es sei Hunderte Jahre alt. Dann wandte er sich der unfertigen Übersetzung ins Griechische zu. Hätte er doch den letzten Rest auch noch geschafft, ehe er als Schreiber völlig unbrauchbar geworden war! Sicher, viel fehlte nicht mehr außer dem formelhaften Schluss und einem der Siegel. Aber ohne seinen rechten Arm hätte genauso eine ganze Kolumne fehlen können – er würde diese Arbeit nie zu Ende bringen. Ohnehin fragte Gorgias sich, ob das Dokument seinen Zweck erfüllen würde. Die winzigen Fehler, die er eingebaut hatte, würden wahrscheinlich niemandem auffallen; er hatte sie nur zur Sicherheit ersonnen, falls er irgendwann einmal nachweisen müsste, dass er diese Urkunde geschrieben hatte und nicht ein anonymer byzantinischer Schreiber vier Jahrhunderte zuvor.

Jetzt schien all dies belanglos. Fast gleichgültig klemmte er sich die Übersetzung unter den verbliebenen Arm und riss alle übrigen Papiere mit den Zähnen in kleine Schnipsel. Schließlich sammelte er einige übriggebliebene Brocken harten Brotes ein, verließ die Krypta und machte sich durch den Nieselregen auf den Weg. Wenigstens dieser Teil seines alten Fluchtplans sollte ihm jetzt helfen: Es musste ihm gelingen, die alte, aufgelassene Mine zu erreichen, in deren Umgebung es so nach Schwefel stank, dass alle einen großen Bogen darum machten, da sie glaubten, der Teufel triebe dort sein Unwesen. Dort wäre er fürs Erste sicher – wenn er in seinem Zustand überhaupt den Marsch dorthin überstand.

15

Von dem süßlichen Stallgeruch eingehüllt, lag Theresa in ihrer Ecke auf dem Strohlager und träumte gerade davon, wie sie mit Alkuin den Teufel am Schwanz zog und ihm das Handwerk legte. Und wie Haldor sie dann voller Stolz anblickte – ein Blick, in dem sie sich verlieren mochte. Da wurde sie von den unruhig stampfenden und wiehernden Pferden geweckt, die auf ihr morgendliches Futter warteten. Das Haar voller Stroh, reckte sie sich, schob die Decken zur Seite, mit denen sie sich ein Eckchen abgetrennt hatte, und trat aus dem Stall. Sie ging zur Tränke, um sich zu waschen. Das Wasser war eisig, doch sie genoss die belebende Frische. Als sie sich umschaute, bemerkte sie hinter sich in angemessener Entfernung Alkuin, der schon ungeduldig auf sie wartete.

»Los, Mädchen. Wir haben zu arbeiten!«, rief er, und als Theresa fertig war, erzählte er, er habe bereits Erkundigungen in der Abtei eingeholt. Einige Brüder wüssten zu berichten, Bernard, der frühere Abt, habe urplötzlich den Verstand verloren und sei kurz darauf verstorben.

»Das war just nach der Abwicklung des besagten Getreidegeschäfts. Offenbar entbrannte in der Abtei dann ein Streit um die Nachfolge zwischen dem damaligen Schatzmeister und Johannes Christopheros, dem Prior der Abtei, der schließlich zum Nachfolger ernannt wurde. Viel mehr habe ich nicht in Erfahrung bringen können, aber ich kann dir immerhin sagen, wer einer der Ochsenführer bei dem Getreidetransport damals gewesen ist: der Schwachsinnige, den sie hinrichten wollen. Anscheinend ist er gar nicht so dumm, wie alle sagen.«

Erstaunt blickte Theresa ihn an. Dann meinte sie nachdenklich: »Und wenn er hingerichtet ist, kann er niemandem mehr verraten, was damals geschehen ist …«

Auf dem Weg zur Bibliothek gingen sie in der Küche vorbei und versorgten sich zum Frühstück mit einer Portion Grütze und Milch. Theresa stellte die Schüsseln auf ein Brett, das sie aus einem wilden Durcheinander von Töpfen und Tellern hervorgekramt hatte.

»Erstaunlich, was in dieser Küche für eine Unordnung herrscht«, bemerkte sie. Jetzt war der Moment gekommen.

Alkuin nickte beiläufig. »Wie es aussieht, gibt es hier entweder zu viel Arbeit oder zu wenig Leute.«

Theresa fragte unschuldig: »Was ist mit der Schwarzen Helga? Sie könnte doch vielleicht hier arbeiten. Sie ist eine hervorragende Köchin und sehr reinlich.«

»Eine *prostibulae* und reinlich? Eine gefallene Frau, die sich für Geld anbietet?« Alkuin war sichtlich entsetzt.

»Mit dem Essen ist sie sehr reinlich. Und wenn sie hier eine Anstellung hätte, könnte sie auch ihr liederliches Gewerbe aufgeben. Außerdem ist sie schwanger. Kann man ein Kind für die Schuld seiner Erzeuger büßen lassen?«

Alkuin schwieg. Allgemein herrschte im Volk der Glaube, die Kinder solcher Frauen seien von Geburt an vom Teufel gezeichnet, doch er teilte diese törichten Ansichten nicht. Er strich sich über das Kinn und meinte schließlich, er werde die Angelegenheit dem Bischof vortragen.

»Aber versprechen kann ich dir nichts«, betonte er aufs Neue. »Und jetzt an die Arbeit.«

Im Skriptorium angekommen, griff sich Alkuin einen frischen, besonders großen Bogen Pergament, breitete ihn auf dem Tisch aus und zückte die Feder.

»Wir wollen noch einmal alles zusammentragen, was wir bislang wissen. Zum einen sind da diese Todesfälle, die allem Anschein nach auf vergiftetes Getreide zurückzuführen sind; Korn, das offenbar von Kohl gemahlen wird oder zumindest den Weg über seine Mühle nimmt.« Theresa nickte. »Zum anderen haben wir vor etwa drei Jahren den Verkauf einer größeren Menge Getreide an eine Grafschaft, in der eine sonderbare Seuche ausgebrochen ist. Bedauerlicherweise wissen wir bislang nur von zwei Menschen, die uns über diese Zusammenhänge Aufschluss geben könnten, der eine allerdings ist verstorben – der ehemalige Abt Bernard – und der andere, ein Schwachsinniger, verhaftet und des Mordes angeklagt.«

»Und irgendjemand hat vor nicht allzu langer Zeit versucht, dieses Getreidegeschäft zu vertuschen«, ergänzte Theresa.

»Sehr gut beobachtet«, sagte Alkuin, dachte kurz nach und fuhr dann fort: »Nun, meine Theorie lautet, dass die Seuche von Magdeburg, die die Bewohner sicherlich der Belagerung durch die Sachsen zugeschrieben haben, in Wirklichkeit auf den Verzehr verdorbenen Getreides zurückzuführen war. Ein harter Winter, eine schlechte Ernte … Kann man es den Müllern verdenken, dass sie lieber alles Getreide gemahlen haben, das ihnen in die Finger kam, als zu verhungern? Selbst auf die Gefahr hin, dass das Korn verdorben war … Man sollte allerdings annehmen, dass, als die Truppen Karls des Großen eintrafen und die Versorgungslage sich besserte, das verdorbene Getreide vernichtet wurde.«

»So weit kann ich Euch folgen.«

»Aber was, wenn dieses Getreide nun anstatt im Feuer auf den Wagen landete, die den Roggen aus Fulda geliefert hatten und nun leer zurückfahren sollten? Zweifellos wäre das für den Verkäufer aus Magdeburg, der aus seinem unbrauchbaren Korn Gewinn schlagen konnte, ein überaus einträgliches Geschäft gewesen, und mehr noch für den Käufer in Fulda, der in diesem Fall zu einem Ramschpreis Ware erstanden hätte, die er später teuer verkaufen konnte.«

»In dem Wissen, dass die Ware verdorben war?«, fragte Theresa, die sich einfach nicht vorstellen konnte, dass jemand derart skrupellos handelte.

Sie sah Alkuin neugierig an und wartete gespannt auf weitere Schlussfolgerungen. Alkuin legte jedoch nur die Stirn in Falten und bat Theresa, die Codices in die Bibliothek zurückzubringen. Er nahm einen letzten Schluck Milch und schaute versonnen aus dem Fenster.

»Ich denke, wir sollten uns unbedingt mit dem Schwachsinnigen unterhalten, solange es noch möglich ist. Komm, lass uns gehen!«

Auf dem Weg erklärte Alkuin Theresa, die Straftäter würden normalerweise bis zu dem Tag, an dem das Urteil über sie gefällt wurde, unter freiem Himmel angekettet. Zwar wurden sie bewacht, die Meute hatte den Schwachsinnigen jedoch derart mit Steinen traktiert, dass er an den Verletzungen beinahe gestorben wäre. Daher hatte der Präfekt angeordnet, der Verurteilte sei fortan im Schlachthof einzusperren; schließlich fieberte die ganze Stadt erwartungsvoll dem Hinrichtungsspektakel entgegen.

Auf dem Gelände des Schlachthofes standen mehrere verwitterte Holzbaracken, von Gattern eingezäunt, als handelte es sich um riesige dunkle Tiere aus uralten Zeiten. Am Eingang lümmelte ein Wächter mit ausgestreckten Beinen auf dem Boden. Das Kinn war ihm auf die Brust gesunken, und er schnarchte laut vor sich hin. Als sie ihn an der Schulter rüttelten, schlug ihnen sein alkoholgeschwängerter Atem entgegen. Nur allmählich kam er zu sich, und als er begriff, was Alkuin von ihm wollte, verwehrte er ihnen zunächst kategorisch den Zutritt. Erst als er vernahm, seine Seele werde in der Hölle schmoren, wenn er sich dem Ordensbruder widersetzte, entriegelte er unwillig die schwere Bohlentür und ließ sie in die vordere Baracke ein.

Alkuin ging mit einer Fackel in der Hand voran. Theresa folgte ihm dicht auf den Fersen durch pechschwarze Finsternis. Ein stechender Gestank nach verfaultem Fleisch schlug ihnen entgegen, so durchdringend, dass Theresa nur mit Mühe ein Würgen unterdrücken konnte. Alkuin stieß einen Fensterladen auf. Draußen auf dem Innenhof sah man überall Knochenreste, Federn und Häute herumliegen.

Im Licht der Fackel folgten sie dem schmalen Gang, durch den das Vieh zur Schlachtbank geführt wurde. Genau dort, ganz hinten zeichnete sich dunkel eine zusammengekauerte, unförmige Gestalt ab. Sie war angekettet wie ein wildes Tier. Als sie näher kamen, bemerkte Theresa, dass der Mann ganz von seinen Exkrementen besudelt war. Alkuin sprach ihn mit betont ruhiger Stimme an. Der Mann reagierte nicht.

»Du brauchst keine Angst zu haben«, sagte Alkuin sanft und hielt ihm einen Apfel hin, den er aus der Küche mitgenommen hatte.

Der Mann verharrte weiter reglos und stumm. Seine Augen flackerten. Alkuin bemerkte mehrere klaffende, verkrustete Wunden an seinem Kopf.

Gerade als Alkuin sich im Schein der Fackel die Verletzungen besehen wollte, sprang der Mann urplötzlich auf und schlug um sich. Geistesgegenwärtig war Alkuin einen Schritt zurückgesprungen, der Angreifer wurde von seinen Ketten abrupt gebremst und strauchelte.

»Sollten wir nicht lieber gehen?«, fragte Theresa, zwischen Mitgefühl und Schrecken hin- und hergerissen.

Statt einer Antwort trat Alkuin mit seiner Fackel seelenruhig wieder näher. Der Mann wich zurück.

»Ganz ruhig. Niemand will dir etwas tun. Wer hat dich so zugerichtet?«

Keine Antwort.

»Hast du Hunger?«, versuchte Alkuin es erneut. Er rieb den Apfel ab und legte ihn vor dem Angeketteten auf den Boden. Der zögerte, robbte dann aber doch ein Stück vor, schnappte sich unbeholfen den Apfel und kauerte sich rasch wieder in seiner Ecke zusammen.

»Hast du Angst, mit mir zu sprechen? Oder willst du nicht?«

»Ich glaube kaum, dass Ihr dem da ein Wort entlocken werdet«, brummte der Wächter hinter ihnen. Theresa und Alkuin wandten sich überrascht um.

»Und warum seid Ihr da so sicher?«, fragte Alkuin misstrauisch.

»Weil man ihm letzte Woche die Zunge herausgeschnitten hat.«

Auf dem Rückweg zum Stift stapfte Alkuin mit gesenktem Kopf neben Theresa her, zornig trat er nach jedem Kiesel, der ihm vor die Füße kam. Es war das erste Mal, dass Theresa ihn derart außer sich erlebte. Am Eingang zum Bischofspalast trafen sie auf Lotario, vertieft in ein Gespräch mit einer auffällig herausgeputzten Dame. Alkuin wollte ihn ansprechen, doch der Bischof bedeutete ihm unwirsch, er möge warten. Nachdem er sich mit vielen Umständen von der Frau verabschiedet hatte, kam er, augenscheinlich erbost, zu ihnen herüber.

»Was fällt Euch ein? Habt Ihr nicht gesehen, mit wem ich mich unterhalten habe?«

Alkuin küsste den Ring, den Lotario ihm fordernd entgegenstreckte.

»Verzeiht meine Unkenntnis. Ich hatte keine Ahnung, dass ich Euch in einer wichtigen Unterredung stören würde.«

»Das nächste Mal wartet Ihr bitte gebührend ab. Ihr habt mich eben in eine sehr unangenehme Lage gebracht«, brummte der Bischof ein wenig besänftigt.

»Das tut mir sehr leid, ich muss dringend mit Euer Hochwürden sprechen, aber dies ist nicht der geeignete Ort«, brachte Alkuin entschuldigend hervor. »Übrigens könntet Ihr mich noch in einer anderen Frage von meiner Unwissenheit erlösen. Was hat es mit der Grube auf sich, die da mitten auf dem Platz ausgehoben wird?«

»Oh, Ihr werdet schon bald Gelegenheit haben, das festzustellen.« Der Bischof grinste breit. Seine Laune hatte sich schlagartig verbessert. »Habt Ihr übrigens Hunger? Ihr könntet mir beim Essen Gesellschaft leisten und mir bei der Gelegenheit erzählen, was Ihr so dringend loswerden müsst.«

Alkuin vereinbarte mit Theresa, dass sie sich später in der Küche treffen würden, und schloss sich dem Bischof an. Als sie das Refektorium betraten, staunte er über den verschwenderischen Überfluss an Speisen, unter denen sich der riesige Tisch förmlich bog.

Alkuin grüßte in die Runde und nahm auf des Bischofs Geheiß an Lotarios Seite Platz. »Ich hoffe, Ihr habt ausnahmsweise einen gesunden Appetit mitgebracht, denn wie Ihr seht, meint man es heute vorzüglich mit uns. Dieser Lammkopf hier macht einen äußerst schmackhaften Eindruck, und seht hier, das Kalbsbries: es ist so zart, dass es einem auf der Zunge zergeht.«

»Euer Hochwürden wissen ja, dass meine Ansprüche bescheiden sind, was das Essen angeht.«

»Und bei Gott, das sieht man Euch auch an, spindeldürr seid Ihr!« Alle in der Tischrunde lachten beifällig. »Schaut mich an: Ich bin gesund und rund, wenn mich doch einmal eine Krankheit niederstrecken sollte, dann wird man mir zumindest nicht vorwerfen können, ich hätte es an anständiger Ernährung mangeln lassen.«

Der Bischof erhob sich, segnete den Tisch, dann wurde ein recht kurzes gemeinsames Gebet gesprochen. Anschließend zerlegte er den Lammkopf und verteilte das Fleisch.

»Wirklich köstlich, Alkuin. Wisst Ihr überhaupt, welchen Genuss Ihr Euch entgehen lasst? Gebackener Blätterteig, Wildpastete, Käseomelette mit Haselnüssen, süße Kichererbsen mit Quitte. Ich bin sicher, in Eurem Northumbrien hat man Euch mit solchen Leckerbissen nicht verwöhnt.«

»In der Tat, zumal die Regel des heiligen Benedikt derartige Schlemmereien verurteilt.«

»Oh, ja! Die Regel des heiligen Benedikt! Beten und vor Hunger sterben … Glücklicherweise sind wir hier nicht in Eurem kargen angelsächsischen Kloster«, erwiderte Lotario lachend und machte sich schmatzend über ein weiteres Stück Lamm her.

Alkuin runzelte die Stirn. Er nahm sich ein Schälchen Kichererbsen und warf, während er mit Bedacht löffelte, einen Blick in die Tischrunde. Ihm gegenüber schlürfte der Kaplan Ambrosio mit seiner üblichen Leidensmiene ein paar Taubenköpfe aus. Zu seiner Rechten saß, halb verdeckt durch eine große Schüssel, der Psalmenleser und kaute und schmatzte derart laut, dass es das Gespräch der Übrigen übertönte. Daneben zwei nahezu zahnlose ältere Würdenträger mit trüben Augen, die um die letzte Portion Blätterteig feilschten.

Der Bischof kratzte die Reste seines Essens zusammen, verfütterte sie an den fetten Hund, der stets an seiner Seite wachte, und schaufelte sich sodann eine dritte Portion auf den Teller.

»Nun sagt«, wandte er sich an Alkuin. »Über welche dringende Angelegenheit wolltet Ihr also mit mir sprechen?«

»Es geht um den Mann, der hingerichtet werden soll, den Ihr den Idioten nennt.«

»Meine Güte! Kommt Ihr mir schon wieder mit diesem Thema? Was ist es denn diesmal?«

»Das würde ich gern unter vier Augen mit Euch besprechen.«

Alkuin musterte den Bischof abschätzend. Sein sorgfältig rasiertes, beinahe faltenloses Gesicht, das derb und dabei zugleich weichlich wirkte, erinnerte an ein rosiges Ferkel. Alkuin schätzte ihn auf etwa dreißig Jahre – ungewöhnlich jung für das hohe und verantwortungsvolle Amt, das er bekleidete; allerdings war er mit Karl dem Großen verwandt. Lotario erwiderte den Blick, wandte sich dann aufseufzend ab und gab das Zeichen, die Tafel aufzuheben. Alkuin wartete, bis der Raum sich geleert hatte.

»Fasst Euch kurz, Alkuin. Ich muss mich für die Hinrichtung fertigmachen.« Lotarios Schweinsäuglein lauerten auf Alkuins Reaktion.

»Die Hinrichtung? Aber hattet Ihr die nicht verschoben?«, fragte er verblüfft.

»Nun habe ich sie eben wieder vorverlegt«, erwiderte der Bischof, und es klang beinahe triumphierend.

»Ich bitte um Entschuldigung, aber eben darüber wollte ich mit Euch sprechen … Wusstet Ihr, dass dem Verurteilten die Zunge herausgeschnitten wurde?«

»Natürlich. Das ist stadtbekannt.«

»Und was haltet Ihr davon?«

»Nun, das Gleiche wie Ihr, nehme ich an. Es ist überaus bedauerlich, dass irgendein Schurke uns des Vergnügens beraubt hat, ihn um sein Leben schreien zu hören.«

»Sprechen werden wir ihn wohl auch nicht mehr hören«, meinte Alkuin bitter.

»Sicher, aber wer interessiert sich schon für die Lügengeschichten eines Mörders?«

Alkuin überlegte. »Möglicherweise ist genau das die entscheidende Frage. Vielleicht will irgendjemand verhindern, dass dieser Mann den Mund aufmacht. Und da ist noch etwas.«

»Noch etwas?«

»Ich glaube nicht, dass dieser Mann ein Verbrecher ist«, sagte Alkuin bestimmt.

Lotario sah ihn irritiert an, ließ ihn dann einfach stehen und marschierte zur Tür hinaus.

Alkuin lief ihm nach. »Ich versichere Euch, dass er das Mädchen nicht getötet hat.«

»Hört doch auf mit diesem Unsinn!« Lotario drehte sich zu ihm um und blickte ihn zornig an. »Ich habe es Euch schon einmal erklärt: Man hat ihn neben dem Opfer gefunden, und zwar genau mit dem Messer in der Hand, mit dem er dem Mädchen kurz zuvor den Hals aufgeschlitzt hatte! Er war besudelt von ihrem Blut!«

»Das beweist nicht, dass er sie getötet hat«, erwiderte Alkuin ruhig.

»Hättet Ihr auch die Stirn, das ihrer Mutter zu sagen?«, fragte Lotario herausfordernd.

»Sagt mir, wo ich sie finden kann, und ich werde es ihr sagen.«

»Nun, vorhin hättet Ihr Gelegenheit dazu gehabt. Die Dame, mit der ich sprach, als Ihr mich unterbrechen wolltet, war die Mutter des Mädchens. Die Frau von Kohl, dem Mühlenbesitzer.«

Das war in der Tat eine interessante Information. Doch jetzt ging es zunächst darum, zu verhindern, dass man einen Unschuldigen hinrichtete.

»Bei der Liebe Gottes, ich bitte Euch: Ihr seid der Einzige, der diesen Frevel stoppen kann. Dieser Mann wäre gar nicht imstande, ein Messer so zu halten. Habt Ihr Euch einmal seine Hände angeschaut? Er hat ganz verkrüppelte Finger, eine Missbildung, die er vermutlich schon von Geburt an hat. Das habe ich mit eigenen Augen gesehen!«

»Ihr redet von Frevel? Jetzt hört mir mal gut zu, Alkuin. Es mag sein, dass Ihr außerordentlich viel von Literatur und Theologie versteht und auch sonst von tausend gelehrten Dingen, aber ich muss Euch daran erinnern, dass Ihr lediglich Diakon seid. Hier in Fulda bin ich es, der entscheidet, was getan wird und was nicht – ob es Euch gefällt oder nicht. Deshalb rate ich Euch, schlagt Euch Eure törichten Theorien aus dem Kopf und kümmert Euch um diesen Codex, der Euch so sehr am Herzen liegt. Und jetzt betrachte ich dieses Gespräch als beendet«, schnaubte Lotario und schlug Alkuin die Tür zu seinen Gemächern vor der Nase zu.

Niedergeschlagen kehrte Alkuin in seine Zelle zurück. Er war sicher, dass der Idiot, wie sie ihn nannten, das Mädchen nicht getötet hatte, doch unglücklicherweise stützte sich diese Gewissheit auf nichts als einen Apfel.

Was konnte er tun, um den Lauf der Dinge aufzuhalten? Wie konnte er das Leben des einzigen Zeugen für das bewahren, was vor drei Jahren geschehen war? Unruhig wanderte er in seiner kleinen Zelle auf und ab. Mit einem Mal kam ihm eine Idee.

Schnell warf er sich seinen Umhang wieder über, eilte hinaus und holte Theresa im Skriptorium ab. Sie müssten so schnell wie möglich zur Apotheke, bedeutete er ihr, ohne ein weiteres Wort der Erklärung.

Dort angelangt, bat er seine fragend dreinblickende Assistentin, sie möge ihm die kleinen Schildchen auf den verschiedenen Fläschchen und Ampullen im Arzneischrank vorlesen, die zum Teil in winziger Schrift verfasst waren, oft genug auf Griechisch. Einige nahm er heraus, entkorkte sie und hielt sie sich unter die Nase. Schließlich kam Theresa zu einem Flakon, der die Aufschrift »Lactuca virosa« trug.

»Na bitte, da ist es ja! Und jetzt, Theresa, achtest du mir unbedingt darauf, dass uns hier niemand überrascht.«

Er öffnete das Fläschchen und gab etwas von der festen weißlichen Masse auf einen Tonteller. Es war schon lange her, dass er die

Lattichpflanze verwendet hatte, aber er wusste, was zu tun war. Er teilte eine walnussgroße Portion ab und zerdrückte die Masse mit einem kleinen Mörserkolben zu Pulver. Dann klappte er den kleinen Deckel an seinem Ring auf und gab das Pulver in das winzige Geheimfach, das sich darunter verbarg. Theresa schaute mit großen Augen zu. War das der weise, etwas weltfremde Gelehrte, oder war dies ein anderer Alkuin – jener bedrohliche, geheimnisvolle Mönch, vor dem Haldor sie so eindringlich gewarnt hatte? Doch dann schüttelte sie den beängstigenden Gedanken wieder ab. Nein, wenn sie Alkuin nicht vertrauen konnte, auf wen sollte sie sich dann noch verlassen? Sie half ihm, alles wieder so herzurichten, wie es vorher gewesen war; dann eilten sie zum Stift zurück. Als sie beim Bischofspalast eintrafen, fanden sie das Tor verschlossen. Offenbar hatte das Spektakel bereits begonnen.

Zu gern wäre Theresa bei Alkuin geblieben, tausend Fragen brannten ihr auf der Zunge. Doch sie hatte Helga versprochen, sie zur Hinrichtung zu begleiten, und Alkuin war beim Bischof im Wort. Unverzüglich begab er sich an den Ort des Geschehens.

Helga erwartete Theresa bereits ausgehfertig geschminkt und frisiert. Die Schnittwunde auf ihrer Wange war mit einer Paste aus Mehl abgedeckt, das sie mit Erde eingefärbt und mit Wasser vermengt hatte, so dass kaum noch etwas Verräterisches zu sehen war. Sie schien bester Laune und erzählte, sie habe ihnen für unterwegs ein paar Küchlein gebacken, damit sie nicht von den fliegenden Händlern kaufen müssten. Bevor sie sich auf den Weg machten, hüllten sich beide in warme Umhänge, packten die köstlich nach Honig und Zimt duftenden Küchlein und etwas verdünnten Wein ein und versperrten die Türen. Unterwegs erzählte Theresa Helga von ihrem Besuch im Schlachthof; zu ihrem Erstaunen schien Helga höchst einverstanden damit, dass man dem armen Kerl die Zunge herausgeschnitten hatte.

»Nur schade, dass man ihm nicht auch die Eier abgeschnitten hat«, meinte sie.

Theresa hatte das Gefühl, dass Helgas Hass all den Männern galt, die ihr selbst so übel mitgespielt hatten, und weniger dem armen, tumben Tropf, der da geopfert werden sollte. Obwohl Theresa wusste, dass es nichts ändern würde, sagte sie: »Alkuin ist überzeugt, dass er unschuldig ist. Und dass nichts damit gewonnen ist, wenn sie ihn hinrichten.«

»Was weiß dieser Pfaffe schon? Ich hoffe nur, er verdirbt uns am Ende nicht noch das ganze Fest«, erwiderte Helga, hakte Theresa unter, und zog sie forschen Schrittes in Richtung Platz.

Kurz vor Sonnenuntergang ließen die Domglocken ihr düsteres Geläut ertönen. Soldaten mit langen Spießen hatten in der Mitte des Platzes ein Feld von etwa dreißig Schritt im Quadrat abgesperrt. Vor der Grube waren drei Holztische sowie mehrere Stühle aufgebaut. Ein Dutzend mit Stöcken bewaffneter Männer des Bischofs hielten die Menge in Schach, die sich hinter der Absperrung drängte. Immer mehr Menschen strömten auf den Platz, an dessen Rand verschiedene Händler in der Hoffnung auf ein einträgliches Geschäft ihre Stände aufgebaut hatten, und immer lauter wurden die Rufe, die verlangten, das Spektakel möge endlich beginnen.

Die Glocken verstummten, und eine längere Prozession hielt Einzug. Angeführt wurde der Zug von einem in Trauerkleider gehüllten Reiter; ihm folgte eine Reihe von Laien, die meisten in prächtigen Gewändern, in Begleitung auffallend lumpig gekleideter Diener. Mehrere Sklaven gaben mit dröhnendem Trommelschlag den Schritt an. Dahinter kamen der rumpelnde Ochsenkarren mit dem Gefangenen und schließlich ein gequält wirkender Henker, der damit beschäftigt war, den Unrat aufzusammeln, den die Leute ihnen entgegenwarfen, und ihn dem Verurteilten ins Gesicht zu schmieren. Allem hinterdrein tobte eine Schar vergnügter Kinder.

Endlich erschienen die Geistlichen, an ihrer Spitze Bischof Lotario. In der Rechten hielt der Würdenträger einen vergoldeten Bischofsstab, in der Linken ein silbernes Kreuz. Er trug eine Tunika aus schwerem Leinen, die eine Borte aus roter Seide schmückte, und auf dem feisten Kopf eine wenig kleidsame Mitra. Die übrigen Geistlichen waren in wollene Pænulas gekleidet, darüber die Priesteralben. Der Bischof nahm neben einem Mann in Schwarz Platz, der sich sogleich erhob, um seinen Ring zu küssen. Ein Diener eilte herbei und versorgte die Herren mit Wein. Der dritte Sessel wurde vom Stadtvogt eingenommen, etwas abseits ein einfacher Stuhl, der leer blieb.

Als die Ochsen mit dem Gefangenen die Absperrung passierten, erhob sich lautes Geschrei und Gejohle auf dem Platz. Einige Schritte vor der Grube hielt der Wagen an, der Henker zerrte sein Opfer vom Karren und zwang es auf den Boden. Das Gejohle schwoll an, außer sich begannen die Leute abermals mit allem möglichen Unrat zu werfen, so dass der Henker und der Ochsenführer hinter dem Wagen in Deckung gingen. Nachdem die Soldaten die Menge etwas beruhigt hatten, schleifte der Henker den Gefangenen bis zu der Grube, legte ihm ein grobes Seil um den Hals und leinte ihn damit an einem Pflock an. Er prüfte die Knoten und machte dann ein Zeichen zu dem Trauer tragenden Reiter hin, der auf die klägliche Gestalt hinabsah und schließlich nickte.

Alkuin traf als Letzter auf dem Platz ein. Mit den Ellbogen bahnte er sich den Weg durch die Menge zu den hohen Würdenträgern hinüber. In dem Mann in Schwarz erkannte er den Mühlenbesitzer Kohl, den Vater des ermordeten Mädchens. Alkuin stellte sich hinter Lotario auf, dem Henker gegenüber, doch der Bischof wies auf den Stuhl, und Alkuin setzte sich. Kohl wirkte angeschlagen, und auch seine Gattin, die in Begleitung anderer Frauen einen Platz weiter hinten eingenommen hatte, sah elend aus mit ihren dunklen Augenringen, der Kummer stand ihr ins Gesicht geschrieben. Dieser Familie wird auch die Folter des Angeklagten keine Erleichterung verschaffen, dachte Alkuin.

Ein Trommelwirbel setzte ein. Kohl, der Stadtvogt und Lotario erhoben sich, der Bischof ergriff das Wort:

»Im Namen Karls des Großen, des edlen und weisen Königs der Franken, des Herrschers über Aquitanien, Austrasien und die Lombardei, des Eroberers der Sachsen und Patricius Romanorum. Für schuldig befunden des schändlichen Mordes und weiterer furchtbarer Verbrechen wird Friedger, besser bekannt als der Idiot, ein Mann ohne Verstand, Abgesandter und Schüler Luzifers. Ich, Lotario von Reims, Bischof zu Fulda, Herr über dieses Land und Vertreter der Königs, seiner Macht und seiner Rechtsgewalt, gebiete und verfüge mit Gottes Zustimmung, dass der Angeklagte unter größter Folter hingerichtet werde und seine sterblichen Überreste auf den Feldern der Stadt verstreut werden. Möge es denen Beispiel und Lehre sein, die es wagen, Gott und seine christlichen Geschöpfe zu beleidigen.«

Ein Aufschrei ging durch die Menge. Auf einen Wink von Lotario band der Henker den Verurteilten von der Leine los, fesselte ihm die Hände auf dem Rücken und stieß ihn unter Schlägen und Tritten an den Rand der Grube.

Der Mann machte einen verängstigten Eindruck, obwohl er nicht wirklich zu begreifen schien, was ihm bevorstand. Er bäumte sich kurz auf, wollte sich losmachen, doch der Henker drückte ihn unbarmherzig zu Boden. Zitternd blieb der Verurteilte am Boden liegen. Die Zuschauer drängten gegen die Absperrung, schrien und tobten, als der Henker den Gefangenen beim Schopf packte und ihn hochzog. Lotario trat ein paar Schritte auf den armen Teufel zu, machte mit verächtlicher Miene das Kreuzzeichen und wies den Henker an, er solle nun beginnen.

Ein erwartungsvolles Raunen ging durch die Menge, fast sah es aus, als würden die erregten Volksmassen im nächsten Moment die Absperrung durchbrechen und den Verurteilten steinigen.

Alkuin nutzte den allgemeinen Tumult, um sich unbemerkt den Becher des Bischofs zu greifen; rasch öffnete er die Klappe an seinem Ring und gab das Pulver hinein. Es schien ihn niemand beobachtet zu haben, doch als Lotario zu seinem Platz zurückkehrte, überraschte er den Diakon mit seinem Becher in der Hand. Geistesgegenwärtig streckte Alkuin ihm den Wein hin.

»Auf die Gerechtigkeit!«, rief er und griff sich ebenfalls einen Becher.

Lotario sah ihn verblüfft an, nahm dann aber den Becher und leerte ihn in einem Zug.

»Auf die Gerechtigkeit«, wiederholte er.

Derweil riss der Henker sein Opfer am Strick, zerrte es an den Grubenrand und gab ihm einen heftigen Stoß, so dass er kopfüber hinunterstürzte. Mühsam versuchte der Mann sich aufzurichten, Speichel rann ihm übers Kinn. Die Leute auf dem Platz schwangen erregt die Fäuste und verlangten, Blut zu sehen. Da griff der Henker nach einer schweren Schaufel und ließ sie dem Strauchelnden mit voller Wucht auf den Rücken krachen. Seine Knochen knirschten wie berstendes Holz, er sackte wieder in die Knie. Während die Menge tobte, traten zwei weitere Männer mit gewaltigen Schaufeln hinzu, stachen entschlossen in den neben der Grube aufgetürmten Haufen Erde und begannen gewaltige Ladungen auf den am Boden kauernden Mann zu werfen. Sobald er auf die Beine zu kommen versuchte, wurde er mitleidlos niedergeknüppelt. Der eine schlug mit der Schaufel auf ihn ein, während die anderen, angefeuert vom aufgepeitschten Volk, fortfuhren, ihn bei lebendigem Leibe zu begraben.

Schon reichte ihm die Erde bis ans Kinn. Er spuckte und würgte, gab verzweifelte Laute von sich und warf den Kopf hin und her, die Augen traten ihm beinahe aus den Höhlen. Doch immer schneller gingen die Schaufelladungen auf ihn nieder, bis er schließlich ganz und gar unter der Erde verschwunden war.

Die Männer hielten inne, auch die Menge verstummte. Schweigend starrten alle auf die geschlossene Erddecke; da plötzlich begann sich etwas zu regen, die Erde brach auf und ein dreckspeiender Kopf kam zum Vorschein. Der Mann keuchte, sog gierig die Luft ein und erbrach sich.

Der Bischof erhob sich von seinem Stuhl. Er wollte Kohl ein Zeichen geben, doch der sah ihn nicht, weil er hasserfüllt auf den armen Kerl in der Grube starrte. Alkuin, der Lotario nicht mehr aus den Augen gelassen hatte, erkannte, wie das Gift allmählich seine Wirkung entfaltete.

Lotarios Blick wurde trübe, sein Mund war wie ausgedörrt, er konnte kaum schlucken. Ihn schwindelte, die Knie wurden ihm weich. Er wollte sich an Kohl festhalten, doch er griff ins Leere, und auch die Zunge gehorchte ihm nicht mehr. Kaum schaffte er es noch sich zu bekreuzigen, da stürzte er, Stuhl und Tisch mit sich reißend, der Länge nach zu Boden.

Die tobende Menge verstummte schlagartig. Auch der Henker ließ von seinem Opfer ab und wandte sich erschrocken zum Bischof um. Kohl jedoch fuhr ihn an: »Nun schlag ihn schon endlich tot, diesen verfluchten Idioten.«

Der Henker rührte sich nicht. Da sprang Kohl mit einem Satz zu der Grube hin und riss ihm die Schaufel aus der Hand.

Er wollte eben zum Schlag ausholen, da stellte sich Alkuin ihm in den Weg.

»Haltet ein! Wollt Ihr es etwa wagen, ein Zeichen des Himmels zu missachten? Der Herrgott selbst hat seinen Willen kundgetan: Dieser Verbrecher soll noch nicht von seinem Leiden erlöst werden!«, rief er aus, so laut er konnte.

Die Menge heulte begeistert auf.

»Sobald Lotario wieder bei Kräften ist, wollen wir das Spektakel weiter genießen«, fügte Alkuin hinzu. Als er sich abwandte, um sich hingebungsvoll um des Bischofs Wohl zu kümmern, fasste Kohl ihn beim Arm.

»Ihr?« Die Verblüffung stand Kohl ins Gesicht geschrieben. »Ihr seid doch der Mönch, der neulich bei mir Getreide kaufen wollte!«

»Der Mörder wird für sein Verbrechen bezahlen, doch die Exekution muss autorisiert werden, wie es das Gesetz verlangt«, erklärte Alkuin ungerührt.

Kohl holte erneut mit dem Spaten aus, doch Alkuin hielt ihn zurück.

»Es ist nicht Gottes Wille«, wiederholte er und hielt den Spaten fest.

Die Menge tobte. Kohl spuckte dem hilflos röchelnden Kerl auf den Kopf, packte seine Frau am Arm und verließ mitsamt seinem

Gefolge den Schauplatz. Ihm nach folgte zögernd die Abordnung des Stifts, noch ganz verstört durch Lotarios Zusammenbruch. Alkuins Äußerung, der Bischof werde bald wieder bei Kräften sein, hatte sie immerhin etwas beruhigen können. Schließlich führten die Wächter – unter den Drohrufen der Zuschauer – auch den Gefangenen vom Platz ab, der, so lehmverschmiert, monströser denn je aussah, und zerrten ihn durch die Gassen zurück zum Schlachthof.

Missmutig schimpfte die Schwarze Helga vor sich hin. Nicht nur, dass es keine Hinrichtung gegeben hatte; als sie einen Moment abgelenkt gewesen war, hatte man ihr auch noch den Beutel mit den Süßigkeiten gestohlen. Theresa schlug vor, an einem der Stände frisch gebackenen Kuchen zu erstehen, und schon hellte sich die Miene der Wirtin auf. Während Theresa noch in ihren Taschen kramte, studierte Helga das verlockende Angebot und feilschte bereits um die Preise. Schließlich wählte sie einen großen runden Kuchen und vereinbarte mit dem Händler, sie würde ihre Schuld begleichen, wenn er demnächst zu ihr in die Schenke käme. Im Nu hatten sie den Kuchen aufgegessen, und befanden ihn für so köstlich, dass Helga einen weiteren mit Honig und kandierten Kastanien erstand.

Nachdem sie auch diesen fröhlich in sich hineingestopft hatten, fragte Theresa nach Helgas Schnittwunde; sie fürchtete, sie könnte wieder aufreißen. Bisher hatte sich Helga geweigert zu erzählen, was eigentlich genau vorgefallen war. Nun aber war sie bereit dazu.

»Ich lag noch im Bett, da hörte ich, wie heftig an die Tür geklopft wurde«, erzählte Helga. »Ich mache die Tür auf, da geht er gleich auf mich los, versetzt mir einen Tritt in den Bauch, schlägt mich brutal zusammen und zieht mir dann das Messer durchs Gesicht. Dieses Tier! Er sagte, wenn ich es wagen sollte, das Kind zu behalten, würde er mir nicht nur das Gesicht, sondern auch den Bauch aufschlitzen.«

»Aber warum denn nur? Es kann ihm doch egal sein, ob du das Kind bekommst.«

»Wahrscheinlich hat er Angst, dass ich ihn anzeige.«

Sie erklärte Theresa, dass auf Ehebruch sieben Jahre Buße standen, auch wenn es selten zu einer Anzeige kam.

»Und ich glaube, er hat Angst, dass seine Frau ihn verstößt, denn die Schreinerei, für die er arbeitet, gehört seinem Schwager. Aber weißt du was? Ich werde ihn tatsächlich anzeigen, auch wenn es mir nichts nützt. Mit so einer Narbe im Gesicht wird niemand mehr für meine Dienste zahlen. Welcher Kerl will sich schon mit einer derart entstellten Frau vergnügen?«

»Nun übertreib mal nicht«, versuchte Theresa sie zu beschwichtigen. »Der Schnitt ist ja kaum mehr zu sehen. Heute Morgen sah das noch ganz anders aus.«

»Richtig tief ist er nur hier.« Helga deutete auf eine Stelle neben dem Ohr. »Aber trotzdem, so wird mich keiner mehr wollen. Außerdem bin ich auch nicht mehr die Jüngste.«

Es stimmte. Jung war sie nicht mehr, ihr Haar war grau durchsetzt, ihr Fleisch begann hier und da schlaff zu werden. Aber sie war trotzdem die Schwarze Helga: feurig und ungezügelt wie ein Vulkan und für viele Kerle begehrenswerter als manch Jüngere.

»Jedenfalls wirst du ja wohl ohnehin nicht vorhaben, weiter dieser Arbeit nachzugehen. Ich meine, jetzt, wo du schwanger bist!«

»Ach so?« Helga lachte böse. »Und was soll ich deiner Meinung nach tun, um etwas zu essen auf den Tisch zu kriegen? Ich habe schließlich keinen Pfaffen, der so in mich vernarrt ist, dass er mir für ein bisschen Gekritzel den Lebensunterhalt bezahlt.«

Theresa wollte nicht mit ihrer Freundin streiten. »Du könntest dir eine Arbeit suchen. Besser als die Kuchen all dieser schäbigen Bäcker hier sind deine allemal.«

Helga wusste, Theresa meinte es nur gut, doch sie schüttelte den Kopf. Niemand würde eine Dirne beschäftigen, und schon gar keine schwangere.

»Lass uns zum Stift gehen«, schlug Theresa vor.

»Bist du verrückt? Da werden sie mich erst recht achtkantig hinauswerfen.«

Theresa aber hakte sie freundschaftlich unter und sagte, sie solle ihr nur vertrauen.

Auf dem Weg zum Stift erzählte sie ihr von ihrem Gespräch mit Alkuin, doch Helga blieb skeptisch.

Am Domportal fragten sie nach dem Diakon, der sogleich erschien. Für einen Moment war er ganz und gar nicht erfreut, dass Theresa die Schwarze Helga im Schlepptau hatte. Doch dann erkundigte er sich mitfühlend nach ihrer Verletzung, worauf Helga ihre Geschichte zum Besten gab und nicht an heiklen Einzelheiten sparte. Alkuin hörte sich alles an und forderte die beiden Frauen auf, ihm zu folgen.

In der Küche machte er sie mit der Köchin Favila bekannt, einer außergewöhnlich korpulenten Frau, die aussah, als trüge sie fünfzig Kleider übereinander. Alkuin stellte sie betont jovial vor: Sie führe die Oberaufsicht über die Küche, und ihr Herz stehe ihrem Körperumfang in seiner Größe nicht nach. Favila lachte geschmeichelt, doch als Alkuin sein Anliegen offenbarte, verfinsterte sich ihre Miene schlagartig.

»Die Schwarze Helga ist stadtbekannt«, meinte sie verächtlich. »Einmal Hure, immer Hure, sage ich nur, und jetzt verschwinde aus meiner Küche.«

»Niemand hat von dir verlangt, dass du das Bett mit ihr teilst«, erwiderte Theresa herausfordernd und hielt Helga, die schon kehrtmachen wollte, zurück.

Alkuin holte ein paar Münzen aus der Tasche und legte sie auf den Tisch. Er sah der Köchin fest in die Augen.

»Kennst du denn nicht das Wort Vergebung? Hat Jesus Christus etwa nicht den Leprakranken beigestanden, hat er nicht Maria Magdalena aufgenommen und seinen Henkern vergeben?«

»Ich bin aber nicht Jesus«, murrte Favila. Die Geldstücke indes steckte sie sogleich ein.

»Solange der Bischof unpässlich ist, soll diese Frau dir unterstellt sein. Und da ist noch etwas: Sie ist schwanger. Sie darf sich nicht überanstrengen«, beschied er. »Wenn jemand etwas auszusetzen hat, sag ihm, ich hätte es so angeordnet.«

»Geschont werden will sie also auch noch! Ich habe acht Kinder geboren, und das jüngste wäre um ein Haar hier in der Küche zur Welt gekommen«, rief die Köchin aufgebracht und schlug mit der Faust auf den Tisch. »Los, wasch dir die Farbe aus dem Gesicht und fang an, Zwiebeln zu schälen. Und was ist mit der Kleinen da? Soll die etwa auch hier bleiben?«

»Theresa arbeitet für mich«, erklärte Alkuin und verabschiedete sich. Bis Lotario wieder auf den Beinen wäre, würde es einige Tage dauern, und die Zeit wollte er nutzen, um seine Nachforschungen voranzutreiben.

Es war später Vormittag, als Gorgias völlig erschöpft das von höhlenartigen Löchern durchzogene Gelände erreichte. Früher war hier nach Kupfererz gegraben worden; weit verstreut lagen die Überbleibsel verrotteter Stützpfeiler herum, Fetzen alter Ledergeschirre und zerschlagene Tonlampen. Nachdem die Erzgrube aufgegeben war, hatte man sich daran gemacht, ein kleines Schwefelvorkommen abzubauen – der Gestank lag immer noch in der Luft. Aus dieser letzten aktiven Zeit stammten auch die halb zerfallenen Sklavenhütten.

Bange sah sich Gorgias bei den Baracken um – es war bekannt, dass nur Räuber und anderes übles Gesindel es bisweilen wagte, hier Unterschlupf zu suchen. Er schickte ein Stoßgebet zum Himmel, es möge im Augenblick niemand dort sein Quartier aufgeschlagen haben. Als es stärker zu regnen begann, flüchtete er sich in eine Baracke, deren Dach zumindest teilweise intakt schien. Er stolperte zwischen zerborstenen Krügen mit Resten von Säure, alten Seilrollen und diversen anderen Gerätschaften umher, bis er sich schließlich erschöpft neben ein paar mit abgestandenem Wasser gefüllten, grün überwucherten Kübeln niederließ. Mit dem Rücken gegen das Holz gelehnt, schloss er die Augen. Die Wunde bereitete ihm Höllenqualen. Nur zu gerne hätte er den Verband heruntergerissen, der den Stumpf zusammenpresste, doch das wäre das sofortige Ende gewesen.

Voller Sorge dachte er an seine Frau Rutgarda. Ob es stimmte, was Zenon gesagt hatte? Der Gedanke an sie ließ ihm keine Ruhe, er musste sich vergewissern, dass ihr nichts zugestoßen war, und so beschloss er, sich noch in derselben Nacht zu ihr aufzumachen. Er würde warten, bis die Sonne untergegangen war, und sich dann in die Stadt schleichen.

Bis dahin wollte er sich ein wenig ausruhen, doch er fand keinen Schlaf. Immer wieder drängte sich ihm das Bild seiner Tochter auf – seine kleine Theresa, wie schmerzlich er sie vermisste!

Hatte er ihr je gesagt, wie besonders sie war? Wie ungewöhnlich ihr Verstand, ihre natürliche Klugheit waren? Was immer er ihr beigebracht hatte, sie machte es zu ihrem Wissensschatz, über den sie souverän verfügte. Sie hatte ihm den Sohn, den er nicht besaß, mehr als ersetzt. Ach, hätten sie nur in Byzanz bleiben können! Aus Theresa wäre gewiss eine große Gelehrte geworden – anstatt in der erbärmlichen Werkstatt des brutalen, einfältigen Korne elendiglich zugrunde zu gehen …

Mit einem wütenden Fausthieb brach Gorgias das harte Brot aus der Krypta in kleine Stücke und aß davon.

Nein, um Rutgardas willen musste er sich auf das Hier und Jetzt konzentrieren. Zunächst galt es nachzudenken. Was in aller Welt hatte Genserico nur so plötzlich und offenbar qualvoll dahingerafft? Im Laufe seines Lebens hatte er schon manchen Toten zu Gesicht bekommen, doch ein derart verzerrtes Gesicht wie das von Wilfreds bösem altem Gehilfen, der neben ihm in seinem eigenen Erbrochenen gelegen hatte, war ihm niemals zu Gesicht gekommen. Ob er vergiftet worden war? Wie ein böses Omen blitzte vor seinem geistigen Auge das Konterfei einer tätowierten Schlange auf.

Es war wie eine Vision. Ganz deutlich sah er alles vor sich: der Mann mit den eisig blauen Augen, wie er auf ihn einschlug, und er selbst, wie er versuchte, den Gegner festzuhalten. Und mit einem Mal gewahrte er in dem Handgemenge auch die Schlange auf dem muskulösen Arm. Wie hatte er auch nur eine Sekunde glauben können, sein erbarmungsloser Gegner sei Genserico gewesen?

Als die Nacht hereinbrach, machte sich Gorgias trotz des unablässigen Regens auf in die Stadt. Immer wieder stolperte er, doch endlich gelangte er im Schutz der Dunkelheit unerkannt zu seinem Heim, das leer und verlassen dastand. Er nahm an, dass Rutgarda noch immer bei ihrer Schwester wohnte, und schlug den Weg zum Haus seines Schwagers ein. Vor der Haustür drang eine vertraute Melodie zu ihm nach draußen, und als er die warme Stimme seiner Frau erkannte, traten ihm Tränen in die Augen. Vergessen waren für einen Augenblick all die Schmerzen, die völlige Erschöpfung. Er wollte eben anklopfen, als er hinter einer dunklen Ecke zwei Männer bemerkte.

»Diese Arbeit ist das Letzte! Was machen wir hier überhaupt? Den Schreiber haben doch längst die Wölfe geholt«, fluchte der eine und zog sich seinen Umhang tiefer ins Gesicht, um sich vor dem strömenden Regen zu schützen.

Gorgias erstarrte. Das waren Wilfreds Männer! Was machten sie hier? Hatte Genserico wahr gesprochen? Dann war der Graf also tatsächlich in die Sache verwickelt, dachte Gorgias bitter. Der Krüppel hatte ihn belogen und betrogen und seine treue Ergebenheit schamlos ausgenutzt! Er versuchte, seinen aufkommenden Zorn zu bändigen und einen klaren Gedanken zu fassen. Wenn Wilfred ihn wirklich so schändlich hintergangen hatte, durfte er kein Risiko eingehen. Niemand durfte wissen, dass er überhaupt noch lebte!

Dieses ganze ungeheuerliche Komplott, die Meuchelmorde und all die Ränkespiele hatten mit dem Pergament zu tun. Hätte er doch damals den Handel nicht angenommen, den der beredte Fremde, der vorgab, für die Heilige Mutter Kirche zu kämpfen, ihm vorgeschlagen hatte! Doch nicht Frieden und Ordnung für das gesamte Abendland waren die Folge gewesen, sondern Mord und Totschlag, Verrat und der Verlust seiner Theresa. Mit Tränen in den Augen trat Gorgias den Rückweg an.

Sein beschwerlicher Weg zu der Erzgrube führte ihn an der Festungsmauer entlang. Voll finsterer Gedanken schaute er von unten zu den wenigen Fenstern hinauf, die von flackerndem Kerzenschein erhellt waren, und fragte sich, hinter welchem sich wohl Wilfreds Gemächer befanden. Ein leises Gackern schreckte ihn aus seinen düsteren Gedanken auf. Dem strengen Geruch nach zu urteilen mussten sich auf der anderen Seite der Mauer die Hühnerställe befinden. Ob es ihm gelänge, trotz seiner pochenden Verletzung ein Huhn zu stehlen?

Doch wie sollte er mit nur einem Arm die Mauer überwinden? Gorgias hatte noch nie in seinem Leben etwas gestohlen, doch er baute darauf, dass auch hierbei ihn sein Verstand weiter bringen würde als die rohe Kraft, über die er ohnehin nicht verfügte. Die Schwachstelle war der verschlafene Wächter am Viehtor – vielleicht ließ sich dort eine günstige Gelegenheit abpassen, um unbemerkt auf die andere Seite zu gelangen.

Er suchte unter einem Baum Schutz vor dem Regen und beobachtete den Wachposten am Tor. Der lehnte im Torbogen an der Mauer, nur notdürftig vor dem Regen geschützt, der vom Wind herangepeitscht wurde, und sah aus, als würde er jeden Augenblick schnarchend zusammensinken. Nach kurzer Zeit näherte sich rasselnd und quietschend ein Wagen mit zwei Männern. Als sie das Tor erreichten, riefen sie nach der Wache – das war sie, die günstige Gelegenheit, hoffte Gorgias. Der Wächter nahm sogleich Haltung an und kam herbeigelaufen. Offenbar waren die Neuankömmlinge nur gleichrangige Wachsoldaten, denn der Posten verzichtete auf alle militärischen Formen, sobald er nahe genug an das Gefährt getreten war, um etwas erkennen zu können.

»Gottverdammter Regen! Ist denn schon Schichtwechsel?«, fragte er die beiden Männer auf dem Wagen. Sie nickten missmutig; er tauschte den Platz auf dem Kutschbock mit seiner Ablösung, der Kutscher rief » Hüh!« und trieb das Pferd an.

Gorgias hatte sich während des kurzen Wortwechsels herangeschlichen und neben den Wagen geduckt. Als das Gefährt wieder anzog, passierte er in seinem Schatten heimlich das Tor. Er suchte sich ein Versteck draußen hinter den Büschen, welche die Festungsmauern säumten, und verharrte dort, bis alles wieder still war. Er atmete auf, als die neue Wache ihren Posten eingenommen hatte und kurz darauf ein leises Röcheln verriet, dass der Mann eingeschlafen war. Gorgias kroch durch das feuchte Laub zu dem Geflügelstall und machte sich mit seiner intakten Hand lautlos an dem Gatter zu schaffen. Als es aufsprang, tappte er in das Dunkel und packte entschlossen zu. Tatsächlich war ihm das Glück diesmal hold, er erwischte gleich eine prachtvolle Henne. Doch auf der Stelle hob ein fürchterliches Gegacker unter den Tieren an, das niemandem in der Festung verborgen bleiben konnte.

Sein Huhn fest unter den Arm geklemmt, stolperte Gorgias hastig aus dem Stall, ins Buschwerk. Die Wache, aufgescheucht von dem Lärm, ließ nicht lange auf sich warten. Prüfend sah sich der Mann um, hielt aber offenbar einen Fuchs für den Schuldigen am Aufruhr des Federviehs. Da der vierbeinige Räuber längst über alle Berge sein musste, überprüfte der Mann nur noch, ob irgendwo ein Loch im Gatter zu entdecken war, und ging dann leise fluchend auf seinen Posten zurück. Gorgias lief derweil mit seinem Huhn, das sich in sein Schicksal ergeben hatte, so schnell er vermochte, hinaus in die Nacht zu seinem Unterschlupf in der Mine.

Mit letzter Kraft erreichte er nach mehreren Stürzen die ehemaligen Sklavenbaracken und tastete sich zu den Kübeln vor. Einen besonders großen funktionierte er als Käfig für die Henne um, bevor er keuchend daneben zu Boden glitt. Völlig ausgelaugt fiel er trotz seiner allgegenwärtigen Schmerzen bald in tiefen, traumlosen Schlaf. Als er im Morgengrauen zitternd erwachte und sich umgehend vergewisserte, ob sein Haustier nicht ausgebüchst war, stellte er ungläubig fest, dass die Henne schon ihr erstes Ei für ihn gelegt hatte.

Gorgias bedankte sich mit ein paar Regenwürmern, von denen es in der feuchten Erde nur so wimmelte. Die restlichen Würmer verwahrte er in einem fast intakten Tongefäß, das er aufgestöbert hatte und mit einem Stein abdeckte. Dann stärkte er sich mit einigen Schlucken frischen Regenwassers und löste, nicht ohne Furcht, seinen Verband. Als er den letzten Fetzen abgewickelt hatte, besah er sich die Wunde, als gehöre sie einem Fremden. Sie schien besser zu verheilen, als er erwartet hatte. Zenon hatte den Knochen oberhalb des Ellbogens durchtrennt und den Stumpf ordentlich vernäht, er schien ihn sogar ausgebrannt zu haben. Die Haut war schwärzlich versengt, aber immerhin würde die Wunde vielleicht nicht eitern. Behutsam legte er den Verband so gut wie möglich wieder an, ließ sich in seiner trockenen Ecke niedersinken und grübelte über all die Ereignisse nach, die sein zweites Leben in kürzester Zeit so unerwartet hatten aus den Fugen geraten lassen: der Überfall, bei dem man ihm das kostbare Pergament geraubt und die Verletzung zugefügt hatte, der Tod seiner geliebten Tochter, über den er nicht hinwegkam …

Wenn er auch schwach und erschöpft war – er musste seinen Verstand anstrengen, um das Komplott zu entwirren und wenigstens Rutgarda zu schützen. Am undurchsichtigsten erschien ihm die Rolle des Grafen.

Hatte Genserico ihn auf Geheiß Wilfreds in die Krypta gesperrt, um sicherzustellen, dass er seine Aufgabe zu Ende brachte? Hatte er zunächst vermutet, dass der Gehilfe seine eigenen Ziele verfolgte, ja ihn sogar selbst als den Pergamentdieb in Betracht gezogen, so erschien durch die merkwürdigen Umstände seines Todes und die Tatsache, dass Wilfred Rutgarda offenbar überwachen ließ, nun alles in einem anderen Licht. Und wie umfassend dies alles organisiert war! Letztlich war ihm auch sein Fluchtversuch lediglich geglückt, weil Genserico plötzlich auf derart seltsame Weise zu Tode gekommen war. Gorgias schwirrte der Kopf: Wer paktierte hier mit wem und gegen wen? Und wer war der unbekannte Mann mit der unheilschwangeren tätowierten Schlange?

Er lächelte bitter. Wegen dieses elenden Dokuments hatte er seinen rechten Arm verloren, den er doch zum Schreiben brauchte. Wie bereitwillig hätte er zusätzlich seinen anderen geopfert, wenn dies nur Theresa hätte wieder lebendig machen können!

Er zog das Pergament aus seinem Beutel und starrte darauf. Einen Augenblick war er versucht, es in tausend Stücke zu reißen und es an die Henne, seine neue Gefährtin, zu verfüttern. Doch etwas hielt ihn zurück. Gewiss, es war eine Fälschung – seine Fälschung. Aber barg sie nicht Jahrhunderte historischer Wahrheit, die ein gekaufter Handlanger hatte vom Erdboden verschwinden lassen wollen, indem er das Original zerstörte? Und stand nicht hinter alledem jenes machtgierige Weib, das auch seine, Gorgias' persönliche Nemesis war? Nein, er würde dieses Pergament beschützen, so gut er vermochte, und auf diese Weise versuchen, die Pläne derjenigen zu durchkreuzen, die auf keinen Fall noch mächtiger werden durfte – koste es, was es wolle!

Zunächst einmal brauchte er einen sicheren Aufbewahrungsort. Suchend schaute er sich nach einem geeigneten Versteck um. Sein Blick fiel schließlich auf einen Deckenbalken, der noch nicht vermodert war, aber einen Spalt aufwies. Mühevoll kletterte Gorgias auf eine morsche Truhe, klemmte das Pergament in den Spalt und schob die Truhe ächzend beiseite. So würde niemand auf das Versteck aufmerksam werden, dachte er zufrieden, als er noch einmal zur Decke hinaufsah.

III

16

Die dicke Favila erwies sich als eine temperamentvolle Frau, die sich durch zweierlei auszeichnete: Zum einen nahm sie jede Kleinigkeit zum Anlass, sich lautstark und wortreich zu ereifern, zum anderen schob sie sich bei jeder Gelegenheit etwas zu essen in den Mund. Sie schimpfte, weil die Herdstelle nicht ordentlich geputzt war, weil ihr die Arbeit nicht schnell genug voranging oder sie zu schludrig erledigt wurde, im Grunde aber wegen allem, und sie versüßte sich jede dieser Schelten durch ein Brötchen, ein Küchlein oder was sonst für ein Leckerbissen zur Hand war. Kinder liebte sie über alles, und bald begann sie mit solcher Begeisterung von Helgas zukünftigem Nachwuchs zu sprechen, als sei sie es, die das Kleine erwarte.

»Was ich allerdings nie verstehen werde, ist, wie etwas von der Größe einer Melone durch eine Öffnung hindurchpasst, die gerade mal den Durchmesser einer Pflaume hat«, meinte Favila zu Helga und reichte ihr, als diese ganz blass wurde, rasch ein Stück Pastete.

Helga ihrerseits stellte ihre kulinarischen Fertigkeiten unter Beweis, indem sie aus den Resten vom Mittagessen ein köstliches Schmorfleisch mit Sellerie und Karotten zubereitete. Favila kostete und war begeistert, das Eis war gebrochen.

Froh und zufrieden, dass sie der Schwarzen Helga hatte helfen können, bettete sich Theresa in jener Nacht auf ihr Strohlager. Sie schmiegte sich unter die Decke und dachte an Haldor, und ein wohliger Schauer lief ihr über den Rücken. Sie stellte sich seinen starken, festen Körper vor und seine warmen Lippen auf ihrem Leib … Sie vermisste ihn plötzlich so schmerzlich, dass sie sich vornahm, nach Würzburg zu gehen und ihn zu holen, wenn er nicht bald zurückkäme. Ganz egal, was sie dort erwartete.

Zu ungewohnt früher Stunde erhob sich die Schwarze Helga am nächsten Morgen von ihrer Pritsche in dem Vorratsraum, wo sie ihr Nachtlager hatte aufschlagen dürfen. Sorgfältig wusch sie sich das Gesicht und tauschte das grellbunte Kleid gegen einen dunklen Kittel, der ihre weiblichen Formen keusch verhüllte. In der Küche herrschte noch keinerlei Betrieb, offenbar war sie als Erste auf den Beinen. Sie schnitt sich ein Stück Käse ab und machte sich gutgelaunt daran, den Herdrost zu schrubben. Nach einer Weile traf auch Favila ein und traute ihren Augen nicht, so reinlich und bescheiden wirkte Helga mit dem schlichten Zopf und ohne das süßliche Parfum. Allein die hässliche Narbe auf ihrer Wange erinnerte noch an die Frau vom Vortag.

Als Theresa verschlafen in der Küche erschien, war das Frühstück gerade fertig. Die beiden Frauen lachten und neckten sie wegen des Strohs in ihrem Haar, das sie sich verlegen entfernte.

»Wenn du helfen willst, halt dich an Helga. Die hat hier schon vor Sonnenaufgang gewirbelt«, meinte Favila, und Theresa freute sich, dass die dicke Köchin erkannt hatte, was für eine tüchtige Frau ihre Freundin war.

Alkuin betete zu Gott und bat ihn um Vergebung. Es war nicht christlich von ihm gewesen, Lotario Gift in den Wein zu mischen, doch er hatte keine andere Möglichkeit gesehen, die Hinrichtung zu verhindern. Und manchmal musste man sich aus wichtigen Gründen anders verhalten, als es das Gebot der Nächstenliebe vorgab. Er würde dem Bischof Erleichterung verschaffen und die Wirkung des Giftes durch ein Gegenmittel aus dem Saft des Odermennig lindern. Er schüttelte die Ampulle, damit sich die Tinktur mit dem Verdünnungsmittel vermischte, und machte sich auf zu den bischhöflichen Gemächern. Lotario lag, schwer atmend und mit tiefen Augenringen, in seinem Himmelbett. Als der Bischof ihn mit schwacher Stimme um sein medizinisches Urteil bat, erklärte Alkuin, die Ursache für den Schwindelanfall sei ihm zwar nicht bekannt, er habe ihm aber ein Mittel mitgebracht, das ihm sicher helfen würde; der Kranke nahm es dankbar und ohne Vorbehalte an und trank einen kräftigen Schluck aus der Ampulle.

Sogleich fühlte er sich ein wenig besser.

»Ich nehme an, Euch ist dieser Zwischenfall Grund zur Freude gewesen«, brummte er und richtete sich im Bett auf. »Aber ich versichere Euch: Der Mann wird sterben.«

»Es liegt alles in Gottes Hand«, antwortete Alkuin zurückhaltend.

»So ist es ... Was für ein Glück, dass Ihr Euch auf die Medizin versteht, zumal wir ja derzeit über keinen Arzt verfügen. Aber worauf diese Unpässlichkeit zurückzuführen sein könnte, wisst Ihr wirklich nicht zu sagen?«

»Vielleicht habt Ihr etwas Falsches gegessen.«

»Ich werde mit der Köchin sprechen. Sie ist die Einzige, die mit den Lebensmitteln in Berührung kommt«, überlegte er mit grimmiger Miene.

In diesem Augenblick trat Favila ein, gefolgt von einem jungen Burschen, der ein Tablett voller Speisen balancierte. Lotario warf der dicken Köchin einen misstrauischen Blick zu, doch als er die reichliche Auswahl an verschiedenen Gerichten sah, hellte sich sein Gesicht auf. Ohne Alkuins Einwänden Beachtung zu schenken, machte er sich genüsslich über die gebratenen Tauben her, während Favila sein Urteil erwartete. Alkuin hielt die Gelegenheit für günstig, ihn über die Anwesenheit der Schwarzen Helga zu unterrichten.

»Eine Dirne? Hier im Stift? Wie könnt Ihr es wagen?«, rief der Bischof zornig und spuckte sich einen halbgekauten Bissen aufs Nachtgewand.

»Die Frau befand sich in einer verzweifelten Lage. Sie wurde überfallen und ...«

»Dann soll man sie woanders anstellen. Bei Gott! Wir müssen

den Menschen hier ein Beispiel geben.« Er schob sich eine weitere Taube in den Mund.

»Jeder Mensch kann sich ändern«, versuchte Favila zu vermitteln. »Sicher, sie ist eine Hure, aber auch die sind schließlich nicht alle gleich.«

Lotario verschluckte sich, fischte sich einen Knochen aus dem Mund und spuckte den Rest auf das Tablett.

»Ha, nein, natürlich – alle gleich sind sie nicht! Mal sehen, da haben wir die *prostibulae*, die ihr Geschäft ausüben, wo immer es sich ergibt; dann die *ambulatarae*, die ihrem Gewerbe auf der Straße nachgehen, die *lupae* treiben es im Wald und die *bustuariae* auf dem Friedhof. So sind sie alle ganz verschieden, aber ihr Geld verdienen sie doch auf dieselbe Weise, wenn ich mich nicht täusche« Alkuin fragte sich im Stillen, woher Lotario diese detaillierten Kenntnisse wohl haben mochte. Doch der fuhr fort: »Aber wo mir Favila so köstliche Tauben zu bereiten versteht, wieso brauchte ich da eine weitere Köchin?«

»Die Tauben hat sie gemacht«, stellte Favila trocken fest.

Lotario blickte auf den Teller mit den gebratenen Tauben, dann auf den Apfelkuchen. Der war vermutlich auch Helgas Werk, denn von Favila kannte er solchen Kuchen nicht. Der Bischof kostete misstrauisch – und war entzückt.

»Also schön, aber sie soll die Küche nicht verlassen«, knurrte er schließlich.

Favila unterdrückte ein Lächeln, wandte sich um und ließ Lotario mit seinem Apfelkuchen allein. Nachdem die Köchin das Zimmer verlassen hatte, raffte sich der Bischof aus dem Bett auf, da ihn die Blase drückte. Während er sich entleerte, hielt er Alkuin eine flammende Ansprache über Vergebung, Nachsicht und Gnade. Als sich Alkuin anschließend nach den Büchern der Abtei erkundigte, zeigte sich der Bischof weit weniger gesprächig. Damals sei er noch nicht Bischof gewesen und könne daher über die Lebensmittelgeschäfte keine Auskunft geben. Immerhin verwies er ihn aber an seinen Cellerar, möge der ihn über die Einzelheiten in Kenntnis setzen.

Den restlichen Vormittag verbrachte Alkuin damit, die Ergebnisse seiner Nachforschungen zu ordnen. Gerade wollte er seine Aufzeichnungen abermals durchgehen, als vor der vereinbarten Stunde Theresa im Skriptorium erschien.

»Ich danke Euch von Herzen dafür, dass Ihr Euch für Helga eingesetzt habt«, sagte sie.

Alkuin nickte kurz. Dann hielt er ihr eine Liste mit Namen hin und trug ihr seine neuesten Überlegungen vor.

Theresa überflog die Liste und fragte: »Wenn ich Euch recht verstanden habe, muss derjenige, der dafür verantwortlich ist, dass das verseuchte Getreide in Fulda in Umlauf ist, unter den Männern auf dieser Liste zu finden sein.«

»So ist es. Und wir dürfen nicht vergessen, dass auch der Mörder des Mädchens noch frei herumläuft.«

Theresa ging die Namen durch. An erster Stelle stand der Müller Kohl. In seiner Mühle hatten sie das verseuchte Getreide gefunden, was ihn zum Hauptverdächtigen machte. Als nächster war Rothaart aufgeführt, der für Kohl arbeitete und sich offenbar Dinge leisten konnte, die nicht seinem Müllerslohn entsprachen. An dritter und letzter Stelle kam der zum Tode Verurteilte, denn die Tatsache, dass er das Mädchen nicht ermordet hatte, bedeutete nicht, dass er mit dem giftigen Korn nichts zu tun hatte.

»Sind das wirklich alle Verdächtigen?«, fragte Theresa.

»Nun ja, der Abt, der damals dem Kloster vorstand, ist vor einigen Jahren gestorben. Also bleibt noch derjenige, der die Korrekturen in den Aufzeichnungen vorgenommen hat, und von dem wissen wir lediglich, dass er mit der Feder umzugehen versteht.«

»Insgesamt sind es also vier Verdächtige.«

»Möglicherweise kommen weitere hinzu, von denen wir im Augenblick nichts wissen. Aber wollen wir uns zunächst auf diese vier Kandidaten konzentrieren.« Alkuin stellte ein paar Kerzen auf den Tisch. »Zum einen müssen entweder Kohl oder Rothaart – oder womöglich beide – ihre Finger im Spiel haben; zum anderen muss jemand aus dem Stift oder aus der Abtei an der Fälschung der Einträge beteiligt gewesen sein. Ich vermute, dass derjenige, der damals das Korn in Magdeburg gekauft hat, auch die Todesfälle der letzten Zeit zu verantworten hat. Und wenn dem so ist, dann kennt der arme Idiot diesen Mann wahrscheinlich, da er den Ochsenkarren damals geführt hat. Der Täter muss befürchtet haben, dass er ihn verrät, und hat ihm darum die Zunge herausgeschnitten. Ich vermute sogar, dass ebendieser Täter auch das Mädchen getötet hat, um den Mord dem Schwachsinnigen in die Schuhe zu schieben.«

»In dem Fall müssten wir Kohl ausschließen. Er würde wohl kaum seine eigene Tochter ermorden.«

»Richtig. Aber, wie gesagt, dies alles ist bisher nichts als eine Vermutung. Man muss sich zudem die Frage stellen, ob es nicht leichter gewesen wäre, den armen Teufel einfach zu beseitigen, anstatt ihm den Mord anzuhängen.« Alkuin erhob sich und begann im Zimmer auf und ab zu laufen.

»Und die Fälschung in den Büchern? Das kann nur einer von den Mönchen gewesen sein, die des Schreibens mächtig sind und außerdem Zutritt zum Skriptorium haben.«

»Nicht unbedingt. Die Aufsicht über die Bücher führt der Verwalter der Abtei, also der Prior. Im Stift obliegt diese Aufgabe dem Subdiakon, und dort, zum Beispiel, werden die Rechnungen der Mühle geprüft. Der Abt, die Prioren, die Dekane, der Kantor … Im Prinzip hätte jeder von ihnen das Geschäft abwickeln können, ohne Verdacht zu erregen. Mit Wirtschaftsangelegenheiten befassen sich außerdem der Cellerar, der Speisemeister und dann der Landwirtschaftsbruder sowie der Gästepfleger. Nur der Kleidermeister und der Refektoriumsbruder haben mit Geschäften nichts zu tun.«

»Und was ist mit dem Krankenbruder und dem Apotheker?«

»Der Apotheker ist verstorben. Und was den Bruder Krankenpfleger betrifft und die beiden, die für den Garten und die Ställe verantwortlich sind, außerdem den Almosenier und den Lehrer der Armenschule … Unwahrscheinlich, dass sie, ohne Argwohn zu erwecken, Einblick in die geschäftlichen Belange des Klosters nehmen könnten.«

Alkuin beobachtete, dass sich Theresa etwas auf ihrer Wachstafel notierte. Dann sagte sie: »Wir sollten die Liste mit den Namen erweitern.«

»Gut, halten wir fest: Kohl, der Mühlenbesitzer, Rothaart, sein Angestellter, Lotario, der Bischof, der Abt Baldram, die beiden Prioren Lowik und Agripino und der Idiot. Die übrigen kenne ich nicht mit Namen, ich unterscheide sie lediglich nach ihrem Amt.«

»Wenn wir mit dem Schwachsinnigen doch nur sprechen könnten ...«

»Nach allem, was passiert ist, glaube ich nicht, dass man uns zu ihm lassen wird. Aber es wäre sicher keine schlechte Idee, sich mit der Frau von Kohl zu unterhalten. Vielleicht kann sie uns Genaueres darüber sagen, wie man die Leiche ihrer Tochter gefunden hat.«

Sie vereinbarten, dass Alkuin noch einmal zur Mühle gehen und Theresa derweil die Bücher aufs Neue durchsehen sollte. Doch sie hielt etwas anderes für dringender, und nachdem sie eine Weile erfolglos in den Codices geblättert hatte, befand sie, dass es an der Zeit wäre, sich zum Schlachthof aufzumachen und dem Schwachsinnigen einen erneuten Besuch abzustatten.

Schon von weitem erkannte Theresa den Wächter; es war derselbe wie beim letzten Mal. Seinen Stock in der einen, ein Stück Speck in der anderen Hand, hockte er neben der Tür und kaute mit seinen spärlichen Zähnen auf der Schwarte herum. Als sie näher trat, stellte sie fest, dass er auch diesmal stark nach Wein roch. Der Mann schien sie hingegen nicht wiederzuerkennen, er streifte sie kurz mit dem Blick und wandte sich dann wieder seiner Speckschwarte zu. Theresa holte ein Stück Apfelkuchen aus ihrem Beutel und streckte es dem Wächter hin.

»Das ist für Euch, wenn Ihr mich zu dem Gefangenen hineinlasst.«

Der Wächter starrte gierig auf den Kuchen; dann beugte er sich vor, riss ihr das Backwerk aus der Hand und stopfte es in sich hinein. Mit vollem Mund fuhr er Theresa an:

»Na los, was stehst du hier noch blöd rum? Zieh Leine, oder ich prügel dich windelweich!«

Theresa traute ihren Ohren nicht. »Du hast gerade meinen Kuchen …«

»Wenn du mir nicht sofort aus den Augen gehst, du neunmalkluge Kröte, dann vergesse ich mich!« Drohend hob er seine dreckige Pranke, und schnell wandte sich Theresa um und lief davon. Erst wollte sie in der Nähe abwarten, bis der Wächter abgelöst würde, doch dann kam ihr eine bessere Idee. Das kleine Fenster, das Alkuin bei ihrem letzten Besuch geöffnet hatte! Mit ein wenig Glück wäre es vielleicht noch offen.

Mit klopfendem Herzen lief sie zurück. Auf der Rückseite des Komplexes befanden sich die ehemaligen kleinen Schlachterhäuser, in denen sich inzwischen alle möglichen Werkstätten, etwa ein Tischler, ein Böttcher und ein Stellmacher eingerichtet hatten. Theresa trat in eine halbverfallene Schmiedewerkstatt. Der Schmied, ein einäugiger, dicker Mann in Lederschürze, empfing sie freundlich, und sie bat ihn, ihr Messer zu schleifen, das sie zur Vorsicht mitgenommen hatte. Theresas Blick wanderte die Holzwände entlang, sie waren vollgehängt mit Hämmern, Meißeln, Keilen und Zangen. Es roch nach heißem Metall, was bei der Kälte wohltat. Auf der einen Seite befand sich eine Tür, von der Theresa vermutete, dass sie zum Schlachthof führte. Da der Schmied nichts dagegen hatte, dass sie sich das Warten vertrieb, indem sie sich wusch, öffnete sie die Tür, sie führte auf den Hof. Ihr stockte der Atem, als sie genau das gesuchte Fenster erspähte – der Laden stand noch immer offen! Plötzlich legte sich von hinten eine Hand auf ihre Schulter. Sie gehörte dem Einäugigen.

»Hier. Dein Messer. Dieses Mal berechne ich dir noch nichts.«

Theresa verließ frohen Mutes die Schmiede. Sie hatte das Fenster zum Schlachthof gefunden, nun musste sie sich nur noch etwas einfallen lasen, um den Schmied abzulenken. In diesem Augenblick kam ihr ein spindeldürrer junger Kerl entgegengelaufen und rief nach dem Schmied.

Der Einäugige trat aus seiner Werkstatt und schalt aufgebracht den Burschen. Offenbar gab es ein Problem mit dem Karren der Schmiede, den der Junge auf dem Weg hatte zurücklassen müssen. Der Schmied, der sich Sorgen um die Ladung machte, lief sofort los, der Junge hinterdrein. Als die beiden außer Sichtweite waren, dankte Theresa dem Herrgott für diese Fügung und ging kurzentschlossen durch die Schmiede in den Innenhof. Vor dem kleinen Fenster überkamen sie Zweifel. Sollte sie wirklich da hineinklettern? Was, wenn Alkuin sich geirrt hatte und der Schwachsinnige doch der Mörder war? In jedem Fall musste sie sich schnell entscheiden, denn jeden Moment konnte jemand in die Schmiede kommen und sie entdecken.

Sie hastete zurück in die Werkstatt und sah sich um. Ihr Blick fiel auf den mächtigen Hammer an der Wand. Zu schwer, überlegte sie und griff stattdessen nach einem kleinen Schürhaken, den sie sich am Gürtel festband. Rasch lief sie wieder hinaus, stapelte ein paar lose Bretter unter dem Fenster und kletterte darauf. So reichte sie gerade bis an das Fenster heran. Da hörte sie plötzlich von der Schmiede her Stimmen. Mit einer verzweifelten Anstrengung wuchtete sie sich hinauf, die Bretter rutschten polternd unter ihr weg. Sie zog sich hoch, quetschte ihren Körper durch die enge Fensteröffnung und ließ sich auf der anderen Seite zu Boden fallen. In pechschwarzer Finsternis rappelte sie sich auf und rieb sich die schmerzenden Knochen. Der Ellbogen tat ihr besonders weh, sie konnte ihn kaum mehr beugen. Das Herz pochte ihr bis zum Hals, als sie vernahm, wie von draußen jemand an dem Fenster hantierte. Theresa drückte sich gegen die kalte Wand und wagte kaum zu atmen. Mit einem mächtigen Krachen wurde der Fensterladen von außen geschlossen. Und – sie erstarrte – was war das für ein Geräusch? Jemand vernagelte den windschiefen Schlagladen mit Brettern! Als die Hammerschläge verklungen waren, trat eine unheimliche Stille ein, in der nur mehr das heftige Pochen ihrer Schläfen zu hören war. Theresa spähte in die nachtschwarze Finsternis und schalt sich, wie sie auf eine derart törichte Idee hatte verfallen können. Da war sie nun, im Dunkeln eingesperrt mit einem Schwachsinnigen, der womöglich einen Menschen umgebracht hatte. Und sie hatte nichts bei sich, womit sie hätte Licht machen können.

Sie musste versuchen sich zu orientieren. Mit den Händen tastete sie sich an der glitschigen Wand entlang bis zum Fenster hin. Sie streckte sich und rüttelte daran, doch es ließ sich nicht öffnen. Sie hatte richtig vermutet: Der Laden war vernagelt.

Sie saß in der Falle, in einer besonders übelriechenden dazu. Mühsam unterdrückte sie ihren Brechreiz und fühlte nach dem Schürhaken. Dann begann sie sich Schritt für Schritt an der Wand entlangzuschieben. Nachdem sie sich einige Meter vorgearbeitet hatte, meinte sie am Ende des Ganges, wo spärliches Licht durch die Löcher im Dach drang, eine am Boden zusammengerollte Gestalt zu erkennen. Sie wagte sich näher, und tatsächlich, da lag der, den sie den Idioten nannten, vor ihr im Dreck.

Der Mann schien zu schlafen. An seinen Knöcheln sah sie etwas aufblitzen – er lag also doch in Ketten. Beschämt verspürte sie eine gewisse Erleichterung.

Sie hielt Luft an und beugte sich zu ihm hinunter. Seine verfilzten Haare starrten vor Dreck, die Kleidung hing ihm in Fetzen vom Leib, und er war über und über mit Blutkrusten bedeckt. Unter halbgeöffneten Lidern blickten ein Paar ausdrucksloser Augen ins Leere – die Augen eines Toten, dachte Theresa.

Schließlich nahm sie allen Mut zusammen und stieß mit dem Schürhaken seinen linken Fuß an. Ruckartig zog er das Bein an; Theresa machte erschrocken einen Satz zurück. Dann stieß sie ihn noch einmal an, diesmal etwas kräftiger, und der Mann schlug die Augen auf. Sie hob den Schürhaken. Verstört rutschte er, so weit die Ketten es ihm erlaubten, von ihr fort. Offenbar hatte der Mann genauso viel Angst vor ihr wie sie vor ihm.

Aus seiner Ecke heraus glotzte er sie unverwandt an, dann richtete er sich auf und schleppte sich ein Stück hinkend auf sie zu. Unheimlich war ihr der Mann schon, einen bösartigen Eindruck machte er aber eigentlich nicht. Sie kramte in ihrer Tasche.

»Das ist alles, was ich habe«, sagte sie und streckte ihm den Rest Apfelkuchen hin.

Der Gefangene wollte schon mit zitternden Händen danach greifen, da warf Theresa den Kuchen schnell in seinen Napf und trat ein paar Schritte zurück. Er mühte sich eine Weile vergeblich, das Stück mit den Händen zu greifen, schließlich beugte er sich mit dem Kopf über den Napf und schnappte gierig wie ein hungriger Wolf nach dem Kuchen. Ein unverständliches Grunzen deutete Theresa als Dankbarkeitsbekundung.

»Wir wollen dich hier rausholen«, sagte sie, ohne eine Ahnung zu haben, wie sie dieses Versprechen in die Tat umsetzen wollte. »Aber zuerst brauche ich deine Hilfe. Kannst du mich verstehen?«

Der Mann nickte und gab unverständliche Laute von sich.

Theresa stellte ihm unzählige Fragen, wiederholte sie geduldig ein ums andere Mal, doch der Mann war offensichtlich nicht imstande, ihr zu folgen. Erst schien er ganz aufgeregt, dann wieder blickte er teilnahmslos zur Seite. Als ihn Theresa jedoch nach Rothaart fragte, begann er sich plötzlich wie wild an den Kopf zu schlagen. Sie wiederholte den Namen, der Mann riss den Mund auf, brüllte wie ein gequältes Tier und deutete auf seine verstümmelte Zunge. In dem Moment wurde am anderen Ende des Gangs der schwere Riegel vor der eisenbeschlagenen Tür zurückgeschoben. Theresa gelang es gerade noch, sich in eine Ecke zu drücken, bevor der Wachsoldat mit einer Fackel in der Hand aus dem Dunkel auftauchte.

»Worüber hast du dich zu beklagen, du Tier!« Der Wächter schnaubte verächtlich und traktierte den armen, angeketteten Krüppel mit Tritten. Empört sprang Theresa auf. »Das Tier bist du!«, schrie sie den völlig verdutzten Schänder an und stürzte so schnell sie konnte an ihm vorbei, Richtung Ausgang. Blinzelnd stolperte sie ins Freie.

Ohne auch nur einmal innezuhalten, rannte sie, so schnell sie ihre Beine trugen, bis zum Stift. Völlig außer Atem stürmte sie ins Skriptorium.

»Ich weiß, wer es war!«, verkündete sie, als sie endlich wieder

Luft bekam, und schilderte Alkuin, wie sie sich Zutritt zum Schlachthof verschafft hatte.

»Du hättest nicht allein hingehen dürfen«, warf Alkuin vorwurfsvoll ein.

Doch Theresa fuhr fort, ohne seinen Worten Beachtung zu schenken: »Als er den Namen Rothaart hörte, fing er an, sich wie wild an den Kopf zu schlagen. Ich dachte schon, er würde sich den Schädel zertrümmern. Dabei zeigte er mir, was dieser Mann mit seiner Zunge gemacht hat – schrecklich.«

»Und er hat dir eindeutig mitgeteilt, dass es Rothaart war?«

»Eindeutig. Ich bin mir ganz sicher!«

»Ich würde, um ehrlich zu sein, mir von der Erkenntnis nicht allzu viel erhoffen.«

»Und warum nicht?«, fragte Theresa ungläubig.

»Rothaart ist heute Morgen tot bei der Mühle aufgefunden worden. Er ist an Mutterkornvergiftung gestorben.«

Entgeistert ließ sich Theresa auf einen Stuhl sinken.

»Und nicht nur das«, fuhr Alkuin fort. »Offenbar ist unser Mann eifrig dabei, das Mehl unter die Leute zu bringen. Seit heute in der Frühe wird in der Stadt ein Krankheitsfall nach dem anderen gemeldet. Die Kirche von Sankt Johann ist schon völlig überfüllt, und im Spital sieht es nicht besser aus.«

»Aber dann müsste man dem Täter doch auf die Spur kommen können!«

»Nun, leicht wird das nicht werden. Gewiss ist der Mann so schlau, das verseuchte Getreide unter gesundes zu mischen. Außerdem wissen die Leute ja nicht, was sie krank macht.«

»Trotzdem könnten wir doch die Kranken befragen. Oder notfalls ihre Angehörigen.«

»Gerade das habe ich die letzten Stunden über getan. Aber die Leute kaufen ihr Mehl nicht nur in der Mühle, sondern auch auf dem Markt oder bei den Bauern. Sie essen im Wirtshaus, kaufen ihr Brot beim Bäcker oder bei fliegenden Händlern. Sie tauschen Mehl gegen Fleisch oder Wein. Mitunter mischen sie auch Roggenmehl unter den Weizen, damit das Brot nach dem Backen länger frisch bleibt.« Er überlegte. »Jedenfalls habe ich von jedem Kranken eine andere Geschichte zu hören bekommen. Die Seuche scheint sich mittlerweile in der ganzen Stadt ausgebreitet zu haben.«

»Das ist ja furchtbar! Und zugleich finde ich es sehr merkwürdig. Wenn der Mann so schlau ist, wie Ihr sagt, wird er ja mit den verschiedenen Mehlverkäufern in Kontakt stehen. Und ihr Vertrauen genießen. Womöglich hat er einige verseuchte Partien sogar gezielt weiter verteilt.«

»Du meinst, er hat Komplizen?«

»Das nicht unbedingt«, meinte Theresa. »Er könnte das Getreide auf verschiedene Speicher verteilt haben, ohne dass die jeweiligen Besitzer davon wissen. Das wäre immerhin eine Erklärung dafür, dass das vergiftete Mehl aus so vielen unterschiedlichen Quellen stammt, und auch für die Tatsache, dass die Zahl der Kranken auf einmal so stark ansteigt.«

Alkuin nickte langsam. »Du könntest recht haben.«

»Aber was ist mit Rothaart … Immerhin steht fest, dass er es war, der dem Schwachsinnigen die Zunge herausgeschnitten hat.«

Auf dem Weg zum Klosterspital grübelte Alkuin darüber nach, was Theresa gesagt hatte. Wenn seine Schlussfolgerungen nun voreilig gewesen waren? Er hatte Rothaarts Leiche nicht aus nächster Nähe gesehen, und wenngleich er an seinen Gliedmaßen die typischen Zeichen des Brands erkannt zu haben glaubte, musste er doch nicht unbedingt an Mutterkornvergiftung gestorben sein. Im Grunde war es kaum zu glauben, dass einem gesunden und wohlgenährten Mann derart schnell die Gliedmaßen verfaulten.

»Ich muss noch einmal zur Mühle«, ließ er Theresa wissen, die noch ihren eigenen Überlegungen nachhing. »Und du gehst ins Spital und schreibst die Namen der Kranken auf. Finde heraus, wo sie wohnen, was sie gegessen haben und wann genau sie erkrankt sind. Und alles, was dir sonst noch einfällt und uns von Nutzen sein könnte. Danach komm wieder zum Stift, wir treffen uns nach der

Sext beim Dom.« Ohne ihre Antwort abzuwarten, wandte sich Alkuin um und eilte die Gasse hinab.

Als Theresa an der Abtei eintraf, fand sie das Tor offen, ein Strom von Menschen drängte auf das Klostergelände. Offenbar war der Ansturm von Kranken so groß, dass der Cellerar und einige weitere Ordensbrüder zum Krankensaal beordert worden waren, um dort nach Kräften zu helfen. Theresa passierte die Schlange der wartenden Angehörigen und steuerte auf den Saal zu. Der Pfleger erkannte sie und ließ sie ein, ermahnte sie jedoch, die geschäftig hin und her eilenden Brüder nicht an der Arbeit zu hindern.

Theresa schaute sich ratlos um. Wo sollte sie beginnen? Im Krankensaal standen die eilig aufgestellten Pritschen mit Patienten dicht gedrängt, draußen im Hof warteten die weniger schweren Fälle darauf, dass man sich ihrer annahm. Viele litten unter starken Schmerzen und Wahnvorstellungen; die meisten aber hatten vor allem panische Angst. Wie sie hörte, hatten sich der Bischof und der Abt zusammengefunden und darüber beraten, welche Maßnahmen zu ergreifen seien; beide favorisierten die Erwägung, die Häuser der Infizierten niederzubrennen und die Stadtmauern zu schließen. Theresa nahm sich vor, Alkuin davon zu überzeugen, dass er die Ursache der Krankheit offenlegen musste.

Zwei Stunden später hatte Theresa immerhin herausgefunden, dass elf der Erkrankten überhaupt kein Weizenbrot zu sich genommen hatten. Sie packte ihre Sachen zusammen und machte sich auf den Weg in die Stiftsküche. Dort traf sie die Schwarze Helga an, die ihr aufgeregt erzählte, dass die Seuche mittlerweile die ganze Stadt in Panik versetze.

»Iss bloß kein Weizenbrot«, erwiderte Theresa und biss sich auf die Zunge um nicht mehr zu sagen. Trotz Alkuins Verbot, ein Wort von dem zu verraten, was sie herausgefunden hatten, konnte sie doch nicht ihre Freundin in Gefahr bringen!

»Du glaubst also, es hat etwas mit dem Mehl zu tun? Das würde zumindest erklären, warum Alkuin in der Vorratskammer einen Sack Korn aus Kohls Mühle abgestellt und uns strikt untersagt hat, das Getreide auch nur anzufassen ... Warte, wo willst du hin?«

Doch Theresa war bereits in die Kammer gestürzt, band den Sack auf und entnahm mit einem kleinen Tuch eine Handvoll Weizen. Sie prüfte Korn für Korn, und es dauerte nicht lange, da entdeckte sie die dunklen Kapseln des Mutterkorns. Was Alkuin wohl herausgefunden hatte?

Kurz vor der Sext traf er endlich mit Neuigkeiten ein. Er hatte bei den Müllersleuten erfahren, dass die Leiche des Rothaarigen bereits aus der Stadt herausgeschafft worden war; bei der Grube, in der man die Leprakranken verbrannte, hatte er ihn dann zum Glück noch rechtzeitig gefunden.

»Er ist gar nicht an Mutterkornvergiftung gestorben. Man hatte ihm bloß die Beine angemalt«, verkündete er. »Ich nehme trotzdem an, dass er vergiftet wurde, denn die Zeugen in der Mühle hatten ja von einem qualvollen Todeskampf gesprochen.«

»Angemalt ...« Theresa dachte an Althar, der sich Lepraflecken auf den Körper gemalt hatte, um sich die Sachsen vom Leib zu halten.

»Ich habe noch etwas herausgefunden: Es war gar nicht Kohls Frau, die den Schwachsinnigen bei ihrer Tochter erwischt hat, sondern eine Bedienstete. Diese bestätigte mir, dass sie den verstörten Mann bei dem toten Mädchen gesehen habe; den Mord selbst allerdings habe sie nicht beobachtet. Aber sie hat einen entscheidenden Hinweis geliefert: Der Schnitt am Hals des Mädchens verlief vom rechten Ohr bis hinunter zur Kehle. Daran konnte sie sich genau erinnern, denn sie hat die Wunde für das Begräbnis eigenhändig zugenäht. Es liegt also nahe, dass es ein Linkshänder war, der ihr diesen Schnitt beigebracht hat.«

»Ein Linkshänder ... wie Rothaart ...«, stammelte Theresa.

Alkuin nickte. Kohl habe ihm übrigens mittlerweile einen Sack Weizen zur Qualitätsprüfung überlassen. Woher der Weizen stamme, habe er allerdings nicht verraten.

»Ja, den habe ich schon gesehen. Der Weizen ist voll von Mutterkorn«, sagte Theresa.

»Ich hatte doch gesagt, niemand soll ihn anfassen!«, fuhr Alkuin sie an.

Statt einer Antwort holte Theresa das Tuch hervor und zeigte ihm die kleinen schwarzen Kapseln. Alkuin wiegte nachdenklich den Kopf.

»Jedenfalls wird der Kreis unserer Verdächtigen zusehends kleiner«, meinte er schließlich. »Jetzt bleiben nur noch Kohl und der Abt sowie Lowik und Agripino, die beiden Prioren.«

»Und der Bischof?«

»Den habe ich in Gedanken schon von der Liste gestrichen. Lotario hatte schließlich nichts dagegen, dass wir die Bücher des Stifts überprüfen ... Und was Agripino betrifft, auch ihn werden wir wohl ausschließen können. Er ist inzwischen nämlich ebenfalls schwer erkrankt, und es sieht gar nicht gut für ihn aus.«

»Wenn es so weitergeht, sind uns bald alle Verdächtigen weggestorben.«

»In der Tat. Das wäre natürlich auch eine Lösung.« Alkuin verzog das Gesicht.

»Meint Ihr nicht, wir sollten den Leuten schleunigst sagen, was es mit dem Getreide auf sich hat? Man muss doch verhindern, dass noch mehr unschuldige Menschen von dieser schrecklichen Krankheit dahingerafft werden«, sagte Theresa.

»Das habe ich dir doch schon einmal erklärt«, erwiderte Alkuin streng. »Sobald bekannt wird, dass die Krankheit durch das Mutterkorn hervorgerufen wird, wird der Täter das Korn vermahlen, und wir haben keine Chance mehr, ihm auf die Spur zu kommen.«

»Aber wir würden die Menschen retten.«

Alkuin atmete tief durch, erwiderte aber nichts.

Zornig wandte Theresa sich ab und stapfte ohne ein weiteres Wort davon.

Nachdem sie im Skriptorium mehrere Absätze abgeschrieben hatte, auf die Alkuin bereits gewartet hatte, legte Theresa das Pergament seufzend beiseite. Sie konnte sich einfach nicht konzentrieren. Wen konnte sie nur um Hilfe bitten? Wenn der Bischof mit der Geschichte nichts zu tun hatte – warum dann nicht er? Lotario könnte bestimmt etwas unternehmen. Er kannte die Verdächtigen, er war über die Entwicklungen in der Abtei auf dem Laufenden, und er kannte sich mit den Mühlen aus.

Sie nahm das Pergament und schrieb weiter, bis die Feder versagte. Die Schatulle, in der Alkuin die Schreibgeräte aufbewahrte, war leer. Sie ging in die Küche, wo sie sich eine neue Feder besorgen wollte. Vollkommen aufgelöst trat Favila ihr entgegen.

»Diese verfluchte Seuche. Wahrscheinlich hat sich deine feine Freundin diese Pest jetzt auch eingefangen und wird mich anstecken«, schimpfte die dicke Köchin.

»Helga?« Theresa schlug vor Schreck die Hände vor den Mund.

»Wenn du meinen Rat willst: Komm ihr bloß nicht zu nahe.«

Favila steckte die Arme in einen Tonkübel mit kaltem Wasser und deutete mit dem Kopf auf eine angrenzende Kammer. Theresa stürzte sogleich hinein und fand Helga zitternd auf dem Boden liegend. Ihre Beine waren schon blau verfärbt.

»Heiliger Himmel! Helga! Was ist mit dir?«

Helga schluchzte.

»Steh auf, du musst sofort in die Abtei. Dort wird man dich behandeln.« Sie wollte Helga vom Boden hochziehen, doch die winkte kläglich ab.

»Er hat mir gesagt, das brauchte ich gar nicht erst zu versuchen. Eine Dirne würden sie dort ohnehin nicht reinlassen.«

»Wer hat dir das gesagt?«

»Dein Freund, dieser verfluchte Mönch. Ich soll hier bleiben, bis er etwas anderes für mich gefunden hat.«

Theresa kehrte zurück zu Favila und bat sie um Hilfe, doch die schüttelte den Kopf, während sie weiter die Arme prophylaktisch in das kalte Wasser hielt, damit sie von der Seuche verschont bliebe. Da riss ihr Theresa den Tonkübel weg und schleuderte ihn mit aller Kraft gegen die Wand. Er zerschellte in zahllose Stücke.

»Alkuin hat gesagt …«

»Es ist mir gleich, was Alkuin gesagt hat«, schimpfte Theresa und lief wütend aus der Küche.

Sie war außer sich und konnte sich den ganzen Weg zum Bischofspalast nicht beruhigen. Nun verstand sie, warum Haldor Larsson sie vor Alkuin gewarnt hatte. Der Bruder aus York war ein gefühlloser Mensch, der sich einzig für seine Bücher interessierte!

Der greise Sekretär wollte sie aufhalten, doch Theresa stürmte an ihm vorbei in das Gemach des Bischofs.

Lotario sah sie irritiert an.

»Darf man fragen, was dieser Überfall zu bedeuten hat?«

»Ich bitte um Verzeihung, Euer Exzellenz, ich muss Euch dringend sprechen.«

»Aber wer zum Teufel …? Warte mal, bist du nicht das Mädchen, das Alkuin immer mit sich schleppt? Was hast du hier verloren?«

»Hochwürden, ich flehe Euch an, Ihr müsst mich anhören. Ich muss mit Euch über die Seuche sprechen.«

Lotario runzelte die Stirn. Er zog sich den Gürtel zurecht, legte sich seinen Umhang um und musterte Theresa misstrauisch.

»Über welche Seuche?«

»Die Seuche, die in der ganzen Stadt wütet. Alkuin hat herausgefunden, was es mit dieser Krankheit auf sich hat.«

»Was soll es damit auf sich haben? Die Krankheit ist die Strafe für die Sünde der Menschen und dies dort unser einziges Gegenmittel«, sagte Lotario bestimmt und deutete auf ein Kreuz an der Wand.

»Das mag so sein, aber es ist der Weizen.«

»Der Weizen?« Der Bischof machte dem Sekretär ein Zeichen, er möge sich zurückziehen, und setzte sich auf einen thronähnlichen, reich verzierten Stuhl. »Was soll das heißen, der Weizen?«

»Aus den Büchern geht hervor, dass während der Seuche von Magdeburg mehrere Partien von vergiftetem Weizen nach Fulda gebracht worden sind. Bis vor kurzem wurden von diesem Getreide immer nur kleinere Mengen verkauft, so dass niemand die Krankheit mit dem Korn in Verbindung bringen konnte. Aber in den letzten Tagen hat der teuflische Kerl offenbar die Märkte damit überschwemmt. Die Zahl der Kranken und Toten steigt unaufhörlich, und niemand unternimmt etwas dagegen.«

Lotario beobachtete sie mit offenem Argwohn. »Bist du sicher?«

»Wir haben bei Kohl in der Mühle verseuchtes Getreide gefunden.«

Der Bischof sprang auf.

»Kohl ist also der Übeltäter?«

»Das wissen wir noch nicht. Es gibt auch andere Verdächtige, etwa den Abt Baldram oder den Prior Lowik.«

»Heiliger Himmel! Und weshalb kommt Alkuin damit nicht zu mir?«

»Ich fürchte, er ist besessen davon, den Täter selbst zu überführen, auch wenn unterdessen immer mehr Menschen sterben müssen.« Theresa musste schlucken. »Meine liebe Freundin Helga hat es auch schon erwischt.«

»Ich werde sofort mit ihm sprechen«, sagte Lotario, ohne auf Theresa einzugehen. Er war plötzlich sehr in Eile.

»Dann werde ich die Verdächtigen festnehmen lassen. Und was deine Freundin Helga angeht … Ich werde sie ausnahmsweise ins Stiftskrankenhaus bringen lassen. Dort wird man alles für sie tun, was in menschlicher Macht steht.«

Auf dem Rückweg ins Skriptorium fand Theresa die Kammer bei der Küche leer – wo war die Schwarze Helga? Ein unbestimmtes Gefühl der Angst trieb Theresa, als sie in den Vorratsräumen und im Hospital nach ihr suchte. Sie ging in die Schenke und auch bei der Nachbarin vorbei, die Helga aufgenommen hatte, als sie von Widukind so übel zugerichtet worden war. Sogar die Dirnen auf der Straße befragte sie nach der Freundin, doch niemand konnte ihr Auskunft geben.

Helga war wie vom Erdboden verschluckt.

Es hatte aufgehört zu regnen, die Sonne brach durch die Wolken, und Gorgias stand auf, um Regenwasser zu sammeln und vielleicht etwas Essbares aufzutreiben; unterwegs wollte er einen Plan der Dinge aufstellen, um die er sich am dringendsten zu kümmern hatte. Wie sollte er bloß sein Überleben sichern – trotz der Henne ein bisher ungelöstes Problem. Kurz überlegte er, das Huhn als Köder bei der Jagd einzusetzen, doch gleich verwarf er diesen Gedanken wieder. Es war mehr als wahrscheinlich, dass er dabei sowohl den Köder als auch die Beute verlieren würde.

Das Jagen schied aus, mit nur einem Arm und ohne die richtigen Fallen würde er nicht einmal eine Ente einfangen können. Es blieb ihm nur das Fischen, der Fluss war nicht weit. In der Baracke gab es Seile und Schnur, auch ein paar krumme Nägel hatte er dort gefunden, mit denen er Haken herstellen konnte, und an Regenwürmern herrschte kein Mangel. Ja, so konnte es gehen.

Doch mit einem Mal verzagte er. Ihn überwältigte die Sorge um Rutgarda. Wenn er sie doch nur endlich wiedersehen dürfte! Doch zum Haus des Schwagers zurückzukehren war zu gefährlich; wer wusste, wie lange es noch überwacht wurde. Vielleicht sollte er versuchen einen Boten zu finden – er wäre schon zufrieden, sie wissen zu lassen, dass er sie nicht vergessen hatte, und zu erfahren, ob sie wohlauf war.

Inzwischen hatte er ein paar ganz ordentliche alte Jutesäcke aufgestöbert und sich daraus ein Lager bereitet. In den nächsten Tagen verbrachte er die meiste Zeit mit Fischen, ohne dabei sonderlich erfolgreich zu sein. Manchmal stieg er auch ganz bis oben auf den Hügel hinauf, um auf die Stadt hinunterzuschauen oder die Gipfel der fernen Berge zu betrachten, auf denen der Schnee langsam zu schmelzen begann. Er tröstete sich mit dem Gedanken, dass die Pässe bald wieder frei wären – dann könnte er mit Rutgarda in eine andere Stadt fliehen.

Mit der Zeit erholte sich Gorgias zusehends von der Amputation. Immer öfter gelang es ihm, die Schulter zu bewegen, ohne dass ihn die Wunde schmerzte. Die Fäden fielen allmählich ab und die Narbe verblasste. Eines Morgens stellte er gar fest, dass der Stumpf ihm keinerlei Schmerzen mehr verursachte, sogleich beschloss er voller

Tatendrang, sich die Stollen näher anzuschauen, die ins Innere der Mine führten. Als wäre erst gestern der letzte Arbeiter gegangen, fand er am Eingang des ersten Tunnels Pinkeisen und trockenen Zunder, mit dem er Fackeln entzündeten konnte, die an den Wänden der Stollen staken. Die meisten waren tatsächlich noch brauchbar. Ob es hier doch häufiger irgendwelche Räuberbanden herverschlug? Als er sich weiter vorwagte, entdeckte er sogar einige Bandeisen, die ihm beim Kochen dienlich sein konnten. Ach, was sollte er sich um Räuber scheren – er hatte nichts, das sie interessierte, und schlimmer als die Schurken, mit denen er längst zu tun hatte, konnten sie auch nicht sein. So begann er während seiner täglichen Ausflüge ins Berginnere einen Plan der Stollen mit ihren Höhlen, Gängen und Schächten anzulegen. Die ersten beiden, die er inspizierte, hatten wohl ehemals für den Austausch von Material und Zugtieren gedient. Sie erschienen ihm bei Bedarf einen geeigneten Zufluchtsort abzugeben. Die übrigen waren derart modrig, dass er sie nur für den absoluten Notfall in Betracht zog.

Je mehr Zeit verstrich, desto klarer reifte in Gorgias der Gedanke heran, dass er sich nicht ewig hier draußen verstecken konnte – er musste nach Würzburg zurückkehren. Der Hunger nagte an ihm, und früher oder später würde man auch ihn in der Mine entdecken. Er musste versuchen, mit Wilfred zu verhandeln. Schließlich war der Graf ein an einen Rollstuhl gefesselter Krüppel – er müsste ihn nur allein antreffen, dann würde es ihm vielleicht gelingen, im Gegenzug für die Dokumente Freiheit für sich und seine Familie auszuhandeln. Was immer Wilfreds Rolle war, er würde es darauf ankommen lassen müssen. Und möglicherweise konnte er ja noch etwas in der Hinterhand behalten.

Eines Tages, der Tod seiner Tochter musste fast vier Monate zurückliegen, hörte er in der Ferne die Glocken von Würzburg Sturm läuten wie zuletzt bei dem Brand in der Pergamentwerkstatt. Das Zeichen zum Aufbruch, dachte er, und beschloss, noch am selben Tag den Abstieg in die Stadt zu wagen.

Als er endlich das südliche Stadttor erreichte, war es, wie nicht anders zu erwarten, verschlossen. Er sprach eine der Wachen an und behauptete, er sei ein Landstreicher und die ganze Nacht zu Fuß bis nach Würzburg marschiert. Doch der Wächter wies ihn barsch ab und sagte, er solle dorthin zurückkehren, wo er hergekommen sei. Entmutigt zog er durch die Gassen der Vorstadt, in denen ungewöhnliche Ruhe herrschte. Durch den Fensterladen einer heruntergekommenen Hütte sah er einen Alten nach draußen spähen. Auf seine Frage, was denn vorgefallen sei, verrammelte der Greis den Laden sofort. Gerade noch konnte er ihn krächzen hören, es seien mehrere junge Männer niedergestochen worden.

»Vermutlich war es dieser Gorgias. Derselbe, der den alten Genserico ermordet hat.«

Gorgias zuckte zusammen. Er zog seinen Umhang tiefer ins Gesicht, und ohne noch einen Augenblick zu verlieren, floh er in Richtung Berge.

Den ganzen Nachmittag über ließen sich weder Alkuin noch Lotario im Skriptorium sehen. Einerseits war Theresa erleichtert, dass Alkuin sie in Ruhe ließ; doch dass von Helga jede Spur fehlte, bereitete ihr größte Sorge. Was war bloß geschehen? Bevor es Zeit zum Abendessen war, beschloss sie, noch einmal in die klare, kalte Luft hinauszugehen, um sich wieder zu beruhigen. Sie hatte nicht zu Mittag gegessen und vermutlich würde sie auch abends nichts hinunterbekommen, denn sie quälte sich mit starken Zweifeln. Hatte sie den Bischof nicht zu vorschnell in alles eingeweiht? Schließlich hatte sie Alkuin schwören müssen, für sich zu behalten, was er ihr anvertraut hatte. Andererseits: Nur wenn Lotario die Schließung der Mühlen veranlassen würde, gab es Hoffnung, dass nicht noch mehr Menschen der schrecklichen Krankheit zum Opfer fielen.

Warum dachte sie in allen schwierigen Situationen an Haldor? Er war der Einzige, bei dem sie sich geborgen fühlte, der Einzige, dem sie wirklich vertraute. Sie hätte alles gegeben, um in diesem Augenblick in seinen Armen zu liegen.

Ihr Weg führte sie bis an das große Stadttor, ein eindrucksvolles hölzernes Gitterwerk mit metallbeschlagenen Querbalken, das den Hauptzugang zur Stadt sicherte. Oben zeichneten sich die spitz zugefeilten Enden der Holzstämme vor dem rötlichen Schein der Fackeln ab. Bei genauerem Hinsehen verliehen zahlreiche, eher notdürftig geflickte Lücken und Löcher dem Tor jedoch ein recht baufälliges Aussehen.

Zu beiden Seiten des Tores erstreckte sich die dicke Steinmauer, die den Stadtkern umschloss. An ihrer Innenseite waren die Häuser direkt an die Mauer herangebaut, welche so gleichsam ihre Rückwand bildete.

Während die übrigen Eingänge nachts geschlossen wurden, blieb das gutbewachte Haupttor normalerweise geöffnet. An diesem Abend jedoch glich die Stadt einer uneinnehmbaren Festung. Erst glaubte Theresa, der Bischof habe angeordnet, das Tor zu schließen, um den Verbrecher, der die Todesfälle zu verantworten hatte, am Verlassen der Stadt zu hindern. Doch als sie einen der Wächter fragte, erklärte der, Bauern hätten vor der Stadt einen Trupp Sachsen gesichtet. Vermutlich seien es bloß Jäger, aber sicherheitshalber habe man das Tor geschlossen.

Unterdessen hatte sich draußen eine Traube von Menschen gebildet, die lautstark Einlass verlangten. Nachdem er mit seinem Wachführer beratschlagt hatte, kletterte einer der Posten von seinem Turm herab, um das Tor zu öffnen. Ein anderer schüttete aus einem Kübel Wasser auf ein paar ganz Ungeduldige hinab, die sich vordrängeln wollten, während zwei weitere, mit Stöcken bewaffnet, zu beiden Seiten des Tores Aufstellung nahmen. Sobald die Riegel aufgeschoben wurden, begann ein tumultartiges Drängen und Schieben, dem die Wächter nicht standhielten, wie eine Lawine wälzte sich die Menge durch das Tor.

Theresa trat zur Seite und ließ den Strom von mit allen möglichen Lasten bepackten Männern, Frauen und Kindern samt Tieren vorbei. Sobald der Letzte das Tor passiert hatte, sperrten die Wachen murrend wieder zu und nahmen ihre Posten auf den Türmen ein.

Theresa blickte besorgt der davonhastenden Horde hinterher – diese Menschen sahen aus, als sei ihnen der Teufel auf den Fersen. Dann machte sie sich auf den Heimweg. Noch einmal schaute sie bei der Schenke der Schwarzen Helga vorbei, doch das Haus lag verwaist da, und so kehrte sie zum Stift zurück. In der Küche traf sie nur Favila an, die sogleich wieder losschimpfte, dass Theresa ihnen eine unzuverlässige Dirne angeschleppt habe.

»Ich wusste gleich, dass die uns üble Scherereien machen würde«, zeterte sie. »Und außerdem …« Favila sah regelrecht verzweifelt aus.

»Und außerdem?«, fragte Theresa vorsichtig nach.

»Eben kam ein königlicher Bote mit der Nachricht für die Küche, dass sich Karl der Große mit seinem Tross kurz vor den Toren Fuldas befinde und dass ihm nach einer exotischen Würzmischung für sein Mahl gelüste, die er bei seiner Tafelrunde im Stift mit dem Bischof und den Brüdern keinesfalls missen wolle. Doch ich habe keine Ahnung, wie man diese Würze herstellt, deren Namen ich eben zum ersten Mal gehört habe.« Bittere Tränen liefen der Köchin über die Wangen, und jedes Mal, wenn sie zwischen zwei Schluchzern japsend nach Luft rang, liefen kleine Wellen über ihren üppigen Leib, wie bei einem aufgewühlten See.

»Und wie soll dieses Wunderzeug heißen?«, fragte Theresa und strich der aufgelösten Favila tröstend über das Haar.

»Garum, oder so ähnlich, glaube ich«, schniefte Favila.

»Garum?«, fragte Theresa ungläubig. Sie war sicher keine große Köchin, doch in die Geheimnisse der Herstellung genau dieser Würzpaste hatte Leonora sie doch damals eingeweiht! Salz, Öl und Fischinnereien mussten mit Kräutern gewürzt, eingelegt und getrocknet werden, und obschon die Mischung so bereits köstlich war, konnte man sie nach Belieben später mit Essig, Wein oder Pfeffer abschmecken. Denn, so hatte Leonora schmunzelnd gemeint, mit dem Garum ist es wie mit der Liebe: Entscheidend ist das gewisse Etwas, und wenn eine Frau ein gutes Rezept für Garum besitzt, braucht sie sich um das Feuer ihrer Liebhaber nie mehr Sorgen zu machen. Es wird durch diese himmlische Paste immer wieder aufs Neue angefacht werden. »Favila«, sagte Theresa, »das muss göttliche Fügung sein. Ich kenne das Rezept!«

Favila starrte sie an, als sei sie soeben als Erscheinung vom Himmel herabgestiegen. Ohne Zögern machte Theresa sich ans Werk und zauberte aus den Zutaten, die die Köchin ihr unter ständigen Dankbarkeitsbekundungen reichte, in so kurzer Zeit die begehrte Paste, als habe sie zeitlebens nichts anderes getan. Gespannt probierte sie das Ergebnis, indem sie vorsichtig mit der Zungenspitze an dem Stößel des großen steinernen Mörsers leckte.

»Mmh – ja, so schmeckt die Liebe«, sagte Theresa verträumt mit geschlossenen Augen. Sie wurde Favilas verblüfften Blickes gewahr und biss sich auf die Zunge. »Ich wollte sagen, ich glaube, es ist mir gelungen.«

Mit hochrotem Kopf lief Theresa davon und ließ die breit grinsende Köchin stehen, die sichtlich vergnügt dieser erstaunlichen jungen Frau nachblickte.

Erschöpft von den Ereignissen und Gefühlsaufwallungen des Tages bettete sich Theresa zwischen ihre Strohballen, betete und sank in tiefen, traumlosen Schlaf.

Am frühen Morgen wurde sie von lautem Getöse um sie her geweckt. Von allen Seiten ertönten aufgeregte Rufe und Befehle, überall war das Getrappel eiliger Schritte zu hören. Ein paar Männer kamen mit Fackeln in den Stall gestürzt, um die Pferde zu satteln. Theresa richtete sich erschrocken auf und rannte zu Favila hinüber, die mit nichts als ihrem einfachen Nachtkittel bekleidet, unter dem ihr üppiges Fleisch auf und ab wogte, kopflos hin und her lief. Theresa kam gar nicht dazu, sie zu fragen, was um Himmels willen los sei, denn schon setzte ein ohrenbetäubender Trommelwirbel ein. Die beiden Frauen stürzten die Treppe hinauf zu dem großen Balkon, von dem aus man fast die ganze Stadt überblicken konnte. Sie staunten nicht schlecht über das Bild, das sich ihnen bot: Die Hauptstraße entlang kam unter Hochrufen und begeistertem Applaus einer riesigen Menge Schaulustiger ein Zug von Reitern herangeritten, angeführt von einem Mann in eisernen Handschuhen, der von einer Gruppe prächtig gekleideter Trommler eskortiert wurde. Trotz der frühen Stunde schien die ganze Stadt auf den Beinen. Die Straße war zu beiden Seiten schwarz von Menschen, die die Kolonne bejubelten, als sei der Herrgott persönlich mit seinen himmlischen Heerscharen eingeritten. Favila bekreuzigte sich und schaute Theresa verständnislos an.

»Ja, erkennst du ihn denn nicht? Unser König, der große Karl, ist da!«

17

Theresa war zutiefst beeindruckt. Welchen Aufruhr die Ankunft des Monarchen im ganzen Stift hervorrief! Flugs musste sie den Stall räumen, wo nun Pferde und Dienstpersonal Unterschlupf fanden. Sie zog zu Favila in das Kämmerchen gleich neben der Küche, wo nun unablässig die königlichen Küchenmeister hereingepoltert kamen, um Käfige mit Enten, Fasanen und anderem Geflügeltier abzustellen; das wilde Geschnatter und Gegacker wollte den ganzen Tag nicht verstummen.

Allenthalben herrschte geschäftiges Treiben im Stift. Pflanzen in riesigen Kübeln wurden herbeigeschleppt, um den Dom für die heiligen Messen zu schmücken, es wurde ohne Unterlass gekocht, gebraten und gebacken, jeder Winkel gründlich geschrubbt und auf Hochglanz gebracht. Lotarios Diener räumten die bischöflichen Gemächer frei, denn dort sollte nun der König einquartiert werden.

Sämtliche Bedienstete wurden eingespannt, um den Speisesaal für das große Festmahl herzurichten. Theresa staunte, der sonst eher düstere Raum wirkte völlig verwandelt. Er war mit prächtigen Wandteppichen in leuchtenden Rot- und Blautönen geschmückt, in der Mitte hatte man eine U-förmige Tafel aufgebaut. Theresa legte eine Reihe sorgsam polierter grüner Äpfel auf die strahlend weißen Leintischdecken, die bereits reich mit buntem Blumenschmuck verziert waren. Dafür hatte Lotario nahezu den gesamten Blumenbestand opfern müssen, der sein ganzer Stolz war: Die Blumen wuchsen in einem mit warmen Wasser, das in Tonröhren unter den Beeten floss, beheizten kleinen Gewächshaus mit kostbaren

Scheiben aus Alabaster, wie es sie sonst nur in wenigen Prachtbauten gab. Doch wer sonst konnte dem König der Franken zu einer solchen Zeit schon Blumen bieten?

Zu beiden Seiten der Tische waren lange Reihen Schemel aufgestellt, während der freie Platz am Kopf für den Königsthron und die Sessel der engsten Getreuen Seiner Majestät vorgesehen war.

Die Köche hatten ein Festmahl bereitet, mit dem man eine ganze Legion hätte beköstigen können: Kapaune und Enten, Rührei aus Fasaneneiern, gegrilltes Rindfleisch, Lammschulter, Schweinerippchen und -lenden, Nierchen und andere Innereien, dazu Kohl, Rüben und Rettich, angemacht mit Knoblauch, Zwiebeln und Kräutern; gekochte Artischocken, alle möglichen Würste und Salate, gebratenes Kaninchen, marinierte Wachteln und schließlich die verschiedensten Kuchen und Süßspeisen aus Honig, Graupen, Fruchtmus und Dinkelmehl.

Am Nachmittag erkundigte sich der Küchenmeister Karls bei Favila, ob sie das Garum zubereitet habe.

»Unsere kleine Theresa hat sich darangemacht, dem König etwas Zauberhaftes zu bereiten«, antwortete die Köchin und deutete augenzwinkernd auf Theresa, die gerade in die Küche zurück kam.

Der Koch kostete misstrauisch und sah Theresa dann verblüfft an.

»Bei allen Teufeln! Karl der Große wird entzückt sein! Also schön«, so kommandierte er zwei Diener ab. »Ihr helft der Kleinen, noch mehr von diesem Garum herzustellen. Und du, Mädchen, wenn du andere Dinge ebenso beherrschst, wie du dieses Teufelszeug zu bereiten verstehst, wirst du bestimmt bald einen gut betuchten Mann finden.«

Theresas Gesicht leuchtete. Ja, und dieser Mann würde Haldor Larsson sein. Ob er reich war, interessierte sie nicht, aber er war gut, schön und stark, und er hatte ihr Herz erobert.

Als man, noch ehe das Mahl begonnen, in der Küche ausrichtete, Karl der Große höchstselbst wünsche der Köchin des köstlichen

Garum seine Anerkennung auszusprechen, begann Favila vor Aufregung zu schlottern, als wäre sie selbst es, die vor den König treten sollte. Eilig kämmte sie der »kleinen Kräuterhexe«, wie sie Theresa nun liebevoll nannte, die schwarzen Haare, kniff ihr in die Wangen, damit sie eine frische rote Farbe bekämen, und band ihr eine saubere Schürze um. Zufrieden mit ihrem Werk, wollte sie Theresa aus der Tür schieben, doch die packte sie beim Arm und bestand darauf, dass sie sie begleitete.

Vor dem Eingang zum Refektorium herrschte ein emsiger Betrieb von Mundschenken, Dienern und sonstigem Gesinde. Der Küchenmeister drängte die Schaulustigen beiseite und bahnte Theresa und Favila den Weg zur Tür, wo er sie zu warten hieß, bis der Psalmleser seinen Vortrag beendet hätte.

»O mein Gott, nein, ich kann das nicht, meine Kleine!«, flüsterte Favila und machte auf dem Absatz kehrt, ehe Theresa protestieren konnte. Vor ihrem Platz aus hatte sie einen hervorragenden Überblick über die Szenerie, und sie war ganz gebannt von dem, was sie sah. In der Mitte des Saals stand Karl der Große, über seinem imposanten Körper trug der König ein kurzes, feingewebtes Hemd, darüber einen wollenen Mantel, dazu Hosen aus weichem Leder und schwere Stiefel, die mit silbernen Nägeln verstärkt waren. In seinem nach Art der Franken rasierten Gesicht prangte ein buschiger Schnurrbart, das Haar war nach hinten zu einem langen Zopf gebunden. Neben ihm standen ein eifriger Lotario und Alkuin, der an Karls Seite fast zerbrechlich dünn wirkte. Um sie herum gruppierte sich eine Reihe prächtig gewandeter Prälaten. Als der Psalmenleser geendet hatte, nahmen alle Platz und begannen sich den frisch aufgetragenen Köstlichkeiten zu widmen. Der Koch forderte Theresa auf, ihm zu folgen, sie durchquerten den Saal und blieben vor dem König stehen. Theresa beugte das Knie und senkte ihren Kopf.

»Dieses Mädchen hat das Garum zubereitet, das Euch so viel Appetit auf das Essen gemacht hat«, erklärte der Koch.

Karl der Große bedeutete Theresa, aufzustehen, und blickte sie ungläubig an.

»Du warst das? Ich bin überrascht ... Ein so unschuldig aussehendes Mädchen, das die Sinne zu betören versteht wie ein durchtriebenes Weib! Dein Garum ist nicht nur köstlich, sondern ganz und gar anregend. Sag mir, was du sonst noch kannst!«

Verlegen antwortete Theresa, kaum hörbar: »Lesen und Schreiben.«

Für einen Moment wirkte Karl der Große ehrlich verblüfft. Offenbar hatte er eher mit einer Aufzählung weiterer Rezepturen gerechnet. Dann schüttelte er lächelnd den Kopf.

»Eine ganz erstaunliche junge Frau, eine exotische Blume in solch karger Umgebung! Wie solch eine Blume vermag sie die Sinne zu betören – und hat vielleicht noch andere Eigenschaften, von denen niemand etwas ahnt. Wir danken ihr, dass sie uns zu Ehren die Blumen auf diesem Tisch noch überstrahlt.« Und damit reichte er Theresa die prachtvollste Rose, die Lotario ob ihres tiefen Purpurs am liebsten in seinem Gewächshaus behalten hätte. Theresas Wangen nahmen eine Farbe an, die dieser königlichen Blume in nichts nachstand.

Lotario rutschte unruhig in seinem Sessel hin und her. Es behagte ihm gar nicht, dass der König sich so lange mit diesem Mädchen unterhielt. Kurzentschlossen erhob er sich und bat um Ruhe. Er rückte sich die Mitra zurecht, hob mit feierlicher Miene seinen silbernen Trinkbecher und bedeutete Theresa mit einem Kopfnicken, dass sie seine Geduld ausreichend strapaziert habe.

»Ich denke, dies ist der Moment, einen Trinkspruch auszubringen«, verkündete er dann. Auch die übrigen Tischgäste hoben ihre Becher. »Es bedeutet stets eine Ehre, unseren geliebten König, Karl den Großen, bei uns zu begrüßen zu dürfen, mit dem mich, wie Euch allen bekannt ist, sowohl freundschaftliche als auch Blutsbande verbinden. Darüber hinaus ehrt uns auch der Besuch der römischen Gesandtschaft, die ihn dieses Mal begleitet und die angeführt wird von dem heiligen Prälaten des Papstes, Seiner Eminenz Flavius Diaconus. Ich halte den Anlass für angemessen, nun zu verkünden, dass zum Zeichen der Hochachtung und der Treue gegenüber der weltlichen Macht« – er verbeugte sich devot vor Karl dem Großen – »sowie der unbedingten Unterwerfung unter die göttliche Gerechtigkeit« – er verneigte sich zur römischen Kurie hin – »heute Nachmittag eine öffentliche Hinrichtung stattfinden wird. Es handelt sich um ein vom Teufel geblendetes Subjekt, das, geboren im Zeichen der Sünde, anstatt im Gebet Zuflucht zu suchen, sich von seinen verwerflichen Gelüsten leiten ließ, um schließlich das Heilige Gebot zu brechen, welches die Achtung vor dem Menschenleben verlangt.«

Nach dieser feierlichen Ansprache erhoben die Anwesenden die Becher und tranken. Verwundert frage Theresa den Küchenmeister, ob denn nicht angestoßen würde, und sie erfuhr, dass die alte germanische Tradition des Anstoßens auf gegenseitigem Misstrauen gründete.

»Früher pflegte ein Herrscher, wenn er sich ein anderes Volk untertan machen wollte, seinen Sohn mit der Königstochter des von ihm begehrten Reiches zu verheiraten; er lud den Vater der Braut zu einem Fest ein, bei welchem auch schon mal Becher mit vergiftetem Wein gereicht wurden. Der Gast stieß daher mit seinem Becher heftig gegen den des Gastgebers, damit der Wein überschwappte und er so – wenn es denn schon sein sollte – nicht als Einziger sterben müsste. Zum Zeichen des gegenseitigen Vertrauens wird hier bei uns deshalb nicht angestoßen.«

Theresa schaute zu Alkuin hinüber. Sie wusste nicht mehr, was sie von ihm halten sollte. Wenn sie sich nun doch geirrt hatte, wenn alles ein Missverständnis war? Dann hatte sie ihn verraten. Bevor sie weiter grübeln konnte, entschuldigte Alkuin sich bei Lotario und kam zu ihr herüber. Er grüßte sie scheinbar unbefangen und beiläufig: »Ich hatte ja keine Ahnung von deinen Kochkünsten. Gibt es vielleicht noch andere Dinge, über die ich Bescheid wissen sollte?«

Theresa gefror das Blut in den Adern. Da war es wieder. Konnte Alkuin ihre Gedanken lesen? Er blickte sie mit diesen unergründlichen Augen an und meinte dann: »Solche Festlichkeiten sind nichts für mich. Komm, folge mir. Ich denke, wir sollten etwas unter vier Augen besprechen.«

Theresa wurde immer unbehaglicher zumute.

»Dies scheint mir kein guter Tag für die Arbeit im Skriptorium zu sein«, bemerkte sie kleinlaut, während sie neben ihm den Gang entlangstolperte. »Ich meine, wegen der Hinrichtung.«

Alkuin nickte nur, eilte wortlos am Skriptorium vorbei und schlug den Weg zum Dom ein. Durch das Seitenschiff gingen sie gleich durch bis zur Sakristei. Entschlossen strebte Alkuin auf eine Nische in der Wand zu, tastete dort nach einem Schlüssel und machte sich damit an einer Gittertür zu schaffen, die in einen von einem gewaltigen Kruzifix beherrschten Raum mit kalten, steinernen Wänden führte. Es war dunkel und feucht. Alkuin nahm auf der einzigen Bank Platz, forderte Theresa auf, sich neben ihn zu setzen, und schwieg eine Weile.

»Wie lange ist es her, dass du das letzte Mal gebeichtet hast?«, fragte er schließlich in die unheimliche Stille hinein. »Einen Monat? Zwei Monate? Das ist zu lange – für den Fall, dass dir plötzlich etwas zustoßen sollte.«

Theresa erschrak und schaute besorgt zur Tür. Doch der Gedanke an Flucht war sinnlos. Wohin sollte sie unbemerkt fliehen?

»Ich verlasse mich natürlich darauf, dass du dein Versprechen eingehalten hast«, fuhr Alkuin fort. Dieser unheimliche Mönch musste mit finsteren Mächten verbündet sein. Er wusste alles! Oder … sollte Lotario ihm von ihrem Gespräch erzählt haben? »Dass du die Überlegungen, die ich dir anvertraut habe, nicht ausgeplaudert hast … Weißt du, was mit dem geschieht, der seinen Schwur bricht?«, fragte Alkuin mit drohendem Unterton.

Theresa wagte es nicht, den Kopf zu heben, sie war überzeugt, dass sie Alkuins Blicken nicht würde standhalten können.

»Vielleicht möchtest du jetzt die Beichte ablegen …«

Theresa nickte und nahm allen Mut zusammen. Nun gut, wenn das, was ihr am wichtigsten war, Sünde sein sollte, war sie eben eine Sünderin. Trotzig beichtete sie ihre sündhafte Nacht mit Haldor. Alkuin sah sie missbilligend an, erlegte ihr aber keine Buße auf. »Theresa«, flüsterte er bedrohlich. »Gibt es sonst noch etwas, über das du vor Gott Rechenschaft ablegen möchtest?«

»Ich, ich …«, begann Theresa stockend, fuhr dann jedoch mit fester Stimme fort: »Ich habe entgegen meinem Versprechen mit dem Bischof über unsere Nachforschungen gesprochen. Ich habe vielleicht Euer Vertrauen missbraucht. Aber die vielen Toten, Helgas Verschwinden – es war zu viel! Das ist für Euch keine Entschuldigung, ich weiß. Und wenn Ihr mich am Leben lasst, werde ich dafür sorgen, dass Ihr meinem Blick nie mehr begegnen müsst.«

Sie schluckte. Alkuin blickte sie mit kalten Augen an. Dann sagte er: »Theresa, wie konntest du nur?«, und es klang, als sei er endgültig fertig mit ihr. Nach einem minutenlangen, ungemütlichen Schweigen packte er sie mit beiden Händen so fest bei der Schulter, dass sie jeden einzelnen seiner kantigen Finger spüren konnte. »Hör mir gut zu. Es ist sehr wichtig, dass du mir jetzt alles ganz genau erzählst. Hast du Lotario gesagt, wen ich in Verdacht habe?«

»Ja. Baldram, den Abt, den Prior Lowik und Kohl.«

Alkuin murmelte etwas, das fast wie ein Fluch klang. »Und das verseuchte Getreide? Hast du ihm von dem Mutterkorn erzählt?«

Theresa schüttelte den Kopf. Sie hatte von einem Gift gesprochen, aber den Namen hatte sie in ihrer Aufregung vergessen zu erwähnen, dessen war sie sich ganz sicher.

»Also gut. Schließ nun die Augen, ich will dir deine Buße auferlegen.«

Mit klopfendem Herzen schloss Theresa die Augen. Nichts geschah. Als sie sie wieder aufschlug, sah sie gerade noch, wie Alkuin durch die Tür schlüpfte und diese von außen zusperrte.

Verzweifelt rüttelte Theresa an den Gittern und rief um Hilfe. Doch sie musste bald einsehen, dass hier vor der Abendmesse niemand vorbeikommen würde, um sie zu befreien. Sie versuchte mit ihrem Pinkeisen, das schmiedeeiserne Schloss aufzubrechen, doch mit dem einzigen Erfolg, dass das Werkzeug entzweiging und sie am Finger verletzte. Niedergeschlagen ließ sie sich wieder auf die Bank fallen.

Warum hatte Alkuin sie eingesperrt?

Durch ein kleines Loch in dem runden Alabasterfenster, das auf den Domplatz hinausging, konnte Theresa beobachten, dass die ersten Vorkehrungen für die neu angesetzte Hinrichtung getroffen wurden. Geschäftig eilten ein paar Männer hin und her, bauten Reihen mit Schemeln auf, sicherten die Absperrung und pflanzten die königlichen Wimpel auf.

Sie wollte sich schon vom Fenster zurückziehen, als sie sah, wie Alkuin über den Platz einer Frau entgegeneilte, die den Kopf tief gesenkt hielt. Er blieb stehen und sprach mit ihr. Als die Frau den Kopf hob, rieb sich Theresa die Augen. Dort auf dem Platz unterhielt sich Alkuin mit der Schwarzen Helga, die sich offensichtlich bester Gesundheit erfreute. Wie konnte das sein? Sie rätselte noch über das, was sie soeben gesehen hatte, da vernahm sie aus dem Kirchenraum Stimmen, die näher zu kommen schienen. Theresa spähte durch das Gitter und sah zwei Novizen im Querschiff am Boden knien und beten.

Rasch dachte sie nach. Wie sollte sie die beiden dazu bringen, sie zu befreien? Ihr Blick fiel auf die große hölzernen Truhe, die an der Wand ihres Gefängnisses stand. Ihr kam eine Idee. Entschlossen hob sie den schweren Deckel an, und richtig, darinnen lagerten prachtvolle liturgische Gewänder und Stolen. Sie griff nach einem purpurfarbenen Umhang und streifte ihn hastig über. Mit lautem Knall ließ sie den Eichendeckel zufallen und warf sich, die Kapuze tief ins Gesicht gezogen, blitzschnell bäuchlings auf den Boden. Als die erschrockenen Novizen an das Gitter traten, vermeinten sie die Gestalt eines ohnmächtig gewordenen Priesters am Boden liegen zu sehen. Ihre besorgte Rufe drangen zu ihr hinein, doch Theresa rührte sich nicht. Wie sie gehofft hatte, eilte einer der beiden daraufhin zu der Nische, holte den Schlüssel und sperrte die Gittertür auf. Sie wartete, bis er sich ratlos über sie beugte, dann sprang sie mit einem Satz auf, stieß den anderen beiseite, und bevor die beiden auch nur begriffen, was vor sich ging, war sie auch schon durch die Tür hinausgeschlüpft.

Ungehindert erreichte Theresa den Kirchenausgang, wo sie das Priestergewand auf den Rand des Weihwasserbeckens warf. Mit einem Stoßgebet bat sie Gott um Verzeihung für ihren Frevel, aber gewiss wollte sie sich nicht draußen in dem Gewand ertappen lassen, damit man sie noch der Gotteslästerung beschuldigte und gleich mit dem armen Idioten in die Grube würfe. Sie schlich um das Gebäude herum und erstarrte, als sie Lotario und Alkuin, heftig streitend, auf sich zukommen sah. So schnell ihre Beine sie tragen wollten, lief sie hinten um den Dom herum, hastete ohne Orientierung durch die Gassen, bis sie sich schließlich atemlos vor der Schenke der Schwarzen Helga wiederfand. Sie hämmerte wie wild gegen die Läden – nichts. Erschöpft ließ sie sich an der Mauer niedersinken. Ja, sie war erschöpft – aber allmählich wurde sie auch wütend. Was wurde hier gespielt? Sie jedenfalls war nicht bereit, kreuzbrav die ihr zugedachte Rolle in diesem finsteren Spiel zu akzeptieren. Sie würde sich zur Wehr setzen!

Energisch erhob sie sich. Sie würde von Alkuin Rechenschaft fordern. Doch kaum war sie losgegangen, hielt sie inne. War das dort hinten nicht wieder die Schwarze Helga? Sie schien sie nicht gesehen zu haben; mit gesenktem Kopf marschierte sie zielstrebig in Richtung Dom. Theresa folgte ihr zurück bis zur Kirche und sah, wie sie durch einen Nebeneingang ins Innere schlüpfte. In sicherem Abstand tat Theresa es ihr gleich. Drinnen hörte sie, wie Helgas Schritte sich eilig entfernten. Wenn sie die Abkürzung durch den Chor nahm, würde sie die Freundin einholen, dachte Theresa, und öffnete eine kleine Tür, hinter der die Treppe zur Empore hinaufführte. Vorsichtig erklomm sie die knarzenden Stufen. Von dort oben konnte sie den Altarraum überblicken. Und dann erschrak sie: In einer Sitzreihe des Chorgestühls thronte Karl der Große, flankiert von einigen Kirchenmännern und Wachsoldaten, und horchte aufmerksam, wie die beiden Geistlichen, die vor ihm standen, diskutierten. Theresa war nicht überrascht darüber, dass es sich bei den mehr Streitenden als Diskutierenden um Lotario und Alkuin handelte. Doch mit Staunen stellte sie fest, dass das gefesselte, geknebelte und übel zugerichtete Bündel links von ihnen der Müller Kohl war.

Auf der Stelle hatte Theresa die Schwarze Helga vergessen; sie kroch auf allen vieren bis an den Rand der Empore und lauschte gespannt. So weit sie seine leisen Worte verstehen konnte, war Alkuin gerade dabei, den Mühlenbesitzer in Schutz zu nehmen, als der Bischof ihm barsch ins Wort fiel.

»Schluss jetzt mit diesem Geschwätz! Wenn Ihr gestattet, mein König …«, er verneigte sich zu Karl dem Großen hin, »verehrter Vertreter des Heiligen Stuhls«, er nickte dem Prälaten zu. »Mit dem Einverständnis des Allmächtigen«, er sandte einen Blick zur Decke, »möchte ich Folgendes festhalten …« Er trat einen Schritt vor und baute sich vor Alkuin auf, der ihm ruhig in die Augen blickte. »Das Einzige, was sich mit Bestimmtheit sagen lässt, ist doch, dass Dutzende von Menschen einer Krankheit zum Opfer gefallen sind, gegen die weder unsere Ärzte noch unsere Gebete etwas auszurichten vermögen. Das eigentlich Erschütternde daran liegt jedoch nicht in der Tatsache, dass wir diese Seuche, die man zu Recht dem Teufel zuschreiben möchte, tatsächlich einem seiner Sendboten in Gestalt dieser verabscheuenswürdigen Kreatur aus Fleisch und Blut zu verdanken haben.« Er hielt inne und deutete mit dem Finger auf Alkuin. »Nein. Der wahre Skandal liegt darin, dass dieser Mann hier, ein Ordensbruder, dem der Schutz und das Heil unserer Kirche anvertraut sind, für einen solchen Abschaum der Menschheit Partei ergreift.«

Ein erstauntes Raunen ging durch die Sitzreihe, nur Karls Miene blieb unbewegt. Der Bischof fuhr mit scharfer Stimme fort:

»Heute Vormittag wurde in Kohls Mühle eine Partie verseuchtes Getreide entdeckt, welches offenbar als Auslöser der schrecklichen Krankheit anzusehen ist, die unsere ganze Stadt geißelt. Kohl hat uns hierfür keinerlei Erklärung liefern können, bis der Geschmack der Folter seinen erbärmlichen Geist zur Besinnung gebracht hat. Doch nun, da er das niederträchtige Verbrechen gestanden hat, frage ich mich: Wie schwer kann die Schuld eines Müllers wiegen? Natürlich ist er auf das Härteste zu bestrafen; möge seine Seele in der Hölle schmoren. Dass sich die Habgier eines ungebildeten Geistes wie dem von Kohl bemächtigt, ist nicht verwunderlich. Doch lohnt es sich, unsere Aufmerksamkeit auf eine derart banale Tatsache zu lenken? Ich denke nein; er ist ein gewollter Teil der Schöpfung, und die Wege des Herrn sind unergründlich.

Wie aber können wir akzeptieren, dass ein frommer, gelehrter Mann wie Alkuin von York, ein Ordensbruder zudem, unter Ausnutzung seines Einflusses, seines Wissens und seines Amtes sich dem widersetzen will, was Beweise und Vernunft so eindeutig gebieten?«

Theresa war erstaunt, dass Lotario vehementer auf Alkuin losging als auf den eigentlichen Verbrecher Kohl.

»Ihr habt es gehört«, fuhr der Bischof fort. »Kohl ein Mörder, und Alkuin sein Beschützer. Und wenn Kohl sich gewiss unlauter bereichert und die Menschen mit seinem Weizen vergiftet hat, so ist es ebenso gewiss, dass Alkuin seine Erkenntnisse darüber zurückgehalten und die Wahrheit verfälscht hat, um sich nun – womöglich ein verzweifelter Versuch, seine eigene Beteiligung zu verschleiern – zum Verteidiger dieses immerhin geständigen Verbrechers aufzuschwingen.«

Alkuin, der bis dahin keinerlei Regung gezeigt hatte, schnaubte empört. Theresa glaubte ihren Ohren nicht zu trauen: Alkuin – beteiligt an diesem infamen Verbrechen? Nein, was immer an ihm undurchschaubar sein mochte – er war es doch erst gewesen, der das Ganze aufgedeckt hatte!

»Sehr schön«, meldete sich Alkuin endlich zu Wort, »seid Ihr nun fertig mit Euren aberwitzigen Verleumdungen?«

»Verleumdungen, sagt Ihr?« Lotarios Stimme drohte sich zu überschlagen. »Mehrere Mitglieder dieser Kongregation haben gehört, wie der Angeklagte seine Schuld eingestanden hat.« Zwei der Männer nickten. »Die verleumden dann wohl auch?«

»Ein unter Folter erzwungenes Geständnis, wenn ich recht verstanden habe«, bemerkte Alkuin, und er gab sich keinerlei Mühe, seine Verachtung zu verbergen.

»Was hättet Ihr vorgeschlagen? Hätten wir ihm ein wenig Schmalgebackenes anbieten sollen?« Lotario tat, als überlegte er angestrengt. »Also gut. Angenommen, jemand wäre eines schweren Verbrechens angeklagt. Und er hätte diese Taten nicht begangen, würde aber, um die Folter abzuwenden, sich selbst beschuldigen.« Lotario machte eine kurze Pause und blickte dann triumphierend in die Runde. »Selbst wenn dieses Geständnis ohne Schwur abgelegt würde, so ist es doch ohne Zweifel eine schwere Gotteslästerung, denn wenn es eine Todsünde ist, seinen Nächsten zu verleumden, so wäre es gewiss erst recht eine, sich selbst fälschlich zu beschuldigen. Und wird nicht, wer sich einmal von der Tugend abwendet, um sich an der Sünde zu ergötzen, immer in der Verderbnis leben, wenn er daraus einen Nutzen ziehen kann?«

Dieser feiste Bischof wurde Theresa immer unsympathischer. Der Unschuldige, dem man mit brutaler Folter ein falsches Geständnis abgepresst hatte, sollte auch noch ein von Gott zu verdammender Sünder sein? Nein, mochten die Vertreter der Kirche sagen, was sie wollten: solch eine Ungerechtigkeit konnte nicht Teil der göttlichen Ordnung sein, genauso wenig wie die Unterwerfung der Frau unter den unbedingten Willen des Mannes – ganz gleich, ob er ein Idiot war, ein Verbrecher oder ein brutaler Schinder. Nie würde sie eine solche Ordnung akzeptieren.

Gerade wollte Alkuin zu einer Erwiderung ansetzen, da erhob sich Karl der Große. Er überragte Lotario um gute Haupteslänge.

»Verehrter Lotario. Ich zweifle nicht an der Schuld des Müllers, und es ist dies ganz gewiss eine wichtige Nachricht, welche hoffen lässt, dass das furchtbare Sterben nun bald ein Ende haben wird. Doch Ihr solltet nicht vergessen, wen Ihr vor Euch habt, denn die Anschuldigungen, die Ihr gegen Alkuin erhebt, sind außerordentlich schwerwiegend. Entweder Ihr könnt sie beweisen, oder Ihr solltet Euch bei ihm entschuldigen, wie es sein Rang und seine Position gebieten. Und dann wäre es an ihm, ob er die Entschuldigung annimmt oder eine Buße fordert.«

»Mein hochwohlgeborener Cousin.« Der Bischof verneigte sich

übertrieben. »Eure Vorliebe für diesen Angelsachsen, dem Ihr sogar die Erziehung Eurer Kinder anvertraut habt, ist allgemein bekannt. Doch gerade aus Sorge um Euch und die Euren gemahne ich Euch zur Wachsamkeit. Mögen meine Beweise Euch die Augen öffnen.«

Karl der Große nahm wieder Platz und bedeutete Lotario mit einem Kopfnicken, fortzufahren.

»Alkuin von York – bis vor kurzem habe auch ich mich verneigt vor diesem Namen, dem stets der Ruf von Weisheit und Ehrbarkeit vorauseilte. Doch seht ihn an: Hinter diesem unerschütterlich gleichmütigen Antlitz verbirgt sich ein selbstsüchtiger Geist, eine durch Neid und Eitelkeit verdorbene Seele. Wer weiß, wie viele Menschen er getäuscht und wie viele Verbrechen er begangen hat.« Karl der Große ballte unwillig die Faust. »Ihr wollt Beweise? Nun, die sollt Ihr bekommen. Und zwar in solcher Zahl, dass Ihr Euch fragen werdet, wie Ihr diesem Handlanger Satans Euer Vertrauen habt schenken können. Doch zunächst gestattet, dass meine Männer den Müller von hier wegbringen.«

Der Bischof klatschte in die Hände, und sogleich erschienen drei Schergen, um Kohl aus der Kirche zu schleppen. Kurz darauf kehrten sie in Begleitung einer in Trauer gehüllten Frau zurück – es war die Frau des Müllers, die vollkommen aufgelöst schien. Lotario versuchte sie zu beruhigen.

»Wenn Ihr Euch loyal verhaltet, habt Ihr nichts zu befürchten. Zuerst aber schwört auf diese Bibel hier.«

Zitternd tat die Frau, wie ihr geheißen. Lotario wies ihr einen Hocker zu, sie verneigte sich zum König hin und nahm Platz. Immer noch zitterte sie am ganzen Leib.

»Ihr habt auf die Heilige Bibel geschworen, also strengt Euer Gedächtnis an. Erkennt Ihr diesen Mann?« Lotario deutete auf Alkuin.

Die Frau schaute ängstlich auf und nickte zaghaft.

»Ist es richtig, dass er vor etwa einer Woche in Eurer Mühle gewesen ist?«

»Ja, Eminenz. Das ist richtig.« Sie brach in Tränen aus. Der Bischof legte beruhigend seine feiste Hand auf ihre Schulter, und

Theresa hatte das Gefühl, in dieser Geste läge mehr vertraute Zudringlichkeit als Trost.

»Könnt Ihr uns sagen, in welcher Angelegenheit er dort war?«

Die Frau wischte sich die Tränen aus dem Gesicht.

»Nicht genau. Sie sprachen über Geschäfte, und mein Mann bat mich, ihnen etwas zu essen zu bringen.«

»Über was für Geschäfte?«

»Das weiß ich nicht genau. Es ging irgendwie um den Kauf von Getreide. Ich flehe Euch an, Eure Heiligkeit. Mein Mann ist ein guter Mann. Er ist immer gut zu mir gewesen, das wird Euch jedermann bestätigen, und er hat mich niemals geschlagen. Wir sind mit dem Tod unserer Tochter schon genug gestraft. Bitte, lasst uns gehen.«

Lotarios Stimme wurde schneidend.

»Beschränk dich bitte darauf, meine Fragen zu beantworten. Wenn du die Wahrheit sagst, wird sich der Allmächtige vielleicht eurer erbarmen. Denk ganz genau nach; vielleicht wirst du einen heiligen Eid schwören müssen.«

Die Frau schluckte und fuhr kaum hörbar fort: »Der Mönch wollte meinem Mann eine Partie Weizen abkaufen, doch mein Mann erklärte ihm, dass er nur mit Roggen handelt. Das habe ich mitbekommen, denn als sie über Geld sprachen, habe ich genauer hingehört.«

»Alkuin hat ihm also ein Geschäft vorgeschlagen?«

»Ja, Eminenz. Er sagte, er solle im Auftrag des Stifts eine größere Menge Weizen kaufen. Aber ich schwöre Euch, Herr, mein Mann hätte niemals etwas Schlechtes getan.«

»Gut, lassen wir es vorerst dabei bewenden. Ihr könnt Euch jetzt zurückziehen. Und seid unbesorgt, ich werde mich um Euch kümmern.«

Die Frau küsste den Ring des Bischofs und verneigte sich erneut vor dem König. Nach einem argwöhnischen Blick auf Alkuin folgte sie den Bewaffneten, die sie vorher hereingeführt hatten, nach draußen. Lotario wandte sich an Karl den Großen.

»Wie es aussieht, befasst sich Euer Diakon hier also mit Weizenhandel. Hattet Ihr Kenntnis von diesen Geschäften?«

Der König sah Alkuin verwundert an.

»Eure Hoheit«, sagte Alkuin ruhig, »es mag auf den ersten Blick seltsam erscheinen, aber meine Absicht war einzig und allein, dieser entsetzlichen Krankheit auf die Spur zu kommen.«

»Und ganz nebenbei ein Geschäft zu machen«, fiel Lotario ihm ins Wort.

Jetzt war es auch mit Alkuins Gleichmut vorbei. »Bei Gott! Natürlich nicht! Ich wollte Kohls Vertrauen gewinnen, um an den vergifteten Weizen zu gelangen.«

»Sieh an! Um an den Weizen zu gelangen! Welche Geschichte wollen wir denn nun glauben? Ist Kohl schuldig, oder ist er unschuldig? Klagt Ihr ihn an, oder verteidigt Ihr ihn? Habt Ihr ihn belogen, neulich bei ihm in der Mühle, oder lügt Ihr jetzt uns etwas vor?« Er wandte sich an den König. »Ist dies der Mann, dem Ihr Euer Vertrauen schenkt? Ein Mann, der allen Menschen Lügen auftischt?«

Alkuin hatte sich wieder in der Gewalt.

»*Conscientia mille testes*. Vor Gottes Augen steht mein Gewissen für tausend Zeugen. Ob Ihr mir glaubt, kümmert mich, ehrlich gesagt, wenig.«

»Das sollte Euch aber kümmern, mein lieber Alkuin, denn weder Eure Beredsamkeit noch Eure Geringschätzung werden Euch von der Schuld befreien, in die Euch Euer frevelhaftes Handeln geführt hat. Sagt, kennt Ihr dieses Schreiben hier?« Er hielt ihm ein tintenbeschmiertes, zerknittertes Stück Pergament hin.

»Lasst sehen, meine Augen sind nicht mehr so gut … Aber bei allen Teufeln! Wo habt Ihr das her?«

»Aus Eurer Zelle natürlich«, erklärte Lotario und riss ihm das Blatt wieder aus der Hand, als fürchte er, Alkuin könne es sich blitzschnell in den Mund stopfen, um es zu vernichten. Gebannt folgte Theresa der Szene. »Und, habt Ihr das geschrieben?«

»Wer hat Euch die Erlaubnis gegeben?«, herrschte Alkuin ihn an.

»Ich habe hier niemanden um Erlaubnis zu bitten.« Lotario brüllte fast; Theresa meinte, seine Adern schwellen zu sehen. »Antwortet! Stammen diese Worte aus Eurer Feder?«

Alkuin nickte widerstrebend.

»Und erinnert Ihr Euch auch noch, was Ihr hier geschrieben habt?«

»Nein.« Er korrigierte sich: »Nicht genau.«

»Nun, dann hört mir jetzt aufmerksam zu.« Er wandte sich seinem Publikum zu. »Mit Gottes Hilfe. Es ist der dritte Tag der Kalenden des Januar, der vierzehnte seit unserer Ankunft in der Abtei«, las er vor. »Alle Indizien deuten auf die Mühle. Gestern Abend hat Theresa in dem Getreide aus Kohls Speicher mehrere schwarze Kapseln entdeckt. Zweifellos ist der Müller der Täter. Ich befürchte, die Seuche wird sich in der ganzen Stadt ausbreiten, doch die Stunde des Eingreifens ist noch nicht gekommen.« Mit befriedigter Miene steckte Lotario das Pergament wieder ein. »Wie die Gebete eines Benediktinermönchs klingen diese Aufzeichnungen nicht. Was haltet Ihr davon, Eure Majestät?«, wandte er sich an Karl. »Wird hier nicht die klare Absicht deutlich, etwas zu verheimlichen?«

»So scheint es«, erwiderte Karl der Große bekümmert. »Habt Ihr etwas vorzubringen, Alkuin?«

Dieser erklärte nach kurzem Überlegen, er pflege nun einmal seine Gedanken niederzuschreiben, um später in Ruhe darüber nachzudenken; den Sinn des Textes zu erhellen bemühte er sich jedoch in keiner Weise.

»Wenn Ihr aber Kohl verdächtigt habt, was veranlasst Euch jetzt, ihn zu verteidigen?«, fragte Karl der Große.

»Inzwischen bin ich zu einem anderen Schluss gekommen. Ich gehe nämlich davon aus, dass es sein Gehilfe Rothaart war, der …«

»Rothaart?«, unterbrach ihn Lotario. »Ist das nicht einer der jüngsten Toten? Und es kommt Euch nicht merkwürdig vor, dass der Mann, der die ganze Stadt vergiftet, selbst an einer solchen Vergiftung stirbt?«

»Vielleicht war es gar kein Zufall«, erwiderte Alkuin und sah Lotario scharf ins Gesicht.

Theresa, die hinter dem Chor kauerte und alles mit anhörte, wartete gespannt auf eine Erklärung Alkuins. Doch stattdessen ertönte wieder Lotarios Stimme: »Wer ist diese Theresa, von der Ihr schreibt?«

»Was soll diese Frage?«, erwiderte Alkuin. »Ihr kennt sie ebenso gut wie ich.«

»So gut wie Ihr? Wohl kaum. Trifft es nicht zu, dass Ihr viele Stunden mit ihr gemeinsam im Skriptorium verbracht habt?«

»Ich verstehe nicht, worauf Ihr hinauswollt.«

»Ihr werdet zugeben, dass es höchst merkwürdig anmutet, wenn ein, so weit ich mich erinnere, junges und wohlgestaltes Mädchen einem Ordensbruder des Nachts bei einer Arbeit behilflich ist, für die sie aufgrund ihrer weiblichen Natur gar nicht taugt. Kann es sein, dass Euer Interesse neben den Geschäften auch hübschen jungen Mädchen gilt?«

Gebannt wurde Theresa Zeugin einer jähen Verwandlung. Mit einem Mal loderte Zorn aus Alkuins Blicken, er wirkte von einer Sekunde auf die andere so gefährlich, dass es Theresa fröstelte. Mit Stentorstimme herrschte er Lotario an: »Hütet Eure Zunge. Ich gestatte Euch nicht, so vor meinem König und vor meinem Gott über mich zu reden!«

»Und jetzt wollt Ihr mir auch noch den Mund verbieten.« Lotario lachte gekünstelt. »Gesteht, bei der Liebe Gottes. Ist es nicht so, dass Ihr sie Stillschweigen habt schwören lassen? Wolltet Ihr nicht eher, indem Ihr Euch Eurer Position und Eures Wissens bedientet und den tumben Verstand des Weibes ausnutztet, Eure verabscheuungswürdigen Pläne geheimhalten?«

Alkuin presste die Zähne zusammen und blickte Lotario mit eisigem Blick in die Augen.

»Wie könnt Ihr es wagen! Gott weiß, dass ich nichts als die Wahrheit sage.«

»Zweifellos. Und ich nehme an, der Herr ist auch über Euren Vergiftungsversuch auf dem Laufenden?«, bemerkte Lotario hämisch.

»Bei allen Heiligen, nun werdet nicht lächerlich.«

»Ha! Wir wollen sehen, was unser König dazu meint. Lowik! Tretet vor!«

Der Sekretär bedachte Alkuin mit einem verachtungsvollen Blick und erhob sich von der Bank.

»Mein treuer Lowik, wärt Ihr so freundlich, uns zu schildern, was Ihr während der Hinrichtungszeremonie beobachtet habt?«, forderte Lotario ihn auf.

Der Sekretär verneigte sich, als er an Karl dem Großen vorüberging. Dann richtete er sich kerzengerade auf, drückte die Brust heraus und hob in einem Ton zu sprechen an, als hinge des Rätsels Lösung allein von seiner Aussage ab.

»Alle starrten wie gebannt zu dem Henker hinüber«, begann er. »Bedauerlicherweise bin ich ein wenig kurzsichtig, also beschränkte ich mich darauf, die Gäste um mich herum in Augenschein zu nehmen. Da habe ich ihn beobachtet«, erklärte er, auf Alkuin deutend. »Ich wunderte mich, ihn ein Glas erheben zu sehen, denn dieser Engländer trinkt äußerst selten. Doch noch größer wurde mein Erstaunen, als ich sah, dass er anstelle seines eigenen Glases das von Lotario in die Hand nahm. Ich konnte genau erkennen, wie er sich an seinem Ring zu schaffen machte, einen kleinen Deckel aufklappte und etwas in das Glas entleerte. Dann hat Lotario davon getrunken und ging wie vom Blitz getroffen zu Boden. Glücklicherweise konnten wir ihm zu Hilfe kommen, bevor das Gift seine tödliche Wirkung entfaltete.«

Karl der Große sah Alkuin irritiert an.

»Wolltet Ihr ihn wirklich vergiften?«, fragte er.

»Natürlich nicht«, erwiderte Alkuin scharf.

Da packte Lotario Alkuin bei der Hand und versuchte ihm den Ring vom Finger zu ziehen. Alkuin sträubte sich mit verblüffendem Geschick. Er zog die Hand zurück, wandte sich zu Karl um, öffnete den Deckel des Geheimfachs und ließ eine Wolke von weißem Pulver auf den Umhang Karls des Großen niedergehen.

»Was ist das?« Der König war empört aufgesprungen.

Alkuin trat einen Schritt zurück und sagte: »Nichts, das irgendwen gefährdet.«

Lotario ergriff erneut das Wort. »Hier sehen wir einen Mann, der das Wort Gottes hochhält, während seine Zunge das Gift des Bösen versprüht. Abbadon, Asmodis, Beliar oder Leviathan. Jeder von ihnen wäre stolz, ihn zum Freund zu haben – Alkuin von York … Ein Mann, der bereit ist zu lügen, um sich zu bereichern; der bereit ist, durch sein Schweigen Menschen sterben zu lassen, um sich selbst zu schützen; der bereit ist zu töten …« – er bürstete Karl dem Großen eilfertig das Pulver vom Umhang – »… um seine Enttarnung zu verhindern. Doch ich werde Euch sein wahres Gesicht zeigen – das Gesicht einer Bestie. Er ist Kohl auf die Spur gekommen, doch anstatt ihn dingfest zu machen, hat er ihn erpresst, um seinen Nutzen daraus zu ziehen. Er hat den Müller belogen, um sein Vertrauen zu gewinnen, und nun belügt er uns, indem er ihn in Schutz nimmt und somit auch sich selbst verteidigt. Es war Theresa, seine eigene Gehilfin, die, erdrückt von der Last der Sünde, zu mir kam, um mir alles zu gestehen, denn sie wollte seine Mordpläne nicht länger decken.«

Er machte eine wirkungsvolle Pause, dann wandte er sich herausfordernd an Alkuin. »Und jetzt könnt Ihr Eure Lügengeschichten erzählen, wem und so viel Ihr wollt, denn kein frommer Christenmensch wird Eurem Geschwätz noch Beachtung schenken.«

Alkuin musterte stumm die Gesichter, aus denen ihm Argwohn und Verachtung entgegenblickten. Das Urteil über ihn war bereits gefällt. Schließlich nahm er die Bibel, die vor Karl lag, und legte seine rechte Hand darauf.

»Ich schwöre bei Gott dem Allmächtigen, dass ich der Dinge, deren man mich anklagt, nicht schuldig bin. Und wenn Ihr mir etwas Zeit gewähren wollt …«

»Zeit, um Eure Mordabsichten zu verwirklichen?«, fiel Lotario ihm mit ätzender Stimme ins Wort.

»Ich habe auf die Bibel geschworen. Leistet auch Ihr den Schwur«, forderte Alkuin den Bischof auf.

»Euer Schwur ist so viel wert wie die Frau, die Euch Gehilfin gewesen ist. Ja, nicht einmal das. Catull hat gesagt, den Schwur einer Frau solle man in den Wind und in das reißende Wasser schreiben, doch Euer Schwur ist bereits verpufft, bevor er Eure Lippen verlassen hat.«

»Hört endlich auf mit diesem Unsinn und schwört!«, verlangte Alkuin kühl. »Oder habt Ihr etwa Angst, Karl der Große könnte Euch Eures Amtes entheben?«

»Hütet Eure Zunge, Alkuin!« Karl der Große richtete sich zu seiner imposanten Länge auf. »Auch wenn ich Euch für einen ganz anderen gehalten habe, spricht im Moment doch einiges für die Version, nach der Ihr selbst in die Geschichte verwickelt seid, so wie Lotario angedeutet hat.«

Alkuin blickte den König mit strenger Miene an.

»Seit wann hat der Unschuldige die Last der Verteidigung zu tragen? Wo sind die zwölf Männer, die erforderlich sind, damit die Anklage Gültigkeit erhält? Was Lotario vorgetragen hat, ist nichts als leeres Geschwätz. Gebt mir ein paar Stunden Zeit, und ich werde Euch beweisen …«

Ein lautes Scheppern unterbrach ihn. Die Köpfe der Männer wandten sich überrascht zur Empore hoch.

Theresa duckte sich erschrocken hinter die Brüstung. Sie war in ihrem Eifer so sehr darauf bedacht gewesen, ja kein Wort zu verpassen, dass sie versehentlich einen Kerzenleuchter umgeworfen hatte. Im Nu waren zwei Soldaten der Leibgarde Karls die Treppe hinaufgestürmt und zerrten Theresa unsanft vor den König, wo sie sie auf den Boden zwangen.

»Aber das ist ja die Zauberin aus der Stiftsküche!«, rief der König verwundert aus. »Darf man fragen, was du da oben zu suchen hast?«

Theresa küsste den königlichen Ring und flehte um Gnade. Stammelnd erklärte sie, sie sei auf der Suche nach einer Freundin.

Karl der Große musterte sie von oben bis unten.

»Und du dachtest also, deine Freundin verstecke sich da oben auf der Empore?«

Theresa errötete.

»Das ist Alkuins Gehilfin, mein König«, erklärte Lotario eifrig. »Vielleicht wollt Ihr sie vernehmen?«

Karl blickte auf Theresa hinab, und sein Blick wurde versonnen. Dann sagt er: »Ich würde mich jetzt gerne zurückziehen. Vielleicht finde ich im Gebet eine Antwort.«

»Aber Hoheit! Ihr könnt doch nicht … Dieser Mann muss sofort bestraft werden«, versuchte Lotario ihn umzustimmen.

»Zuerst will ich beten«, sagte der König bestimmt. »So lange bewache man ihn in seiner eigenen Zelle.« Mit einem Wink gab er zu verstehen, dass man Alkuin hinausbegleiten solle, und zog sich dann zurück, bevor Lotario dazu kam, weitere Einwände zu erheben.

Wütend wandte sich der Bischof an die beiden Wachen und fuhr sie an, Alkuin ja nicht herauszulassen, falls ihnen ihr eigenes Leben lieb sei.

»Wenn er sich erleichtern will, soll er das durchs Fenster erledigen«, befahl Lotario. »Und jetzt, los, los, weg hier.«

Theresa, um die sich keiner mehr gekümmert hatte, folgte Alkuin und den Wachen im Abstand von wenigen Schritten. Sie hatte das Gefühl, einen großen Fehler begangen zu haben. Mehrfach setzte sie zu einer Entschuldigung an, doch jedes Mal beschleunigte Alkuin nur den Schritt, ohne sich nach ihr umzuwenden.

Als sie vor der Zelle ankamen, war Theresa zwar immer noch unglücklich darüber, dass sie sich ausgerechnet Lotario anvertraut hatte. Doch inzwischen mischte sich Ärger in ihren Kummer. Hatte Alkuin sie im Grunde nicht nur benutzt, um seine Pläne zu verfolgen? Er hatte sie eingesperrt, und wenn es nach ihm gegangen wäre, wüsste immer noch niemand über den verseuchten Weizen Bescheid. Und dann dieses Pergament. Vor ihr hatte Alkuin Kohl niemals als den Schuldigen bezeichnet …

Auf der Schwelle drehte sich Alkuin endlich zu ihr um.

»Geh ins Skriptorium und prüfe noch einmal die Bücher«, sagte er auf Griechisch und blickte ihr fest in die Augen.

Er streckte ihr seine Hände hin und Theresa nahm sie verwundert zwischen die ihren. Alkuin zog die Hände zurück, der Wächter schloss die Tür und bedachte Theresa mit einem überheblichen Blick. Sie machte auf dem Absatz kehrt. Gegen die Brust gepresst hielt sie den Schlüssel, den Alkuin ihr unbemerkt in die Hand gedrückt hatte.

18

In der Küche war Favila dabei, ein Huhn zu rupfen. Das Dienstpersonal war wieder an seine Arbeit zurückgekehrt, nachdem bekannt geworden war, dass man auf Karls Befehl die Hinrichtung ein zweites Mal aufschieben würde.

Theresa drückte sich unbemerkt an der Küche vorbei. Bang schaute sie sich um, ob ihr auch niemand folgte, als sie sich die Treppe hinauf ins Skriptorium stahl. Mit zitternden Fingern steckte sie den Schlüssel ins Schloss und drehte ihn herum. Die Tür sprang auf, hastig schlüpfte sie hinein und sperrte hinter sich ab. Die Wärme des noch immer glimmenden Feuers tat ihr wohl, und sie dankte im Geiste dem Bischof, dass er diesen Raum mit einem Kamin ausgestattet hatte. Sie legte ein paar Scheite nach.

Auf dem Tisch lagen mehrere Dokumente ausgebreitet. Sie fuhr mit dem Finger über die Tinte: Sie war noch feucht. Theresa warf einen Blick auf die Texte, doch es handelte sich lediglich um verschiedene von Bischof Lotario unterzeichnete *epistulae*, in denen er die Ordensbrüder dazu ermahnte, die Vorschriften einzuhalten, die der heilige Benedikt in seiner Regel formuliert hatte.

Sie ließ von den Dokumenten ab und schaute sich nach dem großen Buch um, das sie schon so viele Male durchgesehen hatte. Als sie es aus dem Regal nehmen wollte, stellte sie fest, dass es diesmal angekettet war. Lediglich ein kleines Stück konnte sie es auf dem Brett hervorziehen. Die Seiten ließen sich nur mit Mühe umblättern, denn die anderen Bücher standen allzu dicht, doch bald hatte sie die Einträge über die Weizengeschäfte gefunden, die drei Jahre zuvor mit der Grafschaft Magdeburg getätigt worden waren.

Wieder und wieder studierte sie den Text, es waren dieselben Buchstaben, dieselben Sätze, sie konnte nichts Neues daran entdecken. Während sie die nachträglich hinzugefügte Passage durchsah, wuchsen ihre Zweifel. Welchem Hinweis war Alkuin auf der Spur? Und schwerwiegender noch: Wenn man sie hier entdeckte, würde man die Anschuldigungen Lotarios dann nicht als bestätigt ansehen?

Gerade wollte sie das Buch zuschlagen, da fiel ihr ein Schriftzug ins Auge. Sie starrte irritiert auf die Buchstaben.

»*In nomine Patris*« – die übliche Formel zur Eröffnung eines Briefes. Was machte sie an diesen Worten nur so stutzig?

Auf einmal begriff sie. Heiliger Gott! Das war es! Sie lief eilig zu dem Tisch hinüber, auf dem die Dokumente lagen. Hastig blätterte sie nach den Briefen, die Lotario unterzeichnet hatte, faltete sie mit zitternden Händen auseinander – und siehe da: »*In nomine Patris*«. Derselbe Strich, dieselbe Neigung der Buchstaben – es handelte sich um ein und dieselbe Schrift!

Die korrigierte Passage über die Weizengeschäfte stammte von Lotarios Hand! Theresa bekreuzigte sich, ein kalter Schauer lief ihr über den Rücken. Wenn Lotario derjenige war, der die Korrekturen vorgenommen hatte … hatte er dann womöglich auch die Morde zu verantworten?

Sie musste diese Beweise dem König vorlegen. Hastig ordnete sie die Dokumente auf dem Tisch und versuchte dann erneut mit aller Kraft, das Buch aus dem Regal zu zerren, doch die Kette gab nicht nach.

Plötzlich hörte sie, wie ein Schlüssel ins Türschloss gesteckt wurde. Erschrocken duckte sie sich hinter ein Regal und sah zwischen den Büchern die massige Gestalt des Bischofs in den Raum treten. Gerade noch hatte sie das Buch ins Regal zurückschieben können. Vorsichtig kroch sie auf allen vieren in den rückwärtigen Teil der Bibliothek und versteckte sich hinter einem schweren Sessel. Lotario warf einen Blick auf die Unterlagen auf dem Tisch und ging zum Regal. Er löste die Kette, trat mit dem Codex in der Hand zum Kamin und blickte misstrauisch um sich; rasch blätterte er noch einmal die Seiten durch, verharrte an einer Stelle und warf das Buch dann in die knisternden Flammen, die sich über das trockene Pergament sogleich hermachten.

Eilig verließ Lotario das Skriptorium, und noch ehe der Bischof von außen wieder zugesperrt hatte, stürzte Theresa zu den Flammen. Geistesgegenwärtig riss sie die Seiten, die noch kein Feuer gefangen hatten, aus dem Buch heraus, auf die Gefahr hin, sich schwer zu verbrennen. Irgendwie hatte sie das Gefühl, sie könne damit etwas von der Schuld wettmachen, die sie seit dem verheerenden Brand in der Würzburger Werkstatt mit sich schleppte. Sie barg die geretteten Seiten unter ihrer Bluse und machte sich auf, Alkuin zu berichten, was geschehen war. Atemlos lief sie zu seiner Zelle – und fand weder die Wachen noch ihn vor. Ob sie ihn in den Dom zurückgebracht hatten? Auf dem Weg dorthin kam sie wieder an der Küche vorbei. Sie wollte sich gerade davonstehlen, als sie zu ihrer Überraschung die Schwarze Helga entdeckte.

Bevor sie etwas sagen konnte, legte Helga den Finger an den Mund und zog Theresa in eine Kammer.

»Ich habe schon gedacht, du bist tot!«, rief Theresa vorwurfsvoll, schloss ihre Freundin dann jedoch erleichtert in die Arme.

»Es tut mir so leid, ich wollte dich doch nicht beunruhigen, aber Alkuin hat mich dazu gezwungen!«, sagte Helga unter Tränen.

»Dich gezwungen? Wozu? Und was ist mit deinen Beinen?« Mit Schrecken dachte Theresa daran, dass sie von der Krankheit schon ganz blau gewesen waren.

»Das war alles nur vorgetäuscht«, erklärte Helga beschämt. Alkuin hat mich gezwungen, mir die Beine mit einer Tinktur zu bestreichen, es sollte so aussehen, als würde mein Fleisch verfaulen. Er drohte, er würde mir sonst das Kind wegnehmen, sobald es geboren wäre.«

»Aber Helga! Warum denn nur?«

»Ich weiß es nicht. Er wollte, dass du mich so siehst, und danach sollte ich verschwinden. Dieser Mann ist des Teufels. Ich habe dich ja gewarnt.«

Theresa ließ sich erschöpft auf einen Getreidesack sinken. Mit der Entdeckung, dass Lotario in die tödlichen Machenschaften verstrickt war, hatte sie ihr Vertrauen zu Alkuin wiedergefunden. Doch jetzt verstand sie gar nichts mehr. Sie versuchte ihre Gedanken zu ordnen. Alkuin hatte sie also glauben machen wollen, Helga sei schwer krank, doch wozu um alles in der Welt? Theresa überlegte. In der Überzeugung, Helga liege im Sterben, hatten Angst und Empörung sie dazu getrieben, sich dem Bischof anzuvertrauen. Sollte dies Alkuins Absicht gewesen sein? Hatte er womöglich gewollt, dass Lotario von seinen Plänen Kenntnis erhielt?

Theresa erhob sich, entschlossen, der Wahrheit endgültig auf den Grund zu gehen. Sie gab Helga einen Kuss, flüsterte ihr etwas ins Ohr und sagte, sie solle auf sich aufpassen. Dann eilte sie zum Dom. Am Eingang wies sie ein Wächter mit Hellebarde ab; in der Kirche tage eine Versammlung. Theresa versuchte, mit ihm zu verhandeln, doch der Mann zeigte sich unnachgiebig. Plötzlich spürte sie, wie sich eine Hand auf ihre Schulter legte. Erschrocken drehte sie sich um. Hinter ihr stand Lotario. Das zuckersüße Lächeln des feisten Bischofs widerte sie nur noch an.

»Vielleicht möchtest du uns Gesellschaft leisten?«, schlug er vor, und sein gar nicht väterlicher Blick wanderte von oben bis unten über ihren Körper.

Theresa zögerte, doch es war ihre einzige Chance, Alkuin wissen zu lassen, dass Lotario der Pergamentfälscher war. Gönnerhaft legte der Bischof seine Hand auf ihre Schulter und tätschelte sie. So gingen sie zum Altarraum, wo die übrigen Versammelten bereits ihre Plätze eingenommen hatten. Der Bischof bedeutete ihr, sich ebenfalls zu setzen, und ging nach vorne. Auf den Bänken wurde geflüstert und getuschelt, während Alkuin, in Gedanken versunken, davor hin und her wanderte. Als er Theresa erblickte, nickte er zerstreut, lief weiter auf und ab und studierte seine Wachstafel. Kurz darauf erschien Karl der Große in seinem eindrucksvollen, mit goldenem Zierrat reich geschmückten Brustharnisch, den er bei derartigen Verfahren zu tragen pflegte. Die Versammelten erhoben sich, bis der König seinen Platz eingenommen hatte.

»Verzeiht, Hoheit. Ich war eben dabei, meine Aufzeichnungen durchzusehen.«

Auf ein Handzeichen Karls des Großen hin kehrte Stille ein. Alkuin holte tief Luft.

»Es ist an der Zeit, die Wahrheit ans Licht zu bringen. Eine komplizierte, schändliche und abscheuliche Wahrheit. Eine Wahrheit, die mich gelegentlich auf den Pfad der Lüge und in die Abgründe der Sünde geführt hat.« Er machte eine Pause und ließ den Blick bedeutungsvoll von einem zum andern wandern. »Die merkwürdige Seuche, die seit einiger Zeit die Stadt Fulda heimsucht, hat wohl jedem der hier Anwesenden bereits einen Bruder, einen Vater oder einen Freund geraubt. Ich selbst musste hilflos mit ansehen, wie mein Gehilfe Romualdo, ein gesunder und kräftiger Junge, plötzlich vom Tode hinweggerafft wurde, und auch aus diesem Grund habe ich mir geschworen herauszufinden, was hier vor sich geht. Anfangs habe ich mich mit jedem einzelnen Fall befasst, jeden Kranken befragt. Aber nichts, keinerlei Erklärung für dieses unvermittelte Sterben. Dann erinnerte ich mich an eine Epidemie, die seinerzeit bei uns in York grassierte. Damals war es der Roggen, der die Krankheit auslöste; die Symptome, die die Opfer hier in Fulda aufwiesen, ähnelten sehr stark jenen in York, was mich auf den Gedanken brachte, das Getreide dieser Gegend in den Blick zu nehmen.« Er hielt inne. »Bekanntlich gibt es in Fulda drei Mühlen. Nachdem sich in den beiden ersten, der Abtei und der des Stiftes, keine Hinweise auf verseuchtes Korn ergeben hatten, wandte ich mich Kohls Mühle zu, um mir eine Probe seines Weizens zu verschaffen. Dafür musste ich ihm ein Geschäft vorschlagen.«

»Kommt zur Sache, Alkuin«, drängte der König. »Bisher wird Lotarios Darstellung in keiner Weise erschüttert.«

»Wenn Ihr gestattet, fahre ich fort … Zu meiner Überraschung wies eine Probe, die mir meine Gehilfin verschaffte, tatsächlich die Krankheitserreger auf. Ich gebe zu, damals hatte ich Kohl in Verdacht, wissentlich Profit aus verdorbener Ware zu schlagen und dafür Menschenleben zu opfern. Obwohl der Fund zunächst lediglich darauf hinwies, dass der Müller ein Zahnrad in dieser Geschichte war.«

»Ich bitte um Entschuldigung«, unterbrach ihn Lotario mit honigsüßer Stimme. »Ihr redet in Rätseln. Was für eine Geschichte? Und was hat das alles damit zu tun, dass Ihr uns angelogen habt? Dass Ihr versucht habt, mich zu vergiften? Und dass Ihr nicht einmal versucht habt, die Ausbreitung der Krankheit aufzuhalten?«

»Beim Allmächtigen, so lasst mich doch ausreden! Dann werdet Ihr wie jeder hier mehr erfahren, als Euch lieb ist. Also, wir wussten, dass verseuchter Weizen durch Kohls Mühle gegangen war …«

»Wie mein verehrter Cousin, unser König, bereits forderte: Kommt zum Punkt, Alkuin! Zu der Sache mit Kohl haben wir Eure Version gehört. Doch Ihr seid noch eine Antwort auf die Frage schuldig, weshalb Ihr mich vergiften wolltet und warum Ihr, bei allem, was Ihr wusstet, so lange geschwiegen habt.«

»Das wollt Ihr wirklich wissen?« Alkuin lächelte ironisch. »Zunächst einmal lag es, wie jeder der Anwesenden begreifen wird, niemals in meiner Absicht, Euch zu vergiften. Es ist wahr, dass ich Euch dieses Pulver in den Wein geschüttet habe.« Er klappte seinen Ring auf und klopfte sich die restlichen weißen Krümel in die offene Hand und nahm sie mit der Zunge auf. »Aber das hier ist nichts als ein harmloses Schlafmittel. Lactuca virosa – etwas unangenehm, aber mehr nicht. Wenn ich Euch hätte vergiften wollen – dessen seid gewiss –, dann stündet Ihr heute nicht hier. Nein, mein lieber Lotario. Ich habe Euch betäubt, um den Mord an einem armen Teufel zu verhindern, der bezeugen könnte, wie das verseuchte Getreide in Kohls Mühle kam – wenn man ihm nicht schon die Zunge herausgeschnitten hätte.«

Ein Raunen ging durch die kleine Versammlung.

»Ihr meint den Schwachsinnigen, der die Tochter des Müllers getötet hat?«

»Genau den meine ich. Den Mann, den Ihr hinrichten wolltet, obwohl Ihr wusstet, dass er unschuldig ist, und der, wie mir gesagt wurde, vor drei Jahren Ochsenführer bei dem Getreidetransport war, den Ihr, Eure Hoheit«, er wandte sich an Karl, »anordnetet, um die Hungersnot in Magdeburg einzudämmen.«

Lotario wollte protestieren, doch Karl der Große, der mit sichtlich wachsendem Interesse Alkuins Ausführungen gefolgt war, ließ ihn nicht zu Wort kommen. »Lotario, schweigt!«, donnerte der König. »Ich erinnere mich sehr genau an meine Anordnungen von damals und brenne darauf zu erfahren, unter welchen Umständen und mit welcher Sorgfalt man meine Befehle in die Tat umgesetzt hat. So fahrt also fort, Alkuin!«

»Ich danke Euch, Eure Hoheit. Bei meinen Nachforschungen fand ich heraus, dass die Karren, die den Roggen aus Fulda brachten, auf ihrem Rückweg das verdorbene Getreide aus Magdeburg geladen hatten – dieses war mitnichten im Feuer gelandet, wie es hätte sein sollen, sondern in Kohls Mühle. Und wer trieb den Ochsen? Der arme Kretin, der von Euch, Lotario, auserwählt wurde, für einen Mord zu büßen, den ein Rothaart begangen hat – Kohls Gehilfe und Euer Komplize!«

»Ja, um Gottes Willen! Habt Ihr den Verstand verloren?«, tobte Lotario.

»Er war es übrigens, der mich auf Eure Spur gebracht hat«, fuhr Alkuin mit ruhiger Stimme fort. »Das Mädchen wurde erstochen. Ich gestehe, zuerst habe auch ich den armen Idioten für schuldig gehalten. Aber als ich seine verwachsenen Hände sah, wurde mir sofort klar, dass er vielleicht mit Mühe einen Ochsenziemer zu halten imstande ist, aber gewiss kein Messer. Und schon gar nicht hätte er es in dieser Weise gebrauchen können: Der Schnitt, der das arme Mädchen umgebracht hat, verlief von der Kehle bis zum rechten Ohr.«

»Und weshalb sollte diese schändliche Tat Rothaart zuzuschreiben sein?«, fragte Karl der Große.

»Rothaart war Linkshänder und geschickt im Umgang mit dem Messer, mit dem er jeden Abend in der Schenke herumfuchtelte. Er hatte Geld. Viel Geld. An dem Tag, als ich ihn kennenlernte, prahlte er vor seinem Freund Gus damit herum. Dieser Gus hat mir später, nach drei Krügen Wein, anvertraut, das Gesicht seines Kumpans habe am Tag nach dem Mord Kratzspuren aufgewiesen.«

»Was noch nicht bedeutet, dass er das Mädchen getötet hat«, warf der König ein.

»Nun«, meinte Alkuin, »er kannte das Opfer nicht nur, Tatsache ist nämlich, dass Rothaart in der Nacht, als das Mädchen zu Tode kam, in der Mühle übernachtet hat. Wir kennen die Aussage von Kohls Frau: In jener Nacht wachte ihre Tochter mit Bauchschmerzen auf und ging in den Hof, um sich zu erleichtern; von dort kehrte sie nicht mehr zurück. Wir wissen, dass der Schwachsinnige mit seinen verkrüppelten Händen es nicht gewesen sein kann, und wir wissen, dass Rothaart am Tatort war und dass er ein Messer bei sich hatte …«

»Aber welchen Grund sollte er gehabt haben, das Mädchen zu töten?«

»Er hatte ganz offenbar Angst vor Lotario«, erklärte Alkuin, ohne mit der Wimper zu zucken. Der Bischof sah so rot und zorngeschwollen aus, als würde er jeden Augenblick platzen. Nur Karls drohender Blick ließ ihn an sich halten.

»Das müsst Ihr schon näher erläutern«, brummte der König und schaute Alkuin aufmerksam an.

»Rothaart war ein Trinker. In jener Nacht kehrte er betrunken zur Mühle zurück, er musste aber noch den verseuchten Weizen von der Scheune in die Mühle hinüberschaffen. Dabei wurde er von Kohls Tochter überrascht, die sich vermutlich wunderte, ihn zu dieser Stunde bei der Arbeit anzutreffen. Rothaart hätte irgendeine Ausrede erfinden können, doch sein Geist war vom Wein getrübt, und so tat er, was er auch in den Wirtshäusern zu tun pflegte: Er zog das Messer und schnitt ihr die Kehle durch.«

»Ich wusste gar nicht, dass Ihr über eine derart reiche Phantasie verfügt«, platze der Bischof heraus. »Oder seid Ihr vielleicht dabei gewesen?«

Alkuin ignorierte den Einwurf und fuhr fort: »Sagt mir, Lotario. Ist es richtig, dass Rothaart Euch häufiger in Euren Gemächern aufgesucht hat? Ich nehme an, Ihr habt über die Mühle gesprochen …«

Höhnisch antwortete der Bischof: »Ich bekomme so viel Besuch, wenn ich mir da jeden einzelnen merken wollte …«

»Euer Diener hingegen erinnert sich recht gut. Er hat mir erzählt, dass Ihr lange Gespräche über Geldangelegenheiten geführt habt.«

Lotario sah seinen Diener streng an, der sich unter dem Blick seines Herrn krümmte wie ein getretener Hund. Dann wandte er sich wieder Alkuin zu.

»Und wenn – was heißt das schon? Gelegentlich hat er wohl Korn für uns gemahlen, so wie wir mitunter auch für Kohl.«

»Aber wäre es nicht angebracht gewesen, diese Geschäfte mit dem Mühlenbesitzer persönlich zu verhandeln statt mit seinem Gehilfen?«

»Und daraus wollt Ihr einen Mord ableiten? Macht Euch nicht lächerlich, Alkuin. Ihr solltet mit diesem dummen Geschwätz aufhören, ehe Euch Euer englisches Maul gestopft wird.« Der unverhohlene Hass, mit dem er Alkuin anfunkelte, ließ Theresa einen Schauer über den Rücken fahren. Diesem Mann hatte sie sich anvertraut!

Karls Ton war schneidend, als er Lotario zurechtwies: »Wenn Ihr erlaubt, würde ich mir dieses dumme Geschwätz gern zu Ende anhören.«

Alkuin fuhr ungerührt fort. »Rothaart pflegte ein kostbares Wams und feine Lederstiefel zu tragen, und das Gold an seinem Arm hätte für ein großzügiges Landgut samt den dazugehörigen Sklaven gereicht – für einen Müllersgehilfen durchaus ungewöhnlich. Man muss also davon ausgehen, dass er weitere Einkünfte hatte, und dazu passt nun wiederum, was mir sein Kompagnon Gus über ihre sonntäglichen Aktivitäten berichtet hat, ohne dass er selbst eine Ahnung davon gehabt hätte, mit was für Teufelszeug sie da umgingen. Rothaart beschaffte aus irgendeiner geheimen Quelle Weizen. Sonntags, während Kohl die Messe besuchte, wurde dieses

Korn dann gemahlen und in einen geheimen Speicher geschafft; dort wurde es mit Roggenmehl vermischt und bis zum Verkauf gelagert.«

»Dann glaubt Ihr also nach dem Gelalle eines Säufers, Rothaart sei ein Mörder gewesen. Meinetwegen! Aber was hat das alles mit mir zu tun?«, fuhr Lotario geifernd dazwischen.

Für Theresa sah er in diesem Augenblick nicht aus wie ein Bischof, sondern eher wie der Leibhaftige persönlich.

»Ich komme gleich zum Schluss, Lotario, habt noch einen kleinen Moment Geduld«, sagte Alkuin mit aufreizender Langsamkeit. »Ich wollte in den Büchern des Stifts überprüfen, ob dort ein Hinweis auf verseuchten Roggen zu finden wäre. Zunächst konnten Theresa und ich jedoch nicht den geringsten Anhaltspunkt dafür entdecken – bis wir auf eine Seite stießen, die abgeschabt und neu beschrieben worden war. Doch Theresa war geschickt genug, die alte Schrift wieder sichtbar zu machen. Und hier nun fand sich der Schlüssel zu dem ganzen Geheimnis, nämlich eine beträchtliche Partie Weizen, die von Magdeburg nach Fulda verbracht worden war. Eine tödliche Fracht, die von Bernard, dem früheren Abt, zu einem Spottpreis eingekauft wurde.«

»Was wollt Ihr dann noch hier? Geht auf den Friedhof, da findet Ihr den alten Abt, Gott hab ihn selig. Am besten bleibt Ihr gleich dort.« Mit gekünstelter Verachtung lachte Lotario auf.

»Meint Ihr, der tote Abt habe auch noch das Versteck für den Weizen geliefert: den Speicher, der Eurer Familie gehört?«, rief Alkuin donnernd.

»Meiner Familie gehört die Hälfte von Fulda. Was habe ich mit irgendeinem Speicher zu schaffen? Eure unhaltbaren Beschuldigungen und Euer neunmalkluges Gerede habe ich allmählich satt. Ihr habt nichts als Ungereimtheiten vorzutragen und könnt keinen einzigen stichhaltigen Beweis anführen. Ihr kommt uns mit Rothaart, doch der ist leider tot; Ihr benennt den schwachsinnigen Mörder als Zeugen, doch der ist nicht nur unzurechnungsfähig, sondern zudem stumm; Ihr führt den ehemaligen Abt ins Feld, der aber ruht seit zwei Jahren friedlich unter der Erde. Mein Kornspeicher? Dass ich nicht lache! Und zu guter Letzt wollt Ihr uns etwas von einem Buch erzählen, in dem durch Hexenkunst verborgene Geheimnisse zum Vorschein gekommen seien, von einer Seite, die niemand außer einem blöden Weib je zu Gesicht bekommen, geschweige denn näher untersucht hat? Sehr schön. Und wo habt Ihr dieses Buch? Zeigt es uns endlich, oder fresst Eure Worte und erstickt daran!«

Ein aufgeregter Novize kam hereingelaufen, trat atemlos zu Alkuin und flüsterte ihm etwas ins Ohr. Den Diakon schien für einen Moment seine Selbstsicherheit zu verlassen, dann fasste er sich wieder und sagte: »Wie mir mein Sendbote gerade berichtet, ist ausgerechnet dieses Buch soeben ein Raub der Flammen geworden. Sollte das ein Zufall sein?« Er funkelte Lotario an. Doch der Bischof spuckte ihm nur höhnisch entgegen: »Legt Eure Beweise vor, oder schmort in der Hölle für Eure ungeheuerliche Anmaßung!«

Da sprang Theresa auf, und ehe eine der Wachen reagieren konnte, warf sie sich vor Karl auf die Knie und erklärte mit fester Stimme: »Ich habe hier die Beweise, die der Bischof verlangt.«

Der König hielt die Wache mit einer Handbewegung zurück.

Alle Augen richteten sich auf Theresa, gespanntes Schweigen füllte die Kirche.

Theresa zog ein zerknittertes, angesengtes Pergament aus ihrer Tasche, strich es glatt und hielt es dem König hin. Alkuin sah sie verblüfft an. Die Seite aus dem Buch! Der König nahm ihr das Blatt aus der Hand und betrachtete es aufmerksam. Dann reichte er es Lotario.

»Verfluchtes Teufelsweib! Wo hast du das her? Und was soll das überhaupt? Ich lese nichts von all dem Unrat, den dieser luziferische Engländer hier ausgekübelt hat!«

Der König nahm Lotario den Bogen aus der Hand, bevor der ihn zerreißen konnte, und reichte ihn an Theresa weiter. Vor den Versammelten schabte sie die Asche von den versengten Rändern, benetzte ihre Fingerspitze mit der Zunge und rieb vorsichtig mit kreisenden Bewegungen den angefeuchteten Ruß über die Seite:

Deutlich trat der verborgene Text zum Vorschein. Dann gab sie das Blatt dem König zurück, und dieser begann laut vorzulesen.

Lotario fuhr empört dazwischen: »Und was soll ich damit zu tun haben? Dieser Text wurde vor drei Jahren von Bernard verfasst, der allein alle Bücher betreute. Haltet Euch an seiner Familie schadlos und an dieser kleinen Hexe, die auf den Scheiterhaufen gehört, damit ihre verderbte Seele zur Hölle fährt!« Drohend trat er einen Schritt auf Theresa zu.

Doch Theresa ließ sich nicht einschüchtern. Hier stand er vor ihr, der skrupellose Mörder, und sie würde ihn nicht davonkommen lassen. Welch unglaubliche Habgier! Hatte er denn nicht mehr als genug, um zu fressen und zu prassen? Sie hatte den schrecklichsten Hunger erlebt, und dieser Kirchenmann raffte mehr zusammen, als sein feister Wanst je schlucken konnte! Nun gut, sie mochte nur ein blödes Weib sein. Aber zur Hölle fahren würde er, und sie hätte nicht sagen können, dass es ihr leidtat.

Sie hielt seinem hasserfüllten Blick stand, ohne mit der Wimper zu zucken, und sagte bestimmt: »Ganz recht. Der Originaltext, der durch die Asche zum Vorschein kommt, stammt von dem Abt. Aber den neuen Text, den habt Ihr geschrieben, und zwar eigenhändig, denn Ihr wolltet so den einzigen Beweis für den Zusammenhang zwischen dem Weizen und der Krankheit zunichte machen.«

»Nie im Leben habe ich diesen Text verfasst!«, schrie Lotario wutentbrannt.

»Doch, das habt Ihr«, beharrte sie. »Ich selbst habe mich anhand Eurer Briefe davon überzeugt.«

»Ha! Was denn für Briefe, du verfluchte Lügnerin?« Er versetzte ihr eine schallende Ohrfeige. »Es gibt keine Briefe. Es gibt auch keine Dokumente!«

Theresa biss sich auf die Lippe. Ihr Kopf dröhnte, doch sie würde nicht weinen. Wenn wirklich keine anderen handschriftlichen Zeugnisse existierten? Lotario hatte tatsächlich Zeit genug gehabt, alle Dokumente vernichten zu lassen, die ihn belastet hätten. Da erhob sich Karl der Große.

»Nun, das können wir leicht überprüfen«, sagte er. Er zog eine versiegelte Schriftrolle unter seinem Brustharnisch hervor und entrollte sie behutsam. »Erkennt Ihr dieses Schreiben hier, Lotario? Das ist der Brief, den Ihr mir gestern zukommen ließt, eine Kopie des Schreibens, das Ihr an die übrigen Bischöfe zu schicken beabsichtigtet. Ich nehme an, ich sollte Euer rechtschaffen christliches Vorgehen bewundern, und vielleicht hattet Ihr sogar ein neues Leben im Sinn?«

Karl der Große studierte nun aufmerksam die Worte, auf die Theresa wies: »*In nomine Patris*.« Der Schriftzug auf den beiden Pergamenten stimmte bis ins Letzte überein.

»Habt Ihr dazu etwas zu sagen?«, fragte der König streng.

Der Bischof war sprachlos vor Zorn. Unvermittelt drehte er sich zu Theresa um und wollte sich auf sie stürzen, doch auf einen leisen Wink Karls sprangen die Wachen dazwischen, packten ihn und schleppten ihn aus dem Dom.

Der König reichte Alkuin die Hand und neigte dabei ein wenig sein Haupt, ohne ein Wort zu sagen. Dann blickte er Theresa an, schüttelte den Kopf und meinte: »Schade, dass du kein Mann bist. Oder nein, vielleicht auch nicht. Ich denke, der Herrgott wusste sehr genau, was er tat, als er dich erschuf.«

Lächelnd verließ der König nach diesen Worten mit seinem Gefolge das Gotteshaus.

Als Theresa vier Tage später zum ersten Mal wieder zur Arbeit erschien, konnte Alkuin ihr berichten, man habe Kohl auf freien Fuß gesetzt, ebenso den armen Teufel, den sie um ein Haar unschuldig bei lebendigem Leibe begraben hätten und der inzwischen vollends verstört war und nichts von dem alledem begriff, was ihm widerfahren war.

»Meint Ihr, sie werden den Bischof hinrichten?«, fragte Theresa, während sie ihre Manuskripte ordnete.

»Ich weiß es nicht. Immerhin ist Lotario mit dem König verwandt, und von Karl wird es letztlich abhängen. Und falls er doch mit seinem Leben einstehen muss, dann eher dafür, dass er des Königs Anweisungen nicht geachtet hat, als für seine eigentlichen Missetaten.«

»Das finde ich aber nicht gerecht«, meinte Theresa entrüstet.

»Ach, Theresa! Wenn mitunter schon die göttliche Gerechtigkeit schwer zu ergründen ist, was will man da von der weltlichen erwarten?«, erwiderte Alkuin.

»Aber so viele Menschen sind durch seine Schuld gestorben …«

»Der Tod ist mit dem Tode nicht zu sühnen. In dieser Welt, in der das Leben so leicht von Krankheiten und Hunger dahingerafft wird, wo es dem Unheil des Krieges und den Unbilden der Natur ausgesetzt ist, was ändert es da, ob ein einzelner Verbrecher gehängt wird? Das Leben eines Ermordeten gilt so viel wie der Wert seines Vermögens, und nach diesem Vermögen wird dann die Strafe bemessen. Ihr wisst, wie begütert Lotarios Familie ist.«

»Und da hingegen viele der Verstorbenen nicht gerade vermögend sind …«

»Ich sehe, du begreifst schnell. Der Mord an einer jungen Frau im gebärfähigen Alter beispielsweise wird mit sechshundert Schillingen geahndet, das Gleiche gilt für den Mord an einem unter zwölfjährigen Jungen. Für ein Mädchen im selben Alter jedoch beträgt die Strafe lediglich zweihundert Schillinge.«

»Erwartet Ihr, dass ich das verstehe?«

»Ach, Mädchen, weißt du, vor Gott mögen alle Menschen gleich sein, Männer wie Frauen, aber in den Augen der Menschen ganz gewiss nicht: Ein Mann schafft Geld und Vermögen heran, eine Frau bringt nur Kinder und Probleme ins Haus.«

»Kinder, die Reichtum und Arbeitskraft bedeuten. Aber eins begreife ich wirklich nicht: Wenn Gott den Menschen nach seinem Bilde erschaffen hat, weshalb schaut der Mensch dann nicht auf die Welt, wie Gott es tut?«

Alkuin zog verblüfft eine Braue hoch. Dieses Mädchen überraschte ihn immer wieder. Doch wollte er sich nicht mit ihr auf eine Diskussion über Adams Rippe oder den Sündenfall einlassen, sondern ihr lieber den Blick für die Dinge dieser Welt öffnen.

»Die Tötung eines Menschen wird nun einmal oft nur mit einer Geldstrafe geahndet, während andere Verbrechen, die große Schäden anrichten, wie zum Beispiel Brandstiftung oder vorsätzliche Zerstörung von Eigentum, so gut wie immer mit dem Tode bestraft werden.«

Bei der Erwähnung von Brandstiftung zuckte Theresa zusammen, doch Alkuin schien es nicht zu bemerken. Schnell sagte sie: »Man könnte also sagen: Ein Mörder bekommt eine Geldstrafe, und ein Dieb wird gehenkt.«

»So in etwa ist das Gesetz.«

Theresa wandte sich kopfschüttelnd wieder dem Evangelium zu, in das sie seit den frühen Morgenstunden vertieft war. Sie tauchte die Feder in die Tinte und nahm einen neuen Vers in Angriff, damit sie die tägliche Seite, die Alkuin von ihr verlangte, so bald wie möglich fertig hätte. Theresa schrieb besonders flink und flüssig, was Alkuin mit fast väterlichem Stolz erfüllte. Für die sechsunddreißig Zeilen, die eine Seite zählte, benötigte sie etwa sechs Stunden – die Hälfte der Zeit, die ein professioneller Schreiber dafür gebraucht hätte. Was, abgesehen von ihrer außerordentlichen Begabung, auch daran lag, dass sie sich der neuen Minuskelschrift bediente, die Alkuin seit einiger Zeit entwickelte.

Nach dem Kopieren stand Theresas weitere Bildung auf dem Programm. Zuallererst sollte die *Ars dictaminis,* die Kunst des Briefeschreibens, an der Reihe sein, um sie in die Lage zu versetzen, eigene Gedanken in edler Form zu Papier bringen zu können, wie Alkuin ihr zu ihrer größten Freude erklärt hatte.

Außerdem widmete sich Theresa einer fesselnden Lektüre: dem *Liber glossarum*, einem einzigartigen Kompendium, das seinem Leser das gewaltige Universum antiken und christlichen Wissens erschloss – für Theresa ein Buch wie ein Fenster zu einer unbekannten Welt des Wissens jenseits der Religion.

»Manches ist mir immer noch nicht ganz klar«, sagte sie und klappte das Buch zu.

»Wenn du dich statt mit diesem Band etwas mehr mit der Bibel beschäftigen würdest ...«, versetzte Alkuin schmunzelnd, der sich an seinen eigenen Lektürehunger junger Jahre erinnerte.

»Ich meinte nicht das *Liber glossarum*, sondern die Geschichte mit dem verseuchten Weizen. Mir will immer noch nicht in den Kopf, warum Ihr mich damals in der Sakristei eingesperrt habt.«

»Ach, das meinst du? Nun ... ich habe mir Sorgen gemacht, dass dir etwas zustoßen könnte. Und ich gebe zu, ich befürchtete auch, du würdest Lotario zu viel erzählen. Zwar hatte ich dich das erste Mal selbst dazu gebracht, ihn aufzusuchen, aber später wurde die Sache gefährlich.« Alkuin hatte sich um sie Sorgen gemacht? Doch zugleich hatte er sie benutzt. Theresa wusste nicht, ob sie dankbar oder wütend sein sollte.

Alkuin fuhr fort: »Unglücklicherweise hatte Lotario begonnen, uns zu misstrauen. Daher hielt ich es für günstig, ihn glauben zu machen, wir hätten jemand anderen in Verdacht. Um dich zu täuschen, habe ich der Schwarzen Helga gesagt, sie solle sich die Beine anmalen und die Krankheit vortäuschen. Ich vertraute darauf, du würdest Lotario daraufhin in deiner Angst erzählen, dass ich Kohl verdächtige. Nur auf diese Weise konnte ich meine Nachforschungen ungestört weiterführen. Auch die Notizen, die er in meiner Zelle fand, habe ich absichtlich verfasst, ich wusste ja, dass er mich überwachen lässt.«

»Aber weshalb habt Ihr mich nicht in Euren Plan eingeweiht?«, verlangte Theresa empört zu wissen.

»Ich wollte verhindern, dass du Lotario durch irgendeine Kleinigkeit misstrauisch machst. Er sollte dir vertrauen und deiner Darstellung unbedingt Glauben schenken. Übrigens war es auch Lotario, der mich auf die Idee brachte, Helgas Beine anzumalen.«

»Ach ja?« Theresa hatte den Schrecken nicht vergessen, den ihr Helgas vorgebliche Krankheit und ihr Verschwinden eingejagt hatten.

»Er hatte genau das auch bei Rothaart gemacht, wie ich feststellen konnte, als ich seine Leiche untersuchte. Rothaart war nämlich gar nicht an der Krankheit gestorben – Lotario hat ihn getötet. Rothaart war der Einzige, der ihn hätte verraten können, und nachdem er tot war, blieb Kohl als einziger Verdächtiger übrig.«

»Und warum habt Ihr das alles nicht sogleich Karl dem Großen vorgetragen? Selbst ich habe zwischendurch an Eurer Unschuld gezweifelt!«

»Ich benötigte einfach noch mehr Zeit. Ich hatte herausgefunden, dass der Bischof einen Speicher für Kornvorräte besaß. Doch von dem verseuchten Weizen habe ich dort nichts gefunden; es lagerten dort nur Roggen, Dinkel und Hafer. Das Mehl ist lange schon im Umlauf und hoffentlich zur Gänze verbraucht. Allerdings scheint es eine Partie Getreide zu geben, die ich immer noch nicht gefunden habe, was mir einige Sorge bereitet.«

Theresa kam sich entsetzlich töricht vor, dass sie Alkuin misstraut hatte. Sie stellte das Buch zurück, packte ihre Schreibgeräte zusammen und bat, sich zurückziehen zu dürfen, denn es war schon spät geworden.

IV

19

Die Tage und Wochen vergingen, und der Bauch der Schwarzen Helga wurde mit jedem Tag ein wenig runder. Wenn Theresa ihn staunend berührte, stellte sie sich vor, wie es wohl wäre, wenn sie selbst einmal ein Kind erwartete – ein Kind von Haldor Larsson … Aber das hatte noch Zeit. Vorerst begnügte sie sich damit, Helga dabei zuzuschauen, wie sie alles in sich hineinstopfte, was sie zwischen die Finger bekam.

Doch nicht nur der Leibesumfang ihrer Freundin hatte sich verändert. Aus der schlampigen Dirne, die nicht vor dem späten Vormittag aus den Federn kam und in deren Küche sich die schmutzigen Krüge und Teller stapelten, war eine reinliche Frau geworden, die bei der Arbeit tüchtig anzupacken verstand. Sie schminkte sich die Lippen nicht mehr und kleidete sich schlicht. Am meisten aber staunte Theresa, wie geschickt Helga mit all den Töpfen und Pfannen hantierte, als hätte sie ihr Lebtag nichts anderes getan. Selbst Favila war so beeindruckt von ihren Koch- und Schmorkünsten, dass sie der neuen Köchin immer häufiger das Feld überließ.

Lediglich die langsam verblassende Narbe, mit der sich ihr brutaler Liebhaber in ihrem Gesicht verewigt hatte, erinnerte noch an die alte Helga, dachte Theresa, wenn sie ihre Freundin bei ihrer neuen Arbeit beobachtete.

Helga selbst schien sich indes nur noch um die Zukunft ihres Kindes zu sorgen. Sanft wiegte sie ihren Leib hin und her und summte uralte Melodien dazu; sie war sicher, dass es ein Mädchen werden würde, und machte aus Wolle und Filz schon all das, was solch eine kleine Person bei ihrer Ankunft auf der Welt benötigte. Ihr ganzer Stolz aber war ihr Handel mit Nicolas, dem alten Schreiner, der ihr im Tausch gegen ein paar Küchlein eine hübsche kleine Wiege zimmerte.

All dies aber hielt Helga nicht davon ab, gewissenhaft ihre Aufgaben in der abteieigenen Küche zu erledigen, besonders an diesem Abend. Als Würdigung ausgerechnet für den genügsamen Alkuin von York sollte ein Festmahl bereitet werden, bei dem der König und sein Gefolge anwesend sein würden. Für diesen würdigen Anlass hatte sich Helga ganz besonders ins Zeug gelegt: Sie hatte Kapaune und Täubchen gebraten, Fasane gegrillt und frisch erlegten Hirsch geschmort; dazu gab es einen Ochsen am Spieß und, neben vielen anderen süßen Leckereien, Favilas köstliche Käsetorte – der Festschmaus für die hohen Gäste war vollkommen. Üblicherweise wurde das Abendessen im Refektorium eingenommen, doch für diesen Abend hatte Prior Lowik einen etwas intimeren Raum über dem Kalefaktorium herrichten lassen.

Das Besondere an diesem Festmahl war, dass Theresa auf höchsten Wunsch dazu eingeladen war.

»Der König besteht darauf, dass du anwesend bist«, hatte Alkuin sie wissen lassen.

Und dann hatte Alkuin ihr aufgetragen, während des Banketts einige Verse aus der *Appendix Vergiliana* zu rezitieren.

»Auswendig musst du sie nicht können«, meinte er, »du brauchst sie dir nur ein paar Mal laut aufzusagen, damit du sie dann sicher und wohlklingend vortragen kannst.«

Seitdem hatte Theresa aufgeregt immer und immer wieder die Verse vor sich hergebetet. Zudem war sie in großer Sorge gewesen, ob sie mit den Änderungen an dem Kleid, das die Schwarze Helga ihr in der Webergasse gekauft hatte, noch rechtzeitig fertig werden würde. Es war aus besonders feinem schwarzen Leinen und hatte eine winzige Borte aus roten Keramikperlen, die Theresas Formen raffiniert betonten und perfekt zu ihren dunklen Haaren passte.

Nach der Arbeit im Skriptorium war sie nervös zu Helga in die

Küche gelaufen und hatte sie um Rat gefragt, wie eng sie es machen sollte. Helga griff sofort zu Nadel und Faden und machte sich an die Arbeit. Als Theresa schließlich hineinschlüpfte, fand sie, dass das Kleid passte wie angegossen. Sie sah aus wie eine junge Dame aus gutem Hause und verging vor Ungeduld, ihr Kleid endlich vorzuführen. Sie stellte sich vor, Haldor könnte sie so sehen …

»Ist es wirklich nicht zu eng?«, fragte Theresa und schaute mit errötenden Wangen an sich herunter.

»Aber nicht doch, mach dir keine Sorgen. Du siehst hinreißend aus!« Helga zwinkerte ihr aufmunternd zu und trieb sie zur Eile an, denn sie waren spät dran.

Als Theresa den Speisesaal betrat, hatten die übrigen Gäste gerade Platz genommen. Alkuin nahm sie in Empfang und – in eben diesem Moment kam der König mit seinem Gefolge herein – entschuldigte ihre Verspätung. Theresa verneigte sich und eilte geschwind an den Platz, den man an der Seite eines in goldgewebter Seide gekleideten jungen Mädchens für sie reserviert hatte. Das Mädchen lächelte Theresa freundlich an und zeigte eine Reihe winziger, strahlend weißer Zähne. Theresa schätzte sie auf etwa zwanzig; später erfuhr sie, dass Theodrada – so stellte sich das Mädchen vor – erst fünfzehn Jahre alt war. Einer der Bediensteten flüsterte ihr zu, die zweitjüngste Tochter Karls besuche Fulda nicht zum ersten Mal, denn außer auf das Schlachtfeld begleite sie ihren Vater beinahe überallhin. Etwa zwei Dutzend weitere Personen, größtenteils aus dem Gefolge des Königs, zählte Theresa; dazu fünf oder sechs Männer mit Tonsur, die wohl dem Kloster angehörten. Karl der Große thronte am Kopf der großen rechteckigen Tafel, die mit makellosen Leinentüchern gedeckt und mit Winterblumen geschmückt war – Lotarios Gewächshaus war wohl erneut geplündert worden. Reich gefüllte Schalen mit Wildbret und Geflügel, Käse und Obst stellten die Gäste vor eine schwierige Wahl, dazwischen standen dicht an dicht randvolle Weinkrüge – eine wahrhaft königliche Tafel. Nachdem Karl den Trinkspruch ausgebracht hatte, der im Wesentlichen Alkuins Verdienste würdigte, prosteten die Versammelten einander zu und machten sich mit großem Appetit über die aufgetragenen Köstlichkeiten her.

Zu fortgeschrittener Stunde, nachdem alle sich die Bäuche vollgeschlagen und etliche Krüge feinsten Weines geleert hatten, musste Theresa mit Unbehagen feststellen, dass einige der Männer ihren Blick immer unverhohlener auf den appetitlichen Rundungen ruhen ließen, die sich unter ihrem Kleid abzeichneten. Verwirrt löste sie ihren Gürtel ein wenig, damit es nicht mehr so eng saß, und schob ein Blumengesteck zwischen sich und die Gaffer. Theodrada, die die Szene beobachtet hatte, schob Theresa mit verständnisvoller Geste weitere Blumen hin, die sie als Sichtschutz platzierte.

»Mach dir nichts daraus«, meinte Karls Tochter lächelnd. »Die Männer sind doch alle gleich. Und wenn sie betrunken sind, sind sie noch schlimmer.«

Als die Nachspeisen aufgetragen wurden, trat Alkuin an Theresa heran und forderte sie auf, sich für ihren Vortrag zu erheben; einige Männer klatschten. Sie erhofften sich offensichtlich eine exotischere Erbauung als den Vortrag Vergil'scher Verse, den sie einer Frau ohnehin nicht zutrauten.

Karl der Große ermunterte Theresa, nun mit ihrem Vortrag zu beginnen. Sie nahm einen kräftigen Schluck Wein und spürte, wie ihre Unsicherheit schwand. Vorsichtig über die Essensreste auf dem Boden hinwegsteigend, trat sie an das Pult, das Alkuin eigens für sie hatte aufstellen lassen. Mit anmutiger Geste schlug sie den Codex auf, holte tief Luft und hob mit fester Stimme an zu lesen. Bei ihren ersten Worten verstummte das Lärmen im Saal nach und nach; die überlieferten Verse entfalteten in Theresas Darbietung einen ganz neuen Zauber. Sie las langsam, gemessen, flüsternd bisweilen, dann wieder von Leidenschaft angefeuert. Als sie zum Schluss kam, war es totenstill im Raum. Karl der Große hatte sich erhoben und blickte sie voller Staunen an. Theresa wusste seine Miene nicht zu deuten, einen Augenblick fürchtete sie, er würde sie tadeln, doch der König füllte einen Kelch, trat auf sie zu und bot ihn ihr an. Theresa nahm den Wein entgegen; als er jedoch erklärte, dass er sie in seinen Privatgemächern zu sehen wünschte, wäre ihr um ein Haar vor Schreck der Kelch aus den Händen geglitten, und ein wenig von dem blutroten Getränk ergoss sich über ihr neues Kleid.

Theresa betete, dass der Boden sich auftun und sie darin versinken möge. Sie bereute fast schon, das neue Kleid angezogen zu haben. Diese vielen lüsternen Blicke widerten sie an. Ja, sie wusste, was Lust war – aber was in diesen Gesichtern geschrieben stand, hatte nichts mit dem zu tun, was sie mit Haldor erlebt hatte … Auch bei dem Gedanken, dass sie dem König ganz allein gegenübertreten, ihn in seinen privaten Gemächern aufsuchen sollte, wurde ihr ziemlich unbehaglich zumute. Was hatte das zu bedeuten? Sie musste unbedingt mit Alkuin sprechen, bevor sie zu dem Treffen ging, und machte sich auf die Suche; Alkuin jedoch schien wie vom Erdboden verschluckt.

Als man Theresa am folgenden Tag in die Gemächer Karls des Großen führte, hatte sie ein Kleid gewählt, das so keusch aussah wie ein Küchenkittel. Für einen Moment hoffte sie, der König möge zu beschäftigt sein, um sie zu empfangen. Doch zu ihrer großen Verwunderung war es Alkuin, der ihr die Tür öffnete. Lächelnd – was äußerst ungewöhnlich für diesen strengen Kirchenmann war – bat er sie herein und wich ihr nicht von der Seite, während Karl der Große hinter einem Vorhang noch dabei war, sich zu waschen.

»Ah, du bist da! Komm her zu mir«, forderte der König sie auf, als er fertig war.

Theresa sah an ihm hinauf – er war mit Abstand der größte Mann, den sie je zu Gesicht bekommen hatte. Größer noch als der große Sachse damals in dem Haus der Larssons.

»Hat Alkuin dich bereits über meine Absichten in Kenntnis gesetzt?«

»Nein, Majestät«, erwiderte Theresa stockend.

»Er hat mir erzählt, dass du nicht nur ein sehr schönes, sondern dazu ein sehr kluges Mädchen bist. Wenn ich ihn recht verstanden habe, bist vor allem du dem vergifteten Weizen auf die Spur gekommen und hast somit großes Übel von der Stadt abgewendet.«

Errötend blickte Theresa zu Alkuin hin, der bestätigend nickte.

»Das war… doch nur Zufall«, wehrte sie verlegen ab.

»Und du warst es auch, die den gefälschten Text entdeckt hat, oder täusche ich mich?«

Erneut sah Theresa fragend zu Alkuin hinüber. Wollte der König ihr eine Falle stellen? Doch Alkuin nickte ihr aufmunternd zu.

»Ich …«, sie musste schlucken. Doch dann fuhr sie mit fester Stimme fort: »Ich bin die Bücher mehrmals durchgegangen, aber nur, weil Alkuin mich dazu angehalten hat. Die Ehre gebührt daher ihm.«

»Bescheiden bist du also auch noch, mutig sowieso. Ich habe mir berichten lassen, welchen Einsatz du gezeigt hast, um den letzten Beweis zu erbringen.«

Theresa schwieg verwirrt. Sicher, sie hatte sich in Gefahr gebracht, als sie das Schriftstück aus dem brennenden Buch herausgerissen hatte; aber sollte sie der König wirklich nur zu sich gerufen haben, um ihr zu danken? Übersah sie die Fallstricke?

»Ich danke Euch, Majestät«, brachte sie schließlich schüchtern heraus und sah den König unsicher an.

Karl der Große ließ ein tiefes Brummen vernehmen, während ihm sein Leibbarbier den Bart stutzte, schob ihn dann beiseite und warf sich einen sauberen Wollumhang um.

»Dein Handeln soll meinen Untertanen ein Beispiel sein. Und ich bin der Meinung, dass du dir eine Belohnung verdient hast. Als Ausdruck meines Dankes sollst du das Land bekommen, das dem Abt gehört hat.«

Theresa starrte den König ungläubig an. Ihr schwindelte.

»Schließlich muss das Land fertig gerodet und der Acker bestellt werden. Jemand muss sich darum kümmern. Ich werde veranlassen, dass dir genügend Saatgut zur Verfügung gestellt wird, damit sofort mit der Aussaat begonnen werden kann.«

»Aber ich … ich habe keine Ahnung von der Landwirtschaft …«

»Dann werde ich meinen Ingeniarius beauftragen, sich die Ländereien mit dir gemeinsam anzuschauen. Er wird dir helfen. Und da ist noch etwas, das ich dir sagen wollte«, fügte er hinzu und räusperte sich. »Die Verse, die du gestern vorgetragen hast, haben mich zutiefst angerührt ... Und nun geh.«

Verwirrt verließ Theresa das königliche Gemach. Sie konnte nicht fassen, was ihr gerade widerfahren war. Träumte sie, wachte sie, wurde sie gar irre?

Sie eilte zu Helga. Verblüfft und sprachlos lauschte die Freundin Theresas Worten, dann lachte sie laut auf und umarmte die neue Landbesitzerin.

»Da darf man wohl gratulieren! Du bist ein Glückskind, meine Liebe. Aber du hast es auch verdient!«

Die beiden Frauen malten sich aus, wie groß das Stück Land wohl sein und wie viel Reichtum es Theresa einbringen würde. Helga gab zu bedenken, dass das Land an sich noch nichts einbringe. Um einen Nutzen daraus zu ziehen, würde man Arbeitskräfte, Vieh, Saatgut, verschiedene Gerätschaften und Wasser benötigen; trotz vieler Mühen könnten die meisten Bauern oft nicht einmal ihre eigene Familie von dem ernähren, was ihnen das bestellte Ackerland einbrachte.

Doch Theresa war in Gedanken bereits woanders. Sie kniff die Augen zusammen und stellte sich vor, wie sie und Haldor bald auf ihrem eigenen Gut leben würden, ganz gleich, ob in Wohlstand oder für ihren Lebensunterhalt kämpfend. Hauptsache, sie waren zusammen! Ob sie wohl morgen aufwachen und feststellen würde, dass alles nur ein Traum gewesen war? Hin und her gerissen zwischen Vorfreude und ungläubigem Zweifel, sank sie endlich erschöpft in Schlaf.

Als sie am nächsten Morgen zu früher Stunde ins Skriptorium trat, fand sie Alkuin ganz in seine Schriften vertieft, er sah kaum von seiner Lektüre auf und murmelte nur einen zerstreuten Gruß. Nach einer Weile wagte sie sich jedoch vor.

»Ich kann mir immer noch nicht recht vorstellen, dass der König gestern ernst mit mir gesprochen hat!«

»Für gewöhnlich beliebt Karl nicht zu scherzen«, erwiderte Alkuin trocken.

»Aber ich habe doch keine Ahnung vom Ackerbau ...«

»Dann musst du es eben lernen. Vom Lesen und Schreiben allein wird keine Familie satt.«

Und schon vergrub Alkuin sich wieder in die Lektüre seiner Manuskripte. Für ihn schien das Thema erledigt.

Kurz darauf erschien ein Diener im Skriptorium und teilte mit, der Ingeniarius des Königs erwarte Theresa, um mit ihr zusammen ihre neuen Ländereien zu besichtigen. Mit Alkuins Erlaubnis verabschiedete sich Theresa und folgte dem Diener zum Domplatz, wo ihr Begleiter bereits auf sie wartete.

Theresa musterte den jungen Mann zu Pferd, der erkennbar nicht aus diesen Breiten stammte. Er hatte sonnengebräunte Haut und schwarze Locken, und seine grünen Augen standen in verblüffendem Kontrast zu seinem dunklen Teint. Formvollendet stellte er sich als Izam von Padua vor.

»Kannst du reiten?«, fragte er dann und deutete auf die Stute an seiner Seite.

Statt einer Antwort nahm Theresa die Zügel in die Hand und saß mit Schwung auf. Izam von Padua nickte anerkennend, und gemeinsam trabten sie durch die schmalen Gassen Fuldas hin zum Nordtor.

Nachdem sie das Stadttor passiert hatten, ritten sie am Fluss entlang Richtung Norden durch einen dichten Buchenwald. Die Sonnenstrahlen hatten schon angenehm wärmende Kraft, leichter Morgendunst stieg von dem warmen Boden auf, es roch nach feuchter Erde. Als sie eine Weile schweigend nebeneinander her geritten waren, erkundigte sich Theresa danach, was ein Ingeniarius eigentlich mache.

»Die Bezeichnung geht auf das Wort *ingenium* zurück, das heißt so viel wie Kriegsgerät«, klärte Izam sie auf. »Solches Gerät zu entwickeln ist meine Aufgabe.«

Theresa verkniff sich die Bemerkung, dass sie sehr wohl des Lateinischen mächtig sei. Was für ein eingebildeter junger Mann!

Lebhaft erzählte er weiter, betonte die Wichtigkeit von Katapultmaschinen, erging sich über die Unterschiede zwischen einer

Mangonel und einem Onager. Schweigend ritt Theresa an seiner Seite. Irgendwann fiel dies auch ihrem Begleiter auf.

»Entschuldige, ich langweile dich«, meinte er in leicht gekränktem Ton.

»Nein, das ist es nicht. Aber ich kann deine Begeisterung für Waffen nicht teilen. Und ich verstehe nicht, weshalb du als Kriegsgerätebauer die Ländereien mit mir ansehen sollst.«

Izam wollte etwas entgegnen, entschied aber dann, es dabei bewenden zu lassen. Eine Frau würde ohnehin nicht viel von dem begreifen, was er ihr erklärte. Nach ein paar Meilen gelangten sie an ein Gatter, das auf ein von Dornenbüschen gesäumtes Feld führte, welches sich bis zum Waldrand erstreckte. Auf der einen Seite schien der Boden bereits gerodet, die Bäume beschnitten und das Unkraut gejätet, doch der größte Teil lag noch unbeackert vor ihnen. Izam von Padua sprang mit einem Satz vom Pferd, öffnete das kleine Tor und trat auf das Feld.

»Die Leute des Abtes haben anscheinend schon recht ordentliche Arbeit geleistet. Warte hier auf mich.«

Während Theresa absaß, stapfte Izam mit großen Schritten über den Acker. Mitten auf dem Feld blieb er prüfend stehen, machte dann kehrt und holte sein Pferd, um das Feld in seinen ganzen Ausmaßen zu begutachten.

»Nun, Mädchen, ahnst du, was dir da in den Schoß gefallen ist?«, fragte er, als er nach einer Weile zu Theresa zurückkam. »Diese Manse hat gut zehn Bonnier Ackerland, etwa die Hälfte davon ist schon gepflügt. Hinter dem Hügel liegen ungefähr sechs Morgen mit Weinstöcken und drei oder vier Morgen Weideland. Aber das ist noch nicht alles: Ein kleiner Nebenarm des Flusses da hinter uns fließt genau dort hinein.«

Izam führte sie auf den Hügel, zeigte ihr, was zu ihrem Land gehörte, und legte ihr wortreich auseinander, dass eine Manse üblicherweise vier oder fünf Bünder und etwa die gleiche Anzahl an Morgen umfasse. Ein Bünder entspreche ungefähr vier Jucharten, ein Morgen circa einer.

»Und eine Jucharte ist …«

»… das Land, das ein Ochsengespann an einem Tag umpflügen kann«, fiel Theresa ihm ein wenig gelangweilt ins Wort. Bloß weil sie nicht viel Ahnung vom Ackerbau hatte, musste dieser Schnösel sie nicht gleich für dumm halten.

Ob sie denn auch wisse, dass Ackerland in Bündern gemessen werde, Weinstöcke und Weideland hingegen in Morgen? Das war der Moment, in dem Theresa beschloss, Izams Belehrungen ein Ende zu bereiten. Sie brachte das Gespräch darauf, was der Abt bereits an Arbeit geleistet hatte. Es gab verschiedene Gatter für das Vieh, eine nagelneue Hütte für den Schäfer und ein zwar nicht allzu geräumiges, aber bewohnbares kleines Holzhaus. Das alles stimmte sie so froh, dass sie sich doch noch erkundigte, woher Izam sich so gut mit der Landwirtschaft auskenne.

»Mein Handwerk beschränkt sich nicht allein darauf, Kriegsmaschinen zu entwerfen und zu bauen«, erklärte er. »Wenn etwa die Kämpfe zwischen feindlichen Heeren mit lange andauernden Belagerungen einhergehen, muss man sich mit den Bodenverhältnissen der Umgebung gut auskennen. Da geht es zum Beispiel darum, der belagerten Stadt die Versorgungswege abzuschneiden, Flüsse oder Bäche müssen umgeleitet, die Verteidigung geplant werden. Es gilt, den besten Ort für die Zeltlager zu finden, und manchmal müssen Tunnel gegraben oder Stadtmauern unterminiert werden. Mitunter ziehen sich diese Belagerungen über mehrere Jahre hin, und dann muss man Getreide für die Soldaten und Viehfutter anbauen.«

Er hob einen Kieselstein auf. »Sieh dir den Hügel da hinten an.« Er warf den Stein in Richtung Hügel, wo er in den Wipfeln der Tannen verschwand. »Dort ist Norden, der Hügel schützt die Saatfelder vor dem Nordwind. Und sieh dir die Ackerkrume an.« Mit der rechten Hand zerrieb er einen dunklen Klumpen. »Fett und saftig wie eingeweichtes Schwarzbrot.«

Als hätte ihn das auf eine Idee gebracht, meinte er: »Komm, lass uns eine kleine Stärkung zu uns nehmen!«

Sie setzten sich auf die breiten Holzpfosten am Eingang zu dem Grundstück, und Izam holte Käse, frisches Kleiebrot und getrocknete Feigen aus seinem Beutel, deren Geschmack Theresa sofort an ihre Jugend erinnerte. Während im Hintergrund munter der Fluss gurgelte, aßen sie schweigend. Dann wollte Theresa wissen, ob die große Entfernung zur Stadt nicht von Nachteil wäre. Izam erklärte zu Theresas Erstaunen, sie befänden sich ganz in der Nähe der Stadt.

»Ich schätze, ungefähr eine halbe Stunde zu Pferd«, sagte er.

»Und wieso haben wir dann so lange gebraucht?«

»Ich wollte dem Verlauf des Flusses folgen. Und es ist, wie ich vermutet habe: Man kann ihn mit dem Schiff befahren. Du könntest dein Getreide also auf dem Wasserweg transportieren.«

Sie führten die Pferde an das Wasser, um sie zu tränken. Dann machten sie sich auf den Heimweg. Theresa gab ihrem Pferd die Sporen, denn voller Ungeduld brannte sie darauf, der Schwarzen Helga Bericht zu erstatten.

In der Stadt angekommen, bedankte sich Theresa bei Izam für die fachkundige Begleitung. Eigentlich gebühre ihr Dank dem König, erklärte er bescheiden, er habe lediglich seinen Befehl ausgeführt. Als sie sich verabschiedet hatten und jeder seines Weges ging, vermeinte Theresa, seinen Blick in ihrem Rücken zu spüren. Sie wusste nicht, ob sie sich darüber ärgern sollte. Immerhin hatte sich Izam als weniger unangenehm erwiesen denn erwartet.

Helga war gerade dabei, ein Huhn zu rupfen, als Theresa in die Küche gestürmt kam. Doch sie ließ sofort alles stehen und liegen, um der neuen Landbesitzerin auf die kleine Bank am Brunnen zu folgen – schließlich platzte sie vor Neugier.

Begeistert berichtete Theresa von ihrem Ausflug mit Izam und beschrieb ihr das große Ackerland, die Weinstöcke, die Weiden, den Fluss. Sogar ein Haus gebe es schon!

»Und Izam von Padua hat sich als ganz angenehmer Bursche erwiesen«, schloss sie beiläufig.

»Und ein hübscher dazu«, meinte Helga und musterte ihre Freundin von der Seite. »Ich habe ihn fortreiten sehen.«

Theresa lächelte. Izam von Padua war tatsächlich ein recht ansehnlicher Mann, aber … Sie musste an Haldor Larsson denken und spürte, wie sich ihr Herz vor Sehnsucht zusammenkrampfte. Schnell wechselte sie das Thema. Sie vertraute der Freundin ihre Sorge an, dass ihr die Mittel fehlen würden, um das Land zu bestellen.

»Du kannst dir gar nicht vorstellen, was dort alles noch zu tun ist. Es ist ja erst kaum die Hälfte des Landes gerodet, ich brauche einen Ochsen und einen Pflug. Und … jemanden, der mir hilft.« Sie verstummte.

Helga legte ihr den Arm um die Schultern.

»Nur Mut, Mädchen! Ich habe noch einen Teil von deinem Geld übrig, das du für den Bärenkopf damals bekommen hast. Einen jungen Ochsen kriegst du dafür bestimmt.«

»Aber mit dem Geld wollte ich meine Unterkunft bezahlen!«

»Red keinen Unsinn! Wer hat mir denn die Arbeit hier verschafft, schon vergessen? Mach dir also keine Gedanken. Eine solche Gelegenheit bietet sich kein zweites Mal im Leben. Wenn deine Arbeit Früchte trägt, kannst du mir das Geld ja mit Zinsen zurückzahlen«, lachte sie und kniff Theresa in die Wange.

Später am Nachmittag kehrte Theresa ins Skriptorium zurück, wo Alkuin über seinen Manuskripten brütete. Er blickte auf und lächelte.

»Ich habe vorhin mit dem Ingeniarius gesprochen. Deine Ländereien sollen ja ganz wundervoll sein!«

»Ja, das sind sie, gewiss … aber ich weiß nicht … ich kann das Land wohl vorerst nicht bestellen«, gab sie ein wenig verzagt zurück.

»Wieso? Du hast doch zwei gesunde Hände.«

»Aber sonst nicht viel. Kein Werkzeug, kein Vieh. Was soll ich da mit diesem Land anfangen?«

»Du könntest es verpachten.«

»Den Vorschlag hat Izam mir auch gemacht. Aber an wen soll ich es verpachten, wenn die, die das Geld dafür hätten, selbst Land im Überfluss besitzen?«

»Dann such dir jemanden, der für einen Teil der Ernte zu arbeiten bereit ist.«

»Das hat Izam mir ebenfalls empfohlen. Aber er meinte gleichzeitig, dass diese Landarbeiter weder Pflug noch Ochsen mitbringen. Wie sollen sie da die Felder bestellen?«

»Also gut, ich sage dir, was wir tun werden: Morgen ist Donnerstag. Gleich nach der Terz gehen wir zum Markt, suchen uns einen kräftigen Sklaven aus, der die Landarbeit gewöhnt ist, und kaufen ihn für dich. Arbeitssklaven gibt es mehr als genug, da werden wir schon einen günstig für dich erstehen.«

Einen Sklaven? Theresa sah ihn entgeistert an. Wovon sollte sie einen Sklaven unterhalten? Sie wusste ja nicht einmal genau, wie sie selbst durchkommen sollte.

Am frühen Morgen brachen sie zu dem Lager auf, das die Männer des Königs vor der Stadt errichtet hatten. Wie Alkuin Theresa erklärte, nutzten die Sklavenhändler die königlichen Reisen für Geschäfte mit dem Monarchen: Entweder kamen sie, um selbst neue Sklaven – zumeist Kriegsgefangene – einzukaufen, oder umgekehrt, um ihre eigene »Ware« feilzubieten. Nach einigen Tagen wurden dann üblicherweise die Preise gesenkt, damit auch die schlechter verkäuflichen Exemplare noch losgeschlagen würden.

»Zwölf Schillinge?« Theresa schlug erschrocken die Hand vor den Mund, als Alkuin ihr einen gängigen Preis nannte. »Aber dafür bekommt man ja drei ausgewachsene Ochsen!«

Dies sei der übliche Preis für einen jungen, athletischen Sklaven, sagte Alkuin, aber sie würden bestimmt auch einen günstigeren finden. Als Theresa einwandte, dass sie nicht genügend Geld habe, winkte Alkuin ab und zog einen prall gefüllten Geldbeutel unter seinem Gewand hervor.

»Keine Sorge. Ich kann dir etwas auslegen.«

Während sie sich zügigen Schrittes der Stadtmauer näherten,

sprach Alkuin von der Verantwortung, die der Besitz von Sklaven mit sich bringe.

»Es verhält sich mitnichten so, dass du befiehlst und sie gehorchen«, mahnte er sie. »Bedenke, dass auch Sklaven Geschöpfe Gottes sind und wir darum verpflichtet sind, für ihr Wohlergehen zu sorgen. Auch die Sklaven wollen ernährt, gekleidet und zu guten Christen erzogen sein.« Im Übrigen würden die Besitzer für alles haftbar gemacht, was ihre Sklaven anstellten, fügte er hinzu. »Ein Sklave sollte daher möglichst nicht zu jung sein. Die Jungen sind stark und flink, aber sie begehren auch leicht auf und haben noch kein Verantwortungsgefühl. Wenn man nicht den ganzen Tag mit der Peitsche hinter ihnen stehen will, sollte man sich besser an die Verheirateten halten; die Frau und Kinder haben, werden nicht versuchen, sich aus dem Staub zu machen ... Das Beste wird sein, du nimmst eine ganze Familie.«

Theresa sah skeptisch zu ihm auf. In Konstantinopel war sie ganz selbstverständlich mit Sklaven aufgewachsen, doch schon seit langem kam es ihr anmaßend und barbarisch vor, dass ein Mensch über das Leben eines anderen bestimmte.

»Also ich weiß nicht, ob ich wirklich einen Sklaven brauche«, meinte sie. »Es scheint mir nicht recht, einen Menschen als meinen Besitz zu betrachten.«

»Das siehst du falsch. Es ist Gottes Wille und nur gerecht, dass er die einen zu Dienern und die anderen zu Herren macht. Zwar erlöst die Taufe die Menschen von der Erbsünde, doch der Sklave ist naturgemäß dem Bösen zugetan, und nur die Macht dessen, der über ihn gebietet, kann dieses Böse bezwingen. Dazu aber muss er ihn fürchten.«

Theresa wollte protestieren; die Sklaven, die sie aus ihrer Kindheit kannte, waren gewiss nicht dem Bösen zugetan gewesen. Doch inzwischen hatten sie die Stadtmauern hinter sich gelassen, und das kunterbunte, geräuschvolle Treiben des nahen Marktes sog sie auf. An den am Flussufer aufgebauten Ständen und in Zelten wurden Sklaven feilgeboten wie Vieh. Die Jüngeren waren an schwere

Pflöcke angekettet, während die Älteren mit den verschiedensten Arbeiten beschäftigt waren. Lautstark und fintenreich priesen die Händler ihre Ware.

»Schaut Euch diesen hier an«, rief ein von Warzen übersäter Bursche Alkuin zu. »Der ist stark wie ein Stier. Der kann Euer Gepäck schleppen, wenn Ihr auf Reisen seid, und ist noch dazu ein erstklassiger Leibwächter.« Alkuin zeigte kein Interesse, doch der Händler heftete sich ihnen an die Fersen und raunte von hinten: »Oder ist Euch so ein junger Bursche hier lieber? Ein ganz sanfter Kerl und ein fleißiger Arbeiter.«

Alkuin wandte sich um und bedeutete dem hässlichen Mann unwirsch, sie nicht weiter zu belästigen. Er hakte Theresa unter und zog sie durch die schmale Gasse hinüber zu den nächsten Ständen, an denen neben Sklaven auch allerlei andere Ware verkauft wurde.

»Scharf geschliffene Dolche und Schwerter!«, brüllte einer und deutete auf ein Arsenal von Waffen. »Ein gezielter Hieb, und Euer Gegner kann in der Hölle schmoren.«

»Pflaster und Salben, alles gegen Pusteln«, schrie ein anderer, der aussah, als benötigte er selbst seine Mittel am dringlichsten.

Alkuin und Theresa ließen die ersten Stände hinter sich und steuerten den hinteren Teil des Marktes an. Hier wurden Pferde, Ochsen und Ziegen feilgeboten, doch mit einem Mal konnte Theresa dem lebhaften Durcheinander nichts mehr abgewinnen. Konnte Gott wirklich wollen, dass man den Tieren hier mehr Bewegungsfreiheit zubilligte als den Sklaven? Alkuin war inzwischen dabei, sich einen Ochsen näher zu besehen; das stattliche Tier weidete hinter einer kleinen Mauer, auf der ein paar in Tücher eingeschlagene Käselaibe ausgelegt waren. Ein Händler kam zu ihnen heran.

»Ihr habt ein gutes Auge, Bruder. Ein Prachtstück, das Ihr Euch da ausgesucht habt.«

Alkuin musterte den Mann argwöhnisch. Er traute solchen Marktschreiern nicht über den Weg, aber dieser Ochse schien in der Tat außergewöhnlich stark, und er erkundigte sich nach seinem Preis. Der Händler legte den Kopf schief und überlegte.

»Für den Klerus ... sagen wir zwanzig Schillinge.«

Als Alkuin empört die Stirn runzelte, ging der Mann sogleich auf fünfzehn herunter.

»Das ist immer noch eine hübsche Stange Geld.«

»Dann nehmt doch eine Ziege, die kann ich Euch für fünf überlassen«, brummte der Händler mürrisch.

Alkuin wollte es sich überlegen. Zuerst aber galt es, sich nach einem Sklaven umzuschauen. Theresa trottete ihm hinterher, immer wieder abgelenkt von einem Stand mit bunten Tüchern oder mit Gewürzen, die dufteten wie die Paläste ihrer Jugend. Etwas ungeduldig blickte sich Alkuin nach ihr um und schlug dann vor, sie sollten sich besser trennen, so könne er sich schneller einen Überblick verschaffen. Wenn die Sonne am höchsten stand, würden sie sich an derselben Stelle wieder treffen.

Während Alkuin sich aufmachte, um mit den Sklavenhändlern zu feilschen, beschloss Theresa, zu den Tieren zurückzukehren. Auf dem Weg dorthin fragte sie ein dreckig grinsender Händler, wie viel sie für ihren Körper verlange; angewidert beschleunigte sie den Schritt. Endlich erreichte sie den Stand mit dem Ochsen wieder. Als sie das Tier noch einmal prüfend betrachtete, hinkte ein schmächtiger Kerl mit einer Krücke von hinten an sie heran.

»Mehr als einen Schilling würde ich für den nicht zahlen«, raunte er ihr ins Ohr.

Theresa wandte überrascht den Kopf zur Seite und blickte in das Gesicht eines nicht sehr sauberen Mannes mittleren Alters. Er hatte blondes Haar und auffallend helle Augen. Bestürzt entdeckte sie dann, dass der Mann nur ein Bein hatte.

»Das andere habe ich bei der Arbeit verloren«, erklärte er schnell, als er Theresas erschrockenen Blick gewahrte. »Aber ich kann immer noch von Nutzen sein.«

»Und Ihr kennt Euch außerdem gut mit Ochsen aus?«, fragte Theresa den Sklaven.

»Ich stamme aus Friesland, und da gibt es mehr Kühe als Weiden. Selbst ein Blinder würde dort einen kranken Ochsen erkennen.«

In dem Moment gab der Viehhändler dem Ochsen einen Stoß vor die Hörner. Das Tier rührte sich kaum.

»Habt Ihr das gesehen?«, meinte der Einbeinige. »Genau so wird er auch dastehen, wenn Ihr ihn ins Joch spannt. Er wird sich nicht von der Stelle rühren.« Er deutete mit seiner Krücke auf die Füße des Ochsen, Theresa folgte der Geste mit dem Blick: Zwischen den Klauen klebte angetrocknetes Blut. »Wenn Ihr ein gutes Tier wollt, kommt zu Fior, meinem Herrn. Er wird Euch nicht übers Ohr hauen.«

Der Besitzer des Ochsen sah argwöhnisch zu ihnen hin und machte ein paar Schritte auf Theresa zu, da drehte der Sklave sich rasch um und hinkte mit seiner Krücke davon. Theresa lief ihm nach und erkundigte sich, wo Fior denn zu finden sei; er könne sie gleich zu ihm führen, bot der Mann bereitwillig an.

»Fior bietet aus Prinzip nur kleine Ochsen zum Verkauf an, die sind zwar nicht ganz so stark, aber einen leichten Pflug ziehen sie allemal. Außerdem sind sie sehr widerstandsfähig, fressen nicht so viel und kosten umso weniger. Für den Boden in dieser Gegend sind sie genau richtig.«

Strömen von stinkendem Unrat ausweichend, die sich zu ihren Füßen Richtung Fluss hinunterschlängelten, bahnten sie sich zwischen Karren und Zelten einen Weg. Plötzlich hörten sie jemanden laut rufen; eine Frau und zwei kleine Jungen kamen ihnen entgegengelaufen. Die Frau umarmte den Einbeinigen stürmisch, die Kinder sprangen an ihm hoch wie junge Hunde. Theresa fiel auf, wie dünn die Frau und auch die beiden Kinder waren, die tellergroßen Augen in den schmalen Gesichtern lagen in tiefen Höhlen.

»Hast du etwas mitgebracht?«, fragte die Frau mit drängender Stimme.

Der Sklave zog ein kleines eingewickeltes Päckchen aus dem umgehängten Beutel und reichte es der Frau. Sie roch daran, und vor Freude traten ihr die Tränen in die Augen. Sie nahm die Kinder bei der Hand und zog sie hinter ein Zelt, wo sie sich über den Käse hermachten, den ihr Vater ihnen mitgebracht hatte. Unterdessen hinkte dieser weiter zu Fior und wollte ihm eben Theresas Anliegen darlegen, als Alkuin aufgebracht in Begleitung des Ochsenbesitzers hinzutrat.

»Dieser Händler hier behauptet, der einbeinige Sklave habe ihm einen Käse gestohlen. Und du sollst dabei gewesen sein, Theresa. Stimmt das?«

Theresa war sofort klar, dass der Sklave den Käse hatte mitgehen lassen, als sie bei dem Ochsen standen.

»Nicht ganz«, entgegnete sie, ohne zu zögern. »Ich habe ihm gesagt, er solle den Käse ruhig nehmen. Aber dann merkte ich, dass ich gar kein Geld bei mir hatte … Ich wollte Euch bitten, den Käse für mich zu bezahlen.«

»Das ist Diebstahl!«, rief der Viehhändler.

»Uns einen kranken Ochsen verkaufen zu wollen – das ist Diebstahl«, erwiderte Theresa empört. Sie bat den verblüfften Alkuin um ein paar Münzen. »Hier.« Sie reichte dem Händler verächtlich das Geld. »Und nun verschwindet aus meinen Augen.«

Der Viehhändler steckte die Geldstücke ein und machte sich fluchend davon.

»Dieser Sklave hat den Käse für seine Kinder mitgenommen. Seht sie Euch doch an. Sie sind halb verhungert!«, brachte Theresa rechtfertigend hervor, als sie Alkuins strengem Blick begegnete.

»Der Mann ist ein Dieb. Und was du getan hast, war töricht«, knurrte der Kirchenmann.

»Dieser Ochsenverkäufer ist ein Betrüger, und der Sklave hat mich vor dem Gauner gewarnt. Seht doch nur, seine Kinder haben die ganze Woche nichts gegessen!«

Alkuin schüttelte ärgerlich den Kopf, folgte ihr dann jedoch zu dem Viehhändler, den der Einbeinige Theresa empfohlen hatte.

Fior war ein rundlicher Normanne, der seine Geschäfte stets mit einem Becher Wein in der Hand abschloss. Sofort lud er die beiden auf einen Schluck ein und zeigte ihnen mehrere Rinder, die vor Gesundheit und Kraft nur so strotzten. Schließlich führte er ihnen einen gefleckten Ochsen von mittlerer Größe vor, den er als ein exzellentes Arbeitstier rühmte.

Sie einigten sich auf den Preis von zwanzig Denaren, was für einen dreijährigen Ochsen recht günstig schien.

Der Händler zeigte ihnen noch ein Ledergeschirr und verschiedenes Ackergerät, das er ihnen zu einem fairen Preis überlassen wollte. Einiges davon musste ausgebessert werden, doch Theresa würde die Sachen gut brauchen können. Nachdem sie ihrem Ochsen alles Gerät aufgeladen hatten, erkundigten sie sich bei Fior, ob er ihnen einen zuverlässigen Sklavenhändler nennen könne, der nicht allzu halsabschneiderisch sei. Der Geschäftsmann schüttelte den Kopf.

»Aber ich könnte Euch meinen Olaf für ein paar Denare verkaufen. Ein harter Arbeiter – allerdings, seit er das Bein verloren hat, macht er mir Scherereien. Nehmt ihn mit, wenn er Euch zusagt.«

Alkuin sah, dass Theresa den Kauf ernsthaft in Erwägung zog und nahm sie zur Seite.

»Sei nicht kindisch – der Mann hat nur ein Bein! Er wird dir nur auf der Tasche liegen, ein völlig nutzloser Kerl … Sonst würde dieser Fior ihn wohl kaum verschenken.«

Theresa blieb stur. Wenn sie schon einen Sklaven haben musste, würde sie selbst entscheiden, wie viele Beine er haben sollte.

»Seine Frau und die Kinder können schließlich auch arbeiten«, hielt sie dagegen.

»Die wird er uns aber nicht mit verkaufen. Oder zumindest wird er dann mehr Geld verlangen – mehr als wir bezahlen können. Außerdem brauchst du einen Sklaven, der richtig zupacken kann, und nicht eine ganze Familie, die du durchfüttern musst.«

»Ihr habt selbst gesagt, die Verheirateten seien die besten, weil sie einem nicht davonlaufen können.«

»Bei allen Teufeln! Wie soll der dir denn wohl davonlaufen mit seinem einen Bein?«

Theresa drehte sich um. Mit seinem Becher in der Hand, scheinbar gleichgültig stand Fior da und wartete in aller Ruhe die Entscheidung der beiden ab.

»Einverstanden, wir nehmen sie«, sagte sie strahlend und deutete auf die Frau und die beiden Jungen, die hinter dem Wagen kauerten und ängstlich lauschten.

»Moment mal! Die Frau und die Jungs waren nicht im Preis inbegriffen. Da müsst Ihr noch fünfzig Denare drauflegen.«

»Fünfzig Denare für eine Familie, die aus nichts als Haut und Knochen besteht?«, rief Theresa.

»Aber nein. Fünfzig für jeden! Insgesamt also hundertfünfzig Denare.«

Theresa sah dem Mann fest in die Augen. Offenbar war er der Meinung, eine Frau könne man leichthin übers Ohr hauen. Er sollte schon noch merken, wie sehr er sich täuschte. Sie zog ihm seinen Scramasax aus dem Gürtel und kappte kurzerhand den Strick, mit dem sie eben erst die Geräte auf dem erstandenen Ochsen festgebunden hatten. Die Sachen polterten zu Boden. Fior starrte Theresa mit offenem Mund an.

»Vierzig Denare für die ganze Familie, oder Ihr könnt Euren Einbeinigen mitsamt diesem Zwergochsen und den lädierten Gerätschaften behalten.«

Fior kniff die Augen zusammen, schaute auf den am Boden liegenden Plunder und brach in schallendes Gelächter aus.

»Verflucht noch mal, was für ein Teufelsweib … Schlagt ein!«

Fröhlich nahm er das Geld entgegen und ließ es sich nicht nehmen, das erfolgreiche Geschäft mit einem Schluck Wein zu besiegeln.

Olaf war zwar mit seinem einen Bein nicht der Schnellste, verstand sich dafür aber hervorragend aufs Geschichtenerzählen und unterhielt seine neue Herrin und ihren Mentor Alkuin den ganzen Heimweg über. Schon seine Eltern waren Sklaven gewesen, und so war dieses Leben ihm immer ganz natürlich vorgekommen. Die Freiheit vermisste er nicht, denn er hatte sie niemals kennengelernt, und da er stets ein gewissenhafter Arbeiter gewesen war, hatten seine Herren ihn meist gut behandelt.

Das Einzige, was Olaf schmerzlich entbehrte, war sein Bein. Der Unfall hatte sich zwei Jahren zuvor ereignet, beim Fällen einer gewaltigen Tanne. Der Baum war ihm mit voller Wucht aufs Knie gekracht und hatte ihm den Knochen zertrümmert. Glücklicherweise hatte ein Schlachter ihm das bereits faulende Stück noch rechtzeitig abnehmen können, doch seither war es mit ihm und seiner Familie stetig bergab gegangen.

Anfangs hatte Fior sich noch um ihn gekümmert, da er hoffte, er würde wieder arbeiten können wie vor dem Unfall; doch die Genesung zog sich hin, und Fior wurde ungeduldig, er teilte seinem Knecht nur noch leichte Frauenarbeiten zu, bis er ihn ganz fallenließ. So verbrachte Olaf, der früher die übrigen Sklaven angeleitet hatte, seine Tage schließlich damit, auf der Suche nach Abfällen in der Gegend umherzustreichen, damit seine beiden Jungen und seine Frau Hilda nicht verhungerten.

»Aber Ihr werdet sehen, ich bin in der Lage, hart anzupacken und gute Arbeit zu leisten«, behauptete Olaf. »Ich kann reiten, und was die Feldarbeit angeht, macht mir so schnell keiner etwas vor.«

»Hast du gehört?«, murrte Alkuin. »Kauf bloß keine Pferde, sonst macht er sich mit dem erstbesten Gaul aus dem Staub.«

Am nächsten Morgen holte Theresa Olaf und seine Familie im Kloster ab – trotz seines Unmutes hatte Alkuin den Sklaven ein Nachtlager in der Abtei bereiten lassen und sich dafür eingesetzt, dass sie in der Klosterküche mit Zwiebelsuppe, Roggenbrot und Äpfeln versorgt wurden. Der Ochse wurde in den Stall gesperrt. Außerdem hatte der Diakon ein gutes Wort für Theresa eingelegt, so dass sie sich einen Wagen und einige alte Ackergeräte ausleihen durfte.

Als die Pergamentmacherin an diesem Tag mit dem kleinen Trupp zu ihren Ländereien aufbrach, erfüllte nicht nur die Vorfreude auf eine unabhängige Existenz ihr Herz. Die neue Herausforderung weckte einen ungekannten Tatendrang in ihr, doch verspürte sie auch Wehmut: Die faszinierende Welt der Schrift, das Blättern in den Codices, der Geruch des Pergaments und die Gespräche mit Alkuin – all das würde sie schmerzlich vermissen. Und war sie nicht im Begriff, mit ihrem Schritt in ein Leben als Landbesitzerin die Verbindung zu ihrem geliebten Vater endgültig zu kappen?

Schweigsam lenkte sie den Wagen und ließ sich erst durch den Jubel der Kinder, die plötzlich das kleine Häuschen entdeckten, aus ihren Gedanken reißen. Vergnügt tollten die Kleinen auf dem Acker herum, während Hilda und Olaf sofort begannen, die neue Bleibe herzurichten. Mit ein paar Brettern errichteten sie um die Hütte herum einen provisorischen Zaun, machten sauber, so gut es ging, und bauten aus Steinen eine windgeschützte Feuerstelle. Olaf bastelte ein paar einfache Fallen, die er draußen aufstellte. Mit den Ratten und Kaninchen, die er damit fangen wollte, würde er den kargen Speiseplan aus Hülsenfrüchten und Wurzeln, mit denen sie bis zum Frühling auskommen mussten, ein wenig aufbessern.

Die Sonne stand schon tief am Himmel, als die beiden Jungen ins Haus gestürzt kamen und aufgeregt verkündeten, ein Mann auf einem Pferd sei eingetroffen.

Theresas Herz machte einen kleinen Freudensprung. Irgendwie hoffte sie gegen alle Vernunft, es möge Haldor sein. Doch es war nur Izam von Padua.

Olaf hinkte zu ihm hin und wollte das Pferd versorgen, doch der Reiter saß nicht ab, sondern drehte sich zu Theresa hin und bat sie, aufzusitzen. Verwundert gehorchte die junge Frau, und sogleich gab Izam dem Pferd die Sporen. Als sie außer Hörweite waren, zog der Ingeniarius die Zügel an.

»Alkuin hatte mich bereits vorgewarnt, aber ich wollte mich doch mit eigenen Augen von diesem Unsinn überzeugen … Welcher Teufel hat dich nur geritten, einen Krüppel zu kaufen?«

»So schlecht macht er sich gar nicht«, entgegnete Theresa trotzig.

»Deine Nächstenliebe in allen Ehren, aber für dieses Land brauchst du jemanden, der ordentlich zupacken kann. Wie stellst du dir das vor? Hier wird es regnen, hageln und schneien, man muss die Ochsen ins Joch spannen, Ackerfurchen ziehen, Bäume fällen und ein richtiges Haus bauen. Wer soll das alles machen? Ein Krüppel und drei halbverhungerte Gerippe?«

Theresa schwieg und starrte in die Ferne. Dann sprang sie wortlos vom Pferd und marschierte wütend zum Haus zurück.

»Du bist wirklich stur wie ein Bock! Aber ich sage dir, am Ende wirst du sie wieder verkaufen müssen!«, rief Izam ihr hinterher.

»Was bildet ihr euch eigentlich alle ein? Dieses Land gehört mir, und ich werde damit tun, was mir beliebt«, rief sie, ohne sich umzuwenden, zurück.

»Ach, ja? Und wie willst du das Geld erwirtschaften, das du dir geliehen hast? Wovon willst du hier draußen leben?«

Theresa hielt inne und drehte sich langsam um. Inzwischen hatte Izam sie eingeholt, auch er saß nun ab.

»Ich weiß es noch nicht«, sagte sie leise und senkte den Blick.

»Theresa, du solltest sie wieder verkaufen …« Er seufzte. »Ich sage ja nicht, dass sie zu überhaupt nichts nütze sind; aber für dieses Land hier taugen sie nicht. Lass sie uns wieder auf den Markt bringen, vielleicht können wir sie zurückgeben.«

Ihr Blick fiel auf die beiden Knirpse, die so fröhlich vor dem Haus spielten. Nein, das würde sie nicht übers Herz bringen, sie konnte sie nicht einfach wieder fortschicken wie Vieh, das ausgedient hatte.

»Gib ihnen und mir ein wenig Zeit … Sagen wir, eine Woche«, schlug sie vor. »Wenn sie mit der Arbeit hier wirklich nicht zurechtkommen, bringe ich sie zurück.«

Izam zuckte unwillig die Schultern. Sie würden also eine ganze Woche verlieren, aber vielleicht erkannte dieses verrückte Mädchen dann selbst, wie sehr sie auf dem Holzweg war. Sie waren inzwischen wieder bei dem Häuschen angekommen, und Izam wollte es sich nicht nehmen lassen, einen Blick hineinzuwerfen und sich bei der Gelegenheit etwas aufzuwärmen.

»Wer hat denn die Wände in Ordnung gebracht?«, fragte er überrascht.

»Dieser unnütze Krüppel da«, antwortete Theresa und schob ihn beiseite, um ein Brett zu richten. Sogleich kam Olaf ihr zu Hilfe geeilt.

»Nimm das hier«, brummte Izam. Olaf griff nach dem Messer, das Izam ihm hinhielt und machte sich damit an dem Brett zu schaffen.

»Danke«, sagte er und gab Izam das Messer zurück.

»Es ist kalt draußen«, meinte der Ingeniarius nun versöhnlicher und steckte das Messer ein. »Sag deiner Frau, sie soll hereinkommen. Habt ihr Werkzeug hier?«

Olaf zeigte ihm, was sie sich in der Abtei geliehen hatten: eine kleine Axt, eine Spitzhacke und eine Dechsel. Später wollte er einen ordentlichen Hammer bauen, und vielleicht noch eine Harke. Und dann würde er den Pflug in Ordnung bringen müssen, den Theresa auf dem Markt erstanden hatte.

»Er ist aus Holz«, erklärte der Sklave. »Man muss die Pflugschar austauschen.«

Izam gab zu bedenken, dass sie ohne ein Schneideblatt aus Eisen und ein anständiges Streichbrett keine Furchen in dem Boden ziehen könnten. Sein Blick fiel auf Olafs Krücke.

»Lass mal sehen!« Der Ingeniarius besah sich den grob geschnitzten Stab aus Kirschholz, an dem oben ein mit Leder verkleideter Handgriff befestigt war. Er prüfte die Biegsamkeit des Stocks und gab ihn Olaf schließlich zurück.

»Ich muss jetzt aufbrechen«, verkündete er dann und stand auf.

Theresa begleitete ihn nach draußen zu seinem Pferd.

»Ich bin immer noch der Meinung, dass das alles Irrsinn ist ... Aber meinetwegen. Ich werde versuchen, ein Holzbein für ihn zu zimmern«, sagte er zum Abschied.

Voller Dankbarkeit blickte sie ihm nach, wie er davonritt. Und bevor er am Horizont verschwand, drehte auch er sich noch einmal nach ihr um.

20

In der folgenden Woche pendelte Theresa zwischen der Abtei und ihren neuen Ländereien hin und her. Olaf war damit beschäftigt, einen kleinen Graben auszuheben, der das Wasser bis nah an das Haus leitete; so musste man nicht ständig Wasser vom Fluss heranschleppen. Außerdem hatte er eine Tür für den Zaun gebaut, fünf Hocker gezimmert und eine Herdstelle freigelegt, in der des Nachts ein wärmendes Feuer knisterte. Gemeinsam mit seiner Frau hatte er die alte Hütte binnen kurzer Zeit in ein wohnliches Heim verwandelt. Helga hatte ihnen eine Truhe und einen kleinen Tisch überlassen, dazu ein paar alte Decken, mit denen Hilda die Ritzen abdichtete. Den Pflug hatte Olaf inzwischen zwar ausgebessert, ihn zu bedienen hatte sich jedoch als unmöglich erwiesen. Auch Hilda versuchte sich daran, am dritten Tag jedoch waren ihre Hände voller Blasen, und sie musste aufgeben.

»Dieses verdammte Bein …«, klagte Olaf. »Früher hätte ich die Furchen in zwei Tagen gezogen, das ist weiß Gott keine Arbeit für eine Frau.«

Theresa runzelte die Stirn. Sie blickte zu den beiden Jungen hinüber, die zwischen den Beinen des Ochsen umhertollten, sie strotzten vor Dreck, hatten jedoch immerhin schon ein wenig mehr Fleisch auf den Rippen. Es tat ihr in der Seele weh, aber wenn Olaf den Acker nicht pflügen konnte, würde sie sich doch noch gezwungen sehen, die ganze Familie wieder zu verkaufen.

Sie blickte verstohlen zu ihm hinüber, als er am Geschirr des Ochsen hantierte. Olaf schien ihre Gedanken erraten zu haben.

»Ich will versuchen, das Joch so zu befestigen, dass der Ochse den Kopf stärker senkt und so mehr Druck auf dem Pflug liegt«, sagte er.

Theresa nickte stumm. Das Trappeln herannahender Hufe ließ sie aufhorchen. Sie wandte den Kopf und sah Izam von Padua auf das Haus zu reiten, hinter ihm ein mit einer Ladung Holz bepackter Esel. Der junge Ingeniarius saß ab und kam ins Haus gestürmt. Ohne lange Worte der Begrüßung verlangte er von Olaf, seinen Beinstumpf vermessen zu dürfen und marschierte schließlich mit den Maßen und entschlossener Miene wieder hinaus. Kurz darauf kehrte er mit einem Arm voll Brettern und Leisten zurück.

Mit einem leisen Lächeln verfolgte Theresa, wie Izam Olafs leeres Hosenbein vorsichtig aufschlitzte und den hässlichen Stumpf zum Vorschein brachte.

»In Poitiers hatte ich einmal Gelegenheit, ein außerordentlich kunstvolles Holzbein zu bewundern. Ich kann euch sagen, das war etwas anderes als diese Stöcke hier.« Er nahm erneut Maß und besah sich prüfend die mitgebrachten Holzscheite. »Dieses Holzbein war ein wahres Wunderwerk, es hatte ein richtiges Gelenk und gehörte, wie ich mir sagen ließ, einmal einem arabischen General, der in einer grausamen Schlacht den Tod fand. Glücklicherweise hatte ein Mönch es der Leiche abgenommen und in der Abtei aufbewahrt.« Er vermaß nun das gesunde Bein und übertrug die Daten auf ein zylinderförmiges Stück Holz, das ihm passend erschien. Dann griff er nach einer merkwürdig anzuschauenden Vorrichtung, eine Art Scharnier; das Ding sah beinahe aus wie ein Knie, fand Theresa.

»Ich habe zwei Tage daran gebastelt, mal sehen, ob es etwas taugt«, sagte Izam und hantierte geschäftig weiter.

Olaf ließ staunend alles mit sich geschehen.

Der Ingeniarius passte das Holz in das Gelenk ein und hielt es an das gesunde Bein. Er brummte etwas Unverständliches und schnitzte das untere Ende zurecht, bis es genau mit Olafs Ferse abschloss.

»Und jetzt den Oberschenkel.« Izam nahm eine hölzerne Kappe

zur Hand, stülpte sie über den Stumpf und trat einen Schritt zurück. Die Kappe schepperte zu Boden, Izam hob sie auf, schabte die Mulde ein wenig größer und passte sie erneut an. Zufrieden polsterte er die Innenseite mit weichem Filz und einem Stück Leder aus, drückte die Kappe auf den Stumpf und schnallte sie mit den dafür vorgesehenen Riemen an der Hüfte fest. Dann bemaß er das restliche Holz für das Stück bis zum Knie.

»Ich glaube, so ist es gut«, sagte er schließlich.

»Und wie soll das funktionieren?«, fragte Olaf verwundert.

»Wir werden gleich sehen, ob es überhaupt funktioniert.« Izam half Olaf auf die Beine, er schwankte. »Es fehlt noch der Fuß, aber zuerst muss ich sehen, ob das Bandeisen hält. Versuch ein Stück damit zu gehen.«

Olaf tat ein paar zögerliche Schritte, ohne Izams Hand loszulassen; zu seiner Überraschung ließ sich das Holz am Knie beugen und machte sich danach wie von Zauberhand wieder steif.

»Im Innern des Kniegelenks ist ein Eibenband eingebaut, das ist das Holz, aus dem gute Bogen gemacht sind. Wenn es belastet wird, gibt es nach, deshalb kannst du das Bein beugen, und mit dem nächsten Schritt wieder strecken. Sieh mal diese Öffnungen hier.« Er deutete auf vier Löcher, die am Knie in das Holz gebohrt waren. »Mit diesem Stift kannst du bestimmen, wie stark das Gelenk nachgeben soll. Du kannst ihn auch ganz herausnehmen«, erklärte er und führte es vor. »So kannst du das Bein sogar beim Reiten beugen.«

Olaf starrte ihn ungläubig an. Nach weiteren zaghaften Gehversuchen schaffte er es tatsächlich ohne fremde Hilfe einmal quer durch den ganzen Raum. Als er in Hildas Arme stolperte, strömten ihr Tränen der Rührung über die Wangen.

Nachdem die Männer eine Weile an den Einstellungen gefeilt hatten, gingen sie alle zusammen nach draußen, um das Bein auch dort auszuprobieren. Auf steinigem Untergrund konnte sich Olaf ohne Schwierigkeiten bewegen, als er aber auf den Acker trat, sank das Holzbein in der feuchten Erde ein.

»Mit einem Fuß wird auch das kein Problem sein«, meinte Izam zuversichtlich.

Zurück im Haus, bot Hilda Izam von dem Kaninchen an, das appetitlich über dem Herdfeuer brutzelte. Er lehnte höflich ab, denn er wusste ja, dass Olaf und die Kinder sonst hungrig bleiben würden. Umgehend machte er sich daran, einen Holzfuß für den Einbeinigen zu zimmern. Während der Arbeit musste er über sich selbst lächeln: Was er nicht alles anstellte, um in der Nähe dieses faszinierenden Mädchens zu sein … Vom ersten Augenblick an hatte sie ihm den Kopf verdreht mit ihrer Schönheit und Klugheit. Sie verfolgte ihn des Nachts und auch am Tag in seinen Träumen, und manchmal erwischte er sich dabei, wie seine Lippen lautlos ihren Namen buchstabierten: T wie tapfer, H wie halsstarrig, E wie ehrbar, R wie reizvoll, E wie engelsgleich, S wie (wunderwunder)schön, A wie anmutig … Immer wieder ersann er neue Wörter, die ihn durch sein geheimes Herzensalphabet aus sieben Buchstaben führten.

Izam setzte zum letzten Schliff an. Schließlich bat er Olaf zu sich, passte den Holzfuß an das Bein an, drehte ihn vor und zurück, wollte sichergehen, dass er nicht klemmte. Nachdem er Theresas Knecht mit ungekannter Geduld an der Hand wieder und wieder durch die Hütte begleitet hatte, kamen die beiden Männer auf die Landwirtschaft zu sprechen.

Izam klärte Olaf über die Vorteile einer eisernen Pflugschar und den Gebrauch eines Streichbretts auf. Holzpflüge wie der von Theresa drangen kaum tief genug in die Erde ein und brachen zudem leicht ab; das Streichbrett diente dazu, die aufgebrochene Erde zu wenden, und so blieb die Furche frei. Wenn der Frühling anbrach, würde die Aussaat beginnen, also mussten sie sich beeilen, das bereits gerodete Land zu pflügen. Olaf versicherte, er werde sich sobald als möglich dieser Aufgabe widmen.

Nach einigen lobenden Worten über das reinliche Haus und die beeindruckende Wasserleitung verabschiedete sich Izam. Er versprach nicht, dass er bald wiederkommen werde, und verwirrt bemerkte Theresa, dass sie dieses Versprechen irgendwie erwartet hatte und jetzt fast ein wenig enttäuscht war.

Mit voller Begeisterung über sein neues Bein, das ihm die alte Krücke vortrefflich ersetzte, stürzte sich Olaf auf die anfallenden Feldarbeiten und wurde Theresa zu einer unentbehrlichen Stütze. Dass er und seine Familie sie wieder verlassen sollten, wurde mit keinem Wort mehr erwähnt.

Schon im Morgengrauen gingen seine Frau und er aufs Feld hinaus. Olaf zog die Furchen, Hilda säte den ersten Frühroggen aus, und die Jungen liefen hinterdrein und verscheuchten die Vögel, die sich über die frisch gesäten Körner hermachen wollten. Theresa war inzwischen mit Alkuin übereingekommen, dass sie ihm, wenngleich sie nun weniger Zeit dafür erübrigen konnte, weiterhin bei der Abschrift von Texten und Dokumenten half. Frühmorgens begann sie ihre Arbeit im Skriptorium und blieb bis zum Mittag dort. Am Nachmittag kam sie aus der Stadt zurück und brachte allerlei Gerätschaften, Lebensmittel oder alte Stoffreste mit, aus denen Hilda Kleider für die Kinder fertigen konnte.

Alkuin indes widmete sich wieder seinen theologischen Arbeiten, und hin und wieder traten – ohne anzuklopfen und mit gewichtiger Miene – ein paar Geistliche ins Skriptorium, um dem gelehrten Kirchenmann Gesellschaft zu leisten. Sie gehörten der päpstlichen Delegation an, die Karl den Großen auf seiner Reise begleitete. Da sie stets ganz in Schwarz gekleidet waren, nannte Theresa sie bei sich nur die Geier. Sobald die Geier kamen, hatte sie den Raum zu verlassen.

Nach einer längeren Sitzung mit einem besonders bedeutenden dieser Geier rief Alkuin Theresa zu sich und erklärte ihr, dass die päpstliche Gesandtschaft, die auf ihrer Reise nach Würzburg in Fulda Zwischenstation machte, eine Reliquie mit sich führe, die Karl der Große im Dom zu Würzburg aufstellen lassen wolle, um weiteres Unheil durch die Sachsen von seinem Reich abzuwenden. Dann eröffnete er ihr: »Auch ich werde mit der Gesandtschaft reisen, und du solltest mich begleiten.«

Theresa fuhr der Schreck in die Glieder. Würzburg? Alkuin konnte nicht wissen, welche Seelenqualen er in ihr heraufbeschwor. Alles stand ihr wieder vor Augen: die Pergamentwerkstatt, ihre Flucht, die Sehnsucht nach ihrer Familie.

In jener Nacht fand Theresa keinen Schlaf. Sie sah ihren Vater vor sich, wie er erniedrigt und gedemütigt sein Dasein fristete. Sie vermisste sein Lachen, sein sanftes Schelten und seine tröstlichen Umarmungen, und sie sehnte sich danach, gebannt seinen Geschichten lauschen zu dürfen, wenn er von Konstantinopel erzählte, von seiner Leidenschaft für die Schriften, von den vielen durchwachten Nächten, in denen er bei Kerzenschein an den Pergamenten gearbeitet hatte. So oft hatte sie sich gefragt, wie es ihm und Rutgarda wohl seit ihrer Flucht ergangen war, und ebenso oft hatte sie versucht, es sich nicht allzu genau vorzustellen, zu schmerzhaft war die Erinnerung.

Manches Mal hatte sie daran gedacht, zurückzukehren und allen zu beweisen, dass sie unschuldig war. Immer wieder hatte sie sich den Kopf darüber zerbrochen, welche Rolle Korne, der Pergamentermeister, bei dem Brand in der Werkstatt gespielt hatte.

Nach Würzburg zurückzukehren und es mit Korne aufzunehmen – war es Feigheit, die sie daran hinderte? Sie hatte Angst, alles zu verlieren, was ihr in Fulda ans Herz gewachsen war: Haldor Larssons Liebe, die Freundschaft der Schwarzen Helga, die wertvollen Stunden mit Alkuin, seine klugen Unterweisungen, seine weise Gelehrsamkeit, und nicht zuletzt ihre neuen Ländereien, Olaf, Hilda und die Kinder …

Dabei konnten nicht viel mehr als drei Monate seit ihrer Flucht vergangen sein, überlegte sie. Ob sie jemals wieder nach Hause zurückkehren würde?

Bei der Arbeit am nächsten Vormittag musste Alkuin sie mehrfach tadeln, weil sie eine zu flüssige Tinte gewählt hatte und immer wieder kleckste.

»Entschuldigt bitte. Ich habe schlecht geschlafen letzte Nacht.«

»Ärger mit deinen Ländereien?«, erkundigte sich Alkuin.

»Nicht direkt«, antwortete Theresa vage. »Oder im Grunde doch. Was Ihr mir gestern erzählt habt, Eure Reise nach Würzburg. Euer Vorschlag, Euch zu begleiten … ich weiß nicht …« Konnte sie Alkuin die wahren Gründe beichten, die sie von der Rückkehr nach Würzburg abhielten?

»Werdet Ihr denn danach wieder nach Fulda zurückkehren?«, fragte sie schließlich.

»Nun, es wird wohl eine Weile dauern, aber du kannst hierbleiben und mit Helga in der Küche arbeiten. Außerdem hast du ja auch dein Land.«

Theresa schüttelte den Kopf. Sicher, sie war inzwischen Grundbesitzerin, und sie besaß sogar eine ganze Sklavenfamilie, aber der Sinn stand ihr doch nach anderem. Immer hatte sie davon geträumt, zu lesen und zu schreiben, ihr Leben den Büchern zu widmen, und nun bot Alkuin ihr an, dass sie dies weiter tun könnte.

»Du solltest noch einmal über meinen Vorschlag nachdenken. Ich brauche jemanden, der mir hilft. Du leistest gute Arbeit, und ich weiß doch, dass du dich für Bücher begeisterst. Besitz ist nicht das Einzige, worauf es ankommt im Leben. Du selbst hast mir doch erzählt, wie glücklich diese arme Sklavenfamilie jetzt dort auf deinem Land ist. Dann lass sie sich um dein Land kümmern, bis wir zurück sind. Und wenn dir die Entscheidung schwerfällt, Solltest du auf dein Herz hören, denn dort wirst du die rechte Antwort finden.«

Und dort fand Theresa die Antwort: Ja, sie würde nach Würzburg zurückkehren – koste es, was es wolle.

Kurz bevor sie die Arbeit für diesen Tag beschließen wollten, kam ein Diener ins Skriptorium und meldete, die päpstliche Delegation habe ihre Abreise auf Sonntag früh vorverlegt. Es sei ein Bote aus Würzburg eingetroffen und habe schlechte Nachrichten überbracht. Dann nannte er Alkuin noch ein paar Einzelheiten und wandte sich zum Gehen.

Alkuin schloss die Tür hinter ihm zu. Mit einem fast höhnischen

Blick, den sie nicht recht zu deuten wusste, drehte er sich zu Theresa um.

»Rate mal, wer da aus Würzburg angekommen ist!«

»Ich weiß nicht ... Ein Soldat von der Stadtwache?«

»Nein. Haldor Larsson, dein verschollener Freund, ist zurück.«

Kurz vor der Non verließ Haldor mit angespannter Miene das Gebäude. Gleich nach seiner Ankunft in Fulda hatte man ihn zur Gästeresidenz gebracht, damit er die päpstliche Gesandtschaft über die Lage in Würzburg unterrichte und sich mit den Begleitern Karls des Großen berate, was zu tun sei.

Seit Stunden erwartete Theresa ihn in der Kälte und war inzwischen völlig durchgefroren. Als sie ihn endlich erblickte, stürzte sie freudig auf ihn zu. Er sah abgemagert aus, sein Haar war strähnig, doch seine blauen Augen leuchteten. Für sie war er der schönste Mann der Welt.

»Theresa! Meine liebe Theresa...«

Sie fielen sich in die Arme und versanken in einem nicht enden wollenden leidenschaftlichen Kuss.

Helga überließ ihnen für die Nacht ihr Haus, sie hatte darauf bestanden, in der Stiftsküche ihr Lager herzurichten. Und als sie nach einem bescheidenen Mahl und nur wenigen Worten auf die Bettstatt sanken, dachte Theresa, dass sie um nichts in der Welt mehr auf das Glück, in den Armen dieses Mannes zu liegen, verzichten wollte. So gab sie sich ihm rückhaltlos hin, und er bewies ihr, dass er sie genauso vermisst hatte wie sie ihn.

Als sie am nächsten Morgen aus süßen Träumen erwachte und die Augen aufschlug, war Haldor bereits auf den Beinen. Unruhig ging er vor ihrem Lager auf und ab.

»Theresa ...«, er räusperte sich. »Ich muss dir etwas sagen ... Ich wünschte, ich könnte dir erfreulichere Neuigkeiten überbringen, aber Gorgias, dein Vater ... er ist verschwunden.«

Theresa sah ihn erschrocken an. »Was soll das heißen – verschwunden?«, fragte sie langsam. »Was ist passiert?«

Haldor wich ihr aus. »Genaues weiß ich auch nicht ...«

»Wie konntest du mir diese Nachricht so lange verschweigen? Was weißt du überhaupt über meinen Vater?« Erregt war Theresa aufgesprungen.

»Graf Wilfred hat mir von dem Brand in der Pergamentwerkstatt berichtet – dass es sich bei dem Mädchen, das dort alle für tot halten, um dich handelt, war nicht schwer zu erraten. Als wir uns kennenlernten, hast du mir selbst erzählt, dass du bei dem Pergamentarius Korne gearbeitet hast, dass du aus Würzburg geflohen bist und ursprünglich aus Byzanz stammst. Es passte alles zusammen …«

»Und hast du irgendjemandem etwas von mir gesagt?«

»Natürlich nicht. Aber Wilfred hat mir erzählt, der Vater des toten Mädchens sei verschwunden. Er schien sehr beunruhigt und sagte immer wieder, er müsse diesen Gorgias unbedingt finden.«

»Aber was ist denn bloß geschehen? Hat man ihn nicht gesucht?«, fragte Theresa verzweifelt.

»Ich weiß nicht, was geschehen ist, Theresa, niemand weiß es. Natürlich hat man nach ihm gesucht. Wilfred hat die ganze Stadt durchkämmen lassen, Haus für Haus, er hat überall Ausrufer herumgeschickt und die ganze Umgebung absuchen lassen. Du solltest nach Würzburg zurückkehren, vielleicht kannst du bei der Suche helfen.«

Theresa kam der Überfall auf ihren Vater in den Sinn, an dem Morgen, als er sie zur Werkstatt begleitet hatte. Damals hatten sie ihn nur am Arm verletzt, aber womöglich hatten sie es noch einmal versucht und – sie wollte den Gedanken nicht zu Ende denken. Tränen traten ihr in die Augen. Haldor zog sie an seine Brust und wiegte sie behutsam in seinen Armen. Wirklichen Trost konnte er ihr nicht spenden, dennoch schmiegte sie sich dankbar an ihn. In seinen starken Armen fühlte sie sich sicher und geborgen. Er würde sie vor allen Unbilden bewahren.

Wenig später machte sich Theresa sorgengebeugt auf den Weg zum Stift und fand Helga in der Küche, wie sie zwischen riesigen Roggensäcken herumhantierte und die frisch eingetroffenen Lebensmittellieferungen sortierte. Als sie mit der letzten Partie fertig war, wandte sie sich endlich Theresa zu und entdeckte jetzt erst ihre rotgeweinten Augen.

Helga wärmte der Freundin einen Becher Milch, den sie in kleinen, hastigen Schlucken leerte. Und plötzlich brach es aus Theresa heraus, die ganze Geschichte, die Prüfung, der Brand in der Werkstatt, die Flucht, ihr Vater, der nun verschwunden war und vielleicht längst nicht mehr lebte …

»Mädchen, wieso hast du nie etwas erzählt? Was hast du denn nun vor?«

»Ich muss zurück nach Würzburg.«

»Theresa, wenn ich dir einen Rat geben darf: Vergiss deine Familie. Du hast dir inzwischen ein neues Leben in Fulda aufgebaut, du besitzt Ländereien, du hast einen Verehrer – willst du das alles aufgeben? Wofür? Wenn du nach Würzburg zurückkehrst, wird sich dieser Schuft von Korne wie ein Aasgeier auf dich stürzen, und was willst du für deinen Vater im Augenblick schon ausrichten?«

Niedergeschlagen brach Theresa auf zu ihren Ländereien. Wortkarg wünschte sie Olaf und Hilda eine gute Nacht, als sie sich auf ihren Strohsack niederlegte. Sie schloss die Augen, doch an Schlaf war nicht zu denken. Wo mochte ihr geliebter Vater nur sein? Sie sträubte sich mit aller Macht gegen Haldors Vermutung, dass Gorgias tot war. Sie musste sich Gewissheit verschaffen!

Jäh setzte sie sich auf. Hilda wurde wach und sah sie erschrocken an, doch Theresa flüsterte ihr zu, es sei alles in Ordnung, sie solle sich nicht beunruhigen. Rasch zog sie sich an und trat aus dem Haus in die kalte Nacht. Olaf rieb sich den Schlaf aus den Augen und erhob sich von seinem Lager bei dem Ochsen. Theresa betrachtete schweigend den silbrig glänzenden Mond. In ein paar Stunden würde es dämmern, und dann würde Alkuin mit der päpstlichen Delegation nach Würzburg aufbrechen. Sie holte tief Luft, blickte Olaf entschlossen an und sagte, er solle sich fertigmachen.

»Begleite mich nach Fulda. Ich werde euch für eine Weile verlassen müssen und habe vorher noch ein paar Dinge zu erledigen.«

Die Morgendämmerung schien noch fern, doch in den Stallungen herrschte bereits reges Treiben. Hektisch liefen die Ordensbrüder auf dem Klostergelände hin und her und schafften unter dem wachsamen Blick der Männer Karls Lebensmittel, Tiere, Waffen und sonstiges Gepäck herbei. Die Ochsenkutscher spannten die empört protestierenden Tiere vor die Wagen, aus der Küche wurden die letzten Portionen gesalzenen Specks gebracht, und die Soldaten machten sich bereit, ihre Befehle entgegenzunehmen.

Alkuin war dabei, sein bescheidenes Bündel auf einen Wagen zu laden, als Theresa an ihn herantrat. Sie hatte nichts als etwas Wäsche zum Wechseln und ihre Wachstafeln eingepackt. Ihre übrigen Sachen hatte sie der Schwarzen Helga überlassen, nachdem sie sie aus dem Schlaf gerissen und ihr mitgeteilt hatte, dass sie nun doch nach Würzburg reisen werde. Helga hatte geschluckt und wortlos genickt.

»Pass auf dich auf, meine liebe Freundin ... Und versprich mir, dass du bald wiederkommst. Ich werde mich um deine Ländereien kümmern und auf dich warten.«

»Helga ...«, Theresas drückte die Hand der Freundin und küsste auf sie die Stirn. »Ich muss los«, sagte sie schließlich mit erstickter Stimme. »Pass auch du auf dich auf. Ich freue mich schon jetzt auf euch beide!« Behutsam strich sie über Helgas mächtigen Bauch.

Im Morgengrauen erschien Izam von Padua in einem leuchtend roten Gewand, über dem er ein Kettenhemd trug. Ihm hatte Karl den Schutz der päpstlichen Abordnung anvertraut. Hinter ihm sammelten sich seine bewaffneten Gefolgsleute, um der römischen Gesandtschaft zur Hand zu gehen. Er wirkte älter und reifer, wie er dort ernst und mit ruhiger, fester Stimme Befehle gab und Anordnungen traf. Sein Gesicht hellte sich auf, als er Theresa entdeckte. Aus der Ferne entbot er ihr einen eleganten Gruß, und in ebendiesem Moment erschien Haldor, der sie ohne Umschweife in die Arme schloss und auf den Mund küsste. Izam stutzte kaum merklich, dann wandte er sich wieder seinen Männern zu.

»Woher kennst du den Soldaten da?«, flüsterte Haldor Theresa ins Ohr und deutete auf Izam.

»Den mit dem Kettenhemd?«, fragte Theresa. Zum ersten Mal war es ihr nicht recht, dass Haldor keinen Hehl aus der Art ihrer Beziehung machte. Was sollten die Kirchenmänner von ihr denken, und was dieser Izam? »Das ist einer der Männer des Königs. Er hat mir mit dem Sklaven geholfen, von dem ich dir erzählt habe. Du weißt schon, dem mit dem Holzbein.«

»Mir scheint, der Kerl hat ein Auge auf dich geworfen«, sagte Haldor lachend und küsste sie noch einmal, wobei er herausfordernd zu Izam blickte, der sich aber angelegentlich mit seinen Vorbereitungen beschäftigte.

Theresa machte sich los. Sie war erstaunt, dass Haldor gar nicht überrascht schien, sie hier zu sehen. Er konnte nichts von ihrem Entschluss wissen, sich der Delegation anzuschließen – ebenso wenig wie sie gewusst hatte, dass er nach Würzburg zurück reiste. Sie hatte sich erst zum Aufbruch in allerletzter Minute verabschieden wollen, da sie fürchtete, sich sonst doch noch anders zu entscheiden. Ihre Hoffnung war gewesen, Haldor möge nachkommen, wenn sie ihre Angelegenheiten in Würzburg einigermaßen in den Griff bekommen hätte. Nun musste sie sich gar nicht von ihm trennen!

»Der Ingeniarius hat mich zum Führer bestimmt«, erklärte Haldor. »Als sie hörten, dass die Bergpässe immer noch zugeschneit sind, habe ich vorgeschlagen, den Weg über Frankfurt zu nehmen und von dort mit dem Schiff weiterzufahren. Der Main ist in dieser Gegend bereits getaut, und mit ein wenig Glück können wir Würzburg auf dem Wasserweg erreichen.«

»Und du wolltest einfach abreisen, ohne mir Bescheid zu sagen?«, meinte Theresa, der gerade bewusst geworden war, dass er nicht ihretwegen mitgekommen war.

»Ich war sicher, dass du mitkommen würdest«, antwortete Haldor lächelnd. »Und außerdem …«

Theresa sah ihn forschend an. »Außerdem?«

»… hätte ich dich sonst einfach eingepackt und mitgeschmuggelt.« Er schlang die Arme um sie und wirbelte sie in der Luft herum.

Theresa schätzte den Trupp, der sich zur Abreise nach Würzburg zusammengefunden hatte, auf ungefähr siebzig Personen. Ein Dutzend Männer gehörten zur päpstlichen Delegation, hinzu kamen etwa zwanzig Soldaten, die Ochsenkutscher, einige Diener und verschiedene Händler. Sie zählte acht Ochsenkarren und einige leichtere Wagen, die von Mauleseln gezogen wurden. Sie schien die einzige Frau unter all den Männern zu sein und zog entsprechend deren Blicke auf sich.

Auf Izams Kommando knallten die Peitschen, die Tiere setzten sich in Bewegung. Alkuin fuhr mit der päpstlichen Delegation auf dem ersten Wagen, Theresa hatte auf dem zweiten Platz gefunden. Und während Haldor als Führer allen voran an der Spitze des Zuges ritt, bildete Izam mit dem Gros seiner Soldaten die Nachhut des Trosses.

So ließen sie Fulda hinter sich und machten sich auf den Weg Richtung Frankfurt.

Die Menschen in Würzburg litten immer noch schlimmen Hunger, hatte Haldor Theresa berichtet, daher würden noch zwölf Wagen mit Getreide zu ihnen stoßen. Auch in Frankfurt sollten sie noch weitere Fracht aufladen.

Theresa verfiel bei dem eintönigen Gerumpel der hölzernen Räder in schwermütige Gedanken. Ihre größte Sorge galt ihrem Vater. Sie hoffte so sehr, dass sie ihn lebend wiedersehen würde, ja sie glaubte fest daran. Als Haldor einmal eine Weile neben ihr ritt und ihr erneut klarmachen wollte, dass diese Hoffnung womöglich vergebens wäre, zog sie sich die Decke über den Kopf. Davon wollte sie nichts hören.

Der Tross zuckelte gemächlich vor sich hin. Zwei Reiter kundschafteten den Weg aus, dann kamen ein paar Soldaten. Hinter ihnen folgten vier Burschen, deren Hände mit Lederbändern umwickelt waren. Sie räumten die Steine aus dem Weg, damit die Wagen passieren konnten, während die Kutscher sich fluchend und peitschenschwingend mühten, die Ochsen auf dem Weg zu halten. Die übrigen Reiter sicherten die Nachhut.

Nachdem sie ein stark verschlammtes Wegstück hinter sich gebracht hatten, auf dem die Männer immer wieder an den Wagen mit anpacken mussten, um sie aus dem Lehm zu wuchten, ließ Izam halten. Der Weg war an dieser Stelle breit genug, um ein sicheres Rastlager zu errichten, und so wurden die Wagen nebeneinander am Wegesrand aufgereiht, die Pferde am ersten Wagen angebunden und das Futter für die Tiere ausgeladen. Einer der Männer entzündete ein Feuer, und schon bald verbreiteten Drehspieße mit dem Fleisch eines glücklich erlegten Hirsches einen köstlichen Duft. Izam scharte die restlichen Männer um sich und teilte die Wachen ein. Anschließend versammelten sich alle rund um das Lagerfeuer, packten den Wein aus und schenkten sich großzügig ein. Theresa bot den für das Kochen zuständigen Burschen ihre Hilfe an, dankbar nahmen sie an. Bald wurden ein paar Kaninchen angebracht, die man neben dem Hirsch als besondere Delikatesse für die Angehörigen der päpstlichen Delegation zubereitete. Das Fußvolk musste sich mit gesalzener Schweinekeule und Hafergrütze begnügen. Der Wein aber kreiste in der ganzen Runde, und mit jedem Krug, der geleert war, wurde die Stimmung der Männer ausgelassener, das Lachen lauter und die Scherze derber.

Theresa räumte gerade ein paar Schüsseln zusammen, als Izam von hinten an sie herantrat.

»Trinkst du keinen Wein?«, fragte er und hielt ihr seinen Kelch hin. Theresa wandte sich überrascht um.

»Nein, danke. Ich trinke lieber Wasser«, erwiderte sie und nahm einen Schluck aus ihrem Becher.

Izam sah sie besorgt an.

»Das Wasser aus dem Fluss hier sollte man besser nicht trinken, der Boden ist schlammig, außerdem fließt er von Westen nach

Osten. Und vor ein paar Meilen sind wir an einer Siedlung vorbeigekommen, bestimmt kippen die Leute ihren ganzen Unrat in den Fluss.«

Theresa spuckte das Wasser bestürzt aus und nahm einen Schluck aus Izams Kelch. Der Wein war stark, sie spürte, wie sich eine wohlige Wärme in ihrem Körper ausbreitete. Unbewusst blickte sie zu Haldor hinüber, der zwischen den Soldaten saß und sich am Hirschfleisch gütlich tat.

»Ist das dein Verlobter?«, erkundigte sich Izam betont gleichgültig.

»Nicht direkt«, erwiderte Theresa ausweichend und errötete.

»Wie schade, dass ich bereits versprochen bin«, meinte Izam leichthin und schaute sie von der Seite an. Er konnte nicht erkennen, ob Theresa missfiel, was er da sagte. Sie wechselten noch ein paar belanglose Sätze über die bevorstehende Reise, dann musste Izam wieder zu seinen Soldaten zurück. Er ließ sie noch einmal aus seinem Kelch trinken, und sie vermeinte seine Lippen zu schmecken. Die Wärme, die diesmal in ihr aufstieg, schien nicht allein vom Wein zu kommen. Als er ging, schaute sie ihm verwirrt nach. Dann schüttelte sie vehement den Kopf, als wolle sie etwas verscheuchen, das sie durcheinanderbrachte. Sie sah noch einmal zu Haldor hinüber, der sich weiter angeregt mit den Soldaten unterhielt und den Becher kreisen ließ. Wieso hatte sie Gewissensbisse? Nein, sie würde nichts zwischen sich und den Mann kommen lassen, den sie liebte. Auch nicht Izam.

Früh am nächsten Morgen brachen sie auf. Gegen Mittag trafen sie in Frankfurt ein. Haldor und Izam gingen zum Hafen, um sich nach geeigneten Schiffen umzuschauen. Während Izam verschiedene geräumige und entsprechend schwere Exemplare ins Auge fasste, plädierte Haldor für leichtere Boote.

»Wenn der Fluss an manchen Stellen doch noch zugefroren sein sollte oder nicht genug Schmelzwasser führt, müssen wir sie vielleicht übers Eis schleppen«, wandte er ein.

Schließlich suchten sie zwei schwere Schiffe aus, die mit ausreichend Rudern ausgestattet waren, sowie ein leichteres, das man zur Not würde schleppen können.

Erst am frühen Nachmittag waren sie mit dem Einladen der Fracht fertig, und eilig legten sie ab – drei Schiffe, beladen mit Tieren, Soldaten und geistlichen Würdenträgern, die sich den Main hinaufkämpften.

21

Alkuin von York war erschüttert, welch gotteslästerliche Worte er aus dem Munde eines Prälaten vernehmen musste: Als Flavius Diaconus das erste Knirschen unter dem Rumpf hörte, war er in lautes Fluchen ausgebrochen, und kurz darauf steckte das Schiff endgültig im Eis fest.

»Diese Flussfahrt war von Anfang an eine Narrenidee!«, schimpfte Flavius, während er, mit allen möglichen Packen beladen, vom Schiff auf das Eis hinunterkletterte. »Was hat dieser Mensch eigentlich vor? Will er uns umbringen?«

Izam von Padua bedachte den päpstlichen Gesandten mit einem verächtlichen Blick und spuckte ein Stück Trockenfleisch aus, auf dem er schon eine Weile herumgekaut hatte. Er würde genug damit zu tun haben, das Schiff wieder flottzumachen; das Genörgel eines Pfaffen war wirklich das Letzte, was er da gebrauchen konnte. Besorgt sandte er einen Blick flussaufwärts. So weit das Auge reichte, war der Main fast vollkommen zugefroren.

Seit sie in Frankfurt den Hafen verlassen hatten, war die Fahrt ohne Zwischenfälle verlaufen, allerdings hatten unterwegs treibende Eisschollen bereits angekündigt, dass der Fluss stellenweise wieder gefroren sein musste. Man merkte deutlich, dass es wieder kälter geworden war.

Glücklicherweise waren die anderen Schiffe nicht aufgelaufen und dümpelten ruhig hinter ihnen im Wasser. Izam kommandierte ein paar Späher ab, er wies die Besatzung an, den Frachtraum zu räumen, und vergewisserte sich, dass Proviant und Tiere ausgeladen und auf den stabileren Teil der Eisfläche gebracht wurden. Haldor führte eine kleinere Gruppe an, die über das Eis zum Ufer kletterte.

»Das ist doch nicht zu glauben! Was hat dieser Kerl denn jetzt wieder vor?«, schimpfte Flavius.

»Uns hier rauszuholen, nehme ich an. Dafür hat er schließlich das Kommando«, entgegnete Alkuin, der mit seinen Schriften hantierte. »Nehmt mir doch mal dieses Stundenbuch hier ab, aber Vorsicht, bitte. Es ist ein sehr kostbares Exemplar.«

Flavius nahm den prächtigen kleinen Band entgegen und legte ihn achtlos auf ein paar aufgetürmte Kleiderbündel. Es irritierte ihn, mit welcher Gelassenheit Alkuin den Vorfall nahm.

»Vielleicht sind sie ja schon dabei, den Rückweg zu organisieren«, meinte er hoffnungsvoll.

»Das glaube ich kaum. Im Gegenteil, ich vermute, Izam will das Schiff auf das Eis hinaufheben und dann von dem Ochsen ziehen lassen.«

»Seid Ihr des Wahnsinns? Wie wird denn jemand ein Schiff bis nach Würzburg ziehen wollen?«

»Mein lieber Flavius, schaut Euch doch einmal um«, erwiderte Alkuin, ohne auch nur den Blick zu heben. »Wenn Izam kehrtmachen wollte, würde er wohl versuchen, uns mit einem der anderen Schiffe zurückzuziehen. Wie Ihr seht, hat er die Taue aber nicht etwa am Heck, sondern vorn am Bug befestigt und außerdem die Ochsen eingespannt. Denkt Ihr nicht auch, alles deutet eher darauf hin, dass er das Schiff über das Eis ziehen will?«

»Aber das ist doch Irrsinn. Und Ihr wollt nicht dagegen einschreiten?«

»Wenn wir nach Würzburg wollen, müssen wir wohl mit anpacken, Hochwürden«, seufzte Alkuin und verstaute seine Schreibgeräte. »Wärt Ihr so freundlich, mir die Federn und die Tintenfässer zu reichen?«

»Aber Ihr müsst doch einsehen, dass das ganz unmöglich ist!«, wandte Flavius noch einmal ein. »Die wenigen Tiere und die paar Männer sollen solch ein Riesenschiff ziehen … Schaut Euch den

Rumpf an, das sind mehr als zwanzig Schritt! Und was soll eigentlich mit der ganzen Fracht geschehen?«

»Das solltet Ihr besser unseren Kommandanten fragen. Wie ich gehört habe, will er vor allem die benötigten Vorräte nach Würzburg durchkriegen. Vermutlich versuchen wir deshalb nicht, die beiden leichteren Boote weiterzubringen, obwohl das sicher einfacher wäre.«

»Izam von Padua? Dieser eingebildete Kerl, seit wir in Frankfurt abgelegt haben, hat er sich nicht herabgelassen, sich auch nur einmal mit mir zu beraten.« Flavius blickte Alkuin abschätzig an. »Wisst Ihr, was ich denke? Wir sollten zu Fuß weitergehen, einfach immer dem Fluss folgen. Wir haben Ochsen, und wir haben gut bewaffnete Männer.«

Alkuin hatte allmählich genug von dem nutzlosen Geschwätz. »Und wenn Ihr mich fragt: Packt einfach mit an und redet weniger klug daher, dann wäre ich nämlich schon lange fertig hier.«

»Alkuin! Ihr vergesst Euch! Ihr wisst wohl nicht mehr, mit wem Ihr sprecht! Etwas mehr Respekt vor dem päpstlichen Gesandten, wenn ich bitten darf.«

»Hochwürden, verzeiht einem alten Mann. Doch ich bitte Euch zu bedenken, dass ich eine Pause verdient habe. Wenn ich ein Schiff schleppen soll, muss ich mich vorher etwas ausruhen.«

»Ihr wollt also wirklich diesen Irrsinn mitmachen?«

»Euch steht es ja frei, auf eines der beiden anderen Schiffe zu wechseln, die hier warten oder nach Frankfurt zurückkehren werden. Denn für alle drei Boote reicht unsere Kraft ganz sicher nicht.«

»Ihr wisst so gut wie ich, dass ich dringend nach Würzburg muss!«

»Nun, dann solltet Ihr keine weitere Zeit verschwenden und Euer Gepäck ausladen. Seht doch«, er deutete auf die Männer am Ufer. »Die Leute sind schon dabei, Bäume zu fällen und zurechtzusägen.«

»Wahrscheinlich wollen sie damit den Schaden am Schiff beheben. Was das alles für eine Zeit kostet!«

»Ich denke eher, dass sie damit versuchen wollen, das Boot auf das Eis heben. Übrigens ist anzunehmen, dass der Schatten des großen Berges dort drüben dafür verantwortlich ist, dass der Fluss hier gefroren ist. Ein Stück weiter flussaufwärts kann das Wasser schon wieder fließen.«

Inzwischen war Haldor wieder aufgetaucht, er hatte sich mit einem Spähtrupp aufgemacht, die Lage zu sondieren. Sicher bewegte er sich über das Eis und trat zu Izam.

»Wie ich schon dachte, ein paar Meilen werden wir schleppen müssen. So weit reicht das feste Eis, aber dann können wir weiter fahren.«

»Und wie sieht das Ufer aus?«, erkundigte sich der Kommandant.

»An zwei oder drei Stellen wird es etwas eng, aber es sollte gehen.«

»Und der Späher?«

»Ist ein Stück flussaufwärts aufgestellt, wie Ihr befohlen habt.«

»Gut. Dann müssen wir also nur noch diesen Kahn hier über das Eis zerren.«

Er blickte zu den Männern, die sich Taue um den Körper geschlungen hatten und sich mit zusammengebissenen Zähnen und vereinter Kraft bemühten, das Schiff aufs Eis zu ziehen; die kräftigsten standen bis zu den Hüften im eiskalten Wasser beiderseits des Schiffes und versuchten, das Boot mit den schweren, frisch zurechtgehauenen Hebeln auf die Scholle zu wuchten. Nichts rührte sich, es war lediglich ein Knirschen zu hören. Sie zerrten erneut und immer wieder. Die Ochsen, die am Bug mitziehen sollten, waren von geringem Nutzen. Immer wieder rutschten sie aus, und ihre Treiber hatten alle Mühe, zu verhindern, dass sie stürzten oder sich gar die Knochen brachen und zuschanden kamen.

Izam erkannte, dass es so nie gelingen würde, den schweren Kiel auf das Eis zu bekommen. Er überlegte, da trat Theresa zu ihm und sagte: »Ich würde gerne helfen.«

Izam musste lächeln. »Glaubst du, deine schönen Muskeln machen den Unterschied?«

»Nein, aber vielleicht mein wacher Verstand. Warum umwickelst du den Ochsen nicht die Hufe mit den Lederriemen der Burschen, die vor den Wagen die Steine aus dem Weg geräumt haben? Dann rutschen sie nicht mehr.«

Verblüfft sah Izam sie an, dann gab er den Männern einen entsprechenden Befehl – und es funktionierte.

Es knirschte immer lauter, bis das Schiff endlich schwerfällig anruckte und sich der Bug langsam auf die Eisfläche schob. Stück für Stück schleiften sie den schweren Kiel über das Eis, und immer tiefer wurde dabei die Furche, die sie hinterließen.

Doch mit einem Mal erklang ein bedrohliches Knacken, Risse breiteten sich zu beiden seiten des Schiffkörpers aus, und wie erstarrt sahen die Männer mit an, wie das Eis unter dem Rumpf barst.

»Beiseite da vorn! Wenn das Eis vor dem Schiff bricht, könnten die Ochsen ertrinken! Auch für euch wird es gefährlich – weg da!«

Die Männer ließen die Taue los und sprangen vom Schiff zurück. Die Eisschicht vor ihnen teilte sich bereits in einzelne Schollen. Izam sprang behände über die knirschenden Eisstücke zum Bug und löste den Knoten, mit dem die Ochsen festgeschirrt waren. Dann rief er: »Haltet die Taue und die Tiere zusammen. Dann lasst sie abseits ein wenig trinken. Der Rest von euch geht zurück und holt die Lebensmittel.«

Flavius, der sich nicht an dem Schleppmanöver beteiligt hatte, trat einige Schritte zurück, als sich Alkuin, der nach Kräften an einem der Seile gezogen hatte, mit hochrotem Kopf und stöhnend neben ihm zu Boden sinken ließ.

»Habe ich nicht gesagt, dass dies eine einzige Narretei ist?«, bemerkte der Prälat triumphierend.

»Ein wenig körperliche Ertüchtigung tut auch dem Geiste wohl«, keuchte Alkuin.

»Ihr irrt, mein lieber Alkuin. Man soll die Arbeit denen überlassen, die dafür geschaffen sind. Wir *oratores* haben uns dem Gebet zu widmen, wie Gott es uns befohlen hat«, entgegnete er.

»Ach ja … Die Regeln, die die Welt regieren: Die *oratores* beten für das Heil der Menschheit, die *bellatores* kämpfen für die Kirche, und die *laboratores* erledigen die Arbeit für alle anderen. Aber steht nicht auch geschrieben, dass ein jegliches Ding seine Zeit hat?« Alkuin lächelte den päpstlichen Sendboten an.

»Ihr tätet wohl daran, Euch an die Regeln zu halten«, erwiderte Flavius mit drohendem Unterton. Er wollte sich abwenden.

»Ihr werdet aber wohl mit mir übereinstimmen, dass auch die Bauern hin und wieder beten sollten. Reicht mir doch bitte etwas Wasser.« Alkuin rang immer noch nach Atem, aber er ließ Flavius nicht davonkommen.

»Selbstverständlich sollen sie beten, warum fragt Ihr?«

»Und ebenso werdet Ihr mir wohl beipflichten, dass die *bellatores* neben der Vorbereitung auf den Kampf auch ihre geistigen Pflichten nicht vergessen sollten.«

»Natürlich nicht.«

»Nun, dann ist nicht einzusehen, warum wir bei Gelegenheit nicht auch ein wenig mit anpacken sollten«, sagte Alkuin, wieder halbwegs bei Atem, und nahm einen Schluck von dem eiskalten Wasser.

»Ihr vergesst, dass ich kein Mönch bin wie Ihr. Ich bin päpstlicher Kanzler. Primicerius des Lateran.«

»Aber Ihr verfügt über zwei Arme und zwei Beine, so wie der Herrgott es gewollt hat. Und der wird sich dabei etwas gedacht haben, oder meint Ihr nicht?«, unterbrach ihn Alkuin gereizt und erhob sich. »Und nun entschuldigt mich bitte, es geht gleich weiter.«

Alkuin sah zum Ufer hinüber. Izam lehnte an der Schiffsreling und hielt mit besorgter Miene Ausschau.

»Wahrscheinlich macht der Späher ihm Sorgen«, meinte er zu Flavius hin. »Er sollte längst zurück sein, aber keine Spur von ihm.«

»Bei Gott, Alkuin, jetzt fangt nicht schon wieder an, den Propheten zu spielen. Er wird sich eben die Blase entleeren oder das Gelände erkunden.«

»Das würde ich nur zu gerne glauben.«

Izam lief besorgt auf und ab, schaute immer wieder zum Wald hin und gab unaufhörlich Anweisungen, wobei er die Hand nicht von seinem Bogen ließ. Alkuin ließ Flavius stehen und ging zu ihrem Kommandanten hinüber.

»Ihr seid nicht der Einzige, der den Späher vermisst. Ich an Eurer Stelle würde mir auch Sorgen machen.«

Izam sah ihn überrascht an, dem scharfen Auge dieses Kirchenmannes schien nichts zu entgehen.

»Irgendwas ist faul …« Er starrte auf die Bäume am Ufer und fasste sich nachdenklich ans Kinn.

»Das denke ich auch.« Haldor war zu ihnen getreten. »Soll ich nachsehen?«

»Nein, wenn etwas ist, werdet Ihr allein nichts ausrichten. Wir wollen wachsam sein. Sorgt dafür, dass die Pfaffen auf dem Schiff bleiben.«

Als Haldor fort war, fragte Alkuin: »Kennt Ihr den Mann?«

»Ja, aus Aachen, allerdings nicht besonders gut. Ich weiß nur, dass er die Gegend hier besser kennt als alle diese Soldaten zusammen. Und nun, wenn Ihr gestattet – ich muss meine Männer instruieren.«

Alkuin nickte und ging hinüber zu den Ochsen, um sein Gepäck in Sicherheit zu bringen. Unterdessen teilte Izam seine Leute in Gruppen ein.

»Hört gut zu«, hob Izam an. »Der Spähtrupp ist nicht wieder zurückgekehrt. Kein gutes Zeichen. Wir müssen davon ausgehen, dass hinter diesen Bäumen Räuber lauern … oder die Sachsen. So oder so, wir müssen uns beeilen. Diejenigen, die das Gepäck und die Vorräte holen gehen: Seid vorsichtig, wenn Ihr mit den Ochsen die tiefen Stellen umgeht. Vermeidet diese auch selbst; wir werden keine Zeit haben, am Lagerfeuer zu trocknen, und ich will nicht, dass Ihr mir auf dem Weg an Lungenentzündung sterbt. Ihr werdet so eine Weile brauchen, beeilt Euch trotzdem! Länger als eine Stunde können wir hier nicht warten.«

Die übrigen Männer versuchten, das Schiff vom gebrochenen Eis ins tiefere Wasser zu schieben, doch sie bewegten es kaum eine Handbreit von der Stelle, da sich der Fluss gerade hier als überraschend flach erwies; sicher war er genau deshalb hier im Bergschatten derart schnell zugefroren. Izam bereitete unterdessen die Verteidigung vor: Zu beiden Seiten des Rumpfes stellte er mit Pfeilen gefüllte Fässer auf und postierte sich dann am Bug.

Wenn sie das Schiff doch bloß endlich flottbekämen, dachte er. Und plötzlich beunruhigte ihn ein anderer Gedanke: Wo war Theresa? Er schaute sich nach allen Seiten um und entdeckte sie schließlich an Bord. Erleichtert stellte er fest, dass sie hinter ein paar Säcken Deckung hatte.

Wachsam ließ er seinen Blick über das Wasser vor dem Berg schweifen, wo etwas seine Aufmerksamkeit erregt hatte. Was war das? Ein dunkler Gegenstand von der Form und Größe eines Kürbisses trieb zwischen den Eisschollen, und schon hatte die Strömung die Kugel unter das Eis gedrückt. Langsam glitt der dunkle Fleck unter der Oberfläche neben dem Schiff vorbei. Izam griff nach einem Wurfspieß, sprang mit einem Satz von Bord, hin zu einer offenen Stelle zwischen den geborstenen Schollen, die bereits wieder zusammenzufrieren begannen. Als das dunkle Etwas unter der Öffnung hindurchtrieb, stieß er mit dem Spieß zu und zog ihn mit einem geschickten Ruck wieder hoch. Um ein Haar wäre ihm ein Schrei des Entsetzens entfahren, als er sah, dass er den grausam verstümmelten Kopf seines Spähers aufgespießt hatte. Theresa, die ihm aus ihrer Deckung heraus mit ihren Blicken gefolgt war, wandte sich schaudernd ab.

Gerade wollte Izam seine Männer in größte Alarmbereitschaft versetzen, als in einer Entfernung von einer halben Meile der erste Transporttrupp mit den Ochsen schwerfällig herantrottete. Auf einmal brüllte eines der Tiere vor Schmerz auf und stürzte zu Boden. Sofort gab Izam seinen Männern Befehl, ihre Bogen zu spannen, während die Rückkehrer hinter den übrigen Lasttieren Deckung suchten. Izams Bogenschützen begannen ihre Pfeile abzufeuern, da setzte auch vom Ufer her ein Pfeilhagel ein. Zwei Männer lösten sich aus der Deckung der Tiere und versuchten stolpernd das Schiff zu erreichen – beide wurden nach wenigen Schritten niedergestreckt. Alkuin und Flavius hatten sich hinter die letzten

Gepäckbündel auf dem Eis geduckt; sie waren dem Transport entgegengegangen, um ihre Sachen zu holen. Haldor kroch auf allen vieren bis zu ihnen heran.

»Bleibt hier, bis ich Euch ein Zeichen gebe«, wies er die beiden Geistlichen an.

Sie nickten. Entsetzt musste Theresa vom Schiff aus mitansehen, wie Haldor zu dem verletzten Tier hin lief und die Stricke durchschnitt, die es an den unverletzten Ochsen fesselten. Dann rief er die Kirchenmänner.

»Schnell! Hinter den Ochsen. Wenn er losläuft, versucht Schritt mit ihm zu halten, so dass er Euch Deckung bietet.«

»Flavius wird nicht rennen können«, wandte Alkuin ein.

Haldor blickte zu dem kreidebleichen Prälaten hin und sah, dass ein Pfeil in seinem Oberschenkel stak.

»In Ordnung. Ich kümmere mich um ihn«, sagte er und gab Alkuin den Ochsenstrick in die Hand. »Los jetzt. Schnell!«

»Und das Gepäck?«

»Ich werde mich darum kümmern. Aber Ihr, lauft!«, rief er und versetzte dem Ochsen einen kräftigen Schlag auf den Rücken.

Das Tier brüllte auf und machte einen Satz nach vorn, Alkuin konnte ihn gerade noch beim Schwanz packen. Und während er mit dem Ochsen voranstolperte, rief Haldor einen weiteren Mann zu Hilfe, um Flavius in Sicherheit zu bringen. Die beiden wuchteten ihn auf eine Planke, die von der Herstellung der Schiffshebel übriggeblieben war, und bedeckten ihn zum Schutz mit ein paar losen Holzresten. Sie duckten sich, so tief es ging, und begannen ihn in Richtung Schiff zu schieben.

Theresa wagte kaum, dem Manöver zu folgen: Was, wenn der Mann, der ihr alles bedeutete, vor ihren Augen von einem Pfeil durchbohrt würde? Sie sandte ein Stoßgebet zu Gott, dass er es nicht geschehen lassen möge, und sie nahm sich vor, sollten sie Würzburg je lebend erreichen, nicht eher zu ruhen, als bis sie Haldors Frau geworden wäre.

Unterdessen feuerte die Schiffsmannschaft ihre Pfeile, was das

Zeug hielt. Izam sah Alkuin mit dem Ochsen heranschlittern; es fehlte nicht mehr viel, und er hatte das sichere Schiff erreicht, doch der Ochse begann immer langsamer zu werden. Da gab der Ingeniarius seinen Männern Befehl, von Bord zu gehen und das Boot anzuschieben. Vier Soldaten sollten Alkuin zu Hilfe eilen; der Ochse war nun vollends zusammengesackt, und Alkuin kauerte hinter seinem massigen Körper in Deckung. Doch nur zwei von den Soldaten erreichten den Geistlichen unversehrt, die beiden anderen fielen den auf sie niederprasselnden Pfeilen zum Opfer. Izam arbeitete sich derweil weiter flussabwärts zur Nachhut vor.

»Wenn das so weitergeht, haben diese verfluchten Bastarde uns bald ganz durchlöchert«, knurrte Haldor ihm entgegen.

»Ist Flavius in Ordnung?«, keuchte Izam.

»Ja, so weit. Sein Oberschenkel hat etwas abbekommen.«

»Und die Lebensmittel?«

»Sind auf den Wagen.« Er deutete auf zwei Wagen, hinter denen sich der Rest des Trupps verschanzt hatte.

»Gut, dann weiter jetzt.«

Alkuin war inzwischen bei dem Schiff angekommen und schloss sich, obgleich vollkommen erschöpft, den Männern an, die von der linken, geschützten Seite aus versuchten, den Schiffsrumpf voranzuschieben. Kurz darauf erreichten auch Haldor, der kreidebleiche Flavius und die Nachhut das Boot.

»Ihr müsst Flavius hochziehen. Er ist verletzt!«, schrie Izam.

Mehrere Männer zogen den päpstlichen Gesandten an Deck und zerrten das Gepäck an Bord, während die übrigen wacker darum rangen, das Schiff wieder flottzukriegen. Theresa hoffte inständig, auch Haldor möge endlich heraufsteigen und sie in die Arme schließen, aber natürlich wurde er unten gebraucht. Sie wollte sich ebenfalls nützlich machen und nahm sich, wie um Gott günstig zu stimmen, des unsympathischen verwundeten Prälaten an.

»Bei allen Teufeln! So schiebt doch, schiebt!«, brüllte Izam.

Die Männer taten ihr Bestes, und tatsächlich, endlich bewegte sich das Schiff ein Stück.

»Weiter! Schieben!«

Plötzlich aber begann das Eis unter ihnen zu knirschen und zu knacken.

»Zurück! Aufs Schiff, Leute, schnell!«, schrie Izam, während der Pfeilregen weiter auf sie niederprasselte.

Doch ehe sich alle Mann in Sicherheit bringen konnten, brach das Eis mit ohrenbetäubendem Krachen gänzlich auf; mit Schwung glitt das Schiff ins tiefe Wasser. Mehrere Männer stürzten, in die Zugtaue verstrickt, hinterdrein und ruderten in dem eiskalten Nass verzweifelt um ihr Leben.

Haldor konnte sich als Erster hinaufziehen, andere warfen ihre Bogen ab und kämpften sich ebenfalls mit letzter Kraft an Bord. Das Schiff begann, unter Rudern und Segel Fahrt aufzunehmen.

»So wartet doch, Ihr müsst mir helfen, die Verletzten zu bergen!«, rief Alkuin und streckte einem Verwundeten den Arm entgegen.

»Wir haben keine Zeit zu verlieren. Seid nicht töricht!«, brüllte Haldor ungehalten.

»Aber wir können sie doch nicht einfach hier ertrinken lassen!«, beharrte Alkuin ungläubig und wollte den Mann nicht loslassen.

»Verflucht, Alkuin, Ihr riskiert unser aller Leben!«

Hartnäckig weigerte sich Alkuin, den Mann loszulassen.

Da zückte Haldor sein Schwert und schlug dem Verzweifelten, den Alkuin fest gepackt hielt, kurzerhand den Arm ab. Alkuin ließ ihn entsetzt fallen. Gleich darauf versetzte der Soldat einem andern, der schreiend zwischen Schiff und Eis eingeklemmt war, einen tödlichen Hieb.

»So. Und jetzt kommt endlich!«, fuhr Haldor Alkuin an, spuckte verächtlich aus und griff sich einen Bogen, um die Verteidiger zu unterstützen.

Sprachlos vor Entsetzen sah Alkuin ihm nach.

Und plötzlich war es ruhig um sie geworden. Die Angreifer schienen sich zurückgezogen zu haben, doch die Anspannung löste sich erst, als sie eine Weile flussaufwärts durch fast eisfreies Wasser vorangekommen waren. Als die Sonne hinter den Bergen verschwand, ließ Izam an einer kleinen Bucht links des Mains zur Nacht ankern.

Alkuin bemühte sich nach Kräften, die Verletzten zu behandeln; da er jedoch nur eine Wundtinktur zur Verfügung hatte, konnte er nicht viel mehr tun, als die Wunden säubern, sie betupfen und dann verbinden.

»Kann ich Euch helfen?«, fragte Theresa, die bei Flavius geblieben war, der sich jedoch beharrlich geweigert hatte, sich von ihr den Pfeil herausziehen zu lassen. Sie war sicher, dass andere ihrer Fürsorge mehr bedurften als der feiste Prälat.

Alkuin nickte wortlos. Sogleich kniete sich Theresa neben ihm nieder und ging ihm mit flinken Bewegungen zur Hand. Als alle Verwundeten notdürftig versorgt waren, sprachen sie ein gemeinsames Gebet für die Toten.

Alkuin sah sich nach Flavius um. Er war schon wieder recht munter, wollte aber auch Alkuin nicht an den Pfeil lassen. Der Engländer überlegte kurz, dann berichtete er Flavius von dem, was Haldor getan hatte. Die Reaktion des Prälaten war anders, als er erwartet hatte.

»Bei der Liebe Gottes, Alkuin. Ihr habt es doch selbst gesagt: Diese armen Kerle waren im Eis eingeklemmt, und das Schiff fuhr bereits an. Man hätte nichts anderes tun können!«

»Wahrscheinlich würdet Ihr anders denken, wenn Ihr selbst dort unten eingeklemmt gewesen wärt«, erwiderte Alkuin. Er seufzte und sah zu Flavius hinunter. »Ihr hättet den Blick von Haldor Larsson sehen sollen. Ohne mit der Wimper zu zucken, hat er sie abgeschlachtet.«

»Ein solches Urteil steht Euch nicht zu. Mag sein, dass er nicht zimperlich ist, aber dieser Mann hat uns das Leben gerettet. Vergesst nicht: Er ist Soldat!«

Theresa hatte die letzten Worte mit angehört, trat hinzu und fragte: »Von wem redet Ihr?«

Als ihr niemand antwortete, zuckte sie die Achseln und ging zurück, um den Verletzten frisches Wasser zu bringen.

Alkuin schwieg verdrossen. Sicher, Flavius hatte recht, sie verdankten ihm vermutlich ihr Leben. Doch der eiskalte Blick des jungen Burschen jagte ihm noch nachträglich einen Schauer über den Rücken.

Sobald die Sonne aufgegangen war, tauchte einer der Männer im frostigen Wasser zum Rumpf hinab, um den Schaden zu begutachten. Nach einer Weile kehrte er blaugefroren und zitternd an Deck zurück.

»Der Rumpf ist stark beschädigt«, teilte er mit, während man ihm Tücher zum Abtrocknen reichte. »Ich bezweifle, dass wir den Schaden auf dem Wasser beheben können.«

Izam schüttelte den Kopf. Die Gefahr, an Land zu gehen, um Holz zu schlagen und den Rumpf zu flicken, war zu groß – sie würden dem Feind direkt in die Arme laufen.

»Wir fahren weiter, solange das Schiff hält«, verkündete er bestimmt.

Alkuin, der sonst immer als Erster auf den Beinen war, erwachte mit dem ersten Ruderschlag. Müde und zerschlagen blinzelte er zu Flavius hinüber, der laut schnarchend an seiner Seite lag. In seinem Oberschenkel stak noch immer der Pfeil. Glücklicherweise war der Prälat recht korpulent, es bestand die Hoffnung, dass die Spitze des Geschosses nur das Fettgewebe durchdrungen hatte. Alkuin stand auf und sah sich nach etwas Essbarem um. Wenig später kehrte er mit einem Becher Wein, Brot und Käse zurück.

»Hier, nehmt.« Er reichte dem päpstlichen Kanzler, der inzwischen die Augen aufgeschlagen hatte, eine Scheibe Brot.

»Mein Bein tut weh«, jammerte Flavius.

Alkuin schob die Soutane des Prälaten ein wenig hoch. »Wir sollten ihn besser herausziehen.«

»Auf keinen Fall! Ich warte lieber, bis wir in Würzburg sind.«

»Wie Ihr meint. Hier, probiert den Käse, der ist vorzüglich.«

Gierig biss Flavius in den Brocken Käse, den man ihm reichte. In dem Moment packte Alkuin den Pfeil und zog ihn mit einem Ruck heraus. Flavius brüllte auf vor Schmerz. Alkuin goss ein wenig Wein auf die Wunde und legte ihm den vorbereiteten Verband, auf den er etwas von der Wundtinktur aufgetragen hatte.

»Verfluchter Menschenschinder!«

»Es gab keine andere Wahl, wenn Euch Euer Bein lieb ist. Die Wunde hätte sich entzündet«, erklärte Alkuin ungerührt. »Versucht aufzustehen und ein paar Schritte zu gehen.«

Flavius gehorchte zähneknirschend. Mühsam richtete er sich auf und zog das eine Bein beim Gehen nach, als sei er angekettet. Als er die Wasserlachen auf dem Deck bemerkte und sah, dass auch die Truhe mit seinen Sachen nass geworden war, zeterte er los, als seien ihm alle Teufel der Welt auf den Fersen. Er herrschte ein paar Männer an, die Truhe nach hinten ans Heck zu schleppen, wo sie etwas höher stand.

»Der Inhalt dieser Truhe muss ja außergewöhnlich wertvoll sein«, bemerkte Alkuin und klopfte auf den Deckel.

»*Lignum crucis* …«, verkündete Flavius mit besorgter Miene.

»*Lignum crucis*? Das Holz des Kreuzes von Golgatha? Die Reliquie, die in der Basilika Sessoriana aufbewahrt wird?«

»Ich sehe, Ihr wisst, wovon ich spreche. Dann werdet Ihr auch meine Besorgnis verstehen.«

»Allerdings. Wenngleich ich zugeben muss, dass ich diesem Kult recht skeptisch gegenüberstehe.«

»Was soll das heißen? Wollt Ihr etwa behaupten …«, fuhr Flavius auf.

»Aber nein, Hochwürden, keinesfalls. Verzeiht«, fiel Alkuin ihm ins Wort. »Natürlich weiß ich, dass das *lignum crucis* echt ist, ebenso wie die Gebeine des heiligen Gervasius und des heiligen Protasius oder der Mantel des heiligen Martin von Tours. Ihr werdet aber vielleicht mit mir übereinstimmen, dass man in erstaunlich vielen Klöstern und Bistümern erhebliche Mengen heiliger Knochen bewundern kann.«

»*Breve confinium veratis et falsi*. Ich maße mir nicht an, die Echtheit von heiligen Gebeinen anzweifeln.«

»Was die Dinge des Herrn betrifft, sollten wir vielleicht mehr auf seine Gebote vertrauen.«

»Ich bemerke bei Euch eine gewisse polemische Ader«, entgegnete Flavius, der sich ungeschickt bemühte, die feucht gewordene Truhe mit einem kaum weniger feuchten Lappen zu trocknen. Schneidend fuhr er fort: »Widerspruch um des Widerspruchs willen. Kennt Ihr denn die wahre Kraft einer Reliquie? Kennt Ihr überhaupt den Unterschied zwischen der Lanze des Longinus, dem Blut eines Märtyrers oder dem Dorn von der Krone Jesu?«

»Der Unterschied ist mir durchaus bekannt, und ich wollte nicht in Zweifel ziehen, dass ...«

»Nun, dann hütet Eure Zunge«, erwiderte Flavius scharf.

Doch das war das Letzte, was man bei Alkuin erwarten durfte. »Gestattet mir eine letzte Frage, Hochwürden.«

Flavius sah Alkuin unwillig an.

»Weshalb bringt Ihr die Reliquie nach Würzburg?«

Der Prälat legte die Stirn in Falten und erklärte:

»Wie Euch bekannt ist, bemüht sich Karl der Große seit Jahren darum, die heidnischen Abodriten, Pannonier und Bayern zu unterwerfen, doch weder andauernde Feldzüge noch abschreckende Strafen haben bislang zum Erfolg geführt. Selbst der Sieg gegen die Sachsen: Sie bleiben ein rohes, aufsässiges Volk, sie betreiben Vielgötterei, und sie kennen den heiligen Bund der Ehe nicht. Diesen Leuten muss man mit Waffengewalt begegnen, und selbst das reicht mitunter nicht aus.«

»Und weiter?« Alkuin teilte diese Ansicht nicht ohne Einschränkung. Er kannte die historischen Zusammenhänge besser als Flavius, aber wenn er mehr über die Pläne mit dieser Reliquie erfahren wollte, musste er sein selbstgefälliges Gegenüber gewähren lassen.

»Diese verfluchte Wunde«, jammerte Flavius und zerrte an dem Verband. »Nun gut. Vor acht Jahren jedenfalls kam Karl der Große mit seinen Truppen auf Bitten des Heiligen Vaters nach Italien. Wie Ihr vielleicht wisst, hatten die Langobarden, die sich nicht mit den ehemaligen byzantinischen Herzogtümern zufrieden gaben, die

Städte Faenza und Comacchio überfallen, Ravenna belagert und Urbino, Montefeltro und Sinigaglia unterworfen.«

»Ihr sprecht von dem Langobardenkönig Desiderius.«

»Dieser Mann ein König? Dass ich nicht lache! Dieser Desiderius war eine Schlange in Menschengestalt. Der König des Verrats – dieser Titel hätte ihm gebührt.«

»Wie das? Karl der Große hat doch selbst eine Tochter von Desiderius geheiratet!«

»Ganz recht. Und kann man sich denn einen schlimmeren Verrat ausmalen? Erst schlich sich der Langobarde geschickt in die Familie ein, und als er dann glaubte, es könne ihm nichts mehr geschehen, besetzte er vatikanisches Gebiet. Papst Hadrian überzeugte Karl den Großen davon, dass er eingreifen müsse, dieser überwand den Großen Sankt Bernhard und setzte den Verräter in Pavia fest.«

»Zweifellos eine gute Christentat.«

»Sicher, auch wenn Karl der Große ein ebensolches Interesse daran hatte, den Langobardenkönig auszuschalten, wie der Heilige Vater selbst. Schließlich sollte Karl der Große nach seinem Sieg nicht nur die Rückgabe der besetzten Gebiete gemäß dem *Liber pontificalis* vornehmen, sondern selbst die langobardischen Herzogtümer Spoleto und Benevento bekommen.«

Von ihrer Ecke her, wo sie geschützt vor den Blicken der Männer geschlafen hatte, spitzte Theresa die Ohren, um nur ja nichts von dem Gespräch der beiden Kirchenmänner zu verpassen.

»Die Geschichte ist ja bekannt. Desiderius verschanzte sich in Pavia und zwang Karl den Großen, ihn zu belagern. Nach neun Monaten wurden die Truppen Karls langsam ungeduldig. Sie fürchteten um ihre Ernten, dazu kam die Nachricht von einem neuen Aufstand auf sächsischem Boden. Unterdessen wartete Desiderius einfach weiter ab, so dass Karl der Große daran denken musste, die Belagerung aufzugeben.«

Alkuin, der sich in seine frühen Jahre an der Klosterschule zurückversetzt fühlte, unterdrückte nur mühsam seine Ungeduld und warf ein: »Aber schließlich hat Karl der Große gesiegt.«

»Ihr sagt es, allerdings nicht dank seiner Truppen. Sobald Papst Hadrian über die Lage unterrichtet war, befahl er, das *lignum crucis*, welches man bis dahin in der römischen Heilig-Kreuz-Pilgerkirche in Jerusalem gehütet hatte, ins Lager Karl des Großen zu bringen. Und nur eine Woche nach dem Eintreffen der Reliquie begann eine plötzliche Seuche die Langobarden hinwegzuraffen. Desiderius gab auf und Karl der Große nahm die Stadt ein, ohne dass ein Tropfen Blut vergossen wurde.«

»Und jetzt beabsichtigt Karl der Große also, sich das *lignum crucis* auch im Kampf gegen hiesige Nöte zunutze zu machen.«

Flavius nickte. »So ist es. Der König hat den Papst um Hilfe ersucht, und der hat die Reliquie ohne Zögern auf den Weg geschickt.«

»Das ist erstaunlich. Ich bitte Euch, meine Neugier zu entschuldigen, aber warum habt Ihr mit dieser kostbaren Reliquie eine derart gefährliche Reise auf Euch genommen? Ihr hättet doch in Aachen warten können, bis Karl der Große den nächsten Feldzug unternimmt.«

»Und die Einwohner von Würzburg den Sachsen ausliefern? Ein Akt der christlichen Nächstenliebe wäre das gewiss nicht.«

»Sicherlich nicht. Aber sollten wir nicht einmal in die Truhe hineinschauen und uns von der Unversehrtheit der Reliquie überzeugen?«, fragte Alkuin und machte Anstalten, den Deckel aufzuklappen.

Mit Vehemenz stürzte sich Flavius auf die Truhe und drückte die Klappe zu.

»Ich denke nicht, dass das nötig ist«, beeilte er sich zu versichern. »Die Truhe ist mit eingefettetem Leder ausgeschlagen. Zudem ist das *lignum crucis* durch eine Bleikassette geschützt.«

»Ah, das ist gut. Dann müssen wir uns also keine Sorgen machen. Diese Kassette ist sicher geräumig und stabil.«

»Das ist sie allerdings, und nun würde ich mich gern etwas ausruhen, wenn Ihr gestattet.«

Flavius lehnte sich gegen die Truhe, und Alkuin fragte sich, ob die heftige Reaktion des Prälaten wohl dem Schlafmangel zuzuschreiben war. Kaum zu erklären war damit allerdings, wie eine Truhe von so geringem Gewicht eine bleierne Kassette enthalten konnte.

Das Wasser drang so schnell in den Frachtraum ein, dass man mit dem Abschöpfen nicht mehr nachkam, und so musste Izam am späten Nachmittag den Befehl geben, bei nächster Gelegenheit anzulegen. Er teilte einige Männer als Wachen ein; andere sollten als Spähtrupp zur Absicherung an Land gehen, die übrigen auf dem Schiff verbleiben, um mit Brettern vom Deck den Rumpf notdürftig zu flicken und die Ritzen mit Teer abzudichten. Dann trat er zu Flavius und Alkuin.

»Wir werden hier vermutlich bis zum Einbruch der Dunkelheit ankern. In der Zeit müssten wir das Schiff flottbekommen«, erklärte er. »Was macht Eure Verletzung?«, erkundigte er sich nach dem Befinden des Prälaten.

»Es schmerzt ziemlich«, erwiderte Flavius.

»Ihr könnt an Bord bleiben, wenn Ihr wollt.«

»Ich persönlich werde an Land gehen«, sagte Alkuin. »Und das solltet Ihr auch tun«, meinte er zu Flavius. »Ein wenig Bewegung wird dem Bein guttun.«

»Ich würde lieber hier warten«, sagte Flavius in wehleidigem Ton.

Theresa ging mit den abkommandierten Männern an Land, sie sehnte sich danach, einen Augenblick für sich zu sein, was auf dem Schiff ganz unmöglich war. Sie wollte sich in Ruhe waschen, denn dazu war sie nicht mehr richtig gekommen, seit sie aufgebrochen waren. Ihre Vorstellung von Reinlichkeit stammte noch aus Byzanz, wo es Badehäuser gegeben hatte und große Thermen – an die fränkische Nachlässigkeit in diesen Dingen hatte sie sich nie gewöhnen können.

Sie hockte ein Stück von den Männern entfernt am Flussufer, als Haldor sich von hinten an sie heranschlich. Erschrocken sprang sie auf und versuchte hastig, sich zu bedecken. Haldor wollte sie stürmisch umarmen, sie wehrte ihn ab, doch er lachte nur und hielt sie fest. Als sie sich losmachte, gab er ihr einen Stoß, der vielleicht übermütig gemeint war, jedoch ziemlich grob geriet. Gerade da erschien Izam auf der Bildfläche.

»Man verlangt nach Euch, Haldor Larsson«, bemerkte er trocken. »Ich werde derweil dafür sorgen, dass dieses Mädchen auf das Schiff zurückkommt, wo sie hingehört. Hier ist es viel zu gefährlich!«

Haldor sah ihn mit undurchdringlichem Blick an, drückte Theresa einen flüchtigen Kuss auf den Mund und gab ihr einen besitzergreifenden Klaps auf den Po, bevor er zum Schiff abzog. Sichtlich aufgewühlt strich sich Theresa die schwarzen Locken aus der Stirn und zog ihren weit hochgerutschten Rock herunter. Izam bückte sich und reichte ihr eine Spange vom Boden, sie lächelte ihn verlegen an. Es war ihr unangenehm, dass er sie mit Haldor überrascht hatte – noch dazu in so spärlicher Bekleidung. Izam versuchte angestrengt, an ihr vorbeizuschauen, während sie sich umständlich wieder in ihre Sachen hüllte. Dann gingen sie schweigend ein Stück nebeneinander her. Ab und zu warf Izam ihr einen Blick von der Seite zu. Ihre Gegenwart schien ihn zu verwirren, aus dem selbstbewussten, befehlsgewohnten Anführer wurde ein junger Mann, der neben einer wunderschönen Frau ging, die offensichtlich einem anderen gehörte. Worüber nur sollte er in diesem Augenblick mit ihr reden?

»Du bist nicht aus dieser Gegend, nicht wahr?«, brach sie schließlich das Schweigen.

»Nein, der Name stimmt: Ich bin Italiener, in Padua geboren«, antwortete er zerstreut.

»Das habe ich mir fast gedacht«, lachte sie. »Ich habe in Konstantinopel einmal ein paar römische Nonnen kennengelernt. Ihre Aussprache klang ähnlich wie deine, allerdings hatten sie einen noch stärkeren Akzent.«

»Konstantinopel? Was hast du in dieser wunderschönen Stadt gemacht?«

»Du kennst Konstantinopel?«, rief Theresa mit leuchtenden Augen. »Ich habe dort meine gesamte Kindheit verbracht!«

»Aber ja, ich kenne die Stadt sogar sehr gut. Ich habe mehrere Jahre in Konstantinopel gelebt, meine Eltern wollten, dass ich dort die Kriegskunst erlerne. Eine Stadt zum Verlieben! Genau wie du … wie du sagst.« Irrte sich Theresa, oder war er rot geworden? Und was redete er denn da bloß? »Und du? Was machst du eigentlich hier in Franken, und vor allem, was machst du hier mit uns auf dem Schiff?«, schob er hastig hinterher.

Theresa sah ihn lächelnd an. Ein paar dunkle Strähnen guckten vorwitzig unter seiner Mütze aus Biberfell hervor, und plötzlich wurde ihr klar, dass sie in seinem Blick hätte versinken mögen. Erst dann fiel ihr auf, dass sie ihn wohl schon eine ganze Weile anstarrte, und verlegen suchte sie nach einer Antwort. Sie erzählte ihm von ihrer Kindheit und der Flucht aus Konstantinopel, Würzburg allerdings erwähnte sie mit keiner Silbe.

Plötzlich wurde Izam unruhig. Immer wieder schaute er sich nach allen Seiten um. Blitzartig warf er sich dann auf sie und drückte sie unsanft zu Boden. Theresa blieb nicht einmal mehr Zeit, aufzuschreien. Wie hatte sie sich nur so in ihm täuschen können? Verzweifelt wehrte sie sich, doch das Letzte, was sie spürte, war ein harter Aufprall. Dann wurde um sie herum alles dunkel. Was sie nicht mehr hörte, war das Zischen der Pfeile.

Izam schützte sie weiter mit seinem Körper, dann rappelte er sich auf die Beine und schlug Alarm, während mehrere Männer bereits von Pfeilen getroffen zu Boden sanken. Entsetzte Schreie drangen von allen Seiten zu ihm. Er spannte seinen Bogen, doch ein nächster scharfer Beschuss zwang ihn, sich erneut zu ducken. Da erst entdeckte er, dass Theresa noch immer reglos am Boden lag, sie hatte sich den Kopf an einem kleinen Fels aufgeschlagen. Sofort befahl er seinen Männern, ihm Deckung zu geben, und auf sein Kommando schossen sie Salve auf Salve ab. Rasch ergriff er Theresas Hand und legte seinen Kopf auf ihre Brust, um ihren Herzschlag zu prüfen. Erleichtert atmete er auf: Sie lebte! Sanft hob er sie vom Boden auf, deckte sie mit seinem Rücken und trug sie im Zickzacklauf in seinen Armen zum Schiff.

Alkuin blickte ihm besorgt entgegen und zog Theresa zu sich herauf, sogar Flavius half. Auch die übrigen Männer beeilten sich, an Bord zu klettern, stürzten an die Ruder und mühten sich mit aller Kraft, das Schiff vom Ufer fortzubringen.

Endlich nahmen sie Fahrt auf, und es gelang ihnen, dem Pfeilhagel zu entrinnen.

22

Mit mühsamem Ruderschlag und in deutlicher Schieflage lief das lädierte Schiff in den Hafen von Würzburg ein. Es drehte schwerfällig bei, schaukelte gefährlich und kam mit einem Ruck zum Stehen. Es war im Hafenbecken auf Grund gelaufen. Sogleich stürzten vom Ufer her ein paar junge Burschen herbei, um bei der Landung behilflich zu sein.

Izam stand vorn am Bug und leitete das Anlegemanöver, während der Rest der Besatzung ins flache Wasser sprang und vom Heck aus schob. Als das Schiff endlich den Landesteg erreichte, erhob sich ein lautes Jubelgeschrei, das selbst das Läuten der Glocken übertönte, mit dem Würzburg die Ankömmlinge begrüßte.

Das Volk, das in großer Zahl zu der Anlegestelle hinunterströmte, erwies sich bei näherem Hinsehen weniger als schaulustige Menge denn als eine Horde verzweifelter Menschen, die für ein Stück Brot offenbar zu allem bereit waren. Ohne jede Rücksicht schoben und drängten die Leute nach vorne, die Alten fluchten, da man sie überrannte und ihnen die Sicht nahm, die Kinder versuchten einen Platz auf den Bäumen zu ergattern. Etliche Dankesgebete wurden zum Himmel gesandt, Freudengesänge erklangen, denn die Tage des Hungers und des Leids schienen endlich gezählt.

Ein kleiner Junge hatte sich allzu nahe an die Lebensmittelladungen herangeschlichen und wurde unsanft zurückgestoßen. Ein anderer lachte ihn aus und fing sich prompt eine Ohrfeige ein.

Bald trafen auch Wilfreds Soldaten ein; die Männer bahnten sich grob den Weg durch die Menge, um die Wagen bis zur Anlegestelle durchzuschleusen, auf die man die Vorräte laden wollte. Dort stellten sie sich in zwei Reihen auf und bildeten so einen geschützten Korridor zwischen dem Schiff und den von Bogenschützen bewachten Wagen. Kurz darauf rollte Graf Wilfred selbst auf seinem eigenartigen Gefährt ans Ufer heran, seine riesigen schwarzen Hunde fletschten bedrohlich die Zähne.

»Hört her, alle, die Ihr hier versammelt seid!«, rief er zu der hungrigen Meute hin. »Jeder, der auch nur ein Korn anfasst, kommt an den Galgen. Das Getreide wird in die königlichen Speicher verbracht, dort wird es geprüft und abgemessen, und dann werden wir es verteilen. Gebt also jetzt den Weg frei und lasst diese Männer in Ruhe ihre Arbeit verrichten!«

Die Menge murrte unwillig, doch als Wilfred seine Peitsche schwang und die Hunde sich knurrend in Bewegung setzten, wich man ehrfurchtsvoll vor seinem seltsamen Gefährt zurück, das auf den großen Holzrädern knarrend zum Landesteg schlingerte.

Auf seinen Befehl hoben vier seiner Männer Wilfred mitsamt seinem Rollstuhl an Bord. Izam traute seinen Augen nicht – der Graf von Würzburg, ein Krüppel? Ein wenig scheu, aber auch fasziniert von dieser grotesken Erscheinung führte er ihn an Deck zu seinen Leuten, die nur allzu bereitwillig von der abenteuerlichen Reise berichteten. Wilfred erkundigte sich nach den Verletzten, gab Anweisung, sie so schnell wie möglich zu versorgen und begutachtete schließlich die ersehnte Lebensmittelfracht. Aus dem Augenwinkel bemerkte er zwei Geistliche, die in einer Ecke beratschlagten und sich dann über ein junges Mädchen beugten, das blass und reglos auf einer Art Krankenlager zu ihren Füßen ruhte.

»Wir sind in Würzburg – endlich. Dem Herrn sei Dank«, sagte Alkuin zu Flavius und strich Theresa in einem Anflug von väterlicher Zuneigung über die Stirn. Seit sie mit dem Kopf so übel aufgeschlagen war, hatte sie das Bewusstsein nicht wiedererlangt. Die gesamte Zeit hatte man um ihr Leben bangen müssen, und doch sah sie wunderschön aus, wie sie da so lag, als sei sie, erschöpft von der langen Reise, eben erst eingeschlafen und könne jeden Augenblick wieder erwachen.

Inzwischen war einer der Helfer des Grafen vor den Würdenträgern stehen geblieben und starrte mit angstgeweiteten Augen auf die ohnmächtig Daliegende. Zitternd ließ er den geschulterten Sack fallen, so unglücklich, dass er ins Wasser plumpste.

»Du verfluchter Trottel!«, herrschte Wilfred ihn an. »Weißt du eigentlich, wie wertvoll dieses Korn ist?«

Der Mann war auf die Knie gesunken und bekreuzigte sich. Mit angstverzerrtem Gesicht zeigte er auf Theresa und stammelte: »Möge der Herr uns beschützen. Die Tochter des Schreibers! Die Tote ist auferstanden!«

Einen solchen Aufruhr hatte es in der Stadt Würzburg noch nicht gegeben – auch nicht damals, als die Kuh des Bauern Volz ein Kalb mit zwei Köpfen geboren hatte. Seinerzeit hatten die Leute davon gesprochen, der Teufel habe seine Finger im Spiel, und man hatte sogar versucht, den ganzen Hof mitsamt der doppelköpfigen Missgeburt niederzubrennen. Die Auferstehung einer Toten aber war etwas, das zu erleben sich selbst der eifrigste und frommste Christ niemals hätte träumen lassen.

Die Nachricht von dem Wunder verbreitete sich wie ein Lauffeuer, und bald war die Neuigkeit bis in den letzten Winkel gedrungen. Wer nicht in Ehrfurcht erstarrt war, versuchte sich bis zum Schiff durchzudrängen, um mit eigenen Augen zu sehen, was überall verkündet wurde. Die Soldaten wurden einfach beiseite gedrängt; einige stürzten gar ins Wasser. Dem plötzlichen Tumult war nur mehr mit Waffengewalt beizukommen, auf Befehl des Grafen setzte einer der Bogenschützen an und schoss. Der Anführer der aufgewühlten Menge, die das Schiff bereits geentert hatte, schwankte und stürzte über Bord. Die Übrigen machten entsetzt einen Satz zurück; als ein zweiter Pfeil über sie hinwegsauste, traten sie in Panik den Rückzug an.

Graf Wilfred schien nicht weniger verstört als seine Untertanen.

Als er Theresa erkannt hatte, war er erstarrt, als hätte er dem Teufel selbst ins Antlitz geblickt. Kein Zweifel – dieses Mädchen war Theresa, die Tochter seines Schreibers Gorgias. Kaum schaffte er es, sich zu bekreuzigen, so erschütterte ihn Theresas Anblick: ein überirdisch schöner Engel des Todes, mit schwarzen Locken, die ein wie aus dem reinsten weißen Marmor gemeißeltes Antlitz umrahmten.

Nervös lief Alkuin auf und ab. Als Wilfred sich beruhigt hatte, schlug er dem Grafen vor, man solle Theresa an Land schaffen und in die Festung bringen. Wilfred erklärte sich einverstanden, und so zimmerte man kurzerhand eine Trage, und bettete die reglose Theresa darauf. Haldor ließ es sich nicht nehmen, den kleinen Zug zur Zitadelle anzuführen. Wo immer sie vorüberkamen, wich das Volk ehrfurchtsvoll zurück und kniete nieder. Ein paar besonders Mutige versuchten, die Auferstandene zu berühren, alle anderen machten ängstlich Platz, als die Bahre vorbeigetragen wurde. Man folgte den Trägern tuschelnd durch die Gassen Würzburgs, erst vor dem Tor zur gräflichen Festung löste sich der Menschenpulk auf.

Ein Grüppchen von Skeptikern, allen voran der Pergamentermeister Korne, beschloss, zum Friedhof weiterzuziehen, um Theresas Leichnam auszugraben. Sie kehrten jedoch bald unverrichteter Dinge zurück – sie hatten dort nicht einmal ein Grab mit ihrem Namen gefunden. Wieder bei der Festung, verlangte Korne an der Beratung teilzunehmen, zu der sich Izam, Flavius und Alkuin mit dem Grafen zurückgezogen hatten.

»Wer ist dieser Kerl?«, fragte Alkuin.

»Korne, der Pergamentermeister, ein einflussreicher Mann. Bis zu dem tragischen Unfall damals hat Theresa bei ihm gearbeitet.« Mit heiserer Stimme weihte Wilfred die drei Besucher in die Einzelheiten des Werkstattbrandes ein, während sie durch eine schwere Holztür in einen kargen Saal traten, den einzig die Steinmetzarbeiten in den Wandnischen schmückten. Ein langer Tisch beherrschte den Raum von der Mitte aus. Schweigend nahmen die drei aus Fulda angereisten Männer Platz, während Graf Wilfred sein Gefährt an die

Tafel heranruckte. Der Widerhall der quietschenden Räder war gespenstisch.

»Und ich will Euch nicht verheimlichen, dass Korne besessen ist von dem Gedanken, den Tod seines Sohnes zu rächen«, schloss Wilfred. Alkuin blickte ihn bestürzt an.

Man ersann eine Strategie für die Verteilung der Lebensmittel und grübelte über einen opportunen Zeitpunkt zur feierlichen Aufstellung der Reliquie im Dom, mit deren heiliger Kraft man zukünftiges Leid und jegliche weitere Unbill von der Stadt abzuwenden gedachte. Alkuin gab sich ungewohnt wortkarg, er war mit seinen Gedanken offenkundig woanders.

Nach einer Weile ließ Wilfred Korne hereinrufen, denn er wollte um jeden Preis vermeiden, dass es in derart schwierigen Zeiten vor den Festungsmauern zu Krawall käme. Der Pergamentermeister verlangte die wundersam Auferstandene zu sehen, doch Alkuin widersprach.

»Das ist vollkommen ausgeschlossen, bedenkt, das Mädchen ist noch nicht bei sich!«, rief er empört.

Wilfred trommelte nervös mit den Fingern. Dann ließ er die Peitsche knallen und sich von seinen schwarzen Bestien zum Fenster ziehen. Besorgt sah er hinunter auf die Menschenmenge, die noch immer vor den Festungsmauern ausharrte. Alkuin folgte ihm mit dem Blick. Wie erstaunlich es doch war, dass sich ein Mensch ohne Beine ganz ohne fremde Hilfe, wenn man von den Hunden absehen wollte, fortbewegen konnte… Plötzlich wurde er gewahr, dass aller Augen erwartungsvoll auf ihn gerichtet waren.

»Wer von den hier Anwesenden könnte schon schwören, dass es sich bei diesem Mädchen tatsächlich um die Tochter des Schreibers handelt?«, hob Korne giftig wieder an. »Das sind Behauptungen. Haben ihre Angehörigen sie schon gesehen, hat sie selbst es bestätigt?«

»Bei der Liebe Gottes, Korne!«, fuhr Wilfred auf. »Wie sollte sie es wohl bestätigen – sie ist ohnmächtig! Ihren Vater suchen wir seit Wochen, wie Euch nicht entgangen sein dürfte, und nach ihrer

Stiefmutter Rutgarda wurde bereits geschickt. Es heißt, sie habe einen schweren Schock erlitten, von dem sie sich erst wieder erholen muss.«

»Gorgias, der Schreiber, ist spurlos verschwunden, sagt Ihr?« Alkuin horchte auf.

»So ist es. Und das schon seit einer ganzen Weile.«

»Wie geht es ihr?«, wandte sich Izam an den Arzt – ein zerzaustes, nicht eben vertrauenerweckendes kleines Männlein –, der gerade aus dem Krankenzimmer kam.

»Sie ist stark unterkühlt, aber am Feuer wird sie sich schon wieder aufwärmen.«

Korne räusperte sich vernehmlich. »Und wenn das Mädchen damals bei dem Brand nicht ums Leben gekommen ist?«

»Ihr solltet keine voreiligen Schlüsse ziehen«, unterbrach Alkuin die Rede Kornes und erhob sich. Bedrohlich fiel sein langer Schatten auf den Pergamentermeister. »Mit Sicherheit können wir lediglich sagen, dass dieses Mädchen lebt, oder zumindest irgendwo zwischen irdischem Leben und himmlischen Sphären schwebt. Ob sie bei dem Werkstattbrand ums Leben gekommen ist oder nicht, gilt es noch herauszufinden. Bedenkt, dass ihre Eltern den Leichnam damals identifiziert haben.«

»Ihre Leiche war vollkommen entstellt, Zenon kann es bestätigen«, entgegnete Korne verwirrt.

Fragend blickten die Versammelten zu dem Wundarzt hin, doch der war gerade mit einem Krug Wein beschäftigt und sah kaum auf. Alkuin nahm seine Tasche und packte eine Vulgata aus; mit seinen dürren Fingern fuhr er über die Seiten, als würde er etwas nachlesen. Dann klappte er die Bibel wieder zu, hob den Blick und heftete seine Augen fest auf Korne.

»Vorhin war ich in der Festungskapelle, um für Theresas Seele zu beten. Zuvor hatte ich die Reliquie vom Heiligen Kreuz berührt, und plötzlich überkam mich eine Vision. Mitten aus der Finsternis erschien mir ein Engel, er trug eine leuchtende Krone auf dem langen, glänzenden Haar. Sanft und schwanengleich schwebte der

Engel vorüber, und aus seinen Augen strahlte der Ewige Friede des Allmächtigen. Dieser Bote hat mir Theresas von den Flammen verzehrten Leichnam gezeigt, und daneben war ein Strudel von gleißendem Licht, das heller und immer heller strahlte, bis darin schließlich eine neue Theresa zu erkennen war, schön, lebendig und ohne Sünde.«

Alkuin warf einen bedeutungsvollen Blick in die Runde und fuhr fort: »Stellt Euch eine kleine Raupe vor. Stellt Euch vor, wie diese Raupe den Kokon der Sünde abwirft und sich in einen Schmetterling der Tugend verwandelt. Raupe und Schmetterling sind ein und dasselbe Wesen, doch der verbrauchte Körper bleibt am Boden liegen, während der andere, neue, der doch aus dem alten hervorgegangen ist, sich gen Himmel erhebt. Theresa hatte vielleicht – darüber zu urteilen, steht uns nicht an – Schuld auf sich geladen, und darum musste ihr Körper verbrennen. Zuweilen aber zeigt uns Gott in seiner unendlichen Weisheit den Weg der Erlösung, indem er uns ein Wunder beschert. Ein Wunder der Güte, um uns den Pfad der Reue zu weisen … Der Schöpfer hätte sich abwenden und zulassen können, dass Theresas Seele in den Flüssen der griechischen Unterwelt, im Acheron, im Phlegeton und im Kokytos grausame Qualen erleidet, dass sie ihre Schuld büßt, wo der Herr den Unflat der Töchter Zions abwäscht, wie Jesaja uns lehrt. Doch wozu wären diese Qualen nütze, wenn keiner von uns etwas daraus lernte?«

Wilfred und Flavius lauschten atemlos Alkuins ergreifenden Worten, Korne hingegen starrte ihn grimmig an und blinzelte böse.

»Ha! Und was, bitte, soll das beweisen? Es kann sie genauso gut der Teufel vom Tode erweckt haben«, sagte er gehässig.

Alkuin donnerte ihm entgegen: »Ihr wollt also einen göttlichen Akt leugnen? Ihr wagt es, die unendliche Macht des Herrn mit den schändlichen Kräften Satans zu vergleichen? Auf die Knie, Gotteslästerer! Entweder Ihr bezeugt Eure Reue und erkennt die göttlichen Absichten an, oder Ihr könnt Euch auf baldige Folterqualen gefasst machen!«

Erstaunlich flink riss Alkuin Izam das Schwert vom Gürtel und hielt es Korne an die Kehle. Der junge Italiener starrte den alten Mönch fasziniert an. Entweder hatte den Engländer soeben ein verblüffender religiöser Wahn ereilt, oder er zog gerade die phantasiereichste Schau ab, die Izam je gesehen hatte. In jedem Fall nahm er sich vor, diesen alten Fuchs niemals zu unterschätzen und zu vermeiden, dass er je auf die Liste seiner Gegner geriet.

»Schwört bei Gott!«, forderte Alkuin mit flammendem Blick und streckte Korne die Bibel hin. »Schwört bei Gott, dass Ihr Euch vom Teufel lossagt!«

Dem Pergamentermeister trat der Schweiß auf die Stirn, als er den Schwur leistete. Er biss sich auf die Lippen und stolperte verstört aus dem Raum. Izam erbat höflich sein Schwert zurück und empfahl sich dann, um beim Entladen der Schiffe letzte Hand mit anzulegen.

Nachdem sie allein zurückgeblieben waren, wandte sich Flavius empört an Alkuin.

»Was ist in Euch gefahren, Alkuin? Dafür werdet Ihr in der Hölle schmoren!«

»Aber, Hochwürden: Ist es denn nicht wirklich ein Wunder, dass das Mädchen nach dieser schrecklichen Feuersbrunst noch am Leben ist – ganz wie ihre Auferstehung eines wäre? Die Wege des Herrn sind unergründlich. Euch hilft er mit Euren Reliquien, und mir mit meinen Visionen«, entgegnete Alkuin.

Atemlos kam eine Dienerin in den Raum gestürzt.

»Sie kommt zu sich«, verkündete sie aufgeregt.

Die beiden Männer eilten zu Theresa. Besorgt betrachtete Alkuin ihre leichenblasse Stirn und die unregelmäßig zuckenden Lider. Er schlug die Decken zurück und bat, man möge ihm eine Kerze reichen. Behutsam wischte er ihr mit einem Tuch den Schweiß vom Gesicht, dann rieb er ihr die Arme. Langsam kehrte ein Anflug von Farbe auf Theresas bleiche Wangen zurück, ihre Lider entspannten sich, und kurz darauf schlug sie die geröteten Augen auf.

Alkuin zog mit dem knorrigen Finger das Kreuzeszeichen auf ihrer Stirn. Dann schob er ihr ein Kissen unter den Kopf, damit sie sich ein wenig aufrichten konnte.

»Theresa …«, sagte er sanft.

Theresa wandte schwach den Kopf und sah ihm ins Gesicht.

»Willkommen zu Hause.«

Seit einer Weile schon redete Alkuin auf Theresa ein, doch sie sah ihn nur verständnislos an. Ihr Kopf schmerzte, als sei er unter einen Pferdehuf geraten, und Alkuins Gerede von einem Wunder erschien ihr vollkommen irrwitzig. Sie richtete sich ein wenig auf, verzog schmerzhaft das Gesicht und bat um einen Schluck Wasser.

Mit einem Mal schwang die Tür auf, und mit entsetzlichem Knarren kam Wilfred hereingefahren.

»Du bist auferstanden, hörst du?«, zischte Alkuin Theresa noch einmal zu.

»Theresa!«, rief der Graf aus, froh, sie bei Bewusstsein vorzufinden. »Erkennst du mich?«

Theresa schaute auf die Hunde und nickte vorsichtig. Am liebsten wäre sie in ihre Ohnmacht zurückgeflohen.

»Der Herr ist voller Freude über deine Rückkehr, wie wir alle, denn Tage der Trauer liegen hinter uns … Erinnerst du dich an die Ereignisse, in deren Folge wir dachten, dich verloren zu haben?«

Theresa sah Alkuin fragend an, doch er tat, als verstünde er nicht, was sie von ihm wollte. Schließlich nickte sie schwach.

»Dann nehme ich an, dass du uns davon erzählen willst.« Wilfred hatte sich zu ihr hinuntergebeugt, sein Gesicht war nun dicht vor ihrem. »Hast du den Erlöser gesehen? Er war es, der dich uns zurückgegeben hat.« Endlich jemand, der von den himmlischen Sphären berichten konnte. Wilfred gierte nach jeder Einzelheit; alles würde diese von Gottes Gnade Begünstigte ihm erzählen müssen.

Rasch schaltete sich Alkuin ein.

»Gönnt Ihr einen Augenblick der Ruhe, sie muss sich sammeln

nach diesem Schlag auf den Kopf … An viel wird sie sich kaum erinnern können.«

Wilfred blickte so enttäuscht zu ihm hinüber, als habe man seinem Gefährt die Räder abgeschraubt.

»Ich verstehe. Aber sobald sie wieder bei Kräften ist, lasst mich rufen. Schließlich war ich es, der damals ihren verbrannten Leichnam beerdigt hat.« Damit verabschiedete er sich.

Mit welchem Geschick der Graf dieses merkwürdige Gefährt und die davorgespannten Hunde lenkte, dachte Alkuin aufs Neue voller Verblüffung. Wie ein erfahrener Ochsenkutscher seinen Karren. Doch statt braver Ochsen dirigierte er zwei bedrohliche Bestien.

Nachdem der Graf durch die Tür verschwunden war, fragte Theresa verwirrt: »Was geht hier eigentlich vor?«

Alkuin seufzte. Dann erklärte er ihr, wie er die Auferstehungsgeschichte in die Welt gesetzt habe, um den Pergamentermeister von ihr fernzuhalten. Eine andere Erklärung hätte Korne nicht akzeptiert. »Ich weiß, nicht die Art Wunder, die unsere Heilige Mutter Kirche gemeinhin akzeptiert. Wer aber sind wir, um zu bestreiten, dass all die wundersamen Fügungen, die dich hierher zurückgebracht haben, Sein höchster Wille sind? Und außerdem – in dem Augenblick fiel mir nichts Besseres ein.«

»Glaubten denn alle, ich sei tot?«

»Wilfred hat erzählt, man habe damals nach dem Brand deinen verbrannten Leichnam gefunden.«

»Meinen Leichnam?« Theresa dröhnte der Schädel.

»Oder zumindest einen, den sie dafür hielten. Offenbar hatte die Tote ein blaues Kleid getragen, das Gorgias als deines identifizierte.«

»Mein Gott! Clotilda!« Bekümmert sank Theresa zurück. Sie dachte daran, wie sie das Mädchen in der brennenden Werkstatt hatte zurücklassen müssen. »Ich habe ihr mein Kleid gegeben, um sie gegen das Feuer zu schützen, und …« Stammelnd erzählte sie Alkuin, was sich damals in Kornes Werkstatt zugetragen hatte.

»So etwas hatte ich mir schon gedacht. Wie es sich übrigens jeder hätte denken können, der auch nur über ein bisschen Verstand verfügt. Aber so sind sie, die Menschen, glauben lieber an Tod und Teufel … Wie auch immer, in diesem Fall ist es von Vorteil, dass gewisse Leute deine Rückkehr als Gottes Plan begreifen. Korne zum Beispiel, der nur auf Rache sinnt. Für den Augenblick wenigstens wird ihn meine Lektion bremsen«, sagte Alkuin und erhob sich. »Und jetzt werde ich sehen, ob sich deine Stiefmutter, nach der Wilfred schicken ließ, von ihrem Schock erholt hat. Noch ein Letztes«, bemerkte er, schon in der Tür, und bedachte Theresa mit strengem Blick. »Wenn dir dein Leben lieb ist, solltest du mit niemandem über dieses Wunder deiner Auferstehung sprechen.«

Theresa musste schlucken. »Und … Was ist mit meinem Vater?«

»Ich weiß es nicht, es hieß, er sei spurlos verschwunden. Gedulde dich ein wenig, ich werde versuchen, Näheres herauszufinden.«

Als sie allein war, befühlte sie vorsichtig ihren Kopf. Da war eine ordentliche Beule, und alles tat scheußlich weh. Vage erinnerte sie sich an ihren Sturz, und daran, dass Izam sich auf sie geworfen hatte.

In eben diesem Augenblick kam Izam von Padua hereingestürzt, kniete vor ihrem Lager nieder und ergriff zu ihrem Schreck ihre Hand.

»Dank sei dem Herrn, dass du wieder zu dir gekommen bist! Nie hätte ich mir verziehen, hätte ich ausgerechnet in dem Bestreben, dich vor den tödlichen Pfeilen der Sachsen zu schützen, deinen Tod verursacht. Kannst du mir verzeihen?«

»Dann … dann wolltest du gar nicht …?«

»Was wollte ich nicht? Wovon sprichst du?«

»Nun … ich glaubte fast … Ich weiß es selber nicht. Nur eines ist mir klar: Ich bin es, die dich um Verzeihung bitten sollte!«

Izam sah sie verständnislos an, doch da sie ihn so offen anlächelte, wie er es bei ihr noch nicht erlebt hatte, fragte er nicht weiter nach, sondern blieb bei ihr, solange die Pflicht ihn nicht rief, und berichtete ihr von der abenteuerlichen Flucht mit dem beschädigten Schiff, von der sie nicht das Geringste mitbekommen hatte.

Erst als er gegangen war, fiel Theresa auf, dass Haldor sich noch gar nicht bei ihr hatte blicken lassen.

23

Alkuin war im Südflügel der Festung untergebracht worden. Seine Kammer lag direkt neben der von Flavius, und auch Izams Unterkunft war ganz in der Nähe. Von seinem Fenster aus überblickte er die Mainebene, an deren Ende die Ausläufer der Rhön zu erkennen waren. Auf den Wiesen lag kaum noch Schnee, doch die Bergkuppen leuchteten in strahlendem Weiß. Alkuin betrachtete die seltsam zerklüftete Landschaft, die sich am Rande des Waldes erstreckte. Sie wollte nicht recht in das Gesamtbild passen. Bei näherem Hinsehen stellte er fest, dass die braunen Hügel von einer Vielzahl von höhlenartigen Öffnungen durchzogen waren; allem Anschein nach waren das die Eingänge zu den Stollen einer Mine. Doch war kein Rauch zu sehen noch sonstige Anzeichen menschlicher Aktivität. Ob die Mine wohl noch in Benutzung war?, fragte er sich, während er sich für das Nachtmahl ankleidete.

Nach der Non ging er hinunter und machte sich auf die Suche nach Wilfred. Er fand ihn im Waffensaal in Begleitung von Theodor, einem riesenhaften Kerl, den der Graf als Zugtier vor seinen Rollstuhl zu spannen pflegte, wenn die Hunde in den Zwinger kamen. Wilfred war erfreut, Alkuin zu sehen, voller Ungeduld hatte er schon auf ihn gewartet, um endlich Näheres über das Auferstehungswunder zu erfahren.

Alkuin indes hoffte, der Diener werde sich bald zurückziehen, denn ihn trieb ein ganz und gar anderes Anliegen um: Er musste sich bei dem Grafen nun endlich nach dem unschätzbar wertvollen

Pergament erkundigen, um dessen Schicksal er in größter Sorge war. Doch Theodor blieb wie angewurzelt hinter dem Rollstuhl stehen, bis Wilfred ihn endlich aufforderte, sich zu verabschieden.

»Meine Güte, was für ein Riese! Das ist mit Abstand der größte Mann, den ich je zu Gesicht bekommen habe«, bemerkte Alkuin.

»Und treu ist er wie ein Hund. Fehlt nur noch, dass er mit dem Schwanz wedelt. Doch ich sehe, Euer Becher ist noch leer, wollt ihr den Wein nicht kosten?«, fragte der Graf.

Alkuin lehnte dankend ab und nahm Wilfred gegenüber Platz.

»Nun sagt schon, Alkuin, was gibt es Neues von Theresa?«

Gekünstelt räusperte sich der Kirchenmann und setzte zu einem ausführlichen Bericht von der himmlischen Erscheinung an. Wilfred nickte staunend bei jedem liebevoll ausgemalten Detail. Dann bestand er darauf, dass Alkuin doch noch von dem Wein kostete.

»Und nun, lieber Graf, helft doch bitte meiner Unwissenheit ab und klärt mich auf darüber, wie es um das Pergament steht«, bat er nach einem gemessenen Schluck.

»Es ist fast fertig. Bald könnt Ihr es sehen«, antwortete Wilfred ausweichend.

»Ich würde es gerne jetzt gleich sehen, wenn Ihr gestattet.«

Wilfred wiegte bedenklich den Kopf.

»Wie Ihr wollt ... Könntet Ihr mir behilflich sein? Schiebt mich doch bitte zu der Truhe dort.«

Alkuin trat hinter den Rollstuhl und schob Wilfred in die angezeigte Richtung. Der Graf bat ihn, er möge die Truhe öffnen und ihm die darin befindliche Kassette reichen, die aus reich mit Bronzenägeln verziertem Kirschholz gearbeitet war. Wilfred klappte die Kassette auf, nahm mit geschicktem Griff einen gut getarnten doppelten Boden heraus und holte ein Pergament hervor, das er Alkuin mit unsicherem Blick reichte. Der nahm es entgegen und überflog den Text im Licht einer Kerze.

»Das ist nur der lateinische Teil. Wo ist der Rest?«

»Ich sagte Euch doch, es ist noch nicht fertig.«

»Gewiss, das sagtet Ihr, aber Karl den Großen wird diese Antwort kaum zufriedenstellen. Es sind etliche Monate verstrichen. Weshalb diese Verzögerung?«

»Das vorhandene Material reichte lediglich für zwei Versuche. Ihr müsst wissen, es handelt sich um Velin, ein ganz besonderes Pergament, das man aus der Haut totgeborener Kälber gewinnt.«

»Ich weiß, was Velin ist«, knurrte Alkuin. »Erzählt mir lieber, was geschehen ist, das weiß ich nämlich nicht!«

»Aber dieses Velin hier ist einzigartig. Es kommt aus Byzanz. Die erste Version ging bei dem Brand verloren, also musste Gorgias eine neue anfertigen, nämlich diese hier. Doch vor einigen Wochen ist der Schreiber, wie Ihr wisst, plötzlich aus dem Skriptorium verschwunden, ehe er den griechischen Teil fertigstellen konnte. Zumindest haben wir nichts davon vorgefunden.«

»Ihr erwähntet es bereits bei unserer Ankunft. Doch was heißt das genau – er ist verschwunden?«

»Vor etwas mehr als einem Monat bestellte ich Gorgias zu einer Unterredung in meine Gemächer. Er versicherte mir, er würde das Dokument binnen weniger Tage fertigstellen. Daher vermute ich, dass auch der griechische Teil weit gediehen ist. Doch noch am selben Tag hat er sich in Luft aufgelöst. Glaubt mir, ich selbst stehe vor einem Rätsel.« Wilfred machte einen fast verängstigten Eindruck. Er wusste, dass dieser Mann ihm gegenüber nicht irgendein Geistlicher war, sondern in dieser Angelegenheit der Sachwalter Karls des Großen.

»Ihr habt doch sicher versucht, Erkundigungen einzuholen?«

»Ja, sicher – doch keine Spur von ihm«, erklärte Wilfred eifrig. »Genserico, mein Sekretär, war wohl der Letzte, der ihn gesehen hat. Er begleitete ihn zum Skriptorium, wo Gorgias ein paar Schreibutensilien holen wollte – er ist nicht wiedergekehrt. Seither suchen wir den Schreiber verzweifelt.«

»Wo ist dieser Genserico, ich will ihn sprechen!«

Wilfred senkte betreten den Blick. Er leerte seinen Becher und sah Alkuin mit glasigen Augen an.

»Ich fürchte, das wird nicht möglich sein. Genserico wurde letzte

Woche ermordet. Man hat ihn im Wald gefunden – ein Griffel stak in seiner Brust.«

»Wie bitte? Der Schreiber verschwunden, der Letzte, der ihn sah, ermordet – und Ihr sprecht von einem Rätsel? Muss ich Euch erst daran erinnern, was dieses Dokument für die Herrschaft Karls, ja für die gesamte Christenheit bedeutet? Euch ist doch gewiss bewusst, was der Erfolg oder der Misserfolg dieser Mission für Euch persönlich für Folgen haben wird, oder etwa nicht? Ich gebe Euch den guten Rat, schleunigst herauszufinden, wo der Schreiber abgeblieben ist und was es mit diesem rätselhaften Mord auf sich hat!«

»Dieses Rätsel zumindest haben wir gelöst«, sagte Wilfred und schaute Alkuin fest in die Augen. »Der Mörder Gensericos war ganz unzweifelhaft Gorgias.«

Am nächsten Morgen fand sich Alkuin zu früher Stunde in der Küche ein. Die Feuerstellen waren in einem gesonderten Gebäude untergebracht, damit im Falle eines Brandes die Flammen nicht auf die restliche Festung übergreifen konnten. Als er die Küche betrat, fielen ihm sofort die rußgeschwärzten Wände auf; offenbar kam es hier tatsächlich häufiger zu Bränden. Er fragte eine Magd nach dem Küchenaufseher, sie verwies ihn an Bernardino, einen spanischen Bruder von zwergenhaftem Wuchs und beeindruckender Leibesfülle. Trotz seiner Beleibtheit schien der kleine Mann überall gleichzeitig zu sein, behände sprang er zwischen den Gerätschaften umher und gab ohne Unterlass Anweisungen, wo die zuletzt eingetroffenen Schiffsvorräte untergebracht werden sollten. Als er Alkuin entdeckte, hielt er inne und wandte sich ihm freundlich zu.

»Entschuldigt das Durcheinander, aber wir haben diese Vorräte wirklich herbeigesehnt wie die Wüste den Regen.« Er schob Alkuin einen Becher mit heißer Milch hin. »Es ist mir eine Ehre, Euch kennenzulernen. Ich habe schon viel von Euch gehört.«

Alkuin nahm den Becher hocherfreut entgegen. Seit sie Fulda verlassen hatten, hatte er keine Milch mehr zu sich genommen; sie war der einzige Luxus, auf den er nur schwerlich verzichten konnte.

Er trank einen großen Schluck und erkundigte sich nach Genserico, den, nach Wilfreds Aussagen, Bernardino aufgefunden hatte.

»So ist es«, sagte der dicke Mönch, während er mühsam auf einen Stuhl kletterte. »Mitten im Wald habe ich ihn gefunden, auf dem Rücken und mit Schaum vor dem Mund. Er konnte nicht lange tot sein, jedenfalls hatten die Tiere ihn noch nicht angerührt.«

Bernardino erzählte außerdem von dem Griffel, der Genserico durchbohrt hatte. So einer, wie ihn die Schreiber für ihre Wachstafeln benutzen, sei es gewesen. Und der habe tief in seiner Brust gesteckt.

»Und Ihr meint, Gorgias hätte das getan?«

Der kleine Mann hob die Schultern.

»Der Griffel gehörte Gorgias, aber dennoch wäre es mir nie in den Sinn gekommen, ihn zu beschuldigen. Ein guter Mann, von tadellosem Ruf. Allerdings haben sich in letzter Zeit eigenartige Dinge zugetragen …« Der Spanier berichtete, nach Genserico seien noch weitere Opfer, allesamt junge Männer, erstochen aufgefunden worden. Das Volk sei einhellig der Überzeugung, dass der Schreiber hinter diesen Morden stecke.

Weitere Morde? Das hatte Wilfred ihm wohlweislich verschwiegen. Und die sollte auch Gorgias auf dem Gewissen haben, der gelehrte Schreiber aus Byzanz, der bis dahin ein vollkommen unbescholtenes Leben geführt hatte?

»Was hat man mit Gensericos Leiche gemacht?«, wollte Alkuin wissen.

Bernardino erläuterte ihm bereitwillig, wo man den alten Mann begraben hatte. Als Alkuin sich schließlich für den Verbleib der Kleidung des Toten interessierte, sah der Mönch ihn erstaunt an. Es war üblich, die Kleidung der Toten zu waschen und weiter zu verwenden, wenn sie in gutem Zustand war – doch das war nicht der Fall gewesen.

»Gensericos Kleider stanken allzu sehr nach Urin und waren ziemlich verschlissen, und so haben wir beschlossen, sie mit ihm unter die Erde zu bringen.«

Alkuin trank nachdenklich seine Milch aus.

»Habe ich recht verstanden, dass auch die anderen Männer, die man tot aufgefunden hatte, erstochen wurden?«, fragte er dann.

Bernardino nickte. »Wie ich bereits sagte: Eine höchst eigenartige Geschichte …«

Alkuin wischte sich den Mund am Ärmel ab und dankte Bernardino für seine bereitwillige Auskunft. Ob es wohl möglich wäre, dass er ihm die Fundstelle der Leiche zeigte, bat er schließlich noch, und sie vereinbarten, sich nach der Sext wieder zu treffen.

Während er nachdenklich die Festungsgänge entlangschritt, beschloss Alkuin, dass er Wilfred um die Erlaubnis würde bitten müssen, Gensericos Leiche auszugraben. Irgendetwas an der Erzählung des Bruders hatte ihn stutzig gemacht.

Vor seinem Zimmer stieß Alkuin beinahe mit Flavius Diaconus zusammen, der ihm verschlafen und mit wirrem Haar entgegenstolperte. Reichlich spät stand der päpstliche Gesandte auf, wenn es nicht die besonderen Umstände einer Reise anders verlangten, doch Flavius Diaconus schien sich nicht allzu sehr um die für die anderen geltenden Regeln zu scheren. Alkuin hatte überhaupt den Eindruck gewonnen, dass sich der Gesandte des Papstes, der immer so schnell mit dem tadelnden Verweis auf die christlichen Gebote bei der Hand war, in seinem eigenen Lebenswandel weniger von den kirchlichen Vorschriften leiten ließ als von seinen persönlichen Gelüsten und Begierden. In einem weinseligen Augenblick hatte Flavius ihm gestanden, dass er in Rom die Gesellschaft zarter Jungfrauen pflegte, und ihm gar wärmstens ans Herz gelegt, er solle sich diese Erfahrung nicht entgehen lassen. Alkuin selbst lebte in Keuschheit, doch er wusste, es war – wenngleich die Kirche das Konkubinat verdammte – durchaus üblich, dass viele der Kirchenbrüder sich fleischlichen Genüssen hingaben und sich dafür Frauen entweder kauften oder unter Androhung der ewigen Verdammnis gefügig machten.

Er erwiderte Flavius' Gruß, und gemeinsam gingen sie in den Speisesaal. Es war nicht an ihm, den Stab über andere zu brechen;

der Mensch war geboren, sein Leben frei zu wählen, und manche nutzten diese Freiheit eben dazu, sich für einen fragwürdigen, wenn nicht gar liederlichen Lebenswandel zu entscheiden – das hatte schon Augustinus in der *Civitas Dei* beklagt. Wie der Herr wohl dereinst sein eigenes Werk auf Erden bewerten würde, fragte sich Alkuin für einen kurzen Moment. Er wischte diesen verstörenden Gedanken jedoch schnell wieder beiseite.

Als Alkuin im Stallgebäude der Festung eintraf, erwartete ihn Bernardino bereits. Er thronte auf einem Esel und lud den hageren Gast ein, sich hinter ihn zu setzen. Das Tier war indessen so klein, dass jemand wie Alkuin nicht darauf sitzen konnte, ohne dass seine Beine am Boden schleifen würden; so zog er es vor, zu Fuß neben ihm her zu gehen. Unterwegs bat er Bernardino, ihm noch einmal genau zu schildern, wie er Genserico vorgefunden hatte.

»Auf dem Rücken hat er gelegen, ganz starr und mit weit aufgerissenen Augen. Und dann dieser Schaum vorm Mund, so eine Art Geifer …«, erklärte Bernardino bereitwillig.

Ihr Weg führte sie durch das nahe Eichenwäldchen. Die Mittagssonne brach durch die Wolken, und auf dem schmalen Weg war der Schnee bereits geschmolzen, nur hier und da leuchteten einzelne weiße Flecke. Alkuin betrachtete die Spuren auf dem feuchten Waldboden.

»Hier war es!«, rief Bernardino und brachte den Esel zum Stehen. Mit einem Satz sprang er ab, lief voraus und blieb hinter ein paar Felsen stehen. Triumphierend deutete er auf die Stelle.

»Erinnert Ihr Euch noch, an welchem Tag das war?«

»Aber sicher. Es war vergangenen Freitag, am Tag des heiligen Benedikt. Ich wollte hier im Wald Nüsse sammeln, dort unten stehen ein paar Nussbäume, und ich hoffte, unter dem Schnee hätten sich einige bis jetzt gehalten, ohne dass die Tiere sie gefunden hätten. Doch plötzlich blieb der Esel stehen, und …«

Alkuin kniete nieder und besah sich den aufgeweichten Boden. Gleich neben der Stelle, wo der Leichnam gelegen hatte, waren deutliche Spuren zu erkennen – Spuren, die für ihn auf die Räder eines Wagens zurückzuführen waren. Er richtete sich auf und schaute sich um.

»Und wie habt Ihr den Toten zur Festung geschafft? Habt Ihr ihn auf dem Boden hinter Euch hergeschleift oder habt Ihr ihn gar auf den Esel gehievt?«

»Denkt Ihr, weil ich so ein Zwerg bin, hätte ich ihn niemals auf den Esel heben können?«, fragte der Spanier gekränkt. »Was meint Ihr denn, wie ich selbst dieses Riesentier besteige? Na, dann seht einmal her!«

Bernardino trat an den Esel heran und zog ihm mit dem Knüppel einen kräftigen Schlag über, das Tier knickte ein, und flink kletterte er auf seinen Rücken. Mit einer Hand krallte er sich in der Mähne fest, dann verpasste er ihm erneut einen Hieb. Der Esel zuckte zusammen und richtete sich mit einem Ruck auf. Bernardino verzog sein Gesicht zu einem fröhlichen Grinsen, das seine hässlichen gelben Zähne entblößte.

In die Festung zurückgekehrt, eilte Alkuin an Theresas Krankenlager. Rutgarda war bei ihr, und es war rührend mit anzusehen, wie innig die beiden Frauen miteinander verbunden waren. Jede schien der anderen den Kummer abnehmen zu wollen, der sie doch beide betrübte, und sie versuchten zugleich, die verlorene Zeit nachzuholen, die sie ohne Nachricht voneinander gewesen waren. Nachdem Rutgarda von ihrer Stieftochter gehört hatte, wie gut Alkuin zu ihr gewesen war, wollte sie vor ihm auf die Knie fallen.

Alkuin wehrte ihren Dank ungeduldig ab. »Aber nicht doch, gute Frau. Das ist der Ehre zu viel. Doch ich muss dringend mit Eurer Stieftochter sprechen. Und zwar unter vier Augen, wenn es geht.«

Als Rutgarda ehrfürchtig die Tür hinter sich geschlossen hatte, trat Alkuin an Theresas Pritsche.

»Wie geht es dir? Es ist kalt hier.«

»Was kümmert mich die Kälte«, gab Theresa leise zur Antwort.

»Die Angst um meinen Vater schnürt mir die Kehle zu. Keiner kann mir sagen, was mit ihm geschehen ist.«

Alkuin runzelte die Stirn. Ganz gleich, was er ihr jetzt sagte – es würde ihr keine Erleichterung verschaffen.

Ob sie schon gehört hatte, dass man ihren Vater des Mordes verdächtigte?

Sie erriet seine Gedanken. »Niemals wäre mein Vater der abscheulichen Taten fähig, die man ihm zur Last legt!« Sie blickte Alkuin fest an. Eine Dienstmagd hatte ihr erzählt, welche Gerüchte in der Festung umgingen. »Alles Lügen«, schluchzte Theresa mit tränenerstickter Stimme. »Niemals könnte er …« Dann brach sie weinend ab.

Alkuin machte eine beschwichtigende Geste und nickte.

»Davon bin ich überzeugt. Wir müssen deinen Vater finden. Noch wissen wir nicht, was es mit seinem Verschwinden auf sich hat, aber ich verspreche dir, ich werde das Rätsel lösen.«

Er wartete, bis Theresa sich die Tränen getrocknet hatte, dann half er ihr, sich in ein paar warme Decken zu hüllen, rief Rutgarda herein und führte die beiden Frauen durch eine Hintertür des Vorratstrakts ins Innere der Festung. Es gelang ihm, Wilfred davon zu überzeugen, sie im Hauptgebäude unterzubringen, wo es wärmer und sicherer war. Er geleitete sie bis vor die Tür ihrer neuen Bleibe und schärfte Theresa ein, das Zimmer vorsichtshalber die nächsten Tage nicht zu verlassen.

Ein böses Knurren empfing Alkuin, als er am Nachmittag das Skriptorium betrat; Wilfred redete beruhigend auf seine Riesendoggen ein und tätschelte ihnen den Rücken.

»Alkuin, welche Freude, als mein junger Sekretär Euch ankündigte. So tretet doch ein. Was führt Euch her?«

»Eine etwas heikle Angelegenheit. Es geht um Genserico … Ihr habt erzählt, er sei erstochen worden.«

»Richtig. Ein Griffel stak in seiner Brust.« Wilfred straffte die Zügel, die Hunde drehten sich um die eigene Achse und zogen ihn zu einer kleinen Nische. Er öffnete die Schublade einer Kommode, nahm einen kunstvollen Griffel heraus, wie ihn nicht jeder Schreiber benutzte, und hielt ihn Alkuin hin. »Dieser hier, um genau zu sein.«

Alkuin betrachtete ihn aufmerksam.

»Ein schönes Stück. Gehörte es Gorgias?«

Wilfred nickte. Dann nahm er den Griffel wieder an sich und verstaute ihn in der Schublade.

Interessiert wandte sich Alkuin nun dem Tisch zu, der offenbar als Schreibpult diente: Ordentlich gereiht fanden sich darauf verschiedene Schreibgeräte, Tintenfässchen und ein Gefäß mit Trockenpulver. Auf allem lag eine dicke Staubschicht, nur an zwei Stellen war sie auffallend dünner, wie Alkuin bemerkte; er behielt diese Beobachtung jedoch für sich und schaute sich unauffällig weiter um.

»War dies der Platz, an dem Gorgias gearbeitet hat?« erkundigte er sich.

Abermals nickte Wilfred stumm.

Merkwürdig, dachte Alkuin. Nirgends waren die historischen griechischen Texte zu entdecken, die Gorgias doch für seine Arbeit benötigt haben musste.

»Nun, Graf Wilfred«, Alkuin räusperte sich, »ich möchte Euch einen Vorschlag machen: Wir sollten den Leichnam Gensericos exhumieren.«

»Wie bitte? Ihr wollt ihn ausgraben? Wozu sollte das gut sein?«

»Ich würde ihm gern die Gunst der Heiligen Reliquie zuteil werden lassen«, behauptete Alkuin kühn. »Flavius hat zum allgemeinen Wohl das *lignum crucis* mit nach Würzburg gebracht, und hier ist es besonders vonnöten.«

»Aber ich verstehe nicht …«

»Seht doch: Genserico ist völlig unerwartet verstorben, vielleicht lastete eine Sünde auf seinem Gewissen? Da wir nun über diese wundertätige Reliquie verfügen, wäre es geradezu ein Verstoß gegen die Nächstenliebe, sie nicht einzusetzen.«

»Und dafür muss man ihn aus dem Grab holen?«

Alkuin beteuerte, es müsse sein.

Wilfred sah ihn unschlüssig an, die Sache gefiel ihm nicht. Doch er wollte seinem alten Getreuen schließlich nicht die Ewige Ruhe verwehren, vor allem aber es sich nicht mit dem Sendboten Karls des Großen verderben, und so willigte er ein. Man schickte nach Theodor, er möge den Gast zu Gensericos Grab begleiten.

Theodor war ein sonderbarer Kerl. Nicht nur überragte er den gewiss nicht kleinen Alkuin um fast zwei Haupteslängen, er brachte zudem auch kaum ein klares Wort heraus. Während er Gensericos Grab Schaufel um Schaufel aushob, brabbelte er ein paar schwer verständliche Brocken vor sich hin, die sich darauf zu beziehen schienen, dass das Grab zum Himmel stank. Keuchend schippte Theodor die feuchte Erde neben sich auf einen Haufen, und nach einer Weile stieß er mit der Schaufel auf etwas Hartes. Wie Alkuin erfreut feststellte, war Genserico in einem Holzsarg beigesetzt worden; so bestand immerhin die Hoffnung, dass noch Spuren der Mordtat zu finden waren. Alkuin krempelte sich die Ärmel hoch, doch bevor er mit anpacken konnte, hatte Theodor den Sarg bereits wie eine leere Kleiderkiste gefasst und aus der Grube gewuchtet. Als er seinen riesigen Gehilfen jedoch bat, den Sargdeckel anzuheben, wehrte der erschrocken ab. Entsetzt trat er einige Schritte von dem offenen Grab zurück. Nach mehreren vergeblichen Versuchen bekam Alkuin den Deckel endlich allein auf.

Der Gestank nahm ihnen den Atem. Theodor wich noch weiter zurück, Alkuin hielt sich schützend einen Lappen vor Mund und Nase und schob den Deckel ganz zur Seite. Es wimmelte von Maden und sonstigem Getier, darunter war kaum noch das Gesicht des alten Genserico zu erkennen. Alkuin nahm einen Stock, kratzte Reste des vermodernden Wamses beiseite und suchte nach der Einstichstelle. Wo der Griffel in den Leib eingedrungen war, befand sich ein kleines, scharf umrissenes Loch. Aufmerksam betrachtete er den Rand aus geronnenem Blut. Beides zusammen war nicht größer als der Durchmesser einer normalen Kerze. Dann wandte er sich wieder dem zu, was von dem Gesicht übrig war – von dem Geifer, den Bernardino erwähnt hatte, war nichts mehr zu erkennen, doch am Halsausschnitt entdeckte er Flecke, die von Speichel oder Erbrochenem stammen mussten. Mit einem Klappmesser schnitt er ein Stück des besudelten Gewebes heraus, streifte eine Made ab und verwahrte den Fetzen in einem sauberen Stoffbeutel. Dann untersuchte er Gensericos Hände: Die rechte Handinnenfläche war bläulich angelaufen und wies zwei merkwürdige rote Punkte auf. Schließlich nahm er ein Stück Holz, legte es in den Sarg und sprach ein Gebet. Er verschloss den Sarg wieder und rief Theodor zu sich; er möge ihm helfen, Genserico wieder unter die Erde zu bringen. Sichtbar erleichtert und schneller, als eine Katze ihre Hinterlassenschaft hätte einbuddeln können, stellte der Riese den Frieden auf dem Kirchhof wieder her.

Alkuin schaffte es gerade zum Abendessen. Es wurde ein einfaches Fischgericht gereicht, das Flavius Diaconus mit Missfallen beäugte. Wilfred entschuldigte sich für das bescheidene Mahl, es gebe nicht mehr genügend Lebensmittel, um festliche Tafeln auszurichten, erklärte er, auch seine persönlichen Reserven seien inzwischen beinahe aufgebraucht.

»Es ist ein Jammer, dass ein Teil der kostbaren Lebensmittel unter dem Eis begraben liegt«, klagte Wilfred. »Wir haben diese Lieferung so dringend erwartet.«

»Ja, aber reichen denn die Vorräte, die an Land gebracht wurden, nicht aus?«, erkundigte sich Flavius erstaunt.

»Von wegen Vorräte!«, rief Wilfred erzürnt aus. »Wenn Ihr ein paar halbtote Ochsen, sechs Metzen Roggen und dreieinhalb Säcke Hafer Vorräte nennen wollt … Das reicht gerade, um die Teller schmutzig machen.«

»Ein Stück flussabwärts liegen zwei weitere Schiffe mit dem Rest der Ladung vor Anker. Wir könnten versuchen, einen Trupp loszuschicken und die Sachen zu holen«, schlug Izam vor.

»Ich fürchte, bei der gefährlichen Lage mit den aufsässigen Sachsen allüberall werden wir die dafür notwendige Anzahl von Männern gar nicht entbehren können«, seufzte Wilfred.

»Und wie habt ihr Euch bisher versorgt?«, erkundigte sich Alkuin. »Wie ich hörte, soll es ja eine große Hungersnot gegeben haben.«

Zunächst seien sie mit den eigenen Reserven einigermaßen über die Runden gekommen, erzählte der Graf, doch als sich die Todesfälle häuften, hätten sie die Vorräte in den königlichen Kornspeichern angehen müssen.

»Die überlebensnotwendigen Lieferungen blieben aus, und auf den Straßen krepierten die Leute«, sagte er, nicht ohne Vorwurf in der Stimme. »Jeder weiß, dass der königliche Kornspeicher dazu dient, die Truppen im Kriegsfall zu versorgen, doch die Lage wurde unerträglich …«

»An den Bettelstab seid Ihr immerhin noch nicht geraten, wie es aussieht«, bemerkte Flavius höhnisch. »Euer Vieh und Eure Hühner machen einen solchen Radau, dass man schon taub sein müsste, um das Geblöke und Gegacker zu überhören«, sagte er und deutete zum Hof hin.

Wilfred wich in seinem Rollstuhl zurück.

»So also erweist ein Römer mir Dank für meine Gastfreundschaft? Was wisst Ihr Kirchenbrüder denn vom Elend der einfachen Bauern?«, rief er entrüstet aus. »Ihr sitzt in Euren Kathedralen und bekommt von der Not Eurer treuen Schäfchen nicht das Geringste zu Gesicht. Aus den Klostergärten könntet Ihr Euch jederzeit selbst versorgen, Ihr habt genügend Vieh und Geflügel, und Ihr besitzt Land, das Ihr verpachtet, Bauern, die Eure Äcker bestellen und Eure Mauern ausbessern. Von jedem Mitglied der Diözese bekommt ihr den zehnten Teil der Ernte, wer Eure Straßen nutzen will, muss Zölle an Euch entrichten – doch dem König müsst Ihr nichts von alledem abgeben. Und Ihr wollt Euch über meine Gastfreundschaft beklagen? Sicher, ich habe genug zum Leben, ein Narr bin ich nicht. Ich bin auch ein Mann der Kirche, doch darüber hinaus muss ich auch an mein Volk denken. Was, meint Ihr, geschieht, wenn die Menschen am Ende sind, wenn der Hunger und die Verzweiflung sie ganz auszehren und sie zu den Waffen greifen und unsere Vorräte plündern?«

Da ergriff Alkuin das Wort.

»Bitte entschuldigt. Die schwierige Lage hier in Würzburg hat uns etwas überrascht, aber ich versichere Euch, wir wissen Eure Gastfreundschaft ebenso wie Eure Großmut zu schätzen. Meint Ihr wirklich, die Vorräte, die wir auf dem Schiff mitgebracht haben, werden nicht ausreichen?«

»Rechnet selbst«, murrte Wilfred. »Die Priester und Ordensbrüder nicht mitgezählt, leben in Würzburg etwa dreihundert Familien. Wenn es so weitergeht, wird möglicherweise nächsten Monat keine dieser Familien mehr am Leben sein.«

»Und Eure Gemüsegärten?«, fragte Alkuin. »Was ist mit den Zwiebeln, dem Lauch, dem Rettich und den Rüben, die dort wachsen?«

»Durch den langen Frost sind uns selbst die Disteln erfroren. Habt Ihr denn die verzweifelten Menschen nicht gesehen?« Wilfred deutete auf die ärmlichen Hütten, die sich am Rand der kleinen Stadt aneinanderdrängten. »Sie können ja schon keinen Apfel mehr von einer Zwiebel unterscheiden.«

»Und Eure eigenen Vorräte?«

»In den Speichern lagern noch etwa hundert Scheffel Roggen, daneben ein wenig Weizen, kaum der Rede wert. Außerdem haben wir noch ungefähr dreißig Scheffel ungenießbaren Dinkels, den wir höchstens an das bisschen Vieh verfüttern können, das uns geblieben ist. Neulich sind ein paar Unglückselige in ihrer Verzweiflung in die Speicher eingebrochen und haben ein paar Säcke davon gestohlen. Am nächsten Tag haben wir die Diebe vor Zenons Tür aufgesammelt, die Eingeweide hingen ihnen aus dem Schlund. Sie sind schneller daran verreckt, als wir sie erhängen konnten.«

Alkuin wiegte stirnrunzelnd den Kopf. Wenn es stimmte, was Wilfred sagte, standen sie vor einem ernsthaften Problem.

»Und die Reliquie, die Ihr mitgebracht habt? Kann die uns denn nicht helfen?«, meinte der Graf hoffnungsvoll.

»Sicher kann sie das, Wilfred. Sicher.«

Doch Alkuin hörte kaum zu. Er hätte zu gern gewusst, ob die Diebe tatsächlich an dem ungenießbaren Dinkel gestorben waren. Oder hatten sie vielleicht ein paar Säcke Weizen mitgehen lassen – Weizen, der mit Mutterkorn vergiftet war?

V

24

Seit ihrer Ankunft in Würzburg war Haldor Larsson keinen Augenblick zur Ruhe gekommen. Tag und Nacht musste er unter Izams Kommando die Gegend durchforsten, da man weitere Angriffe befürchtete. Während eine Patrouille die Stadtmauer abschritt, schwärmten andere in die Umgebung aus und zogen ihre Kreise um die Stadt. Wer irgend zur Verfügung stand, wurde herangezogen, um Straßen und Wege zu sichern. Die Soldaten der Würzburger Garnison reichten gerade aus, notdürftig die Ordnung in der Stadt aufrechtzuerhalten und Wilfreds Residenz zu bewachen, so dass der Graf dem Kriegsmeister Karls des Großen alle Maßnahmen zur militärischen Sicherheit übertragen hatte.

Die allgemein angespannte Stimmung erreichte kurzfristig einen Höhepunkt, als ein Hirte aufgeregt berichtete, er habe ein Lagerfeuer bei der alten Mine entdeckt. Ausgerüstet mit Lederwams, Schild und Bogen brachen sie zu zwölft in der Morgendämmerung auf, um der Sache auf den Grund zu gehen. Izam selbst führte den Trupp, Haldor Larsson sollte ihm seiner Ortskenntnis wegen zur Seite stehen.

Haldor warf Izam einen verächtlichen Blick zu, das Kettenhemd, das der Italiener trug, schien ihm reichlich übertrieben. Wenn die Sachsen tatsächlich auftauchten, würde er in seiner Rüstung auch nichts ausrichten können.

»Eine Frage: Wird so ein Kettenhemd nicht gefährlich, wenn es regnet? Ich meine, wenn es dann festrostet, kommt Ihr doch gar nicht mehr heraus!«

Izam versuchte, Haldors anmaßende Art und die ständigen Provokationen zu ignorieren, das aber konnte er sich vor seinen Männern nicht gefallen lassen.

»Wenn Ihr weiter solchen Unfug schwatzt, Haldor Larsson, besteht eher die Gefahr, dass ich es Euch in die große Klappe stopfe!«

Wütend riss Haldor sein Pferd herum, doch zwei von Izams Männern ritten dazwischen und drängten ihn ab. Auch Izam sah ein, dass jetzt nicht der Moment einer Auseinandersetzung war.

Müde der ewigen Wortgefechte mit diesem Gockel, meinte Izam schließlich: »Die Mine ist kein schlechtes Versteck. Wer weiß, wen wir dort alles antreffen ...«

Haldor schwieg. Mit finsterer Miene ritt er voraus.

Kurz bevor der Trupp das Bergwerk erreichte, kehrten die vorausgeeilten Späher zurück und verkündeten, es sei alles ruhig. Vorsichtshalber teilte Izam die Männer dennoch in zwei Gruppen ein: Die eine sollte sich die ehemaligen Sklavenbaracken vornehmen, die zweite die Stollen erkunden. Der Schwefelgestank nahm ihnen beinahe den Atem.

Haldor führte die erste Mannschaft an. Unter seiner Aufsicht ergründeten die Männer jeden Winkel in den Baracken – doch nichts deutete darauf hin, dass sich hier jemand versteckt hielt. Oder fast nichts. Als seine Leute sich bereits wieder draußen sammelten, waren Haldor plötzlich in einer Ecke Fischgräten und Eierschalen ins Auge gesprungen.

»Sieh mal einer an ...«, murmelte er bei sich und bückte sich. Die Abfälle konnten noch nicht alt sein, doch anstatt Izam von seinem Fund Meldung zu machen, zertrat er sie schnell und unbemerkt mit seinen Stiefeln, bis sie nicht mehr von dem übrigen Dreck am Boden zu unterscheiden waren. Dann gab er Order, zu Izam aufzuschließen, der mit seinen Leuten die Mine erkundete.

In dem ersten Stollen war es finster wie die Nacht, sie mussten die Fackeln entzünden. Je weiter sie vordrangen, desto enger und niedriger wurde der Tunnel, bald sahen sie sich gezwungen, den Kopf einzuziehen und sich, halb gebückt und eng beieinander, auf dem unebenen Grund voranzuarbeiten. Izam überlegte gerade, ob sie weitergehen oder umkehren sollten, als sich mit einem Mal schwere Gesteinsbrocken von der Decke lösten und unmittelbar vor ihnen herunterkrachten. Um ein Haar wären sie verschüttet worden – der Staub drang ihnen in die Lungen, hustend und keuchend stolperten die Männer Richtung Ausgang. Wieder an der frischen Luft, beschlossen sie entmutigt, die Suche abzubrechen und in die Stadt zurückzukehren. Haldor sorgte dafür, dass er als Letzter das Gelände verließ. Bevor er sein Pferd auf den Weg nach Würzburg lenkte, drehte er sich noch einmal um und bedachte die Baracken mit einem langen, forschenden Blick.

Als wieder Stille eingekehrt war, kroch Gorgias aus seinem Versteck hinter den stinkenden Resten der Wagen hervor, mit denen früher der Schwefel abtransportiert worden war. Er hustete und spuckte und dankte Gott, dass er seine Gebete erhört hatte.

Nur wenige Tage zuvor hatte er bei einem Erkundungsgang in dem Stollen den schlecht abgestützten Balken entdeckt, der so aussah, als könne er jeden Moment zusammenbrechen. Erst hatte er erschrocken den Rückzug antreten wollen, doch dann war ihm ein Gedanke gekommen: Wenn er nun den Balken so präparierte, dass er ihn im Notfall, falls man ihn hier suchen käme, einreißen konnte? Einen Versuch war es allemal wert. Mit größter Mühe höhlte er die Erde unter dem Pfeiler aus und füllte das Loch mit kleinen Steinen auf. Zuletzt wählte er einen länglichen, schmalen Stein, den er vorsichtig unter den Pfeiler klemmte; dann entfernte er die restlichen Steine wieder. Das ganze Gewicht des Balkens lagerte nun auf dem einen schmalen Stein, um den er zunächst einen Strick band, um ihn dann mit Erde zu bedecken. Schließlich kroch er mit dem Ende des Seils in der Hand zu einer kleinen Ausbuchtung in der Stollenwand. Von dort aus würde er mit einem leichten Ruck den Stein wegziehen und so den Balken samt Deckengestein zum Einsturz bringen können.

Und heute waren sie tatsächlich gekommen. Er hatte bei einer bescheidenen Mahlzeit in der Baracke gehockt, als er plötzlich aufhorchte. Hatte da nicht ein Pferd gewiehert? Hastig schlang er den Fisch hinunter und lief nach draußen. Eine Gruppe bewaffneter, berittener Männer näherte sich der Mine, sie waren schon gefährlich nahe. Gorgias packte sein Huhn und rannte zum Stollen hinüber. Er kauerte sich im schützenden Dunkel nieder und hoffte inständig, dass die Männer nicht bis in den Stollen eindringen würden, doch schon sah er die erste Fackel näher kommen. Er musste weiter, und vor allen Dingen musste er dieses Huhn loswerden, das ihm mit seinem bedenkenlosen Gackern noch verraten würde. Ihm blieb nichts anderes übrig, als dem Tier, das ihm in diesen einsamen Tagen Gefährte und Nahrungsgeber zugleich gewesen war, den Hals umzudrehen. Das erwies sich zudem mit einem Arm als äußerst schwierig. In dem stockfinsteren Tunnel zog er sich dann bis zu der Ausbuchtung hinter seiner Balkenkonstruktion zurück und duckte sich hinter einen Felsen. Den Strick in der Hand, wartete er mit klopfendem Herzen, bis die Männer nahe genug herangekommen wären. Mit aller Kraft, die ihm geblieben war, riss er dann an dem Strick. Der Stein rutschte unter dem Balken weg, der stürzte um, und schwere Gesteinsbrocken krachten mit ohrenbetäubendem Gepolter von der Decke. Für einen Augenblick fürchtete Gorgias, er habe sich selbst verschüttet. Als der Staub sich lichtete, hätte er jubeln mögen: In der Ferne zeichnete sich die Tunnelöffnung ab. Hustend und Erde ausspuckend, wagte er sich endlich wieder ins Freie. Von den Männern war keine Spur mehr zu sehen. Was für ein Glück er gehabt hatte!

Zurück in der Festung, eilte Haldor Larsson sogleich zu Theresa, die er noch nicht hatte besuchen können, seit sie aus ihrer Ohnmacht erwacht – oder auferstanden – war. Von einer Dienerin erhielt er die Auskunft, die beiden Damen hätten das Haus verlassen: Rutgarda wollte ihrer Stieftochter von zu Hause frische Kleidung bringen, Theresa selbst sei hinunter in die Festungsgärten, ein wenig frische Luft zu schnappen. Haldor legte seine Waffen ab, wusch sich das Gesicht und machte sich auf die Suche nach Theresa.

Er fand sie, wie sie erschöpft auf einem Baumstumpf saß. Lautlos pirschte sich Haldor an sie heran und strich ihr sanft übers Haar. Erschrocken sprang sie auf, lächelte dann, als sie sah, dass er es war, doch sogleich umwölkte sich ihre Miene wieder.

»Was ist mit dir, meine Holde?«, fragte Haldor leichthin und zog sie an seine Brust. »Komm her zu mir und erzähl mir deinen Kummer.«

»Ich mache mir solche Sorgen um meinen Vater …«, sagte sie stockend, den Tränen nahe.

»Wir werden ihn finden, das verspreche ich dir!«

Aus Haldors Mund hatten diese Worte etwas so Unumstößliches, Gewisses, dass es wie eine Tatsache klang. Vielleicht nahm er den Mund zu voll, um sie zu beruhigen. Doch eines war klar: Dieser Mann würde alles tun, um Gorgias zu finden.

In den Arkaden des Kreuzgangs suchten sie Schutz vor dem auffrischenden Wind. Haldor pflückte ein paar Blumen, die hier im Schutz der Mauern vor der Zeit blühten: Löwenzahn und Vergissmeinnicht machten sich gut in Theresa schwarzem Haar. Während sie noch an den Blumen nestelte, raubte er ihr einen leidenschaftlichen Kuss und ließ seine Hand über ihre Brüste gleiten.

»Ich liebe dich«, flüsterte er ihr ins Ohr.

Theresa schloss die Augen und seufzte. Das waren die schönsten Worte, die sie je gehört hatte. Und sie wollte sie für immer in ihrem Herzen bewahren.

Dass sie dennoch nicht vollauf glücklich war, musste an der Sorge um ihren Vater liegen. Und es war gewiss reiner Zufall, dass ihr ausgerechnet in diesem Moment das Bild Izams von Padua vor Augen trat.

Haldor nahm Theresa bei der Hand und zog sie hinter sich her, hinauf in ihre Kammer. Ungesehen schlüpften sie ins Zimmer, und Haldor schloss rasch die Tür.

Schon zog er sie in seine Arme, Theresa wollte etwas sagen, doch er verschloss ihr sanft den Mund mit seinen Lippen. Das alles ging ihr zu schnell, sie hielt ihn von sich weg und erwiderte den Kuss nicht. Doch sein wildes Begehren ließ sich in keine Schranken weisen. Seine ungezügelten Berührungen ließen Theresa erschauern und rissen sie unversehens mit in einen Strudel der Lust und Leidenschaft. Rückhaltlos gab sie sich Haldor hin.

Als der sich später erschöpft auf die Seite rollte, streichelte sie zärtlich seine Brust, seine Schultern, seine starken Arme. Sie entdeckte erstaunt, dass sich die seidene Binde an seinem Arm verschoben hatte. Darunter erblickte sie eine kunstvolle, wenngleich sonderbare Schlangentätowierung.

Als Theresa erwachte, stand Haldor bereits angezogen an der Tür. Das Lederwams und die wollenen Hosen kleideten ihn wie einen Prinzen. Er erklärte mit sanfter Stimme, er müsse sich nun eiligst zu den königlichen Speichern aufmachen, um bei der Verteilung der Getreiderationen mitzuhelfen, doch sobald er dort fertig sei, würde er zu ihr zurückkehren und sie in seine Arme schließen. Theresa räkelte sich behaglich unter ihrer Decke und rief ihn noch einmal zu sich her, damit er sie zum Abschied küsste.

Kaum war Haldor aus der Kammer, klopfte es. In der Annahme, es sei der Geliebte, der etwas vergessen hatte, riss Theresa spärlich bekleidet und mit Schwung die Tür auf. Sie erstarrte – vor ihr stand Alkuin. Er musterte sie streng und verlangte Einlass. Theresa trat beschämt ein paar Schritte zurück zum Bett hin und warf sich schnell eine Decke über. Schnaubend ging Alkuin auf und ab, blieb dann plötzlich vor Theresa stehen und gab ihr eine schallende Ohrfeige. In ihre Scham mischte sich Entrüstung.

»Was hast du dir nur dabei gedacht!«, rief er aufgebracht. »Glaubst du, irgendjemand wird die Geschichte von dem Wunder deiner Auferstehung glauben, wenn du dich gleich dem erstbesten Kerl hingibst? Begreifst du nicht, dass du mit deinem Leben spielst?«

Theresa errötete, Alkuin hatte recht. Sie sah ihn verzagt an. Niemals hatte sie ihren Lehrer so zornig gesehen.

»Was, wenn dich jemand gesehen hat? Oder sich Haldor da draußen das Maul über dich zerreißt?«

»Es tut mir leid. Ich ... Ich ...«, stammelte sie. »Ich liebe ihn«, brachte sie schließlich mit leiser, aber fester Stimme hervor.

»So? Und liebt er dich auch? Dann seid Ihr ja wahrscheinlich verheiratet. Wenn nicht, kannst du gleich aller Welt verkünden, dass die soeben von den Toten Auferstandene einen fröhlichen Engel gefunden hat, der ganz gewiss von dieser Welt ist. Dann können sie nämlich die Kapelle, die sie dir errichten wollen, gleich der heiligen Hure widmen.«

Alkuin ließ sich erschöpft in einen Sessel sinken. Theresa hätte erwidern mögen, dass es mehr war als das, dass Haldor sie auch liebte. Hatte er es ihr nicht gesagt? Allerdings hatte er nie von Heiraten gesprochen, von Kindern, einem gemeinsamen Heim. Seine Lust hatte er mit ihr geteilt – aber woher sollte sie wissen, ob da noch mehr war? Wie gut kannte sie ihn überhaupt? Während Alkuin sie mit seinem strengen Blick von oben bis unten musterte, konnte sie kaum einen klaren Gedanken fassen. Schließlich brach er das Schweigen.

»Das Beste wäre, du siehst Haldor nicht mehr. Wenigstens eine Zeitlang nicht. Bis sich die Gemüter beruhigt haben und sich niemand mehr an den Brand erinnert«, sagte er kühl.

Völlig überrumpelt nickte Theresa. Alkuin segnete sie und verließ ohne ein weiteres Wort die Kammer.

Wenige Augenblicke später klopfte Rutgarda an, sie hatte gewartet, bis Alkuin gegangen war. Grußlos trat sie ein und blickte ihre Stieftochter zornig an.

»Hast du denn jeden Anstand verloren?«, schimpfte sie. »Mit deinem törichten Verhalten bringst nicht nur dich selbst in Gefahr, sondern arbeitest auch noch denen in die Hände, die deinen Vater als Mörder bezichtigen!«

All das schmerzte sie mehr, als sie Rutgarda hätte klarmachen können. Doch was Haldor betraf: Es war ihr gleich, was die Leute sagten, was sie dachten oder was weiter geschehen würde. Sie wollte nur an Haldors Seite sein – wenn Haldor derjenige war, den sie in ihm sah. Und das musste sie unbedingt herausfinden. Jetzt sofort.

Ihr Blick fiel auf eine alte Kutte, die unbeachtet in einer Nische neben der Tür lag. Das brachte sie auf eine Idee. Mit einer flinken Handbewegung griff sie nach dem Mönchsgewand und streifte es sich über. Dann ließ sie die entgeisterte Rutgarda einfach stehen, lief ohne Erklärung aus dem Zimmer, stürzte die Treppe hinunter. Unerkannt schloss sie sich im Hof der Festung einer Gruppe von Bediensteten an und passierte mühelos das Tor. Mit zügigem Schritt schlug sie den Weg zu den Kornspeichern ein.

Die königlichen Speicher lagen auf einem Hügel am Nordende der Stadt; sie waren von starken Mauern geschützt und durch einen unterirdischen Tunnel mit der Festung verbunden. Die Tore zur Stadt hin wurden nur im Notfall geöffnet. Schon von fern sah Theresa die Menschenmenge, die sich vor dem Tor drängte und ungeduldig auf die Verteilung der Getreiderationen wartete. Zum Umkehren war es zu spät. Sie würde sich unter das aufgebrachte Volk mischen und ausharren müssen, bis das Tor sich öffnete. Die Menschen schrien und tobten, unsanft wurde Theresa in dem Gedränge hin und her geschoben, und zu spät bemerkte sie, dass ihr dabei die Kapuze heruntergerutscht war.

»Da, seht doch, die Auferstandene!«, brüllte jemand an ihrer Seite.

Sofort wichen die Leute um sie zurück, entgeistert starrten sie sie an und zeigten mit den Fingern auf sie. Theresa schaute sich hilflos um.

»Von den Toten erwacht, um neues Übel über uns zu verbreiten!« Der bösartige Ton ließ Theresa das Blut in den Adern gefrieren, sie kannte diese Stimme. Erschrocken traten die Menschen weiter zurück und machten dem geifernden Pergamentermeister Korne Platz. Tapfer versuchte Theresa, dem bösen Blick Kornes standzuhalten. Plötzlich bückte er sich, nahm einen Stein vom Boden auf und schleuderte ihn in ihre Richtung. Sie wollte ausweichen, doch der Stein traf sie seitlich am Kopf. Theresa taumelte, sie sank in die

Knie vor Schmerzen. Ein Raunen ging durch die Menge. Als der nächste Stein flog, traten ein paar beherzte Männer dazwischen und konnten das Schlimmste verhindern. Der Pergamentermeister schien wie von Sinnen und wild entschlossen, die Tochter des Schreibers zu steinigen. Man schob Theresa zu zwei Soldaten hin, die sich mürrisch ihrer annahmen und nach Haldor schickte.

Kurz darauf erschien Theresas Geliebter am Tor. Er war in Begleitung von Zenon, den man gerufen hatte, da Theresas Kopfwunde nicht aufhörte zu bluten.

Haldor zog sie nach drinnen und fuhr sie an: »Was hast du hier zu suchen? Bist du verrückt geworden? Die hätten dich umbringen können, und ich weiß nicht, ob sie es nicht noch tun werden. Ich gehe jetzt raus und versuche, die Meute zu beruhigen.«

Damit überließ er sie der Obhut des wie gewohnt stark nach saurem Wein stinkenden Quacksalbers. Theresa wusste ja, dass Haldor recht hatte. Dennoch hätte sie sich eine etwas sanftere Art des Trostes gewünscht.

Der Arzt teilte Theresas pechschwarze Lockenpracht mit einem schmierigen Kamm, um die Wunde zu begutachten.

»Nicht so schlimm«, befand er; doch die Tinktur, die er mit seinen schmutzigen Fingern darauf strich, brannte wie die Hölle. Theresa unterdrückte einen Schmerzensschrei, zog aber unwillkürlich den Kopf weg. Zenon hielt sie einfach am Haar fest und legte ihr eine kühlende Kompresse auf. Wie der hässliche Zwerg ihr das feuchte Tuch an den Kopf presste, blitzte vor Theresas Augen eine Halskette mit Edelsteinen auf. Sie stutzte. War das nicht die Kette ihres Vaters?

Während Zenon seine Gerätschaften zusammenpackte, starrte Theresa wie gebannt auf die Rubine an seinem Hals – kein Zweifel, es war Gorgias' Kette. Der Arzt empfahl sich und stolperte, wie immer nicht ganz nüchtern, eine steinerne Treppe hinab. Mit pochendem Schädel lief Theresa dem Männlein kurzentschlossen hinterher. In dem unterirdischen Gang, der den Speicher mit der Festung verband, holte sie ihn ein. Das flackernde Licht der an den Wänden befestigten Fackeln verzerrte seine ohnehin nicht schmeichelhaften Gesichtszüge zu einer Fratze.

»Was willst du noch?« Verblüfft starrte er die junge Frau an.

»Wo habt Ihr die Kette her?«, fauchte Theresa und versuchte ihm den Schmuck vom Hals zu reißen.

»Bist du vollkommen übergeschnappt? Fass mich nicht an!«, knurrte Zenon und stieß sie unsanft von sich.

»Sagt mir sofort, wo Ihr diese Kette her habt!«, fuhr ihn Theresa an.

»Es ist meine. Und wenn du jetzt nicht sofort verschwindest und dein unflätiges Maul hältst, werde ich es dir so stopfen, dass es dir leidtut, es jemals geöffnet zu haben.«

Theresa starrte ihn mit einem vernichtenden Blick an. Mit einem zornigen Ruck streifte sie sich die Kutte vom Leib und riss das Kleid, das sie darunter trug, über der Brust ein. »Und wenn Ihr mir nicht auf der Stelle erklärt, wie Ihr an das Schmuckstück um Euren Hals gekommen seid, werde ich laut um Hilfe schreien! Ich werde mir das Gesicht blutig kratzen – und Ihr wisst doch, was auf Notzucht junger Mädchen steht!«

»Um Gottes willen, was tust du da, Mädchen!«, zischte Zenon. »Zieh dir sofort wieder dieses Pfaffengewand über! Du bringst uns noch beide auf den Scheiterhaufen.«

Theresa wollte schreien, doch Zenon hielt ihr mit seiner dreckigen Hand den Mund zu und schaute ihr gequält in die Augen.

»Dein Vater hat mir die Kette gegeben«, erklärte er zögernd. »Und nun lass mich in Frieden, du Unglücksengel.«

Theresa rang nach Luft, als er sie endlich losließ.

»Und bei welcher Gelegenheit soll das gewesen sein?«, keuchte sie.

Zenon überlegte. Was hatte er schon von diesem Mädchen zu befürchten? Und so erzählte er ihr schließlich, dass er Gorgias im Auftrag von Genserico in einer verlassenen Scheune verarztet habe. Er habe nur helfen wollen, erklärte er, und ihr Vater habe ihm die Kette als Bezahlung gegeben. Dass er ihm den Arm abgenommen hatte, verschwieg er. Da er nicht zu sagen wusste, wo ihr Vater dann abgeblieben sei, verlangte Theresa, dass er sie zu dieser Scheune bringe.

Zenon wehrte ab und wollte sich davonmachen, doch Theresa stellte sich ihm in den Weg. Plötzlich trat ein anzügliches Grinsen auf sein Gesicht.

»Hübsche Brüstchen …«, murmelte er und streckte die Hand nach ihr aus. »Wenn du mich da ranlässt, bringe ich dich vielleicht hin.«

Theresa trat angewidert einen Schritt zurück und bedeckte sich hastig mit der Kutte.

»Du widerlicher alter Bock! Du bringst mich jetzt sofort zu der verdammten Scheune, und ich schwöre dir, wenn du es wagen solltest, mich anzufassen, werde ich dafür sorgen, dass du tatsächlich auf den Scheiterhaufen kommst!«

Theresa war selbst erstaunt von der Wirkung ihrer Worte: Das Grinsen verschwand aus dem Gesicht des Wundarztes, und er willigte mürrisch ein.

Theresa zog sich die Kutte zurecht und nahm Zenons Tasche an sich. So würde sie als sein Gehilfe durchgehen können, hoffte sie, und folgte dem hässlichen Männlein durch den Tunnel bis in die Festung, die sie sogleich durch einen Seiteneingang wieder verließen.

Kurz vor der Scheune blieb der Arzt stehen, deutete vage nach vorn und wollte sich schon aus dem Staub machen, doch Theresa bestand unerbittlich darauf, dass er blieb. Zenon trat wütend mit dem Fuß nach einem Stein und fügte sich zähneknirschend.

Zögerlich ging Theresa auf die halb von Unkraut überwucherte, baufällige Scheune zu. Dann fasste sie sich ein Herz und stieß entschlossen die Tür auf. Ein Schwarm von Fliegen stob auf, und abscheulicher Gestank schlug ihr entgegen. Es roch nach Aas – sollte ihr Vater hier etwa … ? Sie unterdrückte ihren Brechreiz und tastete sich Schritt für Schritt vor. Es würgte sie so heftig, doch ihre Verzweiflung trieb sie im Halbdunkel voran. Suchend blickte sie sich nach Spuren ihres Vaters um. Plötzlich trat sie mit dem Fuß gegen etwas Weiches. Erschrocken blickte sie zu Boden, ihr Herz begann zu rasen. Zwischen dem feuchten Laub lag ein menschlicher Arm – oder das, was nach Wochen von ihm übrig war.

Verstört stolperte Theresa ins Freie, sie musste sich übergeben. Dann stürzte sie sich wie eine Furie auf Zenon.

»Du hast ihn umgebracht, du Schuft«, schrie sie ihm hasserfüllt entgegen. »Gib es zu, du hast ihn umgebracht, weil du ihm die Kette stehlen wolltest!«

Wenn sie einen Stein gefunden hätte, sie hätte den feigen Meuchelmörder auf der Stelle erschlagen.

Zenon versuchte sie zu beruhigen. Er hatte nicht damit gerechnet, dass Gorgias' abgetrennter Arm noch auf dem Boden liegen könnte. Nun würde er Theresa wohl oder übel reinen Wein einschenken müssen. Als er ihr von der Amputation erzählte, sah sie ihn ungläubig an.

»Was dann geschehen ist, weiß ich nicht.« Er spuckte aus. »Genserico hatte mich gebeten, sie beide noch an einen anderen Ort zu bringen. Danach bin ich dann in die Stadt zurückgekehrt.«

»Wohin hast du sie gebracht?«

Zenon sah Theresa abschätzend an. »Du gibst wohl niemals Ruhe, wie? In Ordnung, ich werde es dir zeigen. Aber dann verschwinde ich.«

Sie folgten der Stadtmauer bis zu der Stelle, wo sie an den Felsen grenzte. Zenon bog den Efeu zurück und deutete auf eine geheime Tür, die sich unter dem Blattwerk verbarg. Theresa sah sich neugierig um. Das Gebäude auf der anderen Seite der Mauer musste wohl zur Festung gehören. Fragend wandte sie sich zu Zenon um, doch der hatte sich bereits in Luft aufgelöst.

Theresa hatte Mühe, die Tür aufzustemmen; das Holz war durch die Feuchtigkeit aufgequollen und klemmte in dem steinernen Rahmen fest. Sie rüttelte mit aller Kraft, bis die Tür schließlich aufsprang und den Weg in eine kleine Krypta freigab, in der wüstes Durcheinander herrschte. In dem schwachen Licht, das durch die Eingangstür einfiel, erkannte sie umgestürzte Möbel und auf dem Boden verstreute Pergamentfetzen. Unsicher inspizierte sie den

Raum. In einer im Halbdunkel verborgenen Ecke fiel ihr eine weitere Tür ins Auge. Mit klopfendem Herzen betrat sie die kleine Zelle dahinter, in der auf einem Pult verschiedene Schreibgeräte, Tintenfässchen und die wunderschöne, smaragdgrün eingebundene Bibel ihres Vaters lagen.

Beklommen nahm sie die Schrift zur Hand. Er hatte sie ihr seit langem zugedacht, sie sollte einmal sein in jeder Hinsicht kostbares Vermächtnis für sie werden. »Wenn mir einmal etwas zustoßen sollte, schau in dieser Vulgata nach«, hatte der Vater ihr noch kurz vor der ganzen Tragödie eingeschärft, als sie wegen der Hungersnot so besorgt gewesen waren. Wie einfach, ja fast idyllisch kam ihr diese Zeit in der Erinnerung vor!

Ohne sich die Seiten näher zu besehen, steckte sie den Band in die Tasche. Dann sammelte sie die einzelnen Blätter und Pergamentfetzen auf, die im Raum verteilt lagen; auch einen Griffel, mehrere Federn und eine Wachstafel nahm sie an sich. Dann warf sie einen letzten Blick in die Zelle und rannte, so schnell die Beine sie trugen, aus der Krypta ins Freie.

Atemlos kam sie bei der Festung an. Da der Wachtposten ihr hartnäckig den Einlass verwehrte, musste sie Alkuin ans Tor rufen lassen.

»Wo warst du? Hatte ich dir nicht gesagt, du solltest die Festung nicht verlassen?«, fuhr der hagere Kirchenmann sie an.

Theresa senkte den Kopf und wollte an ihm vorbeischlüpfen, doch Alkuin packte sie am Arm und zog sie in eine Ecke.

»Ich habe meinen Vater gesucht«, erklärte Theresa trotzig und befreite sich aus seinem harten Griff.

Alkuin seufzte. »Und, hast du ihn gefunden?«

Theresa schüttelte bekümmert den Kopf. Da erst bemerkte Alkuin die Wunde.

»Was ist geschehen?«, wollte er wissen.

Kleinlaut berichtete sie von dem Vorfall mit Korne, und als sie geendet hatte, schien sich Alkuins Blick irgendwo in der Ferne zu verlieren. Dann schaute er sie ernst an, seufzte und bat sie, ihm ins Skriptorium zu folgen.

Schweigend durchmaß er mit großen Schritten den Raum.

»Nun gut«, hob er schließlich an. »Du hast mir schon einmal dein Wort gegeben und es dann gebrochen. Ich frage dich trotzdem: Bist du bereit, ein außergewöhnliches Geheimnis für dich zu behalten?«

»Ich will keine finsteren Geheimnisse mehr, keine Wunder, keine krummen Wege. Ich will Menschen, die tun, was sie sagen; Menschen ohne Arg, auf die man sich verlassen kann. Ich will den Mann lieben dürfen, der meine Liebe verdient, und ich will meinen Vater wiederhaben, der wegen irgendwelcher dunklen Machenschaften verschwunden ist oder gar tot!« Sie brach in Schluchzen aus.

»Meine liebe Theresa«, erwiderte Alkuin, schob ihr einen Schemel hin und setzte sich. »Es gibt manche Dinge, die du noch nicht verstehst. Die Welt lässt sich nicht so einfach in Gut und Böse einteilen. Die Liebe zum Beispiel ist weder so rein, wie du sie dir vorstellst, noch ist sie durch und durch verdorben; und auch die Menschen sind nicht einfach schlecht und sündig. Aber sie sind auch nicht nur reinen Herzens und voller Mitgefühl. Ihr Handeln wird von ihren Absichten gelenkt, von ihren Wünschen und Sehnsüchten, und häufiger, als du dir vorstellen kannst, ist das Böse dabei im Spiel.« Er erhob sich und begann erneut auf und ab zu schreiten. »Es gibt so viele Abstufungen und Zwischentöne, wie es Farben am Himmel gibt: Zuweilen ist er freundlich und sonnig, er spendet uns Wärme und Licht; dann wieder ist er düster und stürmisch und speit Unheil wie unser schlimmster Feind. Was ist Wahrheit und was Lüge? Kornes Anschuldigungen gegen dich – die von seiner Familie und seinen Freunden bestätigt werden – oder deine eigene Wahrheit, die du für ebenso absolut hältst, wie du dich frei von jeder Schuld glaubst? Sag mir, Theresa: Ist deine Seele frei von Groll?«

Theresa wusste sehr gut, wer den Brand verschuldet hatte, doch sie zog es vor zu schweigen.

»Was übrigens die Wunder betrifft«, fuhr Alkuin fort. »Ich kann dir versichern, dass ich selbst noch keines gesehen habe. Zumindest nicht von der Art, wie die einfachen Leute sich ein Wunder vorstellen. Aber bedenke: Wie kann man sicher sein, dass du nicht wirklich auferstanden bist? Wie kann man in Abrede stellen, dass eine schützende Hand dich damals aus jener Hölle befreit und dich durch die Berge geleitet hat? Dass sie dir Haldor geschickt hat und diesen Jäger, damit sie dich retteten, oder auch die Dirne, die dich in Fulda aufgenommen hat, und schließlich mich, als du in der Abtei Hilfe suchtest? Glaubst du wirklich, dass Gott dabei seine Hand nicht im Spiel hatte?« Er blickte sie fest an. »Ich gebe zu, das mit dem Wunder war eine Erfindung von mir, aber ich versichere dir, dass der Herr selbst mich dabei gelenkt hat. Er hat für dich eine Aufgabe vorgesehen, die sich dir erst jetzt offenbaren wird. Eine Aufgabe, die dein Vater Gorgias auf sich genommen hatte.»

Theresa horchte auf. Inzwischen war Alkuin an das Schreibpult herangetreten und hatte die Hände auf die Platte gelegt. Als er sie wieder fortnahm, waren im Staub die Abdrücke seiner Handflächen zu erkennen.

»Hier hat dein Vater gearbeitet, an diesem Pult. Hier hat er seine letzten Monate verbracht und an einem Dokument gearbeitet, das für die Christenheit von unschätzbarem Wert ist. Und nun antworte mir: Bist du bereit, einen Schwur zu leisten?«

Sie nickte langsam und sprach ihm nach, dass sie niemals, bei Strafe der ewigen Verdammnis, mit irgendjemandem über jenes Dokument sprechen werde. Um mehr über das Komplott zu erfahren, das sich gegen ihren Vater gerichtet hatte, wäre sie bereit gewesen, noch ganz andere Dinge auf sich zu nehmen. Sie schwor auf eine Vulgata und küsste sie ehrfurchtsvoll. Auch Haldor würde niemals etwas davon erfahren, das musste sie extra versprechen. Alkuin nahm ihr die Bibel aus der Hand und legte sie auf das Pult, auf dem er seine Handabdrücke hinterlassen hatte. Er betrachtete die Spuren im Staub.

»Laut Wilfred ist dein Vater vor etwa einem Monat verschwunden, und Genserico wurde vor zwei Wochen tot aufgefunden. Und nun sieh dir mal diese Abdrücke an. Was hältst du davon?«

Theresa starrte auf das Pult. Sie erkannte die Spuren von Alkuins Händen, außerdem die einer Reihe von Punzen und Griffeln.

»Ich weiß nicht … Was soll mit ihnen sein?«

»Die Abdrücke meiner Hände sind ganz frisch, alle anderen sind bereits von einer Staubschicht überzogen. Aber weißt du, was mich stutzig macht? Die Staubschicht ist überall gleichmäßig dick, nur auf diesem einen Abdruck hier« – er deutete auf die Spuren eines schmalen Griffels – »ist sie sehr viel feiner.« Er suchte in der Schublade nach dem Griffel, den man Genserico aus der Brust gezogen hatte. »Es ist ohne jeden Zweifel der Abdruck dieses Griffels, er muss also zu einem späteren Zeitpunkt vom Pult genommen worden sein als die übrigen Schreibgeräte.« Alkuin trat an den gegenüberliegenden Tisch. »Und übrigens auch später als die Bücher, deren Spuren du hier erkennen kannst. Wilfred hat mir versichert, dass seit dem Tag, an dem dein Vater verschwand, die Bücher und Schreibgeräte unauffindbar geblieben sind. Gorgias hat sie offenbar mitgenommen, diesen kleinen Griffel hier muss er in der Eile allerdings vergessen haben.«

»Und das bedeutet …«

»Ich halte es für sehr unwahrscheinlich, dass dein Vater den kleinen Griffel später geholt hat, vor allem, wenn man davon ausgeht, dass Wilfred nach Gorgias' Verschwinden das Skriptorium zugesperrt hatte. Das heißt, es muss jemand anderes als Gorgias diesen Griffel genommen und ihn Genserico in die Brust gerammt haben.«

»Aber warum? Um meinen Vater damit vorsätzlich zu belasten?«

»Ja. Das wäre eine Erklärung. Ich bin übrigens ziemlich sicher, dass Genserico gar nicht erstochen wurde; sein Mörder hat ihm erst später mit dem Griffel die Brust durchbohrt.«

»Wie meint Ihr?«, fragte Theresa erstaunt.

»Ich habe unter einem Vorwand, den mir der Herr verzeihen möge, den Sarg aus dem Grab holen lassen und bei der Gelegenheit Gensericos Gewand untersucht. Einzelheiten will ich dir ersparen. Jedenfalls habe ich die Stelle gefunden, wo der Griffel durch den Stoff hindurch in die Brust eingedrungen ist. Seltsamerweise war auf seinem Wams nur ein kleiner Blutfleck zu sehen, dabei hätte er doch an der Wunde verblutet sein müssen.«

»Ich verstehe … ein Toter kann nicht mehr verbluten. Und wenn Genserico bereits tot war, dann kann das nur heißen, dass jemand einen Mord vortäuschen wollte.«

»Genserico war nicht nur tot – er war bereits vorher ermordet worden«, sagte Alkuin. »Ich habe Reste von Erbrochenem auf seinem Habit gefunden – man hat ihn vergiftet. Dieser Gedanke drängt sich mir zumindest auf.«

Ihres Vaters Unschuld war also eindeutig erwiesen! Doch plötzlich fröstelte es sie: Wo immer er sein mochte – schwebte Gorgias nicht in Gefahr? Ein skrupelloser Mörder schien ihn kaltstellen zu wollen.

Unterdessen hatte sich Alkuin erneut den Handschriften zugewandt und erging sich, während er hier und da neugierig blätterte, in weiteren Einzelheiten seiner Theorie.

»Derjenige, der sich Zutritt zum Skriptorium verschafft hat, ist also vermutlich auch GenSericos Mörder«, schloss er unvermittelt.

»Ihr meint Wilfred?«

»Der arme Wilfred ist ein Krüppel, und außerdem ist er nicht der Einzige, der einen Schlüssel zum Skriptorium besitzt. Auch Genserico hatte einen.«

»Wie passt das alles zusammen?«, fragte Theresa nachdenklich.

»Das eben will ich herausfinden«, erwiderte Alkuin. »Und jetzt hör mir bitte aufmerksam zu: Bis zu seinem Verschwinden hat dein Vater unter strengster Geheimhaltung an einer brisanten Urkunde gearbeitet, die für die Belange sowohl Karls des Großen als auch Papst Leos von außerordentlicher Wichtigkeit ist. Es handelt sich um ein Testament aus dem vierten Jahrhundert, in dem Kaiser Konstantin I. der Römischen Kirche die territoriale und politisch wirksame Oberherrschaft über Rom, Italien und die gesamte Westhälfte des Römischen Reichs zuerkennt. Dein Vater ist weit über die Grenzen Würzburgs hinaus als schriftkundiger Gelehrter bekannt, noch dazu ist er Byzantiner – wer außer ihm wäre in der Lage gewesen, diesen heiklen Auftrag Karls auszuführen…«

»Was für einen Auftrag?«, fragte Theresa, die den Zusammenhang zwischen einem Testament aus dem vierten Jahrhundert und diesem Auftrag König Karls nicht verstand.

»Nun, das Original ist durch die Machenschaften der Tyrannin auf dem Thron von Konstantinopel verlorengegangen. Es muss nach einer unzureichenden Vorlage neu hergestellt werden, sodass es das Original ersetzen kann – auf Latein und auf Griechisch.«

»Ihr sprecht von einer Fälschung? Mein Vater sollte Euch eine Fälschung herstellen?«

»Nein, mein Kind, nein, so ist das nicht richtig. Er sollte der historischen Gerechtigkeit den Weg bereiten, die durch die ruchlose Tat Irenes verbogen worden war. Somit wäre sein – oder nun eher: dein – Werk das eigentliche Original, dem wir nur einen falschen Anschein geben müssen, nämlich den, Jahrhunderte alt zu sein, um seine Echtheit durchzusetzen. Dazu allerdings bedarf es einer hervorragenden Schreibtechnik, erstklassiger Kenntnis des Griechischen und größtmöglicher Vertrautheit mit Historie und politischem System von Byzanz. Außer deinem Vater fällt mir nur eine Person ein, die all dies vereint: du, Theresa.«

»Was ist mit meinem Vater?«

»Wenn ich das wüsste ... Wir brauchen das Dokument dringend, und ob Gorgias zeitig genug wieder auftaucht, erscheint ungewiss. Doch ich gebe dir mein Wort, dass ich deinen Vater suchen und nicht aufgeben werde, bis ich ihn gefunden habe.«

»Und worin genau besteht meine Aufgabe? Welche Vorlage benutze ich, welches Material, welche Hilfsmittel habe ich?«

Da wusste Alkuin, dass er Theresa geködert hatte. Geduldig erklärte er ihr alle Einzelheiten, dann sagte er eindringlich: »Theresa, ich vertraue dir. Aber ich sage dir noch einmal, solltest du auch nur mit einer Menschenseele über diesen Auftrag reden, bringst du dich ernsthaft in Gefahr, und auch ich werde dann nicht mehr meine schützende Hand über dich halten können. Hier geht es um Macht. Um viel Macht. Und dafür sind die meisten Menschen bereit, zu töten, das sollte dir klar sein.«

Theresa musste schlucken. Beklemmung schnürte ihr die Kehle

zu: In was für einen gefährlichen Strudel war sie da hineingeraten? Ihr schwindelte. Wer stand hier auf welcher Seite? Sollte Alkuin recht damit behalten, dass Gut und Böse nicht immer scharf voneinander zu trennen waren?

»Du wirst allein hier im Skriptorium arbeiten«, fuhr Alkuin fort, »und zwar vom Morgen bis zum Abend. Und wenn man dich fragt, sagst du, du schreibst ein Psalmbuch ab. Ich werde höchstpersönlich Sorge dafür tragen, dass man dich nicht stört ... Und sei versichert, ich selbst werde unterdessen nicht nachlassen, deinen Vater zu suchen. Er kann ja nicht spurlos verschwunden sein.«

Theresa zögerte, doch dann entschied sie, dass Alkuin jede Information benötigte, die ihn womöglich auf die Spur von Gorgias bringen konnte. »Da gibt es noch etwas, das ich Euch erzählen muss ...«

Alkuin schaute sie forschend an. »Ich höre.«

Sie berichtete ihm von Zenon, dem amputierten Arm und der Krypta.

»Amputiert, sagst du? Mein Gott, Theresa! Warum rückst du erst jetzt mit der Sprache heraus?« Nur mühsam versuchte er die Frage zu unterdrücken, die ihm sogleich auf der Zunge lag: War es der linke oder der rechte Arm? »Ich werde Zenon sofort suchen und ihn zur Rede stellen. Fertige du inzwischen eine Liste mit den Dingen an, die du benötigst, um mit der Arbeit zu beginnen. Ich werde dir das Pergament am Nachmittag hierher bringen.«

Alkuin fand den Arzt in der Schenke am Marktplatz, wo er weinselig mit einer Dirne herumschäkerte – einer dürren Person, der ein derber Männergeruch anhaftete. Als sie sah, dass Alkuin den Tisch ansteuerte, sprang sie hastig auf, wühlte in Zenons Taschen und verschwand.

Alkuin packte den Betrunkenen am Kittel und zerrte ihn hinaus auf die Straße. Und erst als er dem stinkenden Zwerg einen Krug eiskalten Wassers über den Kopf geschüttet hatte, schien er wieder halbwegs bei Sinnen.

»Ich schwöre Euch, mit Genserico habe ich nichts zu tun. Außer, dass er mich gerufen hat, damit ich Gorgias den Arm abnehme. Ich habe getan wie geheißen, und das war alles«, lamentierte Zenon.

Alkuin fluchte. Wenn dieser Trunkenbold tatsächlich an Gorgias herumgeschnitten hatte, würde der arme Schreiber vermutlich nicht mehr lange gelebt haben.

»Soso, Genserico hat also nach Euch geschickt ... Und am nächsten Morgen ist er selbst tot aufgefunden worden«, bemerkte Alkuin drohend.

Zenon nickte. Dass Gorgias den Alten getötet haben sollte, hielt er allerdings nicht für sehr wahrscheinlich. Dann berichtete er, was sich in jener Nacht zugetragen hatte.

»Er hat viel Blut verloren...«, gab der Arzt zu bedenken.

»Ist Euch an Genserico irgendetwas aufgefallen? Ich meine ... war ihm vielleicht übel oder schwindlig?«

Zenon wiegte den Kopf hin und her.

»Jetzt, wo Ihr es sagt – er machte beinahe den Eindruck, als sei er betrunken.« Er grinste dümmlich. »Ach ja, und er sagte, er verspüre ein Brennen an der einen Hand. Sie war ganz rot und voll von Stichen oder auch Bissen.«

Mehr wusste Zenon nicht zu berichten. Er beschrieb Alkuin noch, wo die Scheune lag und wie er den Eingang zu der Krypta finden konnte, dann kehrte er schwankenden Schrittes in die Schenke zurück.

Zu seiner großen Enttäuschung konnte Alkuin in der Scheune nichts entdecken, das ihm weitergeholfen hätte. Sein Abstecher in die Krypta hingegen war mehr als aufschlussreich, und so machte er sich befriedigt auf den Rückweg zur Festung.

25

In großer Zahl strömten die Menschen zu den Feierlichkeiten zu Ehren der päpstlichen Gesandtschaft in die Kirche des Heiligen Johannes Chrysostomus. Angeführt wurde der Zug von Flavius Diaconus mit seinem leuchtend violetten Birett, das dem des Heiligen Vaters ähnelte, und zwei Novizen aus dem hiesigen Kloster, die ihm mit vor Aufregung geröteten Wangen die Reliquie – gebettet auf ein mit Goldfäden durchwirktes, purpurnes Samtkissen – vorantrugen. In seinem Gefolge konnte man eine Reihe stark herausgeputzter geistlicher Würdenträger erkennen, dahinter die niederen Weihen und die Chorknaben; schließlich eine bunte Truppe von halbverhungerten Schaulustigen und einfachen Gläubigen, die den Segen des päpstlichen Gesandten empfangen wollten.

Das Gotteshaus drohte aus allen Nähten zu platzen. Nur Wilfred war nicht anwesend, da er in der zweiten Hälfte des geistlichen Festes eine flammende Predigt zu halten beabsichtigte und sich dafür erst einkleiden lassen wollte, um dann mit dem gebührenden Pomp Einzug in die Kirche zu halten. Auch Theresa fehlte, da ihr Alkuin geraten hatte, sich vorerst von der Öffentlichkeit fernzuhalten.

Als das Portal endlich geschlossen wurde, nickte der Kantormeister Casiano den Knaben zu, sie sollten sich bereit halten, versicherte sich Flavius' Einverständnis und breitete die Arme aus wie ein Engel, um das Wunder des gregorianischen Gesangs anzustimmen. Die Anwesenden senkten ergriffen die Häupter, als die erste Antiphon in eine wahrhaft himmlische Melodie mündete, die allem Irdischen entrückt zu sein schien. Während Casiano seine Arme schwenkte, kletterten die glockenhellen Knabenstimmen bis hoch in die Gewölbe hinauf, als tanzten sie um die Säulen herum, um die ganze Kirche mit ihrem reinen Klang zu erfüllen, sodass man eine Gänsehaut bekam und die steinernen Sitzbänke erzitterten.

Plötzlich unterbrach ein markerschütternder Schrei den göttlichen Gesang. Die holden Knabenstimmen verstummten abrupt, und alle Köpfe wandten sich zum Chor um, wo die Sänger starr vor Entsetzen wie vor einem Pestkranken zurückwichen: Vor ihnen auf dem Boden hingestreckt, erbrach der Pergamentermeister unter Röcheln und Würgen seinen Mageninhalt auf den Steinboden. Alkuin stürzte herbei, doch jede Hilfe für Korne kam zu spät, er hatte seinen letzten Atemzug bereits getan.

Tumult erfüllte das Gotteshaus, die Menschen stürzten zum Chor, warfen sich fassungslos auf die Knie und schickten verzweifelte Gebete zum Himmel. Welch schlimme Sünden lasteten nur auf dieser Stadt, dass der Herr nicht davon abließ, derart schreckliche Rache an ihren Bewohnern zu üben?

Hektisch ließ Flavius den Leichnam in die Sakristei schaffen und unternahm einen letzten Versuch, den Pergamentarius wieder zum Leben zu erwecken, indem er ihn mit den heiligen Ölen salbte. Doch Korne rührte sich nicht; seine Augen waren verdreht, und aus seinem Mund quoll weißlicher Schaum. Es überraschte Alkuin kaum, als er zwei kleine rote Punkte in der rechten Handinnenfläche entdeckte, Spuren von Einstichen oder Bissen.

Er eilte hinüber zu Wilfred in die Festung, der sich gerade von zwei Bediensteten ankleiden ließ, um ihm von dem Vorfall in der Kirche zu berichten. Ungerührt nagte der Graf an einem Hühnerschenkel, während die Diener ihn wieder auf seinen Wagen setzten und Alkuin sich in detaillierter Beschreibung des Mordes an Korne erging. Denn dass es Mord gewesen war, stand für Alkuin einwandfrei fest. Schließlich warf Wilfred seinen schwarzen Bestien den Knochen hin, wischte sich den Mund mit dem Ärmel des Prachtgewandes ab und schaute Alkuin teilnahmslos an.

»Hört Ihr, Wilfred? Spuren wie von einem Schlangenbiss fanden sich auf der rechten Hand des Pergamentarius!«, wiederholte Alkuin und wunderte sich über Wilfreds gleichgültige Miene.

»Man soll ihn außerhalb des Kreuzgangs beerdigen«, sagte der Graf knapp.

Alkuin traute seinen Ohren nicht – war das alles, was der Graf dazu zu sagen hatte?

»Ihr versteht offenbar nicht«, beharrte Alkuin. »Es gibt zu dieser Jahreszeit keine Schlangen in dieser Region.«

»Würzburg ist voll von Schlangen«, fauchte Wilfred und wandte sich ab.

Alkuin war fassungslos, ungläubig musterte er den Grafen. Es musste ihm doch ins Auge springen, dass der tote Korne dieselben Merkmale aufwies wie schon Gensericos Leichnam! Wilfred aber winkte ihn bloß mit einer müden Handbewegung hinaus, ohne den Blick ein weiteres Mal zu heben.

Seufzend schaute Theresa von dem Pergament auf und blickte ins Leere. Insgeheim hatte sie sich auf die Arbeit gefreut, die all ihren Verstand, ihre ganze Geschicklichkeit beanspruchte. Sie hatte großartiges Material, und jedes Mal, wenn sie den Griffel ansetzte, stellte sie sich vor, wie ihr Vater wohl vorgegangen wäre. Sie glaubte in dem lateinischen Text seine Stimme zu finden, und es fiel ihr erstaunlich leicht, diese Stimme ins Griechische zu übertragen. Doch in den vergangenen Stunden hatte sie kaum eine Zeile zustande gebracht.

Wieso musste sie immer wieder an Izam denken, an sein Lächeln, seine ruhige Zugewandtheit? Nein, sie vermisste Haldors Küsse und zärtlichen Liebkosungen, seine starken Arme, die sie vor allem Ungemach zu beschützen schienen. Und zugleich hatte sie das beklemmende Gefühl, dass sie sich eher voneinander entfernten als zueinander fanden. Sie hatte ihn kaum mehr gesehen seit jener gemeinsam verbrachten Nacht. Alkuin brauchte sich keine Gedanken zu machen: Den ganzen Tag wachte Haldor über die königlichen Kornspeicher, und sie selbst begann am frühen Morgen mit ihrer Arbeit im Skriptorium, das sie nur selten verließ. Das musste es sein: Sie hatten zu wenig Zeit miteinander, die Selbstverständlichkeit war verlorengegangen, mit der sie sich aufeinander bezogen hatten und füreinander dagewesen waren. Wie sonst hätte sich alles dermaßen ändern können? Als sie ihm eben zufällig bei einem kleinen Spaziergang an der frischen Luft begegnet war, war er seltsam unverbindlich, ja abweisend gewesen und hatte sie zum Abschied nicht einmal geküsst. Und sein Blick ... Sie hatte etwas darin erkannt, das sie zutiefst beunruhigte. Was war passiert, das sie nicht mitbekommen hatte?

Alkuin unterbrach ihre trüben Tagträumereien. Sofort fiel ihm auf, dass Theresa nicht recht bei der Sache war. Er schätzte seine Schülerin nicht zuletzt wegen der Gewissenhaftigkeit, die sie, welche Aufgabe man ihr auch zutrug, stets unter Beweis stellte. An diesem Nachmittag jedoch sahen ihre Buchstaben aus, als hätte sie sie mit dem Borstenpinsel aufgetragen. Alkuin gemahnte sie mit strengen Worten zu mehr Konzentration.

»Ich vermisse deine Sorgfalt, Theresa. Wo ist dein Ernst, deine Konzentration? Hat der junge Larsson dir den Kopf etwa vollständig verdreht?«

In diesem Augenblick hasste sie den strengen Asketen.

»Reden wir lieber über diese Urkunde«, gab sie kühl zurück. »Ich komme gut voran, allerdings müssen wir uns über ein paar Details noch verständigen.«

»Ich höre.«

Theresa stand auf und nahm einen smaragdgrünen Band zur Hand, den sie vor Alkuin kommentarlos auf den Tisch legte.

»Eine sehr schöne Vulgata, wie ich sehe«, bemerkte er und blätterte interessiert in der Schrift.

»Das ist die Bibel meines Vaters.« Theresa strich zärtlich über den Einband. Mit einem Mal war ihre Wut verraucht. »Ich habe sie in der Krypta gefunden, wo sie ihn eingesperrt hatten.«

»Ein schönes Exemplar. Und noch dazu auf Griechisch.«

»Ja ... Aber darum geht es nicht«, erklärte Theresa, nahm die Bibel und schlug sie etwa in der Mitte auf. »Vor einiger Zeit sagte mir mein

Vater etwas, das ich damals nicht recht verstanden habe. Wenn ihm einmal etwas zustoßen sollte, meinte er, sollte ich diese Schrift zur Hand nehmen. Nach allem, was passiert ist und was ich inzwischen erfahren habe, bin ich der festen Überzeugung, dass er während der Arbeit an diesem Pergament um sein Leben zu fürchten begann.«

Alkuin zog eine Augenbraue hoch und sah sie fragend an.

Sie bog den Einband der Bibel zurück, so dass unter dem Buchrücken ein Hohlraum entstand. Sie steckte die Finger hinein, zog einen eingeschlagenen Pergamentbogen heraus und faltete ihn auseinander.

»*Ad Thessalonicenses epistula i Sancti Pauli Apostoli. 5, 21. Omnia autem probate, quod bonum est tenete.* Prüfet aber alles, und das Gute behaltet.«

»Ja, und?«, fragte Alkuin erstaunt.

»Ich habe getan, was da geschrieben steht: die ganze Bibel abgesucht. Und nun seht einmal hier.« Sie deutete auf einen Absatz.

»Was soll da sein? Ich kann es nicht lesen. Du weißt doch, meine Augen sind zu schwach.«

»Auch ich kann es kaum erkennen. Mein Vater muss die Tinte mit Wasser verdünnt haben, sie ist wirklich beinahe unsichtbar, aber bei genauem Hinsehen habe ich zwischen den Zeilen einen Text entdeckt.«

Alkuin beugte sich vor, doch blieb seine alten Augen verborgen, was Theresa ihm zeigen wollte.

»Was steht in diesem Text?«

»Ich habe noch nicht alles entziffern können. Es geht um die Konstantinische Schenkung, so viel habe ich verstanden. Mein Vater muss irgendetwas entdeckt haben, das ihm Sorge bereitete.«

Alkuin hüstelte. »Dann wird es wohl das Beste sein, wenn ich mich um diesen Text kümmere«, sagte er dann bestimmt. »Gib mir den Bogen, und setz dich weiter an die Arbeit!« Er stand auf und eilte hinaus.

Theresa blieb allein zurück und fühlte sich von aller Welt verlassen. War es richtig gewesen, Alkuin einzuweihen? O Gott, dachte sie bitter, wem konnte sie denn wirklich noch vertrauen?

Sie zwang sich mit aller Macht, sich auf ihr Pergament zu konzentrieren. Doch schon nach zwei Zeilen wanderten ihre Gedanken wieder zu Izam – und dann ganz schnell zu Haldor. Bevor sie nicht mit ihm gesprochen hätte, würde sie ohnehin nichts Vernünftiges zustande bringen, dachte sie, räumte die Schreibsachen zusammen und machte sich auf die Suche nach dem Mann, den sie zu lieben glaubte. Sie wollte endlich Klarheit gewinnen.

Der Soldat, der vor ihrer Tür postiert war, gab Auskunft, dass Haldor Larsson vermutlich in dem unterirdischen Verbindungstrakt zwischen den Kornspeichern und der Festung zu finden sei.

»Ich habe zu tun«, brummte er, als sie ihn dort entdeckte. Geschäftig dirigierte er weiter Getreidesäcke auf einen Karren. »Was gibt es denn so Dringendes?«

»Haldor, wir müssen miteinander reden. Was …«

»Theresa, ich habe kaum geschlafen, ich war die ganze Nacht auf den Beinen, um deinen Vater zu suchen. Überall habe ich nachgefragt, jeden Winkel abgesucht, aber Gorgias ist wie vom Erdboden verschluckt.«

Theresa musste schlucken. Dann stellte sie die Frage, die sie bewegte: »Liebst du mich eigentlich noch?«

Anstelle einer Antwort packte er sie bei den Schultern und küsste sie leidenschaftlich.

»Mein Engel, was ist denn bloß los mit dir?«, fragte Haldor sanft. »Erzähl mir, was dich bedrückt.«

Seufzend schmiegte sich Theresa an seine Schulter. Vielleicht waren ihre Zweifel wirklich nur eine Folge der erzwungenen Trennung, vielleicht war Haldor doch der Mann, der für sie bestimmt war, und sie war diejenige, die nicht stark und stetig genug war für eine solche Liebe? Musste sie sich nicht eigentlich jeden Gedanken an Izam verbieten, musste sie nicht voll und ganz auf Haldor vertrauen? Kurzentschlossen erzählte sie Haldor von Zenon, der ihrem Vater den Arm amputiert hatte, und von der Krypta, in der sie die Bibel gefunden hatte. Er strich ihr übers Haar und versicherte, er liebe sie von ganzem Herzen und werde ihr helfen, ihren Vater zu finden.

»Ich will mir die Krypta anschauen, von der du gesprochen hast. Weiß sonst noch jemand davon?«

So weit sie wisse, lediglich Alkuin, erklärte Theresa.

Haldor küsste sie auf die Stirn. »Geh du jetzt zurück ins Skriptorium. Ich komme dich holen, sobald ich etwas herausgefunden habe.«

Auf dem Rückweg zur Schreibstube kam Theresa in den Sinn, dass Alkuin gesagt hatte, Genserico sei bereits tot gewesen, als ihm der Griffel in die Brust gestoßen wurde. Davon wusste Haldor ja noch gar nichts! Sie hatte Alkuin geschworen, diesmal Stillschweigen zu bewahren, aber im Grunde betraf dieser Schwur nur die Angelegenheit der Urkunde, und im Übrigen konnte dieser Hinweis für ihren Vater vielleicht lebenswichtig sein. Sie machte kehrt und lief in dem Tunnel bis zu der Stelle zurück, wo sie eben mit Haldor gesprochen hatte; dort fand sie jedoch nur noch ein paar verlassene Getreidesäcke vor. Suchend sah sie sich um und horchte. Woher kamen die leisen Stimmen? Gedämpfter Lichtschein wies ihr den Weg zu einer Nische mit einer kleinen Tür, die einen Spaltbreit offen stand. Theresa spähte durch die Öffnung, im flackernden Licht einer Fackel erkannte sie die Umrisse zweier Männer. Dem Gewand nach zu urteilen musste der eine, der mit dem Rücken zu ihr stand, ein Geistlicher sein, der andere war Haldor. Gerade wollte sie klopfen und hineingehen, als ihr Name erwähnt wurde. Sie erstarrte. Ganz deutlich hatte sie vernommen, was der Mann in der Soutane seinem Gegenüber zugezischt hatte:

»Ich sage es dir noch einmal, diese Theresa ist ein Problem. Wenn sie weiß, wo die Krypta liegt, kann sie sonst wem davon erzählen. Wir müssen sie endlich aus dem Weg schaffen!«

Theresas Herz begann zu rasen.

»Und die anderen auch? Das Mädchen vertraut mir und wird alles tun, was ich ihr sage. Sie weiß nichts über die Sache mit ihrem Vater, und auch nichts von der Mine«, kam Haldors gleichmütige Antwort. »Sobald sie das Dokument fertig abgeschrieben hat, schaffen wir sie uns vom Hals.«

Der Kirchenmann wiegte zweifelnd den Kopf, erklärte sich schließlich aber widerwillig einverstanden. Ohne ein weiteres Wort wandte Haldor sich zum Gehen. Voller Schrecken sah Theresa ihn direkt auf sich zukommen und schaffte es gerade noch, von der Tür wegzukommen, bevor er sie entdeckte. In ihrer Hast stolperte sie über einen Getreidesack und schlug der Länge nach hin. Als sie sich vom Boden aufrappeln wollte, stand Haldor über ihr und streckte ihr die Hand hin.

»Was machst du denn hier?«, fragte er lauernd.

»Ich … ich bin noch einmal zurückgekommen, um dir zu sagen, dass ich dich liebe«, stammelte sie zitternd.

»Und deswegen liegst du hier auf dem Boden?«

»Ich bin im Dunkeln gestolpert.«

»Sag es mir.«

»Was soll ich sagen?«, fragte sie ängstlich.

»Dass du mich liebst! Bist du nicht deswegen gekommen?«

»Ach ja, natürlich.« Sie lächelte gezwungen und versuchte ihr Zittern zu unterdrücken. »Ich … ich liebe dich.«

Haldor drückte sie kurz an sich, dann packte er sie nicht sehr sanft am Arm und schob sie weiter. »Und jetzt geh zurück ins Skriptorium.«

Theresa starrte wie gebannt auf die seidene Binde an seinem Arm. Ihr war, als ob sie darunter die feindselige Schlange sehen könnte.

Bei dem Gedanken, dass Haldor Larsson, der Mann, dem sie sich vertrauensvoll hingegeben hatte, vorhatte, sie umzubringen, drehte sich ihr das Herz im Leibe herum. Mit Tränen in den Augen rannte sie zum Skriptorium zurück. Wie eine Geächtete kam sie sich vor. Was war geschehen? Was hatte sie übersehen? Wie hatte sie sich nur so täuschen können? Und doch: Ihr Herz hatte sich nicht gänzlich betrügen lassen. Nur hatte sie seine Signale nicht verstanden, nicht verstehen wollen. Doch wie konnte das alles sein, welch undurchsichtiges Komplott stand hinter dem Ganzen? Sie zermarterte sich das Hirn, doch sie fand keine Erklärung. Was konnten sie gemeint haben mit der »Sache mit ihrem Vater« und der »Mine«? Und wer war der bedrohlich flüsternde Mann in der Soutane gewesen, den sie nur von hinten gesehen hatte? Konnte das Alkuin ... Sie erschauderte. Von nun an würde sie sich auf nichts und niemanden mehr verlassen können. Sie allein musste den Weg finden, der sie aus diesem Labyrinth von Lug und Trug und heimtückischen Mordkomplotten hinausführte. Wenn ihr das nicht gelang, war ihr Leben keinen Halbpfennig mehr wert – und das Gleiche galt gewiss auch für ihren Vater.

Der Wachtposten ließ sie ein, das Skriptorium war leer. Sie suchte nach der Urkunde, an der sie gearbeitet hatte, doch sie war nirgends zu finden. Wer war in der Zwischenzeit hier gewesen – Alkuin, Wilfred? Die smaragdgrün eingebundene, wundersam kleine Vulgata ihres Vaters lag unberührt an ihrem Platz. Rasch packte sie den wertvollen Band sowie ein paar Schreibfedern ein und verließ das Skriptorium. Sie musste so schnell wie möglich aus der Festung fliehen, denn hier wäre sie für ihre Feinde eine leichte Beute.

Vorsichtig in jeden Winkel spähend, schlich sie durch die Gänge. Als sie am Waffensaal vorüberkam, trat ihr unvermittelt aus einem dunklen Winkel ein mit einer Soutane bekleideter Mann in den Weg. Das Blut gefror ihr in den Adern. Doch der freundliche Mönch wollte sie lediglich darauf aufmerksam machen, dass ihr eine Feder heruntergefallen war. Theresa hob sie auf, dankte erleichtert und eilte weiter. Sie lief die Treppe hinunter, durch die Vorhalle, gleich musste sie beim Kreuzgang sein. Von dort aus würde sie in den Innenhof gelangen und dann zur Festungsmauer.

Mit gesenktem Kopf und hochgezogenem Umhang stürmte sie um die Ecke in den Kreuzgang. Da entdeckte sie am anderen Ende Haldor und Alkuin, in ein Gespräch vertieft. In der Hoffnung, unbemerkt zu bleiben, lief sie weiter. Doch aus dem Augenwinkel erkannte sie zu ihrem Schrecken, wie Haldor sich hastig von Alkuin verabschiedete und ihr folgte. Bis zum Ausgang war es nicht mehr weit. Als sie den Innenhof erreichte, begann sie zu rennen, zu ihrem Entsetzen aber musste sie schon von hier feststellen, dass das Tor in der Festungsmauer geschlossen war. Sie schaute zurück, Haldor marschierte grimmig vorwärts, er war ihr dicht auf den Fersen. Ihr Herz raste. Verzweifelt schaute sie sich um. Da entdeckte sie hinten bei den Ställen Izam, der offensichtlich gerade losreiten wollte. Mit letzter Kraft rannte sie zu ihm hin.

»Izam, warte auf mich!«, rief sie außer Atem und streckte ihm die Hand entgegen, damit er sie hinaufzog.

Er sah sie völlig überrascht an, bemerkte den heranstürmenden Haldor und zog sie, ohne eine Sekunde zu zögern, in den Sattel hinauf.

»Bitte, bring mich schnell aus dieser Festung hinaus. Ich flehe dich an!«, flüsterte sie ihm erschöpft ins Ohr.

Izam stellte keine Fragen. Er gab dem Pferd die Sporen und rief, man solle das Tor öffnen. Fluchend blickte Haldor ihnen nach, wie sie durch die sich langsam öffnenden Torflügel schossen und die Festungsmauern im Galopp hinter sich ließen.

Geschmeidig lenkte Izam das Pferd durch die engen Gassen, sie passierten die Stadtmauer und gelangten zu den ärmlichen Hütten der Vorstadt. Erst bei einem verlassenen Stall brachte er den dampfenden Gaul zum Stehen, saß ab, führte das Tier hinein und band es an.

Wortlos half er Theresa aus dem Sattel und machte sich daran, ihr ein Lager aus Stroh zu bauen. Dankbar ließ Theresa sich nieder, ihre Kehle war wie zugeschnürt, kein Wort brachte sie über die Lippen.

»Was ist denn geschehen?«, fragte er behutsam nach einer Weile in die Stille hinein.

Theresa sah Izam an, mit einem Blick, der so schwermütig und so verletzt wirkte, dass er ihn zutiefst berührte. Was hatte ihr dieser Haldor angetan, dieser rohe, überhebliche Maulheld, dem Izam nur genau so weit getraut hätte, wie er den Hünen hätte werfen können? Er legte den Arm um ihre Schulter und küsste ihr Haar.

»Du brauchst keine Angst mehr zu haben. Ich bin bei doch bei dir.« Sanft wiegte er sie in seinen Armen, fühlte ihre warmen Rundungen und sog den Duft ihrer Haut und ihres Haares ein. Doch er achtete darauf, die Situation nicht auszunutzen. Theresa brauchte jetzt einen Freund, keinen Liebhaber, so verführerisch sich ihr Körper auch anfühlte. Er vermeinte das Pochen ihres Herzens zu fühlen. Nein, er würde ihr zeigen, wie sich ein wirklicher Freund verhielt. Dann mochte sie entscheiden, ob dieser Freund es auch wert war, ihm ihr Herz anzuvertrauen.

»Danke, Izam. Ich danke dir so sehr.« Stockend berichtete Theresa, was sie in dem unterirdischen Gang mitangehört hatte. Wie Haldor gedroht hatte, sie zu töten, und dass er anscheinend wusste, wo ihr Vater sich versteckt hielt. »Ich muss ihn finden, er schwebt in großer Gefahr, und ganz bestimmt ist er kein Mörder!« Sie erzählte ihm, was sie wusste, erzählte alles – bis auf die Geschichte der Konstantinischen Urkunde. Dann schloss sie voller Wehmut: »Weißt du, Izam, diese Menschen sind mir so fremd. Wie kann man mit so viel Gift und Schmutz leben? Wie kann man sich so verstellen?« Eine Träne rann ihre Wange hinunter.

Izam runzelte die Stirn. Er hatte mit mancher Schurkerei Haldors gerechnet, eher mit einem gebrochenem Heiratsversprechen oder den Betrügereien eines notorischen Schürzenjägers. Dieses Komplott jedoch – war dergleichen überhaupt vorstellbar?

Feierlich verkündete er dann: »Ich werde dir zur Seite stehen.« Er überlegte. »Allerdings müssen wir bis morgen warten. Die Dämmerung bricht schon an, und wenn wir uns jetzt zur alten Mine aufmachen, fallen wir nur den Sachsen in die Hände.«

Theresa fluchte auf diese elenden Heiden. Sie dachte dabei an die beiden widerwärtigen Kerle, die sie beinahe vergewaltigt hatten, und daran, dass der Schurke Haldor Larsson sie vor dem Schlimmsten bewahrt hatte ... Oder hatte er nicht das Schlimmste ganz persönlich für sie aufbewahrt? Allmählich wich ihre Betäubung einem Gefühl kalter Wut, so dass ihre Flüche jedem Landsknecht die Schamesröte ins Gesicht getrieben hätten.

»Versteh mich nicht falsch«, sagte Izam, fast ein wenig eingeschüchtert. »Ich bekämpfe sie, wo ich kann, aber gehasst habe ich sie doch niemals. Schließlich und endlich verteidigen sie auch nur ihr Land, ihre Kinder und ihren Glauben. Sicher, sie sind oft roh und brutal, keine Frage. Aber wie würdest du dich wohl verhalten, wenn du eines Morgens aufwachst und vor deiner Tür eine Armee findest, die alles dem Erdboden gleichmacht, was du je besessen hast? Diese Heiden kämpfen für das, was sie mit der Muttermilch aufgesogen haben, für ihre eigene Lebensweise, die ihnen Fremde nun streitig machen wollen. Ich muss gestehen, dass ich sie manches Mal für ihren Mut bewundert und um ihre Kraft beneidet habe. Sie kämpfen wie die Teufel. Aber ich versichere dir, ihre einzige Schuld besteht darin, am falschen Ort geboren zu sein.«

Theresa schaute ihn verblüfft an. Seine Worte hallten in ihr nach. Was für ein großmütiger Mensch! Haldor wäre zu solchen Gedanken nie in der Lage gewesen. Sie betrachtete Izam mit völlig neuen Augen. Wirklich mit neuen Augen? Oder war es nicht viel eher so gewesen, dass sie sich nur nie hatte eingestehen wollen, wie sehr er ihr schon lange gefiel? Und das nicht allein, weil er sie an das Meer ihrer Kindheit und die Leute dort erinnerte. Aber erst in dieser Situation entdeckte sie, dass er über seine Jahre hinaus weise und besonnen war – und dass sie viel früher auf ihr Herz hätte hören sollen, das immer schneller geschlagen hatte, wenn Izam in der Nähe war. Sie schmiegte sich an ihn. Seine Wärme tat ihr wohl und spendete Trost. Nein, allen Menschen wollte sie nicht misstrauen, nicht Izam von Padua.

»Wir werden die Nacht wohl am besten hier draußen im Stall verbringen«, verkündete er nach einer Weile stummer Zweisamkeit.

»Du bleibst bei mir?« Theresa Herz machte vor Freude einen Sprung.

»In der Festung kann man niemandem mehr trauen«, bemerkte er betont sachlich und legte ihr zugleich mit einer Geste, die seine zur Schau getragene Distanz Lügen strafte, seinen Umhang um. Dann holte er ein Stück Käse aus der Tasche und bot ihr davon an. Als Theresa den Kopf schüttelte, brach Izam ein großzügiges Stück ab und steckte es ihr ungefragt in den Mund. Ihre Lippen berührten seine Finger, und für einen kurzen Moment trafen sich ihre Blicke.

Theresa ließ sich den Käse auf der Zunge zergehen und bedauerte, dass er nicht viel mehr davon hatte – dann hätte er immer wieder ihre Lippen berühren können. Sie dachte daran, wie sie sich kennengelernt hatten. Wie hatte sie ihn zunächst so falsch einschätzen können … Aber schon auf ihrem ersten gemeinsamen Ausritt auf ihr Land hatte er sich weit mehr um sie gekümmert, als es seine Aufgabe gewesen wäre. Und sie hatte nichts davon bemerkt! Doch in der Folgezeit war er immer für sie dagewesen – und spätestens seit er sich bei dem Überfall schützend auf sie geworfen hatte, war tief in ihr drinnen etwas gewachsen, das viel mehr war als bloße Sympathie. Sie hatte es sich nur nicht eingestehen wollen, solange sie glaubte, Haldor zu lieben.

Jetzt, wo ihr Herz frei war, gab ihr Körper ihr deutliche Signale, dass ihm die Nähe dieses so wohlgestalteten und so wohlriechenden Freundes keineswegs gleichgültig war. Theresa ertappte sich bei dem Gedanken, wie es wohl sein würde, wenn Izam all die Dinge mit ihr machte, die sie bei Haldor in einen Rausch der Glückseligkeit versetzt hatten … Nein, solche Gedanken durfte sie sich nicht gestatten – noch nicht. Fürs Erste zählte nur eins: Er war hier an ihrer Seite, und er würde sie beschützen. Er würde ihr helfen, sich aus den Verstrickungen dieser mysteriösen Geschichte zu befreien, und inständig hoffte sie, dass es ihnen gemeinsam auch gelingen möge, ihren Vater zu finden – lebend.

26

Die Nacht war bereits angebrochen, als Gorgias von Stimmen aufgeschreckt wurde. Er hatte kaum Zeit, sich seinen Strohsack überzuwerfen und ein Stück zur Seite zu rollen, um sich in Deckung zu bringen. Ein jäher Schmerz durchzuckte ihn, als er sich unbedacht auf den Stumpf stützte. Er kauerte sich in der Ecke zusammen und betete zu Gott, die Dunkelheit möge ihn beschützen. Die Stimmen kamen näher, und bald konnte er im Schein ihrer Fackeln zwei Männer ausmachen. Der eine war groß und blond, der andere schien ein Geistlicher zu sein. Einen Moment lang stand der Blonde genau vor Gorgias' Versteck, und für einen Augenblick ließ das Flackern der Fackel die Schlange tanzen, die er auf den Unterarm tätowiert trug. Gorgias' Herz raste. Sie hatten ihn also gefunden. Angestrengt starrte der Hüne ins Dunkel. Er musste ihn jede Sekunde entdecken, sobald sich seine Augen an die Finsternis gewöhnt hatten. Da schoss unvermittelt eine fette Ratte über Gorgias' Füße und zwischen den Beinen des Blonden hindurch auf die Tunnelöffnung zu. Der Mann lachte und rief zu dem in der Soutane: »Hatte ich nicht recht? Das ist ein perfektes Versteck für eine alte Ratte!« Dann wandten sich die beiden Männer wieder ab und verschwanden wortlos in der tiefschwarzen Nacht, aus der sie gekommen waren.

Gorgias verharrte ungläubig in seinem Versteck, bis er sicher war, dass die Männer nicht zurückkommen würden. Vorsichtig lauschte er nach draußen. Was hatte der Besuch der beiden hier zu bedeuten?

Schwerfällig kroch Gorgias aus seiner Ecke hervor. Sein Zustand hatte sich wieder stark verschlechtert, mehrere Tage hatte er schon mit hohem Fieber darniedergelegen und keinen Bissen hinunterbekommen. Es geht zu Ende mit mir, dachte er, und er wäre am liebsten nach Würzburg zurückgekehrt. Wie sehr sehnte er sich nach seiner lieben Rutgarda! Wie wertlos war sein Leben ohne sie. War er ihr überhaupt je gerecht geworden? Ihr, die ihn so angenommen hatte, wie er war, mit all seiner Wehmut, seinen Erinnerungen, seinen Sehnsüchten? Und hatte er sie nicht immer wieder einmal ganz tief im Innern mit Theresas Mutter verglichen? Doch jetzt wusste er: auf ihre Weise hatte sie dem Vergleich immer standgehalten. Und für Theresa war sie eine so gute Mutter geworden, wie man es sich nur wünschen konnte. Er musste zu ihr, fühlte er sich auch eigentlich zu schwach für den langen Fußmarsch in die Stadt.

Nach einer schlaflosen Nacht und einem schlimmen Tag voller Fieberphantasien packte Gorgias wider jede Vernunft sein Bündel und machte sich bei Anbruch der Dämmerung auf den Weg in die Stadt. Er hatte noch keine halbe Meile zurückgelegt, als er auf einem Geröllstück zum ersten Mal ausrutschte. Mühsam rappelte er sich wieder auf die Beine. Beim zweiten Mal, auf einer tiefen, lehmigen Passage, schlug er der Länge nach hin, und diesmal ließen ihn seine Kräfte im Stich. Kopfüber blieb er im Schlamm liegen, hechelnd wie ein verletztes Tier. Niemals würde er es bis nach Würzburg schaffen!, dachte er verzweifelt. Der Stumpf bereitete ihm unerträgliche Schmerzen, und bei jedem Atemzug spürte er ein Stechen in der Lunge. Es blieb ihm nichts, als darauf zu warten, bis er hier erfrieren oder von wilden Tieren zerfleischt werden würde.

Er versank allmählich in einem fiebrigen Schlaf und träumte von seiner Tochter.

Ich muss im Himmel sein, dachte er, als er die Augen aufschlug und Theresa vor ihm stand. Ein gleißender Schein umgab sie, und ihre honigfarbenen Augen strahlten vor Freude unter dem Lockenschopf. Er meinte ihre Umarmung zu spüren und ihre sanfte Stimme zu hören.

Gorgias wollte etwas zu ihr sagen, ihr bedeuten, wie glücklich er war, dass er sie noch einmal sehen durfte, bevor er starb. Doch er brachte nichts als ein Stöhnen heraus. Man setzte ihn auf, redete auf ihn ein, er überließ sich fürsorglichen Händen und Armen – und verlor erneut das Bewusstsein.

Schweigsam führte Theresa das Pferd, auf dessen Rücken Gorgias vor sich hin dämmerte. Welch ein Glück, dass sich Izams Ahnung als richtig erwiesen hatte – ihr Vater lebte! Doch die Freude darüber war schnell getrübt gewesen, als sie erkennen musste, in welchem Zustand Gorgias war. Abgezehrt, fiebrig, und seine Wunde verströmte einen üblen Gestank wie nach totem Tier. Sie mussten ihn so schnell wie möglich von einem Arzt behandeln lassen.

Sie hatten die Festung noch nicht ganz erreicht, da öffnete sich bereits das Tor. Sie erblickten Wilfred, wie er seine Hunde wütend mit der Peitsche antrieb und in seinem Gefährt herangeholpert kam, in seinem Gefolge Alkuin und Rutgarda. Izam sprang mit einem Satz vom Pferd.

»Hochwürden, bitte, schickt nach einem Wundarzt, schnell!«, rief er.

Wo steckte Zenon denn bloß? Seit Stunden schon warteten sie auf den Chirurg. Ungeduldig lief Theresa im Innenhof eine verzweifelte Runde nach der anderen. Aus welchem Grund wurde niemand mehr zu Gorgias vorgelassen?

Sie eilte hinüber zu Izam, der im Gespräch mit ein paar von Wilfreds Vertrauten zusammenstand. Als er sie erblickte, kam er ihr auf halber Strecke entgegen.

»Theresa …« Er zögerte. »Theresa, ich weiß nicht warum, aber Wilfred hat den Arzt offenbar gar nicht erst rufen lassen, sondern Befehl gegeben, deinen Vater sofort in den Kerker zu werfen.«

Kreidebleich vor Entsetzen wich Theresa einen Schritt zurück.

»Was sagst du da?«, stammelte sie.

»Theresa, diese ganzen Mordgeschichten, die man ihm anhängen will, werden sich sehr bald aufklären, dessen bin ich gewiss.« Mit sanfter Stimme versuchte Izam, sie zu beruhigen.

»Was tut ihr meinem Vater an?«, rief die verzweifelte Theresa so laut, dass jeder in der Festung es hören musste. »Lasst mich zu ihm, ihr Heuchler, ihr Schinder, ihr elenden Verbrecher!«

Izam fasste sie beim Arm und redete beschwörend auf sie ein: »Theresa! Wenn du so weitermachst, wirst auch du im Kerker landen!«

»Das ist mir gleich. Lasst mich zu ihm, ihr Elenden!«, schrie sie in ohnmächtiger Verzweiflung, bis Izam sie kurzentschlossen packte und auf seinen Armen forttrug.

»Lass mich!«, rief sie schluchzend und trommelte gegen seine Brust.

Izam hielt sie fest umarmt und sprach beruhigend auf sie ein. »Siehst du denn nicht, dass du so gar nichts erreichst? Ich werde mich später darum kümmern, dass man deinen Vater versorgt, das verspreche ich dir.«

Erschöpft fügte sich Theresa schließlich und ließ sich von Izam zu den Ställen bringen. Als sie außer Hörweite der Festung waren, sagte Izam: »Ich werde Zenon sobald wie möglich suchen. Wenn es stimmt, was man sich erzählt, wird es allein eine Frage der Bezahlung sein, ob er uns hilft.«

Theresa bat, ihn begleiten zu dürfen, doch Izam war dagegen; es könnte Verdacht erregen, meinte er.

»Verdammt, Theresa! Es sind mehrere Menschen ermordet worden, und wenn wir nicht aufpassen, bist du unweigerlich die Nächste.«

Theresa biss sich auf die Lippen, doch sie musste ihren Vater sehen, und Izam begriff, dass sie nicht lockerlassen würde. Seufzend nahm er ihr das Versprechen ab, dass sie wenigstens nicht von seiner Seite weichen würde, bis sich alles aufgeklärt hätte.

»Und meine Arbeit im Skriptorium? Was sage ich Alkuin?«

»Vergiss das Skriptorium und vergiss diesen verdammten Alkuin! Wir wollen lieber schauen, wo unser guter Arzt steckt, bevor er noch die gesamten Weinvorräte der Stadt geplündert hat und mehr zittert als eine alte Espe im Frühling.«

Sie fragten sich zu Zenon durch und fanden ihn schließlich in einer kleinen Schenke, wo er einen Mann verarztete, der gerade seine letzten Zähne bei einer Schlägerei verloren hatte.

»Was gibt es?«, brummte Zenon, ohne aufzublicken.

»Wir brauchen Eure Hilfe. Es geht um Gorgias, der arme Teufel leidet Höllenschmerzen und …«

»Bedaure«, unterbrach der Arzt ihn und wischte sich das Blut von den Händen, »aber Wilfred hat mir strengstens untersagt, den Schreiber zu behandeln. Wobei ich nicht ganz verstehe, warum ich ihn mir nicht einmal ansehen soll, ist ja schließlich mein Werk! Und letzten Endes wird der Kerl sowieso verrecken.«

Izam machte drei Kreuzeszeichen dafür, dass Theresa draußen geblieben war.

»Wenn er ohnehin sterben wird, könntet Ihr doch, ohne dass Wilfred etwas davon erfahren muss, tatsächlich einen Blick auf ihn werfen. Dann macht es keinen Unterschied.« Izam ließ gleichzeitig die Münzen in seinem Beutel verheißungsvoll klingeln.

Es brauchte nicht lange, Zenon zu überreden, zumal Izam versprach, Wilfreds Wachtposten gegen einen Mann seines Vertrauens auszutauschen. Der Arzt verlangte seine Bezahlung im Voraus, Izam händigte ihm jedoch lediglich einen kleinen Vorschuss aus. Als Zenon die silbernen Denare einsackte, packte er ihn beim Handgelenk und sah ihn eindringlich an.

»Und dass du ja nüchtern kommst, sonst kannst du dir gleich schon mal jemanden suchen, der dir deine eigenen Zähne in Ordnung bringt.«

Zenon grinste. Sie vereinbarten, sich nach der Non zu treffen. Bis dahin hoffte Izam, Wilfred davon überzeugt zu haben, dass die Anzahl der Kerkerwachen dringend erhöht werden musste.

Izam begleitete Theresa zurück in ihre Kammer, damit sie ihre Sachen holte – vorsichtshalber, wie er sagte. Theresa packte ihre spärliche Kleidung zusammen, außerdem Griffel und Wachstafeln, und gemeinsam schafften sie alles hinüber zu seinem Gemach.

»Was hast du jetzt vor?«, fragte sie, nachdem Izam die Tür hinter sich geschlossen hatte.

Izam schnallte das Schwert ab und legte es auf den Tisch.

»Ich werde dafür sorgen, dass Gratz, ein Mann, der mein volles Vertrauen genießt, die Wache an der Kerkertür übernimmt«, erklärte er, und seine Zuversicht tat Theresa wohl. Sie solle hier auf ihn warten und unter keinen Umständen den Raum verlassen, schärfte er ihr ein. Dann ging er hinaus und rief den Soldaten herbei, der draußen Wache stand – ein junger, bartloser Kerl, der sogleich beteuerte, er werde unter Einsatz seines Lebens dafür sorgen, dass niemand die Kammer betrete.

Theresa legte sich auf die Pritsche und zog sich das Biberfell bis unters Kinn. Eine Weile lag sie da, starrte an die Decke und grübelte. Was in aller Welt mochte Wilfred dazu veranlasst haben, derart brutal mit ihrem Vater zu verfahren? Sie konnte sich keinen Reim darauf machen. Unschlüssig griff sie nach der Bibel, die Gorgias in der Krypta hinterlassen hatte und die sie um nichts in der Welt hergeben würde, komme, was da wolle. Sie trat an die Fensteröffnung und suchte nach den Briefen des Paulus an die Thessalonicher, zwischen deren Zeilen sie die mit wässriger Tinte geschriebenen Worte ihres Vaters entdeckt hatte. Insgesamt zählte sie vierundsechzig hinzugefügte Zeilen, in denen die Wörter ohne Punkt und Komma aufeinander folgten. Auf den ersten Blick ergaben die Worte für sie keinen Sinn. Nur eines wusste sie: Alles musste mit jener geheimnisvollen Urkunde in Zusammenhang stehen. Sie vertraute darauf, dass sie die Bedeutung irgendwann würde entschlüsseln können, und schrieb den ganzen Text einstweilen gewissenhaft auf ihre Wachstafeln. Anschließend legte sie die Tafeln auf Izams Bett und kratzte mit der Spitze des Dolchs, den er ihr zu ihrer Sicherheit überlassen hatte, die Schrift zwischen den Zeilen der Bibel aus, so dass kein Wort mehr zu lesen war. Sie klappte das Buch zu und legte sich wieder auf die Pritsche. Wenn doch nur Izam bald zurück wäre, dachte sie und schloss die Augen.

Ein heftiges Rütteln an der Tür ließ sie aus ihrem Dämmerzustand erschrocken hochfahren, dann wurde brutal dagegengetreten. Sie sprang auf und presste sich mit dem Rücken an die Wand, der kalte Stein drückte ihr hart gegen die Schulterblätter. Wütende Flüche drangen durch die Tür, der Hall herbeieilender Stiefelschritte, ein kurzer Schrei, und plötzlich sah sie entsetzt, wie unter der Tür eine tiefrote Lache in den Raum sickerte. Sie hielt sich die Hand vor den Mund und starrte wie gebannt auf die Schwelle. Wieder rammte jemand gewaltsam gegen die Tür. Sie konnte jeden Moment nachgeben. Wie kam sie hier bloß raus? Durchs Fenster? Das Zimmer lag viel zu weit oben. Dennoch schwang sie sich auf die Brüstung und schaute hinunter. Weit, weit unten erwartete sie der Festungsgraben. Sie würde sich alle Knochen brechen, doch welche Wahl blieb ihr? Theresa bekreuzigte sich und schob sich durch die schmale Öffnung nach draußen. Sie klammerte sich mit den Händen an die Brüstung und ließ sich an der Wand langsam hinabgleiten. Der Stein war moosig und stellenweise glitschig; offenbar war dies die Wetterseite. Sie fand keinen Halt mehr, rutschte mit der einen Hand ab und erwischte wild rudernd in letzter Sekunde doch noch einen rettenden Mauervorsprung. Während sie über dem Abgrund baumelte und Gott um Hilfe anflehte, hörte sie, wie in Izams Kammer gewütet wurde. Sie war keinen Moment zu früh aus dem Raum geflohen. Doch Theresas Arme begannen zu zittern, lange würde sie nicht mehr durchhalten. Sie sah sich in verzweifelter Suche um, ihr Blick fiel auf einen langen, dicken, rostigen Haken, der ein Stück über ihr unter der Fensterbrüstung aus der Mauer ragte. Auch daran würde sie sich kaum festhalten können, aber vielleicht konnte sie sich mit ihrem Kleid daran aufhängen. Beim ersten Versuch rutschte sie ab und sah sich schon in die Tiefe stürzen, dann spürte sie, wie der Stoff riss, ihr Kleid spannte sich, doch, Gott sei Dank, es hielt. Wenn nur keiner der Eindringlinge nach draußen schaute! Doch im Zimmer war es still geworden. An dem Haken baumelnd, versuchte sie mit den Fingerspitzen die Fensterbrüstung wieder zu erreichen, als plötzlich eine Hand mit eisernem Griff sie am Unterarm packte. Theresa stieß einen gellenden Schrei aus und wollte den Arm wegziehen, da griff eine weitere Hand nach ihr und zog sie zum Fenster hinauf. Gleich würde man sie in den Abgrund stürzen, schoss es ihr durch den Kopf, und in einem letzten trotzigen Aufbäumen wollte sie dem Mörder wenigstens ins Gesicht schauen.

Als sie den Kopf hob, blickte sie in das von Anstrengung und Sorge verzerrte Gesicht Izams. Er zog sie durch die Öffnung ins Zimmer hinein und schloss sie fest in seine Arme.

»Du lebst! Mein Gott, ich bin so froh, dass du lebst!«

Theresa brachte kein Wort heraus, sie wollte nur festgehalten werden und Izams Herz spüren, wie es an ihrer Brust pochte.

»Hast du die Kerle gesehen?«, fragte Izam sanft.

Sie verneinte stumm und begann zitternd, die auf dem Boden verstreuten Sachen einzusammeln, während Izam sich zu dem armen Wächter niederbeugte, der leblos in einer Blutlache auf der Türschwelle lag.

Die Bibel mit dem smaragdgrünen Einband war verschwunden.

Zwei Diener schafften den Leichnam fort. Izam und Theresa packten ihre Sachen zusammen, an diesem Ort würden sie keinen Moment länger bleiben. Theresa war untröstlich über den Verlust der Bibel. Dabei ging es ihr gewiss nicht um den beträchtlichen Wert dieses einzigartigen Exemplars, das ihr Vater einst in kunstvoller Miniaturschrift selbst hergestellt hatte. Nein, sie war alles, was sie von ihrem Vater hatte, ihrem geliebten Vater, von dessen Schicksal sie immer noch nichts wusste. Wenigstens hatten die Eindringlinge die Wachstafeln, auf denen sie die geheime Botschaft notiert hatte, nicht mitgenommen, sie verstaute sie tief in ihrer Tasche. Während Theresa an Izams Seite durch die Gänge der Festung eilte, schimpfte sie ein ums andere Mal auf Alkuin. Es war ganz offensichtlich, dass er hinter dem Einbruch steckte, denn er war der Einzige, der von der geheimen Botschaft zwischen den Zeilen wusste. Doch sie würde ihn nicht davonkommen lassen.

Als sie Alkuin zur Rede stellen wollten, fanden sie das Skriptorium jedoch leer, die Tür war verriegelt. Unverrichteter Dinge ließen sie sich im Innenhof auf einer Bank nieder, um dort auf Zenon zu warten.

»Darf ich wissen, was es mit dieser geheimen Botschaft eigentlich auf sich hat?«, fragte Izam vorsichtig.

Theresa zögerte kurz. Dann lächelte sie ihn an. »Sicher«, sagte sie. »Mein Vater hat mir an einer Stelle der Bibel zwischen den Zeilen eine Botschaft hinterlassen, die ich allerdings noch nicht entschlüsseln konnte. Aber ich werde ihn gleich danach fragen.«

Kurz darauf erschien Zenon mit seinen Utensilien, die er in einem speckigen Lederbeutel achtlos über der Schulter trug. Er verströmte den gewohnten Weindunst, zumindest aber kaum stärker als am Vormittag. Izam zahlte ihm den vereinbarten Betrag; die Münzen wurden einfach zu den Tinkturen, Messern und Tüchern geworfen, und die drei machten sich auf den Weg zum Kerker.

Theresa fröstelte. Sie mussten tief hinabsteigen, denn die Gefangenen wurden im Winter in den unterirdischen Kühlkammern festgesetzt. Dabei handelte es sich um in den Felsen gehauene Höhlen, die im Frühjahr mit dem letzten Schnee gefüllt wurden, um verderbliche Lebensmittel bis zum Sommer frisch zu halten. Im Winter verwendete man sie als Lager oder, bei Bedarf, als Gefängnis.

Die Haupthöhle befand sich unter dem Küchentrakt und besaß zwei Zugänge: Vom Pferdestall her führte ein schmaler Tunnel hinunter; üblicherweise jedoch gelangte man von den Küchenräumen aus über eine steile, steinerne Kellertreppe zum Eingang des Kerkers. Dieser lag hinter der Tür zu den Lagerräumen und bestand aus einer schweren eichenen Falltür im Boden, in die ein grober, schmiedeeiserner Ring und zwei klobige Riegel eingelassen waren.

Der von Izam vor dem schweren, überall mit Eisen beschlagenen Tor postierte Gratz erwartete sie bereits und bedeutete ihnen hastig, sie dürften keine Zeit mehr verlieren. Der andere Wächter, dem er eine Hure besorgt hatte, könne jeden Augenblick zurück sein.

Zenon und Izam wuchteten die Falltür auf und machten sich über die Strickleiter, die Gratz für sie hinabließ, an den Abstieg, Theresa sollte vorerst oben warten. Durch die Öffnung konnte sie beobachten, wie Zenon die Narbe an Gorgias' Stumpf in Augenschein nahm und den Kopf schüttelte. Ihr Vater, der völlig apathisch auf einer schmalen Pritsche lag, wimmerte leise vor sich hin; als Izam ihn aufrichten wollte, schrie er auf vor Schmerz. Theresa zuckte zusammen. Ungerührt holte Zenon ein Fläschchen aus dem Beutel und gab dem Schreiber davon zu trinken. Gorgias musste würgen und speien, der Wundarzt fluchte und schimpfte. Schließlich wandte er sich von seinem Patienten ab und kam die Leiter hinaufgeklettert.

»Du kannst jetzt runter«, brummte er.

»Könnt Ihr nicht etwas tun?«, fragte Theresa verzweifelt.

Zenon spuckte verächtlich aus, nahm einen Schluck aus seinem Fläschchen und schlurfte davon. Theresa hätte ihn am liebsten durch die Falltür zurückgestoßen, aber sie wusste, dass damit auch nichts besser werden würde.

Rasch kletterte sie die Leiter hinab.

Ihr Vater sah sie mit seltsam entrücktem Blick an. Dann flackerte ein Anflug von Erkennen in seinen Augen.

»Bist du es, Theresa?«, flüsterte er schwach.

Theresa umarmte ihn. Er sollte nicht sehen, dass ihr die Tränen herunterrannen.

»Bist du es, meine Kleine?«

»Ja, Vater. Ich bin es, Theresa.« Sie gab ihm einen Kuss, und ihre tränenfeuchte Wange benetzte die seine. »Ich hole Euch hier heraus. Alles wird gut, haltet durch«, versprach sie ihm mit erstickter Stimme.

Gorgias blickte sie aus Augen an, die nur mehr zwei dunklen Höhlen glichen.

»Die Urkunde …« Er musste husten und brach ab.

»Was sagt Ihr, Vater?«

»Das Pergament …«, flüsterte er.

Von oben rief Gratz mit gedämpfter Stimme.

»Du musst dich verabschieden, ich glaube, der Wächter kommt zurück.« Izam legte ihr sanft den Arm auf die Schulter.

Theresa hörte nicht auf ihn. Er packte sie am Arm, doch sie sträubte sich.

»*Sic erunt novissimi primi, et primi novissimi* …«, flüsterte Gorgias heiser.

»Du musst jetzt mitkommen, sonst werden sie uns entdecken!«, sagte Izam bestimmt.

»Aber ich kann ihn doch nicht hier unten alleinlassen!«, schluchzte Theresa und legte beide Arme schützend um den bejammernswerten alten Mann, der ihr so viel bedeutete.

»Wir werden wiederkommen. Aber jetzt müssen wir sehen, dass wir so schnell wie möglich von hier wegkommen!« Izam zog sie zur Strickleiter.

Gratz konnte die Leiter eben noch hinter ihnen heraufziehen, da kehrte Wilfreds Mann, munter vor sich hin summend und sich im Schritt kratzend, auf seinen Posten zurück. Er wunderte sich über den ungewöhnlichen Besuch, ein paar kleinere Geldstücke konnten ihn jedoch davon überzeugen, dass er nichts gesehen, nichts gehört hatte. Schweigend stiegen sie zur Küche hinauf.

Izam hielt es für das Beste, wenn sie sich auf ihrem im Hafen vor Anker liegenden Schiff einquartierten, dort würden sie den Schutz seiner eigenen Soldaten genießen. Mit schwarzen Gedanken folgte Theresa ihm dorthin. Sie wusste, dass ihr Vater den Kerker nicht mehr lebend verlassen würde.

An Bord bot Izam ihr von dem starken Wein an, mit dem seine Männer sich wärmten. Dann legte er den Arm um sie, und dankbar für Trost und Wärme lehnte Theresa den Kopf an seine Schulter. Sie war voller Trauer, und zugleich wusste sie: Nun war sie zu Hause angekommen.

Dankbar war Theresa dafür, dass Gorgias noch den Mann kennengelernt hatte, der längst alles für sie bedeutete, und dass Izam nun immer ein Bild haben würde, wenn sie von Gorgias sprach. Und sie erzählte Izam von ihrem Vater; davon, wie sehr er seine Arbeit liebte und wie er auch in ihr schon als kleinem Mädchen die Leidenschaft für das Lesen und Schreiben, die Liebe zu den Büchern zu wecken gewusst hatte. Sie erzählte von den Nächten, in denen sie aufgestanden war, um ihm eine heiße Brühe zu bereiten, während er im Licht einer Kerze schrieb; wie es roch, wenn er neue Tinte bereitete; wie er sie nicht nur Latein, sondern auch Griechisch schreiben gelehrt, ihr von der Heiligen Schrift und den zehn Geboten gesprochen hatte. Und wie er immer eifrig darauf bedacht gewesen war, dass sie ihre Heimatstadt Byzanz in lebendiger Erinnerung behielt.

Die Tränen traten ihr in die Augen.

»Wir müssen ihn aus diesem Loch befreien, Izam, er wird dort zugrunde gehen!« Sie sah in an und wusste, dass er nicht aussprechen wollte, was ihr so weh tun würde. Sie schluckte und sagte leise, aber bestimmt: »Ich weiß, dass er bald sterben wird. Aber er soll wenigstens in meinen Armen sterben.« Jetzt rannen ihr die Tränen in stetem Strom über die Wangen. Izam küsste sanft ihr nasses Gesicht, dann fragte er: »Willst du nicht noch einmal mit Alkuin sprechen?«

»Mit Alkuin?«, fragte Theresa. »Was hat er damit zu tun?«

»Alkuin ist ein weiser und gelehrter Mann, der lange am Hof Karls des Großen gelebt hat und ein enger Vertrauter des Königs ist. Wenn es nach Wilfred gegangen wäre, hätte der deinen Vater längst hinrichten lassen, aber Alkuin hat ihn offenbar daran gehindert und es ihm untersagt, solange das Rätsel noch nicht gelöst ist.«

»Was für ein Rätsel?«

»Das wollte er mir nicht sagen, als ich ihn gefragt habe.«

»Wir müssen Alkuin überzeugen, wenn wir Gorgias aus dem Kerker herausholen wollen.« Er sah Theresa beschwörend an. »Alkuin verfügt über große Macht«, erklärte er dann, »sehr viel größere Macht, als du dir vorstellen kannst. Es gibt nur einen Mann im Frankenreich, der noch mächtiger ist als er, und das ist der König selbst. Hinter Alkuins schlaksiger Gestalt und seinem bescheidenen Auftreten verbirgt sich in Wahrheit der Mann, der mit eiserner Hand die Geschicke der Kirche lenkt. Und wer die Kirche lenkt, der hat im Reich praktisch die Fäden in der Hand. Er ist es, der Karl den Großen führt; er ist sein Geist, seine Stütze, sein Halt. Aus wessen Feder stammt denn wohl die *Admonitio generalis*, jenes umfassende Gesetzeswerk, das für jeden seiner Untertanen gleichermaßen gilt, sei er nun Kirchenmann oder einfacher Bauer? Alkuin war es, der die Selbstjustiz und die Geißelung verboten hat; der untersagt hat, dass am Sonntag gearbeitet oder gejagt, dass Märkte oder Prozesse abgehalten werden. Ja, Alkuin von York ist ein vortrefflicher Verbündeter, und ein Gegner, den man fürchten muss.«

Verblüfft nahm Theresa einen tiefen Schluck Wein, in der Hoffnung, das werde ihr helfen, ihre Gedanken zu ordnen. Sicher, Alkuin verfügte über einen außergewöhnlich scharfen Verstand; abgesehen davon hatte sie ihn jedoch bis vor kurzem für einen einfachen Gottesmann gehalten. Mittlerweile aber war ihr klargeworden, wie er sie so bereitwillig in der Abtei hatte aufnehmen können. Und gewiss hatte er wohl auch seine Finger im Spiel gehabt, als der König sie so großzügig beschenkte.

Während sie ihren Gedanken nachhing, war Izam an den Bug getreten, um die Nachtwache einzuteilen. Theresa zog fröstelnd die Decke enger um sich, die er ihr fürsorglich über die Schultern gelegt hatte. Sie wusste einfach nicht, was sie von Alkuin halten sollte, und wenn sie es sich recht überlegte, war das schon von Beginn an so gewesen. Seit sie ihn kannte, fühlte sie sich hin und her gerissen zwischen Verbundenheit und Befremden. Gerade in letzter Zeit hatte ihr seine Skrupellosigkeit immer wieder Furcht eingeflößt, ja, dafür hielt sie ihn inzwischen: für einen skrupellosen Menschen, der notfalls über Leichen ging. War es nicht Alkuin gewesen, der den jungen Wächter ermordet hatte, um sich in den Besitz der Bibel zu bringen? Nur ihm hatte sie von der Botschaft ihres Vaters erzählt ... Auf ihre Menschenkenntnis konnte sie nicht gerade stolz sein: Haldor ein Verräter und Alkuin ein Mörder – vielleicht war es auch andersherum, aber darauf kam es beinahe nicht mehr an.

Sie trank ihren Wein aus, und als Izam zurückkehrte, schmiegte sie sich wohlig in seinen Arm, schloss die Augen und sank an seiner Brust in Schlaf.

Im Morgengrauen erwachte sie mit pochenden Schläfen. Es fröstelte sie, und das leichte Schwanken des Schiffes auf dem Wasser verursachte ihr Übelkeit; tapfer kämpfte sie dagegen an und arbeitete sich an den Bug vor. Dort fand sie lediglich Gratz, der ihr mitteilte, Izam sei aufgebrochen, um sich der beiden zurückgelassenen Schiffe anzunehmen. Immerhin bargen sie noch einen beträchtlichen Rest jener Vorräte, die hier so dringend benötigt wurden.

»Izam hat angeordnet, dass Ihr unter allen Umständen hier auf ihn warten sollt«, erklärte er.

Theresa versuchte, ihre Enttäuschung zu unterdrücken, nahm das Brot, das Gratz ihr anbot, und zog sich wieder zurück. Das Brot schmeckte muffig; neuer Nachschub tat dringend not. Während sie in der Ferne die Umrisse der Festung vor dem rötlichen Morgenhimmel betrachtete, verzehrte sie es hungrig bis auf den letzten Krümel. Ach, wie sehnte sie sich nach den fröhlichen Mahlzeiten ihrer Kindheit, an Tischen voll exotischer Genüsse, ob kandierter Feigen oder mit Datteln gefüllter Zwerghühner ... Und über allem der Duft von Kreuzkümmel und Knoblauchblüte, nach köstlichem Olivenöl ... Ob sie je wieder diese mediterrane Lebensfreude und Leichtigkeit würde empfinden können? Vielleicht – und wenn dies überhaupt möglich war, dann mit Izam von Padua.

Widerstrebend löste sie sich aus ihren Träumen. Zunächst musste sie die Realität bestehen!

Sie holte ihre Wachstafeln hervor, um sich noch einmal in die rätselhafte Nachricht ihre Vaters zu vertiefen.

Während langsam die Sonne aufging und um sie herum das geschäftige Hafentreiben begann, studierte Theresa immer wieder aufs Neue die scheinbar ohne Logik aneinandergereihten Wörter. Immer wieder war von der Konstantinischen Urkunde die Rede, doch sie erfasste den Sinn des Ganzen nicht.

Sie legte die vier Tafeln nebeneinander auf ein Holzfass und starrte nachdenklich darauf.

»Sic erunt novissimi primi, et primi novissimi.«

Worauf hatte ihr Vater sie hinweisen wollen? Sie murmelte den

Text vor sich hin: »*So werden die Letzten die Ersten und die Ersten die Letzten sein*«, und ihre Finger fuhren dabei die in das Wachs geritzten Buchstaben entlang.

Plötzlich fiel es ihr wie Schuppen von den Augen. Ja, das musste es sein! Die Letzten waren die Ersten! Das letzte Wort war das erste! Aufgeregt griff sie sich die letzte Tafel, und siehe da, von hinten nach vorn gelesen, fügte sich ein Wort ganz selbstverständlich an das andere, und bald hatte sie den ganzen Text lückenlos zusammengesetzt. Mit einem Mal erfasste sie, was ihr Vater herausgefunden hatte.

Rasch versteckte sie die Tafeln unter einer Bank und lief zu Gratz, um ihn zu fragen, wann er mit Izams Rückkehr rechnete.

»Eigentlich wollte er längst zurück sein«, antwortete Gratz leichthin.

»Und wenn er nun nicht zurückkommt?«, erkundigte sie sich besorgt.

»Er wird kommen. Izam kommt immer zurück.«

Theresa vertrieb sich die Zeit des Wartens damit, den Text auf den Wachstafeln auswendig zu lernen, dann glättete sie das Wachs. Nun mochte die Tafeln stehlen, wer wollte – nur sie kannte das Geheimnis. Wenn Izam bis zum Mittag nicht zurück wäre, würde sie sich allein zur Festung aufmachen und mit Hilfe dieses Geheimnisses ihren Vater aus dem Kerker holen.

27

Als die Sonne senkrecht am Himmel stand, beschloss Theresa, nicht länger zu warten. Sie hüllte sich in einen alten, leicht nach Fisch stinkenden Umhang, den sie unter Deck gefunden hatte, zog sich eine unförmige Wollmütze tief ins Gesicht und griff sich einen großen Sack. Während sich Gratz an einem Tau zu schaffen machte und nicht auf sie achtete, kletterte Theresa unbemerkt vom Schiff. In ihrer Verkleidung konnte sie ungehindert die Stadtmauer passieren; am Eingangstor der Festung passte sie einen Moment ab, in dem der Wachtposten durch einige ankommende Wagen abgelenkt war, und schlüpfte dann flink durch das Tor.

Schnellen Schrittes eilte sie über den Hof zum Skriptorium. Diesmal war es nicht abgeschlossen. Als sie, ohne anzuklopfen, die Tür aufriss und hineinstürmte, fuhr Alkuin überrascht hoch und klappte hastig den smaragdgrün eingebundenen Codex zu.

Theresa atmete tief durch. Sie wusste, was sie riskierte, aber es gab kein Zurück. Die Angst saß ihr im Nacken.

»Wo zum Teufel hast du bloß gesteckt? Ich habe dich den ganzen Vormittag gesucht. Du bist spät dran, also sieh zu, dass du keine weitere Zeit vertrödelst«, sagte Alkuin, der wieder seine übliche distanzierte Überlegenheit zur Schau trug, und wandte sich wieder seiner Bibellektüre zu.

»Ich werde Eure Urkunde nicht weiter übersetzen«, sagte sie mit entschlossener Stimme.

Alkuin zog eine Braue hoch und musterte sie erstaunt.

»Wie bitte? Dürfte ich erfahren, was dich zu diesem Entschluss bewogen hat?«

»Glaubt Ihr etwa, ich wüsste nichts von Euren Machenschaften? Wie könnt Ihr hier vor meinen Augen in aller Ruhe diese Bibel lesen, nach allem, was gestern geschehen ist!«

Prüfend sah Alkuin sie an. Theresa spürte, wie sie anfing zu zittern, doch es gelang ihr, seinem durchdringenden Blick standzuhalten. Rasch erhob er sich, ging zur Tür und schob den Riegel vor.

»Nach allem, was geschehen ist? Und das wäre?«

Theresa schob unauffällig die Hand in ihre Tasche und tastete nach Izams Dolch.

»Ich habe gehört, wie Ihr mit Haldor über meinen Vater gesprochen habt, neulich, in dem unterirdischen Gang, und …«, sie musste schlucken, »wie Ihr ihm aufgetragen habt, mich aus dem Weg zu schaffen. Und den armen Jungen, der mich gestern vor Izams Kammer bewachen sollte, habt Ihr auch auf dem Gewissen!« Sie deutete auf die Bibel ihres Vaters, die ihr am Tag zuvor bei dem Überfall gestohlen worden war.

»Was ist mit dieser Bibel?«, fragte er unbeeindruckt zurück. »Und warum sollte ich dich aus dem Weg räumen wollen? Weil du glaubst, du könntest mir gefährlich werden?« Er stand auf. »Wo bleibt dein Verstand, Kind? Wenn es so wäre, wie du sagst, was würde mich daran hindern, dich gleich hier und jetzt zu töten?« Er kam langsam auf Theresa zu und legte ihr eine Hand auf die Schulter. Sie wich einen Schritt zurück., hielt aber seinem inquisitorischen Blick stand.

»Wenn mir etwas zustößt, wird die Urkunde nicht rechtzeitig …«, antwortete sie mit fester Stimme.

»Sei dir da mal nicht so sicher«, unterbrach Alkuin sie barsch.

»Aber warum habt Ihr …«

»Warum ich dich angestellt habe?« Er ging zur Tür und schob den Riegel wieder auf. »Wenn du die Wahrheit erfahren willst, wirst du mir vertrauen müssen. Andernfalls solltest du das Skriptorium jetzt verlassen. Dann allerdings kann nur noch Gott dich beschützen.«

Theresa vertraute Alkuin keineswegs, aber wenn sie ihren Vater aus dem Kerker befreien und ihre eigene Haut retten wollte, hatte sie wohl keine Wahl – sie blieb.

Alkuin nickte, als hätte er nichts anderes erwartet, und setzte sich ihr gegenüber an den Tisch. Er schob verschiedene Dokumente achtlos beiseite und breitete dann behutsam das Pergament auf dem Tisch aus, an dem Theresa arbeitete.

»Dieses Pergament …«, begann Alkuin feierlich, »dieses einzigartige Pergament, das wir uns bemühen wiederherzustellen, da das Original zerstört ist, begründete den römischen Machtanspruch gegenüber dem byzantinischen Reich. Kaiser Konstantin besiegelt mit dieser Urkunde, dass dem Papst die Herrschaft über Rom, Italien und die gesamte Westhälfte des Römischen Reiches zusteht. Ich weiß nicht, wie weit du mit der Geschichte vertraut bist, vor vierzig Jahren jedenfalls, nachdem die Langobarden Ravenna erobert hatten, rief Papst Stephan II. Byzanz um Hilfe an, um gegen die heidnischen Besatzer vorzugehen.« Alkuin goss ein wenig Milch in einen schmutzigen Kelch, bot ihn Theresa an, die ablehnte. Er nahm selbst einen Schluck und fuhr fort: »Da die Antwort aus Byzanz ausblieb, machte sich der Papst auf den Weg über die Alpen und wandte sich an den damaligen Frankenkönig Pippin, den Vater Karls des Großen. Stephan II. salbte König Pippin und seine Familie und verlieh ihm und seinen Nachkommen den Titel ›Patricius Romanorum‹; im Gegenzug erbat er ihre Unterstützung im Kampf gegen die Langobarden.« Alkuin nahm einen weiteren Schluck Milch, dann kehrte er zu seiner Erzählung zurück. »Auf Gesuch des Papstes brach Pippin also mit seinen Truppen nach Italien auf, zog gegen die Langobarden zu Felde und siegte. Durch diesen militärischen Erfolg gewann der Papst das Exarchat von Ravenna zurück, das unter anderem die Städte Bologna und Ferrara umfasste, weiterhin die Mark Ancona mit dem Städtebund der Pentapolis, außerdem die Stadt Rom und den von den Langobarden besetzten Dukat.«

Theresa wünschte, Alkuin würde den historischen Diskurs abkürzen und zum Wesentlichen kommen. Ja, so konnte sie ihn sich viel eher vorstellen: als pedantischen, seine Schüler bisweilen langweilenden, aber wissensreichen Lehrer. Doch sie durfte sich nicht einschläfern lassen. Denn da gab es noch jenen anderen Alkuin, und dem musste sie die Maske vom Gesicht reißen. Ungerührt dozierte er weiter.

»Es wäre nun alles in bester Ordnung gewesen, hätte nicht Byzanz vom Papst die Rückgabe des Exarchats von Ravenna gefordert, das vor der langobardischen Invasion zum byzantinischen Reich gehört hatte. Rom machte die Konstantinische Schenkung geltend, jenes Dokument, das diese Gebiete dem Papst zusprach, doch Byzanz bestand auf seiner Forderung. Und nicht nur das: Von Konstantinopel aus unterstützte es die Barbaren bei der Rückeroberung der Gebiete, die der Frankenkönig erobert hatte. Kannst du mir folgen?«

»Ihr meint, Byzanz hat den Langobarden geholfen, die Römer zu besiegen?«, fragte Theresa ungläubig. Dieser Teil der Geschichte war ihr tatsächlich neu.

»So ist es. Christen gegen Christen ... Kaum zu glauben, nicht? Aber was ist die Politik anderes als das Streben nach Macht. Der Neid, der Kain dazu gebracht hat, seinen Bruder zu töten ... Mit der Unterstützung von Byzanz jedenfalls schlugen die Langobarden den Papst und ließen ihm nichts als ein paar Morgen Land. Allerdings verfügte Rom noch immer über ebendieses Pergament, das seine Ansprüche bekräftigte, und so wandte sich der kurz zuvor zum Papst ernannte Hadrian I. damit an Karl den Großen.« Alkuin stand auf und durchmaß mit großen Schritten den Raum. »Natürlich war Byzanz alles andere als begeistert.« Er hielt kurz inne. »Von entscheidender Bedeutung jedenfalls ist«, fuhr er dann mit Nachdruck fort, »dass Karl der Große damit die in der Konstantinischen Schenkung vorgesehenen Ansprüche durchsetzte, wofür der Papst ihm zu ewigem Dank verpflichtet ist.«

Theresa wollte etwas sagen, doch Alkuin bedeutete ihr, dass er noch nicht fertig war.

»Lass mich dir die Geschichte zu Ende erzählen, damit du verstehst, was es mit den gegenwärtigen Ereignissen auf sich hat.« Er räusperte sich. »Byzanz nahm die Verluste widerwillig hin, was zum Teil dem schwachen Kaiser Konstantin VI., zum Teil der Furcht vor den starken Truppen Karls des Großen geschuldet war. Und so herrschte bis vor etwa zwei Jahren Ruhe. Doch dann ließ Irene von Athen, die Mutter Konstantins VI. – und wenn du mich fragst, im Bunde mit dem Teufel –, ihren eigenen Sohn festnehmen und ihm die Augen ausstechen, um selbst als Kaiserin den byzantinischen Thron zu besteigen. Wie nicht anders zu erwarten, intrigierte diese Hexe schon bald gegen den Papst; sie sandte einen Agenten nach Rom, der die Urkunde mit dem kaiserlichen Vermächtnis an sich bringen sollte.«

Theresa warf einen Blick auf das Pergament. »Die Konstantinische Schenkung.«

»Genau. Mittels Bestechung verschaffte sich dieser Agent Zugang zu dem Dokument und konnte es tatsächlich vernichten, bevor die päpstliche Wache ihn entdeckte. Der Dieb wurde hingerichtet, doch von dem Pergament war nichts mehr übrig als verkohlte Asche. Seitdem hat Irene gegen die Schenkung immer wieder Einspruch erhoben, besonders nachdem die Absicht Papst Leos III. bekannt wurde, Karl den Großen zum Kaiser zu ernennen.«

Theresa konnte ihre Verblüffung nicht verbergen. Es war allgemein bekannt, dass der Kaiserthron dem byzantinischen Monarchen gebührte.

»Nun, der Papst ist nicht dieser Ansicht«, entgegnete Alkuin, und der Stolz, mit dem er das sagte, legte die Vermutung nahe, dass er selbst an diesem Meinungswandel nicht gänzlich unbeteiligt gewesen war. »Rom liegt daran, seine Beziehung zu einem Herrscher zu festigen, der ihm bereits seinen Mut und seine Großzügigkeit demonstriert, der sich durch sein entschlossenes Auftreten und seine Anteilnahme hervorgetan hat. Irene allerdings sieht in diesem Entschluss ein Manöver zur Entmachtung von Byzanz und versucht daher, die Ernennung Karls zu unterbinden. Sie hat die Urkunde vernichten lassen, die den päpstlichen Anspruch belegt, und wird nun alles daran setzen, die Krönung Karls des Großen zu verhindern. Doch es geht nicht allein um ein Machtgerangel zwischen Irene und Karl, nein, in Wirklichkeit wird hier über die Zukunft des Abendlandes entschieden. Diese Schlacht zu gewinnen bedeutet so viel wie die Garantie des Rechtsanspruchs auf den Kirchenstaat, und diese Garantie wiederum wird die Krönung Karls des Großen zum Kaiser des Heiligen Christlichen Reiches sichern.«

So hatte Theresa Alkuin noch nie erlebt: Wie ein Visionär stand er da, mit blitzenden Augen und großen Gesten, man konnte die Aura fast mit Händen greifen, die ihn umgab: die Aura von Macht. Karl der Große wird das Abendland auf den Pfad unseres Herrn führen, er wird die Kultur vorantreiben, die Ketzerei bekämpfen, Heidentum und Unglauben ausmerzen; er wird die Wahrheit verbreiten, die Gläubigen vereinen und die Gotteslästerer in die Knie zwingen. Und deshalb muss dieses Dokument so dringend vollendet werden. Andernfalls stehen dem Christentum jahrhundertelange Kämpfe bevor, die es schließlich zugrunde richten werden. Und dagegen ist jedes Einzelschicksal bedeutungslos. Die Urkunde muss bis zu dem Konzil fertig sein, das der Papst für Mitte Juni einberufen wird. Hast du das verstanden?«

Doch Theresa ließ sich von diesen großen Worten nicht beeindrucken. Jetzt war es an ihr, aufzuspringen und in bitterem Ton zu erwidern: »Ich habe vor allem verstanden, dass Rom nach der Macht strebt, die Byzanz ihm streitig macht, und dass Ihr Karl den Großen um jeden Preis auf dem Kaiserthron sehen wollt. Doch ich werde Euch nur helfen, wenn Ihr dafür sorgt, dass mein Vater freikommt. Und ich weiß sehr genau, dass ich keineswegs entbehrlich für Euch bin. Wollt Ihr selbst etwa meine Arbeit fortführen? Eure Schrift ist zittrig und plump. Kein Mensch würde glauben, dass eine kaiserlich besiegelte Urkunde von einem derart ungeschickten Schreiber verfasst wurde.«

Alkuin trat ans Fenster. Er steckte den Kopf hinaus und atmete den würzigen Harzduft des nahen Waldes ein.

»Ein schöner Tag«, bemerkte er, als hätte Theresa gar nichts gesagt, und wandte sich langsam zu ihr um. Seine Miene war wie versteinert. »Vergiss niemals, was du mir geschworen hast«, sagte er unvermittelt, »sonst könnte ich eigenhändig dafür sorgen, dass deine schlimmsten Alpträume wahr werden.«

»Mein Vater stirbt«, erwiderte sie unbeirrt. Alkuin setzte sich an sein Pult, blickte über die Schreibutensilien und sagte dann seufzend: »Weißt du, Theresa, ich kenne deinen Vater schon eine ganze Weile. Wir sind uns in Pavia begegnet, du warst damals noch ein kleines Mädchen. Er war mit dir aus Konstantinopel geflohen und suchte Zuflucht in der Abtei, in der ich auf der Rückreise von Rom Zwischenstation machte. Dein Vater beeindruckte mich sogleich als gebildeter, überaus gelehrter und absolut integrer Mann. Er beherrschte das Lateinische und das Griechische, war mit den Klassikern vertraut und erkennbar ein guter Christ. Ich machte ihm also den Vorschlag, mich nach Aachen zu begleiten, da ich einen Griechisch-Übersetzer benötigte, und er schlug ein. Er wollte sich hier in Würzburg niederlassen, bis die Hofschule in Aachen fertiggestellt wäre. Die Dinge haben sich anders entwickelt, er lernte deine Stiefmutter Rutgarda kennen und heiratete sie bald. Wir einigten uns schließlich darauf, dass er für Wilfred arbeiten und ich ihm die Texte zum Übersetzen schicken würde.«

»Dann habt Ihr also die ganze Zeit gewusst, wer ich bin?«, rief Theresa entgeistert. »Alkuin, sagt, habt Ihr überhaupt je ein wahres Wort mit mir gesprochen?«

»Sei nicht kindisch, Theresa … Sprechen wir nun über die Vorkommnisse der letzten Wochen, deren du mich bezichtigst: Der tote Genserico, der Pergamentermeister, die Wache und all die jungen Männer, die mit Griffeln erstochen wurden. Im Falle von Genserico können wir ausschließen, dass der Griffel die Tatwaffe war, ihm muss zuvor ein tödliches Gift verabreicht worden sein. Zenon berichtete, Genserico habe stark gezittert und einen Juckreiz an der Hand verspürt. Ebenso ist es auch Korne ergangen, auch bei ihm entdeckte man zwei merkwürdige rote Punkte auf der Hand. Hier, ich habe eine Zeichnung davon angefertigt.« Er kramte unter den

Büchern auf dem Pult einen Bogen hervor, der eine Hand mit zwei winzigen kreisförmigen Malen in der Mitte zeigte. »Woran denkst du, wenn du das siehst?«

Gegen ihren Willen ließ sie sich auf ihre alte Rolle als Schülerin des allwissenden Meisters ein.

»An einen Insektenstich?«

»Zwei Einstiche nebeneinander? Unwahrscheinlich. Das sieht eher nach einem Schlangenbiss aus.«

»Eine Schlange? Wollt Ihr damit andeuten, es war doch kein Mord?«

»Das habe ich nicht gesagt. Es sieht aus wie ein Schlangenbiss ... Aber eine Schlange würde einen Menschen kaum in die Handinnenfläche beißen, es sei denn, jemand wäre so töricht, nach ihr zu greifen. Außerdem wurde das Gift so verabreicht, dass es nicht gleich seine tödliche Wirkung entfaltete. So wollte der Mörder offenbar verhindern, dass man ihn mit dem Tod in Verbindung bringt. Vielleicht haben seine Opfer zunächst von dem Einstich nicht einmal etwas bemerkt. Ein geschickter Kerl ... der sich außerdem mit Giften gut auskennt.«

»Zenon?«

»Dieser Trunkenbold? Welches Motiv, welche Gelegenheit sollte er gehabt haben? Nein, das halte ich für gänzlich ausgeschlossen. Ich glaube, man kommt dem Rätsel eher auf die Spur, wenn man bedenkt, welche Verbindung zwischen Genserico und dem Pergamentarius bestand. Beide arbeiteten für Wilfred – Genserico war sein persönlicher Gehilfe, seine rechte Hand, mit allen Angelegenheiten des Grafen vertraut, und Korne war ein enger Freund von Genserico. Sie machten viele kleine, schmutzige Geschäfte miteinander. Und beide sind auf dieselbe Weise umgekommen. Wussten sie über Dinge Bescheid, die sie unbequem für andere machten? Etwa über die Konstantinische Schenkung?«

»Habt Ihr einen konkreten Verdacht, wer der Mörder sein könnte?«

»Oh, ich verfolge alle möglichen Spuren ...«, sagte Alkuin ausweichend. Doch Theresa hatte genug von seinen Spielchen.

»Wisst Ihr, was ich glaube?«, platzte sie heraus. »Ich glaube, dass Ihr selbst in die Sache verwickelt seid. Ihr kennt die Bedeutung des Pergaments, und Ihr habt herausgefunden, wie Genserico und Korne ermordet wurden. Ihr allein wusstet von den verborgenen Versen in der Bibel meines Vaters, für die ein Wächter sterben musste und die ich nun in Euren Händen wiederfinde.« Sie deutete auf den smaragdgrünen Band. Und dann spielte sie ihren gefährlichsten Trumpf aus: »Zumal ich Euch mit Haldor Larsson gesehen habe, als Ihr meintet, ich müsse von der Bildfläche verschwinden.«

»Bist du von allen guten Geistern verlassen, mein Kind? Du hast eine allzu blühende Phantasie.« Jetzt sah Alkuin wirklich verblüfft aus. Wie er sich doch zu verstellen wusste!

»Hört endlich auf, mich für dumm zu verkaufen!«, versetzte sie aufgebracht.

»Theresa«, sagte Alkuin in einem Ton, der ihr das Blut in den Adern gefrieren ließ. »Hör auf mit diesen Narrheiten! Ich habe mich niemals mit Haldor getroffen, und als Genserico starb, waren wir noch auf dem Schiff unterwegs.« Er schaute sie abschätzend an. »Du hast mich eben nach einem konkreten Verdacht gefragt ... Selbstverständlich habe ich jemanden im Visier! Ich bin mir fast sicher, dass es Wilfred war, der Korne getötet hat, und er ist auch der Mörder von Genserico.«

»Wilfred – ein Krüppel ohne Beine?«

»Ganz recht, und dass er im Rollstuhl sitzt, macht die Menschen arglos. Neulich hat er mir die Spezialvorrichtungen seines erstaunlichen Gefährts vorgeführt. Ich hatte mich danach erkundigt, wie er die Hunde an seinem Stuhl festmacht. Daraufhin betätigte er eine Feder, und die Zügel lösten sich wie von Zauberhand. Zuvor hatte schon das kleine Becken unter seinem Sitz meine Aufmerksamkeit erregt, ebenfalls ein ausgesprochen ingeniöser Mechanismus. Ich habe mich bei dem Schmied erkundigt, der diese Spezialanfertigungen für Wilfred fabriziert hat. Zuerst wollte der Mann nicht mit der Sprache herausrücken, doch nachdem ich ihm ein paar Münzen in die Hand gedrückt hatte, erzählte er mir, er habe hinten an den

Schiebegriffen des Rollstuhls eine ganz außergewöhnliche Vorrichtung eingebaut: zwei kleine in den rechten Griff versenkbare, gekrümmte Nadeln, die bei Betätigung von der Armlehne aus wie zwei Pfeile ausgefahren werden können. Der Schmied versicherte, er habe keine Ahnung, welchem Zweck dieser Mechanismus diene.«

»Und mit diesem Mechanismus soll Wilfred …«

»… seinen Opfern das Gift verabreicht haben? Genau so sehe ich es. Die Nadeln müssen in eine giftige Flüssigkeit getaucht sein, möglicherweise handelt es sich tatsächlich um Schlangengift. Damit hat er dann Genserico und später auch Korne getötet.«

»Aber welches Motiv sollte Wilfred haben? Er hatte doch ohnehin Zugang zu dem Dokument. Was ist mit den erstochenen Jungen? Und warum wird mein Vater beschuldigt, sie umgebracht zu haben?« So verwirrend war dies alles, dass Theresa Zeit brauchte, um zu ihren eigenen Schlüssen zu kommen. Jetzt wusste sie nur eines: Alkuins Machtspiele waren verabscheuungswürdig – aber er hatte in ihr Zweifel gesät, was seine direkte Verstrickung in die Mordtaten anging. Oder hatte er wieder nur versucht, sie mit Lügen und Halbwahrheiten auf seine Seite zu ziehen? Da kam er auch schon mit der Forderung, auf die alles hinauslaufen sollte:

»Noch kann ich nicht alle Fragen zufriedenstellend beantworten, ich hoffe aber, dass es bald so weit sein wird. Und da du nun die Wahrheit kennst, würde ich dich bitten, schleunigst wieder an die Arbeit zu gehen.«

Theresa warf einen Blick auf das Pergament. Drei lange Absätze fehlten noch. Sie sah Alkuin durchdringend an. Sie würde sich weder von ihm schwindlig reden noch zwingen lassen.

»Ich sagte es bereits: Sobald mein Vater frei ist, mache ich es fertig.«

»Dein Vater, dein Vater! Es gibt Wichtigeres als deinen Vater!«, rief er ungehalten. »Begreifst du denn nicht, dass die Verbrecher, die hinter dem Pergament her sind, ihr Ziel immer noch erreichen können? Um sie zu stellen, muss ich sie glauben machen, dass ich bereits einen Täter habe. Dein armer Vater ist unschuldig, sicher, aber das war Jesus Christus auch, und hat er nicht sein Leben gegeben, um uns alle zu erlösen? Hältst du deinen Vater vielleicht für etwas Besseres als Jesus Christus? Hast du ihn gefragt, ob er dieses Opfer nicht selber bringen will? Ich bin sicher, wenn er sprechen könnte, würde er mir danken. Außerdem sollten wir den Tatsachen ins Auge sehen. Wir wissen beide, dass es für ihn keine Rettung mehr gibt. Wie lange hat er noch zu leben? Zwei Tage? Drei? Was macht es schon für einen Unterschied, ob er in seinem Bett stirbt oder da unten in dem Kerker?«

Theresa starrte Alkuin mit offenem Hass und Verachtung an. Zugleich kämpfte sie mit den Tränen. »Ich habe es gewusst, Alkuin, Ihr seid ein Monstrum. Und jetzt lasst mich gehen.«

»Theresa!«, erwiderte Alkuin mit einer Schärfe, die selbst sie ihm nicht zugetraut hätte. »Du hast mich offenbar nicht verstanden. Ich verlange von dir, dass du jetzt tust, was ich dir sage.«

»Wisst Ihr was?«, rief sie. »Es ist mir vollkommen egal, ob sie Euch das Pergament stehlen oder das Abendland zugrunde geht. Aber ich werde nicht zulassen, dass mein Vater in diesem Loch da unten verreckt. Im Übrigen habt Ihr mir immer noch nicht beantwortet, woher Ihr diese Bibel habt.«

Er spuckte ihr fast die Antwort entgegen: »Flavius Diaconus hat sie im Kreuzgang auf dem Boden gefunden.« Er hielt ihr das kostbare Stück hin. »Wenn du mir nicht glaubst, geh zu ihm und frag ihn.«

»Und warum sorgt Ihr nicht dafür, dass mein Vater freikommt?«

»Zum Teufel noch mal! Das habe ich dir doch gerade erklärt! Ich muss die Verbrecher entlarven, die hinter der Urkunde her sind!«

»Hinter einer Urkunde, die so falsch ist wie Judas!«

»Falsch? Was willst du damit sagen?«, fragte Alkuin drohend.

»Ich weiß Bescheid über Eure Intrigen. Ihr, Wilfred und der Kirchenstaat … Ein großer Betrug, diese verlorene Originalurkunde! Dieses Pergament, von dem Ihr so feierlich sprecht, auf das Ihr all Eure Hoffnungen setzt, das Ziel all Eurer Wünsche … Mein Vater hat erkannt, dass es sich dabei um eine Fälschung handelte. Damit verliert Ihr jede Legitimation für Eure hochtrabenden Pläne. Und deswegen auch wollt Ihr seinen Tod, er soll sein Geheimnis mit ins Grab nehmen …«

»Was erzählst du da! Und woher willst du diesen Unfug überhaupt wissen?« Unwillkürlich wanderte sein Blick zu Gorgias' prächtiger kleiner Vulgata.

»Ihr braucht gar nicht länger in der Bibel zu suchen, dort habe ich den Text längst entfernt«, sagte Theresa. »Aber er existiert weiter – hier drin!« Sie tippte sich an die Stirn.

»Und was stand da?«, fragte Alkuin streng.

»Das wisst Ihr so gut wie ich.«

»Was da stand, habe ich gefragt!« Seine Stimme war so schneidend, dass Theresa beschloss, ihm zu zeigen: Er hatte es mit einer jungen Frau zu tun, die weder dumm noch feige war. Zumindest mit seinen eigenen Waffen konnte sie ihn schlagen – mit Argumenten der Ratio. Mochte danach geschehen, was wolle.

»Mein Vater kannte sich mit den byzantinischen Urkunden aus. Er wusste alles über Episteln, Exordien und Panegyrika. Vielleicht habt Ihr ihn deshalb für Euch arbeiten lassen, aber wohl auch, weil er ein guter Christ war. Und als solcher hat er herausgefunden, dass dieses Vermächtnis niemals von Kaiser Konstantin stammen kann. Dass also keine der Schenkungen rechtmäßig ist und all diese Gebiete Byzanz gehören.« Sie blickte Alkuin herausfordernd an.

»Du weißt nicht, was du redest!«, knurrte er.

»Ach ja? Dann erklärt mir doch bitte, wie es sein kann, dass in der Urkunde die *Provinz* Byzanz erwähnt wird, obwohl es im vierten Jahrhundert nur eine Stadt war? Wie kann dort von *Judäa* die Rede sein, wenn es diesen Ort zu der Zeit noch gar nicht gab? Ganz abgesehen davon, dass alle möglichen falschen Begriffe gebraucht werden, wie etwa *synclitus* statt *senatus*, *banda* anstelle von *vexillum*, *censura* anstatt *diploma*, *constitutum* statt *decretum*, *largitas* anstelle von *possessio*, *consul* statt *patricius* …«

»Es reicht!«, fauchte Alkuin.

»Das ist aber noch nicht alles«, fuhr Theresa unerbittlich fort. »In der *introductio* und der *conclusio* werden mit wenig Geschick die

Schriften des Römischen Reiches nachgeahmt, aber ebenso die *formulae* anderer, späterer Zeiten. Oder wie würdet Ihr in einem Dokument aus dem vierten Jahrhundert erklären, dass der Abschnitt über die Bekehrung Konstantins sich auf die *Acta* oder *Gesta Sylvestri* stützt, und wie können dort die Dekrete der Synode von Hiereia gegen die Bilderverehrung erwähnt werden, die, wie Ihr wisst, erst mehrere Jahrhunderte später stattfand?«

»Dass das Dokument Fehler aufweist, beweist noch lange nicht, dass die gesamte Schenkung in Zweifel zu ziehen ist«, erwiderte Alkuin und trommelte auf den Tisch. »Schließlich musste es nach der zerstörten Urkunde aus dem Gedächtnis rekonstruiert werden: Der Unterschied zwischen dem Wahren und dem Echten ist so fein wie der zwischen dem Falschen und dem Unechten. Wie willst du, Nachfahrin der Sünderin Eva, über die *pia fraus* urteilen, die *cum pietate* begangen wurde? Wie wagst du zu verurteilen, was *cum instinctu Spiritus Sancti* vollzogen wurde?«

Theresa blickte ihn mit offenem Hohn an. »Glaubt Ihr, dass man in Byzanz genauso darüber denken wird?«

Doch statt wütend zu reagieren, wirkte Alkuin mit einem Mal müde.

»Du spielst mit dem Feuer, Mädchen«, sagte er schließlich warnend. »Ich würde dir niemals ein Haar krümmen, aber es gibt viele, die da weit weniger zimperlich wären.«

Das Läuten der Sturmglocke ließ ihn abbrechen.

»Sorgt dafür, dass mein Vater freikommt, und ich mache meine Arbeit zu Ende. Erfindet, was Ihr wollt, von mir aus noch ein Wunder oder was immer Euch einfällt.«

Theresa ergriff die Bibel ihres Vaters.

»Ihr findet mich im Hafen, auf einem der Schiffe.« Erhobenen Hauptes und ohne ein weiteres Wort des Abschieds verließ sie das Skriptorium.

Am Anlegesteg geriet Theresa in einen Tumult von aufgebrachten Menschen, die lautstark nach Lebensmitteln verlangten. Sie drängte sich durch die Menge bis zu der Stelle vor, wo eben zwei Schiffe festmachten. Theresa hielt Ausschau nach Izam und entdeckte ihn schließlich auf dem hinteren der beiden. Als sie gerade zu ihm hinaufklettern wollte, wurde sie unsanft von einem Soldaten zurückgedrängt.

»Izam! Izam!« Sie rief und ruderte mit den Armen, bis er sie in der Menge endlich ausmachte und zu ihr herunterstieg. Dabei bemerkte sie, dass er stark hinkte.

»Was ist passiert?«, erkundigte sie sich besorgt.

»Ich bin dem Missus dominicus von König Karl entgegengefahren, nachdem ein Späher seine Ankunft angekündigt hatte«, sagte Izam. »Ich war erfreut, dass es Drogo ist, den Karl als Königsboten gesandt hat. Ich kenne ihn flüchtig aus Aachen; er scheint mir ein redlicher Mann zu sein. Ich habe ihm die Situation deines Vaters geschildert, vor allem, wie schlecht es ihm geht. Er hat mir nichts versprochen, will aber offiziell bei Alkuin nachfragen, was man ihm zur Last legt. Leider hatte wohl auch der Besitzer dieses Pfeils hier von Drogos Ankunft Wind bekommen.« Er deutete auf sein Bein. »Der Schuss kam aus weiter Entfernung; mein Suchtrupp hat niemanden mehr erwischen können. Seltsam nur, dass es keiner der Pfeile ist, wie die Sachsen sie üblicherweise verwenden. Es ist eindeutig ein Pfeil, wie ihn auch unsere Bogenschützen benutzen. Nun ja, vielleicht war es auch nur ein betrunkener Strauchdieb.« Er schien selber nicht sehr überzeugt. Das Ende des Pfeils hatte einer seiner Männer gekappt, es ragte nur mehr eine Handbreit aus dem Fleisch.

»Das muss ganz schön weh tun …«, sagte Theresa mitfühlend.

Izam winkte ab. »Wenn ein Pfeil dich nicht sofort tötet, geht es meist glimpflich ab – anders als bei einer Schwertverletzung … Und du? Ich hatte Gratz doch gesagt, du solltest bei ihm auf dem Schiff bleiben.«

»Ich habe bis zum Mittag gewartet. Danach musste ich dringend mit Alkuin sprechen.«

Izam zog skeptisch eine Augenbraue hoch. Als hätte Alkuins Name ihn an die Gefahren erinnert, die Theresa hier in Würzburg drohten, hieß er sie schnell auf das Schiff zu Gratz zurückzukehren. Als sie sich weigerte, ihn allein zu lassen, begleitete er sie. An Deck bestand sie darauf, sich die Wunde anzusehen.

»Das musst du nicht«, meinte Izam, aber er hatte noch nicht zu Ende gesprochen, da riss Theresa auch schon mit entschlossenem Ruck den Pfeil heraus und schleuderte das abgebrochene Stück ins Wasser. Während sie die Blutung stillte, wies sie Gratz an, ein Brenneisen in die Glut zu halten. Izam schaute ihr sprachlos zu, wie sie die Wunde beherzt ausbrannte. Alles ging so schnell, dass er kaum zucken konnte. Sie gab etwas Paste aus den Heilkräutern darauf, die eine Entzündung verhindern sollen, verband das Bein sorgfältig und küsste Izam dann zärtlich auf den Mund.

»Wenn ich die Pfeile schon nicht von dir abhalten kann, will ich dich wenigstens kurieren.«

Diese Frau war einzigartig. Liebevoll schloss Izam seine Samariterin in die Arme. Dann erkundigte er sich: »Was hast du mit Alkuin besprochen?«

Als Theresa ihm von der Auseinandersetzung mit dem hageren Angelsachsen berichtete, schaute er sie ernst an »Dieser Mann genießt die besondere Gunst Karls des Großen. Sich mit ihm anzulegen ist lebensgefährlich, Theresa!«

28

Den Rest des Nachmittags verbrachten Theresa und Izam in geradezu idyllischer Zweisamkeit auf dem Schiff, und jeder der beiden strahlte vor Verliebtheit und vor Glück, den anderen umsorgen zu können und zugleich umsorgt zu werden.

Kurz bevor die Dämmerung hereinbrach, drang vom Kai her eine krächzende Stimme zu ihnen herauf: Ein wenig vertrauenerweckender Mann verlangte, Theresa zu sprechen. Sie sprang auf und stürzte zum Schiffsgeländer. Mühsam humpelte Izam ihr hinterher.

»Wer seid Ihr?«, rief sie dem Mann argwöhnisch zu. »Was wollt Ihr von mir?«

»Seid Ihr Theresa? Alkuin von York schickt mich, er wünscht Euch zu sprechen, unter vier Augen«, antwortete der Gesandte.

Theresa schaute Izam fragend an. Was hätte er darum gegeben, für sie gehen zu können.

»Izam, ich muss dem Mann folgen … Mein Vater«, sie wandte sich nochmals zu Izam zurück, küsste ihn innig und kletterte dann von Bord, ohne sich noch einmal umzudrehen.

Kopfschüttelnd folgte Izam mit dem Blick diesem wilden Mädchen. Jeder Versuch, sie zurückzuhalten, wäre zwecklos gewesen, das wusste er. Doch es behagte ihm ganz und gar nicht, Theresa mit dem Fremden in Richtung Festung verschwinden zu sehen.

»Was will Alkuin von mir?«, fragte Theresa, als sie neben dem Mann in Richtung Festung ging.

»Alkuin ist bereit, auf Eure Forderungen einzugehen. Ich soll Euch zu ihm ins Skriptorium bringen.«

Theresa zögerte. Und wenn es eine Falle war? Doch Izam wusste, wer nach ihr geschickt hatte, und würde auch vor Alkuin keine Angst haben. Und wenn sie überhaupt noch etwas für ihren Vater tun wollte, musste es jetzt geschehen. Sie gab sich einen Ruck, und mit festem Schritt folgte sie dem Abgesandten Alkuins.

In der Festung angekommen, führte der Gesandte sie in die Küche, wo man schon eifrig das Festmahl für den neu eingetroffenen Missus dominicus vorbereitete. Sie folgte dem Mann hinunter zu den Lagerräumen, bis zum Kerker. Dort sagte Alkuins Mann dem Wachtposten etwas ins Ohr, dieser nickte, hob die Falltür und ließ die Leiter in das kalte Verlies hinab. Nur einen Augenblick zögerte Theresa – sie hatte gewusst, welches Risiko sie einging. Dort unten lag ihr Vater! Entschlossen begab sie sich in das nur von einer Kerze schwach erhellte Loch, wo Gorgias unter einer verrotteten Felldecke zu erahnen war. Bei seinem Anblick krampfte sich ihr Herz zusammen. Sie kniete bei ihm nieder, küsste ihn sanft auf die Stirn; sein eingefallenes Gesicht brannte wie Feuer.

»Vater, hört Ihr mich? Ich bin es, Theresa.«

Gorgias blinzelte durch unnatürlich tief in den Höhlen liegende, schwer entzündete Augen, lächelte matt und hob seine zitternde Hand, um das Antlitz des Engels zu berühren, der da zu ihm herabgestiegen war. Erst als er sie berührte, schien er sie richtig zu erkennen.

»Theresa, meine geliebte Tochter?«, krächzte er und musste sogleich husten.

»Ja, Vater, ich bin es«, sagte Theresa mit erstickter Stimme. Sie befeuchtete ihm die Stirn mit dem schmutzigen Wasser aus einem Tonkrug. Gorgias ließ zum Dank ein schwaches Räuspern hören und versuchte erneut zu lächeln.

Theresa versprach ihm, sie würde ihn hier bald herausholen, behauptete, Alkuin werde seinen Ruf und sein Ansehen in allen Ehren wiederherstellen und Zenon habe versichert, er würde bald genesen.

Sie bettete seinen fieberheißen Kopf auf ihrem Schoß, sprach von Rutgarda, die ihn so sehr liebte und für ihn betete, und von Byzanz. Doch bald schon merkte sie, dass ihrem Vater das Leben entglitt, und sie konnte die Tränen nicht mehr zurückhalten.

»Meine Kleine«, murmelte Gorgias mit ersterbender Stimme.

Theresa streckte die Hand aus und fuhr ihm mit den Fingern durch das spärliche Haar. Plötzlich wurde er wieder von starkem Husten geschüttelt.

»Wo sind meine Bücher? Man soll mir meine Tinte bringen!« krächzte er.

»Eure Bücher sind hier. Alles ist da«, sagte Theresa unter Tränen und streichelte ihm die faltigen, eingefallenen Wangen.

Dankbar drückte Gorgias die Hand seiner Tochter.

»Wenn du ein kostbares Pergament suchst, schau nach oben, zum Himmel. Vielleicht findest du es in den Balken, die ihn stützen.«

Jetzt phantasierte er nur noch, dachte Theresa traurig, während ihr Vater, leise lächelnd und plötzlich wieder ganz klar, hinzufügte: »Schreiben ist das Schönste, was es auf der Welt gibt, nicht wahr, meine Kleine?«

»Das ist es, Vater.«

Seine Hand wurde schlaff, ein letzter Seufzer entrang sich seiner Brust.

Wie betäubt kniete Theresa neben ihrem Vater, bis zwei grobe Männerarme sie auf die Beine zerrten und die Leiter hinaufschafften, denn sie war außerstande, sich zu rühren. Dieselben groben Arme zogen später Gorgias' Leichnam an einem Strick nach oben und schleiften ihn in die Küche, als wäre er ein Sack Bohnen. Während man ihm dort das Totenkleid anzog, bereitete eine Magd Theresa einen Aufguss aus Salbei, der sie beruhigen sollte. Theresa nahm den heißen Becher zitternd entgegen.

Nach einer Weile kündigte lautes Hundegekläff das Eintreffen des Grafen an. Hastig wischte sich Theresa die Tränen aus dem Gesicht und wehrte angewidert die schwarzen Bestien ab, die mit ihren feuchten Schnauzen an ihr herumschnüffelten.

»Er ist tot?«, erkundigte sich Wilfred knapp und schaute seinen Hunden gleichmütig dabei zu, wie sie nun aufgeregt an dem Leichnam zu schnuppern begannen.

Dieser abscheuliche Mensch! Er schien sich an ihrem Kummer regelrecht zu weiden. Mit spöttischer Miene blickte er nun auf sie.

Da fing einer seiner schwarzen Teufel unvermittelt an, das Gesicht des Toten abzuschlecken. Außer sich vor Zorn und Ekel sprang Theresa auf und versetzte der Bestie einen heftigen Tritt. Das Tier jaulte auf und fletschte die Zähne.

»Das hättest du nicht tun sollen, Mädchen. Das Leben meiner Hunde ist mehr wert als das mancher Menschen«, zischte der Graf. »Ab in den Kerker mit ihr«, befahl er dann mit schneidender Stimme.

Theresa starrte Wilfred ungläubig an, doch bevor sie etwas entgegnen konnte, hatten zwei Soldaten sie gepackt und zum Kerker zurück geschleift. Sie schrie und verlangte eine Erklärung, doch die beiden Männer scherten sich nicht darum und schlugen mit einem Stock auf sie ein, um sie in das Loch zu zwingen, in das sie schließlich mehr stürzte als kletterte. Als ihre Peiniger die Strickleiter wieder eingezogen und die Falltür geschlossen hatten, ließ sich Theresa auf das faulige Stroh sinken und weinte hemmungslos.

Sie musste sich zusammennehmen. Gab es irgendeine Fluchtmöglichkeit? Nachdem sie sich ein wenig beruhigt hatte, versuchte sie irgendetwas in der Dunkelheit zu erkennen – nichts. Die fast gänzlich heruntergebrannte winzige Talgkerze erhellte mit ihrem flackernden Licht gerade so viel, wie sie mit ausgestreckten Händen erkennen konnte. Danach begann die schwarze Nacht, in der es, dem Rascheln und Trappeln nach zu urteilen, von Ratten und Mäusen nur so wimmelte. Sie hasste vor allem die Ratten, die in mageren Zeiten wie diesen auch schon mal Kinder oder Schlafende anfielen. Aber wenn es ihr Vater hier unten ausgehalten hatte, würde sie es auch schaffen. Plötzlich öffnete sich erneut die Falltür, sie hörte ein Keuchen und richtete sich erschrocken auf.

»Weißt du, Mädchen«, durchschnitt Wilfreds scharfe Stimme die finstere Stille. »Es war nicht besonders schlau von dir, Alkuin zu drohen. Und noch weniger, das griechische Pergament zu stehlen.«

»Was sagt Ihr? Ich habe nichts gestohlen!«, rief Theresa entrüstet.

»Ich warne dich: Wenn du bis Sonnenaufgang nicht gestanden hast, wo du dieses verfluchte Pergament deines Vaters versteckt hast, werde ich dich foltern und auf dem Scheiterhaufen verbrennen lassen!«

»Ich habe nichts gestohlen!«, schrie Theresa in trotziger Verzweiflung, doch Wilfred gab keine Antwort mehr. Sie hörte seine Peitsche knallen, knarrend entfernte sich sein Wagen, und mit einem dumpfen Knall schloss sich die Klappe über ihr wieder.

Theresa konnte kaum einen klaren Gedanken fassen. Sie wälzte sich auf den Strohresten hin und her, die ihr wie kalte Nadeln ins Fleisch stachen. Ob sie ihrem Vater wenigstens ein ordentliches christliches Begräbnis bereiten würden?

Diese verfluchte Urkunde, Symbol niederträchtigsten Machtstrebens! Ein Pergament des Himmels? Dass sie nicht lachte. Es hatte Gorgias das Leben gekostet, und wohl nicht nur ihn. Ihr lieber Vater ... Sie überließ sich den heißen Tränen, die ihr erneut die Wangen hinabrannen und nicht versiegen wollten. Sie musste versuchen, ein wenig zu schlafen, dachte sie, doch neben dem brennenden Schmerz in ihrer Brust quälte sie auch die eisige Kälte, die ihr in die Knochen kroch und ihr die Glieder erstarren ließ. Dazu die Ratten ... Sie würde kein Auge zumachen. Eine Stunde später übermannte sie aber doch der Schlaf.

Mitten in der Nacht schreckte sie hoch. Etwas hatte ihren traumlosen Schlaf gestört. Sie setzte sich auf, als ein ziemlich großes Tier über ihr Bein huschte. Angewidert zuckte sie zurück. Die Kerze war längst erloschen; angestrengt lauschte sie in die Finsternis. War da jemand? Sie war sich sicher, dass sie etwas gehört hatte. Eine Stimme. Sie spitzte die Ohren, da – jemand rief gedämpft ihren Namen.

»Ja?«, wisperte sie.

»Ich bin's, Izam.« Seine Stimme drang wie aus weiter Ferne zu ihr nach unten. Er musste den steilen Gang gefunden haben, der bei den Ställen begann. »Ist alles in Ordnung?«

»Izam!« Theresa konnte ihr Glück kaum fassen. Doch bevor sie antworten konnte, näherten sich die bedrohlichen Schritte des Wärters über ihr.

»Mit wem redest du?«, gellte es in ihren Kerker hinab.

Sie tat, als schliefe sie, und gab keine Antwort. Die Wache zog sich fluchend wieder zurück. Noch lange horchte Theresa hoffnungsvoll in die Dunkelheit, doch Izam ließ nichts mehr von sich vernehmen.

Am Morgen – oder war es gegen Mittag? Sie vermochte es nicht zu sagen – kamen zwei Wachen die Leiter heruntergeklettert und forderten sie auf, mitzukommen. Theresa stieg wortlos zwischen ihnen hinauf. Kaum streckte sie den Kopf durch die Öffnung, stopfte man ihr einen Knebel in den Mund – offenbar einen alten Putzlumpen –, und verband ihr grob die Augen. An den Händen gefesselt, wurde Theresa zuerst durch die Küche geführt, wie sie am Duft nach frisch gebackenem Brot erkannte, der ihr die Leere ihres Magens schmerzhaft bewusst machte, von dort in den Innenhof, wo ihr ein schneidender Wind um die Ohren pfiff, und weiter in den Hauptsaal, in dem Wilfred sie erwartete. Sie erkannte, dass es der Graf war, denn sie hörte seine schrecklichen Hunde knurren.

Plötzlich erhielt sie einen harten Stoß in den Rücken. »Wo ist das Pergament?«, herrschte Wilfred sie an.

»Ich weiß nicht, wovon Ihr redet«, erwiderte Theresa mit fester Stimme, doch ihr wurde übel vor Angst. Was würden diese Männer mit ihr anstellen?

Der nächste Schlag traf sie noch härter.

»Ich weiß es nicht, ich weiß es wirklich nicht«, wiederholte sie trotzig unter weiteren, immer brutaleren Schlägen.

»Dann werden wir wohl andere Saiten aufziehen müssen«, geiferte Wilfred wie von Sinnen. »Ausziehen!«

Theresa war unter den Knüppelhieben zusammengebrochen.

Schon halb ohnmächtig spürte sie, wie stinkende Hände, viele Hände, ihr das Kleid herunterrissen und die Brüste entblößten. Unter dem dreckigem Gelächter ihrer Folterknechte versuchte sie noch schwach, sich zu bedecken, doch nun sauste Wilfreds Peitsche unerbittlich auf sie nieder, immer wieder, bis sie endgültig die Besinnung verlor.

Ihr ganzer Körper schmerzte. Die Augenbinde hatte man ihr abgenommen, und als sie mühsam unter ihren geschwollenen Lidern hervorblickte, entdeckte sie, dass sie in einer Blutlache lag – ihr eigenes Blut. Ihr war schwindlig, und sie musste sich erbrechen.

Wo war sie? Sie blinzelte. Das musste das Skriptorium sein. Ein lüstern glotzender Wachtposten stand an der Tür und starrte auf sie hinab. Die Handfesseln hatte man ihr gelöst, dafür lagen jetzt ihre Füße in Ketten. Sie spürte einen brennenden Schmerz auf dem Rücken, als gebe es dort keine Haut mehr, die sie schützte, und sie versuchte, mit den Fetzen ihres Kleides ihre Blöße zu bedecken. Der Wächter starrte sie weiter wortlos an und spuckte schließlich vor ihr aus. Stöhnend sank Theresa in eine gnädige Ohnmacht zurück.

Sie erwachte erst wieder aus ihrem Dämmerzustand, als jemand sie unsanft rüttelte.

»Stehen dir gut, die Striemen«, raunte Haldor ihr ins Ohr.

Theresa spuckte ihm ins Gesicht, er lachte und schlug ihr so hart mit dem Handrücken auf den Mund, dass ihre Lippe aufplatzte.

»Aber, aber, hast du schon vergessen, wie viel Spaß wir miteinander hatten?«, spottete er und leckte ihr das Blut vom Mund. Dann fesselte er ihr die Hände und schob ihr einen Knebel zwischen die Zähne. Diese Bestie von Mensch hatte sie geliebt? Theresa schüttelte es bei dem Gedanken. Er beugte sich erneut zu ihr hinunter. »Es heißt, du hast das Pergament gestohlen. Ist das wahr?« Er schnalzte mit der Zunge. »Ja, so kann es gehen: Vor ein paar Monaten habe ich deinen Vater dafür niederstechen müssen, und jetzt kommst du daher und nimmst es einfach mit.«

Theresa wand sich in ihren Fesseln, doch Haldor lachte nur höhnisch.

»Es soll nicht einmal einen Prozess geben, habe ich gehört. Die Leute sind offenbar wirklich ernsthaft verärgert. Dein Galgen steht schon bereit.«

Gerade wollte er ihre Brust betasten, als die Tür sich knarrend öffnete. Rasch zog sich Haldor zurück.

»Was habt Ihr hier zu suchen? Verschwindet!«, fuhr Alkuin ihn an. Er war in Begleitung von Drogo, dem Missus dominicus, gekommen, hinter ihnen rollte Wilfred mit seinem ächzenden Gefährt in den Raum. Er dirigierte seine Hunde zu Theresa hin.

»Im Namen des Herrn und seines eingeborenen Sohnes Jesus Christus, zum letzten Mal fordere ich dich auf: Sag uns, wo du das Dokument versteckt hast! Du kennst seine Bedeutung, also gestehe, und wir werden dir in unserer unermesslichen Großzügigkeit schlimmes Leid ersparen. Solltest du dich aber weiterhin stur stellen, wirst du am eigenen Leib die Qualen des Feuertods erfahren müssen«, verkündete er mit drohender Stimme. »Nehmt ihr den Knebel aus dem Mund!«, herrschte er die Wache an.

Alkuin kam dem Wachsoldaten zuvor, indem er Theresas Blößen bedeckte und ihr ein sauberes Tuch in die Hand drückte. Doch dann glaubte sie ihren Ohren nicht zu trauen, als er erklärte: »Wenn sie wirklich wollte, hätte sie schon längst gestanden. Warten wir ab, bis die Flammen ihre Füße umzüngeln, dann werden wir sehen, ob ihre Zunge ihr noch gehorcht.«

Drogo nickte. »Es ist alles vorbereitet. Nach der Vespermesse führe man sie auf den Scheiterhaufen.«

Sie gaben dem Wachmann Anweisung, niemanden zu Theresa einzulassen, und verließen das Skriptorium. Ihr war klar, dass ihr nun, wo selbst der Sendbote des Königs sein Placet gegeben hatte, auch Izam nicht mehr würde helfen können. Das Einzige, was ihr jetzt noch blieb, war, in Würde zu sterben und gefasst vor ihren Schöpfer zu treten.

Izam erfuhr die Schreckennachricht von Urginda, der schwatzhaften Köchin, die Wilfred geschickt hatte, damit sie sich um die Verpflegung der Schiffsbesatzungen kümmerte.

»Sie sind schon dabei, den Scheiterhaufen auf dem Festungsgelände zu errichten … Stellt Euch den Aufruhr vor, wenn sie ein Mädchen öffentlich hinrichten, das noch vor wenigen Tagen als Auferstandene gefeiert wurde! Wenn Ihr mich fragt: Die ganze Geschichte stinkt doch zum Himmel. Erst war die Kleine eine Heilige, und jetzt soll sie auf dem Scheiterhaufen als Ketzerin verbrennen? Nun ja, vielleicht verstehe ich von so was nichts … Probiert diesen Fleischkuchen hier.«

Izam blickte angewidert auf die Pastete, bezahlte die Köchin für die Lebensmittel und sah nach dem Sonnenstand. Er hoffte, dass ihm bis zur Vesper irgendetwas einfallen möge, womit sich das Unheil abwenden ließe.

Zunächst machte er sich trotz seines schmerzenden Beines auf den Weg zu dem Wehrturm, wo man fast damit fertig war, den Scheiterhaufen zu errichten. Wie ein bedrohliches Omen ragte der Turm am äußersten Rand des Waffenhofs in den Himmel, dahinter gähnte der Abgrund des Festungsgrabens. Von dort oben mussten ganz Würzburg, seine Zugangswege und auch das Maintal zu überschauen sein.

Als Izam im Waffenhof angelangt war, fiel sein Blick auf den gewaltigen Stamm, mit dem man den sichtlich baufälligen Turm abgestützt hatte. Quer über den Hof hinweg führte der vielleicht dreißig Schritt lange Stützbalken beinahe wie eine Brücke über den Abgrund zwischen Turm und Festungsmauer, die dort einen rechten Winkel beschrieb.

Niedergeschlagen betrachtete Izam den aufgeschichteten Holzhaufen in der Mitte des Hofes, auf den gerade Teer gegossen wurde. Sie hatten es ja wirklich eilig, Theresa loszuwerden. Er machte sich auf, das in die Wege zu leiten, was ihm eingefallen war. Wenn er sich auf den nicht verlassen konnte, der ihm früher am Tag den Anstoß dazu gegeben hatte, war Theresa verloren.

Zwei Stunden später begann es zu regnen. Izam war von seiner

Erledigung zurückgekehrt und duckte sich hinter den Holzstoß. Er versuchte sich mit dem Gedanken zu beruhigen, dass bei dem Regen das Holz kaum brennen würde. Allmählich brach die Dämmerung herein, die Kirchenglocken läuteten zum Vespergottesdienst.

Der Regen prasselte immer stärker, als nach einer Weile ein kleiner Menschenzug auf den Scheiterhaufen zusteuerte. Angeführt wurde er von Wilfred, dem, feierlich herausgeputzt, Flavius Diaconus folgte. Dahinter erkannte Izam die hagere Gestalt Alkuins und Drogo, den Gesandten des Königs. Mit einigem Abstand kamen zwei Soldaten hinterher, die ein nahezu taumelndes Bündel Mensch unbarmherzig vorwärtstrieben.

Izams Herz krampfte sich zusammen. Theresa... Was hatten sie ihr bloß angetan!, dachte er in wütender Verzweiflung.

Die Hunde zogen den Rollstuhl bis an den Scheiterhaufen heran, unwillkürlich duckte sich Izam noch tiefer hinter das Holz. Wilfreds Diener rammten Fackeln in den Boden und verließen den Waffenhof. Auf ein Kommando des Grafen packten die beiden Wachen Theresa und wollten sie auf den Scheiterhaufen zerren.

In diesem Augenblick jedoch sprang Izam aus seinem Versteck hervor und stellte sich ihnen in den Weg.

»Was zum Teufel ...«, stammelte Wilfred aufgebracht.

Sofort fassten die Soldaten nach ihren Waffen, doch Drogo hielt sie mit einer beschwichtigenden Geste zurück.

»Izam, was macht Ihr hier?«, fragte er erstaunt.

Izam verneigte sich vor ihm. »Verehrter Missus dominicus, dieses Mädchen ist unschuldig. Ihr dürft nicht zulassen, dass man sie hinrichtet.«

Wilfred peitschte die Hunde auf, sie bellten wie besessen, und mit überschnappender Stimme gab er Befehl, den Scheiterhaufen zu entzünden. Blitzschnell packte Izam seinen Dolch und ließ ihn durch die Luft sausen; die Waffe landete knapp unter Wilfreds Beinstümpfen im Holz des fürchterlichen Gefährts.

»Ich versichere Euch, ich kann auch genauer zielen«, drohte Izam scharf und zog einen zweiten Dolch.

»Seid nicht töricht, Izam«, warnte Drogo. »Das Mädchen ist eine Diebin und elende Lügnerin. Sie hat ein sehr kostbares Pergament gestohlen. Ihr Tod ist beschlossen und besiegelt.«

»Ich sage Euch, das Mädchen ist unschuldig. Theresa war die ganze Zeit mit mir zusammen, nachdem wir ihren Vater aufgefunden hatten«, entgegnete Izam, ohne die Waffe sinken zu lassen.

»Alkuin weiß anderes zu berichten.«

»Dann hat Alkuin gelogen.«

»Ketzer!«, knurrte Alkuin.

Hasserfüllt starrte Izam den Geistlichen an, er wirkte gespenstisch, wie er dastand in der schwarzen Soutane, die seinen knochigen Körper umwehte.

Izam nahm einen tiefen Atemzug, trat ein paar Schritte vor und umfasste mit beiden Händen das Kreuz, das er um den Hals trug. Er sank vor Drogo auf die Knie.

»Ich fordere das Gottesurteil!«

Wie vom Donner gerührt standen die Männer im Regen, der immer stärker auf sie niederprasselte.

»Ich fordere das Gottesurteil!«, rief Izam noch einmal, riss sich das Kreuz vom Hals und hielt es mit ausgestrecktem Arm gen Himmel.

Drogo räusperte sich. Ein Ordal durfte man nicht abweisen. Er sah zu Wilfred, dann zu Flavius hin und richtete schließlich den Blick auf Alkuin.

»Ihr wollt also ein Gottesurteil?«, fragte der Missus dominicus zweifelnd, wieder an Izam gewandt. »Wisst Ihr, worauf Ihr Euch einlasst?«

Izam nickte. Mehrmals hatte er einer Feuerprobe beigewohnt, bei welcher der Angeklagte entweder barfuß über rotglühende Pflugscharen gehen, ein glühendes Eisen tragen oder aber seine Hand in ein loderndes Feuer stecken musste. Kam er dann unversehrt davon, so nahm man an, dass Gott selbst die Wahrheit seiner Behauptung durch dieses Wunder erwiesen habe, und sprach ihn frei. Es gab auch andere Gottesgerichte, etwa die Wasserprobe, die darin bestand, den

Angeklagten an Händen und Füßen gefesselt in gesegnetes Wasser zu werfen. Ging er unter, wurde er freigesprochen und wieder herausgezogen; denn nur ein Schuldiger wäre geschwommen, da ihn die heiligen Wasser abgestoßen hätten. Doch es gab noch eine weitere Möglichkeit der göttlichen Urteilsfindung in nicht lösbaren Streitfällen: das zweiseitige Ordal. Und um dieses ging es hier.

»Ich fordere Alkuin zum Zweikampf heraus«, sagte Izam mit fester Stimme. »Alkuin behauptet, Theresa habe ihn bestohlen. Ich aber erkläre hiermit, dass er lügt. In diesem Fall kann nur Gott darüber befinden, wer von uns beiden irrt.«

Die Umstehenden hielten den Atem an. Alkuin aber trat mit wütenden Schritten auf Izam zu, sah ihn durchdringend an und riss ihm das Kreuz aus der Hand.

»Ich nehme die Herausforderung an.«

Es wurde bestimmt, dass sie sich bei Sonnenaufgang am Scheiterhaufen einfinden sollten. Izam begab sich mit seinem stark schmerzenden Bein zurück zum Schiff, immerhin hatte er nun ein bisschen Zeit gewonnen. Auch Flavius Diaconus empfahl sich, er sei müde.

»Ihr hättet Euch darauf nicht einlassen dürfen«, sagte Wilfred kopfschüttelnd zu Alkuin, als sie allein waren.

»Glaubt mir, ich weiß, was ich tue. Und Ihr solltet eines bedenken: Mit einem Gottesurteil wird die Hinrichtung einer Auferstandenen auch vor dem Volk zu rechtfertigen sein.«

»Aber Ihr habt doch gar keine Erfahrung im Umgang mit der Waffe! Izam wird Euch geradewegs zur Hölle schicken«, wandte Wilfred ein.

Alkuin setzte eine nachdenkliche Miene auf. »Ein Campio! Das ist es! Wir brauchen jemanden, der an meiner Stelle kämpft.« Bei einem Kampfordal sei es schließlich erlaubt, dass der Herausgeforderte einen Stellvertreter ernennt. »Vielleicht Theodor«, überlegte er laut. »Er ist stark wie ein Stier und überragt Izam um Haupteslänge.«

»Theodor taugt dafür nicht. Der kann ja nicht mal eine Zwiebel schälen, ohne sich in den Finger zu schneiden«, erwiderte Wilfred.

»Wie wäre es mit Haldor Larsson?«, schlug Alkuin nach kurzem Nachdenken vor.

»Haldor?«, rief Wilfred erstaunt aus. »Sicher, er ist ein guter Kämpfer, aber weshalb sollte er sich bereit erklären, uns zu helfen?«

»Wie könnte er es ablehnen? Man müsste ihm allerdings gutes Geld bieten. Und wenn mich nicht alles täuscht, ist dieser Izam ihm ohnehin ein Dorn im Auge …«

Kurz vor Sonnenaufgang erschien ein Abgesandter bei Izam und überbrachte die Botschaft, dass er sich unverzüglich bei der Festungsmauer einzufinden habe. Zur Bestätigung zeigte er eine Tafel mit Drogos Siegel vor. Izam schnallte sich seinen Scramasax an, packte seine Armbrust sowie mehrere Pfeile, legte sich einen Regenumhang um und folgte dem Boten zur Festung. Als sie an der Stelle der Mauer anlangten, wo der Stützbalken schräg hoch zum Turm verlief, erklärte ihm der Diener, er solle das Gerüst, das am Turm stand und bis zum Balken reichte, hinaufklettern. Izam starrte ihn ungläubig an.

»Seid Ihr von Sinnen?«

Der Diener zuckte mit den Schultern und deutete nach oben. Izam folgte mit dem Blick seinem Arm und entdeckte, hoch über sich, auf dem Wehrgang, den Missus dominicus, der offenbar von dort das Geschehen überblicken wollte. Wild mit den Armen gestikulierend gab Drogo ihm zu verstehen, er solle sich über das Gerüst nach oben begeben. Izam reichte dem Diener seine Armbrust und bekreuzigte sich.

Wirkte die Konstruktion von unten noch halbwegs stabil, begann das Holz unter Izams Gewicht bald immer stärker zu knirschen. Wind und Regen peitschten ihm ins Gesicht, die Wunde an seinem Bein schmerzte beträchtlich. Er klammerte sich an das rutschige Holz, das immer mehr schwankte, je höher er kam. Als er etwa zwei Drittel des Wegs bis zum Stützbalken zurückgelegt hatte, hielt er inne, um Atem zu schöpfen; er blickte in die Tiefe, der felsige Abgrund unter ihm schien nur darauf zu warten, dass ihn die Kräfte verließen. Er durfte jetzt nicht aufgeben! Zügig kletterte er das letzte Stück bis zu dem Balken hinauf, der den Turm mit der Mauer verband. Von hier verlief er ungefähr dreißig Schritte schräg nach unten zur Mauer, deren Krone sich vier Mannslängen unter der Stelle befand, wo Izam gerade versuchte, festen Halt zu finden.

Doch man ließ ihn keinen Augenblick verschnaufen. Unter ihm auf dem Wehrgang erschienen Wilfred in seinem Rollstuhl, Flavius Diaconus, Drogo und Alkuin. Ein Stück abseits, an der Stelle, wo eine steile hölzerne Treppe in den Hof führte und damit zum Scheiterhaufen, stand Theresa, von zwei Soldaten bewacht. Sie hatte keine Kapuze mehr auf, war jedoch immer noch geknebelt. Selbst auf die Entfernung hin meinte Izam das Entsetzen in ihren Augen zu erkennen. Neben ihr stand ein großer Mann mit einer Axt in der Hand, das Gesicht hinter einer ledernen Halbmaske verborgen. Verwundert beobachtete Izam, wie Drogo auf diesen Hünen zutrat und ihn aufforderte, den Schwur zu leisten.

»Im Namen des Herrn, bekreuzigt Euch und macht Euch für den Kampf bereit.« Zu Izam rief der Missus dominicus hinauf: »Alkuin wird einen Campio stellen«, er deutete auf den Kämpfer mit der Axt. »Als Beschuldigter ist er dazu berechtigt. Nun schwört auch Ihr Gott die Treue, auf dass er Eure Waffen lenke.«

Izam leistete den Schwur. Drogo wandte sich dem Mann mit der Axt zu und forderte ihn auf zu beginnen.

»Ehre sei dem Sieger, die Hölle aber erwarte den, der fällt.«

Izam begriff, dass ihr Duell auf dem Balken über dem Abgrund stattfinden sollte. Er besah sich den Stamm genauer. Seine Oberseite sah aus wie grob abgehobelt, als sei er häufiger von Wagemutigen als Brücke zwischen Turm und Mauer verwendet worden. Dennoch würde es nicht leicht sein, das Gleichgewicht zu halten, denn der Regen ließ nicht nach. In der Mitte des Balkens, da wo er am stärksten abgeflacht war, bemerkte Izam mehrere kleine Ledersäckchen, auf deren Zweck und Inhalt er sich zunächst keinen Reim machen konnte.

Als er zum anderen Ende des Balkens schaute, sah er, wie sein

Gegner mit einem Satz über die Mauerkrone sprang und sich, mit der Axt in der Hand, leichtfüßig auf dem Balken aufrichtete. Der Mann trug einen Lederkoller und Nagelstiefel. Und trotz der ledernen Maske, die wohl furchteinflößend wirken sollte, wusste Izam sofort, wer sein Gegner war: Haldor Larsson.

Izam zog seinen Dolch aus der Scheide und machte sich zum Kampf bereit. Vom Wehrgang aus rief Drogo zu Haldor hinauf, er solle die Axt beiseite legen. Haldor schlug sie hinter sich in den Baumstamm und zog seinen Scramasax. Dann kam er, ohne in den Abgrund unter sich zu schauen, langsam auf Izam zu. Auch dieser näherte sich vorsichtig seinem Gegner; besorgt stellte er dabei fest, dass seine Verletzung ihn weit stärker behinderte, als er sich leisten konnte.

Wie zwei Raubtiere schlichen die beiden Kämpfer aufeinander zu. Izam peitschte der Regen ins Gesicht, Haldor wirkte so unangestrengt, als ginge er auf die Jagd. Der Balken knackte, als beide sich auf die Mitte zu bewegten. Da machte Haldor den ersten Vorstoß, Izam parierte, wich jedoch keinen Schritt zurück. Den nächsten Stoß führte Izam, der andere wehrte ohne erkennbare Schwierigkeiten ab.

Haldor lachte. Er war ein erfahrener Fechter, und seine Nagelstiefel verschafften ihm sicheren Halt auf dem rutschigen Holz. Wieder ging er auf Izam los, der diesmal zwei Schritte zurückweichen musste. Gerade wollte er zum Gegenstoß ansetzen, da gab Drogo seinen Bogenschützen Befehl zu schießen. Ein Schwarm von Pfeilen zischte durch die Luft und schlug zwischen den beiden Gegnern ein – genau in die kleinen Säckchen, die Izam zuvor aufgefallen waren.

»Was ist?«, rief Haldor und lachte siegessicher. »Denkst du an die Steine da unten, auf die du gleich aufschlagen wirst?«

Jetzt wird es ein echtes Gottesurteil, dachte Izam, als er sah, wie stetig dickflüssiges Fischöl aus den zerfetzten Säckchen quoll und den Balken in eine stinkende Rutschbahn verwandelte.

Auch Haldor musste genau achtgeben, wohin er trat, denn auf

der schmierigen Schicht, mit der das Öl den Balken überzogen hatte, konnten auch seine Nagelstiefel keinen sicheren Halt mehr finden. Plötzlich führte er einen erneuten Stoß, Izam konnte ausweichen, glitt jedoch aus – und seine Waffe stürzte in die Tiefe. Er selbst konnte sich gerade noch fangen. Hastig riss Izam seinen Gürtel heraus und schwang ihn wie eine Peitsche, um Haldor auf Abstand zu halten.

Mit einem Mal hörte Izam hinter sich ein Knirschen, entsetzt sah er das Gerüst wanken und einzelne Bretter in die Tiefe stürzen. Kaum hatte er die Lage erfasst, da senkte sich der Balken auf der Turmseite ab, während das Gerüst immer weiter ächzte. Es konnte nicht mehr lange dauern, bis es vollständig in sich zusammenfallen würde. Panisch versuchten sich beide Gegner auf das andere Balkenende zu retten. Haldor war mit wenigen Sätzen bei der Mauerkrone, Izam glitt auf der schmierigen Ölschicht aus und stürzte, bekam jedoch in letzter Sekunde einen abgeschlagenen Aststumpf zu fassen.

Ein gellender Schrei vom Wehrgang her ließ Izam den Kopf zu Theresa hin wenden, während er verzweifelt versuchte, sich auf den Balken hochzuziehen. Seine suchenden Finger stießen gegen einen Pfeil, der fest im Holz stak. Mit einer Hand den Aststumpf, mit der anderen den Pfeil umklammernd, hing er nun über dem Abgrund, während Haldor, auf seine feststeckende Axt gestützt, die Szene sichtlich amüsiert beobachtete.

»Na, brauchst du Hilfe?«, rief er spöttisch zu ihm hin.

Izam baumelte an dem Balken und versuchte vergeblich, sich hinaufzuziehen. Haldor riss die Axt aus dem Holz und begann sie wild hin und her zu schwingen.

»Soll ich dir mal was sagen, Izam? Ich habe es ihr wirklich gern besorgt«, rief er. »Und Theresa hat es genossen!«, fügte er hinzu und fasste sich obszön in den Schritt.

Aufreizend langsam bewegte sich Haldor auf Izam zu, der weiterhin über dem Abgrund strampelte; er war sich seiner Beute sicher.

In einer übermenschlichen Kraftanstrengung gelang es Izam, ein Bein auf den Balken zu schwingen. Haldor hob genüsslich die Axt, um sie auf Izam niedersausen zu lassen, da zog der blitzschnell das Bein weg, und die Axt schlug mit voller Wucht ins Holz. Izam baumelte wieder in der Luft. Fluchend packte Haldor die Axt, während Izam den Moment nutzte, um erneut den Balken zu erklimmen. Einen Augenblick lang starrten sie einander feindselig an, Haldor geduckt, seine Waffe umklammernd, Izam unbewaffnet und auf allen vieren auf dem Balken hockend. Erneut sauste die Axt durch die Luft und krachte eine Handbreit vor Izams Kopf ins Holz. Das war seine Gelegenheit. Er packte die Waffe und schwang sie gegen Haldor, der jedoch geschickt auswich. Es knirschte aufs Neue bedrohlich, auf der Mauerseite senkte sich der Balken weiter ab. Izam und Haldor klammerten sich fest, so gut sie konnten, doch da gab es einen weiteren, unerwartet heftigen Ruck, so dass Haldor den Halt verlor und in die Tiefe zu stürzen drohte. Izam zögerte, dann streckte er im letzten Moment den Arm aus und packte seinen Gegner am Handgelenk. Haldor flehte Izam an, er möge ihn retten. Mit letzter Kraft gelang es Izam, ihn auf den Balken zu zerren.

Haldor war jetzt direkt hinter ihm. Vorsichtig tastend krochen sie den Balken entlang Richtung Turm. Zur Mauer hin gab es kein Zurück, denn die Mauerkrone war mittlerweile so weit entfernt, dass keiner von ihnen hinaufgelangt wäre. Izam kroch voran, Haldor folgte. Izam war schon im Begriff, den Turm zu erklimmen, als Haldor ihm einen Pfeil, den er unterwegs aus dem Holz gezogen hatte, mit voller Wucht in den Rücken rammte. Izam stürzte nach vorn auf den Balken und blieb reglos liegen.

Theresa schrie verzweifelt auf. Sie hatte schon eine ganze Weile vergeblich versucht, sich von ihren Fesseln zu befreien, doch inzwischen hatte der Regen den Hanfstrick gelockert, und die Wachen, die wie gebannt das Duell verfolgten, achteten nicht mehr auf sie. Sie zerrte beharrlich an den Fesseln und konnte erst einen, dann auch den anderen Arm aus der Schlinge ziehen. Sie rieb sich die tauben Handgelenke. Dann schnappte sie sich ein Holzscheit und schlich sich von hinten an die Wachen heran. Eben wollte sie nach Izams achtlos an die Brüstung gelehnter Armbrust greifen, als einer der Soldaten sich zu ihr umdrehte. Ohne zu zögern schlug Theresa ihn mit dem schweren Scheit nieder. Sie griff sich ein paar Pfeile und rannte zum Turm. Der andere Bewacher versuchte sie aufzuhalten, doch Theresa war schon an der Tür, warf sie hinter sich zu und schob den Riegel vor. Zwei Stufen auf einmal nehmend, stürmte sie die Treppen hinauf, das Herz schlug ihr bis zum Hals. Als sie die Schießscharte erreichte, sah sie, wie Haldor von hinten auf Izam einschlug, ihn packte und ihn in den Abgrund stürzen wollte.

Die Armbrust war bereits gespannt. Theresa legte einen Pfeil ein, zielte und schoss. Der Bolzen sauste durch die Luft, verfehlte sein Ziel aber um Längen. Sie schalt sich für ihre Hast. Haldor schlug unaufhörlich und brutal auf Izam ein, der sich verzweifelt an den Balken klammerte.

»Verflucht, du solltest längst tot sein. Wieso hat dich der Pfeil nicht umgebracht?«, schrie Haldor in hemmungsloser Wut.

Theresa spannte die Armbrust noch einmal, doch sie rutschte ab und riss sich die Finger auf. Verzweifelt schaute sie zu Izam und sah, dass er jeden Augenblick in die Tiefe stürzen würde. Sie zog mit aller Kraft ihres geschundenen Körpers. Sie dachte an ihren Vater. Sie dachte an Haldors falsche Liebkosungen. Sie dachte an Izam, und es war, als wüchse ihr eine Stärke zu, die sie nie in sich geahnt hatte. Das Eschenholz bog sich immer weiter, bis es klickte – die Sehne war eingerastet. Sie legte einen Pfeil in die Rille und zielte mit absolut ruhiger Hand. Sie wusste, sie hatte nur noch diesen einen Versuch. Sie kniff ein Auge zu und schoss. Haldor hatte endlich begriffen, dass Izams verhasstes Kettenhemd den Pfeil und die meisten Hiebe abgehalten hatte. Er zuckte eben seinen Dolch, um seinem wehrlos vor ihm liegenden Gegner die Kehle durchzuschneiden, als er einen heftigen Schlag im Rücken spürte, gefolgt von einem die Eingeweide zerfetzenden Schmerz. Verblüfft schaute er an sich hinunter, und während sich sein Blick bereits trübte, erkannte er ungläubig einen blutigen Pfeil, der vorn aus seiner Brust ragte. Und das letzte Bild, das sich im bot, bevor er in den Abgrund stürzte, war Theresas triumphierendes Gesicht.

Izam verschwendete keinen Blick an Haldor, schnell kroch er bis zum Turm und zog sich durch die Schießscharte hinein, da brach hinter ihm der Balken weg und riss die Rest des Gerüsts mit sich.

Izam rappelte sich auf, Theresa stürzte auf ihn zu, und er schloss sie in die Arme. Sie weinte vor Erleichterung, und ohne ein Wort zu sagen, senkte er sein Gesicht zu ihr herab und küsste sie. Vom Regen durchnässt, standen sie eine Weile eng umschlungen da und machten sich dann schweigend an den Abstieg. Unten schlugen die Soldaten schon lautstark gegen die Tür. Izam schob den Riegel auf. Draußen standen Drogo, Alkuin, Flavius Diaconus und die Wachen. Wilfred wartete ein Stück weiter hinten.

»Danke«, sagte Alkuin zu Izam.

Theresa glaubte sich verhört zu haben. Izam hatte soeben seinen Kämpen besiegt, und Alkuin beglückwünschte ihn dazu? Nicht weniger überrascht war sie, als Alkuin sich nun zu ihr wandte und ihr mit fast zärtlicher Geste seinen Umhang über die Schultern legte. Drogo indes befahl den Wachen, den Waffenhof zu verlassen.

»Ihr werdet sehen. Bald wird sich alles aufklären«, verkündete Alkuin seelenruhig.

Der Regen ließ langsam nach. Alkuin trat an Flavius heran, der mit grimmigem Gesicht etwas abseits stand.

»Ich muss zugeben, es hat mich einige Mühe gekostet. Ihr, Flavius Diaconus, päpstlicher Gesandter, Nuntius Roms: Wer hätte vermutet, dass wir dieses ganze Unheil Euch zu verdanken haben?«

Theresa brannten tausend Fragen auf den Lippen, doch Izam hielt sie zurück.

»Der Überfall auf Gorgias«, fuhr Alkuin fort, »der Tod von Genserico und Korne, der Mord an dem jungen Wächter … Sagt mir, Flavius, wie weit wärt Ihr noch gegangen?«

»Was phantasiert Ihr da, mein lieber Alkuin?« Flavius lächelte gezwungen. »Das Gottesurteil hat ein klares Ergebnis erbracht: Euer Kämpe ist geschlagen.«

»War es nicht viel eher Euer Kämpe? Hätte Haldor gesiegt, wäre Gorgias' Tochter auf dem Scheiterhaufen verbrannt worden. Nun, durch Haldors Tod habt Ihr Euch wenigstens Eures Büttels entledigen können. Immerhin war er der Einzige, der Euch hätte verraten können. Haldor hat die ganze Zeit in Eurem Auftrag gehandelt. Ebenso wie Genserico, Euer zweiter Komplize. Beide habt Ihr mit Goldschillingen byzantinischer Prägung bezahlt.« Alkuin hielt einen kleinen Lederbeutel hoch. »Eine Währung, die auf fränkischem Boden bekanntlich untersagt ist. Wo habt Ihr die her?«

»Dieses Geld habe ich Haldor gegeben, damit er für Euch zum Kampf antritt«, versetzte Flavius schnippisch. »Ihr selbst habt Euch damit einverstanden erklärt.«

»Flavius, Flavius! ... Bei der Liebe Gottes. Diese Münzen habe ich bereits gefunden, bevor Izam mich überhaupt herausgefordert hat. Genauer gesagt, an dem Tag, an dem Theresa Euch mit Haldor Larsson im unterirdischen Festungsgang belauscht hat.«

Flavius starrte Alkuin feindselig an. Dann war er mit einem Satz hinter Wilfreds Rollstuhl, packte ihn bei den Griffen und drohte, ihn die steile Treppe zum Festungshof hinunterzustürzen.

»Meinetwegen könnt Ihr ihn da hinunterwerfen«, meinte Alkuin ungerührt. »Im Grunde hat er nichts anderes verdient.«

Wilfred riss seine vor Schreck geweiteten Augen noch weiter auf. Alkuin fuhr fort:

»Es war nämlich nicht Flavius, sondern Wilfred, der Genserico getötet hat«, verkündete er. »Als Wilfred dahinterkam, dass sein Gehilfe ihn hinterging, dass nämlich Genserico Gorgias hatte verschwinden lassen, um das Pergament an sich zu bringen, zögerte er nicht, ihn kaltblütig zu ermorden. Genau wie er später Korne getötet hat«, erklärte Alkuin und deutete auf den Griff an Wilfreds Rollstuhl. »Ob er glaubte, sich mit der Beseitigung der Verschwörer bei Karl wieder in ein gutes Licht zu setzen, nachdem er bei dem Pergament-Auftrag so versagt hatte? Ich weiß es nicht. Vielleicht war es auch nur die wütende Rache für die Schwierigkeiten, die sie ihm eingebrockt haben. Und die werden erheblich sein, wenn ihm nicht noch etwas einfällt, das man als Sühne akzeptieren könnte.«

Wilfred hatte verstanden. Er betätigte die Feder, und ein leises, metallenes Klicken war zu hören. Flavius spürte wohl ein Zwicken in der Handfläche, maß dem jedoch keine Bedeutung bei.

»Ihr vergesst, mit wem Ihr sprecht! Ich bin Gesandter des Papstes«, rief er höhnisch.

»Und Ihr steht im Dienste der Kaiserin Irene von Byzanz – dieser Verräterin. Der Frau, die ihrem eigenen Sohn das Augenlicht genommen hat und die voll Hass ist auf unseren Heiligen Vater. Der Frau, die Euch bestochen hat und in deren Auftrag Ihr die Urkunde an Euch bringen wolltet, um die Krönung Karls des Großen zu verhindern. Und nun lasst Wilfred los und gesteht, wo Ihr das Dokument versteckt habt.«

Flavius schwankte. Das Gift begann bereits zu wirken. Er schob die Hand unter sein Habit und zog ein zusammengefaltetes Pergament hervor.

»Ist es das, was Ihr sucht? Eine Urkunde, die nichts als eine Fälschung ist? Sagt, Alkuin, wer ist hier der wahre …« – er schüttelte den Kopf unwillig hin und her, als müsse er ein lästiges Insekt verscheuchen – »wer ist hier der wahre Schuldige? Derjenige, der wie ich für den Sieg der Wahrheit kämpft, oder der wie Ihr zur Durchsetzung seiner Ziele den Menschen eine niederträchtige Lüge auftischen will?«

»Die einzige Wahrheit ist die Wahrheit Gottes. Es ist sein Wille, dass die Kirche weiterbesteht.«

»Die byzantinische oder die römische?« Flavius zwinkerte nervös und kniff die Augen zusammen.

Alkuin trat einen Schritt auf ihn zu, doch Flavius erhob warnend die Hand.

»Noch ein Schritt, und ich reiße das Pergament in Stücke.«

Alkuin blieb stehen. Er brauchte ja nur zu warten, bis das Gift wirkte, dann würde ihm die Urkunde in den Schoß fallen. Doch

Wilfred wollte nicht warten. Als er sah, dass Flavius zu taumeln begann, ließ er seine Hunde auf ihn los. Die beiden Doggen rasten auf den römischen Gesandten zu und wollten ihm an die Gurgel springen. Während Flavius versuchte, den einen Hund mit dem Arm abzuwehren, verbiss sich der andere in sein Habit. In dem Gemenge glitt ihm das Pergament aus der Hand, sogleich schnappte eine der Doggen danach und hatte es schon zwischen den Lefzen. Flavius stürzte sich auf das Tier und wollte es ihm entreißen, da sprang ihn der andere Hund von der Seite an, Flavius verlor das Gleichgewicht und strauchelte. Am Rande des Abgrunds balancierend, starrte er Alkuin eine Sekunde lang ungläubig an, dann stürzte er mitsamt dem Hund in die Tiefe.

Alkuin trat an die steile Treppe und blickte mit ungerührter Miene hinab. Unten im Waffenhof lag, wenige Meter von dem im Regen glänzenden Scheiterhaufen, der leblose Körper von Flavius Diaconus, gleich neben dem toten Höllenhund, der ein passender Begleiter dorthin sein würde, wo sie beide von nun bis zum Jüngsten Gericht zu Hause waren. Alkuin sammelte die Pergamentreste ein. Mit den Fetzen würde nichts mehr anzufangen sein, dachte er schweren Herzens. Er bekreuzigte sich bedächtig und wandte sich zu Drogo um. Theresa kam es so vor, als habe sie einen feuchten Schimmer in seinen Augen gesehen.

29

Die Begräbnisfeier für Gorgias fand in Anwesenheit von Drogo und dem Rest der päpstlichen Gesandtschaft im Dom statt. Der Knabenchor sang, und als die glockenreinen Engelsstimmen der Jungen erklangen, war es Theresa zumute, als öffne sich das Tor zum Himmel. Ihre Stiefmutter Rutgarda, in Begleitung ihrer Schwester Lotaria, ihres Schwagers und der Kinder, schluchzte neben ihr ohne Unterlass und war kaum imstande, der Grabrede zu folgen, die der Domdechant selbst hielt. Weiter hinten stand Izam mit einem Hocker bereit, den Theresa jedoch nicht benötigte. Sie hörte die ganze Predigt gebannt mit an, und sie war voller Stolz auf ihren Vater. Nach der Messe trug man den hölzernen Sarg, von einer kleinen Prozession begleitet, zum Friedhof. Auf ausdrücklichen Wunsch Alkuins wurde Gorgias neben den herausragenden Persönlichkeiten der Stadt beigesetzt, jenen, die sich durch ihr frommes Wesen oder ihre besondere Tapferkeit für Würzburg und seine christlichen Werte verdient gemacht hatten.

Jener Samstag im März war der traurigste Tag in Theresas Leben. Und doch empfand sie zugleich auch Dankbarkeit: Sie hatte ihren Vater im schwersten Augenblick seines Lebens nicht allein lassen müssen. Und sie hatte Izam gefunden.

Am Sonntag Vormittag suchte sie Alkuin auf seinen ausdrücklichen Wunsch hin im Skriptorium auf. Sie selbst verspürte keinerlei Lust, ihn zu sehen, doch Izam hatte darauf bestanden und sich erboten, sie zu begleiten.

Sie grüßte ihren alten Lehrer mit kühler Höflichkeit und nahm

Platz. Alkuin bot ihr frisch gebackenen Rosinenkuchen an, doch sie winkte ab. Dann herrschte Schweigen. Alkuin räusperte sich, und seine Finger breiteten die Pergamentschnipsel auf dem Tisch aus, so als hätten sie ein Eigenleben. »So viel Arbeit und alles umsonst«, sagte er schließlich bedauernd. Nach einer weiteren Pause fragte er: »Wie geht es dir?«

Theresa erklärte mit dünner Stimme, es ginge ihr gut. Dabei waren ihre Augen ganz feucht. Alkuin seufzte und griff nach Theresas Hand, doch sie zog sie schnell zurück. Da nahm Izam ihre Hand in seine. Alkuin schob die Pergamentreste zur Seite.

»Nun … ich weiß nicht recht, wie ich anfangen soll«, hob er zögerlich an. »Zuallererst will ich Gott um Vergebung bitten. Nicht alles, was ich getan habe, war recht; ich habe Fehler gemacht. Ich sehe es als eine Ehre an, dem Herrn gedient zu haben; meine Fehler bereue ich, wenngleich ich immer in Seinem Namen gehandelt habe. Er weiß darum, und Ihm und Seinem Urteil will ich mich anvertrauen.« Er machte eine Pause und sah die beiden fest an. »Heute ist es leicht, zu urteilen. Mag sein, dass ich falsch daran getan habe, mich auf eine Lüge zu berufen, doch es tröstet mich der Gedanke, dass ich mich allein von dem leiten ließ, was ich in meinem Innern für gerecht und christlich erachtet habe. *›Accidere ex una scintilla incendia passim‹*. Bisweilen entfacht ein kleiner Funke einen großen Brand. Letztlich muss ich die Verantwortung übernehmen für alles, was geschehen ist, und daher kann ich dir nur meine Entschuldigung anbieten. Dafür aber ist es notwendig, dass du über all die Geschehnisse Bescheid weißt, die deinen Vater schließlich ins Grab gebracht haben.«

Theresa blickte Izam an, der drückte ihre Hand. Sie vertraute ihm. Also wandte sie sich wieder zu Alkuin und nickte.

»Als ich Gorgias zu Beginn des Winters die Arbeit an dem besagten Pergament antrug, willigte er sofort ein. Er wusste von seiner außerordentlichen Bedeutung, jedoch nicht, dass es sich um eine Fälschung handelte – wobei ich noch einmal bekräftigen möchte, dass ich dies nicht im Geringsten missbillige.« Er erhob sich und begann im Raum auf und ab zu schreiten. »Kenntnis von seiner Arbeit hatten Wilfred, seine Heiligkeit der Papst und selbstverständlich Karl der Große. Unglücklicherweise gelangte auch Flavius etwas davon zu Ohren. Kaiserin Irene von Byzanz hatte ihn bestochen, und so entwarf er einen teuflischen Plan. Er war mit Genserico bekannt, denn dieser hatte in Rom gelebt, bevor er sich in Würzburg niederließ. So überredete er den Papst, ihn mit der Reliquie vom Heiligen Kreuz nach Aachen zu schicken. Über einen Mittelsmann ließ er sich von Genserico auf dem Laufenden halten und reiste als Hüter des *lignum crucis* nach Aachen; in der Reliquientruhe wollte er das Pergament später unbemerkt nach Byzanz schaffen. Genserico beauftragte derweil Haldor Larsson, die Urkunde an sich zu bringen.«

Theresa fragte sich, weshalb sie Alkuin überhaupt noch zuhörte. Kalte Wut stieg in ihr eine auf. Dieser verfluchte Ordensbruder, der immer so heilig tat, hatte sich keinen Deut geändert. Hier saß er und plauderte mit ihr – doch hätte Izam nicht eingegriffen, hätte er sie noch vor ein paar Tagen bei lebendigem Leibe verbrennen lassen. Allein Izam zuliebe blieb sie sitzen und hörte sich seine Reden an.

»Genserico genoss Wilfreds Gunst«, fuhr Alkuin fort. »Er ging im Skriptorium ein und aus und war über die Arbeit deines Vaters im Bilde. Er nahm wohl an, dass das Dokument bereits vollendet sei, und beauftragte Haldor, es an sich zu bringen. Haldor überfiel also deinen Vater und konnte auch das Pergament erbeuten. Zum Glück für deinen Vater war er aber mit der Arbeit an der Urkunde noch längst nicht fertig.«

Zum Glück für deinen Vater!, dachte Theresa und fluchte innerlich.

»Und an dieser Stelle kommt nun das Konstantinische Siegel ins Spiel.« Alkuin trat an einen Schrank und entnahm ihm einen kostbar gearbeiteten Dolch. Theresa erkannte ihn sofort. »Den haben wir bei Haldors Leichnam gefunden«, erklärte er. Er machte sich an dem Griff zu schaffen, der sich schließlich mit leichtem Quietschen aufdrehen ließ, und zog einen kleinen Steinzylinder heraus, auf dessen Unterseite ein Kopf eingraviert war. Alkuin tauchte den Stempel in Tinte und drückte ihn auf ein Pergament. »Das Konstantinische Siegel«, verkündete er. »Nachdem Genserico es Wilfred gestohlen hatte, gab er es Haldor, der es verwahren sollte.«

»Wilfred hatte das Siegel?«, fragte Izam überrascht.

»So ist es. Wir benötigten es unbedingt. Das Dokument bestand gewissermaßen aus drei Teilen: Da war zunächst das eigentliche Pergament, das aus feinster Haut von ungeborenem Kalb gefertigt sein musste, dann der Text in lateinischer und griechischer Sprache, den Gorgias schreiben sollte, und schließlich das Siegel des Kaisers Konstantin. Das Pergament war nur von Nutzen, wenn alles stimmte. Als Genserico feststellte, dass das Dokument noch nicht fertig war, verfiel er auf den Gedanken, Wilfred das Siegel zu entwenden.«

»Aber hinter was war Flavius denn nun eigentlich her? Hinter dem Siegel oder hinter dem Pergament?«, fragte Theresa gereizt dazwischen.

»Das ist nicht ganz einfach zu beantworten«, erklärte Alkuin entschuldigend. »Also: Flavius wollte verhindern, dass das Dokument auf dem Konzil in Rom vorgelegt würde. Um dieses Ziel zu erreichen, gab es mehrere Möglichkeiten. Sie konnten das Dokument stehlen, das Siegel an sich bringen oder deinen Vater aus dem Weg schaffen – und genau in dieser Reihenfolge haben sie es dann auch versucht. Sie mussten sicher damit rechnen, dass wir einen oder mehrere weitere Schreiber mit der Abfassung eines solchen Dokuments betraut hatten. Aber mit einem ›Original‹ in der Hand hätten sie beweisen können, dass ein unter Umständen später auftauchendes weiteres Dokument falsch sein musste.

»Und darum haben sie meinen Vater am Leben gelassen«, folgerte Theresa, der allmählich die Zusammenhänge klarer vor Augen traten. Doch damit wurde ihr Alkuins Rolle keineswegs sympathischer.

»Zweifellos hätten sie ihn getötet, wenn das Dokument bereits fertig gewesen wäre. Aber noch einmal zu Haldor und dem Siegel.« Er hielt inne, nahm sich ein Stück Kuchen und verschlang es mit einem Bissen. Dann wischte er das Siegel ab und verstaute es wieder in dem Dolchgriff. »Auf der Suche nach einem Versteck kam Haldor damals im Steinbruch in sein Haus und hat dich, wie du mir erzählt hast, aus einer ziemlich unangenehmen Lage erlöst.«

»Ich gebe es ungern zu, aber er hat mich aus den Händen von zwei Sachsen befreit, die Euch ansonsten eine Menge Ungemach erspart hätten«, versetzte Theresa bitter.

»Und zum Dank hast du dich mit seinem Dolch aus dem Staub gemacht.«

Theresa nickte betreten. Jetzt ging ihr auf, warum Haldor sie so dringend gesucht hatte.

»Als du im Fuldaer Kloster ankamst, war mir gleich klar, dass du Gorgias' Tochter sein musstest. An dein Gesicht erinnerte ich mich zwar nicht mehr, aber wie viele junge Mädchen konnte es wohl in Franken geben, die ohne Schwierigkeit die griechische Aufschrift auf einem Medizinfläschchen entzifferten?«

Theresa dachte daran, wie sie damals in der Apotheke mit Alkuin nach einem Heilmittel für den verletzten Haldor gesucht hatte.

»Deshalb bot ich dir an, für mich zu arbeiten – weil du Gorgias' Tochter warst«, erklärte Alkuin. »Als es Haldor besser ging, hat er seinen Dolch mitsamt dem Siegel genommen und ist spurlos verschwunden.«

»Aber der Dolch ist ihm doch im Spital gestohlen worden«, wandte Theresa ein.

»Nein«, erwiderte Alkuin. »Das hat er nur behauptet, für den Fall, dass du zufällig das Geheimnis dieses Dolches herausgefunden hättest.« Er setzte sich Theresa gegenüber und zerkrümelte zerstreut das letzte Stück Kuchen. »Haldor kehrte nach Würzburg zurück, wo er mit Genserico zusammen deinen Vater entführte, damit er unter ihrer Aufsicht das Pergament zu Ende schrieb. Doch Gorgias glückte die Flucht. Nach Gensericos Tod wusste Haldor nicht mehr weiter und kam wieder nach Fulda, um von Flavius Diaconus neue Anweisungen einzuholen. Dieser hat ihn dann vermutlich beauftragt, dich als Köder einzusetzen, um deinen Vater ausfindig zu machen – oder aber um dich notfalls seine Arbeit an dem Pergament des Himmels fortführen zu lassen.«

»Und Wilfred hat Genserico getötet?«

»Wilfred hatte Genserico schon eine ganze Weile in Verdacht. Gorgias war bereits von der Bildfläche verschwunden, seine Sachen verschwanden seltsamerweise aber erst zwei Tage später. Inzwischen ließ Wilfred das Skriptorium überwachen, und Theodor kam Genserico auf die Schliche.«

»Aber warum hat dieser Riese ihn nicht gezwungen, zu verraten, wo er meinen Vater gefangen hielt? Warum ist er ihm nicht gefolgt?«

»Bestimmt hat er das versucht; doch dieser Kerl ist zwar stark wie ein Bär, lässt sich aber allzu leicht an der Nase herumführen. Wahrscheinlich hat Wilfred Genserico dann bei nächster Gelegenheit mit seiner Spezialvorrichtung das Gift in die Hand injiziert. Theodor ist ihm gefolgt und hat das Versteck in der alten Krypta entdeckt. Als er Wilfred später davon berichtete, gab der ihm den Auftrag, Gensericos Leichnam sofort zu präparieren.«

»Dann war es also Theodor, der Gensericos Leichnam von dort weggebracht und ihm den Griffel in die Brust gebohrt hat?«

»So ist es. Auf Wilfreds Geheiß hat er Gorgias' Griffel genommen und den Mord vorgetäuscht. Den Rest der Geschichte kennst du ja: unsere Schiffsfahrt, deine ›Auferstehung‹ und was dann folgte.«

Wieder stieg der Groll in Theresa hoch. Doch sie zwang sich zu einer sachlichen Frage: »Das war der erste Mord. Doch warum musste Korne sterben? Nicht, dass es nicht genug Gründe gegeben hätte, ihn umzubringen …«

»Korne hatte als Gensericos Komplize mit zu verantworten, dass Wilfred bei dem wichtigsten Auftrag versagt hatte, den sein König ihm hätte geben können. Das war für ihn Grund genug, um Korne zu töten – zumal er so glaubte zeigen zu können, dass er konsequent gegen Karls Feinde vorging.«

Ein Mord, nur um bei seinem Lehnsherren besser dazustehen? Korne mochte den Tod vielfach verdient haben, dennoch schauderte es Theresa bei dem Gedanken.

»Wie ich herausgefunden habe«, fuhr Alkuin fort, »stand unser Freund Haldor Larsson nicht nur in Flavius' Diensten. Wo er konnte, hat er versucht, Gewinn aus der Geschichte zu ziehen. Das führt uns zu den jungen Burschen, die erstochen aufgefunden wurden. Von ihren Angehörigen, mit denen ich Gelegenheit hatte zu sprechen, habe ich erfahren, dass ihre Hände und Füße schwarz verfärbt waren. Kommt dir das nicht irgendwie bekannt vor?«

»Das vergiftete Korn!«, rief Theresa ungläubig aus.

»Genau. Der vergiftete Weizen. Lotario hat das zwar nie gestanden, aber nach meinen Berechnungen musste er eine Partie Getreide auf die Seite geschafft haben. Haldor ist damals auf einem Pferd aus Fulda verschwunden, nicht wahr?«

Theresa senkte den Kopf und nickte.

»Die Schwarze Helga hat es mir erzählt«, führte Alkuin aus. »Aber laut Wilfred kam Haldor hier in Würzburg mit einem Wagen an. Also muss ihm in Fulda noch jemand geholfen haben, und dafür kommen nur Rothaart oder Lotario in Frage.«

»Wie kommt Ihr darauf?«

Alkuin kramte in seinen Taschen und förderte eine Handvoll Körner zu Tage.

»Weil ich in der Scheune, in der Zenon deinem Vater den Arm abgenommen hat, verseuchtes Getreide gefunden habe. Das Land, auf dem die verfallene Scheune steht, gehörte Haldor Larsson.«

Haldor habe versucht, aus der Hungersnot in Würzburg Kapital zu schlagen, erklärte er weiter. Die jungen Burschen hätten für ihn verschiedene Aufgaben erledigt, und bezahlt habe er sie mit dem Weizen, den er, durch Lotario gewarnt, selbst nicht anrührte. Vermutlich war ihm aber nicht klar, wie schnell die verheerende Wirkung eintreten würde, und plötzlich hatte er diese kranken Jungen am Hals; er drohte aufzufliegen und beschloss daher, sie aus dem Weg zu schaffen …«

»… und die Morde wiederum meinem Vater in die Schuhe zu schieben.« Theresa schnürte es vor Entrüstung beinahe die Kehle zu.

»Richtig. Haldor musste ihn unbedingt finden, und wenn man Gorgias mehrerer Morde verdächtigte, würde ganz Würzburg ihm bei der Suche behilflich sein. Ich bin mir nicht sicher, ob Haldor wusste, dass sich dein Vater in der Mine versteckt hielt. Vielleicht ahnte er es, oder es war eine Fügung des Schicksals. Jedenfalls hatte niemand mehr ein Interesse daran, dass Gorgias noch weiter am Leben blieb. Flavius und Haldor wollten ihn tot sehen, denn wenn er sich wieder erholte, hätte er jederzeit Haldor erkennen und zu Fall bringen können. Und auch Wilfred wollte seinen Tod. Du darfst nicht vergessen, dass er versucht hat, ihm den Mord an Genserico in die Schuhe zu schieben, gewiss auch in der irrigen Annahme, sich so von der Schuld für sein eigenes Versagen reinwaschen zu können.«

»Warum vergesst Ihr Eure Rolle?«, fragte Theresa in scharfem Ton. Sie konnte Alkuins Selbstgefälligkeit nicht ertragen, mit der er so klug über andere urteilte, sich selbst aber zum Werkzeug von Gottes Willen erklärte. »Wolltet Ihr nicht verhindern, dass die Entdeckung meines Vaters ans Licht käme?«

»Was meinst du damit?«, rief Alkuin irritiert aus.

»Dass auch Ihr an seinem Tod interessiert wart. Mein Vater hatte schließlich herausgefunden, dass die ganze Urkunde eine Fälschung ist.«

Alkuin runzelte die Stirn. Ein Diener kam herein, Alkuin wies ihm barsch die Tür.

»Ich kann es dir nur noch einmal versichern: Ich habe deinen Vater wirklich sehr geschätzt. Aber lassen wir das. Du kannst mir jedenfalls glauben: Ich hätte ihm doch nicht mehr helfen können, gestorben wäre er ohnehin.«

»Aber nicht wie ein Hund verreckt.«

Alkuin starrte finster vor sich hin. Dann sagte er: »Gott fordert Opfer von uns. Mitunter schickt er uns schreckliches Leid, welches wir nicht immer fähig sind zu begreifen. Dein Vater hat sein Leben gegeben, und du solltest ihm dafür dankbar sein.«

Theresa sah Alkuin fest in die Augen.

»Wenn ich für etwas dankbar bin, dann dafür, dass mein Vater lange genug am Leben geblieben ist, um mich eins zu lehren: dass ich niemals so sein will wie Ihr«, erklärte sie, stand entschlossen auf und verließ den Raum.

Auf dem Weg zum Schiff überraschte Izam, der sanft seinen Arm um sie gelegt hatte, Theresa mit einer Enthüllung, die ein weiteres Mal ihre Überlegungen ins Wanken brachte.

»Willst du wissen, mit welcher Absicht Alkuin dich des Diebstahls beschuldigt hat?« Theresa blieb stehen und blickte ihn an. »Er wollte dich vor Flavius schützen. Der war es tatsächlich, den du in dem unterirdischen Gang mit Haldor belauscht hast. Haldor hat den jungen Wachmann umgebracht, aber gesucht hat er dich. Er hat die smaragdgrüne Bibel gefunden und mitgenommen, weil er hoffte, darin wäre vielleicht das Pergament versteckt. Als er dann später feststellte, dass es nur eine griechische Bibel war, hat er sie im Kreuzgang weggeworfen.«

»Und weshalb hat Alkuin mich in den Kerker sperren lassen? Weshalb hat er zugelassen, dass man mich halbtot geschlagen hat? Weshalb wollte er mich bei lebendigem Leib verbrennen?«

»Nun warte einen Moment, beruhige dich erst wieder«, bat er und küsste sie zärtlich auf die Stirn. »Er dachte, im Kerker wärst du in Sicherheit. Dass man dich geschlagen hat, geht auf Wilfred zurück, der nicht Teil von Alkuins Plan war.«

»Alkuins Plan? Was für ein Plan?«

»Dass ich ihn zum Zweikampf herausfordern sollte.«

Theresa begriff immer noch nicht.

»Es war doch alles sein eigener Vorschlag. Er hat mir am Tag vor dem Duell alles erzählt. Er wusste nicht, wie er es sonst anstellen sollte, dich einerseits zu schützen und zugleich die Mörder zu überführen. So bat er mich, ihn zum Duell herauszufordern. Als ich das dann auch tat und Alkuin wie zufällig die Idee aufbrachte, einen Stellvertreter in den Kampf zu schicken, musste Flavius mit den Wölfen heulen.«

»Und darauf hast du dich eingelassen? Um Gottes willen, Izam!

Du warst doch verletzt! Und wenn Haldor dich besiegt hätte? Dann hätten sie mich ruhig auf dem Scheiterhaufen verbrennen können. Ohne dich mag ich in dieser Welt voller Intrigen und menschenverachtender Politik nicht sein. Izam, du musst es mir sagen: Wofür hast du wirklich gekämpft?«

»Für dich, Theresa. Für uns. Haldor hat deinen Vater getötet. Er hatte diese Strafe verdient, und er sollte nie zwischen uns stehen.«

»Das konnte er ohnehin nicht. Aber du hättest dein Leben verlieren können!«, rief sie und brach in Tränen aus.

Izam küsste sie, als könnte er nur noch durch sie atmen, und meinte dann bestimmt: »Es war ein Gottesurteil. Das wäre nicht geschehen.«

Drei Tage nach Gorgias' feierlicher Beisetzung wurde Wilfred von seinen Verbrechen freigesprochen. Drogo als oberster Richter kam zu dem Schluss, Gensericos und Kornes Tod seien als verdiente Strafe für ihre schändlichen Taten anzusehen, und dieses Urteil wurde von allen Anwesenden begrüßt. Dennoch verurteilte Alkuin den Eifer, von dem sich Wilfred hatte leiten lassen: ein zwar christlicher, aber doch allzu mörderischer Eifer, wie er sagte.

Draußen traf Alkuin auf Theresa, die inmitten von Bündeln und Packen saß und auf ihn wartete. Nach reiflicher Überlegung war sie gekommen, um sich von ihm zu verabschieden.

»Bist du wirklich sicher, dass du Würzburg verlassen willst?«, fragte er.

Theresa stand vor einer schweren Entscheidung. Izam hatte sie am Abend zuvor gefragt, ob sie ihn nach Aachen begleiten wolle, wohin ihn die Angelegenheiten des Königs zurückberiefen, und noch war sie ihm eine endgültige Antwort schuldig. Einerseits wünschte sie sich so sehr, ein neues Leben anzufangen, alles hinter sich zu lassen und mit ihm zusammen das Schiff zu besteigen, das bereits am nächsten Tag aufbrechen würde. Andererseits war ihr Platz vielleicht doch hier in Würzburg bei Rutgarda und der Familie ihrer Tante. Und dann? Würde sie dann eines Tages vielleicht doch Rutgardas Rat folgen, sich hier in Würzburg einen ordentlichen Mann suchen und eine Familie gründen? Aber dann würde all das, was ihr Vater sie gelehrt hatte, all sein Bemühen, eine gebildete, unabhängige Frau aus ihr zu machen, vergebens gewesen sein. Sie würde kochen, waschen, Kinder bekommen und ihrem Mann eine Zierde sein. Aber wäre sie dann noch sie selbst? Wo bliebe die neugierige, lebensfrohe Theresa, die Latein konnte, Griechisch, Schreiben und Lesen: Lesen von vergangenen Welten, von den klugen Dingen, die andere vor ihr und für sie gedacht und niedergeschrieben hatten. Und von den fernen, exotischen Welten, jenen sagenhaften warmen und wilden Ländern, die sie am liebsten alle erleben wollte?

Ja, sie würde mit Izam gehen, den sie liebte – ganz gleich wohin. Ausgerechnet da kam Alkuin, und für einen Augenblick wurde sie schwankend.

»Du kannst immer noch hierbleiben und weiter für mich arbeiten. Ich werde eine Weile in der Festung bleiben, um die Dinge im Skriptorium zu ordnen und verschiedene Angelegenheiten zu regeln. Wilfred wird sich in ein Kloster zurückziehen, du könntest mir also helfen und später entscheiden, wie deine Zukunft aussehen soll.«

Theresa wusste, noch vor wenigen Wochen hätte sie jubelnd zugesagt. Die Arbeit im Skriptorium, zwischen all den Pergamenten und Büchern – das war es, was sie sich immer gewünscht hatte. Doch jetzt sehnte sie sich nach etwas anderem. Die Welt ihrer Bücher existierte: Sie lag da draußen. Izam hatte ihr viel von dieser Welt erzählt, und sie brannte darauf, sie mit ihm zu entdecken. Sie hatte ein neues Leben vor sich!

Alkuin erriet ihre Gedanken und seufzte. Mittlerweile allerdings vermochte auch sie ihn zu durchschauen, und so war sie nicht überrascht, als er sich noch einmal betont beiläufig nach dem Pergament erkundigte.

»Den griechischen Teil, meine ich. Dein Vater muss ihn praktisch fertiggestellt haben.«

Wahrscheinlich hatte er das tatsächlich, dachte Theresa, und sie war sich beinahe sicher, wo das Pergament des Himmels zu finden wäre: »in den Balken, die den Himmel stützen« – vermutlich dort, wo Gorgias die Zeit seines Fieberdeliriums verbracht hatte, in der Mine. Doch sie sagte nur: »Ich habe es nie gesehen«. Und das war nicht einmal eine Lüge.

Alkuin ließ nicht locker. »Es wäre wirklich sehr wichtig. Wenn die Urkunde wieder auftauchen würde, könnten wir sie immer noch beim Konzil vorlegen …«

Verächtlich unterbrach ihn Theresa: »Ich sage Euch doch, ich weiß nichts davon … Und selbst wenn ich das Dokument hätte, ich würde es Euch niemals überlassen. Sosehr Ihr dabei auf das Christentum pocht – mit Lüge und Mord, Macht und Habgier will ich nichts zu tun haben. Behaltet Ihr Euren Gott und ich den meinen.« Das sagte sie in einem Ton, der keinerlei Zweifel daran ließ, dass dies ihr letztes Wort zu dem Pergament war, das für Alkuin den Himmel bedeutete.

So verabschiedete sich Theresa von Alkuin, und nun war ihr auch klarer denn je: Sie würde mit Izam fahren. An das Pergament verschwendete sie keinen Gedanken mehr.

Auf dem Weg zum Hafen machte sie nur noch Halt bei Rutgarda und ihrer Familie. Bei dem herzlichen Abschied floss manche Träne, schließlich aber schnürte Theresa ihre wenigen Sachen zu einem Bündel zusammen, drückte ihrer geliebten Stiefmutter einen wehmütigen Kuss auf die Stirn und lief dann, so schnell ihre Füße sie tragen wollten, zum Steg.

An der Anlegestelle fand sie Izam ganz in die Arbeit vertieft; er war dabei, das Schiff, das seine Männer kalfatert hatten, zu inspizieren. Als er sie erblickte, ließ er alles stehen und liegen und kam ihr mit seinen teerbeschmierten Händen entgegengelaufen, um sie in die Arme zu nehmen. Seine schwarzen Finger fuhren ihr zärtlich übers Gesicht, so dass sie bald aussah wie eine Kohlenhändlerin. Übermütig lachend, versuchte sie sich die Schmiere abzuwischen und gab Izam einen innigen Kuss. Als sie sich voneinander lösten, hatte auch er ganz schwarze Wangen, und sie beschlossen, unter Deck zu gehen.

Er zog sie in seine Arme, ein wohliger Schauer durchfuhr Theresa, als Izam ihren Hals küsste, ihren Nacken, die Schultern und immer tiefer hinabglitt, um mit seinen heißen Lippen die Geheimnisse ihres Körpers zu erforschen. Er hielt sie so fest, als wollte er sie niemals wieder loslassen. Theresa spürte seine Wärme, seinen erregten Atem. Pulsierendes Verlangen breitete sich in ihr aus. Izam bemerkte, wie ihre Brustwarzen unter dem Kleid hart wurden, immer stärker drängte sie sich an ihn. Er knöpfte ihr das Kleid auf, umfasste mit beiden Händen ihre festen Brüste, küsste ihren Bauch und tastete sich mit seiner Zunge immer stürmischer bis zu jener warmen, weichen Stelle vor, die so noch kein Mann berührt hatte. Theresa ließ sich von ihm entkleiden und gab sich seiner sanften Leidenschaft mit jeder Faser ihres Körpers hin. Sie wollte ihn, sie begehrte ihn so sehr!

Sie erbebte, als sie ihn an ihrem Schoß spürte. Hin und her gerissen zwischen brennender Scham und wildem Verlangen, wisperte sie, sie wolle ihn in sich spüren. Behutsam drang er in sie ein und stöhnte auf. Sie klammerte sich an ihn, schlang ihre Beine um seinen Leib. Er begann sich in ihr zu bewegen, immer schneller, sie flüsterte seinen Namen, immer atemloser, und wünschte, er möge niemals innehalten.

Und dann schwanden ihr die Sinne – so musste es sich anfühlen, wenn man ins Paradies einging …

VI

30

Die eintägige Schiffsfahrt, begünstigt durch die von der Schneeschmelze beschleunigte Strömung, verlief ohne größere Zwischenfälle. Hin und wieder begegneten sie einer schnatternden Entenfamilie, und es kam Theresa vor, als seien die ersten Frühlingsblumen, die an den Ufern aus der wiedererwachten Erde sprossen, eigens erblüht, um sie in ihrem neuen Leben zu begrüßen. Und dieses neue Leben würde anders beginnen als noch am Vortag vermutet. Drogo, der Sendbote Karls, hatte durch einen Kurier die Nachricht erhalten, dass der König erst im folgenden Jahr nach Aachen zurückkehren wolle. So lange würde Izam frei sein, zu gehen, wohin er wollte – und er würde sie nach Fulda begleiten! In Frankfurt gingen sie also von Bord, verabschiedeten sich von Drogo, der nach Mainz weiterreiste, um dort zu König Karl zu stoßen. Theresa und Izam schlossen sich einem Tross an, der bald Richtung Fulda aufbrach. Dort empfing sie glücklich die Schwarze Helga, deren Bauch mittlerweile kugelrund geworden war. Als sie Theresa erblickte, ließ sie ihren Kochlöffel fallen und umarmte sie so fest, dass sie nach Luft rang. Als sie gar hörte, dass die beiden sich fürs Erste in Fulda niederlassen wollten, führte sie einen solchen Freudentanz auf, dass man Angst bekommen konnte, die Wehen könnten gleich an Ort und Stelle einsetzen.

Sie machten sich sogleich auf den Weg, um nach Theresas Ländereien zu schauen. Unterwegs nahm Helga die Freundin einen Augenblick beiseite und erkundigte sich mit leuchtenden Augen, ob sie denn bereits Heiratspläne hätten. Izam habe noch nicht um ihre Hand angehalten, entgegnete Theresa lachend, sie hoffe aber insgeheim darauf, dass er es bald tun werde. Dann berichtete sie von ihren Plänen: Sie wollten weiteres Land urbar machen und ein großes, gemauertes Haus nach byzantinischem Vorbild bauen, es sollte mehrere Räume haben, und der Abort würde von den Zimmern getrennt sein. Izam war ein Mann der Tat, und er verfügte über einige Ersparnisse. Theresa war zuversichtlich, dass sie es gemeinsam schaffen würden.

Olaf, der sie schon von Weitem erspäht hatte, kam ihnen fast so ungestüm wie ein kleiner Junge entgegengelaufen. Izam war beeindruckt, wie wendig er inzwischen mit dem Holzbein war, und erkundigte sich ausführlich danach, wie er mit dem Kniegelenk zurechtkam. Während die beiden Männer sich in ein Gespräch über die Pferde und den Ackerbau vertieften, gingen Theresa und die Schwarze Helga hinüber zu Hilda. Aus der alten Hütte war in der Zwischenzeit ein recht ordentliches Wohnhaus geworden. Auch die Kinder hatten inzwischen mehr Fleisch auf den Rippen, und auf dem Tisch lag ein Laib frisches Brot.

In der Nacht taten sie kaum ein Auge zu, denn obwohl Olaf sich sein Lager draußen unter freiem Himmel gerichtet hatte, lagen sie drinnen dicht gedrängt.

Am nächsten Morgen begutachteten sie die Felder, auf denen das Saatgut schon zu keimen begann. Am Nachmittag fuhren sie hinunter in die Stadt, um Bauholz und Werkzeug einzukaufen, denn am nächsten Tag wollten sie damit beginnen, ihr zukünftiges Wohnhaus zu errichten.

Am vierten Tag nach ihrer Ankunft in Fulda – Olaf und Hilda waren in die Stadt aufgebrochen, um Besorgungen zu erledigen – nahm Izam Theresa beiseite, um ein ernstes Wort mit ihr zu sprechen. Er legte ihr zärtlich den Arm um die Schulter, der Schweiß nach der schweren Arbeit am Haus rann ihm übers Gesicht, als sie sich zu ihm hindrehte und ihn strahlend auf die warmen, vollen Lippen küsste. Zärtlich strich Izam ihr über die Handflächen, die vom Umgraben, Jäten und Pflanzen schwielig und voller Blasen waren. »Früher waren deine Hände ganz zart«, meinte er mitfühlend.

»Früher hatte ich dafür dich nicht an meiner Seite«, erwiderte sie lächelnd und küsste ihn wieder.

Izam wischte sich den Schweiß von der Stirn und sah sich stirnrunzelnd um. Sie waren mit dem Hausbau noch nicht sehr weit gekommen, auch würde das Gebäude wohl nicht so groß und prächtig werden, wie Theresa es sich erträumte. Und das unbebaute Land zu bestellen würde mehr Mühe machen, als sie wohl erwartet hatte – vielleicht wäre sie irgendwann doch der Meinung, dass sich diese Schinderei gar nicht lohnte. Gleichwohl empfand er große Achtung vor Theresa, die tapfer und zuversichtlich jede Plackerei auf sich nahm.

Sie gingen ein paar Schritte am Bach entlang, und Izam stieß mit nachdenklicher Miene einen Kiesel vor sich her. Als Theresa ihn fragend ansah, platzte es aus ihm heraus. Diese Landarbeit sei doch nichts für sie, er könne es nicht länger mit ansehen, wie sie sich schinde, sie habe ein anderes Leben verdient.

»Das ist doch nicht das, was du dir wirklich wünschst – Kühe melken und Getreide ernten.«

Theresa erklärte, seine Liebe entschädige sie tausendfach für alle Mühen.

»Und was ist mit deinen Büchern? Jede Nacht sehe ich dich über deine Schriften gebeugt.«

Theresa wandte den Blick ab und schluckte; Izam sollte nicht sehen, wie ihr die Tränen in die Augen schossen.

Er nahm ihr Gesicht in seine Hände, drehte ihren Kopf sanft zu sich und küsste ihr zärtlich die Tränen fort. Dann sagte er: »Ich weiß, du wolltest dir hier etwas aufbauen, das unser Zuhause sein könnte, solange ich immer wieder von Karl hierhin und dorthin beordert werde. Doch dann wärst du eine Bäuerin – noch dazu eine, die dauernd auf ihren Mann wartet. Aber wer sagt denn, dass ich immer für Karl unterwegs sein muss? Oder falls er mich nicht freigibt: dass ich immer allein reisen muss? Und ein beständiges Zuhause können wir trotzdem haben.«

Theresa blickte ihn an, als wollte sie am liebsten auf der Stelle mit ihm losreisen – ganz gleich, wohin.

»Wir könnten nach Nantes gehen«, eröffnete Izam ihr. »Ich habe dort ein Stück fruchtbares Land geerbt, das gut bestellt wird. Es gibt ein ordentliches Häuschen, das Klima ist mild, und im Sommer ist der Strand voller Möwen. Ich bin mit dem dortigen Bischof bekannt, ein guter und ehrlicher Mann; er würde dir sicher seine Bibliothek zur Verfügung stellen. Und du könntest dort auch schreiben.«

Theresas Miene hellte sich immer mehr auf. Izams Vorschlag klang wie die Erfüllung eines wunderbaren Traums. Aber was würde dann aus Olaf und seiner Familie werden?

»Dort gibt es genug zu tun, und es fällt auch genug für sie ab. Sie werden alle mitkommen und uns in der neuen Heimat zur Hand gehen. Ich wette, unser Olaf wird ziemlichen Eindruck machen.«

Die kommenden Tage waren von geschäftigen Reisevorbereitungen bestimmt. Das Land wurde bis auf einige Morgen, die Theresa der Schwarzen Helga überschrieb, verkauft und ein Teil des Geldes an Rutgarda nach Würzburg geschickt. Am ersten Sonntag im Mai brachen sie zu ihrer großen Reise auf; eine kleine Karawane mit einem großen Ochsenkarren, den Olaf geschickt lenkte, und zwei Pferden für Theresa und Izam. Die kugelrunde Schwarze Helga winkte zum Abschied. Aufgeregt und überglücklich ritt Theresa neben Izam her; es kam ihr vor, als würde selbst der Himmel über ihnen immer blauer strahlen. Izam streckte seine Hand nach ihr aus. Theresa dachte still an ihren Vater, dann nahm sie Izams Hand in die ihre, sandte ein stummes Dankgebet zum Himmel und spornte ihr Pferd an, voranzureiten, voran in ihr aufregendes neues Leben.

EPILOG

Obwohl der schmutzige Berchtold bei der letzten Schlägerei einen Schneidezahn verloren hatte, spuckte er immer noch weiter als alle anderen. Deshalb, und weil seine Fäuste die flinksten in ganz Würzburg waren, war er noch immer der Anführer der Vorstadtbande, und so war er es gewesen, der sie wagemutig in das neue Versteck geführt hatte.

Neugierig erkundeten die Jungen die Baracken, an denen der harte Winter seine Spuren hinterlassen hatte. Dann stiegen sie in die Stollen ein und sammelten allerlei zerbrochenes Werkzeug zusammen, das ihnen zum Spielen taugen konnte. Berchtold verkündete, dass man sich in einer der Baracken häuslich einrichten würde, und ernannte den kleinen Thomas zum Wächter über die Mine. Er befahl ihm, die Dachbalken zu erklimmen, um dort Posten zu beziehen, und drohte ihm, ihn dort oben verfaulen zu lassen, wenn er nicht endlich mit dem Geflenne aufhöre. Zu Berchtolds Erstaunen hörte Thomas tatsächlich auf zu schluchzen und kroch gehorsam auf allen vieren den Balken entlang.

»Da vorn, da ist was versteckt!«, rief er plötzlich aufgeregt von oben.

Er tastete hinter den Querbalken, zog einen sorgfältig in Leder verschnürten Packen hervor und schwenkte ihn triumphierend in der Luft. Berchtold befahl ihm, die Beute augenblicklich herunterzuwerfen. Alle versammelten sich um ihren Anführer, der ihnen feierlich Schweigen gebot.

»Sag schon, was ist drin?«, fragte einer der Jungen vorlaut und fing sich prompt eine Ohrfeige ein.

»Ruhe, verdammt noch mal!«, fauchte Berchtold und machte sich an dem Lederband zu schaffen. Als er lediglich ein paar alte Pergamente ans Licht beförderte, spuckte er verächtlich aus und pfefferte sie in die nächste Ecke. Schadenfrohes Gelächter ertönte, der enttäuschte Berchtold knurrte und gab allen, die er erwischen konnte, eins aufs Maul. Dann wurde er aber doch neugierig, sammelte die Pergamente vom Boden auf und sah sie sich aufmerksam an. Sie waren mit ziemlich merkwürdigen Zeichen bedeckt.

»Ha, wozu bin ich schließlich euer Anführer!«, rief er mit stolzer Miene aus. »Ich gehe damit jetzt schnurstracks zur Festung und tausche diese Papiere gegen Zuckerbrot ein – ihr werdet schon sehen.«

Nach langem Fußmarsch am Eingangstor zur Festung angelangt, baute Berchtold sich vor der Wache auf und verlangte Einlass; er habe etwas Wichtiges zu übergeben, erklärte er. Der Posten aber lachte nur und schickte ihn fort, er solle doch lieber wieder spielen gehen. Beleidigt zog Berchtold ab und wollte die unnützen Blätter schon zerreißen, als ein älterer, hochgewachsener Mönch an ihn herantrat und fragte, was er vorhabe. Berchtold sah ihn misstrauisch an, doch dann fasste er sich ein Herz. Schließlich war er der Anführer. Er spuckte sich kräftig in die Hände, fuhr sich durch die zerzausten Haare und hielt dem hageren Kirchenmann mit wichtiger Geste die Pergamente vor die Nase. Der sah sich die Dokumente an, fiel vor dem staunenden Jungen auf die Knie, küsste ihn auf die nicht ganz saubere Stirn und segnete ihn. Nachdem er dem kleinen Engel alle Münzen zugeworfen hatte, die er bei sich fand, lief Alkuin zum Skriptorium und dankte Gott, dass er ihm das Pergament des Himmels zurückgegeben hatte.

Alles ist ein Roman

Anfänge

Im Oktober des Jahres 1999 nahm ich in Wiesbaden an einem Kongress über Automobiltechnik teil. Wie häufig bei derlei Arbeitstreffen erwiesen sich die Vorträge als eher langweilig, doch am letzten Tag brachte mich ein glücklicher Zufall mit Dr. Gerhard Müller zusammen, der mich mit jemandem verwechselt hatte, dann aber so freundlich war, mich zu sich nach Hause einzuladen.

Da sich seine Frau Frida damals gerade in der Endphase ihrer Dissertation befand, kümmerten sich Dr. Müller und ich um die Würstchen und das Übrige.

Während des Abendessens konnte ich feststellen, dass Frida Müller eine ganz außergewöhnliche Frau war. Das manifestierte sich vor allem in der uneingeschränkten, ansteckenden Begeisterung, mit der sie über ihre Doktorarbeit sprach. Sie beschäftigte sich mit den Intrigen um die Krönung Karls des Großen zum Kaiser – was mein Interesse dermaßen weckte, dass ich mir alle erdenklichen Bücher zum Thema besorgte, sobald ich nach Spanien zurückgekehrt war.

Daraus erwuchs nach und nach ein intensiver Briefwechsel, nicht nur mit Frida Müller, sondern auch mit Francisco Valbuena vom Lehrstuhl für Mittelalterliche Geschichte an der Universidad Complutense von Madrid, und später, als ich schon mitten in der Arbeit am Plot von *Das Pergament des Himmels* steckte, mit Pierre Sacker, Konservator am Musée National du Moyen Âge in Paris.

Denn ich wollte schon immer einen Roman schreiben.

Manch einer erfreut sich an einer Luxusyacht, einem exquisiten Essen oder einer edlen Markenhandtasche. Ich verbringe meine Zeit lieber mit einem guten Buch oder einem guten Freund, wobei Letzterer wohl schwerer zu finden ist.

Über die Jahre habe ich unzählige Schmäh- und Kampfschriften gelesen, historische und philosophische Abhandlungen, Essays und Erzählungen, Spannungs-, Liebes- oder Abenteuerromane, beispielhafte Geschichten aus dem Alltagsleben oder unbedeutende Humoresken. Und bei allem habe ich mich unterhalten und gelernt. Doch wenn ich mein Lieblingsgenre benennen sollte, wäre dies gewiss jenes, bei dem ich die modrige, klamme Luft einer Abtei atme, mir der Wüstensand von Isfahan die Kehle austrocknet oder ich auf irgendeiner englischen Flur den Widrigkeiten des finstersten Mittelalters ausgesetzt bin. In andere Zeiten zu reisen und mit ihren Menschen zu leben – das bedeutet für mich der historische Roman.

Arbeit

Mehr noch als Historie aber muss der historische Roman das sein: ein Roman. Die Recherche kann nur den Dekor liefern, den Firnis, der ihn schimmern lässt, das Drumherum, welches ihn legitimiert und glaubhaft macht. Aber wie zu dick aufgetragener Lack oder Firnis würde ein Übermaß an Faktentreue das Gesamtbild zerstören. Worauf es eigentlich ankommt, ist die Essenz des Romans: der präzise und gut getimte Plot, die überschaubaren Wendungen und furchteinflößenden Fügungen. In einem historischen Roman müssen die Figuren trotz der zeitlichen Distanz ebenso glaubhaft und greifbar sein wie der Nachbar, den wir jeden Morgen im Aufzug treffen, oder der Bettler an der Ecke. So kann ich zwar aus der Historie wissen, dass Karl der große Analphabet war, und ihn dennoch in meinem Roman gebildet erscheinen lassen, oder bereits im Jahr 800 einen Bischof in Fulda erfinden, obwohl die Stadt erst 1752 Bischofssitz wurde – wenn nur die Notwendigkeiten des Romans dies nahelegen. Dann kann auch der große mittelalterliche Gelehrte und Theologe Alcuinus zu dem ambiguen Alkuin werden, der in *Das Pergament des Himmels* Theresa so viele Rätsel aufgibt.

Doch gerade für derartige Erfindungen muss der Autor das historische Material gut kennen. So habe ich zwei Jahre lang allein Tausende von Seiten zur Konstantinischen Schenkung durchgearbeitet, dieser berühmten Fälschung aus dem 8. Jahrhundert, auf die der Plot von *Das Pergament des Himmels* zurückgeht. Die älteste Quelle hierzu stellt der lateinische Kodex 2777 der Pariser Bibliothèque Nationale dar, der aus dem 9. Jahrhundert stammt, allerdings nur eine Kopie des nie aufgefundenen Originals liefert. Zur Autorenschaft gibt es zahllose Studien und unzählige Theorien. Neuere Veröffentlichungen blicken vor allem nach Rom, da das Papsttum sein hauptsächlicher Nutznießer war, wenngleich ältere Deutungen wie die von Zacarias nachdrücklich auf das Frankenreich weisen. Diese Theorie, wie sie etwa von Hergenröther und Grauert verfochten wird, stützt sich auf die Tatsache, dass die »Schenkung« erstmals in fränkischen Textsammlungen wie der Handschrift von St. Denis auftaucht. Ihr Hauptargument ist die durch dieses Dokument legitimierte »translatio imperii« auf die fränkischen Herrscher, also die Übertragung der Kaiserwürde auf Karl den Großen.

Ich könnte weitere Hypothesen anführen wie die von Martens, Friedrich und Bayet, die verschiedene Autoren hinter der »donatio« vermuten, oder die von Colombier und Genelin zum Entstehungsdatum, doch alle führen zum selben Ergebnis. Die Lücken im historischen Fundament gestatten mir, meine Romanfiguren so in diesen Kontext zu setzen, dass sie nicht dastehen wie Lügengestalten.

War dieses Problem gelöst, galt es die weiteren anzugehen. Ich benötigte zwei benachbarte Städte, eine Abtei und einen Hohlweg. Oder die Waffen: Theresa durfte nicht in einem Tag Meisterin im Bogenschießen werden. Und war es wenigstens denkbar, dass marodierende Sachsen sich so weit in Feindesland vorgewagt hatten?

Würzburg und Fulda, die ich schließlich wählte, habe ich mehrfach besucht, um mich mit den Örtlichkeiten vertraut zu machen. Den Bogen ersetzte ich durch eine Armbrust, die damals zwar noch nicht verbreitet war, aber bereits existierte. Das galt für alle Details – sie sollten möglich und damit vorstellbar sein.

Wünsche

Gemeint sind natürlich die der Leser. Als ich mir vornahm, einen Roman zu schreiben, dachte ich nicht an mich, ja nicht einmal an das Buch, das ich selber gern gelesen hätte.

Ich wollte, dass er den Lesern gefiele, nicht zuerst mir, und daher befragte ich die Leute, die besonders viel von Büchern verstehen: die Buchhändler.

Auf so viele Meinungen stieß ich, was die Frage des Titels, die Gestaltung des Covers oder der Plakate betraf. Nur in einem waren sich alle einig: All dies wäre zu nichts nütze, wenn der Roman keine Seele hätte. »Wenn du deinen Figuren eine Seele gibst, werden die Leser mit ihnen fiebern.« Man sprach von Rhythmus, von der Bedeutung und der Macht der Unterhaltungsliteratur. »Die Kritiker scheinen auf unterhaltsame Romane herabzusehen, doch ich versichere dir, dass gerade die unterhaltsamsten Romane die besten sind, ohne Zweifel«, vertraute mir Peter Hirling an, seit über dreißig Jahren Besitzer einer winzigen Buchhandlung im Zentrum von London.

Jeden Abschnitt, jedes Kapitel abwägend, habe ich nach jener Alchimie getrachtet, die verschwindet, wenn man einen Roman beendet. Nach den letzten Pinselstrichen traten die Worte, die Metaphern und Symbole in den Hintergrund, und das Gesamtbild wurde sichtbar. Ich muss sagen, dass mir dieser ganze Prozess großen Spaß gemacht hat.

Was meine eigenen Wünsche angeht, möchte ich meiner Frau Maite für ihre Zuneigung und Unterstützung während der sieben

Jahre danken, die dieses Abenteuer dauerte, wie schon während der zwanzig Jahre, die wir uns kennen. Dank gilt auch meinen Eltern und Geschwistern (besonders dir, Javier) für ihr Interesse und ihre Fürsorge. Nicht zuletzt schulde ich für seinen Zuspruch zur ersten Manuskriptfassung Carlos García Gual Dank, Ordinarius für griechische Philologie an der Madrider Complutense. Seine offenen und treffenden Vorschläge trugen dazu bei, die Geschichte runder zu machen, und seine aufmunternden Worte haben mir auf diesem schwierigen Weg weitergeholfen. Erwähnen möchte ich zudem meinen besten Freund Juan Montesa und den Schriftsteller Antonio Penadés, dessen unbezahlbarer, großmütiger Rat mich mit meinen Agenten zusammenbrachte, Ramón Conesa und Gloria Masdeu von der Agentur Carmen Balcells, denen ich zu großem Dank verpflichtet bin. Danken möchte ich natürlich auch, wegen ihres fast schon atemberaubenden Vertrauens in mich, meinen deutschen Lektoren Claudia Puls und René Strien sowie Lucía Luengo bei meinem spanischen Verlag, Ediciones B.

Ihnen allen und allen voran meinen Leserinnen und Lesern gilt meine immerwährende Dankbarkeit.

»Man muss sich die Kunden des Aufbau-Verlages als glückliche Menschen vorstellen.«

SÜDDEUTSCHE ZEITUNG

Das Kundenmagazin der Aufbau Verlagsgruppe finden Sie kostenlos in Ihrer Buchhandlung und als Download unter www.aufbauverlagsgruppe.de. Abonnieren Sie auch online unseren kostenlosen Newsletter.

aufbau
VERLAGSGRUPPE

Frederik Berger
Die Tochter des Papstes
Roman
440 Seiten. Gebunden
ISBN 978-3-352-00760-6

»Voller Abenteuer und Sinnlichkeit« Wilhelmshavener Zeitung

Rom in der Zeit der Renaissance. Niemanden liebt Costanza mehr als ihren Vater, den Kardinal Alessandro Farnese, auch wenn er sich offiziell nicht zu ihr bekennt. In einer Stunde, da sie scheinbar sterbenskrank daniederliegt, beschwört sie ihn, alles zu tun, um Papst zu werden und seiner Familie die Herzogskrone zu verschaffen. Alessandro willigt ein, und als Papst Leo im Jahr 1521 stirbt, glauben Vater und Tochter, ihre große Stunde sei gekommen. Gegen jede Erwartung aber wird ein Deutscher zum Papst gewählt. Costanza macht ihrem Vater bittere Vorwürfe, doch als die Familie Medici eine Intrige gegen den neuen Papst plant, indem man dem unbedarften heiligen Mann eine junge Frau ins Bett legt, bittet sie ihn, einzugreifen. Alessandro stellt sich schützend vor den Papst – und verliebt sich gleich in die Kurtisane.

Weitere Titel von Frederik Berger (Auswahl):
Die heimliche Päpstin. Roman. AtV 2412
Auch als Lesung. DAV 978-3-89813-636-5
Die Provençalin. Roman. AtV 1599
Canossa. Roman. AtV 2221
Die Geliebte des Papstes. Roman. AtV 1690

Mehr Informationen erhalten Sie unter
www.aufbauverlagsgruppe.de oder in Ihrer Buchhandlung

rütten & loening
AUFBAU VERLAGSGRUPPE

Titus Müller
Das Mysterium
Roman
469 Seiten. Gebunden
ISBN 978-3-352-00748-4

Das Vermächtnis der Katharer

München, 1336. Nemo ist ein Meister der Täuschung. Und er hat allen Grund, seine wahre Identität zu verbergen. Denn er hütet ein düsteres Geheimnis: das Vermächtnis der Katharer. Doch als eines Tages der charismatische Sektenführer Amiel von Ax auftaucht, holt Nemo seine Vergangenheit ein. Nicht nur die Inquisition, sondern auch William von Ockham, Intimus des Kaisers, wollen Amiel von Ax vernichten. Nemo steht plötzlich zwischen den großen Magiern, und der Kampf um das heilige Vermächtnis entbrennt. Ein historischer Roman höchsten Ranges. Schon Umberto Eco setzte dem Franziskaner William von Ockham, einem der größten Gelehrten des Mittelalters, im »Namen der Rose« ein Denkmal.

»Ein erstaunlicher Autor.« HESSISCHER RUNDFUNK

Mehr von Titus Müller im Taschenbuch (Auswahl):
Der Kalligraph des Bischofs. Roman. AtV 1856
Die Priestertochter. Roman. AtV 1990
Die Todgeweihte. Roman. AtV 2180
Die Brillenmacherin. Roman. AtV 2288

Mehr Informationen erhalten Sie unter
www.aufbauverlagsgruppe.de oder in Ihrer Buchhandlung

rütten & loening
AUFBAU VERLAGSGRUPPE

Martina André
Schamanenfeuer
Roman
400 Seiten. Broschur
ISBN 978-3-352-00761-3

Eine Reise in die Hölle

Sommer 2008. Hundert Jahre sind vergangen, seit in Sibirien eine verheerende Explosion stattgefunden hat. Viktoria Vandenberg versucht, mit zwei anderen deutschen Forschern dem Geheimnis auf die Spur zu kommen. Hat es sich um den Einschlag eines Meteoriten gehandelt? Leo, ein junger Hirte, erzählt Viktoria von seiner neunzigjährigen Großmutter, deren Vater zu den ersten Wissenschaftlern vor Ort gehörte. Die Alte beschwört Viktoria, ihre Nachforschungen einzustellen: Geister, böse Schamanen seien am Werk. Als sämtliche Stromgeneratoren ausfallen, scheinen die Prophezeiungen in Erfüllung zu gehen, erst recht als eine Serie von geheimnisvollen Todesfällen über die Forschergruppe hereinbricht. Doch Viktoria gibt nicht auf. Sie begreift, dass Leo den Schlüssel zu einer Wahrheit besitzt, die weitaus unglaublicher erscheint als ein Meteoriteneinschlag.

Mehr von Martina André im Taschenbuch:
Das Rätsel der Templer. Roman. AtV 2498
Die Gegenpäpstin. Roman. AtV 2323

Mehr Informationen erhalten Sie unter
www.aufbauverlagsgruppe.de oder in Ihrer Buchhandlung

rütten & loening
AUFBAU VERLAGSGRUPPE

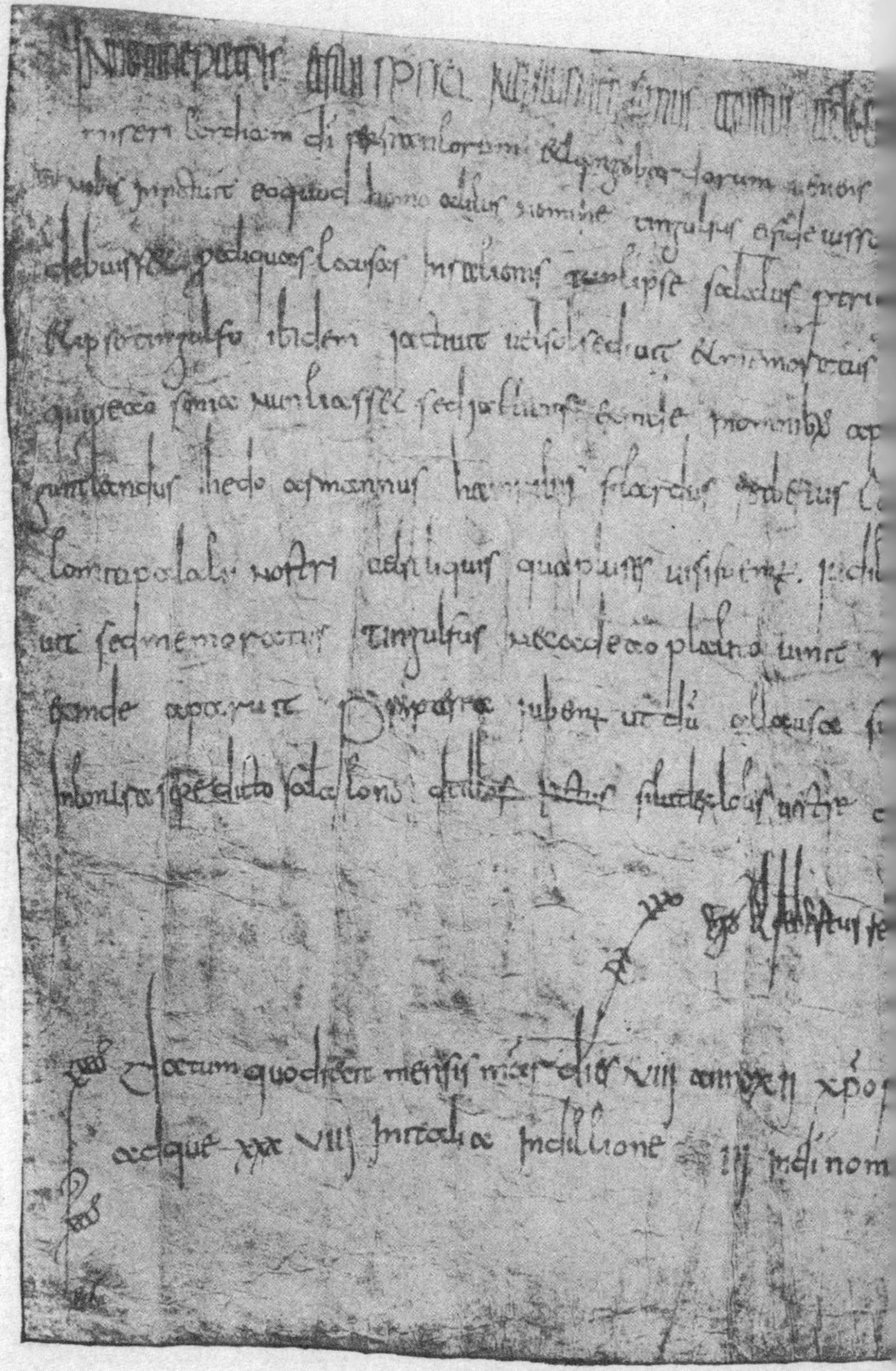

In nomine patris [illegible] spiritus sancti [illegible]

[illegible] francorum et langobardorum [illegible]

[illegible] eo quod [illegible] nomine [illegible] tingulfus [illegible]

[illegible] ibidem [illegible]

[illegible] tingulfus [illegible]

[illegible] iubemus ut [illegible]

[illegible]

Ego [illegible]

Factum quod fecit mensis mar[illegible] die VIII anno [illegible] XPO [illegible]

adque XXX VIII in Italia indictione IIII in dei nom[illegible]